Thomas Einfeldt
Störtebekers Gold

SERIE PIPER

Zu diesem Buch

Abenteuerlust und eine Intrige treiben den jungen Kaufmannssohn Martin Damme in die verschworene Gemeinschaft der »Vitalienbrüder«: Er wird Schreiber und Vertrauter des gefürchteten Seeräubers Klaus Störtebeker. Angesichts der rohen Gewalt der Piraten wendet er sich aber wieder von ihnen ab und nutzt das Gewirr einer brutalen Seeschlacht zur Flucht durch das Abflußrohr der Kapitänskajüte. Als Hannes Maiboom führt er nun das Leben eines ehrbaren Schiffers und Kaufmanns. Doch die unermeßlichen Reichtümer der Seeräuber lassen ihn nicht ruhen: Auf seinen Kaufmannsfahrten nutzt er sein Wissen und hebt die versteckten Schätze mit Hilfe der schönen und mutigen Kaufmannstochter Kristine, die seine große Liebe wird.

Thomas Einfeldt, geboren 1958 in Hamburg, ist im Hauptberuf Zahnarzt, und seine Leidenschaft gilt der Geschichte Norddeutschlands und der nordischen Länder. »Störtebekers Gold« (1997) ist sein erster Roman.

Thomas Einfeldt
Störtebekers Gold

Ein Roman aus der Hanse-Zeit

Piper München Zürich

Taschenbuchsonderausgabe
Piper Verlag GmbH, München
Februar 2002

Umschlag: Büro Hamburg und ZERO, München
Umschlagabbildung: akg-images
Satz: KCS GmbH, Buchholz / Hamburg
Druck und Bindung: Clausen & Bosse, Leck
Printed in Germany ISBN 3-492-26022-5

Inhalt

Mein Testament, bestimmt für meinen Enkel

Dir, Nachfahre, sind diese Zeilen gewidmet. Meine Kräfte schwinden, und ich muß erkennen, daß ich meine Pläne nicht mehr ausführen kann. Hoffentlich reicht meine Zeit noch, um Dir alles zu erklären und die Wege zu beschreiben, die zu verborgenen Schätzen führen. Ich habe meinen Vertrauten und Rechtsgelehrten Sven Hennings angewiesen, Dir dieses Manuskript nach meinem Tode auszuhändigen. Er selbst kennt den Inhalt nicht, und ich rate Dir, niemandem davon zu erzählen. Lies, lege verschlüsselte Notizen an und vernichte dann dieses schriftliche Erbe, damit Du nicht als Mitwisser haftbar gemacht werden kannst oder gar Werte zurückgeben sollst. Und verzeih mir, daß ich Dich nicht zu Lebzeiten ins Vertrauen zog. Ich rechtfertige mich mit Feder und Tinte und nur Dir gegenüber. Aber ich scheute Dein Urteil. Richte mich erst, wenn Du alles gelesen und verstanden hast.

1. Die Flucht aus der Seeschlacht

Als am 16. Mai im Jahre des Herrn 1400 die schrecklichste Schlacht meines sechsundzwanzig Jahre alten Lebens begann, hatte ich schon längst den Entschluß gefaßt, mich von meinen Spießgesellen und Kumpanen zu trennen. Bewunderung und Vertrauen hatten sich in Widerwillen gewandelt, der Schüler verachtete seinen ehemaligen Lehrmeister, deren Ideale jetzt Habgier, wohlfeile Lebensart und Machterhalt waren.

Ich weiß nicht, wer uns verraten hatte, aber wir Schalmen, Likedeeler, Vitalienbrüder und Söröver wurden im Morgengrauen auf dem Weg nach Helgoland von den Hamburgischen und den Lübschen überrascht. Klar war die Nacht gewesen und kalt, und früh waren wir von unseren Ankerplätzen im Jadebusen durch Störtebekers Befehle vertrieben worden. Mit glasigen Augen und rotgeäderten Wangen saß der Seefürst im Achterkastell seines Holks und stierte in die Glut des Holzkohlebeckens, als wir uns schlaftrunken bei ihm versammeln mußten, wir, seine beiden Mitstreiter und großen Führer Godeke Michels und Magister Wigbold, seine Kapitäne, seine Unterführer und ich, sein liebster Schreiber. Störtebeker hatte nicht einschlafen können, wie so oft, hatte den Schlaf mit Branntwein herbeirufen wollen und wurde doch nur heimgesucht von Schattengestalten.

Nachdem er uns hatte wecken lassen, nachdem wir auf sein Geheiß mit den kleinen Jollen von unseren Lagern in Holken, Koggen und Sniggen zu ihm hinübergepullt waren, schien er uns nun erst nicht zu erkennen. Fröstelnd zog ich meinen Wollkapuzenmantel fester um meine Schultern. Meine Füße staken in feuchten Seestiefeln, nichts wollte trocknen in diesem nassen Mai, und wir warteten müde, bis Störtebeker plötzlich auflachte und rief: »Diese Friesenbrut wird sich noch wundern, wir segeln gen Helgoland, dort werden wir schon Engländer treffen, denen unsere Ware billig genug ist. Wir fahren mit dem einsetzenden Ebbstrom, noch heute früh. Macht alles bereit zum Auslaufen. Oder weiß jemand etwa einen besseren Plan?« Godeke Michels und Magister Wigbold waren am ehesten dazu in der Lage, dem Anführer Störtebeker zu widersprechen, denn sie hatten Rückhalt bei ihren eigenen Mannschaften und befehligten mehrere Schiffe. Doch seitdem sich die Vitalier und Likedeeler aus der Ostsee nach Friesland geflüchtet hatten, fehlte es ihnen anscheinend an eigenem Antrieb. Der Verlust eines großen Teils der Vitalierschätze auf Gotland hatte sie mürbe gemacht. Hier in Friesland hatte Störtebeker das meiste Beuteglück mit seinen Zügen bewiesen, die besten Ideen entwickelt, die glücklichsten Kaperfahrten vollbracht und sich damit zum ungewählten Oberbefehlshaber aufgeschwungen, dem sich Godeke Michels und Magister Wigbold ohne Aufbegehren unterordneten.

Nun stand Störtebeker auf, wankte zu seinem Lager und schlief ein, ohne uns noch eines Blickes zu würdigen. Wir hatten uns daran gewöhnt, seine Gedanken umzusetzen, keine eigenen Vorschläge mehr zu unterbreiten. Seit dem Verlassen der Ostsee und der Flucht von Gotland hatte sich wirklich einiges verändert. Nur das Rauben und Kapern war gleichgeblieben.

Die Schiffe waren angefüllt mit frischen, hansischen Gütern. Die ersten Konvois nach der Winterpause hatten wir um Hamburger Bier, Lüneburger Salz, Getreide aus hansischen Speichern und von brandenburgischen Äckern erleichtert. Felle aus Nowgorod dienten uns als streng riechende Zudecken; die Friesen aber zierten sich, uns die Waren abzunehmen. Im Frühling waren hansische Boten im freien Land der Friesen unterwegs gewesen und hatten Drohungen gegen die Hauptleute überbracht. Emden sollte es zu spüren bekommen, hieß es, wenn der Seeräuberei und Hehlerei nicht Einhalt geboten würde.

Und nun sollten die Engländer also unsere Waren bei Helgoland übernehmen. Drei Holke, fünf Koggen und sieben Sniggen machten sich im Morgennebel auf, um nach Helgoland in den Tod zu segeln.

Mit dem Abstand der vielen Jahre wird mir deutlich, wie einleuchtend der hansische Plan gewesen war. Die friesischen Hehler hatten Hamburger Silber genommen, und als der Südostwind günstig blies, war die Kriegsflotte aus zehn hamburgischen und lübschen Schiffen mit, wie man sagt, tausend Soldaten nach Helgoland aufgebrochen, um dort die Piraten zu empfangen. Den Hansen war klar, daß Störtebeker bei Südostwind eher nach Helgoland als nach Holland aufbrechen würde, denn das Kreuzen gegen den Wind ist ungleich mühseliger, als raumschiffs das Laken vor den Wind zu spannen.

Helgoland war noch nicht in Sicht, der Wind war stürmisch und die Gischt wehte in die zugigen Schiffe zum Verdruß aller ohnehin schon nassen Schalmen. Die vollbeladenen Schiffe lagen tief im Wasser, rutschten ins Wellental, bremsten dort, stiegen wieder hoch, wie von Geisterhand gehoben, um erneut die Abfahrt ins Tal zu nehmen. Holzkohleöfen waren bei diesem Wind und dem Schlingern nicht erlaubt, zu essen gab es kalte Grütze und zu trinken das starke hamburgische Bier. Keiner liebte es, unter diesen Umständen auf Ausguck zu stehen, mit nassem Mantel, kalten Füßen und bei schmaler Kost. Mir waren zwar die zahlreichen holländischen Fischerboote aufgefallen, aber daß sie von den Hansen gedungen waren, um im Mai gegen die Vitalier zu ziehen, war mir im Traum nicht eingefallen.

Störtebekers Holk hatte die Segel stark gerefft, um die anderen Gefolgsschiffe nicht zu verlieren. Und trotzdem waren wir weit auseinandergezogen, als alle anführenden Schiffe ihr Tuch halbierten, um uns aufkommen zu lassen. Wir konnten den Grund zunächst nicht ausmachen, bis wir von Süden wie von Norden in breitem Bogen zehn große Schiffe und etliche Sniggen und Fischerkähne hinter der Kimm auftauchen sahen. Regenschauer behinderten die Sicht, aber allen war schnell klar, daß dies kein Handelskonvoi war. Störtebeker drehte nun südwärts ab, er hatte eine Lücke in dem Bogen erspäht und führte uns mit halbem Wind auf das Meer gen Südwest. Feige war er nicht; entschlossen wendete er sich gegen zwei hansische Kriegskoggen, um den Weg freizukämpfen. Wir begannen unterdessen, Fracht über Bord zu werfen, um die Schiffe zu erleichtern und schneller zu machen. Andere klarten das Kriegsgerät auf dem Vorder- und Achterkastell auf, Armbrustschützen machten sich hinter der Schanzwand-Reling bereit, Netze wurden aufgespannt, um mögliche Enterer zu behindern, Arkebusen und Halbpfund-Geschütze wurden geladen, so gut das bei dem Seegang und den Regenschauern eben ging.

Auch auf unserem Schiff, dem kleineren Holk des berüchtigten Magisters Wigbold, verging so die Zeit geschäftig und doch bleiern. Jeder wußte, was zu tun war, das hatten wir Piraten zur Genüge gelernt: Jeder tat das, was er am besten konnte; Schütze oder Steuermann, Schwertkämpfer oder Pumpenesel, wir waren eine eingespielte Gemeinschaft, und das kam uns zugute, wenn wir die Handelssegler überfielen, auf denen ungeübte Kaufleute und Dienstboten neben ein paar erfahreneren Seeleuten ihre Arbeit verrichteten.

Die Zeit kroch so langsam, wie uns die Verfolger einholten und wir uns den vor uns wartenden Kriegskoggen näherten. Als ich in die Kajüte des Achterkastells trat, um meinen besten Brustharnisch anzulegen, sah ich den buckligen Magister zusammen mit dem Koch Martin Krüger ein Fäßchen aus einer Abseite hervorholen. »Bersekergebräu«, antwortete Wigbold auf meine Frage, welches Geheimmittel da wohl drin sei. Schon die Normannen sollen sich mit bilsenkrautgewürztem Bier auf ihre Schlachten vorbereitet haben.

»Das vertreibt die Angst, gibt Kraft und läßt Schmerzen vergessen. Das Rezept hab' ich aus Prag von einem Apotheker und Alchimisten, und wir werden es wohl nötig haben.«

Die Tür wurde aufgerissen und der Bugausguck Hans Halben, ein annähernd zwanzig Jahre alter, vierschrötiger Gesell aus Dithmarschen, kam herein. Kräftig und untersetzt, stets zur Gewalt bereit, war er ein bewährter Unterführer bei Landgängen und beim Entern. »Magister?« bat er fragend um die Erlaubnis, sprechen zu dürfen.

»Ja, Hans, was ist?«

»Magister, auf den Koggen vor uns zähle ich wohl je hundert Mann Besatzung.«

»So nah sind wir schon? Dann hilf uns, dieses Getränk gibt jedem die Kraft von vieren. Wir bringen es an Deck und du, Martin, gibst jedem einen Becher davon.«

Die drei mühten sich bei dem Seegang mit dem Fäßchen ab, die Tür schlug krachend zu, und ich war allein in der Kajüte. Fahl war das Licht, das durch die Fenster aus wachsgetränktem Leinen auf die Kisten und Kästen fiel, die an Bord die Möbel bildeten. Nicht jeder hatte die Erlaubnis, in die Kajüte einzutreten, denn hier lagerten das Geld, der Piratenschatz und die persönlichen Sachen des Magisters, seine eigenen Schätze, die Bücher, die Segelanweisungen, die Karten, die Tabellen und Aufzeichnungen. Viele Dinge und Instrumente, von denen ich nichts verstand, befanden sich in diesem Studierzimmer. Ich aber hatte Zutritt. Ich war ein Vertrauter Störtebekers, sein derzeit liebster Schreiber, und somit durfte ich mich in jeder der Schiffskajüten aufhalten. Der Magister hatte mich jedoch mehr noch als Störtebeker in seinen Bann gezogen, und so war ich Störtebekers Befehl, auf Wigbolds Schiff zu segeln, gerne gefolgt. In seinen schwachen Stunden hatte mich der bucklige Magister ins Vertrauen gezogen, erzählte von seiner Zeit an der Universität von Prag, den Lehren der böhmischen Ketzer, die gegen das Mönchstum, Ablässe und das Beichten angingen. Genaueres gab er jedoch auch mit trunkener Zunge nicht preis, nur das er nach Oxford gegangen sei, um dort weitere Studien zu treiben. In Oxford hatte er wohl ebenfalls Ketzer getroffen, die gegen den Papst in Frankreich hetzten. Dort hatte er auch seiner Leidenschaft frönen können, dem Bücherlesen. So soll es Berichte von irischen Mönchen geben, die schon vor Hunderten von Jahren neues, fast menschenleeres Land jenseits des Ozeans im Nordwesten entdeckt haben wollen, als sie die nördlichen Länder über Island hinaus missionieren wollten.

Im nachhinein vermute ich, daß Wigbold von einem ketzerischen Land träumte und auf der Suche nach den Entdeckungen der irischen Mönche war. Dies würde auch erklären, warum er bei der Aufteilung der Beute stets darauf achtgab, die Bücher, Segelanweisungen und Karten der Kaufleute und Schiffsführer zu erwischen. Wigbold war mit Godeke Michels gereist, hatte gerne den Bergenfahrern vor Norwegen aufgelauert, und auch Norweger, die von Island, dem ärmsten Sprengel des Papstes, kamen, hatten sie nicht verschmäht. Später in Wisby hatte er seine Schätze, die Karten und Segelanweisungen mit den Notizen der Schiffer und Steuerleute, in einem eigenen Haus ausgebreitet und wie besessen Berechnungen angestellt, daß die Gemeinde der Vitalier nur den Kopf schütteln konnte über diesen verschrobenen Gesellen.

Doch nicht von ungefähr hatte Störtebeker gerade Wigbold um Rat gefragt, wenn neue Raubzüge geplant wurden. Obgleich er kein ausgebildeter Schiffer war, hatte er die besten Kenntnisse vom Verlauf der Küsten, den Entfernungen und den Gegebenheiten in den Häfen. Auch mir leuchtete schnell ein, daß die Seefahrt und das Handeln auf geographischen Grundlagen erfolgen mußte, um die Gefahr des allgegenwärtigen Schiffbruchs zu verringern. So manche Kogge, die wir erleichterten, mußte sich nur in ihr Schicksal ergeben, weil der Kapitän auf seiner Flucht vor uns einen geringfügig falschen Kurs gelaufen war. Den rettenden Hafen vor Augen, waren nicht selten Schiffe auf Untiefen geraten, so daß wir seelenruhig entern konnten. Und glaube da keiner, daß dieses Entern immer blutig verlief. Auch Vitalier haben Angst vor Verletzungen und Versehrtheit. Doch der Magister legte bei seinen Verhandlungen mit den bedrohten Kauffahrern Wert darauf, daß neben den Warenanteilen auch die Karten und Wegbeschreibungen der Schiffer ausgeliefert wurden. Die wehrten sich sehr, denn diese Aufzeichnungen und teils chiffrierten Notizen waren meist der gesamte Erfahrungsschatz, der allenfalls an einen Erben oder Schüler abgegeben wurde.

Dies alles schoß mir durch den Kopf, als ich auf der Suche nach meinem mit Eisenspangen verstärkten Lederharnisch die Kajüte durchwühlte. Draußen hörte ich bereits die ersten Geschütze feuern, der Feind war erreicht. Ich war des Kämpfens müde und voll Angst, weil unser Gegner diesmal eine hansische Kriegsflotte war, die zudem durch neuartige, holländische Küstensegler verstärkt zu sein schien. Ich sendete Stoßgebete zu Gott, den ich sonst gerne vergesse, daß er mich verschonen möge und daß ich zu einem tugendhaften Leben zurückkehren würde, wenn ich nur freikäme, frei von den hansischen Häschern und frei von meinen Spießgesellen. Mechanisch legte ich nun den endlich gefundenen Harnisch an, setzte einen ebenso verstärkten Lederhelm auf und wollte mit meinen Waffen am Gürtel an Deck gehen, als ein Brandpfeil in dem wachsgetränkten Leinen einer der kleinen Fensteröffnungen steckenblieb. Wir hatten es versäumt, die Luken zu schließen. Dann zischte ein zweiter und dritter Pfeil in die anderen Fenster. Teer, Wachs und Harz tropften brennend von den Pfeilschäften und entzündeten das wachsgetränkte Leinen. Ein Pfeil fiel aufleuchtend nach innen auf Wigbolds Lagerstatt, entflammte dort seine lateinischen Schriftrollen, als ich mich endlich aus meiner Erstarrung löste und auf die Flammen einschlug, sie mit dem Bierkrug zu löschen und mit den Pelzen zu ersticken suchte. Draußen schlug krachend etwas auf das Schiff. Es war der Mast samt brennender Takelage. Als Großbaum, Takelage und Segelfetzen steuerbords ins Wasser gingen, wurde der Holk jäh in der wogenden Fahrt gebremst. Kisten und Kästen stießen gegeneinander, und die eisenbeschlagene Geldkiste schoß quer durch die ganze Kajüte gegen die eichene Spantenverstärkung in Lee. Die Wucht des Aufpralls hatte das Schloß gesprengt: Säckchen und Geldkatzen lagen verstreut auf den Planken, einzelne Münzen rollten und rutschten in den Wellenbewegungen des Schiffes den Boden entlang. Da wurde die Tür aufgerissen, und Rolf Galsters blutige Fratze wurde sichtbar, hinter ihm Peter Addix, auch er anscheinend verwundet. Der Luftzug entfachte sogleich wieder das Feuer, die beiden schlossen die Tür jedoch sofort und legten den Riegel von innen vor. Ich schlug erneut auf die Flammen ein, daß die Funken stoben, und es gelang, das Feuer bis auf glimmende Teilchen zu löschen.

»Es ist aus«, rief mir Rolf zu.

»Was ist passiert? So sprecht doch!« Ich rüttelte beide, doch Peter flennte nur wie ein kleiner Junge, während Blut aus einer klaffenden Wunde am Arm troff.

»Sie sind in der Übermacht«, stammelte nun Rolf. »Etwa hundert Mann einer hansischen Kogge gegen unsere vierzig, dazu noch die Besatzungen der Kähne und Sniggen, die uns jetzt einholen. Die Kogge lag wohl gleichauf mit uns, als ihre Bogenschützen unser Segel in Brand schossen. Und Johann Henkenbolick hat sich geopfert, denn er wollte die Pfeile aus dem Segel lösen. Gespickt wie ein Igel war er von den Bolzen der Armbrustschützen, als er aus dem Segel an Deck stürzte. Gehacktes Blei haben wir ihnen zurückgespuckt vom Vorderkastell, und einige Bogenschützen haben's bezahlen müssen. Genützt hat's aber nichts, das verdammte Teersegel fing an zu brennen, und das lodernde Takelwerk hat den Mast gefällt, geradewegs auf die Geschütze. Die Hansen haben mit dem Entern begonnen, und von den Kastellen hageln die Bolzen. Lang kann's nicht mehr dauern, dann brechen sie hier durch.« Rolf wies auf die Tür, gegen die, wie auf Kommando, erste Rammschläge von außen dröhnten. Gehetzt wie die

Kaninchen im Bau, wenn die Hunde zu wühlen anfangen, rannten wir auf und ab. Ich riß den Abortdeckel in der Heckschräge beiseite. Gott sei es gedankt, daß der Magister sich bequem zu erleichtern pflegte, statt sich wie gemeine Seeleute über die Reling nach Lee zu entladen. Mit dem Handbeil aus dem Gürtel schlug ich die Leisten und Latten des Abortsitzes herunter und sah nun steuerbords des Heckruders auf die See. Eins der kleinen Verfolgerboote, ein holländischer Wattenrutscher, hatte sich mit einem Wurfanker in unser Heck gekrallt. Die paar Kerle witterten Beute, nachdem die hansischen Soldaten die Hauptarbeit vollbracht hatten. Vom Vorderkastell wurde wohl noch Widerstand geleistet, und auch über uns wollte man sich noch nicht ergeben, denn die enternden Holländer schrien plötzlich auf, und ein Körper fiel klatschend ins Wasser.

»Kommt her, hier können wir raus«, rief ich Rolf und Peter zu, und langte nach einem der Enterhaken, die an der Heckwand festgelascht waren. Rolf Galster, der Galgenstrick, von dem ich wußte, daß er schon wegen versuchten Ehebruchs mit einer Ratsherrengemahlin am Schandpfahl gestanden und wegen Wechselschulden im Schuldturm gesessen hatte, übersah mit einem Blick die Situation, griff sich eine schwere Geldkatze und klemmte sie in den Gürtel, nahm den Griff des Handbeils zwischen die Zähne und zwängte sich durch den engen Schacht, nachdem ich mit dem Enterhaken die Bootsleine des Holländers in die Nähe gezogen hatte. Er rutschte an dem schlanken Reep direkt auf den Bug des Holländers und ging zum Angriff auf den wartenden Steuermann über. Auch Peter Addix, ein ehemaliger Buchhaltergehilfe aus Bremen, gewann wieder Fassung, vergaß seine klaffende Wunde am linken Arm, aber nicht, vor seinem Abgang auch einen Geldgürtel über die Schulter zu werfen. Er kam nicht so gut auf dem Deck auf, da er sich mit dem linken Arm nicht recht festhalten konnte, doch stöhnend kroch er zu den sich im Kampf am Boden Wälzenden und drückte den Kopf des Holländers in das Bilgewasser, so daß dieser Rolf freigab.

In diesem Augenblick barst ein Teil der Tür unter dem wütenden Angriff der Eroberer, und um es den anderen irgendwie nachzumachen, ergriff ich wahllos Ledertaschen von Wigbolds Lager, zwei Gürtel aus der Schatzkiste und warf die langen Henkel der

Taschen über den Kopf um den Hals, bevor ich auf den Holländer hinabsauste. An der rauhen Leine riß ich mir die Handinnenflächen auf, doch das sollte ich erst später spüren. Mit einem Hieb des Handbeils trennte ich uns von dem Vitalierholk, der Bug drehte aus dem Wind, das killende Segel blähte sich auf, ich holte die Schoten dichter, und Rolf legte das Ruder, so daß das Boot Fahrt gewann. Wir hatten schon gut zehn Bootslängen Abstand gewonnen, als unsere Flucht bemerkt wurde. Rolf schrie auf, er hatte einem Armbrustschützen am Heck des Bootes ein Ziel geboten, doch er ließ die Pinne nicht los, und wir ließen das Kampfgetümmel hinter uns. Jetzt konnten wir unser Augenmerk auf die anderen Schiffe richten. Störtebekers Holk lag zwischen zwei Koggen eingezwängt ungefähr eine viertel Meile entfernt. Rings um uns trieb geleichterte Ladung, aber auch Trümmer und Leichen waren auszumachen. Drei Sniggen schwammen gekentert, ohne daß sich Leben darauf zeigte. Gut eine Seemeile entfernt brannte eine Kogge lichterloh. Wieviel Zeit vergangen war, konnte ich nicht mehr schätzen. Der Himmel hatte sich zugezogen, und eisige Schauer nahmen uns die Sicht; gottlob auch den Verfolgern, denn zwei holländische Fischerboote hatten sich an unsere Fersen heften wollen. Welche Piraten davongekommen sind, ob Godekes schwarzes Schiff die Flucht glückte, all dies kann ich nicht berichten, denn ich mußte mich um mich selber kümmern.

Die Hansen prahlten in der ganzen Welt damit, wen sie an diesem 16. Mai gefangen hätten. Sicher ist nur, daß etliche Schiffe im Starkwind entkamen. Wer seinen Kopf aus dem Grasbrook verlor, konnte seinen Namen nicht mehr sagen. Und wer mit dem Leben davonkam, gab sich meist einen neuen, wenn er die Möglichkeit hatte.

Für das erste schien die Flucht geglückt, Gott hatte mein Gebet erhört.

2. Wie ich unter die Vitalier fiel

Vielleicht graut Dir jetzt, Nachfahre, nachdem Du dieses neue Bild von mir bekommst. Hattest Du gedacht, ich sei schon immer eine ehrbare Person gewesen, wohlhabend und gesetzt? Nun will ich Dir meinen wahren Namen verraten: Ich hieß einst Martin Damme, Sprößling einer wohlhabenden, lübschen Kaufmannsfamilie. Unser Wohlstand rührte vom Schonenfahren her. Du weißt, der Handel mit dem nordischen Salzhering stinkt, aber das Silber der Ostsee läßt sich trefflich in Wohlgerüche, Rotwein und Damast umwandeln, wenn die Zeiten günstig sind, und das Schicksal es gut mit einem meint.

An geeigneter Stelle dieses Nachlasses werde ich Dir mein Vaterhaus beschreiben, es steht noch heute mit stolzem Giebel, doch herrschen längst andere hinter dem patrizischen Portal. Geboren wurde ich in einer eisigen Winternacht, am 2. Februar 1374. Der Friede von Stralsund war gerade vier Jahre alt, und es herrschten gute Zeiten für den Ostseehandel und die Stadt Lübeck. Mit sechs Jahren steckte mein Vater mich, den einzigen Sohn neben drei jüngeren Schwestern, in die Lateinschule von Sankt Marien, und ich lernte dort Lesen, Schreiben, Rechnen und Zeichnen bei Magister Bruns. Auch die für Kaufleute wichtigen Sprachen wurden gepaukt, schließlich war der Magister der Schule von Kaufleuten bestellt. Nach der Schule mußte ich meinen Vater oft begleiten, sofern er in der Stadt weilte. Mein Vater besuchte die Speicher, kontrollierte die Waren, die Bücher und Listen, oder aber wir gingen zur Trave, ankommende Schiffe zu empfangen, mit den Schiffern zu sprechen und mit den begleitenden Kaufleuten Nachrichten auszutauschen. Mit fünfzehn Jahren mußte ich nach dem Willen meines Vaters nach Köln ins Rheinland, zu meinem Oheim, dem Gewürz- und Rotweinhändler Ruprecht Weser. Von meiner Ausbildung und meinen Studien dort will ich Dir vielleicht später berichten, denn schnell will ich auf den Kern der Entwicklung und Deine drängendste Frage kommen: Wie geriet ich unter die Seeräuber?

Nun, die Geschäfte gingen schlechter in Lübeck, der Schonenhandel wurde durch den Krieg Margarete von Dänemarks gegen den Schwedenkönig und seine mecklenburgischen Gefolgsleute und Verwandten arg behindert. Mein Vater hatte in Falsterbo eine Menge Waren gestapelt, die von den Dänen wegen neuer, angeblich unbeglichener Zölle beschlagnahmt wurden. Die Dänen suchten auch nach Waffen und Viktualien, die für das von den Dänen belagerte Stockholm bestimmt waren. Mein Vater wurde krank und schickte nach mir, damit ich den neuen Konvoi nach Falsterbo begleiten und die Schwierigkeiten vor Ort lösen sollte. Die Gläubiger meines Vaters, andere lübsche Kaufleute und Ratsherren drängten plötzlich auf Bezahlung, aber die Waren in Falsterbo, zum Tausch gegen Hering, Holz und Pelze bestimmt, lagen fest.

Als ich nun glücklich in Falsterbo anlangte, geriet ich mit dem dänischen Zöllner, einem aufgeblasenen, adligen Offizier der Besatzung, in Streit. Ich kam ja direkt aus Köln und war erfüllt vom Gedankengut des Süddeutschen Städtebundes. Zwar hatte der Städtebund gegen Ritter und Adlige verloren, denn der Friede von Eger zementierte die Privilegien der Adligen, aber der Gerechtigkeitssinn an sich hatte in mir gekeimt. Warum sollte die Geburt über das Los eines Menschen entscheiden? Brachte nicht der Handel den Wandel zum besseren Leben? Machte nicht die Stadtluft die Menschen frei? Und nun kam dieser Offizier daher, arrogant, pochte auf das Recht des Stärkeren und wollte die Waren eines hansischen Bürgers der Stadt Lübeck nicht freigeben. Er schlitzte mit seinem Säbel unsere Getreidesäcke im Lager der lübschen Vitte auf, gab vor, dort nach geschmuggelten Waffen für die Schweden zu suchen. Als das Getreide in den Dreck rann und zwischen den Bohlen des Bodens verschwand, überkam mich die Wut, und ich stieß ihn von den Säcken fort. Er stolperte und stürzte so unglücklich in seinen eigenen Säbel, daß er sich den Oberschenkel oder gar seine Männlichkeit tief zerschnitt. Ich sah nur das Blut pulsierend spritzen. Wie angewurzelt blieben die Speicherarbeiter, die Träger, der Aufseher und die gemeinen Soldaten der Eskorte stehen, während der Offizier anfing, entsetzlich zu schreien. Ich ergriff panisch die Flucht, durch das Tor über den Weg in das Gewirr niedriger Buden, in denen allerlei Tagelöhner, Seeleute, Fischer, Händler und Handwerker wohnten und dicht neben den Speicherhäusern ihr Auskommen suchten.

Falsterbo war ein Handelsplatz, mal mehr, mal weniger belebt. Vor Falsterbo lagen nur wenige Koggen vor Anker, aber eine Menge kleinerer Boote waren auf das Ufer gezogen: Fischerboote und Lastkähne für die Küstenfahrt, denn Straßen zum Warentransport gab es nur wenig. Zum Glück war gerade Markttag, die Bauern der Umgebung hatten Viehzeug in die Stadt gebracht und getrieben. Hühner, Gänse, Schafe, Ziegen, Schweine und ein paar Rinder sollten neue Besitzer finden, und auf einem Anger gleich hinter den Buden hatte sich das geschäftige Treiben verdichtet. Die Hirten waren emsig bemüht, die eigenen Tiere zusammenzuhalten, kleine Krämer hatten Stände errichtet, an denen sie ihre Waren den teils von weit her kommenden Hinterwäldlern feilboten.

Mein Glück war die Überraschung über meine Dreistigkeit, denn nur zwei der fünf Soldaten der Eskorte verfolgten mich kurze Zeit später. Ich lief durch die Gänge und ungepflasterten Gassen, kam wie von selbst auf den Anger und drängte mich durch die Versammlung. Die Unruhe scheuchte die lagernden Schweine hoch, die Gänse schnatterten ihre Warnungen, und die Menschen traten auf die Wege zwischen Wagen und Ständen, um neugierig zu gaffen. Ein Pferd scheute, zog den gebremsten Wagen an und riß einen Verkaufsstand um. Die dänischen Soldaten riefen und mahnten, mich aufzuhalten, aber keiner rührte eine Hand für die ungeliebte Obrigkeit. Der Abstand wurde größer, und zwischen den Holzstapeln einer Sägemühle lief ich geduckt, bis ich an einen Zaun kam, über den ich mit großer Mühe in einen kleinen Innenhof, gebildet aus drei Holzhäusern, gelangte. Niemand bemerkte mich, als ich auf der anderen Seite des Zauns in ein Brombeergestrüpp und Brennesseln fiel und außer Atem liegenblieb. Die Soldaten hörte ich an dem Zaun vorbeilaufen, ihre Säbel klapperten in den Scheiden, und ihre Stiefel dröhnten auf dem trockenen Boden.

Nach einer Weile wagte ich es, den Kopf zu heben und mich umzuschauen. Ich war in den Hof eines Böttchers geraten. Es stank nach Fisch aus alten Tonnen, neue Fässer waren aufgestapelt, Holz, Faßreifen und Deckel lagerten überall. Abfälle und Sägespäne waren vor meinem Versteck zu einem hohen Haufen zusammengekehrt. Jetzt kamen die Soldaten durch die Zaunpforte und riefen, ob jemand im Hause sei. Ein älterer Mann trat hinter den Haufen hervor, fragte etwas, ließ sich berichten und beschreiben, aber verneinte, daß jemand im Haus oder Hof sei. Als die Soldaten gegangen waren, riegelte er die Pforte zu, kam dann zurück und sprach mich auf deutsch an: »Bleib nur liegen, bis es dunkel ist, ich verrate dich nicht und werde dir helfen.« Danach ging er vor das Haus, holte zwei lange Bootsriemen und stieg auf der anderen Seite des Hofes über den Zaun. Dort mußte sich ein Kanal oder Gewässer befinden, denn ich hörte, wie ein Boot rumpelte und jemand fortruderte.

Bangen Herzens blieb ich zurück, voller Zweifel, was ich tun sollte. Zweimal sah ich aus meinem Versteck durch den Zaun und die Hecke Soldaten vorbeireiten. Mir blieb nichts übrig, als zu warten. Falsterbo war keine Stadt wie Lübeck, aber eine Burg aus Stein, Falsterbohus, beherbergte die dänischen Soldaten. Wie viele Soldaten dort Dienst taten, war mir unbekannt. Aber ich nahm doch an, daß die lübsche Kogge, mit der ich gekommen war, und das Speicherhaus, in dem die Waren meines Vaters lagerten, bewacht wurden. Ich hatte auf der Kogge geschlafen, nur einmal vormittags in einer Wirtschaft eine Graupensuppe verzehrt, und nun plagten mich Hunger und Durst. Es war Ende Mai und wurde spät dunkel. Ich hörte den Böttcher zurückkehren. Er ging mehrmals in das Haus, rief mich dann, und wir gingen hinein. Im Dunkeln des Hauses aß ich schweigend das Brot und trank das Bier, das er mir gab. Er erzählte mir, daß er aus Neustadt bei Lübeck stamme und als Seemann auf einem Schonenfahrer viele Male zwischen Lübeck und Falsterbo hin und her gereist sei. Schließlich habe er bei einem Böttcher der Hansen das Instandsetzen von Fässern, Tonnen und Bottichen gelernt. Er sei aber zu alt gewesen, um in einer Zunft in Lübeck noch Arbeit zu finden, und so habe er das Angebot angenommen, in Falsterbo für die Hansen Heringsfässer zu flicken, und für die neuen zu sorgen.

Er habe dann eine Einheimische zur Frau genommen. Zwei Söhne habe sie ihm geboren und eine Tochter. Ein Sohn sei gestorben, der andere auf See verschollen, und seine Tochter sei jetzt Bäuerin auf einem kleinen Waldhof vier Meilen von seinem Wohnhaus.

»Letztes Jahr ist auch meine Frau gestorben, und nun muß ich sehen, was aus mir wird. Gern würd' ich einmal meinen Bruder besuchen und mein Elternhaus in Neustadt wiedersehen, aber so eine Reise kostet viel Geld, wenn man kein reicher Kaufmann ist. Es kann auch am Ende der Fahrenszeit im Herbst geschehen, und im Frühjahr muß ich vielleicht als erster wieder hierher, wenn mich in meiner alten Heimat keiner mehr haben will. Ich habe mich umgehört, und ich will dir helfen, weil du aus Lübeck bist und mir vielleicht auch einmal helfen kannst. Ich bringe dich heute nacht zu den Vitaliern, die dänische Schiffe kapern. Ich kenne sie gut, denn ich kann ihnen gute Dienste leisten: Ich fertige neue Deckel für ihre geraubten Fässer, auf daß niemand die alten Namenszeichen der Händler erkenne. So läßt sich die Beute besser versilbern, auch in Neustadt, das von den Dänischen abhängt.«

Die Dänen hatten bereits eine Belohnung auf mich ausgesetzt und die Waren endgültig beschlagnahmt. Mir blieb keine andere Wahl, als zu den Vitaliern zu gehen. Insgeheim hoffte ich, gerade zu denen gelangen zu können, die ihre Beute auch in Neustadt oder Lübeck absetzten, um so nach Hause zurückzugelangen. Auf Zureden des Böttchers legte ich mich schlafen. Er weckte mich gegen Mitternacht. Wir ruderten gut eine halbe Stunde, bis wir in einer Nachbarbucht auf eine ankernde Snigge trafen.

Den Dänen war ich so entronnen. Was hätte ich wohl getan, wenn ich gewußt hätte, welche Gefahren ich bei den Vitaliern erleben sollte?

3. Tote im Wattenmeer

Mein Erbe, so lies jetzt, was geschah, nachdem ich mit Rolf Galster und Peter Addix aus der Falle vor Helgoland fliehen konnte, denn nun sollte mein zweites Leben beginnen. Während meiner Zeit bei den Vitaliern hatte ich keine Gelegenheit gehabt, nach Lübeck zurückzukehren. Zuerst hatte ich es gewollt, aber nicht gedurft, dann hätte ich gedurft, aber es hatte sich nicht ergeben.

Oder hatte ich vielleicht gar nicht mehr gewollt? Alle Nachrichten aus Lübeck waren trübe gewesen, mein Vater war gestorben, meine Schwestern hatten die Stadt verlassen. Meine Mutter war in ein Stift eingetreten. Sie war dazu gezwungen, weil es aussichtslos für sie schien, die Geschäfte weiterzuführen, zumal kein anderer Kaufmann der Gilde ihr in Lübeck zur Seite stehen wollte. Ihre genauen Gründe konnte ich in der Ferne nicht erfahren. Ich schämte mich selbst, weil ich an dem Unglück durch mein unbedachtes Handeln in Falsterbo nicht schuldlos war. Und das war auch der Grund, weshalb ich nie eine Nachricht an meine Verwandten sandte.

Der Abend senkte sich über die stürmische See bei Helgoland, und die Dunkelheit deckte ein Leichentuch über die Toten und die Schiffstrümmer. Wir hatten keine Ahnung, wo wir waren und welchen Kurs wir segelten. Sowohl Rolf als auch Peter waren durch ihren Blutverlust, die Anstrengungen, die Nässe, Kälte und den Nahrungsmangel völlig erschöpft. In Rolfs Rükken steckte ein Armbrustbolzen. Er ließ es aber nicht zu, daß ich ihn entfernte, denn die geringste Berührung verursachte rasende Schmerzen. Nachdem wir das holländische Boot für die Fahrt gerüstet hatten und geteerte Leinwand über das offene Deck gespannt war, krochen Rolf und Peter unter den Schutz vor Wind und Wetter und legten sich auf Taue, Segel und Lumpen. Schnell übermannte sie der Erschöpfungsschlaf. Ich konnte mich nicht um sie kümmern, denn trotz gerefften Segels beutelte uns ein böiger Wind. Ab und zu bescherten uns Untiefen und Querströmungen Kreuzseen. So umklammerte ich die Ruderpinne und hielt blind Kurs bei fest belegten Schoten. Ich kämpfte mit der Müdigkeit, mit dem Hunger und besonders mit dem Durst, denn die Gischt wehte von den Wellenkämmen in einem feinen Sprühregen stetig ihre salzige Fracht auf meine Lippen. So kalt war mir, daß die Füße gefühllos in den Stiefeln steckten. Es war eher April- denn Maiwetter, und das Wasser war eisig. Endlich schien der Wind etwas nachzulassen, die Wellen waren weniger hoch und brachen sich seltener. Immer noch war ich völlig ahnungslos, wo wir uns befanden. Segelten wir Richtung England, Friesland, Norwegen oder Dänemark? Meine stille Hoffnung war, daß sich bei Tagesanbruch Proviant an Bord finden ließ, denn die Holländer waren bestimmt nicht ohne Nahrung und Trinkwasser auf ihre Kaperfahrt gezogen. Die holländische Ruderwache konnten wir allerdings nicht mehr fragen, denn Peter hatte gemeinsam mit Rolf den Holländer im Bilgewasser ertränkt. Wir hatten ihn noch nicht über Bord geworfen, die Leiche lag irgendwo unter der Leinwand im Boot. In der Dunkelheit grauste mir jetzt, aber was half es, es war so dunkel, daß ich kaum die Hand vor Augen erkennen konnte. Wieder betete ich zu Gott, er möge mir helfen, nun, nach der geglückten Flucht, nicht auf dem Meer zu sterben. – Und es geschah ein Wunder, ein Fingerzeig Gottes, so daß ich seit damals fest daran glaube, daß es einen Gott gibt, der die Geschicke der Menschen auf seltsamen Wegen leitet, denn der Mond brach zwischen den Wolken hervor, und ich konnte erkennen, daß der Wellengang nachließ; nicht lange darauf erschien ein lichter Schein im Osten, und ich schloß daraus, daß der Wind über Süd nach Westen gedreht haben mußte und wir in einer Kreisbewegung über Nacht wieder Kurs auf das Festland genommen hatten.

Ich mußte wohl über der Pinne eingeschlafen sein, denn plötzlich wurde ich von einem heftigen Ruck geweckt und bugwärts geschleudert. Unser Boot bewegte sich nicht mehr, es krängte nur etwas stärker, denn der Wind blähte das Segel, und der Mast neigte sich nach Lee. Wir waren im Wattenmeer bei ablaufendem Wasser auf Grund geraten. Ich löste das Baumfall, und der Großbaum rauschte mit knatterndem Segel in das Boot. Noch war es zu dunstig, als daß irgendwo Land zu sehen gewesen wäre. Und Land bedeutete nicht unbedingt Gutes. Es konnte sein, daß Strandräuber auf Beute warteten. Gott weiß, wo wir waren, womöglich in Nähe von Hamburger Schiffen, die Jagd auf flüchtende Schalmen machten?

So wollte ich nun in der einsetzenden Morgendämmerung meine Gefährten wecken, klarte die Schoten, Fallen, Leinen und Segel auf, so gut ich dies alleine vollbrachte. Das holländische Schiff hatte einen flachen, breiten Boden, mittschiffs etwa zwölf Fuß breit, gut geeignet für Wattenmeer und friesische oder holländische Kanäle und Flüßchen. Die Länge betrug ungefähr fünfunddreißig Fuß. Der Mast war wohl vierzig Fuß hoch. Am Heck gab es beplanktes Deck, ebenso wie am Bug, der zum Teilen der Wellen hochgezogen war. Der Rest des Bootes war mit einer Persenning vor den Wellen geschützt, die ich jetzt aufknöpfte, um nach Rolf und Peter sehen zu können.

Peter fand ich zuerst, er lag auf dem Rücken, an die tiefste Stelle des Bootes gerutscht, mit wächsernem Gesicht. Das Bilgewasser war rosa gefärbt. Er war über Nacht verblutet, eiskalt und schon etwas starr lag er da. Der Tod mußte schon vor Stunden eingetreten sein. Neben ihm lag Rolf auf dem Bauch und bot mir seinen Rücken mit dem herausragenden Bolzen kurz neben der Wirbelsäule. Er war bewußtlos, aber er atmete flach und schnell. Ich entschloß mich, seine Bewußtlosigkeit zu nutzen. Ich griff zu und versuchte den Bolzen herauszulösen. Sofort begann es neben der Kruste aus geronnenem Blut und Leder zu bluten. Ich trennte mit meinem Messer die Riemen seines Harnisches auf und entfernte den Harnisch, wobei der Bolzen ein Stückchen herausgezogen wurde. Aber ein Widerhaken der Spitze saß anscheinend unter einer Rippe; ich mußte den Bolzen also etwas drehen, ehe ich ihn ganz herausreißen konnte. Es gab ein schmatzendes Geräusch aus der Wunde, Rolf stöhnte, riß die Augen weit auf und fing an zu husten. Blut und Speichel troff aus seinem Mund. Er kam zu sich und stöhnte erneut: »Durst …« Ich lehnte ihn gegen zusammengelegtes Tauwerk und suchte weiter bugwärts nach Trinkbarem.

Neben dem Mast fand ich ein Fäßchen mit Wasser. An einem Haken im Mast hing eine Kupferkelle, und ich schöpfte etwas Wasser, trank erst selbst hastig und brachte dann etwas für Rolf, der ebenfalls gierig trank, um danach kraftlos zu husten. Er fiel wieder in Bewußtlosigkeit. Nun untersuchte ich das Boot weiter und fand unter dem beplankten Heckdeck einen Schapp mit Proviant. Ich entdeckte Zwieback und Speck und aß beides mit großem Hunger. So gestärkt überlegte ich, was weiter zu tun sei. Das Wasser war mit der Ebbe jetzt so weit abgelaufen, daß es nur noch knietief um das Boot spülte. Etwa zweihundert Schritt entfernt lag ein flaches Stück Land, das langsam aus dem Dunst auftauchte. Ob es eine Insel oder Festland war, ob bewohnt oder menschenleer, konnte ich noch nicht erkennen. Ich hatte Angst, anderen den Tod meiner Kameraden erklären zu müssen, und überlegte, wie ich mich ihrer entledigen könnte, als ich in der Nähe einen Priel bemerkte, in den das ablaufende Wasser strömte. Ich zog Peter die Stiefel aus, löste seinen Gürtel, nahm ihm die Kette vom Hals und wuchtete den Toten über Bord. Dann zog ich ihn im flachen Wasser bis an den Priel, in dem eine starke Strömung herrschte. Ebenso verfuhr ich mit dem Holländer: Ich durchsuchte seine Taschen und entfernte alles, was wertvoll und doch nicht verräterisch war. Auch die Stiefel nahm ich ihm, denn er brauchte sie nicht mehr, aber ich konnte sie vielleicht jemandem verkaufen. Sein bleicher Leichnam war leichter als der von Peter. Sein langes Blondhaar umspielte sein Gesicht im Wasser. Auch dieser Tote wurde von der Ebbe ins offene Meer getragen.

Nun mußte ich mich um Rolf kümmern. Die Maisonne hatte die Wolken vertrieben und wärmte ein wenig meinen Rücken, als ich mich über den Verwundeten beugte und nach seinem Atem horchte. Wahrscheinlich hatte er eine Lungenverletzung, ich hatte wenig Hoffnung, daß er den Tag überstehen würde. Und tatsächlich hatte Gott sein Urteil bereits gesprochen, während ich die Leichen im Priel versenkte. Um mich zu vergewissern, kniff ich ihm in die Nase, aber er zeigte keine Regung. Weder sein Herzschlag war spürbar, noch sein Puls am Hals tastbar. So nahm ich auch ihm die Wertsachen und entschied mich für das nasse Grab. Ob Gott dies gutheißen würde, fragte ich damals nicht, denn ich fürchtete mich mehr vor den Lebenden, die mich bei meinem Vorgehen beobachten könnten. Mehrmals schaute ich in die Ferne, aber außer den Möwen sah mir niemand bei meinem Tun zu. Rolf war der Schwerste von allen. Außerdem war der Wattboden inzwischen trocken, und ich hinterließ eine deutliche und verräterische Schleifspur. Auch die Strömung im Priel hatte nachgelassen, doch sie reichte noch aus, um den Toten aus meinem Blickfeld zu entfernen. Nachdem ich mich nochmals mit Wasser und Proviant gestärkt hatte, machte ich mich mit Handbeil und Dolch bewaffnet auf, um das Land zu erkunden.

Als ich mich dem Ufer näherte, sah ich ein paar hundert Schritt entfernt südwärts am Strand Bewegungen. Lagen da Späher auf der Lauer? Ich lief rasch landeinwärts und verbarg mich in flachen Dünenmulden hinter Strandhafer. Meine Sinne hatten mich nicht getäuscht: Tatsächlich befanden sich dort südlich von mir Lebewesen, aber mir fiel ein Stein vom Herzen, als ich in ihnen Seehunde erkannte. Das Land war eine Insel und unbewohnt. Sie beherbergte lediglich Tausende von Seevögeln, die Angriffe gegen mich flogen, um ihre Eier in den Nestern und die Jungvögel zu verteidigen. Ich fand ein paar Eier zum Ausschlürfen und freute mich über die Mahlzeit und darüber, daß ich für das erste in Sicherheit war, denn bei ablaufendem Wasser war kein neuer Gast zu erwarten. Beruhigt ging ich zum Boot zurück, legte einen Anker aus, um nicht unvermittelt bei Flut wegzutreiben, und fiel auf der getrockneten Leinwand sofort in den Schlaf der Erschöpfung.

4. Die Eider hoch Richtung Tönning

Erneut wurde ich von einem Rucken des Bootes geweckt. Hatte es sich mit der Flut sanft in die Höhe gehoben und mich im Schlaf gewiegt, so war dieses Wiegen jetzt beendet. Wieder hatte die Ebbe eingesetzt und den Bootsrumpf ins Watt gedrückt. Es war ein gutes Boot, so wie die holländischen Schiffsbauer damals bauten, mit plattem Boden und glatt beplanktem Spantenwerk. Auch Störtebekers Holk hatte so einen Kraweelrumpf, damit das Schiff leichter durch das Wasser gleite. Und die Spanten verstärkten das Schiff, ohne es sehr zu beschweren. Der herkömmliche Klinkerbau war einfacher, doch die Holländer verstanden die neue Art und hatten wohl auch gutes Handwerkszeug. Außerdem mußten sie in ihrem holzarmen Land sparsamer mit dem Holz umgehen.

Als ich mich aufrichten wollte und mich auf meine Hände stützte, wurde ich schmerzhaft an meine Flucht über das Tau erinnert. Die Handflächen waren entzündet und geschwollen, kleine Teerstückchen und Taufasern steckten in der rissigen Haut. Doch ich war mit dem Leben davongekommen, und so wollte ich diesen Verletzungen keine Beachtung mehr schenken. Es war kühler geworden, und die Abendsonne tauchte die flache Wattenmeerinsel in blutrotes Licht. Wieder labte ich mich an Geräuchertem, Zwieback und Wasser und fand beim Aufräumen im Boot eine Steingutflasche mit Genever. Ein Schlückchen davon wärmte mich, und gestärkt dachte ich über meine Lage nach. Ich mußte mich, allein mit einem großen Boot, vorsehen vor Wind und Wetter und menschlichen Feinden. Die Hansen würden wahrscheinlich nach der Seeschlacht in die Elbe nach Hamburg zurückkehren, um ihre Wunden zu lecken und ihren Sieg zu feiern. Es würde das beste sein, sich nordwärts Richtung Holstein zu halten, schon um auch Holländern aus dem Weg zu gehen, die mein Schiff kennen könnten. Vielleicht sollte ich in der Eidermündung abwarten? Aber wo war ich? Eine ostfriesische Insel war es nicht, an der ich lag, dazu war sie zu flach und unbewohnt. Es mußte eine der kleinen Watteninseln vor Holstein sein. Gäbe Gott, daß ich eine Karte hätte, an der ich mich orientieren könnte!

Da erinnerte ich mich an Magister Wigbolds Ledertaschen, die ich bei meiner Flucht durch den Abort von seiner Lagerstatt gegriffen hatte, als wir flohen. Ich hatte sie achtlos in den Schiffsrumpf geworfen. Bei Wigbolds Liebe für Bücher und Karten, vielleicht enthielt sie dergleichen? Ich suchte im Boot, ordnete, zurrte und laschte Segel, Riemen, Anker, Leinen und Taue, geteerte Seesäcke und Persennings fest. Ich fand die Geldkatze und den Geldgürtel, ich fand Messer, Kurzschwerter, Beile und Werkzeug, ich stieß bei meinem Suchen auf eine Öllampe und Ölvorrat, schließlich tauchten unter fischschuppigen Reusen auch die Taschen des Magisters auf. Eine war recht schwer und mit einem Siegel verschlossen. Ich brach es auf und untersuchte den Inhalt. Neben versiegelten Fläschchen mit unbekannten Ingredienzien enthielt die Tasche tatsächlich Schriftrollen, mehrere Bücher und gefaltete Karten.

Mittlerweile war es fast dunkel geworden. Irgendwie beunruhigt blickte ich auf, stieg über die breiten Belegnägel am Mast eine Mannslänge hoch und schaute mich um. Aber nichts Gefährliches war zu erkennen. Nur die Seevögel kehrten kreischend zu ihren Schlafplätzen auf der Insel zurück. Ich kauerte mich in den Bootsrumpf, laschte eine Persenning als Schutz gegen den fallenden Tau von Reling zu Reling und zündete die Öllampe unter diesem Zeltdach an. Gebettet auf Segeltuch und Seesäcke entfaltete ich die Papiere und entdeckte neben Karten von Norwegens und Englands Küste auch eine Karte, die Nordsee und Ostsee zusammen mit den angrenzenden Küsten bis weit nach Osten zeigte. Dies war ein sehr wertvoller Fund, denn obwohl ich Störtebekers Lieblingsschreiber gewesen war und er mich damit beauftragt hatte, Karten zu sichten und zu sammeln, hatte ich noch niemals vorher eine so umfassende Seekarte gesehen. Die verschiedensten Landmarken waren eingetragen, aber auch Ziffern und Kürzel, die ich damals nicht zu deuten vermochte. Noch bedeutsamer aber war für mich ein Büchlein, in dem Hafeneinfahrten skizziert und Meeresengen und Flußmündungen beschrieben waren. Hier fand ich auch einen Kartenausschnitt mit der Elbmündung, in deren Gebiet ich mich nach meinen Vermutungen befand. Und tatsächlich war in der Karte eine flache Sandinsel eingezeichnet, allerdings in bedrohlicher Nähe des hamburgischen Festungsturmes Neuwerk. Ich mußte mit Kontrollen rechnen, und sogleich beschloß ich, am Morgen mit auflaufendem Wasser Richtung Eider aufzubrechen.

In der Nacht frischte der Wind auf, und das Knattern der Persenning weckte mich. Ich zurrte sie fester. Im fahlen Licht des Vollmondes sah ich gespenstische Schatten auf den kalkigweißen Muschelbänken und trockengefallenen Sänden. Sogleich griff ich zu den Waffen und suchte im Dunkeln nach Harnisch und Helm. Mein Herz schlug wie wild, mein Atem ging hastig und stoßweise, und meine Hände zitterten, als ich den Harnisch und den Kinnriemen des Helmes festschnürte. Ich lugte über die Reling, konnte aber keine Bewegung bei den Schatten feststellen. Waren es wieder Seehunde? Ich versuchte zu schreien, um die Schatten zu verscheuchen, aber es kam nur ein gurgelnder Laut aus meiner zugeschnürten Kehle. Das Boot war umzingelt, an allen Seiten lagen nah und fern die dunklen Nachtgespenster auf der Lauer, ich hielt die Spannung nicht aus, sprang auf und schrie, aber nichts geschah. Da nahm ich die bauchige Gestalt steuerbords ins Visier, drohte mit dem Handbeil und machte einen Scheinangriff. Unbeeindruckt blieb das bremische Bierfaß liegen. Der zweitägige Westwind und die letzte Flut hatten die

Überbleibsel der Seeschlacht auf das Watt getrieben. Langsam beruhigte ich mich, doch an Schlaf war jetzt nicht mehr zu denken. Ich untersuchte die Spieren, Planken, Fässer, Kisten und Säcke und fand auch vier Leichen. Die Gesichter und Handrükken waren vermutlich von Raubmöwen zerhackt, ich konnte keinen der vier erkennen. Der letzte Tote an der Nordspitze des Sandes lag in einer kleinen Pfütze, und als ich ihn umdrehte, quollen aus seinem aufgeschlitzten Bauch neben Gedärm auch die gierigen Aale, Aasfresser der Watten, und machten sich mit ihren Schlangenleibern über den geriffelten Wattboden zielstrebig auf, den nahen Priel zu erreichen. Angeekelt kehrte ich zum Boot zurück und mußte dabei einen Priel, der sich bereits zu füllen begann, durchwaten.

Ich hatte mich entschlossen, die Güter zu bergen. Vielleicht konnte ich bei Tönning an der Eider einiges gegen Lebensmittel eintauschen. Auch war damit zu rechnen, daß sich die Kunde von Strandgut bei den Küstenbewohnern wie ein Lauffeuer herumsprechen würde. Sicher würden sie von ihrem Strandrecht Gebrauch machen, und ein einzelner Fremder wäre da kein großes Hindernis, um ein »gestrandetes« Boot in Besitz zu nehmen. So rollte ich die Fässer zum Boot, laschte sie am Ende des Baumes fest und hievte sie mit einer Talje über die Bordwand. Salzheringe und Bier hatte ich nun geladen. Mit dem auflaufenden Wasser ließen sich auch Spieren und Planken bergen. Zwei blaue Tuchballen mit guter flämischer Ware konnte ich ebenso erbeuten wie drei Seesäcke mit Kleidern und persönlichen Dingen, waren es nun welche von Hansen oder Schalmen. Weiter fand ich einen Sack mit nassen Fellen von Otter und Nerz. Zuletzt lief ich im knietiefen Wasser zu den beiden Toten, die am nächsten lagen, zog ihnen die Stiefel aus und nahm ihnen die Gürtel ab. Die Strandvögte würden es nicht anders machen, und mir war ja die Idee mit dem Handel in Tönning gekommen. Die Sonne ging gerade am Horizont auf, als die Flut das Schiff auftreiben ließ. Ich klarte es auf, hißte das Segel, barg den Anker und holte die Schoten für einen nordwestlichen Kurs dicht. Zunächst mußte ich mich etwas von den Sänden freisegeln.

Bei frischem Westwind kam ich zügig voran, und dem Sonnenstand nach war es früher Mittag, als ich backbord und steuerbord

Land sichtete. Ich bewegte mich auf den Eidertrichter zu. Je dichter ich unter Land kam, desto klarer erschien die Küstenlinie und gab mir die Gewißheit, daß die Karte des Magisters stimmte. Nun wußte ich, wo ich mich befand. Seit die Eider nach mehreren Sturmfluten ihren Trichter verändert hatte und Tönning eine kleine Bucht als natürlichen Hafen nutzen konnte, war das Land an der Eider deutlich gewachsen. Fünfzig Jahre zuvor hatte die Pest hier zwei Drittel der Menschen vernichtet. Deiche konnten nicht erhalten werden, und der blanke Hans hatte sich seinen Tribut geholt. Doch nun sah man wieder viele Kühe und Moorschnucken auf dem grünen und nassen Land stehen, das von Warften mit hochgiebeligen Bauernhäusern überragt wurde. – Stolz und hart sind die Menschen in dieser Gegend, weil sie auf ihrer nassen Scholle dem Meer trotzen. – Baken und Priggen wiesen den geschlängelten Weg des Eiderwassers durch das Watt. Tönning lebte davon, daß die Seezeichen den rechten Weg zeigten und so die Strandräuber keine Beute fanden. Denn nach Tönning kamen die Waren aus Holland, und die Bauern konnten deshalb ihren Käse und ihr Fleisch verkaufen. Für Fuhrwerke waren die Wege und wenigen Straßen häufig wegen der Nässe des Grundes schlecht zu befahren, aber Schiffe und Boote finden auf der Eider ihren Weg. Jetzt lagen vereinzelt Kähne am Ufer, mit denen man wriggen, rudern und staken konnte. Auf dem trockenfallenden Wattboden sah man einige Reusen liegen. Weit würde ich nicht mehr kommen, ganz bis in die Hafenbucht wollte ich auch nicht fahren, da würde man vielleicht zu viele Fragen stellen. Etwas vor Tönning befand sich eine Fischersiedlung, die ihre Hütten um die große Warft eines wohlhabenden Bauern scharte. In einer Biegung der Eider hatten die Fischer einen Landeplatz für ihre Fischerkähne. Sie lagen auf dem grauen Boden, die Grasnarbe war von den Kielen zerschnitten. Mit einem Aufschießer in den Wind knirschte auch mein Plattbodenschiff auf den Schlick. Die Fischer schauten mißtrauisch von ihrer Arbeit an den im Wind an Stangen aufgestellten Netzen auf. Ihre Kähne waren sehr viel kleiner, teils geklinkert. Die meisten waren jedoch uralte, hohlgebrannte und geteerte Einbäume, die eine aufgeplankte Reling besaßen, um mehr Schutz vor den Wellen zu bieten. Einfache Steckmasten für Sprietsegel steckten in den Duchten.

Auf einem zum Fluß abfallenden Steg saßen drei junge Frauen, nur spärlich bekleidet; sie wuschen im maikalt strömenden Flußwasser Wäsche, knieten auf dem Steg fast im Wasser, und ihre vor Kälte rosige Haut hob sich hübsch von den weißen Blusen ab. Ich konnte meinen Blick kaum von ihnen wenden; wenn sie sich bückten, um Laken aus dem Wasser zu fischen, dann konnte ich in den Ausschnitten ihrer Blusen die weichen Brüste sehen. Die Wäscherinnen blinzelten mir zu, da ich im Gegenlicht stand, und lachten und schnatterten wie die Gänse, die an dem Hochufer der Eider entlang von einem Gänsehirten getrieben wurden.

»Tach, Schiffer. Was führt Euch zu uns?« wurde ich nun von einer Stimme in meinem Rücken angesprochen. Sie gehörte zu einem älteren Mann in blauen Hosen, Holzpantinen an den Füßen und einer grauwollenen Joppe über dem gestreiften Hemd. Eine schwarze Wollmütze hielt sein krauses Grauhaar davon ab, ihm in das Gesicht zu wehen, in dem sich ein kurzgestutzter Vollbart ausbreitete.

»Auch Euch einen guten Tag. Mich führte der Wind hierher, mich bremst die Ebbe und die Müdigkeit. Der Sturm vor drei Tagen hat mich und meinen Gehilfen beim Fischen vor Helgoland überrascht. Wir wurden dann Zeugen, wie lübsche und hamburgische Hansen mit ihren Kriegskoggen, unterstützt von holländischen Sniggen, Jagd auf die Seeräuberflotte von Klaus Störtebeker und Godeke Michels machten. Im Sturm trafen die Schiffe aufeinander, und es gab eine blutige Seeschlacht. Die Räuber leichterten ihre Koggen um ihren Beuteballast, damit sie besser fliehen konnten. Und so was ging uns ins Netz. Beim Versuch, unser Netz zu bergen, ging mein Gehilfe über Bord. Allein konnte ich im Sturm das Boot nicht mehr wenden. Der Wind trieb mich die Nacht vor sich her und auf einen Sand in der Elbmündung. Zwei Tage saß ich dort fest. Der Westwind und die Flut brachten Strandgut. Ein wenig konnte ich aus dem Watt sammeln, aber dann mußte ich die Flut nutzen, um wieder von der Sandinsel herunterzurutschen. Allein ist es schwer, diesen Kahn zu bewirtschaften. Jetzt kann man im Watt sicher reiche Ernte einfahren, denn es waren eine Menge Schiffe und Soldaten an der Seeschlacht beteiligt, und vieles ging in Trümmer.«

Mein letzter Satz sollte seine Wirkung nicht verfehlen. Ich

wollte diesen Fragesteller von mir ablenken und seine Aufmerksamkeit auf mögliche Beute im Watt richten. Seine Pupillen wurden kleiner, und sein Blick ging zurück zu den Fischern an den Netzen. Ihm schossen zweifellos Gedanken durch den Kopf, aber schnell besann er sich: »Verzeiht, daß ich Euch nicht meinen Namen nannte, ich bin Hauke Friedrichsen, Ihr steht auf meinem Land und seid willkommen. Dort auf der Warft liegt mein Hof, und diese Fischer sind Pächter. Ich selber fahre selten aufs Meer, doch ich weiß, daß die Seeluft hungrig macht. Ihr seid zum Abendessen eingeladen. Hört auf die Magd, wenn sie das Gesinde mit klingendem Eisen zusammenruft. Ich bin gespannt, was Ihr noch zu berichten wißt.«

»Habt Dank. Mein Name ist Hannes Maiboom. Gerne nehme ich die Einladung an, ich werde auf das Zeichen hören. Verzeiht, wenn ich frage, aber ich bin ja jetzt nach dem Tod meines Gehilfen allein und habe keine Wache für Boot und Waren. Wie soll ich mich da verhalten?« fragte ich.

Und Hauke Friedrichsen sprach: »Ihr seid Gast hier, und das zählt bei meinem Gesinde und den Pächtern. Doch wenn Ihr mir zu einem guten Preis etwas von Eurem Treibholz gebt, dann werde ich einen Hütejungen zu Eurem Schiff bestellen; und wenn Ihr hier nächtigen wollt, dann wird er auch des Nachts achtgeben, daß niemand Fremdes sich an Euch oder Eurem Gut vergreift. Seid unbesorgt, zwar gibt es viel fremdes Volk, das nach Tönning reist, um zu handeln. Doch wenn die Flut steigt, wird es Abend sein, und das Steuern ohne Sicht auf die Priggen und Baken ist für Fremde nicht möglich. Von anderen ist nichts zu befürchten, denn wir wollen unseren guten Ruf nicht schädigen und die Pflichten der Gastfreundschaft nicht verletzen. Also dann, bis später.«

Er kehrte mir den Rücken zu und ging zu den Fischern, die jetzt zusammenkamen und neugierig zu mir herüberschauten. Ein paar Fischer machten sich wohl nach seinen Anweisungen oder seinem Rat auf und gingen zu den Schuppen, um dort etwas zu richten. Die anderen setzten ihre Arbeit an den Netzen fort. Ich aber ging am Ufer entlang bis zu dem schmalen Steg der Wäscherinnen. Hübsch waren sie alle drei und jung. Das weizenblonde Haar, zu dicken Zöpfen geflochten, hatten sie unter kleinen Hauben festgesteckt. Ungeniert zeigten sie ihre weiblichen Reize in ihren nassen Röcken und Blusen. Sie blickten von der Arbeit auf und lachten mich mit schönen Zähnen unter vollen Lippen an, sprachen aber kein Wort. Da fing ich an: »Ich wünsche euch einen guten Tag, schöne Wäscherinnen. Sagt, könnt ihr mir aus einer Verlegenheit helfen, ich habe zwei Ballen guten Wolltuchs, die hab' ich aus der salzigen See gefischt. Könntet ihr gegen Lohn das Tuch waschen und trocknen und darauf achtgeben?«

»Wir sind Mägde auf Hauke Friedrichsens Hof, und wir sollen Wäsche waschen und aufhängen. Danach haben wir frei bis zum Abendbrot, und dann müssen wir noch beim Melken helfen ... Mir würde ein Stück des Tuchs als Lohn gefallen«, antwortete die mittlere jetzt ernst, wurde dann aber rot.

Die anderen schlugen die Augen nieder, aber sie nickten beipflichtend. Und so entgegnete ich: »Ich bin einverstanden. Ich werde hier übernachten. Könnt ihr mir morgen das trockene Tuch zurückgeben?«

Die Wortführerin antwortete erneut für die anderen: »Wir werden es auf dem Heuboden aufhängen, der ist jetzt nach dem Winter leer, und Ihr werdet es morgen früh nach dem Melken zurückerhalten.«

Ich drehte mich um. Die Fischer hatten ihre Arbeit beendet und waren in Schuppen und Hütten verschwunden. Von der Warft sah ich einen Burschen auf einem Gaul Richtung Tönning wegreiten. Da verbreitete sich wohl schon die Kunde von dem Strandgut. Vom schwankenden Steg führte mich der Weg zurück zum Schiff, um das Tuch zu holen. Die nassen Ballen waren recht schwer. Ich rollte sie auf dem Gras aus, um die Länge des Stoffes zu messen. In Ermangelung einer Elle maß ich ihn mit nach beiden Seiten ausgestreckten Armen. Es waren zusammen sechzehn mal die Länge meiner Arme. Die Wäscherinnen hatten ihre Wäsche in Körbe gepackt und kamen nun, um das Tuch abzuholen. Es war unhandlich zu waschen und zu wringen und sollte ja auch keinen Schaden nehmen. Das Flußwasser war dunkelgrau, aber nicht sehr trüb, denn man konnte die kräftigen Hände der Mädchen auch noch tief im Wasser sehen, wenn sie nach unten langten, um den Stoff aus dem Fluß wieder auf den Steg zu klatschen. Ich mußte mich beherrschen, nicht zu lüstern nach dem weiblichen Fleisch zu gaffen. Endlich riß ich mich los, denn ich hatte noch einiges zu verstauen und zu verstecken. Einen Teil der Münzen konnte ich im Gürtel bei mir tragen, den anderen sowie Waffen, Helm und Harnisch versteckte ich im Bug des Schiffes in einem eingelassenen Schapp. Zwei Messinghaken aus der Werkzeugkiste schlug ich mit dem Hammer als Ersatz für ein Schloß über Deckel und Rahmen. Einfach und im Vorbeigehen war dieses Versteck nicht zu öffnen. Ich legte noch die Reusen davor und laschte eine Persenning über das Vorschiff. Dann entlud ich die Spieren, Planken und Bretter, die im trockenen Zustand gutes Bauholz für Möbel und Kisten abgaben. Ich stapelte sie dicht neben dem Schiff, und zwar so, daß die schweren Planken oben lagen und die kleinen Teile schützten. Noch traute ich dem Frieden nicht ganz, aber selbst wenn mir etwas abhanden kommen sollte, so konnte ich froh sein, wenn ich heil und mit meinem Geld davonkäme. Dann hievte ich ein Bierfaß mit der Talje aus dem Schiff, und danach formte ich mit einer Persenning und dem Großbaum ein Zelt beim Mast und machte ein Lager aus dem Segel und den Leinen, denn ich wollte nach der Einladung zum Abendessen in meinem Schiff schlafen. Das Handbeil und die Öllampe legte ich bereit. Schließlich hängte ich nasse Hemden, Joppen und Stiefel so zum Trocknen auf, daß sie nicht gleich ins Auge fielen. Das Schiff war jetzt vollständig trokkengefallen und lag schräg auf dem Ufersand. Das Bilgewasser hatte sich im Heck gesammelt, es war noch bräunlich von Blut und Dreck. Ich fand einen Stopfen und schlug ihn mit dem Hammer heraus, damit die Bilge leerlaufen konnte. Dann blickte ich auf, denn ich hörte das Schnattern der Gänse, die ein Hütejunge von ungefähr sechzehn Jahren in einiger Entfernung vorbeitrieb. Er grüßte mich und rief mir zu: »Ich bringe noch meine Schar in das Gatter, dann komme ich, Herr, und passe auf Euer Schiff auf.« Er ging barfuß, mit kniekurzer Hose und derbem Leinenhemd, am Hals lässig offen, damit man sein buntes Tuch sehen konnte, das er um den Hals geschlungen hatte. Er hatte ein freundliches, ehrliches Gesicht. Aus welcher Familie mochte er stammen, daß er nichts Besseres zu tun hatte, als Gänse zu hüten? Doch ich hatte keine Zeit, mir darüber Gedanken zu machen. Die Ledertasche mit den Karten war noch zu verstauen.

Ich legte sie in das Heckschapp zum Proviant. Dann schlug ich den Stopfen wieder in den Bilgeabfluß und vertäute mein Schiff mit Leinen an den ins Ufer eingeschlagenen Pfosten. Unterdessen war ein anderer Junge, auch etwa siebzehn oder achtzehn Jahre alt, aus den Fischerhütten zu mir herübergeschlendert. Er sprach mich an: »Ein schönes Schiff habt Ihr, Herr. Es ist kraweelt, stammt es aus Holland?«

»Du kennst dich aus«, lobte ich ihn, »woher verstehst du etwas von Booten?«

»Ich bin der Gehilfe von Per, dem Fischer. Ich wohne bei seiner Familie, dort in der linken Hütte mit der grünen Tür. Ich fahre mit ihm und seinem Sohn hinaus zum Fischen und Reusenlegen. Unseren Fang müssen wir zum Teil als Pacht an den Bauern abliefern, einen Teil verbrauchen wir selbst, und den Rest liefern wir nach Tönning. Wenn wir dorthin fahren, dann liegen wir oft dicht neben den großen Schiffen.«

»Hättest du Lust, auf einem großen Schiff mitzufahren und zu arbeiten?«

»Sicher, Herr, aber ich weiß nicht, ob Per mich freigibt, denn er hat meinen Eltern eine Summe Geldes gegeben, damit ich bei ihm arbeite. Und meine Eltern brauchten das Geld, denn ihnen waren die Schweine, die sie zum Mästen vom Großbauern bekommen hatten, an Krankheit gestorben.«

»Ich könnte wohl jemanden brauchen, der mit mir segelt und arbeitet. Aber ich weiß nicht, wann mich das Schicksal wieder zur Eider bringt. Ich plane, nach Hamburg zu segeln und dort Fracht aufzunehmen. Dann kann es um Dänemark in die Ostsee gehen und wieder zurück, und wer weiß, wie spät im Jahr es dann ist.« Meine Worte brachten seine Ohren zum Klingen, und voll Sehnsucht blickte er in Richtung Meer. Vor Heimweh nach seiner Schweinemästerfamilie schien er nicht zu vergehen, und die Fischerfamilie hatte zumindest einen Sohn, der die Geschäfte des Vaters übernehmen würde; da würde er keine Zukunft haben. So schob ich nach: »Frag den Fischer einmal nach einer Ablöse, und dann können wir morgen noch einmal darüber reden.«

»Ist das ernst gemeint, Herr?«

»Ich brauche einen Gehilfen, allein kann ich nicht gut segeln. Das Angebot ist ernst gemeint«, antwortete ich. Und ich meinte es wirklich ernst. Wo hätte ich einen ehrlichen Mann finden sollen, in Tönnings Spelunken? Gewiß trieb sich viel Volk in der kleinen Stadt herum, aber wem hätte ich vertrauen können? Ein junger Mensch war von mir abhängig, würde nicht im nächsten Hafen fliehen, würde mir keinen Dolch in den Rücken stoßen. Ich könnte sein Vorbild, sein Meister sein. Der Junge lief zu den Hütten zurück.

5. Die schöne Magd des Großbauern

Die Sonne sank tiefer, der Wind legte sich langsam, und die Abendfeuchte stieg aus den Wiesen, zusammen mit unzähligen Mücken, die über den Gräben im Windschutz des Schilfes im Abendlicht tanzten. Von der Warft trieb der Gänsehirt zwei Gänse auf mich zu. In den Händen trug er Brot, einen Napf und einen Krug. Um die Schultern hatte er sich einen Hirtenmantel gelegt. Jetzt erschien eine ältere Magd auf dem Hof und schlug mit einer kurzen Metallstange gegen eine längere, und es gab fast ein schönes Geläut.

»Das ist das Zeichen fürs Abendbrot. Meines hat man mir mitgegeben, ich soll bei Eurem Schiff aufpassen, bis Ihr wiederkommt«, sagte der Gänsehirt, als er mich fast erreicht hatte.

»Und warum treibst du die beiden Gänse hierher?« fragte ich ihn verwundert. Schelmisch antwortete er, daß er es sich nach dem Abendbrot auf seinem Mantel gemütlich machen wolle und die Gänse die Wacht übernehmen würden. Die beiden waren sehr zutraulich, hielten sich dicht bei ihm und blinzelten mich mißtrauisch mit ihren Vogelaugen an. Ich holte ihm eine Persenning aus dem Schiff, legte sie im kurzen Abstand vom Schiff auf das Ufergras, und dorthin hockten sich der Hirt und seine beiden Lieblingsgänse. Er löffelte seine Suppe aus dem irdenen Napf und trank Dünnbier aus dem Krug. Ich fragte auch ihn, ob er sich vorstellen könne, über das Meer zu reisen und mir beim Verschiffen von Gütern zu helfen. »Es ist zwar keine Kogge, aber Reiselust habe ich schon. Und zu verlieren hab' ich nicht viel, denn ich bin ein Waise, der für Kost, Bett und abgelegte Kleider hier auf dem Hof arbeitet. Aber was ist im Winter, wo ist Euer Heimathafen, und was wird dann aus mir?« Dieser Junge war aufgeweckter als der Schwärmer des Fischers.

»Wie heißt du?« fragte ich, und er antwortete: »Ole nennt man mich, Hilken hieß meine Familie.«

Ich hatte mir auf die Frage nach meinem Heimathafen noch keine Antwort zurechtgelegt. So erwiderte ich, daß ich mir noch keinen Heimathafen gesucht hätte, sondern mein Schiff meine Heimat sei, und wenn er sich gut anstellen würde, könne er auch dort wohnen, wo ich den Winter verbringen würde.

»Laß es dir durch den Kopf gehen, wir können morgen weiter darüber reden. Jetzt muß ich zum Bauern, er hat mich eingeladen.«

»Er will mit Euch Geschäfte machen, hat mir die Köksch erzählt.«

»Paß auf mein Schiff auf, mach es gut, dann geb' ich dir morgen bei meiner Abfahrt einen Groschen oder nehme dich mit, daß du dir noch ein paar mehr verdienen kannst«, sprach ich leichthin und strebte dem Hof des Bauern Hauke Friedrichsen zu.

Von den Weiden kamen Knechte mit geschulterten Schaufeln. Sie hatten eine schwere Arbeit inmitten der Mücken zu verrichten; sie mußten die Entwässerungsgräben wieder vertiefen, damit das Großvieh keinen Hufpilz auf den Weiden bekam und das Gras besser gedeihen konnte. Von einer langen Reihe Weiden an einem breiteren Graben kam eine Gruppe von Kindern, gebückt unter der Last von Weidenschößlingen, die wohl Stecklinge an den neuen Gräben werden sollten. Die Weide ist ein vortrefflicher Baum. Früh blüht sie und gibt den Bienen Nahrung, sie läßt sich leicht vermehren, gedeiht im nassen Boden, aus den Zweigen lassen sich Körbe flechten, und wenn man die Rinde kaut, vertreibt's einem die Kopfschmerzen nach einer Schnapszecherei.

Dies ging mir so durch den Kopf, als ich mich dem geöffneten Dielentor des reichen Bauern näherte. Ein Haupthaus, zwei Scheunen und ein Backhaus standen rings um einen teils mit Steinen gepflasterten Hof. In der Hofmitte gab es einen Brunnen, und seitlich der Warft lag ein Teich zum Löschen bei Feuer und zum

Tränken des Viehs. Vier Wege führten auf die Warft, die sich an der höchsten Stelle unter dem Haupthaus wohl drei Mannslängen über die Weideflächen erhob. Es war ein gewaltiges Haupthaus. Das Reetdach sprang weit über das Fachwerk aus Weidengeflecht und Lehm. Das Ständerwerk ruhte solide auf großen Steinen. Und durch das Dielentor hätte ein hochbeladenes Fuhrwerk gepaßt. Nun strömte dort das Gesinde in die dunkle Diele. Ich trat mit ihnen ein, und meine Augen mußten sich erst an das Halbdunkel gewöhnen. Rechts befanden sich ein paar leere Stallabteile, wahrscheinlich für Pferde, denn an der Wand war Zaumzeug aufgehängt. Links, den Pferden gegenüber, standen einige Kälber hinter ein Gatter gesperrt, die unruhig blökten. Dann kamen Kammern, vielleicht für Melkgeschirr oder Futter, und schließlich die Alkoven der Knechte. Jeder hatte einen Schemel vor seiner Luke stehen. Der Dielenboden bestand aus gestampftem Lehm. Im hinteren Teil bildeten in Muster gelegte Backsteine einen festen Grund für die Diele. Links konnte man in die Molkerei sehen. Viele Kannen und Butterfässer standen dort, und es roch nach Quark und Käse. Eine Klönschnacktür stand zur Seite offen, und Fenster mit Butzenscheiben ließen ein milchiges Licht auf die Diele fallen. Direkt unter dem Fenster neben der Tür stand ein langer Tisch. An der einen Seite saßen die Knechte, Hütejungen und Burschen, an der anderen saßen die Mägde und Mädchen auf Bänken. Vor jedem lag ein hölzerner Löffel, und Körbe mit Brot standen auf dem Tisch. Tiegel voll Salz, Schmalz und Butter standen verteilt neben großen Krügen und Bechern.

Der Bauer war von seinem Tisch aufgestanden und kam mir entgegen. »Seid mir willkommen«, begrüßte er mich und führte mich auf die andere Seite der Diele, wo der Familientisch stand. Hier verzierten Kacheln mit blauen Malereien die Hauswände. Gedrechselte Lehnstühle für den Bauern, seine Frau und zwei Gäste standen bereit, die anderen, schlichteren Stühle waren von drei jungen Männern, zwei Jungen von etwa acht und zehn Jahren und vier Mädchen zwischen sechs und vierzehn Jahren besetzt.

»Steht auf, Kinder, und begrüßt unseren Gast, den Schiffer Hannes Maiboom.«

Folgsam erhoben die Kinder sich von ihren Stühlen, und alle schüttelten mir die Hand; der Vater nannte stolz ihre Namen, die mir sogleich wieder entfielen. Dann rief er seine Frau Maiken, die bis dahin geschäftig bei der Verteilung der Speisen geholfen hatte. Je vier Personen am Gesindetisch teilten sich eine große dampfende Steingutschüssel. Die Schüsseln hatten einen steil aufrecht stehenden Wulst auf dem Rand, an dem sich vortrefflich die Löffel abstreichen ließen. Es gab eine dicke Suppe von Kohl, Zwiebeln und roten Rüben, zusammen mit Speck und Salzfleisch gekocht. Das Fleisch war in mundgerechte Stücke geschnitten. Die Mägde halfen beim Auftragen. In den Krügen stand Bier bereit. Der Familientisch war ähnlich gedeckt, nur für die Bäuerin, den Bauern und für zwei weitere Personen waren eigene, tiefe Teller und eine Schüssel aufgetragen. Dazu gab es dreizinkige Gabeln und Löffel aus Silber mit Horngriffen. Für das Bier waren Zinnbecher vorgesehen. Der Bauer schob mich an einen Platz, und wir setzten uns. Dann erhob er sich nochmals und sprach mit lauter Stimme: »Gott segne unsere Mahlzeit«, das Zeichen für alle, mit dem Essen zu beginnen. Und es hob ein wortloses Schlürfen und Schmatzen an, denn jeder mußte sich ranhalten, um die guten Stücke Fleisches nicht den anderen Mitstreitern zu überlassen. An unserem Tisch teilte mir der Bauer etwas zu und füllte dann sich und seiner Frau auf. Wir aßen alle mit gutem Appetit. Nachdem das Fleisch bei den anderen aufgegessen war, schien sich der Verteilungskampf zu entspannen, und es wurde am Tisch gescherzt, die Brote wurden mit Schmalz oder gesalzener Butter bestrichen und die Krüge mit Bier angesetzt.

»Probiert auch von dem frischen Grün aus unserem Kräutergarten, Herr«, ermunterte mich die Bäuerin, und ich nahm ihr den kleinen Teller ab, den sie mir reichte. Darauf lagen junge Löwenzahnblätter, Sauerampfertriebe, Schnittlauch und kleine Gewürzblättchen, die ich nicht kannte. Das Grünzeug war mit Leinöl und Essig übergossen und mit Salz gewürzt. Der Bauer brach dazu Brot und schnitt sich vom Käse etwas ab, und ich tat es ihm nach. So gut hatte ich seit sehr langer Zeit nicht mehr gegessen. Die Bordkost der Vitalier war eintönig gewesen, und häufig hatte man wegen des Seegangs nichts Warmes zubereiten können.

Ein wohliges Gefühl breitete sich in meinem Inneren aus; ich war mir dieser Gefahr durchaus bewußt, denn mit einem zufriedenen Bauch wird man beim Handeln leicht übers Ohr gehauen.

Und das gute Starkbier in meinem Krug sollte meine Zunge wohl lösen. Doch noch genoß ich das Essen. Die Bäuerin hatte sich wieder erhoben und machte sich beim Herd zu schaffen. Es war eine gemauerte Feuerstelle mit einer Rauchfanghaube aus Kupfer, die den Rauch wie in einer Schmiede nach oben unter die Decke leitete, um Würste und Schinken zu räuchern und gleich noch Ungeziefer und Mücken zu vertreiben. Auf dieser Diele ließ es sich sitzen, ohne daß man tränende Augen vom Rauch bekam. Die Steine der Herdstatt wärmten zugleich die Wohnräume, die sich an diese Diele anschlossen, wie die Türen rechts und links neben der Feuerstelle vermuten ließen. Ein kleines Fenster in einem Erker, der sich ein wenig in die Diele wölbte, wies auf den Alkoven des Bauern hin. So konnte er aus seinem Bett durch das Fenster auf die Diele schauen oder wenigstens hören, was sich nachts auf der Diele tat, indem er die kleine Luke öffnete. Zusätzlich wärmten die Herdsteine sein Bett.

So mochte es sich leben lassen, und dennoch, das Meer mit den Sturmfluten auf der einen Seite, die Steuereintreiber der Grafen von Holstein und gelegentlich wohl auch Piraten und Räuber auf der anderen, dazu das Schicksal mit Viehseuchen und Mißernten an Heu und Viehfutter: Das Leben war bestimmt nicht einfach auf diesem Hof. Keine sicheren Mauern schützten die Menschen vor Ungerechtigkeit. Und obwohl der Bauer Herr über Pächter und Gesinde war, konnte ihn jederzeit die Willkür des Landesherrn treffen.

Der Bauer hatte sich nun erhoben und teilte seine Knechte und Mägde für die Abendarbeit ein. Das Federvieh mußte versorgt und vor dem Fuchs, streunenden Hunden und Katzen geschützt werden. Die Kühe mußten gemolken, die Kälber und Schweine gefüttert werden. Die gewonnene Milch sollte verarbeitet, es mußte abgewaschen und die Morgenmahlzeit vorbereitet werden, und ein paar Knechte sollten die Gräben bis Sonnenuntergang weiter ausheben. Bis zur ersten Heuernte war nicht mehr viel Zeit, und die Wiesen sollten noch trockener werden.

Da ließen sich Pferdehufe auf dem gepflasterten Teil des Hofes vernehmen. Ein Sohn des Bauern nahm sich des Pferdes an, und der Reiter trat durch die Tür. Es war ein hagerer, mittelgroßer Mann mit schon grauem Haar, an die fünfzig Jahre alt. Er begrüßte die Bäuerin herzlich und kam dann an unseren Tisch, um dem Bauern die Hand zu schütteln. Der Bauer stellte ihn vor: »Dies ist mein Schwager Winfried Schmetzer, ein älterer Bruder meiner Frau, der einen Warenhandel in Tönning betreibt. – Und dies ist der Schiffer Hannes Maiboom, den der Wind und die Müdigkeit an unsere kleine Eiderbucht getrieben haben, wie er sagt.«

Dieser letzte Zusatz seiner Rede drückte Neugierde an meiner Person und zugleich ein wenig Mißtrauen aus. Die Bäuerin tischte nun ihrem Bruder auf, und er aß, wenn auch anscheinend nicht mit großem Hunger. Er unterbrach sogleich seine Mahlzeit, um zu bemerken: »Ich hörte, daß Ihr Treibgut aus dem Meer gefischt und Euren Gehilfen dabei im Sturm verloren habt. Einen Kampf zwischen Hansen und Piraten soll es gegeben haben?«

Ich bestätigte ihm das Gehörte und fügte hinzu, daß ich von anderen Fischern gehört hätte, daß die Hansen gegen die Flotte von Klaus Störtebeker und Godeke Michels gezogen seien. Ich hätte aus großer Entfernung die Seeschlacht bei Helgoland beobachten können, sei aber vom Sturm abgetrieben worden.

Darauf meinte der Tönninger: »Das sind dreiste Gesellen, die den Dänen, den Hansen, aber auch einfachen Händlern wie mir das Leben schwermachen. Auch ich selbst habe schon Waren an die Piraten verloren.«

»Und habt Ihr nicht manchmal auch Waren billig von Vitaliern erwerben können?« konnte ich mich nicht enthalten zu sagen; das Starkbier hatte meine Wangen erhitzt, und kaum hatte ich diese Worte über meine Lippen gelassen, da bereute ich sie auch schon. Der Schwager wechselte einen Blick mit dem Bauern, antwortete aber nicht, sondern fragte nach den Waren, die ich gefischt hätte. Wahrheitsgetreu zählte ich die Holzfunde, die Fässer mit Hering und Bier und das Tuch auf. Um meine Gastgeber bei Laune zu halten, bot ich an, daß wir von dem Bier kosten könnten, ich hätte schon ein Faß neben mein Schiff gestellt, das der Bauer holen lassen könne. Dies ließ dieser sich nicht zweimal sagen, und drei Lümmel, die auf dem Hof herumlungerten, wurden losgeschickt, um das Faß zu holen. In der Zwischenzeit horchten die beiden mich aus, woher ich käme. Und ich antwortete, ich sei aus Neustadt in Holstein bei Lübeck, sei mit verschiedenen Schiffen auf

Nord- und Ostsee gefahren, hätte Waren von Kaufleuten begleitet, kleine Anteile mit Glück selbst verkauft, bis ich mir in Groningen dieses Schiff von einer Witwe günstig erhandelt hätte. Nun sei ich zum Fischen und Reusenlegen ausgefahren, aber auch Frachtsegeln könne ich, da ich viele Häfen kenne.

Die beiden Zuhörer ließen sich diese Geschichte gerne erzählen. Ob sie sie glaubten, ich weiß es nicht. Aber sie gewannen wohl den Eindruck, daß mir zu trauen sei. Sie fragten mich, ob ich auch schon die Elbe aufwärts gefahren sei. Dies mußte ich verneinen, aber ich versicherte ihnen, daß das nicht so schwer sein könne. Und dann weihten sie mich in ihren Plan ein, einen Handel mit Stade oder gar mit dem wachsenden Hamburg aufzuziehen. An der Eider könnten sie Salzfleisch und Käse gut herstellen, doch nur schlecht über die Treene ins Dänische verkaufen. Bei Stade oder in Hamburg ließen sich bessere Preise erzielen. Nicht einfach seien die Zölle zu verkraften. Tönning sei zwar fast eine Stadt, aber Stadtrecht besäßen sie nicht, und der Klerus und die Vögte des Herzogs hätten ein waches Auge darauf, daß die Kaufleute und Handwerker in Tönning nicht zu eigenmächtig agierten.

Zwischenzeitlich hatten die Halbwüchsigen das Bierfaß herbeigerollt. Wir öffneten es und stellten fest, daß das Bier nicht gelitten hatte: Es mundete kräftig-herb und war anscheinend mit gutem Hopfen gewürzt und haltbar gemacht. Wir konnten nicht sagen, ob es aus Hamburg oder Bremen stammte, jedoch, daß die Brauer ihr Handwerk verstanden. Ich hielt mich beim Trinken zurück, der Gastgeber und sein Schwager aber sagten dem kostenlosen Gebräu gerne zu. Der Bauer verlangte im weiteren Gespräch zu wissen, ob ich ihm das behauene Treibholz, Salzheringe und Bier überlassen würde, sein Schwager wollte ebenfalls einige meiner Waren wie Bier, Tuch und auch Seesäcke mit Kleidung sowie die Stiefel. Bezahlen wollten sie mich mit Proviant, Käse und geräuchertem und gesalzenem Fleisch, welches ich in Stade verkaufen sollte.

Innerlich frohlockte ich, bot sich doch für mich so die Gelegenheit, ins redliche Leben zurückzukehren. Die einbrechende Dunkelheit trieb die Knechte und Mägde zurück in das Haus, genau wie die ersten Schwalben, die durch die offenen Fenster und das Tor zu den an den Deckenbalken klebenden Nestern flogen. Die

Bäuerin hatte eine Öllampe auf den Tisch gestellt. Über dem glühenden Ascherest in der Herdstatt bereitete sie Pfannkuchen, die uns zusammen mit honiggesüßtem Hagebuttenmus und etwas frischer Sahne aufgetischt wurden.

Die Knechte wuschen sich draußen am Brunnen, kamen dann auf die Diele und saßen auf den Schemeln vor ihren Alkoven, um noch ein paar Worte zu wechseln. All ihr Eigentum lagerte in diesen Schrankbetten, ein Paar Stiefel vielleicht, ein neues Hemd und ein Wintermantel. Die ersten zogen sich zurück und legten sich in den Alkoven zum Schlafen nieder. Die Kinder und die Frau des Bauern hatten sich schon in die Wohnräume, die von der Diele zum Vorderteil des Hauses abgingen, begeben. Ein paar Mägde stiegen die steile Treppe zum Dachboden nach oben. Sie hatten dort einen Raum, der über den Wohntrakt der Familie und der Küchendiele lag, denn es waren Öffnungen in der Decke zu sehen, durch die die warme Luft des Herdes nach oben steigen konnte. Ich sah auch eine Magd durch ein solches Loch neugierig zu uns nach unten schielen. Als sie bemerkte, daß ich sie entdeckt hatte, zog sie ihren Kopf schnell zurück.

Der Bauer und der Kaufmann schienen seltener zu zechen, als dies bei den Vitaliern der Fall war. Sie sprachen mit merklich schwerer Zunge, schlugen sich wie zwei Verschwörer auf die Schultern und brachen bei der kleinsten Gelegenheit in Gelächter aus. »Hannes Maiboom, wir suchen schon länger einen wagemutigen Schiffer, mit einem Schiff nicht zu groß für die Eider, nicht zu klein für das Meer und die Elbe. Ihr scheint uns ungebunden«, führte Winfried Schmetzer die Rede, senkte die Stimme, kam dicht an mich heran und betonte flüsternd, »und das ist wichtig: Unabhängigkeit von Handelsgesellschaften und Verschwiegenheit. Nicht jeder in Tönning muß von diesem Handel wissen. Und auch wir werden nicht danach fragen, in welchen Gewässern Ihr gefischt habt und welche Beute Euch da ins Netz ging.« Vielsagend blickte er zu Hauke Friedrichsen hinüber, und ihre Blicke trafen sich in bierseliger Übereinstimmung. Ahnten sie, daß mein Vorleben auch von den Vitaliern bestimmt war, daß ich diesem Leben entflohen war?

»Hannes Maiboom, schlagt ein in unseren Handel und laßt uns versuchen, unsere Fühler nach Stade und Hamburg auszustrekken. Es wird nicht mehr lange dauern, dann wird Tönning das Stadtrecht bekommen, und wir werden ein wichtiger Hafen für Holstein, ja für Dänemark. Die Treene hoch gehen unsere Verbindungen bis nach Kiel und an die Ostseeküste. Auf das Lüneburger Salz sind wir nicht angewiesen. Letztes Jahr gab es die ersten Schiffe, die Salz aus der Bretagne geholt haben. Es kann eine glückliche Zukunft für unseren Landstrich an der Eider geben. Habt Teil daran!« beschwor mich Winfried Schmetzer mit bereits lallender Zunge.

Hauke Friedrichsens Gedanken waren zwischenzeitlich abgeschweift, denn er sprach mich unvermittelt an: »Aber Euer Hinweis auf das Strandgut war doch ehrlich gemeint? Ich habe meine Pächter angewiesen, schon bei Mondschein aufzubrechen, um als erste bei Ebbe im Watt zu suchen, und sich von niemandem die Ware streitig machen zu lassen.«

Ich beruhigte beide und schlug vor, am nächsten Morgen mit klarem Kopf nochmals über die Angelegenheit zu sprechen. Beide begleiteten mich nach draußen, auch um beim Misthaufen gleich mir die Blase zu entleeren. Wir wünschten uns eine gute Nacht und sie kehrten ins Haus zurück. Das Dielentor war schon geschlossen, und sie gingen zur seitlichen Klönschnacktür, aus der noch Licht fiel. Eine blonde Magd verschloß gerade die Fensterläden. Ich wandte mich zum Gehen, als ich sie hinter mir auf nackten Sohlen laufen hörte. Es war eine der Wäscherinnen vom Flußsteg. »Herr, ich wollte Euch sagen, daß Ihr einen schönen blauen Stoff habt. Wieviel kann ich mir als Lohn davon nehmen, bevor wir Euch das Tuch morgen wiederbringen?« fragte sie mich und holte dann Atem.

»Ach, nehmt euch soviel, daß ihr drei jede einen Umhang davon nähen könnt«, gab ich ihr großzügig zur Antwort.

Der Mond kam hinter einer Wolke hervor und leuchtete ihr silbern ins offene Gesicht. Sie hatte jetzt keine Haube auf, die Zöpfe baumelten über die Schulter auf der weißen Bluse, und ich mußte an den Anblick ihrer rosigen Brüste denken, als sie auf dem Steg beim Waschen gehockt hatte.

»Habt Dank, Herr«, sprach sie und ergriff meine Hand. »Ihr habt nicht die Hand eines Schiffers und Fischers«, rief sie aus, »das ist mir schon vorhin beim Essen aufgefallen, als ich zu Euch hinüberblickte.« Sie ließ meine Hand nicht los, und ich nicht die ihre.

»Dann zeig einmal deine Hände«, schlug ich vor, nur um etwas zu sagen und als Vorwand, sie zu berühren. Sie hatte sehr kräftige Hände.

Sie müsse ja auch täglich beim Melken helfen und auch das Wäschewringen sei anstrengend, entgegnete sie, zog ihre Hände aber nicht zurück, und da konnte ich nicht anders, ich nahm sie in den Arm und flüsterte ihr ins Ohr, daß sie schön sei und daß ich ihr gern bei der Arbeit am Steg zugesehen hätte.

»Es ist kühl, Herr, kommt mit, ich zeig' Euch das Backhaus. Dort hat die Bäuerin heute Brot gebacken, die Steine sind sicher noch warm und Ihr könnt mir noch mehr erzählen ...«, lockte sie mich, und ich ließ mich gern von ihr an der Hand hinter das Haus in den Schatten führen. Der Mond schien hell, und das Haupthaus warf seinen Schatten auf das kleine Backhaus. Es lag im Osten der Warft, damit der vorherrschende Westwind beim Heizen des mächtigen Backofens keinen Funkenflug aus dem Schornstein auf die Reetdächer der Scheunen und des Haupthauses lenken konnte. Das Mädchen führte mich an der Hand durch die Dunkelheit über den holprigen Weg, zog knarrend die Tür auf, und wir traten ein. Die Steine des Backofens strahlten tatsächlich noch Wärme ab, doch es war stockdunkel.

»Die Bäuerin und die Köksch haben den Ofen bereits gefegt, die Brote sind schon in der Speisekammer, jetzt lagert hier das neue Anfeuerungsreisig, damit es schön trocknet. Darauf können wir uns setzen.« Das Mädchen zog mich in eine Ecke des Backhauses unter ein kleines Fenster, und wir ließen uns auf einer Decke nieder, die auf dem Reisig lag, und saßen dort recht bequem. Sie hatte sicher von der Decke gewußt oder sie dort bereitgelegt. Hatte sie dieses Treffen geplant und gewünscht? Ich war leicht benommen vom Bier, von der Wärme und erregt von der Nähe ihres schönen weiblichen Körpers.

»Wie heißt du?« fragte ich sie, und sie nannte ihren Namen: »Inga.«

»Ich heiße Hannes«, sagte ich noch, doch dann umschlang ich sie, küßte sie auf die Lippen, auf das Gesicht und den Hals, und sie erwiderte meine Zärtlichkeiten, zog mir Wams und Hemd über den Kopf und streichelte meine Schultern und Arme. Ich nestelte an dem Band, das ihre Bluse zusammenhielt, aber ich konnte die Schleife nicht öffnen; dabei spürte ich ihre warmen, weichen Brüste, und mich erregten ihre spitzen Brustknospen. Sie löste mir den Gürtel und tastete forschend nach meiner Männlichkeit. Ich zog ihren Rock hoch und spürte ihre samtene, zarte Haut, ihre festen Schenkel. Sie drängte mich auf den Rücken, beugte sich über mich und berührte mein Gesicht sacht mit ihren Brüsten und glitt an mir herunter bis an mein steifes Gemächt. Hatte ich bis dahin alles wie in einem Traum erlebt, packte mich nun das Verlangen unbändig und ich wollte mich ganz der Lust hingeben. Ich weiß gar nicht mehr, wie lange wir uns liebten. Viel zu früh für die lange Zeit der Entbehrung solcher Genüsse ermattete ich, und ich ließ von ihr ab.

Mich fror ein wenig, aber sie schien noch nicht satt. Doch wirklich, es wollte sich nichts mehr bei mir regen. Auch ihre Handreichungen sollten nichts mehr bewirken, und so zog ich ihre kräftigen Melkerinnenhände fort und küßte sie.

Danach liebkosten wir uns noch ein Weilchen, bis ich auch auf ihrem Rücken eine Gänsehaut spürte. Wir zogen uns an, und sie sagte, daß sie bei den Mägden schlafen und aufwachen müsse und wir nicht in dem Backhaus schlafen dürften. Sie rollte ihre Decke zusammen, und wir verließen das Haus.

Ich kehrte im Mondlicht zurück zum Schiff und wurde von einem warnenden Geschnatter der Gänse empfangen. Der Junge hatte sich unter Mantel und Persenning ein Nest gebaut und schreckte nun schlaftrunken hoch. Er griff nach einem Knüppel, lachte mich dann an und sprach: »Ihr kommt spät, ich sah die Lichter schon länger im Haupthaus verlöschen. Ihr habt wohl auf dem Weg zurück mit dem Vollmond getändelt?«

»Sei nicht zu vorlaut mit deinem Schiffer, sonst gibt es morgen nicht die versprochene Löhnung«, antwortete ich unwirsch, fügte dann aber milder ein »Gute Nacht« und »Komm morgen früh wieder« hinzu. Der Gänsehirt ging zurück zu der Warft. Ich aber wühlte mich fröstelnd unter die Zeltdachpersenning und fiel sofort in einen traumreichen Schlaf.

6. Mein erster Auftrag als Schiffer und Kaufmann

Ich träumte von meiner Kindheit, vom Essen mit meiner Familie und den Gehilfen auf der Diele unseres Kaufmannshauses. Ich sah meine Schwestern über den Tisch hinweg an, auf dem mit Lorbeer und Nelken gewürzter Braten stand, Rotwein in Gläsern und Kerzenschein, der durch die Gläser rot flackernde Kreise auf das Tischtuch malte. Meine älteste Schwester hob ihren Kopf, schaute mich lächelnd an und trug plötzlich die Züge der Magd Inga. Die Haustür flog krachend auf, und herein stürzten Rolf Galster und Peter Addix. Mit Angst im Gesicht riefen sie uns am Tisch zu: »Sie kommen, es ist zu spät, wir müssen sterben.« Alle sprangen von den Stühlen auf und stürzten davon, sich hinter den Säcken, Fässern und Kisten zu verstecken, die Stiege hinauf, in die Speicherräume. Auch ich wollte fliehen, aber mir waren die Beine wie am Boden festgewachsen, bleischwer, und ich sah, wie sich das Dielentor langsam öffnete. Ein dänischer Offizier, hansische Soldaten, Godeke Michels und Hauke Friedrichsen drangen langsam mit gezogenen Waffen ein und fingen an, alles in Stücke zu hauen. »Hau ruck, hau ruck, hau ruck«, riefen sie rhythmisch, erst leise, dann immer lauter, dicht neben mir.

Ich erwachte schweißgebadet. Doch das Rufen hörte nicht auf. Ich blickte unter der Persenning hervor und sah die Pächter des Hauke Friedrichsen die schweren Kähne ins Wasser schieben. Acht Boote wurden mit Stangen in die Eider gestakt, dann ruderten sie in den Morgennebel. Im Osten wurde es bereits hell, aber ich zog mich mit schweren Gliedern wieder unter die Persenning zurück. Das Essen lag mir bleiern im Magen, und ich fror. Ich deckte noch einen Kapuzenmantel über mich und versank in einen gottlob traumlosen Schlaf.

»Moin, moin, Schiffer«, weckte mich eine Stimme. Die Sonne schien auf die Persenning und wärmte die dicke Luft in meinem Zelt. Dann klopfte es gegen die Bordwand.

»Wacht auf, ich bringe Euch eine Morgenmahlzeit von Inga, der Magd. Und ich möchte den versprochenen Groschen abholen, ich habe Euer Hab und Gut trefflich bewacht.« Es war der Gänsehirt, er hatte mit Butter beschmierte Brote bei sich und eine kupferne Kanne mit Buttermilch. Ich aß dieses unerwartete Frühstück, gab ihm die leere Kanne zurück und nestelte einen Groschen aus meinem Geldgürtel. Ole Hilken, der Gänsehirt, umschloß diesen Groschen fest mit seiner Faust. »Du scheinst nicht viele von diesen runden Metallstücken zu besitzen«, neckte ich ihn.

»Der Bauer spart für mich«, gab er kurz angebunden zurück. »Ich muß jetzt wieder zum Gänsehüten, die Schar auf die Weide und durch die Gräben treiben. Wie lange bleibt Ihr noch hier, Schiffer?«

»Das hängt von dem Handel mit dem Bauern ab. Die Spieren will ich gern hierlassen«, sagte ich und deutete auf das Treibgut, das neben dem Schiff aufgestapelt lag, »aber nur, wenn es einen guten Preis gibt.«

»Bauholz ist hier teuer«, wußte Ole, »kein Wald weit und breit, nur die Knicks und die Weiden an den Gräben liefern Brennholz, Stangenholz und Flechtwerk. Meist müssen wir im Sommer Kuhfladen sammeln, damit wir genug Brennmaterial haben.«

»Was ist mit den Menschen in Tönning, sind sie wohlhabend, gehst du manchmal in die Stadt?« fragte ich ihn.

»Sie haben ihr Auskommen, der Handel wird langsam besser. Über die Treene kommen und gehen Waren bis nach Schloß Gottorf bei Schleswig und an die Schlei, über die Eider geht's bis nach Kiel. Vom Meer kommen jetzt viele Schiffe. Besonders die Holländer treiben hier Handel, denn in die Elbe fahren sie nicht gerne wegen der hansischen Kaufleute, der Zölle und Stapelrechte. An Markttagen treiben wir manchmal Vieh in die Stadt, dann helfe ich und komme so dorthin. An Festtagen machen wir uns früh auf, um in die Kirche zu kommen. Und nach dem Gottesdienst treiben wir uns in den Straßen herum und machen den Frauenzimmern schöne Augen.«

»Und der Schwager vom Bauern, wie gehen seine Geschäfte?« bohrte ich weiter.

Aber Ole war vorsichtig und erwiderte: »Wie soll ich das wissen? Ich kann nicht lesen und nicht schreiben, ich kenne seine Bücher nicht, ich habe sein Geld nicht gezählt. Er hat ein kleines Haus mit seiner Familie und ein paar Burschen, die bei ihm wohnen und den Beruf des Kaufmanns erlernen wollen. Sein Speicher ist nicht sehr groß, und er handelt mit allem und jedem. Er trifft sich mit anderen Kaufleuten, die alle davon träumen, einmal Ratsherren zu werden in einer Stadt mit richtigem Stadtrecht. Ein paarmal im Jahr kommt er hierher, um sich mit dem Bauern zu beraten, denn seine Schwester hat Anteile im Geschäft. Und manchmal verschiffen sie von dieser kleinen Bucht bei unserm Hof Käse, Salzfleisch, Wolle und Häute, wahrscheinlich, um die Abgaben im Hafen nicht zahlen zu müssen. Es sind auch schon Schiffe im Sturm verlorengegangen, und mit ihnen sind die Waren und der Gewinn dahin. Aber jetzt muß ich mich sputen, daß ich an die Arbeit komme, wenn man vom Düvel snakt, dann is he nich wiet.« Er verbarg die Kupferkanne unter seinem Wams und ging Richtung Gräben, als habe er dort etwas zu tun. Auf dem Trampelpfad von der Warft zu dem Landeplatz sah man den Bauern mit seinem Schwager herannahen. Kleine Wölkchen trieben über den weiten Himmel, Lerchen jubilierten, Kiebitze jagten einander und stießen dabei Schreie aus, die über dem platten Land verlorengingen. Am Horizont waren die Kirche und die Dächer von Tönning in der Sonne zu sehen.

»Guten Morgen, Schiffer«, begrüßten mich Hauke Friedrichsen und Winfried Schmetzer.

»Auch Euch einen guten Morgen«, gab ich zurück.

»Mein Schwager möchte Euer Schiff sehen«, leitete der Bauer das Gespräch ein.

»Nun, es ist ein gutes, neues Schiff, gerade fünf Jahre alt, in Holland mit kraweeltem Rumpf und plattem Boden für die Küsten-, Fluß- und Kanalfahrt gebaut. Es kann die Ladung von vier Fuhrwerken aufnehmen. Ihr seht selbst, wie hoch der Mast und wie lang der Großbaum sind. Die Persennings verschließen den Frachtraum, um die Ladung vor Wellen und Wetter zu schützen. Aber ich habe keine Pumpe an Bord. Das Schiff muß mit dem Ölfaß gelenzt werden, und darum brauche ich dringend Besatzung, wenn ich schwere Ladung mitführe«, erklärte ich selbstsicher.

Weder Hauke Friedrichsen noch Winfried Schmetzer schienen auf größeren Schiffen gefahren zu sein. Sie wirkten befriedigt und stellten keine weiteren Fragen. Darum sprach ich den Handel an: »Wie ist es mit dem Bauholz, das ich hier gestapelt habe. Habt Ihr Bedarf?«

Der Bauer kratzte sich an der Stirn und setzte eine gelangweilte Miene auf: »Nun gut, wenn ich Euch damit einen Gefallen tun kann, ich würde Euch Rauchfleisch und Käse dafür bieten. Auch an Eurem Bier habe ich Gefallen gefunden. Ein Faß würde ich gerne noch nehmen.«

Der Schwager war näher an das Schiff getreten und äugte scharf in das Innere: »Habt Ihr noch andere Waren?« Er hatte wohl die nassen Pelzbündel und Seesäcke entdeckt. Ich holte die Pelze hervor, sie rochen erbärmlich, aber es waren Füchse, Marder, Nerze und sogar Zobel darunter, wobei man die Schönheit wegen der Nässe, des Sandes und des Drecks nicht recht erkennen konnte. Doch die Augen des Händlers leuchteten. Das waren kostbare und begehrte Waren für reiche Bauern, Pfaffen und die Günstlinge des Grafen von Holstein. Wir begannen mit dem Handeln und Feilschen, und ich ließ mich gern ein wenig übertölpeln, denn ich wünschte mir sehr, im Anschluß an diesen Handel weitere zu tätigen. Wohl wußte ich um die Preise, war ich doch Sohn eines Kaufmanns und hatte die Piratenkapitäne begleitet, wenn sie ihre Kaperbeute bei den Wismarern und Rostockern umsetzten. Die Friesenhäuptlinge zahlten schlechter, denn ihnen fehlte der Absatz, aber auch sie kannten die Preise.

Die Felle und das Holz wurden schließlich in die Scheune gebracht. Ich vermute, daß die kleinen Kostbarkeiten nach und nach in die Stadt geschmuggelt werden sollten. Inzwischen hatten die Mägde das Tuch zurück zu dem Schiff gebracht. Es war noch ein wenig feucht, aber die Mägde hatten wohl Angst, es könnte bemerkt werden, daß sie für mich gearbeitet hatten. Der Bauer hatte jedoch nichts gesehen, denn er war in seinen Lagerräumen beschäftigt. Inga lächelte mir zu, und die beiden anderen Mägde standen ihr zur Seite und lächelten mich irgendwie wissend an. Die drei hatten ihren Lohn schon mit der Schere abgetrennt. Dann nahte der Bauer mit zwei Knechten und brachte mir auf Schubkarren Käse, Rauchfleisch und Brot. Die Mägde zogen es vor, dem Bauern aus dem Weg zu gehen.

Unterdessen kehrten auch die Fischerboote zurück. Tatsächlich hatten sie Beute im Watt gemacht, sie schleppten Wrackteile achteraus, brachten Kisten, Fässer, Wollballen und Kleidungsstücke mit. Der Bauer bestimmte, was mit der Beute zu geschehen habe.

Die Fässer und Kisten sollten bei mir an Bord gestaut werden, damit ich sie als ordentliche Ware nach Tönning zu Winfried Schmetzer bringen würde. Es handelte sich um Bier, Salzheringe, Wachs, Teer, Wollballen und Kisten mit Kleidung. Es wurde vereinbart, daß ich als Handelspartner auftreten solle, der Waren aus Stade lieferte. Winfried Schmetzer würde mich am Ufer der Hafenbucht erwarten und mich mit seinen Gehilfen bei der Entladung unterstützen, besonders wenn Ankergeld und Zoll erhoben würde. Auch bei der Besatzung wurde mir geholfen, Steffen Meiners, der Gehilfe des Fischers Per, und der Gänsehirt Ole Hilken sollten mich begleiten. Per hatte eine Ablöse gefordert, die angemessen war, und die ich sofort entrichtete. Er war froh über das Geld und darüber, daß er nach dem arbeitsreichen Stintfang in den weniger mühseligen Plattfischfang allein mit seinem Sohn eintreten konnte; so hatten sie einen Esser weniger zu versorgen.

Dann legten wir ab. Bei gutem Hochwasser und noch immer wehendem Westwind gelangten wir noch vor einer aus England anreisenden Kogge in der Eiderbucht vor der Stadt an. Die Kunde von nahenden Schiffen hatte sich rasch verbreitet, denn über das flache Land konnten die Segel und Masten der Schiffe schon aus weiter Entfernung beobachtet werden.

Es hatte sich allerlei Volk eingefunden, als wir an Pfählen nicht weit vom Ufer festmachten. Als erster kam Winfried Schmetzer an Bord und drückte mir verstohlen einen Brief in die Hand. Es war die gefälschte Warenliste eines Kaufmanns aus Stade; er hatte früher mit diesem geschäftlich verkehrt und konnte daher die Schrift nachahmen und die nötigen Angaben aufzeichnen. Wir begannen mit dem Ausladen aus längsseits liegende Flöße, als ein Diener des Stadtvogts und ein Schreiber erschienen. Sie notierten die entladenen Waren, von wem sie kamen und für wen sie bestimmt waren, auf einer Schiefertafel. Danach empfahlen sie sich, um in den Amtsstuben die Kosten zu berechnen, die sie später einziehen wollten. Winfried Schmetzer beaufsichtigte das Verladen der Ladung von den Flößen auf einen Wagen, der die Waren schließlich in seinen Speicher befördern sollte. Im Gegenzug hatte das Fuhrwerk Käse, Butter, geräucherte Würste, Schinken und Salzfleisch in Fässern gebracht, und ich mußte zusehen, wie ich die Fracht am günstigsten auf dem Schiff verstaute. Da wurde mir bewußt, daß ich als ehemaliger Schreiber darin nicht der Geschickteste war. Steffen und Ole packten gut mit an, und so gelang die Aufgabe. Es sah ordentlich gestaut und rutschfest aus. Bei Seegang wollte niemand von Fässern erschlagen werden.

Tönning selbst erhob sich etwas über das Land, als sei es auf einer großen Warft gebaut. Statt einer Mauer umgaben Dornenhecken die Stadt und die äußeren Häuser. Innen drängten sich flache Giebelbauten. Eine Spelunke lag gleich in der Nähe des Landeplatzes, und ein paar versoffene Gestalten lagen vor der Tür im Sand. Ich fürchtete, hier auf bekannte Gesichter zu treffen, die sich vielleicht ebenfalls aus der Seeschlacht hatten retten können. Wer weiß, wer mich zurück in die Gemeinschaft der Liekedeeler zwingen wollte? So blieb ich an Bord, schickte Steffen mit dem Ankergeld zum Vogt und wartete auf günstige Tide, um mich wie vereinbart nach Stade aufzumachen. Winfried Schmetzer verabschiedete mich und gab mir Frachtpapiere und einen Brief an seinen Handelspartner Philipp Holtermann mit. Mit der einsetzenden Ebbe fuhren wir los.

7. Von Gotland aus auf Kaperfahrt

Die beiden Jungen lagen unter der Bugpersenning und faulenzten, erzählten sich Geschichten und dösten. Ich saß am Ruder und konnte nun meinen Gedanken nachhängen. Gott schien mir wohlgesinnt, seitdem ich beschlossen hatte, dem Hauen und Stechen aus dem Wege zu gehen. Aber sicher konnte ich mich noch nicht fühlen. Ich brauchte den Schutz einer neuen Gemeinschaft. Die Vitalienbrüder sollten mir diesen Schutz nicht mehr geben, und niemand wußte, wie viele es noch von ihnen gab, wie viele schon in der Hölle schmorten, geköpft oder aufgehängt von den Hansen oder in der Seeschlacht gefallen. Noch schlimmer waren wohl die dran, denen Gliedmaßen abgetrennt oder zertrümmert worden waren. Wenn sie nicht im Fieber langsam verfaulten, dann wartete auf sie ein Leben als Krüppel und Bettler. Hungern und

Frieren würde ihr Leben bestimmen, falls sie von ihrer Familie nicht wieder aufgenommen würden, denn die Vitalienbrüder hatten keinen Zugriff mehr auf ihre Schätze und Kassen. Ein Teil dieses Traumes war in Wisby zerstört worden, wo etliche Güter in die Hände des Deutschritterordens gefallen waren. Die anderen Schätze waren versteckt, und die geheimen Orte kannte kein gemeiner Vitalier. Doch ich, ich kannte einige.

Störtebeker, Godeke Michels und Magister Wigbold hatten auf Gotland beschlossen, einen Bund zu gründen und so eine Macht darzustellen zwischen Hanse, Deutschritterorden und den deutschen, dänischen und schwedischen Fürsten. Das Meer schien so frei zu sein, und die Führer der Vitalier glaubten, diesen Freiraum für sich erobern zu können. Es war ihnen klar, daß sie zur Sicherung ihrer Position Geld und Stützpunkte brauchten, damit sie sich versorgen und handeln könnten. Die Bruderschaft der Vitalier, die Gemeinschaft der Liekedeeler, beschloß auf Gotland bei einer Versammlung aller Führer und Unterführer, sich eine Verfassung zu geben, Regeln und Grundsätze aufzuschreiben und für alle zu sorgen. Dazu sollten alle Schalmen einen Allgemeendeel bilden. Die Versammlung endete in einem ausgedehnten Besäufnis. Alle waren begeistert, aber keiner wußte, wer nun welche Regeln verfassen und wer den Schatz des Allgemeendeels verwalten sollte. Aber jeder Schiffsführer begann einen Teil der Beute zu horten, um ihn »später« dem Allgemeendeel zuzuführen. Die Schreiber hatten daraufhin von Störtebeker die Aufgabe gestellt bekommen, auf jedem Schiff der Flotte die Ausrüstung und die Werte festzustellen. Auch mir war diese Arbeit zugeteilt worden, doch sie war mühselig und nicht einfach, denn auch wenn die Flotte dem Oberbefehl von Störtebeker, Godeke Michels und Magister Wigbold gehorchte, so handelten die Schiffsführer doch gern auf eigene Faust, wechselten die Liegeplätze, zogen auf kleine Kaperfahrt oder handelten ohne Absprache mit den Küstenbewohnern.

Störtebeker haßte es, in Wisby zu liegen, Streit zu schlichten, sich um Versorgungsfragen zu kümmern und die Berichte der Schreiber und Buchhalter anzuhören, um danach kaufmännische Entscheidungen treffen zu müssen. Er wurde unruhig, getrieben von großen Ideen und der Hoffnung auf so reiche Beute, daß sich seine Träume, die niemand ganz genau kannte, erfüllen mochten. Und auch Störtebeker versteckte die Beute des Allgemeendeels nach seinem Gutdünken. Als junger Schreiber ohne eigene Untergebene, aber mit Kenntnissen des Kaufmannsberufes und als Dolmetscher, mußte ich ihm zunehmend dienen und zuarbeiten. Die anderen Schreiber und Buchhalter waren älter, hatten sich Einfluß bei Unterführern und Kapitänen verschafft und dadurch einerseits ihre Stelle in der Gemeinschaft gefestigt, sich aber andererseits auch ein gewisses Mißtrauen Störtebekers eingehandelt. Manchmal schaute Störtebeker durch mich hindurch, als sei ich nicht vorhanden. Er wirkte abwesend, sprach murmelnd mit sich selbst oder starrte stumm in die Ferne. An anderen Tagen ließ er mich rufen und erzählte mit glühenden Wangen und stechendem Blick von sich und seinen Plänen, mehr noch, er fragte mich um meine Meinung. Oft jedoch wartete er nicht auf eine Antwort, und wenn ich diesen Eindruck hatte, schwieg ich lieber. Auf diese Weise sammelte ich langsam Gedankenschätze, Schätze, die sich nicht gleich in barer Münze auszahlen, aber die doch wertvoll waren und mein Leben bestimmen sollten. Ich wußte von Störtebekers Gold.

Vielleicht kann ich Dir, Nachfahre, diese Kostbarkeiten vererben, denn längst nicht alle konnte ich bergen.

Auf jener ersten Fahrt als eigener Schiffer mit dem Auftrag, von Tönning nach Stade zu segeln, dachte ich daran, wie ich die Schätze wohl heben könnte. Am einfachsten schien es mir, zu jenem Hort zu gelangen, der in der Neustädter Bucht verborgen war. Störtebeker hatte ihn dort im Herbst des Jahres 1396 versteckt. Spät im September im Jahre des Herrn 1396 war Störtebeker von Wisby aufgebrochen, um kurz vor dem Ende der schiffbaren Jahreszeit den letzten, meist reich beladenen Kauffahrern des Deutschritterordens und der Hanse aufzulauern. Die Aufsicht und die Entscheidungsgewalt hatte er nach einer Versammlung aller Führer und Unterführer Godeke Michels und Magister Wigbold übertragen. Die ersten Nebeltage über der Ostsee und die früher einsetzende Abenddämmerung hatten Störtebeker eine bleierne Maske auf das Gesicht gesetzt. Er saß fröstelnd an Kaminen und Öfen und starrte in die Glut des Feuers, keiner durfte ihn ansprechen. Als sich das Wetter dann wieder zu bessern schien, die Sonne fast ihren Kampf gegen den Dunstschleier über dem östlichen Meer gewann, da gab Störtebeker den Befehl, seinen Holk und zwei Begleitschiffe klarzumachen. Freiwillige sollten sich melden, die keine Angst vor Herbststürmen und gutbewaffneten Konvoifahrern hätten. Nach vier Tagen hatte sich eine Schar von Schalmen gesammelt, die gute Beute unter Störtebekers Führung witterten und denen der aufziehende Winter auf Gotland ebenso auf der Seele zu liegen begann wie Störtebeker. Zudem war das Leben in Wisby nicht billig, die Herbergen und Garküchen verlangten bare Münze, und wer nicht auf den umliegenden Bauernhöfen unterkam und dort an den Winterarbeiten teilnahm, der wurde zwischen den Mauern der Stadt zu Arbeiten von den Statthaltern Godeke Michels und Magister Wigbold eingeteilt. Schmiede, Schwertfeger, Sattler suchten Gesellen, um die Waffen zu pflegen oder neue herzustellen, Reepschläger, Segelmacher, Schiffszimmerer sollten die Schäden des Sommers beseitigen und die Schiffe winterfest machen, Bäcker mußten die von der Kaperfahrt zurückkehrenden Schalme mit Brot und Zwieback versorgen, Schneider mußten Winterkleidung nähen, Flickschuster Seestiefel abdichten, und auch die Beute mußte wetterfest in Säcke, Fässer, Ballen und Kisten auf Speichern verstaut werden, damit das Ungeziefer den Vorräten nichts anhaben konnte. Die Stadt füllte sich merklich, die während des Sommer verteilten Seeleute rückten für den Winter zusammen, und die Enge sowie die beschwerliche Arbeit verursachten Streitereien. Auf den Schiffen ordneten sich die Seeräuber in die überschaubare Gemeinschaft ein, doch in der Stadt fiel dies zwischen den vielen neuen Gesichtern schwer. Zudem gingen etliche Leichtfüße großzügig mit ihren Beuteanteilen um, soffen, lagen bei den Metzen und drückten sich um die Arbeit. Büttel mußten eingeteilt werden, um das Leben der Schalme zu ordnen.

Die Aussicht, aus dieser Stimmung und vor der Schwere der Pflicht in die Leichtigkeit des Räuberlebens zu fliehen und dabei noch auf Beuteglück hoffen zu können, trieb eine besonders wilde Schar auf die drei Schiffe. Störtebekers Holk, eine kleinere Kogge unter der Führung des Friesensohnes Heino tom Brooke und eine Snigge mit dem zum Aufbrausen neigenden Schiffer Michael Ziemann machten sich in der letzten Septemberwoche auf, um die mecklenburgische und holsteinische Küste zu besuchen. Ein letzter Gottesdienst in der Kirche St. Clemens wurde von einem böhmischen Ketzerpriester gehalten. Er schwor diese Schalmentruppe auf Geheiß Störtebekers auf das Motto ein: »Nur Gottes Freund und aller Welt Feind.« Der Böhme sorgte für die Vitaliergemeinde, damit die Zaghafteren nicht den Glauben verloren, daß es auf Wisby eine Zukunft gebe. Und mit großem Eifer wetterte dieser Priester auch gegen die katholische Kirche und deren aristokratische Gönner; er predigte das Evangelium und erzeugte das Gefühl, die Seeräuber seien eine teilende Gemeinschaft, die eine irdische Gerechtigkeit erreichen könne. Auch die Hansen und der Deutschritterorden, gegen die dieser Beutezug ging, bekamen ihr Fett ab. Sie würden die Pfaffen und Fürsten unterstützen, die Rats- und Ordensherren seien gegen das gemeine Volk und die Handwerkergesellen eingestellt. Die Predigt kam bei den Zuhörern gut an, kein Wort über das Unrecht, anderen Gut und Leben streitig zu machen. Befreit und frohen Mutes zogen die Männer dann unter einem heiteren Himmel zu den Schiffen, und unter der Führung des Holkes fuhren die Schiffe gen Süden.

Ich war nicht ganz freiwillig im Gefolge Störtebekers, aber er wünschte meine Anwesenheit, auch um einen Schreiber bei den Verhandlungen mit den Wismarern bei sich zu haben. Denn Störtebeker gedachte einen Teil der Beute in Wismar gegen Waffen und Pulver einzutauschen. Das Wetter war uns gnädig, und ein stetiger leichter Ostwind führte uns zunächst nach Öland, wo wir an der Südspitze ankernd die Nacht verbrachten. Am nächsten Tag erreichten wir Bornholm, wo wir wiederum auf der Leeseite die Nacht über ankerten. Am Morgen segelte Störtebeker mit der Snigge auf Erkundungsfahrt rund um Bornholm, entschied dann aber, sich nicht auf die Insel zu begeben, um keine Zeitverzögerungen zu riskieren. Größere Schiffe waren nicht in Sicht.

Wir blieben noch den ganzen Tag und ruhten uns aus, da wir am nächsten Tag Bornholm in Richtung Rügen verlassen wollten. Dort war mit mehr Schiffsverkehr zu rechnen.

Gleich im Morgengrauen des vierten Tages nach unserer Abfahrt aus Wisby legten wir ab. Vor Rügen sichtete der Ausguck drei Koggen älterer Bauart. Sie gehörten dem Deutschritterorden, erkennbar an ihren stolzen Fahnen. Der Deutschritterorden war bekannt für seine gut an den Waffen ausgebildeten Männer, die streng nach den Regeln des Ordens lebten. Es waren keine einfachen Gegner, aber die meisten an Bord der Vitalierschiffe waren begierig zu kapern, versprachen diese Schiffe doch Bernstein, Horn- und Silberschmuck aus den Werkstätten des Ordens sowie Wachs und Honig aus seinen Ländereien. Die drei Koggen hielten sich eng zusammen, waren sogleich mißtrauisch, als wir uns ihnen in den Weg legten. Störtebekers Holk war das schnellste Schiff, es hatte einen Kraweelrumpf, zwei Masten und gute Geschütze auf dem Vorderkastell. Der Holk führte den Angriff, die Kogge sollte mithelfen, und unsere Snigge hatte die Aufgabe, das abgeschlagene Schiff zu erobern. Und genauso verlief auch dieser Angriff. Störtebekers Kanoniere zerstörten mit gezielten Schüssen Segel und Takelung eines Schiffes, ohne daß die Geschütze der Ordensmänner zum Schuß kamen, und die getroffene Kogge fiel zurück. Die beiden anderen Ordenskoggen wendeten, um dem ersten Schiff zu Hilfe zu eilen, aber unser Holk und die Kogge unter Heino tom Brooke hefteten sich an deren Fersen, schossen vom Vorderkastell auf die Heckruder der Ordensschiffe, so daß diese manövrierunfähig in verschiedene Richtungen drifteten. Nun hatten wir Zeit, gemeinsam die erste Kogge anzugreifen. Erbitterter Widerstand schlug uns entgegen, Armbrustbolzen und Brandpfeile zischten um unsere Ohren, die Geschütze der Deutschritter aber hatten mit ihren Steinkugeln keine nennenswerte Wirkung. Die Kugeln verfehlten ihr Ziel, schlugen zu kurz ins Wasser, und von drei Seiten legten wir an die Kogge an, warfen Kaperanker an Bord, legten Sturmleitern über und schossen auf die gerüsteten Ritter. Zum Nachladen der Geschütze blieb diesen keine Zeit, denn nun ging es mit Spießen und Hellebarden gegen die Gepanzerten. Mochten sie für den Kampf an Land geübt sein, ihre Langschwerter behinderten sie an Bord, und mit den schweren Rüstungen wurden sie über die Reling in die See gedrängt und versanken dort wie Steine. Schon nach kurzer Zeit hatten wir die ungefähr fünfundzwanzig Mann zählende Besatzung der Kogge niedergemacht. Keiner hatte sich uns ergeben, zwei hatten sich in die Kajüte geflüchtet, die Rüstungen abgelegt und waren durch eine Luke in die kalte See gesprungen. Wir schickten ihnen Bolzen nach; ob sie sich retten konnten oder versanken, kann ich nicht sagen. Wir hatten vier Tote und sechs Verletzte zu beklagen, alles jüngere und unerfahrene Schalmen. Störtebeker befahl mir, an Bord der Kogge zu bleiben und die Beute zu sichten. Wir warfen Anker, und auch die Snigge blieb längsseits. Die beiden anderen Koggen hatten nun steuerbords Hilfsruder ausgebracht und suchten nach Süden zu fliehen. Wieder trieb der Holk sein Spiel mit der langsamen Kogge, schoß ihr das Segel mit gehacktem Blei in Stücke, um sie dann treibend Heino tom Brooke zu überlassen.

Die letzte Kogge wäre beinahe unbeschädigt entkommen, aber auch hier gewann der schnellere Holk. Störtebeker schoß sie erst in Brand und dann leck, ging aber mit der Eroberung kein Risiko ein, sondern kehrte zurück zu Heino tom Brooke, der die zweite Kogge in Schach hielt. Gemeinsam nahmen Störtebekers Holk und Heino tom Brookes Kogge das Deutschritterschiff in die Zange. Der Abstand zwischen unseren Schiffen betrug etwa zwei Meilen, und da wir in Luv vom Kampfplatz vor Anker lagen, konnten wir nichts von dem Kampfeslärm hören. Aber auf unserem Schiff stöhnten und schrien die Verletzten. Die Langschwerter und Armbrustbolzen hatten ihre Spuren im Fleisch hinterlassen. Im ersten Augenblick schienen die Verletzten verblüfft; ein blonder Mecklenburger, erst seit dem vergangenen Mai bei den Vitaliern, hatte mit der rechten Hand seine abgetrennte linke aufgehoben und taumelte, eine dicke Blutspur aus dem Stumpf über das Deck tropfend, von einer Reling zur anderen. Er konnte noch nicht begreifen, daß sie nicht mehr zu ihm gehörte. Schließlich wurde er kalkweiß und sank dann in sich zusammen. Die Männer brachten ihn zu Wolfgang Zenker, einem rundschädeligen Bamberger Abenteurer, der neben der Haar- und Bartschneidekunst das Handwerk des Feldschers und Chirurgen beherrschte. Einige Zeit hatte er sogar vor Hamburgs Toren im St. Georgsspital gearbeitet, bevor er dann weitergezogen war. Unter welchen Umständen er zu den Vitaliern gestoßen war, wußte ich nicht. Er hatte sich im Bug der Kogge eingerichtet, auf dem Bettingbalken lag sein Handwerkszeug auf Leinen griffbereit. Ohne zu zögern, ging er bei dem Ohnmächtigen ans Werk. Ein Schwerthieb hatte die Hand im Gelenk sauber abgetrennt. Zenker zog einen Gürtel fest um den Oberarm des Verletzten, um den Blutstrom zu bremsen, und tatsächlich tropfte das Blut nun nur noch aus dem Stumpf. Dann schlitzte er in Längsrichtung das Fleisch des Innenarms auf, legte Elle und Speiche frei, sägte sie flugs eine Daumenlänge kürzer und rundete die Kanten mit der Feile ab. Er löste die Splitter aus dem Fleisch und schnitt mit dem Messer die Sehnen und das Muskelgewebe so ab, daß sich ein Hautlappen bildete. In einem Ledereimer mit Seewasser wusch er den Arm, trocknete ihn mit Leinentüchern und legte geschickt den Fleischlappen so um die Knochenstümpfe, daß die Fleischseite innen und die Hautseite außen zu liegen kam. Mit Silberdraht durchbohrte er das Fleisch und klammerte die Wundränder zusammen. Dann wurde der Stumpf stramm in Leinen gewickelt. Das Ganze ging ihm flink von der Hand, und ich hörte, wie er einem Gehilfen die Anweisung gab, den Gürtel zu lockern, aber den Stumpf hochzuhalten. Er wendete sich den anderen zu, die stöhnend und fluchend auf Hilfe warteten. Mit Silberdraht wurden weitere noch klaffende Wunden geklammert, und die so Behandelten schrien nicht schlecht. Ich aber hatte genug von dem Schauspiel gesehen und wendete mich meiner Aufgabe zu, die Beute zu sichten.

Michael Ziemann hatte Wachen aufgestellt, die das Geschehen und den Kampf unserer Schiffe beobachten sollten. Dann untersuchte er das Schiff auf Lecks, aber es schien leidlich trocken. Der Segler hatte Getreide in Säcken geladen, auch Fäßchen mit Honig, Wachs, Teer und Ballen von Leder. In einem verborgenen Verschlag unter der Achterkajüte fanden sich drei mit Eisen beschlagene und mit Schlössern versehene Kisten. Ziemann versuchte, eine mit dem Beil zu öffnen, aber es gelang nicht. Sie mußten Wertvolles enthalten, vermutlich Schmuck, Bernstein oder Geld. Ansonsten gab es Waffen an Bord, etwas Pulver und Geschützkugeln für die kleinen Geschütze, die auf der Reling im Bug montiert waren. Es handelte sich um so viel Ladung, daß wir sie nicht völlig auf die Snigge übernehmen konnten. Da Mast und Großbaum gebrochen und die Takelage zerrissen waren, mußten wir abwarten, was wir auf unseren Schiffen unterbringen konnten. Michael ließ aber sogleich die drei großen wertvollen Kisten auf die Snigge verladen, danach Proviant, Rauchfleisch und Bier, dann das Pulver, die Geschütze, Werkzeug und Waffen. Ich notierte alles mit dem Griffel auf Schiefertafeln. Dann ließ Michael das Deck säubern, Mast, Großbaum und Takelage gingen über Bord.

Es wehte noch immer eine sanfte Brise aus Ost, und nun hißten wir auf der Snigge das Segel und nahmen den Koggenrumpf in Schlepp Richtung Störtebekers Holk.

Ich blieb auf dem Beuteschiff und stöberte in der Kajüte. Ich fand das Segelhandbuch des Kapitäns und seine Aufzeichnungen über Ladung, Herkunft der Waren und Fahrtroute. In den Kisten befand sich Bernstein, bestimmt für einen Händler in Lübeck. Das Schiff war zusammen mit den beiden anderen drei Tage zuvor in Danzig aufgebrochen und sollte Wein, Salz, Gewürze und Metallwaren aus Lübeck und Rostock abholen. In den Ledertaschen der Kajüte fanden sich auch versiegelte Briefe und verschiedene Handschriften, die für Klöster bei Hamburg und Lübeck bestimmt waren. Im Frachtraum hausten inzwischen einige Männer der Snigge Michael Ziemanns; sie hatten trotz Verbot ein Fäßchen mit Kornbrannt geöffnet, und ich hörte sie gröhlen. Einer mißgönnte dem anderen das scharfe Getränk, und sie waren nach der Anspannung des Kampfes auf eine Art Selbstbelohnung aus. Ich trat aus der Kajüte auf das Deck, aus dem der zersplitterte Mast ragte. Es war ein gutes Schiff, die Balken, Planken und Leisten waren solide; viele Handwerker hatten mit Axt, Säge und Dechsel viele Baumstämme zerteilt und zu diesem Bollwerk gegen die See zusammengefügt. Aber die Witterung hatte dem Schiff zugesetzt, das Holz war grau und rissig, und man konnte die Stellen erkennen, an denen die Schiffszimmerer bereits faule Teile herausgetrennt und wie Flickschneider neue eingefügt hatten. Teer aus den Meilern der Wälder um Danzig dichtete die Fugen, Wachs und Ölanstriche sollten gegen die ewige Nässe schützen.

Im Schlepp der Snigge näherten wir uns langsam Störtebekers Holk und damit dem Ort der Entscheidung, was mit dem Schiffsrumpf geschehen würde. Es war klar, daß wir nicht beide eroberten Schiffe behalten konnten, und es war zu riskant, eine Kogge des Deutschritterordens in Stralsund, Wismar, Rostock oder gar Lübeck verkaufen zu wollen. Wie leicht konnte ein Abgesandter des Ordens in diesen Städten das Schiff an der Bauart erkennen und einen Herkunftsbeweis oder Kaufvertrag einfordern. Dann wären die Verkäufer und die möglichen Hehler in arger Bedrängnis und könnten am Galgen enden.

Störtebeker und Heino tom Brooke hatten die zweite Kogge

bereits vollständig unter Kontrolle. Tapfer und verbissen hatten die Ordensritter getreu ihres Schwures für ihren Orden gekämpft, aber waren der Übermacht beutegieriger Schalmen erlegen. Diese Horde war besonders gefährlich, denn die Vorsichtigeren und Älteren waren auf Gotland geblieben. Störtebeker hatte Anker werfen lassen, und Holk und Koggen lagen dicht nebeneinander. Die Deutschritterkogge hatte eine beschädigte Takelage, die Segelfetzen knatterten gespenstisch im Wind, doch der Mast aus gutem Lärchenholz stand aufrecht. Der Großbaum hing schief herab, aber mit Leinen, neuen Blöcken und einem neuen Heckruder ließ sich dieses Schiff sicher wieder herrichten. Daher ahnte ich Störtebekers Entscheidung, den Rumpf, dessen Deck mir noch festen Boden auf den Meeresfluten bot, sich selbst zu überlassen oder anzuzünden. Im ersten Fall würde er mit dem Ostwind ans Ufer getrieben und stranden. Niemand würde die Kraft haben, ihn wieder loszuschleppen, die Wellen würden ein übriges tun, nur ein paar Fischer und Strandräuber würden sich über die Planken freuen. Wir warfen in einigem Abstand Anker. Die Snigge ging längsseits, ich kletterte mit den Männern über, und wir ließen nur drei Wachen und ein paar Verletzte an Bord zurück. Die Unterführer an der Reling des eroberten Schiffes schrien ihre Befehle, und etliche Männer riefen die Snigge an, daß der Chirurgen-Zenker sich sputen solle. Michael Ziemann legte geschickt am Heck der Deutschritterkogge an, und über Sturmleitern und Fallreepe gelangten wir an Bord. Ich stieg auf das Achterkastell, auf dem Störtebeker und Heino tom Brooke stritten.

»Und ich sage nein, nein, nein. Wir bleiben hier. Wir haben genug Verletzte, und von den Deutschrittern können wir keine Mannschaft pressen. Wir brauchen jetzt jeden Mann, um die Beute zu bergen und das neue Schiff zu bemannen«, sprach Störtebeker mit fester Stimme.

»Aber vielleicht kann sich die dritte Kogge doch retten, und sie jagen uns Kriegsschiffe voll mit Soldaten auf den Hals«, gab Heino tom Brooke zurück; seine Wangen in dem gebräunten Gesicht waren gerötet, die Adern an der Stirn geschwollen, und seine rechte Hand hielt den Schaft eines blutigen Enterbeils umkrampft. Sein lederner Harnisch und Helm waren mit Blut bespritzt, aber es war nicht sein eigenes.

»Sieh doch, sie brennt noch immer, sie hat ein Loch mittschiffs direkt in der Wasserlinie, sie hat kein Heckruder mehr. Sie wird brennen und sinken«, antwortete Störtebeker geduldig und wies mit der behandschuhten Hand auf die dritte Kogge. »Außerdem ist sie zu weit weg. Sie wollen die Kogge vielleicht auf Grund setzen, und ehe wir uns versehen, geraten wir selbst auf eine Untiefe. Schluß jetzt, wer weiß, wann der Wind sich ändert. Sieh zu, daß du deine Leute beruhigst und wir bis zum Abend flott sind.«

Am Horizont war ein Küstenlandstrich zu erkennen, und bei dem Ostwind trieb die dritte Kogge, in eine Rauchfahne gehüllt, auf das Land zu. Störtebeker hatte recht: Es war wichtiger, sich um die Bergung der Beute zu kümmern, als im Blutrausch des Sieges hinter der Kogge herzujagen. Andererseits wäre es auch gut gewesen, keine unnötigen Zeugen unserer Beutefahrt davonkommen zu lassen, die andere Kauffahrer warnen würden und den Absatz der Beute gefährden könnten. Ein Blick an Deck der Deutschritterkogge zeigte, daß diese Art Kauffahrer ihre Güter besser verteidigten als die Hansen. Auf den Hanseschiffen fuhren oft kleinmütige Kaufmannsgehilfen und weniger mutige Schiffer, denen die Ladung nicht gehörte. Sie ließen sich nicht selten kampflos einen Teil der Beute abnehmen. Die Ritter des Deutschritterordens waren stolze Kämpfer, die sich für etwas Besseres hielten, von Gott, dem päpstlichen Klerus und dem deutschen Kaiser mit besonderen Aufgaben betraut und mit Gottes Segen versehen. In den östlichen Ländern besaßen sie viele Burgen, die alle nach dem gleichen Muster erbaut waren, in stolzer Tradition der Wehrburgen der Kreuzfahrer. Die Priester des Ordens missionierten den Osten für die päpstliche Kirche und den deutschen Kaiser. Im Schatten der Burgen siedelten sich Handwerker und Kaufleute an. Die Ritter des Ordens waren wehrhafte Männer, oft überzählige Söhne verarmter Adliger, und sie fuhren auch auf den Schiffen des Ordens, um diese für den Orden zu sichern.

An Deck dieses erbeuteten Schiffes bot sich ein noch schlimmeres Bild als auf der ersten Kogge. Große Blutlachen zeugten von einem erbitterten Kampf. Die Verletzten stöhnten, und ein erbärmliches Schreien hob an, als Wolfgang Zenker, der sich wieder im Bug des Schiffes eingerichtet hatte, nun mit seinem Handwerk begann. Die anderen Schalmen hatten von den Unterführern Aufgaben zugeteilt bekommen. Einige machten nicht viel Federlesens mit den Rittern; ob halbtot oder ganz tot, die Körper wurden geplündert und ins Meer geworfen.

Ein paar Vitalier waren in die Takelage geklettert, schoren neue Leinen und Taue ein, und der Baum wurde gerichtet. Wieder andere hatten das Heckruder mit Leinen und Taljen an Deck gehievt. Die Beschläge waren noch brauchbar, aber Holzteile waren zersplittert und das ganze Ruder mußte gerichtet werden, wenn es den Beanspruchungen bei Manövern im stürmischen Seegang gewachsen sein sollte. Geschickte Zimmerleute sägten und hobelten Bauholz zurecht, bohrten Nietlöcher und fügten das Ruder mit Nägeln und Nieten wieder zusammen.

Der stetige Ostwind und das ruhige Wasser erlaubten das Zubereiten von Mahlzeiten. Störtebeker hatte Befehl gegeben, daß eine warme Getreidegrütze gekocht werden sollte. Nun zog der Geruch von Speck, Butter und Grütze aus dem Schiffsinneren über das Deck. Der Koch hatte in der eisernen Herdpfanne ein Holzkohlefeuer entfacht und in einem großen Kessel unsere Mahlzeit gekocht. In kupfernen Töpfen wurden Portionen durch die Ladeluke an Deck gereicht, und flugs scharten sich hungrige Männer um diese Töpfe. Ein Faß Bier wurde an Deck gehievt, und in einer Reihe holten sich die Durstigen geduldig ihren Teil in Kupferkannen, die dann herumgereicht wurden, da sie nicht für alle reichten. Nachdem alle im Wechsel an den Töpfen gesessen und jeder gegessen und getrunken hatte, rief Störtebeker alle Unterführer, die Schreiber und die Schiffsführer auf dem Holk zusammen. Wir trafen uns in der Achterkajüte, einem großen Raum mit einem Tisch in der Mitte und Kistenbänken ringsherum. An der niedrigen Decke baumelte ein Leuchter über dem Tisch; seine zahlreichen Kerzen erhellten den Raum. Durch die Ölleinenfenster drang nur schwaches Nachmittagslicht; die Tür zum Mitteldeck blieb geöffnet, daß die Kerzen flackerten und verschwenderisch das Wachs tropfen ließen. In einer Ecke war ein Alkoven für Störtebeker eingerichtet. Teppiche lagen davor und hingen an den Wänden, um zugige Ritzen zwischen den Planken abzudichten, aber auch, um von dem Reichtum und der Macht dieses Kajütenbewohners zu erzählen. Unser Anführer saß in einem reichverzierten Lehnstuhl, der wohl einmal einem Bischof gehört haben mochte, denn die Schnitzereien zeigten das Jüngste Gericht, die Höllengestalten und das Paradies. Auf Brokatkissen thronte Störtebeker, seinen Lieblingshumpen aus Zinn vor sich auf dem Tisch, gefüllt mit schwerem Rotwein. Auch für uns waren Becher mit dem Südwein gefüllt, der ursprünglich sicher für Klosterbrüder bestimmt gewesen war. Die jüngeren Unterführer betraten diese Kajüte mit einer gewissen Scheu. Störtebeker selbst hatte eine beeindruckende Statur. Im Kampf hielt er sich nicht zurück, und es kreisten viele Geschichten um seine Taten. Hinter vorgehaltener Hand wurde von schwarzen Kräften, die ihn angeblich unverwundbar machten, getuschelt.

Wir ließen uns schweigend nieder, Störtebeker starrte durch die offenstehende Tür auf das Meer hinaus. Als alle saßen, erhob er sich und herrschte uns mit drohender Stimme an: »Als erstes erwarte ich eure Berichte über die Verluste.« Dann, an mich gewandt: »Schreiber, zeichne alles auf«, und er schob mir ein Kistchen mit Schreibutensilien und Pergament zu.

Heino tom Brooke begann: »Von meinen vierunddreißig Männern sind drei tot und zwei haben klaffende Wunden, die mit Silber verklammert und verbunden sind. Das Schiff hat Schäden an der Reling, aber nichts, was ernsthaft bedrohlich wäre. Das Segel weist viele Löcher auf, die alle geflickt werden können. Ich habe bereits ein neues aufziehen lassen.«

Danach blickte Störtebeker Michael Ziemann an, der sich nicht bitten ließ: »Von meinen fünfzehn Männern ist keiner tot, drei sind leicht verletzt und verbunden, einer hat einen Stich in den Unterleib, von dem ich nicht weiß, ab das Leck sich vielleicht noch dichtet, und einem hat der Chirurgicus Zenker den Unterarm eingekürzt. Das Schiff ist völlig unbeschädigt.« Michael blickte auftrumpfend in die Runde, als ob dies alles sein Verdienst sei. Meist blieb die Snigge aber auch deswegen unbeschädigt, weil das kleine Schiff die Aufmerksamkeit weniger auf sich lenkte und häufig erst während des schon begonnenen Kampfes anlegte. Damit bestand auch weniger Gefahr beim Entern.

Dann erstattete Störtebekers Schiffsführer Jörn Harloff, ein jüngerer, bedächtiger Mann von hochaufgeschossener und sehniger Gestalt, Bericht: »Von unseren sechsundzwanzig Mann starb einer durch Armbrustbolzen, einer liegt mit aufgeschlitztem

Bauch im Sterben. Sechs weisen leichte Verletzungen auf, sind verbunden und können ihre Pflichten ganz gut erfüllen. Der Holk ist hier und da durch Brandpfeile angesengt, aber nichts ist unbrauchbar. Beschädigte Teile der Takelage und des Segels werden gerade ausgebessert.« Jörn Harloff schwieg.

Nun ergriff Störtebeker seinen Zinnbecher und das Wort: »Erhebt euch zu Ehren der Toten.« Alle erhoben sich und griffen zu den Bechern. Dann schrie Störtebeker so, daß die Anwesenden zusammenfuhren: »Nur Gottes Freund und aller Welt Feind!«, und stürzte den Südwein mit großen Schlucken hinunter, und wir taten es ihm nach. Wir setzten uns. Störtebeker faßte nun ruhig die Berichte zusammen: »Wir haben also vier Männer verloren, einer liegt im Sterben, und vier sind so ernsthaft verletzt, daß es fraglich ist, ob sie durchkommen. Von fünfundneunzig Mann fallen neun Mann aus. Wir können keinen Ersatz von den Deutschritterschiffen pressen, weil die Narren sich nicht ergeben wollten. Eine Kogge wird flottgemacht, wir können sie aber nicht stark bemannen. Die mastlose Kogge wird geleert und angezündet. Sie soll bei Ostwind auf den Strand treiben, damit sie nicht als Wrack ein Hindernis für die Schiffe werden kann. Wir ankern hier, verteilen die Beute auf die Schiffe und warten die Nacht ab. Das Wetter scheint gut zu bleiben. Morgen beginnen wir bei Tagesanbruch die Suche nach der dritten Kogge. Finden wir sie, segeln wir sofort Richtung Rostock, und versuchen dort, die Beute zu verkaufen und Mannschaft anzuheuern. Finden wir sie nicht, segeln wir nach Neustadt und gehen Rostock lieber aus dem Weg, für den Fall, daß sich überlebende Ordensritter dorthin gerettet haben. Sie sind einflußreich und nicht zu unterschätzen. Und nun ist mein Schreiber gefragt, was und wieviel haben wir erbeutet?«

Ich berichtete, legte die Frachtlisten vor und betonte besonders den Wert der eisenbeschlagenen Kisten. Michael Ziemanns Augen blitzten mich wütend an. Störtebeker, als erfahrener Führer, bemerkte den Blickwechsel und lächelte. Er entschied: »Die Bernsteinkisten kommen an Bord des Holks, dort sind sie am sichersten, falls wir in neue Kämpfe verwickelt werden. Wir öffnen die Kisten gemeinsam in den nächsten Tagen und schätzen den Wert. Alles wird verzeichnet und nach Ende des Zuges in Gotland verteilt. Einen Teil des Getreides brauchen wir in Gotland, auch den

Honig und den Kornbrannt behalten wir selbst. Aber Wachs, Teer und Leder versuchen wir zu tauschen.«

Danach erstattete Volker Ortmann Bericht, ein jüngerer ehemaliger Kaufmannsgehilfe aus Lüneburg, der beim Entern eines Schonenfahrers zum Piraten gepreßt worden war und an dem Leben Gefallen gefunden hatte. Auch die zweite Kogge der Deutschritter hatte Teer, Wachs, Honig, Getreide und Kornbrannt geladen. Und auch auf ihr fanden sich drei gepanzerte Kisten mit Bernstein und Silberschmuck. Die Ordensführung hatte die Waren gut verteilt, falls die Schiffe in ein Unwetter oder unter Piraten geraten würden. Außerdem fanden sich auf der zweiten Kogge größere Mengen an Holzkohle und Hartholz im Rumpf. Gut, daß diese Waren nicht umgeladen werden mußten. Holzkohle war eine gute Ware für die großen Hansestädte, denen es an Brennmaterial zum Heizen, Kochen und für die Schmieden mangelte. Aber auch langsam gewachsenes Hartholz war begehrt, da es in der Umgebung der wachsenden Städte nur noch wenig einfach zu erreichende Hartholzbestände gab.

Klaus Störtebeker besprach nun mit mir und den Schiffsführern, wie die Lasten verteilt werden sollten, als Hinnerk Schmidt aufstand und die Blicke auf sich zog. Er war Unterführer bei Heino tom Brooke und als Sohn eines Waffenschmieds irgendwie zu uns gestoßen. Er kannte sich mit Feuerwaffen gut aus und hatte damit als Kanonier an diesem Tag einen wertvollen Beitrag geleistet, indem er die Ruderanlagen der Koggen durch gezielte Schüsse unbrauchbar gemacht hatte. »Klaus Störtebeker, Ihr habt uns gut geführt, durch Euer Glück haben wir gute Beute gemacht, obwohl wir noch nicht lange von Wisby fort sind. Ohne mich selbst hervorheben zu wollen, wage ich dennoch zu behaupten, daß ich in den vier Jahren, die ich jetzt Vitalier bin, all mein Wissen und Können in den Dienst unserer Sache gestellt habe. Ich habe mich nicht feige versteckt, wenn gekämpft wurde. Ich bin als Steuermann und Kanonier gefahren und nicht mehr der Jüngste unter den Schalmen. Gebt mir die Gelegenheit, mich als Schiffsführer der Ritterkogge zu beweisen, und wenn es zur Probe ist.«

Die Aufregung stand dem jungen Mann von etwa vierundzwanzig Jahren ins Gesicht geschrieben, rote Flecken breiteten sich aus, und seine Hände zitterten. Er hatte ehrgeizig seine

Chance allein darin gesehen, sich selbst ins Spiel zu bringen, denn sicher hätten Heino tom Brooke und Michael Ziemann ihre Günstlinge vorgeschlagen. Außerdem gab es auch ältere Unterführer, die ebenfalls auf eine Gelegenheit des Aufstiegs hofften. Denn obgleich die Schalmen sich manchmal Likedeeler nannten, so konnten die Unterführer doch besser für sich sorgen und »gleichere« Teile der Beute für sich sichern. Noch besser ging es den Schiffsführern, denn sie handelten die Preise für die Waren aus, tauschten die verschiedenen Münzen bei den Wechslern und bewahrten die Güter der Mannschaft. Das Erbe toter Schalmen verwalteten sie, und wenn sich kein Verwandter fand, dann sollten die Schiffsführer das Erbe an den Allgemeendeel übergeben. Aber wenn die Mannschaften sich vermischten, wenn Schiffe verlorengingen oder einen verabredeten Treffpunkt verspätet erreichten, dann ließ sich sicher etwas davon abzweigen.

Die anderen Unterführer waren sprachlos ob des gerade Gehörten, trauten sich selbst nicht dazu und waren nicht so wortgewandt. Sie blickten erwartungsvoll auf Störtebeker. Der schien genauso überrascht, dann aber ritt ihn der Teufel, und er ging auf den Wunsch ein: »Nun gut, zur Probe, such dir deine Leute aus, du mußt mit achtzehn Mann auskommen, und täglich erwarte ich von dir einen Bericht über alles, was auf deinem Schiff vorfällt. Halte dich in der Nähe des Holks. Du nimmst Harald Raasch als Steuermann an Bord.«

Harald Raasch war der älteste Seeräuber auf dieser Fahrt, er hatte die fünfzig Lenze schon überschritten und war früher einmal Schiffsführer auf einer lübschen Kogge gewesen, die bis nach Bergen fuhr. Er war jedoch von Handelspartnern um seine Anteile betrogen, aus dem Schifferamt ausgeschlossen und fortgejagt worden. Familie besaß er nicht mehr, ihn nährte der Haß auf die lübschen Hansen, und er hatte sich einen guten Anteil an Beute gesichert. Er war schwierig im Umgang, aber erfahren bei der Seefahrt und besaß eine gute Kenntnis der Gewässer. Störtebeker löste die Versammlung auf, erteilte letzte Befehle, und auf das Murren der Männer beim Hinausgehen sprang Störtebeker auf, schlug mit der Faust auf den Tisch, riß ein Handbeil aus einer offenen Waffenkiste und schrie mit sich überschlagender Stimme: »Hat jemand an meiner Führung etwas auszusetzen? Meint jemand, dieser Zug sei nicht gut begonnen? Der komme her und wage es, mir die Stirn zu bieten.«

Keiner hob die Augen, und alle verließen schweigend die Kajüte. Die Schiffsführer kehrten auf ihre Schiffe zurück und überwachten die auszuführenden Arbeiten. Mit der frühen Abenddämmerung wurde das Entladen des Koggenrumpfes beendet. Störtebeker entschied, den Koggenrumpf erst am folgenden Morgen in Brand zu setzen und wegtreiben zu lassen. Der Wind hatte sich vollständig gelegt. Ein blutroter Mond trat aus dem Abenddunst über dem Horizont, und seine riesige Scheibe wirkte wie zum Greifen nahe. Es wurde feucht an Deck, Tau fiel. Ich war wieder auf die Snigge zurückgekehrt. Auf allen Schiffen wurde gekocht; bei uns gab es Bohnen und Salzfleisch, und gegen den Durst gab es Bier. Die Männer waren erschöpft vom Kampf, vom Umladen und den Aufräumarbeiten. Die Snigge war deutlich niedriger als die Koggen, nicht so breit und besaß kein Achterkastell. Ein kleines beplanktes Achterdeck bildete eine niedrige Kajüte, in der man sich nur gebückt bewegen konnte. Dort hatte sich Michael Ziemann eingerichtet. Seit drei Jahren war er schon Schiffsführer auf dieser Snigge und schien kein anderes Schiff zu wollen. Nun trat er aus der Kajüte, stieg die paar Stufen nach oben und ging auf das Bierfaß zu, dicht an mir vorbei. Dabei stieß er mich an, daß mir mein Holzteller von den Knien glitt. Über die Schulter gewandt, brachte er ein »Verzeiht, Schreiber, ich bedaure mein Mißgeschick zutiefst« hervor und bediente sich dann mit der Kelle aus dem Bierfaß.

In ihm besaß ich keinen Freund. Aber auch sonst konnte ich unter diesen Gesellen keinen Freund ausmachen. Als Schreiber hatte ich eine Sonderstellung, die meisten konnten weder lesen noch schreiben. Selbst mit dem Rechnen hatten viele ihre Schwierigkeiten, sie mußten den Führern bei der Verteilung der Beute vertrauen, wenn es um Werte und Gelder ging. Ich konnte mir nur dadurch Achtung verschaffen, daß ich beim Stürmen und Kämpfen nicht feige war. Und das Anpacken hatte mir die Muskeln mehr gestärkt, als damals in meiner Zeit als Kaufmannssohn. Sich mit einem Schiffsführer anzulegen, kam jedoch einer Meuterei gleich.

Michael Ziemann zog sich wieder in seine Kajüte zurück. Wir

anderen hatten den Großbaum so festgelascht, daß darübergelegte, große geteerte Persennings ein Zeltdach über dem Rumpf formten. Seitlich war das Deck neben der Reling zwei Fuß breit beplankt, und im hochgezogenen Bug liefen die beiden Plankenreihen zusammen. Ein jeder der Mannschaft hatte so einen Platz unter diesem schmalen Laufdeck gefunden, wo er seinen Seesack mit Habseligkeiten, Waffen und Kleidung lagerte. Die Sniggenschlafplätze waren sehr kühl, und wir waren froh, daß Windstille herrschte. Das Stöhnen der Verletzten und das Murmeln von Männern, die noch heimlich im Dunkeln von dem Kornbrannt tranken, waren zu hören. Ab und zu konnte man das Plätschern vernehmen, wenn der Harndrang von Bier die Männer an die Reling zwang. Durch die Lukenritzen des Holkes drang das einzige Lampenlicht. Möwen schwebten heran und kreischten erschreckt wieder auffliegend, als sie die Menschen bemerkten, die im Ausguck des Holkes für die Nachtwache eingeteilt waren. Je zwei Mann sollten sich dort oben gegenseitig wachhalten, ein Stundenglas drehen und die nächsten zu gegebener Zeit wekken.

Die Kälte brachte die Wachen dazu, nicht einen Augenblick länger auszuharren. Mit dem ersten Morgenlicht weckten sie die zum Kochdienst Eingeteilten. Warme Getreidegrütze mit Salzbutter und gewärmtes Bier ermunterte die Männer, die starren Glieder zu recken. Noch herrschte Windstille. Die spiegelglatte See verlor sich horizontlos im Dunst, und die nur zu ahnende Sonne war hinter einem blendenden Schleier versteckt.

Störtebeker war spät eingeschlafen; schlechtgelaunt löffelte er seine Grütze, und seine Laune wurde noch schlechter, als er bemerkte, daß eine herbstliche Windstille ihn auf der See festhielt. Er befahl, alle Schiffe auf Südwestkurs vorzubereiten und die mastlose Kogge in Brand zu setzen. Es dauerte eine ganze Weile, bis der Koggenrumpf brannte, und es brauchte dazu Holzteer, bevor die Flammen sich im Rumpf ausbreiten wollten. Die Männer der Snigge mußten das brennende Wrack rudernd mit Beibooten von den anderen Schiffen wegschleppen, und der Qualm verbreitete sich nur langsam. Die Wärme des Feuers trocknete den Schiffsrumpf von innen, und schließlich loderten die Flammen hell auf, als plötzlich ein leichter Südostwind einsetzte. Der schnelle Holk setzte als erster alle Segel, denn Störtebeker trieb es auf die Suche nach dem dritten Ordensschiff. Hinnerk Schmidts Kogge folgte als nächste. Eifrig hielt der neue Schiffsführer sein Schiff im Kielwasser des Holks, während Heino tom Brooke und Michael Ziemann nicht so dicht an den Wind gingen und einen bequemeren, westlicheren Kurs liefen.

Im Verlaufe des Morgens frischte der Südostwind auf und brachte Wolken mit. Der Dunst war verflogen, und deutlich waren die Küste Rügens und das buchtenreiche Festland zu sehen. Der frische Wind, die kleinen Wellen und die zügige Fahrt gefiel den Männern. Sie schärften ihre Waffen, reinigten Kleidung, Harnische und Helme und pflegten die Seestiefel mit Talg und Wachs. Segel und Persennings wurden geflickt, und in seltener Eintracht sangen sie alte Lieder. Ich saß neben Michael Ziemann auf dem Achterdeck in meinem Kapuzenmantel gewickelt, während der Schiffsführer in Wams und mit Wollmütze die Ruderpinne im Arm hielt. Er war gut gelaunt und vertraute mir seine Sicht der Dinge an: »Der Alte hätte gestern wohl doch die Kogge verfolgen sollen. Sieh nur, wie er die Spur sucht und keine findet. Das Leck haben die längst abgedichtet, mit dem Hilfsruder wurde früher, als es noch keine Heckruder gab, ausschließlich gesteuert, und wenn sie die Gegend kennen und mehr Angst vor uns als vor den Untiefen haben, dann sind sie auch noch bei Mondlicht mit der letzten Brise weitergesegelt. Heute morgen konnten sie munter ihre Riemen ins Wasser tauchen und ihre eigenen Galeerensklaven sein. Wenn du den Tod im Nacken sitzen hast, kannst du eine Menge leisten.«

Er schwieg und kniff die Augen zusammen, um die Manöver des Holkes, der dicht unter Land segelte, besser beobachten zu können. Kein Flaggenzeichen, kein Böllerschuß rief uns zum Gefecht. »Schade ist nur«, murmelte Michael, »daß wir nun wohl weder Rostock noch Wismar anlaufen werden. Es wird zu gefährlich sein, da wir dort auf Ankläger stoßen könnten. Ich hätte große Lust gehabt, das lebenslustige Völkchen am Hafen zu erleben. Wisby mag ja eine gute Zuflucht bieten, aber die Einheimischen sind doch schwierig und verschlossen, wenn man sie mit den Leuten von Wismar und Rostock vergleicht. Na ja, es gibt ja auch andere Häfen. Aber die Zeit drängt, mit Herbststürmen ist nicht zu spaßen. Den Winter will ich nicht auf einer Snigge verleben, dann doch lieber in Wisby hinter Mauern, in einem heizbaren Haus.«

Er fragte mich nicht nach meiner Meinung, und so schwieg ich. Der Südostwind hatte noch zugenommen, Feuchtigkeit lag in der Luft, aber es war auch wärmer geworden. Spritzpersennings wurden aufgezogen, denn die eine oder andere Welle brach sich jetzt am Bug, und die Gischt wehte über das Boot bis zum Rudergänger. Störtebeker hatte die Suche aufgegeben. Er näherte sich unserem Kurs, setzte sich an die Spitze und ließ die Segel etwas reffen. Wir taten es ihm nach, und es wurde gleich etwas ruhiger. Nun gab es Zwieback und Speck, Bier und Wasser, und wir segelten immer weiter, eintönig, ohne Manöver auf Nordwestkurs. Am Nachmittag begann es zu nieseln, und die Männer zogen ihre Teerjacken an und verstauten die Seesäcke. Nun sang niemand mehr. Den ganzen Tag hatten wir außer ein paar Fischerbooten, schäbigen Einbäumen mit Plankenreling und Steckmasten, kein anderes Schiff gesehen. Die Dunkelheit setzte ein; Störtebeker segelte voraus und ließ Laternen aufziehen, damit wir ihm folgen konnten. Wären wir Handelsschiffen begegnet, wir hätten sie bei diesem Seegang nicht aufbringen können. Michael Ziemann war nun nicht mehr gesprächig. Er teilte die Mannschaft in Wachen ein und befahl mich zum Bug, daß ich Ausschau auf Treibgut und die Manöver der vorausfahrenden Schiffe halten sollte. Der Wind war inzwischen zu einem Sturm geworden, einige Männer waren seekrank und erbrachen sich an der Leereling. Michael Ziemann verzog sich in seine enge Kajüte und schlief. Das Ruder hatte er einem erfahrenen Rudergänger überlassen. Und so segelten wir weiter in die stockdunkle Nacht. Nur selten brach der Mond zwischen den Wolken hervor, aber Störtebeker schien dennoch den Weg durch die Wasserwüste zu finden.

Immer stärker und böiger wurde der Wind, wahre Brecher schlugen über die Reling, obwohl wir in stockdunkler Nacht mit Treibanker vor dem Wind das Segel gewechselt hatten. Ein kleines Sturmsegel sorgte nun dafür, daß wir Vortrieb hatten und manövrierfähig blieben. Zwei Mann hielten die Pinne. Der Schiffsführer befand sich wieder an Deck, die Persennings waren doppelt gesichert, und zwei Mann standen im Rumpf und lenzten mit der Pumpe die Bilge im stetigen Rhythmus. Die sausende Fahrt in die

Wellentäler, das Abbremsen, das Hochsteigen auf den Wellenkamm, diese Bewegungen zogen an den Planken, und durch die Ritzen an Deck und Rumpf kroch das Meer zu uns nach innen. Zwei junge Männer, sicher mutige und kräftige Kämpfer, lagen dicht bei der Reling und spien sich die Seele aus dem Leib; dann kam nur noch Galle, und willenlos lagen sie ab und an in den Wellen, die regelmäßig über die Reling wuschen. Das Wasser war kalt, und der Wind schnitt ins Gesicht. Da riß eine Welle an der Persenning, eine Böe faßte unter das Tuch, und einer der bleichen Jungen wurde über die Reling gehoben. Ich klammerte mich an einen Belegnagel, drehte mich um, aber wir waren schon an ihm vorbeigerauscht, die Dunkelheit hatte ihn verschluckt. Ich schrie: »Mann über Bord!«, doch der Sturm riß mir die Laute von den Lippen, kein Mensch schien mich zu verstehen. Wir hockten alle weit achtern, hinter dem Mast und vor der winzigen Achterkajüte. Ich arbeitete mich an Michael Ziemann heran, der starren Blicks bugwärts schaute, und schrie ihm den Notruf ins Ohr.

»Na und, sollen wir wenden? Wir finden ihn nie, und außerdem war es Söhnke Köhler, der kann sowieso nicht schwimmen. Einen Ersoffenen können wir nicht mal als Ballast gebrauchen. Halt's Maul, Schreiber, bete meinetwegen«, herrschte mich der Schiffsführer an. Er hatte recht, wir konnten nichts tun, aber ich kroch in den Rumpf und suchte mir eine Leine, die ich mir um den Bauch band, und belegte das andere Ende an einem Schotnagel. Dann löste ich einen der ösenden Männer ab. Uwe Friedrichsen raunte mir ins Ohr: »Das Meer fordert seinen Tribut.« Dann kroch er durchnäßt unter die Persenning, um sich auszuruhen. Das Lenzen lenkte mich ab und machte mich müde, und als ich nach unendlich langer Zeit abgelöst wurde, kroch auch ich unter die Persenning und steckte abwechselnd meine gefühllosen Finger in den Mund, um sie aufzuwärmen. Alles schmeckte salzig, aber auch blutig, leicht stieß man sich die Knöchel wund im Dunkel auf dieser tanzenden Schaukel. Und kurz vor dem Einschlafen versuchte ich tatsächlich, zu Gott zu beten, wie meine Mutter es mir beigebracht hatte, und wie wir es in der Lateinschule gelernt hatten: »Allmächtiger, schütze mein Leben, vergib mir meine Schuld ...«

Ich erwachte im Morgengrauen mit klappernden Zähnen. Der Wind hatte etwas nachgelassen, und der Seegang war ruhiger, die

Wellen brachen sich seltener. Noch immer war der Himmel grau, und der Wind blies stetig aus Süd. Wir segelten mit halbem Wind, in Luv war Land zu erkennen, aber auch in Lee war ein langer Streifen Land sichtbar. Weit voraus segelten drei kleine Punkte, ein Holk und zwei Koggen. Michael Ziemann ließ Zwieback, Speck und Bier ausgeben, und der Hunger verhalf dieser ewigen Speise auf See in unsere Mägen. Danach sah die Welt wieder besser aus, zumal der Regen langsam nachließ. Ich hörte, wie Michael Ziemann zu dem Rudergänger sagte, daß wir in die Lübecker Bucht einführen. Der Wind flaute weiter ab, drehte aber über Süd im Laufe des Vormittags auf West, so daß wir mit halbem Wind auf das nördliche Ufer der Bucht zusteuerten. Unter Land warteten die Koggen und der Holk auf uns Nachzügler.

Störtebeker bestellte die Schiffsführer zum Bericht auf seinen Holk. Wieder ankerten wir dicht beieinander im Schutz einer Steilküste. Mit ernster Miene hörte Störtebeker von den Verlusten der Nacht. Takelwerk war gerissen, Segel zerfetzt, und der Mann von unserer Snigge war auf See geblieben. Hinnerk Schmidt berichtete stolz, daß nichts auf seiner Kogge zu Schaden gekommen war, und Störtebeker lobte ihn dafür. Michael Ziemann wurde ermahnt, besser auf seine Männer achtzugeben. Er antwortete nichts, nur seine Kaumuskeln spielten unruhig. Störtebeker schlug dann vor, nach Neustadt zu segeln, um dort zu versuchen, Waren zu verkaufen und sich etwas auszuruhen. Von Neustadt aus könne man gut den Verkehr nach Lübeck überwachen. Die Travemündung sei nicht weit weg, und falls von Lübeck noch Konvois nach Stralsund, Danzig oder noch weiter in den Osten aufbrechen würden, so liege diese Route günstig für eine Rückfahrt nach Gotland. Vielleicht sei es möglich, in Neustadt etwas über Konvois zu erfahren, da die Neustädter Fischer ihren Fang auch in die Trave zum Verkauf brächten. Einen Konvoi in der Lübecker Bucht anzugreifen verbot sich, aber im Verlaufe der Konvoifahrt böte sich vielleicht die Möglichkeit, Nachzügler aufzubringen.

Der Plan fand allgemeine Zustimmung. Nur Heino tom Brooke wendete ein, daß es nicht unbedingt klug sei, die Hansen zu sehr zu reizen, da ihre Flotte stark und ihr Einfluß in der Ostsee beträchtlich sei. Ob wir nicht lieber an die dänische Küste segeln sollten und die Häfen dort um gestaute Waren erleichtern könnten. Einzelne dänische Frachtsegler seien leichter aufzubringen als Konvoischiffe. Störtebeker winkte ab. Die Hansestädte seien nach wie vor untereinander zerstritten und würden sich gegenseitig Konkurrenz machen. Der Einfluß der Landesfürsten auf die Städte sei groß, und seit die Vitalier Wisby erobert hätten, bräuchten sie nicht einmal die Kriegsflotte der Hansen zu fürchten. Er erinnerte daran, daß die Wismarer geraubte lübsche Waren gern unterderhand kauften. Von den kleinen dänischen Häfen sei nicht viel zu erwarten, und die größeren hätten jetzt meist gute Befestigungen, die auszukundschaften zuviel Zeit erforderte.

So setzte Störtebeker sich durch, und die Kunde wurde auf allen Schiffen gut aufgenommen. Die Schalmen glaubten an das Beuteglück Störtebekers. Sie hatten den Sturm der Nacht überlebt und wollten nun gern darauf hoffen, in den nächsten Tagen einen Konvoi Richtung Osten zu verfolgen, etwas zu kapern und dann Ende Oktober wieder in Wisby einzutreffen. Wir lichteten die Anker und liefen dicht an der Küste entlang Richtung Neustadt. Um den Anschein harmloser Kauffahrer zu erwecken, hatten wir die Wimpel von Wisby und Danzig gesetzt. Mein Herz erfreute sich an dem Gedanken, so dicht meiner Vaterstadt zu weilen. Ich fragte mich auch kurz, ob ich zurückkehren sollte und was mich erwarten würde. Die Dänen würden wahrscheinlich nicht mehr nach mir suchen, und die Ratsherren würden mich kleines Licht vermutlich nicht beachten. Aber wer wußte das schon genau? Vielleicht lag ein schriftliches Begehren vor, das noch nicht in den Akten und Büchertruhen des Rates verstaubte. Das Vermögen meines Vaters war nach seinem Tod wahrscheinlich von den Gläubigern aufgefressen worden, und was aus meiner Familie geworden war, wußte ich nicht. So würde ich vielleicht nicht einmal nachweisen können, daß ich ein Bürger der Stadt Lübeck war. Und nach einer Verweisung aus der Stadt würde ich nicht noch einmal zu den Vitaliern in meine alte Position als Schreiber zurückkehren können. Und was würde aus meinen Beuteanteilen werden, die mir in Wisby zustanden? Sie würden verfallen. So konnte ich nicht ernsthaft an eine Rückkehr nach Lübeck denken.

Der Westwind machte die Fahrt nach Neustadt beschwerlich. Um dicht an der Küste zu laufen, aber nicht auf Grund zu geraten, waren Vorsicht, langsame Fahrt und Aufkreuzen mit vielen Manövern nötig. Erst in der Abendsonne, die zwischen den dunklen Wolken rotgolden hervorlugte, liefen wir in die kleine Neustädter Bucht ein. Wir ließen die Anker fallen, und die Schiffsführer und Schreiber kamen erneut zur Beratung auf Störtebekers Holk zusammen.

8. Der Bernsteinschatz der Deutschritter

Wir lagen am Südufer der kleinen Neustädter Bucht, die Stadt war deutlich zu sehen. Sie befand sich auf einem Hügel des Nordufers, umschlossen von Stadtmauer und Wallanlagen. Oben auf dem Hügel thronte die Stadtkirche. Kleine Fachwerkhäuser säumten die Straßen, die den Hügel hinaufführten. Die Bucht verengte sich zur Wiek, die einen schönen Hafen bildete. Dann spannte sich ein Brückendamm über das Wasser, ehe sich die Wasserfläche zum Neustädter Binnenwasser, einem See, erweiterte. Die Stadtmauer lief direkt am Wasser entlang. Unterhalb dieser Befestigung waren Steine und Holzbollwerke ins Hafenwasser gesetzt und bildeten eine kleine Kaianlage. Sogar einen Kran und ein paar Wippen gab es, um schwere Lasten aus den Schiffen zu heben. Auf der Südseite der Wiek lag ein Hospital mit einer kleinen Kapelle. Kleine Backsteinhäuschen bildeten zusammen mit der Kapelle einen Hof. Auch das Hospital war von einer Mauer umgeben, allerdings deutlich niedriger als die Stadtmauer. Über die Brücke war es an die Stadt angeschlossen. Ein Teil der Brücke war hochzuklappen, so daß man dann nicht in die Stadt gelangen konnte. Der Klappmechanismus wurde von einem Torhaus aus bedient, das auch die Wachmannschaft beherbergte.

Störtebeker hatte beschlossen, noch am Abend die Stadt zu besuchen und unser Kommen anzumelden. Hinnerk Schmidt und ich sollten ihn begleiten, Heino tom Brooke sollte in seiner Abwesenheit die Befehlsgewalt über die Schiffe übernehmen. Mit einem Beiboot des Holkes mußte ich die beiden Schiffsführer in den Hafen rudern. Neben den Kaianlagen befanden sich Stege für die Fischerkähne und ein seichtes Ufer, an dem wir landen konnten. Neugierig beäugten uns die Fischer, die sich am Abend an einem großen Schuppen des Fischeramtes trafen. Wir grüßten und schritten an ihnen und den Gestellen zum Trocknen und Flicken der Netze vorbei über die Kaianlage zum Brückentor. Das Tor war für Fuhrwerke bereits geschlossen, aber eine niedrige Tür im Tor war noch geöffnet. Fischer und Bauern verließen die Stadt zu Fuß, um zu den Katen und Hütten in der Umgebung zu gelangen.

Durch eine vergitterte Öffnung im Mauererker hatte uns die Stadtwache bereits kommen sehen. Störtebeker trug einen weiten Mantel mit einem Kragen aus Biberpelz, ein weißes Leinenhemd, Lederwams und enge wollene Hosen. Die Füße steckten in Schaftstiefeln. Ein Kurzschwert blieb unter dem Mantel verborgen. Seinen Kopf ließ er unbedeckt, das strähnige Blondhaar fiel nach hinten auf die Schultern. Seine aufrechte Haltung strahlte vornehme Herkunft aus, und so sprach ihn die Stadtwache höflich an, als wir mit eingezogenen Köpfen durch die niedrige Tür in den Hof des Stadttors gelangten: »Wer seid Ihr, und was wünscht Ihr, Herr? Das Tor wird bei Sonnenuntergang geschlossen.«

»Mein Name ist Klaus Groot aus Wisby auf Gotland. Ich bin der Führer des Konvois, der im Hafeneingang ankert. Uns hat der gestrige Sturm an dieses Ufer verschlagen. Ursprünglich wollten wir mit unseren Gütern in Wismar handeln. Aber vielleicht können wir auch in dieser Stadt handelseinig werden. Wir haben Getreide, Teer, Holzkohle, Wachs und Leder geladen. Doch für heute wollte ich um Erlaubnis bitten, im Hafen liegen zu können.«

»Wie viele Leute habt Ihr auf Euren Schiffen?« begehrte die Stadtwache zu wissen.

Störtebeker verschwieg ein Drittel der Besatzung und erhielt dann Auskunft, wann er sich am folgenden Tag im Rathaus melden solle, um Kaufleute zu treffen und um mit den Ratsdienern über Zoll und Hafengelder zu verhandeln. Eine Nacht seien die Liegeplätze kostenfrei, danach müsse bezahlt werden. Fremde hätten ein Torgeld von zwei Pfennigen zu bezahlen, um in die Stadt zu gelangen. Im übrigen sei der nächste Tag ein Freitag, und es kämen die Bauern auf den Marktplatz, um ihre Waren anzubieten. Der Wächter ging nun ins Torhaus, um das Gehörte dem

Schreiber weiterzugeben, der diese Nachricht wohl den Ratsdienern melden mußte. Der Wächter drehte sich noch einmal um, und wir wurden gefragt, ob wir in der Stadt in Gasthäusern übernachten wollten, aber Störtebeker verneinte, bedankte sich für die Auskünfte, und wir verließen die Stadt wieder.

Ich hatte, während ich mit einem Ohr dem Gespräch folgte, die Brückenstraße hochgeblickt, die zum Marktplatz und der Stadtkirche führte. Es waren nur wenige zweistöckige Häuser zu erkennen; einige hatten eine gemauerte Front, die meisten waren jedoch Fachwerkhäuser mit Lehmfächern, die mit Reet gedeckt waren. Die Straße war eng und nur in der Mitte gepflastert, ein Rinnsal von Jauche und Abwasser floß den Hügel herab. Fuhrwerke mußten es schwer haben, diese Steigung zu bewältigen. Aber es gab auch ungepflasterte Straßen, die links und rechts den Hügel in sanfterem Anstieg bewältigten.

Als wir aus dem Stadttor traten, begann die Glocke der Hospitalkirche zu läuten. Einer Eingebung gehorchend, folgte Störtebeker dieser Aufforderung zum Abendgottesdienst, und wir gingen über die Brücke zum Hospital. Alte Menschen, Sieche und ein paar Pilger, die vielleicht auf dem Weg zum Kloster Cismar oder zurück waren, bevölkerten die kleine Kapelle. Nur wenige Kerzen erleuchteten den Altarraum. Wir blieben im hinteren Teil des Gotteshauses stehen, denn Gestühl gab es kaum, nur direkt beim Altar. Ein Kaplan hielt eine kurze Ansprache, murmelte lustlos seine lateinischen Gebete, sang den Gläubigen vor, und diese wiederholten das Gehörte, so gut sie es konnten. Dann sammelte ein Meßdiener Spenden ein, und der Gottesdienst war beendet.

Störtebeker ging auf den Kaplan zu und fragte ihn freundlich, ob das Hospiz auch kranke Seeleute pflegen würde. Mißtrauisch musterte ihn der Kaplan. Doch er entschloß sich, diesem wohlhabend aussehenden Mann Auskunft zu geben, und bejahte mit der Einschränkung »wenn es in unserer Kraft steht, mit Gottes Hilfe«. Sogleich nahm Störtebeker ein paar Münzen aus seinem Beutel am Gürtel, dankte dem Mann und erklärte, daß er der Führer eines Konvois von Gotland sei, der glücklich und dank himmlischer Gnade dem gestrigen Sturm entronnen sei. Als Dank für die glückliche Fügung wolle er dem Hospital eine Spende zukommen lassen. Die Miene des Kaplans hellte sich auf. Zahlende Gäste hatte er als Verwalter des Hospizes gerne. Er stellte sich als Johann Offe, Kaplan, Stadt- und Hospitalschreiber, vor und lud uns dann ein, in seine Amtsstube zu kommen, um mit ihm das Abendbrot einzunehmen. Der Kaplan gab dem Meßdiener Anweisungen und führte uns über den Hof in ein niedriges Backsteinhaus. Ein kleines Zimmer mit Tisch und Stühlen in der Mitte, einem Stehpult und einem Schrank diente als Besucher- und Amtsstube. Im Kamin glühte Asche; Offe legte aus einer Kiepe Holzscheite nach, und eine behagliche Wärme breitete sich langsam im Raum aus. Wir ließen uns nieder, und nach kurzer Zeit trug eine ältliche Magd ein Tablett mit Brot, Käse, Schmalz, kaltem Gänsefleisch und Äpfeln auf. Der Kaplan selbst entnahm dem Schrank eine Kanne mit Wein, der vielleicht für die Messe bestimmt war, und einige Zinnbecher.

Störtebeker stellte sich mit dem Namen Klaus Groot vor. Dann entspann sich das Gespräch, in dessen Verlauf Störtebeker erzählte, daß wir Kaufleute aus Wisby auf Gotland seien und Waren aus Est- und Livland in den westlichen Hafenstädten der Ostsee abzusetzen versuchten. Johann Offe fühlte sich geehrt und freute sich sichtlich, einmal nicht nur Pilgern und Siechen Auskunft geben zu können. Bereitwillig erzählte er von der Stadt, daß sie lübsches Stadtrecht erhalten habe, aber dennoch stark vom holsteinischen Grafen und seinen Lehnsleuten abhänge. Die Edelleute der Umgebung hätten Liegenschaften in der Stadt und in der städtischen Feldmark und würden darauf pochen, auch innerhalb der Stadt keine Abgaben leisten zu müssen. Auch das Hospital zum Heiligen Geist habe guten Grundbesitz, auf dem zahlreiche Bauern als Pächter für ein gutes Einkommen sorgten. Offe beklagte, daß die Edelleute den Handel nicht unterstützten und sich auch in der Stadt auf die Abgabefreiheit beriefen. Er selbst sei Kaplan und Stadtschreiber in einer Person und würde die Verhältnisse der Bürger kennen. Besser würde es der Stadt doch nur gehen, wenn mehr Handel getrieben werden könne. Dazu fehlten aber gute Fahrwege für Fuhrwerke zur Stadt Segeberg und ihrem Kloster, nach Bornhöved, wo die Ritter sich zu Landtagen träfen, oder gar nach Eutin, wo es den Bischofshof gebe. So kämen die Kaufleute nicht dazu, ihre Waren im Land zu verbreiten.

»Aber Eure Stadt liegt gut, sie bietet einen guten Hafen und

Winterlager für die Schiffe. Die von Euch beschriebenen Städte sind nicht so weit entfernt, und der Landweg zum Kloster Cismar und nach Oldenburg führt durch Eure Stadt. Da muß der Handel doch blühen«, forschte Störtebeker weiter.

»Ihr habt ja schon recht«, entgegnete Offe, »aber die Ritter sitzen auf ihrem Grund, die Bauern ernähren sie, und sie selbst kümmern sich nur um das höfische Ränkespiel der Holsteiner Grafen. Der vierte Graf Adolf von Schauenburg hat mit seinem Sohn diese Stadt gegründet, so steht es auf einer Steinplatte an der Stadtkirchenmauer. Doch was denken sich die hohen Herren nicht alles aus, um ihr Land zu befestigen. Die Schauenburger haben Friesen nach Süsel geholt, Holländer nach Eutin, und dann hatten sie neue Pläne und gründeten Hafenstädte wie Kiel, Heiligenhafen und eben unser Neustadt. Aber für das Blühen des Handels sollen die Bürger selbst sorgen und Abgaben an die Grafen zahlen. Doch Straßen bauen können wir nicht auch noch; wohin sollen aber die Waren gehen, die über die See hierherkommen. Und was sollen wir von hier verschiffen? Fisch haben wir wohl reichlich, und unser Fischeramt hat strenge Zunftregeln, sorgt für reichlichen Fang, fürs Trocknen, Salzen und Räuchern. Die Lübschen holen aber den Fisch von Bergen und Schonen und schicken ihn über das Land weiter nach Süden. Man munkelt sogar, daß Hamburg und Lübeck einen Kanal von der Trave zur Elbe graben wollen, damit sie die Waren treideln können. Ja, ja, die Hansen haben Macht, Einfluß und Geld. Sie machen uns das Leben schwer. Aber die Holländer kaufen bei uns Bauholz für ihre Schiffe, denn es wird hier in der Gegend viel gerodet, um Ackerland zu gewinnen. Auch Getreide, Vieh und Fleisch können wir nach Holland absetzen, gerade weil Neustadt nicht zum Hansebund gehört und die Holländer Häfen an der Ostsee suchen.« Der Kaplan und Stadtschreiber hatte sich die Wangen rot geredet und nebenbei in kräftigen Schlucken seinen guten Rotwein genossen. Nun goß er sich und uns nach und hielt in der Rede inne.

»Ihr seid beredt und wißt, klug Eure Lage zu beschreiben«, schmeichelte Störtebeker dem Kaplan, der bei den Ratsherren wahrscheinlich nicht soviel zu sagen hatte. »Sicher kann ein Mann wie Ihr uns einen Rat geben, an wen wir uns wenden können, um unsere Waren feilzubieten und einen annehmbaren Preis auszuhandeln. Diese Vermittlung soll Euer Schaden nicht sein, wir sind bereit, Euch je nach Abschluß des Handels still und unauffällig eine Vergütung in barer Münze zu zahlen, die Ihr nach Eurem Gutdünken einsetzen könnt.«

In der schlichten Umgebung eines Hospizes sollte diese Verlokkung ihre Wirkung nicht verfehlen. Uns war nicht klar, ob Offe mit einem solchen Angebot gerechnet hatte und sich deshalb mit offener Rede über die Stadt bei uns andienen wollte. Es war aber doch ein Lächeln über sein Gesicht gehuscht, als Störtebeker ihm eine Belohnung in Aussicht stellte. Vielleicht dachte er auch daran, sein Wissen über uns in der Stadt lohnend an den Mann zu bringen, an den Aufgaben eines Stadtdieners vorbei einen Kaufmann zu begünstigen. So fragte er nach einem Augenblick des Schweigens, wieviel Handelsware welcher Güte wir zu welchen Preisen feilzubieten hätten. Doch Störtebeker stand auf, dankte für die Gastfreundschaft und antwortete, daß er mich, seinen Schreiber, morgen nach der Frühmesse mit genaueren Angaben zu ihm senden würde; ich würde dann eine Antwort abholen, an welche Kaufleute wir uns wenden sollten. Danach würden wir uns auf den Weg in die Stadt machen, um uns anzumelden, Hafengebühren und Zölle zu bezahlen. Am Abend nach dem Gottesdienst würde er, Klaus Groot, sich wieder bei ihm einfinden, um über Weiteres zu sprechen.

Der Kaplan begleitete uns nach draußen in den ummauerten Hof. Es war stockdunkel geworden, aus den kleinen Fensteröffnungen des langgestreckten Hospitalgebäudes drang schummriges Licht von Öllampen und Kienspanleuchtern; die Pilger saßen noch zusammen und tauschten Neuigkeiten aus, und aus den Krankenzimmern hörte man das Murmeln von Betschwestern. »Wie seid Ihr von Bord gekommen?« wollte der Kaplan wissen, und wir erklärten ihm, wo unsere Schiffe ankerten und wo unser Ruderboot lag.

»Die Klappbrücke ist bereits aufgezogen, aber ich kann Euch auf die andere Seite rudern lassen, damit Ihr zu Eurem Boot kommt«, bot uns Offe an. Er ging zur Gesindeküche und scheuchte einen älteren Mann von einer Bank an der Feuerstelle, der uns mit der Fackel an der Umfriedung entlang bis zu einem Tor an der Wasserseite geleitete. Das Tor wurde entriegelt, und wir schlitterten im Fackelschein den Uferschlick hinunter, bis wir in den Kahn steigen konnten, der dem Hospital gehörte.

Der Mann brachte uns mit einer Stange stakend auf die andere Seite. Die geringe Strömung aus dem Binnenwasser in die Ostsee versetzte uns von der Brücke weg schräg zu den Landungsplätzen der Fischer. Die Fackel steckte in einer Halterung am Bug. An der Stelle, an der die Fischer vorhin noch die Köpfe zum Abendplausch zusammengesteckt hatten, lagen jetzt verlassen die Reusen und leere Körbe. »Wer da?« wurden wir von der Stadtmauer angerufen, auf der aufmerksame Wächter unser Kommen im Fackelschein schon von weitem bemerkt hatten.

»Ulf Bohn vom Hospital, ich bringe Besucher zu ihrem Kahn zurück, alles in Ordnung«, erwiderte unsere Begleitung. Die Wachen gaben sich anscheinend zufrieden, kein Alarmsignal ertönte. Wir wurden direkt an unserem Boot abgesetzt und dankten dem alten Knecht, der sich ohne Umstände wieder auf den Rückweg machte. Ich mußte nun Hinnerk Schmidt und Störtebeker wieder zurück zum Holk rudern. Die Sterne und der Halbmond erhellten die Wasserfläche nur mäßig, aber wir erreichten nach kurzer Zeit Störtebekers Holk.

»Wer kommt?« wurden wir wieder angerufen, und Hinnerk Schmidt antwortete zur Beruhigung der Deckswachen. Der Wind hatte sich völlig gelegt, und unsere Rückkehr war für alle hörbar. Neugierige Schalmen spähten über die Reling. Als man sah, daß wir allein waren, legten sich die Schalmen wieder zur Ruhe, bis auf die Wachen, die bei ihren Stundengläsern saßen und dem Sand beim Rinnen zusahen.

Störtebeker ließ sogleich alle Schiffsführer und die Schreiber zusammenrufen. Die Kajüte des Holks wurde von Öllampen erhellt, ein Holzkohleöfchen vertrieb die kalte Feuchtigkeit aus der Luft, und der Dunst der Männer verbreitete sich in der Kajüte. Erwartungsvoll blickten sie auf Störtebeker, der einen großen Humpen gewürzten Weines ansetzte und in vollen Zügen trank. Als er absetzte, brach er die Stille: »Wir wissen noch nicht, was wir zu welchem Preis absetzen können. Die Schreiber werden noch heute nacht eine Aufstellung aller verkäuflichen Waren anfertigen, und unser Schreiber Martin Damme wird diese Liste morgen früh zu einem Mann in der Stadt bringen, der uns gegen eine Belohnung die besten Händler vermitteln will. Um die Stadtwache nicht zu beunruhigen, habe ich die Zahl unserer Männer niedriger angegeben, als sie tatsächlich ist. Wir müssen damit rechnen, daß wir beobachtet werden. Jeweils ein Drittel der Mannschaft soll sich verborgen halten, zumindest bis wir wissen, wie der Rat dieser Stadt gegenüber Vitaliern eingestellt ist. Sobald Martin mit den Namen der Kaufleute von unserem Gewährsmann in der Stadt zurückgekehrt ist, werde ich mich erneut mit einer Abordnung in die Stadt aufmachen, das Hafengeld bezahlen, mit dem Rat über Abgaben beim Handel und auch mit den Händlern sprechen. Erst danach erhalten die Männer Erlaubnis, in Gruppen in die Stadt zu gehen. Sie sollen sich im Zaume halten, denn wir wissen nicht, wie lange uns das Wetter hier festhält, wie stark die Stadt derzeit bewaffnet ist und ob der Rat der Stadt besondere Vereinbarungen mit den Dänen eingegangen ist. Gibt es noch Fragen?«

Als sich niemand meldete, wurde die Versammlung aufgehoben, und die Schiffsführer wechselten wieder auf ihre Schiffe. Volker Ortmann, der zweite Schreiber, und ich übertrugen nun die Zahlen aus unseren Aufzeichnungen und ritzten die Ergebnisse auf Wachstafeln ein. Es wurde schnell deutlich, wieviel Teer, Holzkohle, Wachs, Leder, Pelze und Getreide wir hatten. Silberschmuck und Bernstein ließen wir außer Betracht, denn der nahm nicht viel Platz weg und sollte aufgehoben werden. Störtebeker beachtete uns kaum, er hatte sich auf sein Lager verzogen und starrte gegen die Decke. Als wir fertiggerechnet hatten, besprachen und verglichen wir Preise, Zölle und Abgaben, die aus anderen Städten bekannt waren. Es war mir schon in meiner Schul- und Lehrzeit ein Greuel gewesen, daß es so viele unterschiedliche Maße und Gewichte und so viele unterschiedliche Münzen gab und daß sich ihr Wert von Jahr zu Jahr ändern konnte, weil der Edelmetallgehalt des gleichen Münzwertes geändert wurde. Hier war der Platz für die Pfennigfuchser, Zinswucherer und Spekulanten. Nicht umsonst gab es Goldschmiede und Kaufleute, die sich auf das Gewerbe des Wechslers verlegt hatten und ausschließlich den Wert, das Gewicht und den Gehalt der Münzen bestimmten und für ihre Dienste eine Gebühr verlangten. Oder sie wechselten eben die für den einfachen Mann unbekannte Münze mit eigenem Risiko und Gewinn in eine in der Region bekannte Münze um.

Die Wechsler gehören ja meist auch zu den wohlhabenden Kaufleuten und Bürgern. Wie man hört, leihen diese Geldkaufleute sogar Königen Geld und gewinnen Macht und Einfluß. Im Süden, in Florenz und Venedig, gibt es Kaufleute, die ausschließlich damit ihre Geschäfte machen, sie horten und verknappen Münzen, um sie dann bei gestiegenem Wert zum Kauf neuer Metalle zu verwenden. Es muß märchenhaft im Süden zugehen, aber hier oben im Norden finden wir nur selten Münzen, die aus Arabien kommen, oder die guten alten Goldmünzen von Karl dem Großen. Die Adligen versuchen jetzt neuerdings, durch Münzverrufe den Wert des Geldes zu beeinflussen. Der kleine Händler aber merkt den Wertverfall erst spät. Und wir, die wir uns mit dem Recht des Stärkeren auf See das nehmen, was wir bekommen können, wir wissen von diesen Geldspielen noch später. So treibt man gerne mit uns Handel, reibt sich die Hände und glaubt, uns übers Ohr gehauen zu haben. Besser erscheinen mir daher Tauschgeschäfte, denn wer soll nur den Gegenwert von Pfund, Mark, Gulden, Dukaten, Pfennigen, Groschen, Denaren, Florins, Klinkarts, Écu, Sous, Moutons usw. kennen, wenn dann auch noch päpstliche und königliche Münzereien einfach die Münzen mit billigem Metall nachprägen?

Auch Volker Ortmann war der Meinung, daß es ohne einen Vertrauten in der Stadt schwer sein würde, einen geeigneten und ehrlichen Wechsler zu finden. Trotz unserer Müdigkeit trugen wir schließlich alles noch einmal Störtebeker vor. Er schien nicht bei der Sache zu sein, nickte nur und entließ uns dann. Fast hatte ich die Kajüte verlassen, als er mich zurückrief, Volker Ortmann jedoch auf sein Schiff schickte. »Martin«, begann er, »ich habe wohl bemerkt, daß du redlich alle Beute angegeben hast, auch die Kisten, die Michael Ziemann am liebsten unterschlagen hätte. Ich weiß, daß du dir mit Redlichkeit nicht nur Freunde machst, aber du hast mein Vertrauen gewonnen. Ich habe den Plan, einen Teil des Bernsteinschatzes an einer sicheren Stelle hier in dieser Bucht zu verstecken, denn für Verhandlungen in späteren Zeiten kann es wichtig sein, Mittel kurzfristig zur Verfügung zu haben und nicht erst nach Gotland zurückkehren zu müssen. Selbstverständlich hast du über diese Unterredung zu schweigen. Du sollst aber Augen und Ohren offenhalten, damit wir einen geeigneten Platz finden. Gerade wenn die Männer hier eine Zeitlang Ablenkung finden, könnte es möglich sein, dieses Vorhaben ohne viele Mitwisser durchzuführen. Billigst du den Plan?« Die letzte Frage war sicher nicht ernst gemeint, aber ich antwortete zustimmend und lobte Störtebekers Weitsicht. Danach schickte er mich schlafen, erinnerte aber auch daran, daß ich in wenigen Stunden zum Kaplan eilen müsse.

9. Auf dem Weg in das Neustädter Rathaus

Der Morgen dämmerte gerade, als mich der Koch und Vorratsverwalter auf Störtebekers Holk weckte. Ich hatte mich nach dem nächtlichen Gespräch bei Störtebeker an Deck auf ein zusammengelegtes Segel gebettet und mich mit einem Schaffellmantel aus der Ladung zugedeckt. Dunst lag über dem Hafen, kein Wind regte sich. Einige Möwen stritten sich kreischend um Fischabfälle, denn offenbar waren schon ein paar Fischer mit ihrem Fang aus Reusen und Stellnetzen an den Landungsplatz zurückgekommen. Marktweiber stellten sich ein, nahmen die Fische aus und sortierten sie in Körbe, um sie später auf den Markt zu tragen, während die Fischer sich um die Fanggeräte kümmern würden. Der Koch machte sich an dem Holzkohleofen mittschiffs unter Deck zu schaffen. Durch die offene Luke stieg Brandgeruch, vermischt mit dem Aroma gewürzten, erhitzten Bieres. Knut reichte mir eine Schale mit Grütze, in die Schinkenwürfel geschnitten waren, und einen Humpen mit dem warmen, bitteren Bier. Das Bier belebte meinen morgensteifen Körper, ich reckte mich und aß mit dem Holzlöffel die stärkende Grütze. Dann ertönte die kleine Kapellenglocke des Hospizes, um die Pilger zur Frühmesse zu rufen. Sie rief auch mich, und so reichte ich die Schüssel und den leeren Humpen zurück durch die Luke zur Herdstelle, wo sich schon einige Männer um den Kessel versammelt hatten. Ich stieg in das am Heck liegende Beiboot und ließ mir von der Deckswache die Riemen ins Boot reichen. Nun mußte ich am Ufer entlangpullen, bis ich auf Höhe des Hospizes lag. Ich erkannte die Landungsstelle, wo auch das Boot lag, das uns am gestrigen Abend über das Wasser gesetzt hatte. Ich legte mich noch einmal ordentlich in die Riemen und rutschte mit Schwung auf den Schlick neben das Hospizboot. Zur Sicherheit schlang ich die Bugleine um einen Pflock, der am Ufer wohl für diesen Zweck in den Boden gerammt worden war.

Ein paar Laufplanken, die ich gestern in der Dunkelheit nicht bemerkt hatte, führten über den morastigen Spülsaum zu dem kleinen Tor in der Umfriedung des Hospizes. Das Tor war verschlossen, und so ging ich an der Mauer entlang auf den Brückendamm zu. Die Zugbrücke zur Stadt war schon herabgelassen, und über den Damm liefen geschäftige Bauersfrauen mit Körben in die Stadt, um dort ihre Waren anzubieten. Auch der vierspännige Wagen eines Krämers rumpelte über die Brücke und wurde dann von der Brückenwache gestoppt. Nun hatte ich den Haupteingang des Hospizes erreicht und bog ab. Die Frühmesse war bereits vorbei, die Gläubigen verließen die Kapelle wieder. Ich trat in das Halbdunkel des Gotteshauses. Die kleinen Kerzenspenden der Pilger erhellten den Raum nur wenig, und spärliches Morgenlicht drang durch die Fenster. Der Kaplan ordnete mit dem Meßdiener die Utensilien, die er für den Gottesdienst gebraucht hatte. Er erkannte mich gleich, gab dem Meßdiener Anweisungen und kam sodann auf mich zu, ergriff mich am Ellenbogen und zog mich aus der Kapelle heraus. Wir gingen wieder in sein Arbeitszimmer, und auf dem Weg rief er einer Magd zu, sie möge uns etwas zum Frühstücken bringen.

Wir setzten uns an den Tisch. Offe öffnete eine kleine Lade und zog eine Wachstafel heraus: »Hier sind die Namen der Kaufleute, bei denen Ihr einen guten Preis für Eure Waren erhalten werdet, denn sie sind wohlhabend, und …«, fügte er mit einer gewissen Betonung der Pause hinzu, »sie fragen nicht lange nach der Herkunft der Waren. Die Hansen aus Lübeck und Wismar unterbinden den Handel mit uns, wir dürfen weder Waren in ihre Häfen bringen noch holen. Allenfalls kleine Mengen können wir auf ihren Märkten verkaufen, und dann forschen sie die Herkunft aus, damit sie diejenigen schneiden können, die mit uns zu handeln wagen. Doch seid unbesorgt, Gotländer, wir Neustädter werden die Herkunft Eurer Waren nicht erfragen und auch nicht an die Lübschen weitergeben, daß Ihr hiergewesen seid. Wir werden Eure Waren vielleicht an Holländer und Friesen weiterverkaufen können; vielleicht bewegt Euch ein guter Preis dazu, daß Ihr einmal wiederkommt. Aber die Lübschen haben überall ihre Augen und Ohren. Seht zu, daß Eure Geschäfte Euch nicht zu lange hierhalten. Euer Konvoi ist nicht gerade unauffällig. So, das Frühstück kommt.«

Wir schwiegen, als die Magd Brot, Butter, Eier und Bier auftrug. Als sie den Raum wieder verlassen hatte, fragte ich, wie wir mit den Kaufleuten zusammenkommen könnten. Nach lübschem Stadtrecht, und dieses galt auch für Neustadt, mußten die Waren im Rat- oder Kaufhaus für alle Kaufleute angeboten werden. Maße und Gewichte würden geprüft, auch die Qualität der Waren müsse anhand von Proben dargelegt werden. Das würde Zeit erfordern.

»Laßt dies nur meine Sorge sein. Ich bin schließlich der Stadtschreiber; unterschätzt nicht meinen Einfluß. Ich werde Euch helfen, aber ich darf mich nicht dem Verdacht einer Begünstigung aussetzen. Darum möchte ich auch nicht häufiger mit Euch gesehen werden. Um die Geschäfte aber einzufädeln und schnell abzuwickeln, wünsche ich mir einen Vorschuß auf Eure Kirchenspende, wenn Ihr versteht, was ich meine.«

Daher wehte also der Wind. Ich erinnerte mich an die Worte meines Vaters, der sich wiederholt über die Klüngeleien der Stadtbediensteten mit den alteingesessenen Patriziern beklagt hatte. Die Regeln verboten eine Parteilichkeit aller Stadtdiener, aber es gab geschickte Köpfe, die einen unbeweisbaren Vorteil aus ihrem Amte zogen, ohne sich größeren Unmut zuzuziehen. Wer weiß, welcher Stadtdiener in Lübeck seinen Anteil an dem Bankrott meiner Familie hatte. Ich fühlte Unmut in mir aufsteigen gegenüber diesen Günstlingen der Mächtigen, Wut über diese Ungerechtigkeit. Und trotzdem, gerade jetzt würde ich dieses Treiben auch noch im Namen der Schalmen unterstützen und gemeinsame Sache mit einem Stadtschreiber, reichen Kaufleuten und Seeräubern machen. Dann wurde Offe noch deutlicher: »Und bitte, zahlt in lübscher Silbermark, die ich nicht wechseln muß.« Störtebeker hatte schon gestern gespürt, daß dieser Kaplan und Stadtschreiber einflußreich und auf seinen Vorteil bedacht war. Ich staunte, wie vorausschauend Störtebeker mich angewiesen hatte, einen Beutel mit Silbergeld auf diesen Gang mitzunehmen. So zog ich den Beutel hervor, öffnete ihn und ließ die blankpolierten Silbermünzen klimpern.

»Gut, Kaplan und Stadtschreiber, hier ist eine Anzahlung. Erläutert mir die Namensliste, sagt mir, welche Papiere die Kaufleute brauchen, welcher Zoll zu entrichten ist, wie hoch das Hafengeld ist und wann unsere Mannschaft die Stadt besuchen kann. Die Männer wollen ins Badehaus, ihre Wäsche waschen und in die Wirtschaften gehen.«

Ohne weiteren Dank oder mit der Wimper zu zucken, steckte der Kaplan den Beutel ein, notierte mit dem Griffel hinter den jeweiligen Namen, welche Güter von den Kaufleuten vorzugsweise gehandelt würden, welcher Preis erreichbar sei und wie die Zölle, das Hafengeld und das Torgeld aussähen. Dann fügte er hinzu: »Ich werde die notwendigen Berechnungen schnellstmöglichst tätigen, sobald Ihr Euch offiziell im Rathaus angemeldet habt. Zum Glück ist die Kaianlage frei, so daß Ihr Schiff nach Schiff ausladen könnt, ohne auf Leichter umzuladen. Es hat in den letzten Tagen hier viel geregnet, und der Wasserstand ist etwas höher durch den Abfluß des Binnenwassers. Das hält uns auch die Fahrrinne neben der Kaianlage tief. Aber Ihr müßt Euch auch sputen. Wir erwarten noch zwei holländische Schiffe, die Holz und Fisch laden wollen und den Kran benötigen. Und dann beginnt bald die Winterpause. Die Hansen wollen eine feste Vereinbarung treffen, damit die Seefahrt zwischen dem 11. November und dem 22. Februar ruht. Die Schiffe und Häfen, die dagegen verstoßen, sollen zu Strafzahlungen gezwungen werden. Ich habe Euch schon angedeutet, daß wir gern regelmäßig mit Euch handeln wollen; und ich spreche hier sicher im Sinne des Rates der Stadt, auch wenn ich nur der Stadtschreiber und nicht der Bürgermeister bin. Bürgermeister kommen und gehen, der Stadtschreiber bleibt. Wir haben gehört, daß sich auf Gotland einiges verändert haben soll, daß die Hansestadt Wisby nicht mehr allein den hansischen Kaufleuten untersteht. Ihr müßt jedoch verstehen, daß wir hier in der Nähe Lübecks

Rücksichten nehmen müssen. Etliche Hafenpfähle sind von den lübschen Reedern für die Winterpause gemietet, weil im Travehafen nicht genug Platz für ihre Schiffe ist. Seht also zu, daß unsere Geschäfte schnell gelingen und nicht allzu bekannt werden. Und nun laßt uns mit gutem Wismarer Bier anstoßen.«

Wir stießen an und tranken zur Besiegelung dieses geheimen Abkommens die gutgefüllten Humpen mit Starkbier bis zur Neige. Gern aß ich noch von dem Brot und den Eiern, die wir Seeleute auf dem Meer vermißten, und ich konnte nicht umhin, daß mir dieser Stadtschreiber doch auch imponierte. Obwohl er kein Bürgermeister war, dachte er dennoch an das längerfristige Wohl seiner Stadt und wußte auch von den Verflechtungen der Interessen und von den Einflüssen, die sich durch das Festsetzen der Vitalier in Wisby ergaben. Dieser Mann war vielleicht wichtiger für die Stadt als die Bürgermeister, die sich nach lübschem Stadtrecht häufig ablösten, ihre eigenen Kaufmannsinteressen immer im Auge behalten mußten und damit weniger Augenmerk auf die allgemeine Lage richteten. Ohne eigenes Vermögen baute dieser Schreiber seine Position aus, und es war verständlich, daß er für sein Wohl und seine Zukunft sorgte. Offe drängte mich, mit den Notizen an Bord zurückzukehren, damit die Geschäftsverhandlungen eingeleitet werden könnten. Wir verabredeten, daß wir uns im Rathaus als nicht miteinander bekannt zeigen würden und daß er nach Abschluß der Geschäfte vor Aushändigung der Vertragspapiere noch einen Abschlag im Hospiz erhalten würde. Dann verließ ich ihn.

Das kleine Seitentor stand offen, und ich traf den Knecht wieder, der sich bei dem Kahn des Hospizes zu schaffen machte. Welchen Reim er sich auf unser gestriges Treffen und mein erneutes Erscheinen am Morgen machte, war nicht aus seinem Gesicht zu lesen. Ich pullte zu unseren Schiffen zurück und erstattete Störtebeker und den Schiffsführern Bericht. Störtebeker hatte inzwischen Volker Ortmann beauftragt, uns mit einer Stempelfälschung »echte« Frachtpapiere auszustellen. Auf den Faßdeckeln, Säcken und Pelzbündeln waren die Kennzeichen verändert, so gut es ging, denn die Ordenszeichen ließen sich nicht einfach umbrennen. Aber zum Glück hatte nicht alles dem Orden gehört, sondern auch Danziger Kaufleuten und Händlern anderer preußischer

Städte. Warenproben hatte Störtebeker auf die Snigge umladen lassen. Dann wurden zwei Beiboote vor die Snigge gespannt, und wir verholten sie, am Ufer angelangt, an Pfähle, die nahe der kleinen Kaianlage in den Hafenschlick gerammt worden waren. Bis auf fünf Mann Bewachung setzten wir dann an das Ufer über, an dem ein neugieriger Wachmann der Stadtwache uns in Empfang nahm. Er hatte schon von unserem Konvoi gehört, und die Snigge, die zwei Koggen und der Holk lagen schließlich unübersehbar im Hafenwasser.

Die Kunde von Handelsschiffen im Hafen hatte sich in der Stadt und auf dem Markt bereits verbreitet und auch ein paar Schaulustige angelockt: Träger, Handwerker, Bauern, Frauen und Kinder. So mancher wollte vor den Toren der Stadt seine Dienste anbieten, etwas verkaufen oder günstig erstehen und über besondere Wege und unter Umgehung des Zolls den Gewinn nach Hause holen. Auch ein paar leichte Mädchen flanierten an der Stadtmauer entlang und warfen kecke Blicke zu den Seeleuten hinüber. Störtebeker unterhielt sich mit dem Wachmann, ließ das Torgeld für alle von Volker Ortmann auszahlen, und dann gab er der Mannschaft frei bis zum Nachmittag, außer denen, die die Warenproben trugen. Nachdem bei der Stadtwache die Formalitäten erfüllt waren, erhielt unsere Abordnung Begleitung zum Rathaus. Wir gingen die Brückenstraße hinauf, vorbei an den Häusern mit Backsteinfassaden und Treppengiebeln und an den weniger vornehmen Fachwerkhäusern. Zwischen den Gebäuden konnte man durch Gänge in die Hinterhöfe und Gärten sehen. Hübsch war die Art, an den Wänden Rosensträucher ranken zu lassen. Dies erinnerte mich schmerzlich an mein Zuhause, denn meine Mutter liebte ebenfalls Rosen und pflegte liebevoll die duftenden Stöcke in unserem Garten. Wie mochte es ihr gehen?

Zu dieser Jahreszeit gab es neben den reifen Hagebutten noch die eine oder andere Blüte, aber der Blütenduft kam meist nicht gegen den Gestank der Rinnsale an, die aus den Hinterhöfen auf die Straßen liefen. Die Brückenstraße war die Hauptstraße von Süden her, und entsprechend viele Passanten benutzten sie: Bauern, Wasserträger, Dienstboten, Mägde, Gesellen und Gehilfen. Holzschuhe klapperten über das Pflaster. Der Marktplatz lag auf einem kleinen Hügel, und die Brückenstraße führte direkt darauf zu. Oben konnte man rechter Hand der Straßeneinmündung die stattliche Kirche mit ihren wehrhaften Mauern und dem eisenbeschlagenen Tor bewundern. Vom Turm der Kirche und vom Kirchendach hatte man sicher einen vortrefflichen Blick über die Bucht und das Land. Der Flecken Erde war hier wie geschaffen für eine Stadt mit Hafen. Gegenüber der Kirche, linker Hand der Straßenmündung, lag das Rathaus, ein Haus mit Treppengiebel, wohl drei Stockwerke hoch und mit roter Fassade, verziert mit Steinfiguren. Ein Arkadengang und eine breite Treppe bildeten einen offenen Vorbau. Wie uns die Stadtwache erläuterte, wurden hier gemeine Streitigkeiten beraten und von den Beauftragten des Rates und den Schöffen geschlichtet. Um den viereckigen Markt herum lagen vornehmere Häuser, die sich mit denen Lübecks oder anderer großer Städte allerdings nicht messen konnten. Kaufleute, Geldwechsler, wohlhabende Handwerksmeister, ein Krüger und ein Apotheker hatten sich hier niedergelassen. Auf dem Markt selbst waren Buden errichtet; Krämer, Bauern, Bäcker, Schneider und Schuster hielten hier ihre Waren feil. Lebende Tiere, aber auch erlegtes Wild, Fisch und Fleisch wurden angeboten, und es herrschte ein Leben und Treiben, ein Reden und Rufen.

Wir näherten uns dem Rathaus. An den Pfeilern der Arkaden waren Längenmaße wie Elle und Fuß in Eisen befestigt, auch verschiedene Hohlmaße waren mit Ketten an den Pfeilern ausgelegt, um jedermann ein Nachmessen mit gerechten Maßen zu ermöglichen. Wir stiegen die Stufen empor und betraten durch die geöffneten Türflügel die Vorhalle. Die Stadtwache meldete uns dem anwesenden Führer der Wache, und dieser trat zu den an Pulten tätigen Schreibern und Gehilfen. Auf einem hölzernen Podest, etwas abgetrennt durch einen Wandschirm, saß Johann Offe an einem Schreibtisch. Nachdem der Stadtwachenführer uns bei ihm angemeldet hatte, erhob er sich, kam uns entgegen, begrüßte uns förmlich und ließ sich nicht anmerken, daß wir schon am Tag zuvor seine Bekanntschaft gemacht hatten. Er geleitete uns nun weiter in die eigentliche Halle, einen großen Raum mit vielen Säulen von doppelter Manneslänge, die eine reich bemalte Holzdecke trugen. »Dort oben befinden sich die Rats- und Amtszimmer der Bürgermeister und Ratsbeauftragten«, erläuterte Offe. Er steuerte aber nicht auf die Treppe zu, die nach oben führte, und auch nicht auf die Treppe, die in den Ratskeller führte, aus dem es deutlich nach den gelagerten Weinen roch, sondern geleitete uns an den Bänken entlang, die rundherum an den Wänden der Halle standen. Hier saßen verschiedene Kaufleute beieinander, schwatzten und verhandelten. Wir ließen uns in einer freien Ecke nieder, und Offe fragte ganz offiziell nach unseren Wünschen und Waren. Ein Schreibergehilfe, ihm zur Seite, notierte alles auf einer Wachstafel, und Offe deutete auf die verschiedenen Bänke der Händler für Getreide, Pelzwerk und Leder, Holz und Teer, Wachs und anderes.

»Um halb elf wird hier an Markttagen öffentlich bekannt gemacht, welche Großhandelsware in die Stadt gelangt ist und wer sie anbietet«, teilte uns Offe nun mit. »Ich werde veranlassen, daß Eure Ware auf die Liste gesetzt wird. Bis halb elf könnt Ihr Euch gern zu den Kaufleuten gesellen und Euch mit ihnen bekannt machen.« Danach empfahl sich Offe und ließ uns allein. Störtebeker wies nun den Schiffsführern die Aufgaben zu. Jeder war für bestimmte Waren verantwortlich, die er bei den Kaufleuten anbieten sollte. Dabei mußte natürlich besonders auf die Namen geachtet werden, die wir von Offes Liste her bereits kannten. So verteilten sich die Schiffsführer auf die jeweiligen Gruppen, stellten sich dort als auf Gotland ansässige Kaufleute vor, die durch den Sturm in diesen Hafen getrieben worden seien und wegen des sich neigenden Jahres nun ihre Güter in der Stadt abzusetzen gedächten. So ergaben sich erste Gespräche. Störtebeker selbst übernahm wieder die Rolle des Konvoiführers. Mich entließ er zunächst, ermahnte mich aber, am Nachmittag zur Besprechung an Bord zu sein. Ich verließ die Halle, froh und neugierig, diese kleine Stadt zu erkunden.

10. Im Badehaus

Als ich die Stufen des Rathauses zum Marktplatz herabstieg, fiel die Anspannung der letzten Tage von mir ab. Ich sah das geschäftige Treiben und war bestimmt auch ein wenig neidisch auf die Bürger, die hier einen festen Platz in der städtischen Ordnung ergattert hatten, vielleicht ein Haus und eine Werkstatt sowie die Mitgliedschaft in einer Gilde, die einem bei Krankheit und im Alter half. Aber ich tröstete mich, ich war noch jung. Das Glück würde mir schon noch hold sein, und mit meinen Anteilen am Vitalierschatz würde ich mir irgendwo ein schönes Plätzchen sichern. Meine Schritte lenkten mich vom gepflasterten Marktplatz weg durch die nächste Straße, vorbei an niedrigeren Häusern zu einem Tor. Der Wachmann erklärte mir, daß es hier nach Altenkrempe gehe, wo sich seit langer Zeit eine große Pfarrei befinde; inzwischen würden dort außer den Geistlichen aber nur Bauern siedeln. Die dortige Kirche habe dem Stadttor den Namen gegeben, es sei das Kremper Tor. Das Torhaus bildete mit seinem Treppengiebel einen wehrhaften Turm zur Verteidigung. Überhaupt waren die Verteidigungsanlagen recht neuartig. Teilweise waren die Schießscharten schon so umgebaut, daß sich dort Arkebusen und kleine Geschütze gut aufstellen ließen. Hölzerne Gerüste zeigten an, wo die Rohre aufgelegt und verkeilt wurden, um zum Schuß zu gelangen. Blöcke und Flaschenzüge waren fest installiert, damit sich die Geschützrohre stets schnell auf die Mauer ziehen ließen. Das Ganze zeigte jedoch auch, daß die Stadt im Vergleich mit Lübeck wohl nur wenig im Zeughaus hatte, denn die lübschen Wallanlagen waren mit festmontierten Geschützen versehen.

Ich bog nach links ab, folgte der Stadtmauer, ging einen abschüssigen, sandigen Weg in leichtem Bogen wieder auf den Hafen zu, vorbei an einem Klostergarten, in dem Mönche bei der Gartenarbeit waren. Einige ernteten Äpfel, andere kehrten das Herbstlaub von den Wegen und Beeten. Die Bebauung war hier weniger dicht, man konnte gut in die Gärten der Häuser blicken. Bei manchem Bürger stand eine Milchkuh im Hof. Überall in der Stadt liefen fette Schweine herum, lagen in den Kuhlen und wühlten im Unrat der Straße. Mit der Stadtordnung schienen es die Neustädter nicht so genau zu nehmen. Nachts bei Regen, Neumond oder Nebel wäre es ein halsbrecherisches Unternehmen gewesen, durch die Straßen zu laufen. Bauholzreste, zerbrochene Speichenräder, gerissene Körbe und Tonscherben großer Krüge lagen längs der Spurrillen von Fuhrwerken, halb überwuchert von Brennesseln und Brombeerranken.

Als ich mich dem Hafen näherte, gab es auch wieder mehrstökkige Häuser. Speicher waren in die Höfe gebaut und Buden lehnten sich an die Häuser, in denen Böttcher, Korbflechter, Sattler und Handwerker anderer Zünfte ihre Arbeiten verrichteten. Schon konnte man das Brückentorhaus sehen, als ich an einem großen Bade- und Waschhaus, direkt an der Stadtmauer gelegen, ankam. Der Barbier hatte zum Zeichen seiner Dienste ein altes, aber poliertes Seifenbecken an einer Kette über der Tür aufgehängt. Unwillkürlich griff ich mir an das borstige Kinn, meine Unterlippe fühlte die Barthaare über der Oberlippe, die mich heute morgen zuletzt beim Grützeessen gestört hatten, und irgendwie fing es an, zwischen den Schulterblättern zu jucken. »Der Junker will sich zum Sabbath rüsten«, frotzelte eine Alte, die im Halbdunkel des Eingangs auf Kundschaft wartete. Es war nicht viel los, um diese Tageszeit hatten Meister wie Gesellen, Bauern und Bürger, Männer und Weiber noch genug Tagwerk zu verrichten. Mich lockte das Bad, und so betrat ich das Haus. »Es sind schon ein paar von deiner Sorte angekommen«, meinte die Alte und schob mich gutmütig zu einem Schrank, aus dem sie mich mit Handtüchern versorgte. »Willst du dein Hemd gegen ein frisches tauschen?« fragte sie mit geringschätzigem Blick auf mein graues Leinen mit den geflickten Ärmeln. »Ich lass' es dir besonders günstig, Jüngling, weil du so schöne Augen hast.« Ich willigte ein, zahlte dann für Bad, Handtücher, Seife, Hemd und die Dienste des Barbiers und bestellte noch Wurst, Brot und Bier.

»Aber Musik gibt es erst am Nachmittag«, bremste der Barbier, der noch einen Kunden vor mir behandelte. Ich setzte mich auf die Wartebank. Durch eine weitere Tür ging es in den Baderaum, der ein paar Stufen abwärts gelegen war; wenn die Tür sich öffnete, gelangte ein Schwall feuchtwarmer Luft in die Diele, und man konnte im Baderaum durch Vorhänge abgeteilte Nischen erkennen, in denen die Wannen standen. Ein Knabe eilte mit einem großen Kupferkessel zu einem Zuber und goß heißes Wasser nach. Von der Diele ging ein weiterer Raum ab, der direkt neben dem Baderaum lag. Hier gab es Öfen zum Erhitzen des Wassers, große Kupferkessel dienten dazu. Kupferne Rinnen leiteten das Wasser durch Öffnungen in der Wand direkt in die Badebottiche. Hübsch war es in der Eingangsdiele, auf dem Boden waren Ziegel in Mustern verlegt, die Deckenbalken waren mit Schnitzereien verziert, und die Deckenbretter waren bunt bemalt. Der Barbier arbeitete dicht an einem großen Fenster. Durch das Bleigitterwerk und die verschiedenfarbigen kleinen Scheiben fiel ein trübes und warmes Licht.

Vor ihm saß ein etwa fünfzig Jahre alter Mann in bäuerlicher Tracht. In der Hand hielt er einen Zinnbecher, aus dem er in kleinen Schlucken immer wieder trank, während der Barbier seinen strähnigen, grauen Haarkranz um die Stirnglatze schnitt. Die Rasur hatte das faltige Gesicht in zwei Teile geteilt: eine sonnengebräunte Region und dazu jetzt barthaarfreie, bleiche Flächen auf Wangen, Oberlippe, Kinn und Hals. Nun goß der Barbier noch mal aus einer Steingutflasche in den Zinnbecher nach. Es schien Schnaps zu sein, ja, der gute Mann auf dem Barbierstuhl hatte schon eine Menge davon genossen, denn inzwischen konnte er den Becher nicht mehr richtig zum Mund führen, und der Kornbrannt rann aus dem Mundwinkel über das Kinn herab auf das um den Hals geschlungene Handtuch. Hier gaben sich Haupthaar, Barthaar, Rasierseife und Schnaps ein geselliges Stelldichein. Der Barbier rief der Alten beim Tresen an der Tür zu: »Trine, geh rüber zum Schmied, und hol einen Gesellen.« Und zum Kunden gewandt sagte er: »So, Bauer, mit den Haaren sind wir fertig, jetzt kommen die Kusen dran.« Statt zu antworten, ließ der Bauer den Kopf nach vorn auf die Brust fallen und fing an zu schnarchen. Währenddessen wischte der Barbier Schere, Messer und Kamm sauber und räumte die Gerätschaften zu Höllenstein und Schwamm in eine leere Seifenschale aus Blech. Dann breitete er ein weißes Leinentuch auf dem Beistelltisch aus und entnahm einem Holzkästchen verschiedene Instrumente, die ich nicht kannte. Schließlich entzündete er trotz des Tageslichtes ein Wachslicht in einem Leuchter, der an einer Kette über dem Stuhl hing. Eine große, wassergefüllte Glaskugel, dicht vor der Kerze am Leuchter befestigt, bündelte die Lichtstrahlen und schickte sie auf den Schlafenden. Ich hatte dergleichen Lampen schon in Schuster- und Schneiderwerkstätten gesehen. Der Barbier richtete den Strahl so aus, daß er direkt auf den Kopf seines Kunden fiel; dieser blinzelte schlaftrunken und richtete sich auf, als wolle er aufstehen. »Hiergeblieben, du hast schon im voraus bezahlt, dann will ich dir auch nichts schuldig bleiben.« Der Barbier drückte ihn wieder in den Lehnstuhl zurück. In diesem Moment kam Trine mit dem Schmiedegesellen zurück, einem wahrhaften Muskelberg, der mit dem Schmiedehammer sicher gut umzugehen wußte.

»Und Trine, leg das Brenneisen bitte ins Feuer«, sprach der Barbier und reichte der Alten einen Metallstab, der eine Metallkugel an der einen Seite und einen Holzgriff an der anderen aufwies. Murmelnd schlurfte die Alte hinüber in den nächsten Raum, zu den Herdstellen und den Kesseln. »Seid so gut, und packt mit an«, bat mich der Barbier, nachdem ich wohl gar zu neugierig den Hals langgemacht hatte. Der Geselle hatte den armen Bauern bereits von hinten mit beiden Armen auf den Stuhl geklammert, ich sollte nun den Kopf des Mannes halten, der aus seinem Rausch erwacht war und das Geschehen richtig deutete. Er wollte sich gegen die Behandlung wehren, aber der Barbier war an die Prozedur gewöhnt, hielt dem Patienten die Nase zu, und als dieser nach Luft schnappend den Mund öffnete, schob er sofort einen Holzkeil zwischen die Zahnreihen. »Einem geschenkten Gaul schaut man nicht ins Maul«, scherzte der Barbier grob. »Schau dir die abgekauten Kusen an, Bauer, du hast zuviel Mühlsteinstaub in deinem Mehl, du schmirgelst dir die Zähne wund. Da ist der Übeltäter, das Zahnfleisch hat schon eine Beule aus schlechtem Blut geworfen.« Der Barbier versuchte, mit zwei Fingern den Zahn zu bewegen. Der Bauer stöhnte, der Barbier ebenfalls: »Schade, er schwimmt nicht im Eiter, der Zahn sitzt noch fest.« Und dann murmelte er zu sich selbst: »Versuch's mal mit dem Pelikan«, griff eine Art Zange oder kleinen Hebel, an dem ein zweiter kurzer Hebelarm mit einem Gelenk befestigt war, klappte den kleinen, gekrümmten Arm mit einem Dorn als Ende unter den Unterkiefer-Backenzahn zungenwärts und trieb den Dorn in das geschwollene Zahnfleisch. Der Bauer gurgelte, doch wir hielten ihn gut, und der Barbier preßte stetig den Keil zwischen die Zahnreihen der anderen Seite, damit der Patient nicht zubiß. Wangenwärts wurde nun der lange Hebel genauso unterhalb des Zahnes auf das Zahnfleisch aufgesetzt, und Blut und Eiter quollen unter dem Druck des Hebelfußes aus dem Fleisch. Der Bauer strampelte mächtig mit den Beinen, gurgelte, und mit dem stoßweisen Atem spie er Blut und Spucke aus wie ein harpunierter Walfisch. Unter dem Druck des Hebels trieben sich die Dornen der beiden Hebelenden durch das Zahnfleisch in den Knochen auf die Wurzeln zu, der Barbier rüttelte, hörbar brach etwas, und dann hob er einen zweiwurzeligen Zahn mit seinem pelikanschnabelähnlichen Instrument aus dem Mund. Die eine Wurzel war deutlich kürzer. »Schade, da steckt noch etwas drinnen«, meinte der Barbier, dem der Schweiß auf die Stirn getreten war. »Trine, reich mir das Brenneisen.« Und während die Alte erneut losschlurfte, quoll das Blut heftig aus der Wunde. Als der Schmied und ich den Griff etwas lockern wollten, herrschte uns der Barbier an: »Laßt nicht locker, noch mal kriegen wir bei dem das Maul nicht auf«, und preßte mit einem Hebel ein Zunderschwämmchen in die Wunde. Mit einer kleinen Klemme holte er das vollgesogene Schwämmchen aus dem Kieferloch. Als Trine mit dem Brenneisen kam, nahm der Barbier das Instrument am hölzernen Griff und fuhr mit dem glühenden Kugelende in die Wunde, daß es zischte und qualmte.

Nachdem so die Blutung gestillt war, kratzte der Barbier mit einem kleinen Löffel das verbrannte Blut und Zahnfleischgeklumpe beiseite, nahm einen kleinen Meißel und einen Hammer, hämmerte geschickt mit kleinen Schlägen und löste schließlich mit einem feinen, gebogenen Hebel eine kleine, hakenförmige Wurzelspitze und ein paar Knochensplitter aus der Wunde. Triumphierend hielt er die Wurzelspitze zwischen Daumen und Zeigefinger hoch und legte sie zu dem Zahn auf das weiße Leinentuch des Beistelltisches. Dann nahm er etwas Zunderschwamm, zerbröselte in einem kleinen Mörser ein paar Gewürznelken, goß etwas Schnaps dazu und saugte die Brühe in das Schwämmchen, um es endlich in die Wunde zu pressen.

»Jetzt könnt ihr loslassen«, wies er uns an, als er den Keil aus dem Mund gezogen hatte. Der Bauer sank stöhnend in sich zusammen und glitt vom Stuhl. Wir legten ihn auf die Bank, auf der ich anfangs gewartet hatte. Ich glaube, daß wir alle ziemlich erschöpft waren. Der Barbier zeigte uns noch, daß die Bruchstücke des Zahns wie ein Mosaik zusammenpaßten. Dann goß er sich und uns Schnaps in den Zinnbecher, und nacheinander nahmen wir jeder einen ordentlichen Schluck. Das Zeug schmeckte nach Baldrian und Johanniskraut und beruhigte mich nach kurzer Zeit.

Nun hatte ich zunächst keinen Bedarf mehr am Haareschneiden, und auch der Barbier wollte sich zur Mittagspause zurückziehen. Ich solle mich doch zunächst im Bade entspannen, die Haare und den Bart wolle er mir später schneiden. Der Schmied trollte sich, der Bauer war in den Schlaf der Erschöpfung gesunken und schnarchte wieder, selbst als Trine ihm die blutigen Mundwinkel säuberte und das Handtuch vom Hals wickelte.

Dann kam der Baderlehrling, meldete uns, daß das Bad angerichtet sei und führte mich die paar Ziegelstufen hinunter in die Badestube. Kleine Fenster und Tranfunzeln beleuchteten den feuchtwarmen Raum nur spärlich, und zunächst mußten sich meine Augen an das Halbdunkel gewöhnen, aus dem mich johlend Spießgesellen von der Snigge begrüßten. In der Mitte des Raumes, nicht durch Vorhänge abgeteilt, stand ein großer Zuber, in dem vier Vitalier saßen. Über dem Zuber lag ein Brett als Tisch, Handtücher lagen bereit, Bierkrüge standen darauf, und Spielkarten zeugten von dem Zeitvertreib der Gesellen, die mit rosigen Wangen und glasigem Blick nun ihren Spaß treiben wollten.

»He, Schreiber, bei uns hast du leider keinen Platz mehr, aber vielleicht kannst du ja Frank Kütschow zu Hilfe eilen. Der sitzt hinter dem Vorhang in einer Wanne, hat sich von einer Badenixe den Rücken bürsten lassen und freche Reden gehalten, doch jetzt hält er die Klappe, man hört nur noch Geplätscher. Schau doch mal nach, ob er vielleicht gerade ersäuft.«

Ein anderer fiel ein: »Der taucht schon zu lange, weil er bei dem Fischschwanz der Nixe nicht den Eingang findet«, worauf alle in gröhlendes Gelächter ausbrachen. Ich zog mich bei der Wanne aus, zu der mich der Lehrling geführt hatte, legte meine Kleider und das neue Hemd auf einen Schemel und stieg in das warme Wasser.

Wieder fing einer der vier an: »Oh, Schreiber, du hast dich geirrt, jetzt sitzt du ja in einer Aborttonne, da haben wir nach dem schönen Bier erst mal alle reingepißt, na ja, Hauptsache, es ist noch schön warm, oder?«

Mir fiel keine Antwort auf die Späße ein, und so stimmte ich in ihr Gelächter ein. Dann bemerkte ich kurz, als ich mich vorsichtig und langsam in das brühheiße Wasser gleiten ließ: »Wenn dem so ist, dann seid ihr Wundertäter, denn eure Pisse hier riecht nach Lavendel. Eher aber glaube ich, daß ihr in eurer eigenen Pisse sitzt, denn, nach dem vielen Bier, das ihr versoffen habt, ist der Wasserstand in eurer Wanne stetig gestiegen, ohne daß der Baderlehrling Wasser nachgekippt hat.«

Als Antwort bekam ich ein nasses Handtuch an den Kopf geschmissen, so daß ich bei meinem Versuch, mich langsam an die Hitze zu gewöhnen, ausrutschte und vollends untertauchte. »Na, Schreiber, sind deine Eier jetzt abgekocht?« mußte ich mir anhören, als ich wieder auftauchte. Dann schritt Trine ein, brachte mir wie bestellt Brot, Bier und Wurst, stellte alles auf den Tisch neben der Wanne und zog den Vorhang zu meiner Nische etwas nach vorn.

»Uns wird kalt, gibt es kein heißes Wasser mehr?« verlangten die vier Gesellen, aber Trine schien dererlei zu kennen und gab nur zur Antwort: »Der Lehrling muß erst neues Wasser schöpfen. Eh' das im Kessel heiß ist, seid ihr gänzlich aufgeweicht. Seht eure Hände an, wie eingeschrumpelt ihr jetzt im Wasser sitzt. Wie seht ihr dann erst weiter unten aus? Ich warne euch, wenn eure Säcke zu lange weichen, müßt ihr zum Gerber gehen, und der muß sie in Form spannen.« Jens Holler, ein etwas einfältiger Bremer Bursche, hob seine Hände aus dem Wasser und betrachtete mit ängstlichem Gesicht die Falten auf den Fingerkuppen. »Trollt euch jetzt, bevor ihr euch verkühlt. Geht auf den Markt, da stehen die Mägde und warten darauf, daß ihr ihnen schöne Augen macht«, sprach Trine und riß im Vorbeigehen den Stopfen aus dem Zuber, damit die vier bald auf dem Trockenen säßen. Das Wasser floß in dickem Strahl auf den geneigten Steinboden, in eine Rinne und dann weiter in Richtung eines Tonrohres, das dem Badehaus als Wandöffnung zum Hafenufer Abfluß bot.

Was sollten die Spießgesellen tun? Gehorsam stiegen sie aus, trockneten sich ab und prahlten dann jeder mit dem Eindruck, den er wohl auf die versammelte Weiblichkeit am Markt machen würde. Voller Vorfreude und leicht trunken verließen sie die Badestube, ohne mich weiter zu beachten. Ich saß auf einem in den Zuber geklemmten Schemel im duftenden Wasser. Es war trüb, sicher aus dem nahen Neustädter Binnenwasser geschöpft. Brunnenwasser wäre wohl zu kalt und müßte zu lange erhitzt werden, und bei der Menge Wasser, die hier im Badehaus benötigt wurde, wäre es auch zu mühsam, es hochzuholen. Neben dem Haus war mir im Vorbeigehen ein Graben aufgefallen, der mit Weidengeflecht gestützte Grabenwände aufwies und zur Stadtmauer führte. Vielleicht bezog der Bader hieraus sein Wasser. Die Lavendelblätter ließen es jedenfalls gut duften, und ich hatte mich nun auch an die Hitze gewöhnt. Kleine Schweißperlen traten mir auf die Stirn, und ich döste vor mich hin, als der Vorhang wieder zurückgezogen wurde und der Baderlehrling erschien: »Herr, seid Ihr so gut und macht der jungen Witwe Schützhold etwas Platz in Eurer Wanne? Sie pflegt in der billigen Mittagszeit zu baden. In Eurer Wanne ist noch Platz, und alle anderen sind besetzt oder leer. Das frische Wasser wird erst am Nachmittag warm genug sein. Sie ist eine arme, ehrbare Frau. Ihr Mann, ein Leineweber, verstarb vor eineinhalb Jahren nach langem Lungenleiden und hinterließ ihr Schulden und zwei Kinder. Jetzt müht sie sich, mit Blaufärben ihren Lebensunterhalt zu verdienen, daher auch ihre blauen Arme, es ist kein Aussatz, keine Krankheit. Seid Ihr einverstanden?«

Ich willigte neugierig ein, entschlossen, mein Bad zu beenden, wenn mir die Gesellschaft nicht gefiele. Nach einem kurzen Augenblick hörte ich jemanden auf Holzpantinen herankommen, ahnte, wie sich jemand hinter dem Vorhang auszog. Im Licht der Tranfunzel stieg dann eine Frau zu mir ins Wasser, mit bleichem Körper und Gesicht und mit von den Fingern bis zu den Oberarmen blaugefärbter Haut. Eine Leinenkappe verdeckte ihr hochgestecktes Haar. Sie hatte die Augen keusch niedergeschlagen, es war nicht zu erkennen, wie alt sie sein mochte. »Habt Dank, daß Ihr mich bei Euch baden laßt«, brach sie das Schweigen. »Ich bade gern zu dieser ruhigen Zeit des Tages. Am Abend sind hier stets die Possenreißer. Es ist dann viel Betrieb, es wird gezecht, und für eine alleinstehende Frau ist es nicht einfach, sich übler Nachrede zu erwehren. Außerdem verlangt der Bader mehr am Abend, weil dann auch Musikanten und Geschichtenerzähler bestellt werden und bezahlt sein wollen.«

Die Frau schaute mich nun an. Sie hatte hübsche grüne Augen, eine feine Oberlippe und vermutlich sehr blondes Haar, denn die Brauen und Wimpern waren kaum zu erkennen in ihrem bleichen Gesicht. Sie saß mir gegenüber. Ihre merkwürdig blauen Hände und Arme ruhten auf dem hölzernen Bottichrand und stachen sehr von ihrem weißen Körper ab. Ich versuchte, nicht zu dreist zu gucken, aber ich mußte sie betrachten, die blauen Arme und die weichen, weißen Brüste, die im Wasser aufschwammen.

»Ich habe Euch noch nie gesehen, woher kommt Ihr?« brach sie erneut die Stille des Raumes. Die anderen Badegäste schienen auch gegangen zu sein, denn außer abfließendem Wasser und tröpfelnden Wannen war nichts mehr zu hören. Ich erklärte ihr, daß ich mit dem Kauffahrerkonvoi aus Wisby gekommen sei, um mit Waren zu handeln. Dann schwiegen wir wieder, und ich trank einen Schluck aus meinem Krug, um irgend etwas zu tun. Sie zeigte auf die Bürste und die Seifenschale und schlug mir vor: »Dreht Euch um, dann bürste ich Euch den Rücken und wasche Euch die Haare.«

Ich tat, wie mir geheißen, und als sie mich berührte, wurde mir das Glied fest, ich war erregt und ließ alles geschehen. Sie schrubbte mir den Rücken, daß er glühte, und dann wusch sie mir die Haare und massierte die Kopfhaut.

»So, nun müßt Ihr mir den Rücken schrubben«, befahl sie mir. Wir wechselten die Positionen. Sie wandte mir den Rücken zu. Sie war mager, und ihre Rippen zeichneten sich unter der Haut ab. Ihre Arme waren aber muskulös, und die Muskeln spannten sich an, als sie sich am Zuberrand abstützte und ihren Rücken beugte. Dabei berührte ihr Hintern mein Glied, und dann konnte und wollte ich nicht anders, ich ließ die Bürste, die sie mir gegeben hatte, ins Wasser fallen und berührte und streichelte sie mit den Händen überall, und sie ließ es sich gern gefallen. Wir trieben es im heißen Wasser, bis mir schwindelig wurde.

»Ist etwas mit Euch?« fragte sie ängstlich. »Ihr seid ganz rot am Hals und Körper, aber Euer Gesicht ist voller blasser Flecken.«

»Mir ist etwas schwindelig, ich muß wohl aus dem Wasser steigen«, antwortete ich, erhob mich und stieg aus. Dann wurde mir schwarz vor Augen.

Als ich zu mir kam, sah ich dem Bader ins Gesicht. Er blickte mir in die Augen und meinte: »Nun kommt er zu sich.« Ich lag nackt auf einem Tisch in der Badestube, nur von einem Leinentuch bedeckt, und mein rechter Arm war blutüberströmt. »Ich habe Euch ein bißchen zur Ader gelassen, jetzt werdet Ihr Euch besser fühlen«, erklärte der Bader und wischte seine Lanzette an dem Tuch ab, ehe er sie in ein Kästchen zurücklegte. Er säuberte meinen Arm und wies mich schließlich an, mich aufzusetzen, das Handtuch auf die Armbeuge zu pressen und den Arm zu beugen. »So bleibt eine Weile sitzen, ich hole Eure Kleider, und dann geht auf Euer Schiff zurück, und ruht Euch aus. Habt Ihr nicht genug gegessen, oder fühlt Ihr Euch krank?« Sprach's und wartete nicht auf die Antwort, sondern holte meine Sachen.

Die Alte kam mit einem Lappen, wischte die Blutstropfen vom Steinfußboden weg und bemerkte dabei: »Das kommt davon, wenn einer das heiße Baden nicht gewöhnt ist.« Nach einer Weile fügte sie hinzu: »Gegen ein kleines Entgelt verrate ich Euch die Adresse von Eurer Buhle.« So nackt und benommen, wie ich dasaß, war mir nicht danach, mit der Kupplerin zu streiten. Auch wußte ich nicht, was ich von der ganzen Sache halten sollte und wollte erst einmal sehen, ob mein Geldbeutel noch bei meinen Kleidern war. Der Bader kam zurück, und ich zog mich an. Mein Geldbeutel war noch schwer, und damit kam auch meine Besinnung wieder. Ich ließ mich balbieren und zog dann Richtung Hafen weiter. Kurz vor dem Brückentor stärkte ich mich bei einer Garküche mit einer Bohnensuppe. Es mochte schon Nachmittag sein, und so verließ ich die Stadt und ging vor der Mauer am Ufer entlang, bis ich zur Snigge gelangte. Findige Handlanger und Träger hatten aus Brettern und Pfählen einen wackeligen Steg bis zum Schiff gezimmert. Mit kurzem Gruß stieg ich an der Wache vorbei auf das Schiff und suchte mir einen Platz für ein Schläfchen, bis man nach mir verlangen würde.

11. Der Kampf um den Schatz

Vielleicht wunderst Du Dich, daß ich alles so genau erzähle. Verzeih, aber jetzt, da ich mir zum ersten Mal in meinem Leben die Zeit nehme, mir über mein Dasein Gedanken zu machen, werden die Erinnerungen wieder wach, die längst vergessen schienen. Ich hoffe, daß Du Deinen Großvater besser kennenlernst, daß Du vielleicht aus meinen Erfahrungen Schlüsse ziehst oder daß Du Dich wiedererkennst, weil Du von meinem Blute bist. Ich habe nicht vergessen, warum ich zu schreiben begann: Damit Du die Schätze heben kannst, die sonst sinnlos in der Erde schlummern. So lies weiter in meinen Erinnerungen, ich werde bald von einem Ort berichten, an dem ein Bernsteinschatz auf seine Entdeckung wartet.

Am Nachmittag weckte mich die zurückkehrende Mannschaft. Etwas später trafen Störtebeker, Michael Ziemann, Jörn Harloff, Heino tom Brooke und Hinnerk Schmidt bei der Snigge ein und nahmen mich sogleich zu Störtebekers Holk mit. In der Achterkajüte wartete bereits Volker Ortmann mit den endgültigen Warenlisten und gefälschten Begleitbriefen. Störtebeker ergriff das Wort: »Männer, wir sind keine Pfennigfuchser und keine Pfeffersäcke. Ihr habt euch vielleicht gewundert, daß ich so auf den Vertragsabschluß drängte, aber auch den Neustädter Handelsherren ist es lieb, wenn wir ihren Hafen bald wieder verlassen. Sie scheinen zu ahnen, daß wir unsere Güter nicht erhandelt, sondern erkämpft haben. Sie möchten, daß die lübschen Hansen gar nicht erst Wind davon bekommen, daß Neustädter derartige Handelsware übernehmen. Auch die Ritter rings um Neustadt sowie der Holsteiner Graf als Stadtherr sollen nichts davon wissen, weshalb die Kaufleute gerne Begleitbriefe für die Waren haben wollen, auch wenn sie gefälscht sind. Kein Kaufmann hat nachgefragt, weshalb wir mit Ballast anstatt mit Waren zurück nach Wisby segeln wollen, weder Ratsherren noch Bürgermeister haben nach den Umständen auf Wisby gefragt, obwohl die Kunde von den Verhältnissen auf Gotland auch bis hierher gedrungen ist. Sie verfahren nach der Devise: Was ich nicht weiß, macht mich nicht heiß. Zudem hat der Bürgermeister durchblicken lassen, daß Neustadt sich im nächsten Jahr über einen erneuten Besuch freuen würde. Gerade Ostwaren wie Pelze, Pech und Teer seien sehr gefragt, aber auch Holz würden sie gern für den Hollandhandel stapeln. Ich habe angedeutet, daß wir Schießpulver und moderne Geschütze suchen, aber wahrscheinlich haben sie daran selber Mangel, und der Graf von Holstein wird es auch nicht wollen, daß die Stadt davon zuviel sammelt. Lübeck und Wismar werden ebenfalls ein Auge darauf haben. Nun gut, ich glaube, wir haben mit Neustadt einen annehmbaren Ausweichhafen, auch wenn Wismar der bessere Handelsplatz ist, solange die Wismarer Kaperbriefe noch gelten. Kurzum, wir haben mit den Kaufleuten eingeschlagen und durch einen guten Trunk die Abschlüsse vorab besiegelt. Jetzt muß ausgeladen und gewogen werden, die Qualität soll geprüft werden. Und was haben sie gesagt? Erst die Ware, dann das Geld. Hoffentlich haben sie genug davon. Habt ihr gemerkt, wie mißtrauisch sie sind, wollen immerzu an Bord kommen. Wir sollen an die Kaianlagen kommen, damit sie besser in unsere Schiffe sehen können. Ich denke, daß wir die Ware nicht nur am Kai ausladen, sondern auch leichtern sollten, erstens, damit wir nicht warten müssen, und zweitens, damit nicht zu neugierige Augen in die Schiffe schielen und unsere Männer zählen, und drittens sind wir dann nicht so leicht zu entern, denn wir müssen auch an Verrat denken. Vielleicht haben die Fischer, die hier täglich in den Hafen kommen, irgendwo etwas von gekaperten Deutschritterordensschiffen vernommen.«

Störtebeker unterbrach seine Rede, um aus seinem Krug zu trinken. Seine Augen blitzten, und seine Wangen waren gerötet. Er war guter Laune. Jörn Harloff meldete sich zu Wort, und Störtebeker nickte ihm zu. »Ich wollte darauf hinweisen, daß die Wachen an den Toren und auf der Stadtmauer anscheinend verstärkt wurden. Gestern abend waren nicht so viele Köpfe auf der Mauer zu sehen, und ein paar Männer von der Snigge wollen bemerkt haben, daß aus dem Zeughaus Waffen und Pulver ausgegeben worden sind, als unsere Männer sich in der Stadt herumtrieben.«

»Ein Angriff auf diese Stadt lohnt sich nicht für uns, aber sollen sie ruhig vorsichtig sein«, erwiderte Störtebeker auf Jörn Harloffs Einwurf. »Sorgen wir dafür, daß wir wieder Platz in unseren

Rümpfen bekommen, dann segeln wir mit dem ersten günstigen Wind Richtung Fehmarn und legen uns dort auf die Lauer, ob nicht ein reicher Brügge-Fahrer vollbeladen seinen lübschen Heimathafen ansteuern will, bevor die Winterpause anfängt. Damit wir Platz bekommen, hab' ich mit dem Äldermann des Fischeramtes abgesprochen, daß sie beim Leichtern des Holkes mit ihren Kähnen helfen. Gern hat er zugesagt, verdienen doch so die Fischer auch etwas am Handel. Dem Bürgermeister hat es sichtlich nicht gepaßt, aber ich habe gesagt, daß der Holk zu großen Tiefgang für den Kai hat, weil er so voll beladen ist. Die Schreiber und die Schiffsführer werden morgen anhand der Liste das Entladen überwachen und auch dafür sorgen, daß sich ein Teil der Mannschaft unter Deck hält. Niemand braucht zu wissen, wie stark besetzt wir sind. Dann müssen wir uns darum kümmern, daß richtig gewogen und gemessen wird. Sonntag wird die Arbeit ruhen, den Rest entladen wir am Montag. Die Proviantmeister kümmern sich um Frischwasser, Brot, Zwieback und andere Lebensmittel. Ermahnt alle Unterführer, daß sie bei Strafe auf die Mannschaft achtgeben. Nur Sonnabend darf nach der Arbeit in Gruppen an Bord gezecht werden, weil alle ihren Rausch am Sonntag ausschlafen können. Wir müssen wachsam sein. Kein Deutschritterschiff soll uns hier die Ausfahrt verlegen, niemand soll auf uns aufmerksam werden. Wer weiß, ob nicht schon Fischer aus Neustadt nach Wismar und Lübeck gefahren sind, weil sie für Spitzeldienste bezahlt werden. Frauen dürfen nicht auf die Schiffe, das gibt nur Streit. Wer in der Stadt in Händel verwickelt wird, soll zusätzlich hier an Bord bestraft werden. Die Schiffsführer teilen die Mannschaft in Gruppen zur Arbeit und zu Stadtbesuchen ein. Achtet auf diejenigen, die sich mit dem Gedanken tragen könnten, sich mit ihrem Gesparten abzusetzen. Wir brauchen jeden Mann an Bord, gerade wenn wir noch Schiffe kapern wollen. Auf Gotland und auf der freien See ist mir wohler als im Hafen einer befestigten Stadt, deren Geschütze uns erreichen können. Gibt es noch Fragen?«

Störtebeker lauschte, als wolle er den Hall seiner Stimme hören. Er ging ganz in seiner Rolle auf: Ein Anführer, der keinen Widerspruch duldet. Und seine Schiffsführer konnten nichts entgegnen, denn seine Ausführungen waren klar und folgerichtig. Sein Plan, so schnell wie möglich den Hafen zu verlassen, um vielleicht noch Beute zu machen, bevor wir nach Gotland zurückkehrten, fand einhellige Zustimmung. So hob Störtebeker seinen frisch gefüllten Humpen und brachte sein Motto aus: »Aller Welt Feind und nur Gottes Freund«. Und wir taten es ihm nach.

Später, als sich die Schiffsführer zurückgezogen hatten, um ihre Mannschaften auf den Plan einzuschwören, um sie vor Trunkenheit und Streitigkeiten zu warnen, deren Folge Strafe sein würde, um ihre Unterführer einzuweisen und um eine Flucht von nicht ganz verläßlichen Kumpanen zu verhindern, da nannte mir Störtebeker die erhandelten Preise für unsere mit Blut erkämpften Güter. Ich kannte die üblichen Preise nicht mehr genau und hatte keinen Vergleich, da wir mehr auf dem Meer herumzogen, als uns mit Kaufleuten auszutauschen. Die Ausbeute schien mir nur deshalb annehmbar, weil wir Unversehrten und Überlebenden keinen großen Einsatz geleistet hatten; wir hatten keine beschwerliche Reise gewagt, keine Frachtkosten bezahlt, keine Arbeit geleistet und keine Güter gegen andere oder gegen Geld erhandelt. Das Hafengeld, die Wiegegebühren und der Zoll kamen mir ungewöhnlich hoch vor für eine so kleine Stadt mit so wenig Fernhandelsverkehr, denn die kleinen Küstensegler und Fischerboote konnte man nicht rechnen. Wir waren, so wurde es mir an diesem Abend besonders bewußt, tatsächlich aller Welt Feind. Auch schienen uns die Neustädter Kaufleute zu mißtrauen. Die Bürger zogen sich in ihre Burg zurück, hievten die Hubbrücke zum Brückentor hoch und stellten ihre Wachen auf die Mauer. Die freundschaftliche Gemeinschaft der Hansekaufleute in fremden Häfen, wie ich sie von meinem Vater kannte, fehlte. Der Bürgermeister hatte zu dem Konvoiführer Störtebeker gesagt, daß alles Gesinde, das sich nachts auf den Straßen der Stadt herumtreibe, ohne eine Herberge nachweisen zu können, von den Bütteln im Stadtgefängnis festgesetzt werde und nur gegen Strafzahlung wieder freikomme. Seeleute sollten in Herbergen oder auf ihren Schiffen übernachten. Dies war allzu verständlich und eine gute Vorsichtsmaßnahme zur Überwachung von Fremden in der Stadt. Ich konnte die Ratsherren gut verstehen. Störtebeker grämte sich nicht um die schlechten Preise und die abweisende Haltung der Ratsherren. Mir schien es, als sei seine Unruhe zurückgekehrt, als treibe seine Unrast ihn zu neuen Taten auf das Meer.

Mit der früh einbrechenden Dunkelheit des Herbstabends und seiner Kühle wurde der Unternehmungsgeist der Mannschaften gebremst. Zwar wurde noch etwas gezecht, doch die Ansprachen der Schiffsführer und Unterführer hatten Wirkung gezeigt, die Männer gingen unter Deck und bereiteten sich auf den arbeitsreichen Sonnabend vor.

In Störtebekers Kajüte standen noch unangetastet die eisenbeschlagenen Kisten, die wir auf den Deutschritterkoggen erbeutet hatten. Drei enthielten nach den gefundenen Frachtbriefen Bernstein, aber was mochten die anderen enthalten? Störtebeker hatte einen schweren Hammer, einen Meißel und einen Amboß, wie sie zum Richten von Waffen und Segelbeschlägen auf unseren Schiffen benötigt werden, in seine Kajüte bringen lassen. Jetzt zeigte er, daß er trotz seines Anführerdaseins und ohne die schwere Arbeit des Setzens, Trimmens und Bergens der Segel noch immer über seine schon sprichwörtlichen Kräfte verfügte. Denn er hob eine Kiste allein, wo sonst zwei anpacken mußten, und keilte sie so zwischen zwei Heckspanten, daß er den Amboß gut unter den Kistendeckel klemmen konnte. Mit dem Hammer sprengte er die Angeln eine nach der anderen, bis der Deckel den Blick auf den Inhalt freigab: das Gold der Ostsee, Bernstein in allen Größen von Bohnen- bis Kindskopfgröße, zersägt, poliert oder roh, mit Einschlüssen und ohne, klar oder trüb, von rötlich bis goldgelb. Dies war ein Schatz für sich, denn Bernstein war begehrt bei Gold- und Silberschmieden und besonders beliebt zur Herstellung von Rosenkränzen. Sogar die Mohammedaner verarbeiten diesen Stein für ihre Gebetsketten. Was mochte in den anderen Kisten lagern? Getrieben von Neugier und Eifer half ich Störtebeker beim Öffnen. Es gab noch eine Kiste mit unbearbeitetem Bernstein und eine mit Schmuck: Ketten, Armbänder, Anhänger, Intarsien-Schmuckkästchen, Tierfiguren. In der vierten befand sich Münzgeld aller Herren Länder, sogar Golddukaten waren darunter. In den letzten beiden Kisten fanden wir Silber in alten Normannenbarren, Silberbruch, Knöpfe, Glöckchen, slawische Götzenbilder, Leuchter, Becher und Schalen.

Dies war ein großer Schatz, und es wunderte mich nicht länger, daß die Deutschritter so heftige Gegenwehr geleistet hatten. Doch warum waren die Schiffe nicht besser bewaffnet gewesen? Ich weiß nicht, welchen geheimen Plänen dieser Schatz hatte dienen sollen. Das Schwerste daran waren zwar die eisenbeschlagenen Panzerkisten, in Leinenbeuteln wäre der Schatz von zwei Männern zu tragen gewesen; aber dieses Vermögen hätte Armeen in Gang oder eine Flotte guter Schiffe auf den Kiel setzen können.

Störtebeker riegelte die Kajütentüren zu. Er sah mich mit durchdringendem Blick an: »Schreiber, um so zügiger müssen wir aus diesem Hafen verschwinden. Wenn bekannt werden sollte, wo wir uns befinden, wird der Orden alle Hebel in Bewegung setzen, uns diesen Schatz wieder abzujagen. Wir werden noch ein paar Tage im Hafen angebunden sein, auch müssen wir auf günstigen Wind warten. Du weißt, Schreiber, daß ich große Pläne habe. Wisby soll nicht unser einziger Stützpunkt in der Ostsee bleiben. Lübeck, Wismar und Rostock sind für uns uneinnehmbar, aber vielleicht könnte Neustadt einmal eine Rolle für uns spielen. Ich habe den Plan, einen Teil dieses Schatzes hier in der Nähe zu verstecken. Er kann uns von Nutzen sein, wenn wir einmal Hilfe benötigen und mit kleinerer Fracht und weniger Waffen beladen in dieser Bucht kreuzen. Ein Unterhändler kann ihn mit wenig Bedeckung bergen, Söldner anwerben und Ritter günstig stimmen. Stadttore lassen sich damit öffnen, und so manch anderes Wunder ist mit einem Schatz dieser Größe zu bewirken. Ich vertraue dir, Schreiber, gerade weil du keine Bundesgenossen hast und nicht Einfluß zu suchen scheinst. Viele Mitwisser kann man bei derartigen Unternehmungen auch nicht gebrauchen. Ich werde es einrichten, daß wir morgen mittag mit einem geliehenen Fischerboot und mit Michael Ziemann einen Ausflug machen und den Schatz verstecken. Hier in der Nähe liegt ein Rittergut, auf dem ich vor Jahren einmal zu Gast war. Ich kenne dort einen Ort, der sich gut als Versteck eignet: Einen auf einer Anhöhe gelegenen Steinhaufen, einen Platz, wo Geister den Schatz bewachen werden. Die Geister irgendwelcher alter Vorfahren, die in diesen heidnischen Hügeln hausten und die Leichname ihrer Häuptlinge unter großen Findlingen vergruben, damit sie nicht als Gespenster wieder hervorkämen. Ja, da wird der Schatz gut verborgen sein, denn die

Bauern meiden diese alten Grabhügel, und ein Abgesandter kann ihn finden, auch wenn er den Schatz nicht selbst vergraben hat. Doch ich rate dir, schweig, zu niemanden ein Wort! Und halte dich bereit für morgen nachmittag. Nimm ein Enterbeil mit, wir müssen auf der Hut sein. Laß uns jetzt den Schatz in diese Kleiderkiste füllen, die kleinen und wertvollen Stücke jedoch in diese Lederbeutel.«

Störtebeker deutete auf lederne Packtaschen, wie man sie Kurieren auf die Pferde zu schnallen pflegt. Sie lagen auf einem Haufen mit kostbaren Pelzen in einer Ecke der Kajüte. Wir füllten diese Beutel mit dem Wertvollsten und verstauten den Rest in einer Kleiderkiste. Ich mußte das Schloß mit Siegellack beträufeln, in den er seinen Wappenring drückte. Dann entriegelte Störtebeker die Kajütentür und öffnete sie. Es war bereits vollständig dunkel. Aus der offenen Luke des Mitteldecks quoll Dampf, schien Licht und verbreitete sich der Geruch einer guten Suppe. Störtebeker trat an die Reling, schlug sein Wasser in dickem Strahl ab und verlangte dann bei der Deckswache zwei Portionen von der Suppe für sich und mich. Er schob mich zurück in die Kajüte, zurück in die rauchige Luft der Tranfunzeln und rußenden Kerzen. Wir setzten uns an den Tisch, und gleich darauf erschien ein Schiffsjunge, der einen Kessel voll Suppe, aber auch Bier und Brot brachte. Einem Schapp entnahm er Kummen und Löffel, und dann füllte er uns schweigend auf. Es war eine Suppe aus schwarzen und roten Wurzeln, Zwiebeln, Bärlauch, roter Bete, Salzfleisch und geräuchertem Speck, gewürzt mit viel Pfeffer, Nelken, Muskat und Südwein. Es war gut bedacht, der Mannschaft ein besonderes Essen aufzutischen, da sie noch in der Enge der Schiffe zusammengepfercht war und nicht in die Stadt entlassen wurde. Störtebeker hatte die Schiffsköche angewiesen, auf dem Markt für die Mannschaft einzukaufen. Es waren auch diese kleinen Dinge, die Störtebeker zu einem vortrefflichen Anführer machten. Trotzdem war klar, daß ein paar Heißsporne mit dem Beiboot verschwinden würden, um den Verlockungen der leichten Mädchen zu erliegen, die zwischen den Fischerbooten vor der Stadtmauer am Ufer auf die Freier warteten. Genauso klar war, daß dieser Ungehorsam bestraft werden mußte, sobald die Verschwundenen sich wieder an Bord schleichen wollten.

Nach dem Essen wurde ich müde, Störtebeker aber hielt mit schwerer Zunge Reden, lachte über seine Witze und achtete dann nicht mehr auf mich. Er umkreiste schwankend den Tisch und fuchtelte mit den Armen, bis er zu seinem Lager torkelte und sich dort fallen ließ. In der nachfolgenden Stille löschte ich die Funzeln und Lichter bis auf eine Sturmlampe und bereitete mir dann ein Lager aus Teppichen, Mänteln und Decken, die zwischen zwei Kleiderkisten achtlos auf dem Boden lagen. Unstet und wild war mein Leben bei den Vitaliern, nie wußte ich genau, wo ich mein müdes Haupt betten würde, weil ich als Schreiber keiner Schiffsmannschaft zugeordnet wurde. Vor dem Einschlafen erschienen mir immer wieder die Bilder meiner Kindheit: Meine Mutter, die mit mir vor dem Einschlafen betete, meine Geschwister, unser Haus und das große Prunkbett der Eltern in der Schlafkammer, ausgestattet mit Brokatkissen, seidenen Vorhängen, weichen Dekken und dazwischen die warmen Steine und Heizschüsseln, die dieses Bett im Herbst und Winter zu dem wohligsten Ort des Hauses werden ließen. Wir Kinder schliefen zusammen mit dem Gesinde in einem Raum; in strengen Wintern war es so kalt, daß der Atem als Rauhreif auf dem Kopfkissen und dem Kopfteil der Decke gefror. Die Nachtgeschirre der Knechte und Mägde waren am Morgen mit Eis bedeckt. Nach solchen Nächten durften wir als kleine Kinder zu der Mutter ins Bett, wenn der Vater aufgestanden war, und wir bekamen von der Magd unsere Grütze im Bett serviert. Mit derartigen Erinnerungen schlief ich, der Gehilfe Störtebekers, in dieser herbstlich kalten Nacht ein.

Der Sonnabend begann mit strahlendem Wetter. Die Schiffe wurden entladen; geschäftig hievten die Männer mit Taljen die Säcke, Ballen und Tonnen aus dem Bauch der Schiffe, die Snigge entlud auf den Kai, die Koggen und der Holk auf die Leichter, die zwischen dem Ufer und uns hin und her pendelten. Am Uferweg standen Fuhrwerke bereit, Tagelöhner schleppten die Lasten, und, begleitet von ausgesuchten Männern der Mannschaft, wurden die Waren in die Stadt vor das Rathaus geschafft. Dort wurde gemessen, gewogen und geprüft. Dann schickten die Kaufleute das Gut weiter auf ihre Speicher. Auf dem Marktplatz standen zwei unserer Männer am Schandpfahl, die sich nachts von der Mauerwache hatten erwischen lassen, als sie sich mit ihren Weibern in die Stadt schleichen wollten. Der Ausrufer hatte mit singender Stimme die Tat und die Strafe verkündet: eine Geldbuße, bis zum Abend am Pfahle stehen und schließlich vierundzwanzig Hiebe ad posterior blank ohne Hemd und Hose. Die Leute gingen mit den fremden Seeleuten gutmütig um, es wurden weder faule Eier noch Kohlköpfe geworfen. Nur die Kinder ließen es sich nicht nehmen, Spottlieder zu singen und die Gefesselten mit langen Grashalmen zu quälen.

Das Entladen ging zügig vonstatten, da genug Tagelöhner und Fuhrwerke bereitstanden. Doch durch das Wiegen, Messen und Prüfen der Waren würde sich die Abwicklung des Handels verzögern und erst am Montag abschließen lassen. Für den Abend war ein Fest für die Seeleute, Träger und Fuhrknechte vereinbart. Es sollte bei dem Schuppen des Fischeramtes vor den Toren der Stadt stattfinden. So war es üblich, wenn Konvoischiffe eine Vielzahl Fremder in den Hafen brachten. Die Ratsherren ließen mit Laternen behängte Buden errichten, in denen Speisen und Getränke angeboten werden sollten. Weise bedacht, ließ sich so das Fest kontrollieren und durch das Schließen der Tore beenden. Die Schiffsführer jedoch waren in den Ratsweinkeller geladen und sollten dort von den Kaufleuten und Äldermännern der Ämter freigehalten werden.

Wie verabredet, sonderten Störtebeker, Michael Ziemann und ich uns gegen Mittag vom geschäftigen Entladen ab. Es fiel nicht weiter auf, daß wir mit einem kleinen, offenen Fischerboot, das als Leichter benutzt wurde, vom am Hafenausgang gelegenen Holk ablegten und auf die Bucht zuruderten. Ziemann und ich legten uns in die Riemen, und nach kurzer Fahrt bogen wir um eine kleine Landzunge. Außer Sicht steckten wir den kurzen Mast in die dafür vorgesehene Öffnung in der Ducht und hißten ein Sprietsegel. Ein nordwestlicher Wind erfaßte uns, nachdem wir aus dem Schutz des hohen Ufers weiter auf die Bucht hinausgesegelt waren. Das klare Wetter erlaubte eine gute Sicht. Störtebeker wies nach Südosten, wo sich ein hohes Steilufer ausmachen ließ: »Dort drüben mündet die Trave, dorthin streben die lübschen Schiffe, und die großen Holks werden in der Mündung geleichtert.« Störtebeker saß an der Pinne, zwischen seinen Beinen die Lederbeutel, und steuerte in südwestlicher Richtung auf das Land zu. Das mit Büschen und Bäumen bestandene Steilufer neben uns senkte sich, und der steinige Uferstreifen wandelte sich zu einem immer breiter werdenden Sandstrand. Kein Haus, keine Menschenseele war zu erkennen, als wir nach eineinhalb Stunden dicht am Ufer in der Mitte der Bucht anlangten. Störtebeker stand auf, legte die Hand als Blendschutz über die Augen und suchte den Strand ab. Es war fast eine Nehrung, der Strand hob sich zu einer kleinen Düne, und das Land dahinter senkte sich zu einer Art morastigem Haff. Störtebeker hatte sein Ziel gefunden, er hielt auf die Mündung des Haffes zu. Ein breiter Bach hatte ein lehmiges Bett in den Strand gewaschen. Neben dieser Mündung fuhren wir mit dem flachen Boot auf den Strand. Es hatte sich kein echtes Haff gebildet. Hinter der mit Kiefern und Strandhafer bewachsenen Düne lag ein Sumpfgebiet, in dem Pappeln, Erlen und Weiden einen Bruchwald bildeten. Die Stämme standen größtenteils in flachen Wasserflächen. Der Bach strömte stetig, die hinter dem Bruchwald liegenden Hügel mußten ihn kräftig speisen. Längs des Baches war bei genauerem Hinsehen ein Knüppelweg auf einem kleinen Damm zu erkennen. Weiden und Pappelschößlinge markierten den Pfad und sollten einmal den Weg mit ihren Wurzeln festigen.

»Dieser Weg führt zu den Hügeln, zu unserem Ziel. Michael, ich habe dich eingeweiht, daß wir hier einen Teil des Schatzes verstecken, weil es unser Ziel ist, den Schatz der Vitalier nicht nur in Wisby zu lagern und weil wir Vitalier in absehbarer Zeit hier einen Stützpunkt gründen wollen, sei es in Neustadt oder neben Neustadt. Diese Gründung wird etwas kosten, und so macht es Sinn, den Schatz hier zu verstecken. Du wirst an dieser Stelle auf uns warten und uns warnen, wenn sich von See jemand nähert. Verteidige unser Boot, und gib dich als Fischer aus, wenn dich jemand fragt, was du hier machst. Du kannst sagen, daß wir unsere Dienste dem Ritter in den Hügeln anbieten wollen, denn dort liegt ein Hof, ein Lehen des Grafen von Holstein.« Störtebeker schwieg und blickte Michael Ziemann fest in die Augen. Der war enttäuscht oder wütend. Hatte er sich ausgemalt, die Lage des Versteckes zu erfahren? Er wagte es nicht, aufzubegehren. Störtebeker nahm die Lederbeutel an sich, während ich Hacke und Schaufel schulterte. »Wir sind in zwei Stunden zurück. Falls nicht, so sei auf der Hut, und mach das Boot segelklar. Warte nicht zu lange, sondern kehre zurück zum Hafen. Sei bei Tagesanbruch mit Hilfe zurück, und suche uns hier.« Ohne sich weiter zu verabschieden, wandte sich Störtebeker ab und begann den Marsch mit großen Schritten. Ich folgte ihm. Nur mit Mühe konnte ich mithalten. Wir mußten die Hügel erreichen, den Schatz verstecken und vor Einbruch der Dunkelheit nach Neustadt zurückkehren. Störtebeker erklärte mir, daß der Bach von einigen Seen, die zwischen den Hügeln lägen, gespeist würde. Dort bei den Seen befinde sich das Anwesen des Ritters, bei dem er einst zu Gast gewesen sei. Seit alters her sei das Gebiet besiedelt, und der Ritter habe einige Friesen und Holländer geworben, sich hier niederzulassen. Ihm sei damals eine Sturmflut der Nordsee zu Hilfe gekommen. Die landlosen Siedler seien daraufhin an diesen Ort gekommen und hätten bei der Urbarmachung des Landes zwischen den Hügeln geholfen. Gräben und Abflüsse seien geschaffen worden. Auch der Knüppeldamm sei von ihnen gebaut worden. Dieser habe dem Ritter ermöglicht, das Strandrecht wahrzunehmen. »Du kannst dir denken, daß bei Oststurm immer wieder ein fetter Brocken aus dem lübschen Pfefferkuchen fällt. Die Strömung und die Brandung treiben das Gut oder gar ganze Schiffe an diesen Strand, und dann steht dieser Ritter mit seinen Leuten gern bereit. Jetzt bei Westwind ist für diese Leute keine Beute zu erwarten. Trotzdem, halte die Augen offen, ob sich uns einer in den Weg stellen will und nach unserem Gepäck trachtet. Manchmal legen die Bauern auch Reusen in den Bach und wollen diese auf einen Fang untersuchen. Die Seen sind jedoch fischreich, und ich erwarte hier keinen, der sich den Mücken als Beute geben will.«

Die Blutsauger waren an diesem sonnigen Herbsttag besonders aufdringlich. Endlich hatten wir die Hügel erreicht. Wir verließen den Pfad und schlugen einen Seitenweg ein, der in einen Buchen- und Eichenwald führte. Trittspuren zeigten, daß die Bauern hier manchmal Kühe auf die Lichtungen und Schweine zur Eichel- und Bucheckernmast trieben. Dann verlor sich der Weg, und wir hasteten durch Unterholz und Brombeergestrüpp einen Höhenzug hinauf. Auf dem Hügelkamm lag abermals ein absonderlicher, künstlicher Hügel, umsäumt von uralten Eichen. Als hätten riesige Ameisen ihren Bau aus Feldsteinen errichtet, erhob sich der Hügel über den Kamm. Auf der anderen Seite des Kammes konnte man durch das lichte Herbstlaub einen See erkennen, auf dessen Wasserfläche sich die Sonnenstrahlen spiegelten. Der Westwind blies mir ins Gesicht, und das Rauschen der Blätter übertönte jedes andere Geräusch. Ich zuckte zusammen, als Störtebeker mich unversehens von hinten anstieß und auf eine alte Eiche am Fuß des Hügels deutete. Ich zerrte die Brombeerranken beiseite und begann zu hacken und zu graben. Dann legten wir die Ledersäcke in die Mulde, wälzten ein paar große Steine darüber und schließlich sollte ich die Ranken wieder darüber decken.

Ein metallisches Klirren ließ mich herumfahren, und ich sah Michael Ziemann und Störtebeker mit den Schwertern aufeinander losschlagen. »Verräter, ich hab's gewußt, du hast die Probe nicht bestanden«, wetterte Störtebeker. Ziemann war ihm an Körperkraft unterlegen, besaß aber das längere Schwert. Ein wuchtiger Hieb Störtebekers ließ ihn sein Schwert fast loslassen, ein Stich folgte nach und traf ihn an der Hüfte, aber Ziemann parierte, stach selber zu und sprang zurück. Lauernd umkreisten sich die beiden, und da kehrte meine Geistesgegenwart zurück. Ich wollte etwas tun, kam näher und zog mein Entermesser.

»Richtig Schreiber, komm mir zu Hilfe«, rief Ziemann in höchster Not. »Er wollte dir gerade eins überziehen, auf daß du den Schatz nie verraten hättest. Ohne mich wärest du längst tot. Ein Stich in den Rücken, und du tumber Jüngling könntest jetzt hier im Wald verrotten. Hilf mir, den Großkotz von Anführer in seine Schranken zu weisen.« Die Worte trafen mich wie ein Giftpfeil, und ich zögerte, verblüfft darüber, daß soeben noch augenscheinlich Wahres sich in das Gegenteil verkehren konnte.

»Schweig, du Natter, du rettest dich nicht durch feiges Lügen«, schrie Störtebeker und schlug mit Macht und Mut, nicht auf Dekkung achtend, auf den Zurückweichenden ein. Ziemanns Klinge hatte schon Scharten von der Wucht der Schläge, als ihn ein Hieb am Hals traf, daß das Blut aus seiner Halsschlagader pulsierte. Ziemann taumelte, wußte sofort, daß es aus war mit ihm, und mit letzter Kraft und voller Haß schleuderte er seine Waffe auf Störtebeker. Dann brach er zusammen. Ziemanns letzte Tat verpaßte

Störtebeker eine Schnittwunde an der Wange. Zögernd blieb ich stehen, noch fassungslos ob der Ereignisse.

»Ich wußte, er würde uns folgen, die Gier stand ihm ins Gesicht geschrieben. Schon beim Zusammenrechnen der Beute hat er dich angeblitzt, weil du vor allen von den Kisten berichtetest«, stieß Störtebeker keuchend vor und wischte sich das Blut von der Wange. »Und sogar in seinen letzten Minuten hat der verschlagene Kerl Zweifel in deine Seele gesät. Wäre es so, wie er sagte, dann wäre es ein leichtes für mich, dir jetzt den Garaus zu machen.« Zögernd steckte ich meine Waffe wieder in die Scheide. »Recht so, laß uns zusehen, daß wir die Leiche verstecken, damit hier niemand beim Suchen nach den Todesumständen womöglich noch das Versteck des Schatzes findet.« Störtebeker blickte sich um. Sein Blick fiel auf einen umgestürzten, hohlen Baumstamm, an die dreißig Schritte entfernt. Er schleppte den blutigen Leichnam dorthin, nahm ihm den Gürtel mit der Scheide und den Beuteln ab und durchsuchte die Taschen des Wamses, ohne jedoch etwas Wertvolles zu finden. Danach trennte er mit grauslichen Schlägen die Arme und den Kopf vom Rumpf, um den Leichnam passend zu machen, und schob den Körper samt Beinen in den morschen Baum. Dann trat er so kraftvoll gegen das Holz, daß es nachgab und den Körper wie ein faules Leichentuch gänzlich umschloß. Die Käfer, Maden und Würmer wimmelten aufgeregt über die zerrissenen Faserschichten und verkrochen sich in neue Spalten. Die Arme und das abgeschlagene Haupt aber trug Störtebeker zu einem morastigen Tümpel am Fuße des Hügels und warf sie in hohem Bogen in die Mitte des Pfuhls. Dann machten wir uns schweigend auf den Rückweg. Im Wald verliefen wir uns, fanden den Rückweg zum Knüppelpfad erst nach längerem Suchen und mußten über nasse, binsenbestandene Wiesen laufen. Wir trafen keine Menschenseele, hörten allerdings in der Ferne Hundegebell. Als wir das Boot erreichten, stand die Sonne schon tief. Wir schoben den Kahn schleunigst ins Wasser und nahmen die Brise raumschots mit direktem Kurs auf den Neustädter Hafen.

»Was rätst du mir, wie soll ich das Verschwinden Michael Ziemanns erklären?« fragte mich Störtebeker während der Fahrt.

Ich hatte auch schon an diesen Punkt gedacht und erwiderte: »Es ist nicht gut, Zweifel über Ziemanns Vitaliertreue zu verbreiten, seine Gefolgsleute würden es nicht glauben wollen. Laß ihn lieber ehrenhaft im Einsatz für die Vitalier gestorben sein. Auch, daß ein Schatz vergraben wurde, darf nicht bekannt werden, sonst verbreitet sich das Gerücht, zieht Schatzsucher an, und die Mannschaft fühlt sich hintergangen, weil sie nicht mit abgestimmt hat. Wir könnten sagen, daß wir geheime Verhandlungen zum Gewinnen von Bündnispartnern führen wollten und daß wir Wegelagerern und Strauchdieben in die Hände gefallen seien. Sie hätten uns als Geiseln nehmen wollen, und wir hätten unsere Haut teuer verkauft.«

»Schreiber, du gefällst mir, du bist eine treue Seele. Und obwohl du manchmal von Gerechtigkeit und Aufrichtigkeit zu träumen scheinst, verstehst du es, zum richtigen Zeitpunkt die Wirklichkeit einzuschätzen und gute Ideen zu entwickeln. Aber zum Nachfolger des Schiffsführers kann ich dich nicht machen, das würde die Mannschaft nicht gutheißen, und außerdem brauche ich dich für andere Aufgaben. Wir einigen uns auf deine Geschichte, laß uns eine Übermacht von einem Dutzend Gegnern haben. Top, es gilt. Aber kein weiteres Wort über die Gegend, und erwähne den Schatz nie mehr ohne meine Erlaubnis.« Damit war für Störtebeker die Sache erledigt, er dachte an seine Ziele.

Wir liefen mit dem letzten Dämmerlicht in den Hafen ein. Vor der Mauer bei dem Landeplatz der Fischerboote war das Fest schon im Gange. Kienspanfackeln brannten, an Spießen wurde Fleisch über den Feuern geröstet, man schenkte Bier aus, Musikanten spielten auf, und es herrschte großes Gedränge. Die Bürger flanierten an den Buden vorbei, und Bauern aus der Umgebung waren gekommen. Sogar zwei fahrende Händler waren mit ihren Wagen vorgefahren und suchten Trödel und Heilmittel an den Mann zu bringen. Für die Träger, Fuhrleute und unsere Seefahrer waren lange Tafeln aufgestellt, an denen gezecht wurde. In dunkleren Ecken drängten sich bereits Pärchen aneinander. Die Stadtwache war jedoch auch zugegen und sollte sogleich für Ordnung sorgen, falls sich Raufereien entwickelten.

Ich setzte Störtebeker bei seinem Holk ab. Er wollte sich festlich ankleiden und dann zu dem Fest im Ratsweinkeller gehen. Ich ruderte mit dem Fischerkahn zum Landeplatz der Fischer und gesellte mich an die Tische. Jetzt überkam mich ein Hunger nach Eßbarem, Trinkbarem und nach dem Leben. Auch wollte ich meine Zweifel vergessen, die ich in den Minuten des Kampfes empfunden hatte. Ich trank viel und lange mit meinen Vitaliergenossen. Zu fortgeschrittener Stunde erkannte ich die Witwe aus dem Badehaus wieder, als sie mit ein paar älteren Frauen vorüberspazierte und bei einem Brezelbäcker stehenblieb, um Salzgebäck zu kaufen. Ich wollte mich erheben, stürzte aber hintenüber von der Bank und blieb unter dem Gelächter der Kumpanen betrunken liegen. Später schleppte man mich an Bord und legte mich auf ein Lager aus Segeln. So endete der Sonnabend in Neustadt.

12. Neue Kaperfahrt vor Fehmarn

Den Sonntag über ruhte die Arbeit. Die Männer trieben sich in Gruppen an Land herum, die Schiffsführer waren zu Störtebeker bestellt. Er erzählte von unserem Versuch, einen Ritter auf seinem Hof in der Nähe Neustadts zu besuchen, von Ziemanns Tod und von seinem eigenen Plan, in der Lübecker Bucht einen Vitalierstützpunkt zu erlangen. Die Männer waren betroffen von dem unerwarteten Ableben Ziemanns, aber andererseits war Gevatter Tod ein ständiger Gefährte der Vitalier und Kaperer. So nahmen sie Störtebeker die Geschichte ab.

»Wir mußten umkehren. Vielleicht sollten wir am Tag unserer Abreise die Gelegenheit erneut nutzen und vor dem Strand ankern, um diesen Ritter zu besuchen«, gab Störtebeker bekannt, schränkte dann jedoch ein: »Allzu bekannt sollten unsere Verbindungen nicht werden. Es wird sich zeigen, ob wir die Zeit dafür haben. Jetzt müssen wir einen Nachfolger für den Schiffsführer Ziemann finden.«

Er schlug Uwe Friedrichsen vor, einen Bauernsohn aus der Nähe von Segeberg. Er war mutig, kräftig und hatte sich hervorragende Segelkenntnisse angeeignet. Er war bei den Männern anerkannt, hatte sich jedoch nie um Verantwortung beworben.

Am Abend sollte die Mannschaft der Snigge ihre Zustimmung zum Vorschlag Störtebekers und seiner Schiffsführer geben. Es war nicht zu erwarten, daß sich Widerspruch regen würde. Überhaupt schienen die Leute begierig zu sein, erneut auf Kaperfahrt zu ziehen. Das Gerücht, daß noch vor der Winterpause reichbeladene Gewürzschiffe aus Brügge in Lübeck erwartet wurden, machte die Runde. Die Gefährten waren darauf aus, mit reicher Beute nach Wisby zurückzukehren, damit es sich auf Gotland lustig überwintern ließe und vielleicht noch etwas übrigbliebe, um Vorsorge für die kommenden Jahre zu treffen.

Hatte sich am Vormittag noch die Sonne und das Laub der Bäume in herbstlichen Farben erstrahlen lassen, so verdichteten sich die Wolken über Mittag, und der Westwind zog eine graue Decke über den Himmel. Nieselregen trieb unsere Männer zurück an Bord, unter Deck und Persennings, an die Holzkohleöfen und Schalen. Die Schankwirtschaften der Stadt waren Sonntag nachmittags geschlossen, und abends wurden sie erst nach Torschluß wieder geöffnet. Störtebeker selbst ließ sich von Schiff zu Schiff rudern, ließ Südwein ausschenken und schwor die Mannschaft auf die nächste Zeit ein. Sie sollten die Schiffe für die Herbststürme rüsten, für Ballast und Proviant sorgen, alle Segel und das Takelwerk prüfen und die Waffen instand setzen. Die Laderäume boten nun wieder genug Platz, und so machten sich die Männer den Rest des Tages daran, bei Tranfunzellicht die nötigen Arbeiten auszuführen, Segel zu nähen, Leinen zu spleißen, Fugen zu kalfatern, Bliden und Geschütze zu überprüfen, Eisenwaffen zu fetten und die verbliebene Ladung, den Proviant und den Ballast so zu stauen, daß der Seegang die Ordnung nicht durcheinanderbringen würde. Abends roch es nach guter Küche, es gab wieder eine fleischreiche Suppe, frisches Brot und starkes Bier, um die Leute auf dem engen Raum bei Laune zu halten. Die Männer hatten den Stadtaufenthalt genutzt, um sich im Badehaus zu waschen, und hatten ihre Wäsche reinigen lassen. Einige waren in die Kirche zum Gottesdienst gegangen, um von Gott Kraft, Glück und Vergebung ihrer Sünden zu erbitten. Nun mußte den Stadtvätern klar sein, wer in der Stadt gewesen war, denn ich konnte mir nicht vorstellen, daß die Beichtväter tatsächlich ihrem Schweigegelübde folgten. Sobald die letzten Waren gelöscht, die letzten Verhandlungen um Preis, Gewicht, Maß und Qualität geführt worden waren, sobald dann die Geldübergabe erfolgt war, sollte es wieder auf See hinaus gehen.

Montag mittag warf der Konvoi die Leinen los, hievte die Anker hoch, und Störtebeker nutzte den günstigen, mäßigen Nordwestwind, um tatsächlich nochmals an das Haffufer der Bucht zu segeln. Diesmal nahm er mich nicht mit an Land, sondern besuchte das Rittergut zusammen mit den Schiffsführern und einigen Mann Begleitung. Sie nahmen als Gastgeschenke wertvolle Pelze mit, und der Besuch schien in einer freundlichen Atmosphäre verlaufen zu sein. Der Ritter war nicht abgeneigt, sich als Fürsprecher für die Interessen der Vitalier einzusetzen. Er besaß Grundstücke in Neustadt und wußte auch Bescheid über die Verteidigungsanlagen. Was Störtebeker im einzelnen besprach, konnte ich nicht in Erfahrung bringen; die anderen Schiffsführer meinten jedoch, daß die beiden sich von früher her sehr gut kennen mußten. Am Abend kehrten alle mit Schweinebraten beladen zurück, und an Deck wurde ein Schmaus gehalten, bis allen die Kühle der Nacht in die Knochen fuhr. Es wurden Wachen eingeteilt, die in der mondlosen Nacht aufmerksam auf Rudergeräusche lauschten. So dicht unter Land mußte man gewappnet sein, da Strandräuber mit Ruderbooten die Schiffe überfallen konnten.

Mit der ersten Morgenbrise nahmen wir Kurs auf Fehmarn, hielten uns gut von den Neustadt vorgelagerten Untiefen frei und erreichten am Abend den Sund, der die Insel vom Festland trennte. Unterwegs hatten wir nur einige Fischer gesichtet; wir selbst führten den Wisbyer Wimpel, um keine Aufmerksamkeit zu erregen. Abends legte sich der frische Nordwestwind, und wir ankerten im Schatten hoher Bäume, die bis an die Kante des Steilufers wuchsen. Die rauhe Küste war wohl wenig besiedelt, weder Bauern noch Viehzeug waren zu sehen.

Am nächsten Morgen schickte Störtebeker die Snigge rund um Fehmarn, um die Lage zu erkunden; es hätte sein können, daß gutbewaffnete Begleitschiffe dort die Ankunft eines Konvois absicherten, indem sie vorausgeschickt wurden, um die freie Durchfahrt durch den Sund oder um die Insel herum zu erforschen. Die nächste Hafenstadt war Heiligenhafen. Sie hatte ungefähr Anno Domini 1250 Stadtrecht von den Schauenburger Grafen bekommen und lag ähnlich wie Neustadt auf einem kleinen Hügel; eine natürliche Bucht, eine Art kleines Haff, bildete ein ruhiges Ankergewässer und einen Hafen. Doch um diese Stadt anzugreifen, waren unsere Schiffe nicht ausreichend bewaffnet und unsere Mannschaft nicht zahlreich genug. Störtebeker wirkte unruhig. Der Holk und die Koggen lagen dicht nebeneinander vor Anker und warteten auf die Rückkehr der Snigge. Störtebeker ließ die Männer befragen, ob einer die Befestigungen von Heiligenhafen kannte. Er wanderte in der Kajüte auf und ab, als man ihm Bericht erstattete, und aus seinen Fragen ließ sich erkennen, daß er mit dem Gedanken spielte, die Stadt in der Nacht zu überfallen oder Schiffe, die in der Bucht vor Anker lagen, zu kapern.

Die Schiffsführer gaben aber zu bedenken, daß es sich an der Küste herumsprechen würde, daß ein gotländischer Konvoi, der zuerst Waren in Neustadt verkauft habe, hinterher Heiligenhafen überfallen habe. Und falls wir Neustadt im nächsten Jahr tatsächlich ansteuerten, würden wir dann vielleicht in die Klemme geraten, wenn wir erkannt würden. Schließlich hätten beide Städte den Holsteiner Grafen als Stadtherrn, der sich dies nicht gefallen ließe. Störtebeker knurrte, sah jedoch ein, daß er nicht gegen die Stimmung der Schiffsführer planen konnte. Er mußte zugeben, daß seine Wünsche nicht umsetzbar waren. Ruhelos wie er war, entschied er sich für einen Landgang. Mit einem Dutzend Freiwilliger setzte er an Land über und sie durchstreiften die Gegend. Störtebeker achtete darauf, daß den Bauern kein Leid getan wurde, doch mit dem Druck ihrer Waffen liehen sie sich Pferde. Den ganzen Tag ritten sie herum. Schließlich war ihnen das Piratenglück hold, und sie überraschten einen Trupp von sechs Soldaten des Grafen und einen Steuereinnehmer bei einer großen Mühle. Der gräfliche Trupp war schon seit einigen Tagen von Oldenburg aus unterwegs gewesen und hatte Geldsteuern eingetrieben. Die Soldaten lagerten vor der großen Bockmühle in der Sonne. Einige Bauern warteten mit ihren hoch mit Getreidesäcken beladenen Wagen auf den Müller und seine Gesellen, in respektvoller Entfernung der Soldaten.

Mühlen waren und sind für mich faszinierende Gebilde, und es muß eine große Kunst sein, die Kraft des Windes so zu bändigen, daß sie die mächtigen Zahnräder und Mahlwerke antreibt. Viel

Aberglauben rankt sich um die Müller, die einen Pakt mit dem Teufel eingehen sollen, um immer den rechten Wind zu erhalten. Und nachts ist es durchaus unheimlich in der Nähe von Mühlen, wenn der Wind in dem Gebälk ächzt und die Flügel wie gespenstische Arme in den Nachthimmel ragen. Zudem lassen die Müller gern Eulen bei sich nisten, damit sie die Mäuseplage mildern, und wenn diese Nachtvögel lautlos an einem vorübergleiten, kann man schon meinen, daß ein Geist einen streift.

Störtebeker und seine Männer erreichten die Mühle unbemerkt, denn das Rauschen und Sausen der Flügel, das Knarren und Knirschen des Mahlwerks übertönten jedes andere Geräusch. Störtebeker hatte mit sicherem Gefühl die Lage erkannt. Was sollten Soldaten mit Schwertern und Spießen bewaffnet vor einer Mühle? Natürlich mußten sie etwas Wertvolles beschützen, und genau das war sein Ziel.

Die Soldaten waren bunt bekleidet, trugen aber einheitlich Lederhelme und verstärkte Lederharnische zum Schutz und waren bewaffnet. Sie wurden völlig überrascht und sahen sich plötzlich den Schwertern und Enterbeilen der Vitalier gegenüber. Zwar sprangen sie auf, doch die Spieße wurden ihnen schnell entwunden. Mit einem Überfall dieser Art hatten sie nicht gerechnet. Den Unwillen von Bauern beim Abgeben der Steuern konnten sie schnell brechen, denn Dreschflegel und Mistforken waren keine echten Waffen. Müller, Zöllner, Brückengeldeinnehmer und Fährmänner zahlten meist bereitwillig, konnten sie den Druck der Lasten doch weitergeben; sie versuchten allenfalls, ihre wahren Einnahmen zu vertuschen. Doch schon die Androhung einer peinlichen Befragung mache sie gefügig. Die Bauern, die abseits der Mühle auf das Mahlen ihres Getreides warteten, rührten sich nicht, sondern beobachteten neugierig und ängstlich zugleich das Geschehen, bis sich verstohlen Schadenfreude breitmachte. Während die fluchenden und drohenden Soldaten draußen mit Strikken, die sonst zum Verschnüren der Getreidesäcke gebraucht wurden, gefesselt wurden, drangen Störtebeker und drei Vitalier in das Innere der Mühle vor. Sie überrumpelten den Steuereinnehmer, der zusammen mit dem Müller Münzen zählte. Bleich wurden die beiden vor die Tür geführt, und das Geld wurde in Säckchen gefüllt. In den Satteltaschen der Soldatenpferde befanden sich noch weitere versiegelte Geldsäckchen. Als der gräfliche Steuereinnehmer drohte und auch die Soldaten frech ihre sofortige Freilassung verlangten, wurde der Müller gezwungen, die Mühlenflügel aus dem Wind zu ziehen. Das Mahlwerk hörte auf zu mahlen, die Flügel hielten ein in ihrem Lauf. Und nun ließ Störtebeker unter dem Johlen seiner Männer die Soldaten und den Steuereinnehmer an die Mühlenflügel binden, die Mühle wurde wieder in den Wind gedreht, und munter ging die Fahrt für die Leute des Grafen kreisrund. Eine Viertelstunde ließen sich Störtebeker und seine Männer das Schauspiel gefallen, dann machten sie sich mit den Pferden der Soldaten und des Steuereinnehmers am Zügel auf den Rückweg. Störtebeker ritt bei den wartenden Bauern vorbei und schüttete über ihnen den Inhalt eines Geldsäckchens aus.

Als die Vitalier sich nach einiger Zeit umdrehten, wurde die Mühle gerade aus dem Wind gezogen, um Soldaten und Steuereinnehmer aus ihrer mißlichen Lage zu befreien. Sicher war ihnen nicht danach zumute, die Verfolgung zu Fuß, ohne Waffen und ohne Verstärkung aufzunehmen. Und so kehrte Störtebeker mit seinen Leuten zufrieden an die Küste zurück. Er war dermaßen zufrieden, daß er zwei der Männer mit den Pferden zu dem Bauerndorf zurückschickte, damit sie die entliehenen Reittiere zurückgäben.

Inzwischen war die Snigge auch von der Erkundungsfahrt rund um Fehmarn zurückgekehrt. Es waren weder Geleitschiffe noch ein Konvoi von Handelsschiffen gesichtet worden. So entschied Störtebeker nach Beratungen mit seinen Schiffsführern, daß wir die Nacht im Schutze der Küste verbringen sollten, um mit dem ersten Morgenlicht in den Fehmarnbelt aufzubrechen. Einen Tag wollten wir dort lauern, um uns abends an die Küste der Insel Lolland zu legen.

Kaum hatten sich die Vitalierschiffe am nächsten Tag im Fehmarnbelt verteilt, drehte der Wind auf Nord und frischte stark auf. Ein Konvoi lübscher Schiffe wurde uns direkt in die Arme geblasen, und während sich die Schiffsführer der schnelleren Konvoischiffe aufmachten, in Fehmarns Leeküste Schutz vor den Wogen zu suchen, jagten wir zwei Nachzüglerkoggen in Richtung Lolland, drängten unsere leichteren und unbeladenen Schiffe dicht an die Kauffahrer und beschossen deren Mannschaft mit Armbrüsten und Bliden. Die vorausgefahrenen Konvoischiffe mochten von Geleitschiffen begleitet sein, doch diese hatten unsere Manöver zu spät bemerkt und vermochten nicht, gegen den Starkwind zurückzukreuzen. Wir bedrängten die beiden Nachzügler derart, daß sie in eine südöstlich gelegene Bucht Lollands einfuhren. Hier war die Gewalt des Windes und der Wellen gebremster. Die Koggenbesatzungen leisteten ob unserer Übermacht keinen Widerstand, und wir übernahmen die Schiffe ohne weiteres Blutvergießen. Wer sich den Vitaliern anschließen wollte, sollte einen Beuteanteil erhalten, und dies bewog fast alle Jüngeren, sich uns zu unterwerfen. Die übrige Besatzung wurde in zwei Beiboote gepfercht und an Land geschickt. Dann wurden die neuen Vitalier auf die Schiffe verteilt und die gekaperten Schiffe überwiegend mit unseren Leuten bemannt. Wir hatten reiche Beute gemacht: Einen Brüggefahrer, tief beladen mit Gewürzen, Stoffen, Porzellan und Südfrüchten, und einen Frankreichfahrer voller Meeressalz und Rotwein. Der Abend senkte schon sein dunkles Tuch über den Himmel, als Störtebeker mit seinen Schiffsführern beriet, was zu tun sei. Die Schiffsführer und die Äldermänner der Mannschaften wünschten sich nun die Heimfahrt in einen sicheren Hafen. Vier neue Schiffe hatten wir bis jetzt gewonnen, dazu begehrte Südwaren und das in Neustadt erhandelte Geld. Obwohl es Störtebeker weiter in dänische Gewässer zog, konnte er sich nicht gegen das Begehren der Mehrheit seiner Männer wenden. Noch in der Nacht nutzten wir den etwas abgeflauten Nordwestwind, um uns von den Inseln freizusegeln gen Bornholm.

Nach eineinhalb Tagen erreichten wir Bornholm und legten uns an die Leeküste. Dort trafen wir auf drei Vitalierkoggen, die ebenfalls von der Jagd nach Hause segelten und in Lee vor dem Nordwestwind Schutz suchten. Es waren die schlanken Koggen von Henning Mannteufel, Arnold Stuke und dessen Freund Nikolaus Milies. Sie kamen mit reicher Beute aus Livland zurück, wo sie dänische Klöster und Kirchen ausgeraubt und auf der Rückfahrt auch noch ein paar Nachzügler eines Nowgorodkonvois vor Danzig um Pelzwerk erleichtert hatten. Es war ein lautes Begrüßen und Prahlen, als unsere Schiffe nebeneinander an der Küste in der

Nähe von Gudhjem lagen. Ein kleiner Bach mündete ins Meer, an die Stelle erinnere ich mich noch genau. Die Anführer trafen sich in Störtebekers Kajüte, und es wurde beschlossen, der Mannschaft das Saufen und Feiern zu erlauben. Ich meldete mich freiwillig zum Wachdienst, weil ich das dumpfe Gegröle und den Gestank ungewaschener Männer unter Deck nicht aushielt. Ich verstehe nicht, warum erwachsene Männer trotz aller Erfahrung stets und immer wieder so lange saufen, bis sie in ihrem eigenen Erbrochenen liegen. Ich verkroch mich in den Mastkorb auf Störtebekers Schiff, nahm ein Stück Schinken, Hartkäse, Zwieback, Wasser und Wein sowie eine dicke Decke in einem Zampel mit nach oben und richtete es mir gemütlich dort ein, wo sonst Armbrustschützen den Tod auf andere Schiffe sandten.

An Land war es ruhig, wir lagen außer Reichweite irgendwelcher Befestigungen, und es war nicht zu erwarten, daß die Bornholmer bewegliche Kanonen heranschaffen würden, um uns zu beschießen. Keine Streitmacht würde sich mit so vielen Schalmen anlegen wollen. So schlief ich nach meinem Abendbrot satt ein, jedoch nicht ohne eine dünne Leine um das Handgelenk geschlungen zu haben, die auf beiden Seiten mit der Strickleiter zum Mastkorb verbunden war. Auf diese Weise hoffte ich, daß niemand mich überraschen könnte, denn das Schlafen auf der Wache war bei strengster Strafe verboten. Doch niemand kontrollierte mich, und ich wachte am frühen Morgen von der Kälte auf. Es war noch dunkel, und aus den Luken der Schiffe war ein vielstimmiges Schnarchen zu hören. Der Wind hatte sich fast gelegt. Da hörte ich Bewegungen an Deck, und als ich genauer ausspähte, erkannte ich Störtebeker, Mannteufel und seinen jungen Schreiber Oliver Schmidt. Sie stiegen mit mehreren Säcken in ein Beiboot, und Schmidt mußte die Anführer rudern. Sie landeten bei der Bachmündung am Strand und liefen dann am Bach entlang ins Inselinnere. Nach einiger Zeit sah ich den Schreiber zurückkehren und beim Beiboot warten. Nach einer weiteren Stunde kam Mannteufel zurück, und zum Schluß, nach etwas längerer Zeit, traf Störtebeker wieder ein. Dann kehrten die drei an Bord zurück, bevor die Schläfer zum Frühstück geweckt wurden. Die Anführer ließen die Mannschaften nicht ausschlafen. Vielmehr wurde verkündet, daß in der Winterpause auf Wisby noch lange genug geschlafen werden könne. Verkatert traten die Männer ihren Dienst an, wie von den Schiffern befohlen.

Auf Wisby wurde unsere Rückkehr gefeiert. Wir Schreiber und weitere Gehilfen der Vitalierführer Godeke Michels und Magister Wigbold erfaßten die Werte, und ein Teil dieses Schatzes wurde an die Mannschaft ausgezahlt. Der Rest der Beute sowie die Schiffe samt Ausrüstung gingen in den Allgemeendeel der Vitalier und Liekedeeler ein. Ein Vitalierrat sollte darüber entscheiden, wie damit umzugehen sei. Doch diese Entscheidung wurde aufgeschoben. Die Vitalierführer zogen sich mit ihren Vertrauten in ihre Häuser auf Gotland zurück und wollten es sich in der Winterpause gutgehen lassen. Was aus dem Schmuck und den Münzen wurde, kann ich nicht mit Sicherheit sagen. Doch weiß ich, daß manche Häuser besser bewacht waren als andere. Wenn ich jemals nach Gotland zurückkehren sollte, so wüßte ich, wo ich suchen würde.

13. Gefährliche Frachtfahrt

Nachfahre und Hoffnung meines Alters, vielleicht wunderst Du Dich, daß ich so weit abschweife. Verzeih mir, daß ich das Erzählen nicht lassen kann, aber Du sollst die Geschichte der verborgenen Schätze kennen, damit Du weißt, wieviel Blut daran klebt und ob Du sie guten Gewissens heben und behalten kannst. Alte Männer sind geschwätzig, ich ertappe mich selbst, wie ich den Faden verliere, wie ich in Erinnerungen schwelge und mit meinem Leben im nachhinein zufrieden bin. Immer habe ich Ziele gehabt und Pläne geschmiedet, auch wenn ich längst nicht alle verwirklichen konnte.

Nun kennst Du den Neustädter Schatz. Er wartet auf Dich. Doch bevor Du Dich aufmachst, ihn zu heben, möchte ich Dir mitteilen, was nach meiner Abfahrt aus Tönning geschah.

Ich segelte mit meiner jungen Mannschaft in die Nordsee. Sie ist deutlich bedrohlicher und gewaltiger als die Ostsee. Ich übte mit den Jungen zunächst Segelmanöver bei gutem Nordwestwind, der uns, zusammen mit dem Ebbstrom, rasch aus der Eidermündung beförderte. Es war wichtig, daß wir das Schiff beherrschten, daß wir auch in der Dunkelheit alle Leinen, Fallen, Wanten und Stage finden konnten. Das Schiff gefiel mir sehr, wo immer es nun herstammte; der Schiffsbauer hatte es gut austariert, es lag recht leicht im Ruder, und die Seitenschwerter waren eine vortreffliche Erfindung, um das flache Plattbodenschiff bei seitlichen Winden auf Kurs und das Abdriften in Grenzen zu halten. Selbst große Koggen ließen sich nicht so hoch an den Wind legen wie dieses Schiff. Gerade in der Nordsee mit den vielen Untiefen, wandernden Sandbänken und wenigen Häfen ist es wichtig, bei auflandigem Wind von der Brandung fernzubleiben. Einst sah ich, wie friesische Strandräuber durch falsche Leuchtfeuer im Jadebusen bei auflandigem Wind eine bremische Kogge herangelockt hatten. Als der Schiffsführer seinen Irrtum erkannte, konnte er nicht gegen den Wind zurückkreuzen und sich von der Küste freisegeln. Schließlich hoben die Wellen das schwerbeladene Schiff an und ließen es im Wellental auf eine Sandbank krachen, daß es barst. Die Friesen johlten bei jedem Brecher, der das Schiff in der Abenddämmerung weiter zerschlug. Der nasse, kalte Tod holte Mann und Maus. Die Ladung wurde über Meilen am Strand und im Watt verteilt.

An dieses Erlebnis mußte ich denken, und ich war froh, daß ich die Segelkarten und Anweisungen des Magisters bei mir wußte. Ich ließ nun den Gänsehirten Ole Hilken ans Ruder, erklärte ihm, in welcher Stellung er das Segeltuch und den Baum zur Mittschiffslinie halten sollte, und kramte dann die Karte heraus, die die Elbmündung zeigte. Noch nie war ich in die Elbe hineingesegelt. Nach der Karte mußte es ein gewaltiger Strom sein. Neugierig blickte mir Steffen über die Schulter. Er hatte noch nie eine derartige Karte gesehen, war aber schon einmal mit dem Fischer durch widrige Winde bis in die Elbe gedrückt worden. Er berichtete, daß sie damals Fischer beobachtet hätten, die Störe von doppelter Mannsläge in Netzen gefangen hätten. Die riesigen Fischungetüme mußten mit Lanzen und Speeren im Wasser getötet werden, da sie durch das Schlagen mit den Schwänzen die Boote zu zertrümmern drohten. Er beschrieb die Störe, die ich selbst nur von Bildern her kannte. Sie mußten wohl tatsächlich einen grauslich gepanzerten Anblick bieten. Das Fleisch sei jedoch vergleichbar mit Kalbfleisch und würde geräuchert, getrocknet und frisch gleichermaßen einen guten Preis auf den Märkten erzielen. Der Störfang sei sehr gefährlich, da es verzauberte Störe gebe, die über gewaltige Kräfte verfügten und Fischer mit in die Tiefe zögen, um sie dort zu verspeisen. Es helfe da nur, ein Kreuz Christi und ein Fläschchen Weihwasser bei sich zu haben, dann würden die Ungetüme einen verschonen.

Gegen Nachmittag setzte die Flut ein, und wir konnten es wagen, uns der Küste wieder zu nähern, die wir während der Mittagszeit nur noch als dünnen Strich am Horizont hatten wahrnehmen können. Ich beschloß, daß wir über das Neufelder Watt rutschen sollten, um der hamburgischen Kontrolle bei Ritzebüttel zu entgehen. In der Ostemündung wollten wir übernachten, um bei Tagesanbruch dann nach Stade weiterzukommen. Der Landstrich an der Oste nannte sich Hadeln und gehörte wie Stade und das Kehdinger Land dem Erzbischof von Bremen. Sicher hatte der Landesherr mit den Hansen Bündnisse geschlossen, aber ich hoffte, daß die Suche nach aus der Seeschlacht entflohenen Likedeelern sich nicht mehr bis in die Oste ausdehnen würde. Noch hatte ich Angst, daß mein Schiff jemandem bekannt vorkommen könnte, daß man mich des Raubes verdächtigen würde, und ich beschloß, das Schiff bei der nächsten Möglichkeit im Aussehen zu verändern. Ein höherer Mast, ein größerer Baum, ein neues Segel, eine wellenbrechende Reling und eine Heiligenfigur am Bug würden sicher gute Dienste in dieser Hinsicht leisten, obwohl dies einen echten Schiffsbauer nicht täuschen würde. Wir führten nun den Tönninger Wimpel und standen so unter dem Schutz einer Kaufmannsgemeinschaft, die vom Landesherren ein Schutzversprechen hatte. Aber was galt dieses Versprechen schon, wir mußten dennoch auf der Hut sein. Ich schärfte meiner Mannschaft ein, daß sich ihr Leben verändert habe; Fischergehilfen und Gänsehirten führten ein weniger gefahrvolles Leben im Vergleich zu seefahrenden Kaufleuten. Die Waffen, die wir an Bord führten, Bootshaken, Beile, Kurzschwerter, hatten sich um eine Armbrust vermehrt, die mir Winfried Schmetzer als Schutz gegen räuberische Fischer gegeben hatte, die dann und wann eine gute Kapergelegenheit neben dem Fischfang suchten. Es war sehr fragwürdig, ob die beiden Jungen mit den Waffen umgehen könnten und ob sie auch hemmungslos genug zuschlagen würden.

»Glaubt mir, der erste Streich entscheidet. Er muß nicht tödlich sein, aber stecht in Arme oder Beine, und schon wird euer Gegner nicht mehr so einfach nach eurem Leben trachten. Und wenn ihr keine Waffen tragt, so denkt an eure Holzschuhe: Ein Tritt gegen das Schienbein oder ein Faustschlag auf die Nase verschafft euch einen Vorsprung zur Flucht.«

Ungläubig und mit offenen Mäulern hörten sich die beiden meine Mahnungen an. Bisher hatten sie sich willig in die Hackordnung des Großbauern an der Eider gefügt, hatten dessen Lehren schmerzhaft auf dem Rücken gespürt und einer Strafe nicht entfliehen können. Nun kam mein Rat, im Zweifel zuerst zuzuschlagen, auch wenn das Gegenüber stärker erschiene.

Die Karte und die Segelanweisungen hatten gute Dienste geleistet. Mit Hilfe des Lots fanden wir die beschriebene Fahrrinne durch das Neufelder Watt und fuhren in den Elbtrichter ein. Die See war kabbelig, denn die Flut arbeitete gegen die Wassermassen, die aus der Elbe herausfließen wollten. Sie war wahrhaftig ein riesiger Strom, noch nie hatte ich eine derartig große Flußmündung gesehen. Die Ufer waren nur als dünne Striche zu erkennen, aber je enger der Trichter wurde, desto besser konnten wir uns orientieren. Im roten Abendlicht hielten wir auf das Südufer zu und erkannten gerade noch rechtzeitig die Ostemündung, bevor wir beinahe von Flut und Westwind daran vorbeigedrückt worden wären. Wir fuhren in die Oste hinein und rutschten da auf das Ufer, wo schon einige Fischerkähne lagen. Auf einer Bodenerhebung hatten Fischer zwischen dicken, knorrigen Weiden und hohen Erlen Pfahlbauten errichtet. Es waren keine richtigen Behausungen, sondern eher notdürftige Schuppen. Unter den Pfahlbauten qualmten Feuer, und der Rauch stieg durch die Ritzen der Bodenbretter ins Innere der Hütten, um durch die leeren Fensterhöhlen weiter in Gottes Himmel zu streben. Einige Fischer waren dabei, ihre Netze und Reusen auszubessern, drei schmuddelige Knaben untersuchten die zum Trocknen aufgehängten Schollen und andere Fische auf Maden. Im Schutze der Bäume tanzten unzählige Mücken im Abendlicht. Kaum kamen wir zur Ruhe, als wir noch schlimmere Blutsauger ertragen mußten, kleinste Fliegen, kaum größer als Gewittertierchen, setzten sich in die Nasenlöcher, auf die Lider und in die Ohren. Da verstanden wir, weshalb die Feuer qualmten, und wir fragten die Fischer, ob wir uns ebenfalls räuchern lassen könnten.

Es waren ärmliche Gestalten, aber sie waren guten Mutes und erklärten uns, daß ihre Häuser flutsicher weiter im Landesinneren stünden. Hier hätten sie nur ihre Schuppen errichtet, um nicht soviel Zeit mit dem Hin- und Herfahren zu vergeuden. Es sei zwar ein unwirtlicher Ort, die Nebel würden des Nachts mit ihrer Kälte in die Knochen kriechen, an die fliegenden Quälgeister könne man sich nur schwerlich gewöhnen und vom Wasser bekomme man leicht Fieber, aber die Arbeit sei so leichter, als wenn man erst die Oste weiter hoch treideln müsse. Nach Hause fuhren diese Fischer nur an Markt- und Kirchentagen, aber einzelne pendelten zwischen den Schuppen und ihren Dörfern, um sich mit dem Nötigsten zu versorgen. Ein älterer Fischer mit spindeldürren Armen und Beinen, einer gelblichen Farbe von Haut und Augenweiß und einem riesigen Trommelbauch lud uns zur Fischsuppe ein, die in einem Kessel über einem der qualmenden Feuer köchelte. Wir steuerten etwas von unserem Biervorrat bei, holten unser Eßgeschirr und auch etwas Brot und hockten uns auf die Holzklötze, die als Sitzgelegenheiten und Arbeitstische dienten. Der Qualm des Feuers zog direkt in die Pfahlbauten, die teils Räucherkammern, teils Schlafstätten waren.

Die Jungen hatten einen Haufen halbgetrockneter Schollen und Seezungen vor sich liegen und zogen mit spitzen Hölzchen die Maden aus den Fischen. »Das sind die Schinken der Fischer«, behauptete der aufgedunsene Anführer und gab dann die Anweisung: »Laßt den Fisch unter den Dächern, es liegt Regen in der Luft. Hängt sie morgen wieder auf, wenn es trocken ist.«

Natürlich wollten die Fischer wissen, woher wir kämen und wohin wir wollten. Wahrheitsgemäß antworteten wir, daß wir aus Tönning kämen, um nach Stade zu segeln. »Weiter würdet ihr sowieso nicht kommen, die Stader bewachen die Elbe zur Zeit wieder besonders scharf, weil sie und die Hamburger sich um das Stapelrecht streiten. Alle nicht in Hamburg Ansässigen müssen jetzt ihre Waren zuerst die Schwinge hinauf nach Stade bringen, ausladen und Zoll bezahlen. Aber wer seine Waren schon einmal ausgeladen hat, der freut sich, wenn er einen guten Preis auch schon in Stade erzielt. Wer weiß, ob es sich lohnt, weiter elbaufwärts zu ziehen, zumal der Fluß nicht ungefährlich ist. Die Hamburger beginnen zwar damit, Tonnen und Landmarken zu setzen, aber am Ufer wohnen auch viele, die sich über Strandgut freuen, falls eine Tonne mal ›durch den Strom versetzt wurde‹.«

Der alte Trommelbauch fragte, was wir denn so geladen hätten, und meine tumben Gehilfen hätten vor Stolz auch fast alle Waren aufgezählt; doch ich fuhr ihnen über den Mund und erklärte, daß wir Käse, Butter und Holz geladen hätten, daß die Waren dem Tönninger Kaufmann Winfried Schmetzer gehörten und einem Kaufmann in Stade schon fest versprochen seien. Der alte Wortführer der Fischer wechselte einen Blick mit einem verschrötigen Kerl, der in der Nähe getrocknete Netze zusammenlegte. Es schien, als ob sie mir nicht glaubten und aus meinen beschwichtigenden Worten auch verborgene Waren herauszuhören glaubten. Der Alte schwieg, fing dann jedoch wieder mit dem Gespräch an: »Ihr fahrt nicht im Konvoi, Ihr seid nur zu dritt, Ihr müßt Euch sicher fühlen. Aber in dieser Zeit der Armut gibt es viel Gesindel, viele Leute, die an ihre Herrschaft Steuern und Schulden zu zahlen haben, die an ihre Frauen und hungrigen Kinder denken müssen und erst danach nach Gottes Willen und der Herren Gesetze handeln. Seid unbesorgt, Ihr seid bei uns gut aufgehoben. Die Hansen haben erst vor ein paar Tagen auf der Nordsee bei Helgoland kurzen Prozeß mit den Seeräubern gemacht, und die kleinen Schiffe, die entkommen konnten, werden es nicht wagen, uns hier anzugreifen. Unsere Landungsstelle ist bekannt dafür, daß wir zusammenhalten und auch Gäste zu beschützen wissen.« Er wechselte wieder einen Blick mit seinem Spießgesellen gegenüber an den Netzen, bevor er mit verschlagenem Ton hinzufügte: »Vorausgesetzt, die Gäste wissen, was dieser Schutz in Heller und Pfennig wert ist.«

»Oh, das ist richtig«, erwiderte ich, »zumal ich mich hier in diesem Gebiet noch nicht auskenne. Sagt mir nur frei heraus, was ich für das Landen hier an diesem Strand und für Euren Schutz zu zahlen habe.« Vielleicht war das zu direkt, denn es war klar, daß dieser Fischer von seinem Landesherrn nicht den Auftrag zum

Eintreiben von Hafengeld und Schutzzoll erhalten hatte. Aber um es noch deutlicher zu machen, fuhr ich fort: »Ich werde Euch in meinem Bericht über die Sicherheit des Kauffahrtweges von Tönning nach Stade lobend erwähnen, damit sich der Bund Tönninger Kaufleute bei dem bremischen Bischof bedanken kann, wie gut seine Vasallen im Land Hadeln achtgeben.«

Nun meldete sich der Mann bei den Netzen zu Wort: »Zu zahlen habt Ihr nichts. Jens wollte Euch nur vor Augen führen, daß wir zusammenhalten müssen, damit die Handelswege frei bleiben. Wir alle wollen nur in Frieden leben, egal ob als Frischer, Bauer, Kaufmann, Bürger oder Grundherr. Wir danken für Euer Bier, und verzeiht, wenn wir uns jetzt zurückziehen, denn morgen fängt unsere Arbeit wieder früh an, wir sind müde.«

Wir erhoben uns alle bis auf den Trommelbauch, nickten uns gegenseitig zu, und wir zogen uns auf unser Boot zurück. Die Flut hatte es wieder aufschwimmen lassen, und so teilte ich die Ankerwache ein, schärfte beiden Gehilfen ein, daß mir diese Fischer nicht geheuer seien und wir auf der Hut sein müßten, wenn wir am nächsten Morgen nicht mit durchschnittener Kehle aufwachen wollten. Steffen und Ole blickten sich unsicher an, nahmen meine Worte jedoch ernst, denn sie zogen die Schwerter aus der Kiste neben dem Ruder und legten auch den Bootshaken griffbereit. Es war fast windstill und durch die Wolken auch recht dunkel geworden. Ein grünlicher Schimmer im Nordwesten spendete ein schummriges Nachtlicht. Wir legten uns unter die Persennings, denn die aus den feuchten Wiesen aufsteigenden Nebel hauchten uns kalt an. An dem Feuer der Fischer war es deutlich wärmer gewesen. Steffen fiel sogleich in einen gesunden Schlaf. Mir gingen jedoch noch viele Gedanken durch den Kopf. Ich war ein wenig ängstlich, weil ich nicht wußte, ob ich in Stade unangenehme Fragen nach der Herkunft des Schiffes würde beantworten müssen. Bisher hatten meist andere den Weg bestimmt, den ich nehmen sollte, und ich hatte im Schutz einer Gruppe gelebt, mich nach deren Regeln verhalten. Nun war ich auf mich gestellt. Doch dieser Gedanke berauschte mich auch, ich hatte den festen Willen, daß es mir gelingen sollte, irgendwo wieder Fuß zu fassen.

Plötzlich flogen ein paar Enten im Reet auf, und ihr Flügelschlagen und die Warnschreie ließen mich aufschrecken. Auch Ole hatte sich sofort erhoben und den Bootshaken wie einen Spieß als Waffe gepackt, aber es geschah nichts weiter. Vielleicht hatte nur ein Fuchs die Enten aufgestöbert, vielleicht war es ein Strauchdieb. Ole und ich erhoben uns, machten ein paar Geräusche, die jedem unsere Wachsamkeit verdeutlichten, und dann sahen wir nach dem Stundenglas, das aber erst zur Hälfte abgelaufen war. So setzte Ole seine Wache fort, und ich fand endlich meinen Schlaf.

Als Steffen mich weckte, war der östliche Horizont bereits hell erleuchtet. Die Wiesen waren von Nebel bedeckt, aus dem die Weiden und Erlen der Umgebung herausragten. Ich ließ Steffen noch eine Weile ruhen, denn es gab ohnehin noch keinen Segelwind und keine Sicht auf die Untiefen des Gewässers. Statt dessen entfachte ich in dem Holzkohlebecken ein Feuer, zapfte ein wenig Trinkwasser aus dem Vorratsfäßchen und rührte etwas Weizengrieß in den Topf. Als die Grütze heiß und gequollen im Topf blubberte, gab ich noch ein Stück gesalzene Tönninger Butter obenauf und beobachtete, wie es sich schmelzend auf dem Brei verteilte. Von dem Geruch des Feuers und der Grütze geweckt, schälten sich Ole und Steffen aus ihren Lagern und griffen nach ihren Kummen und Holzlöffeln. Dazu stärkten wir uns mit Bier.

Während des Frühstücks war eine leichte Brise aus Westen aufgekommen. Wir verstauten unsere Sachen, machten das Schiff segelklar, lösten den Anker aus dem Schlick und stakten dann mit Spieren in die Mitte der Oste. Ihr Strom führte uns langsam zur Elbe. Nur ab und zu stießen wir uns ab und brachten unser Schiff auf Kurs, bis wir den Elbstrom erreicht hatten. Dann setzten wir Segel und fuhren den ganzen Tag stromaufwärts, vorbei an mit Binsen und Schilf bestandenen Buchten, in die Gräben und Bäche mündeten. Nur wenige Menschen und keine festen Häuser waren am Ufer zu sehen. Ich konnte mir vorstellen, daß dieser große Strom mit den Frühjahrswassern und bei Weststürmen mit der Flut gern über seine flachen Ufer tritt und die Wiesen überflutet. Doch hinter den Erlenbrüchen und weidenbestandenen Gräben mochten sich Hügel und Warften befinden, auf denen Menschen siedelten, denn in weiter Entfernung sahen wir Kühe und

Schweineherden mit ihren Hirten, die ja irgendwo wohnen und eine Zuflucht haben mußten.

Als die Ebbe einsetzte, verlangsamte sich unsere Fahrt immer mehr, bis wir trotz der guten Brise aus Westen kaum noch Fahrt über den Grund machten. Am späten Nachmittag erreichten wir endlich die Schwinge. Unterwegs hatten sich andere Schiffe zu uns gesellt, Holke und Koggen hatten uns mit Vollzeug überholt, doch viele Sniggen und kleine Fischerkähne hatten wir hinter uns gelassen, als wir in die Schwingemündung steuerten. Besondere Holztonnen dienten zur Kennzeichnung der Fahrrinne durch das Elbwatt, und es war ein mühsames Steuern und Ausweichen, bis der Fluß zu eng und der Wind zu flau wurde. Am Ufer dienten sich Treidelkerle mit ihren großen Gäulen und langen Leinen an. Ich kannte ihren Lohn nicht, handelte den genannten Preis kühn um die Hälfte herunter und wurde dennoch übers Ohr gehauen, wie ich auf späteren Fahrten bemerkte.

Wir wurden bis in die Nähe der Stadt geschleppt und konnten sie gut auf dem hohen Geestrücken über der flachen Marsch liegen sehen. Eine imposante Mauer schien die Stadt abzugrenzen, aber die Bürger bebauten längst auch schon das Vorland mit Buden und mehrstöckigen Speichern. Wir konnten unser Schiff zwischen Pfählen vertäuen, die die Stadtväter für die Handelsschiffe in den Schlick hatten rammen lassen, und dann auf wackeligen Stegen ans Ufer oder auf Dämme gelangen. Vor uns lag eine Reihe von Koggen, die von schmalen Schuten und Kähnen geleichtert wurden. Der eigentliche Hafen sei schon besetzt, wie uns die Männer berichteten, die unser Schiff bis hierher gezogen hatten. Dort gebe es eine richtige Kaianlage und einen Kran für schwere Lasten. Doch die Arbeit ruhe nun, denn die Stadt sei reich, und das Stadtvolk könne es sich leisten, den Feierabend zu genießen. Nur die Amtmänner müßten wir abwarten, bevor wir die Stadt besuchen könnten. Auf die brauchten wir auch nicht lange zu warten. Schon auf der Elbe war uns ein schmaler und schneller Segler aufgefallen, der das Stader Wappen groß im Segel trug, aber kein Handelsschiff sein konnte. Er war mit einer Kanone auf dem Vordeck ausgerüstet und wies viele Dollen auf, so daß das Schiff auch schnell gerudert werden konnte. Uns hatte das Schiff passieren lassen, vielleicht, weil wir so zielstrebig der

Schwingemündung zugestrebt waren. Eine englische Kogge hatte aber ihren Kurs erst dann auf Stade zu geändert, als das Stader Schiff längsseits gelegen hatte.

Zwei Gestalten kamen über den Damm auf unser Schiff zu und balancierten über die Stege zu uns hinüber. Ein Amtmann wies sich mit Kette und Siegel aus und schickte seinen Gehilfen über unser Schiff, damit er ihm die geladenen Güter angab. Die Menge und Art der verschiedenen Güter wurden auf Wachstafeln notiert, ebenso mein Name und der Winfried Schmetzers. Dann trug mir der Amtmann auf, mich am nächsten Morgen im Rathaus zu melden, wo ich Fuhrleute und Ladeknechte fände; die Waren könne ich nach dem Wiegen und Messen auf dem Marktplatz lagern, bis der Schoß bestimmt sei. Eine Stunde nach Sonnenuntergang würden die Stadttore geschlossen, und wer bis dahin kein Nachtlager in den Gasthäusern gefunden habe, müsse die Stadt wieder verlassen. Bei Strafe sei das Kampieren in den Gassen verboten.

Ich fragte den Amtmann, ob er den Kaufmann Philipp Holtermann kenne und wo er wohne. Das Gesicht des Amtmannes nahm einen mürrischen Ausdruck an, er wies mir jedoch den Weg; schließlich fügte er seinen Beschreibungen aber die Worte zu: »Stade hat einen freien Markt, Ihr könnt an jedermann verkaufen. Versucht, einen angemessenen Preis für Eure Waren zu erlangen und bietet die Waren feil, dann werdet Ihr Euer Glück machen. Vorabreden verderben das Geschäft. Ich könnte Euch genug andere Kaufleute nennen, die ebenfalls hohe Preise zahlen, wenn die Ware gut ist ...« Aus irgendeinem Grund war dieser Amtmann nicht gut auf Holtermann zu sprechen, warum, das wußte ich nicht. Es spielte aber auch keine Rolle für mich, denn Winfried Schmetzer hatte mir aufgetragen, mich an Holtermann zu wenden, und dies wollte ich auch tun.

Nachdem die beiden Bediensteten des Stader Rates abgezogen waren, sagte ich Ole und Steffen, wie sie sich verhalten sollten. Den ganzen Flußlauf entlang bis zum Hafen lagen kleine und große Schiffe, beladen oder leer, bemannt oder unbemannt. Am Ufer entlang kamen Bäckerburschen und boten den Schiffern frische Brote und Kuchen an. Bauernmägde verkauften frische Milch, Eier und Gemüse. Und es gab auch Mädchen, die nur zum

Spaß an den Schiffen vorbeispazierten und kesse Blicke warfen. Oder waren es leichte Mädchen, die sich verhuren wollten?

Mir blieb keine Zeit, dies zu ergründen, als ich zu Fuß der Stadt zustrebte. Ole und Steffen hatte ich verboten, auch nur ein Weibsbild an Bord zu lassen. Brot, Milch und Eier hatte ich für unser Abendmahl gekauft. Die Planke, die zum Steg führte, sollte eingezogen werden. Der schmale Weg verbreiterte sich, je näher ich der Stadt kam. Er führte auf dem westlichen Ufer zur Stadt. Eine große Bocksmühle stand vor den Stadttoren auf einem künstlichen Hügel flutsicher und hoch über den Marschwiesen. Ich erreichte eine Speicherzeile, die am Ufer der Schwinge vor der Stadtmauer entstanden war. Angefangene Bauten zeugten davon, daß der städtische Handel blühte. Trotz der unsicheren Lage vor den Toren wurde noch mehr Lagerraum benötigt. Gräben und kleine Fleete entwässerten den Grund, denn diese Häuser standen zwar auf aufgeschütteten Fundamenten, aber doch niedriger als die Stadt selbst, die sich auf dem Landrücken ins Marschland ausbreitete. Durch ein großes Torhaus führte der Weg zu einer zweiten Häuserreihe. Dies waren nicht nur Speicher, hier wohnten Handwerker und Handlanger der Kaufleute, Fuhrwerke standen in den Höfen, und es herrschte noch hie und da Betriebsamkeit, obwohl die meisten Menschen in Grüppchen tratschend den lauen, frühen Abend genossen. Nun gelangte ich an den außerhalb der Stadtmauer gelegenen Vorhafen. Hier mündete der Stadtgraben, durch den ein Teil des Schwingeflusses geleitet wurde, in das Vorhafenbecken. Auf einem schmalen Hafenkai stand ein kleiner Kran. An dieser Stelle erhob sich die mächtige Stadtmauer. Von einem wehrhaften Turm aus wurde der Vorhafen, die Brücke über den Stadtgraben, die Gasse zur Speicherstadt vor den Toren und auch die Hubbrücke, die den Eingang zum innerstädtischen Hafen verengte, überwacht. Das Stadttor im Turmgebäude stand weit geöffnet und ließ den Blick auf den innerstädtischen Hafen frei. Die Soldaten der Stadtwache standen zu einem Schwätzchen zusammen und beachteten den Verkehr nicht weiter. So strömte ich mit ein paar Handwerksgesellen ohne weitere Prüfung in die Stadt. Das Hafenbecken war eng, aber besaß gutbefestigte Kaianlagen und einen mächtigen Kran, der anscheinend große Lasten tragen konnte. Das Laufrad, das die Seilzüge und Rollen bewegte, mußte von einer stattlichen Anzahl Tagelöhner betrieben werden, so groß und schwer war es gearbeitet. Nun lag der Kai still. Die Schwinge floß stetig durch das Hafenbecken und transportierte Unrat und Dreck aus der Stadt. Anders als in mancher Stadt, die ich gesehen hatte, stanken die Hafengassen nur wenig. Ich fragte einen Mann, der auf einem Bündel von Leinen und Seilen saß und bedächtig Tauwerk spleißte, nach dem Weg zum Fischmarkt. Er lachte und wies über seinen Rücken, ich war nur einen Steinwurf davon entfernt. Leicht fand ich das Haus des Kaufmanns Philipp Holtermann, denn es hatte keine verputzte Fassade aus Lehm und Kalk, sondern es steckten teure Backsteine in den Fächern des Balkenwerks; sie bildeten schön anzuschauende Muster. Die Balken waren mit Schnitzereien verziert, und rot ausgemalte Buchstaben kündeten von dem Besitz des Philipp Holtermann und baten um göttlichen Beistand und gerechten Lohn für Handel und Wandel. Durch das Haustor paßte leicht ein Fuhrwerk. Links und rechts ließen große Butzenfenster Licht in die Diele. Noch drei Stockwerke wiesen Fenster und Luken auf und zeugten von dem großen Speicherraum dieses Hauses. Wie tief das Grundstück nach hinten weiterführte, ließ sich von vorne nicht ermessen. Eine Tür war in das Tor eingelassen, beide waren jedoch verschlossen. Ich bediente einen eisernen Specht als Türklopfer, und dröhnend rief er einen Bediensteten heran. Der Riegel wurde beiseite geschoben und ein vergittertes Fensterchen im Tor aufgetan.

»Wer seid Ihr, was wünscht Ihr?« fragte mich grußlos ein breites, fahles Gesicht, das von einer Leinenkappe umrahmt war. Die Ohren ragten fleischig aus seitlichen Öffnungen der Kappe, und die Kinnschnüre verschwanden in den Falten des Doppelkinns. Es war der Hofmeister des Kaufmanns Holtermann, dessen Gesicht von dem Wohlleben des Hauses kündete. Hier fiel auch für das Gesinde genug ab, daß es Fett ansetzen konnte.

»Gott zum Gruß«, antwortete ich spöttisch, »verzeiht, daß ich Euch in Eurer Feierabendruhe störe. Ich bin der Schiffer Hannes Maiboom und habe den Auftrag des Tönninger Kaufmanns Winfried Schmetzer, Euch kundzutun, daß er dem Kaufmann Philipp Holtermann Waren anzubieten hat. Mein Schiff liegt außerhalb der Stadt am Steg, und ich bin das erste Mal in Stade. Gebt mir einen Rat, wessen Hilfe ich mich beim Löschen der Waren bedienen soll. Auch weiß ich nicht, wo ich meine Waren nach dem Wiegen und Messen lagern soll.«

Statt einer Antwort fiel die Fensterklappe im Tor wieder zu. Dann geschah eine Weile gar nichts, bis das Klappern von Holzpantinen auf Steinpflaster zu vernehmen war. Der Türriegel wurde aufgeschoben, und mir wurde geöffnet. »Tritt ein, Schiffer«, bat mich der Hofmeister nun. Er trug einen blauen Kittel und eine graue Schürze zu seiner Leinenkappe. Neben ihm stand ein Kaufmannsgehilfe in einem schlichten Anzug von dunklem Tuch. »Guten Tag, Schiffer, mein Name ist Lukas Diekmann, ich bin der Gehilfe des Kaufmanns Philipp Holtermann. Ihr seid neu hier in Stade und bringt Waren aus Tönning von dem Kaufmann Schmetzer?« So begrüßte mich ein Mann, der mir gleichaltrig erschien. »Was sind das für Waren?«

Meine Augen hatten sich inzwischen an das durch die hoch angebrachten Butzenscheiben fallende Licht gewöhnt, und ich riskierte einen Blick über die mit Backstein gepflasterte Diele. Säcke standen hier, Ballen von Tuch, Fässer, Karren, ein Fuhrwerk, und weiter hinten ging es durch eine offenstehende Tür in den Hof, wo ein Pferd angebunden stand. Ich erwiderte nun: »Ich bringe Pökelfleisch, Geräuchertes, gesalzene Butter, Käse, Salzheringe und Bauholz.« Und leise, nur für die Ohren des Gehilfen und nicht für die des Hofmeisters bestimmt: »Und ich verfüge über ein Bündel wohlfeiler Pelze, die der Amtmann und sein Gehilfe beim Untersuchen des Schiffes noch nicht notiert haben. Muß ich die morgen früh angeben? Stade hat Stapelrecht, morgen soll alles ausgeladen, gemessen und gewogen werden, damit der Schoß und die Abgaben berechnet werden können.«

»Ich kenne Euch nicht, weiß nur, daß Ihr von Winfried Schmetzer kommt. Der und Philipp Holtermann wissen ihr Schäfchen ins trockene zu ziehen. Vielleicht wißt Ihr es auch, vielleicht kann ich Euch behilflich sein. Stellt Euch auf den Standpunkt, daß die Pelze zu Eurer Kleidung gehören, weil Euch bei kaltem Wetter das Gliederreißen plagt und Ihr Euch die Felle um den Körper wikkeln müßt. So sind die Pelze keine Ware, sondern Euer persönliches Gut, mehr eine Art Arznei. Es könnte jedoch sein, daß auch ich an kalten Abenden erkranke und Ihr so barmherzig seid, Eure Arznei mit mir zu teilen?« Lukas Diekmann schien ein kleiner

Spitzbube zu sein, hatte schon einiges an Spielregeln des Handels bei seinem Herrn gelernt und war bereit, davon zu profitieren. Ich erwiderte, daß dies ein guter Rat sei, in der Tat würde mich das Gliederreißen plagen. Nun erkundigte ich mich nach den Tagelöhnern und Trägern, die beim Löschen der Waren behilflich seien. Wir ließen uns auf zwei Kisten nieder, und der Gehilfe wies den Hofmeister an, uns zwei Becher gewürzten Weines zu bringen. Dann erklärte er mir, wie der Güterverkehr abzuwickeln sei. Ehe die Geschäfte unter Dach und Fach seien, würden ein paar Tage vergehen. Er selbst habe Wachdienst an der Stadtmauer zu verrichten, »vielleicht kann dieser Umstand uns zugute kommen«. Nun war ich mittendrin im Geschäftemachen, kam aus einer Kaufmannsfamilie und hatte doch bislang sowenig Ahnung vom Verdienen. Lediglich vom Schreiben, Rechnen und ein wenig von den angewandten Wissenschaften des Navigierens und der Segelkunst verstand ich etwas. Ich beschloß, ein gelehriger Schüler zu sein. Meine Lehrherren sollten ruhig an mir verdienen, wenn ich nur von ihnen lernen konnte. Und damit sie die Kuh, die sie melken wollten, nicht vorschnell schlachteten, wollte ich ihnen auch für die Zukunft nützlich erscheinen.

In den nächsten Tagen wurde das Schiff entladen, die Waren auf dem Markt gewogen und vermessen, die Qualität anhand von Proben ermittelt und ein Mindestpreis bestimmt. Danach berechnete sich die Abgabe, die ich als Beauftragter des Kaufmanns Winfried Schmetzer an die Stadtkasse zu leisten hatte. Ferner mußte ich Hafengeld für die Benutzung der Stege, Pfähle und Uferwege bezahlen. Auch andere Kaufleute wären gern mit mir handelseinig geworden, aber ich schlug bei Philipp Holtermann ein, und der Verkauf wurde im Rathaus notiert. Mit Lukas Diekmann schloß ich den geheimen Handel ab. Ich brachte ihm die Felle abends an den Stadtmauerabschnitt, an dem er Dienst hatte, und er zahlte mir in barer Münze. Der Preis war schlecht, aber ich brauchte keine Abgaben zu leisten, und so war der Handel dennoch lohnend. Außerdem gewann ich auf diesem Weg einen dankbaren Abnehmer, denn ich war sicher, daß Lukas ebenfalls einen guten Gewinn aus dem Handel ziehen konnte. Die reichen Kaufleute und auch die Amtmänner des Bischofs waren eitel und auf Zierat aus; sie zahlten lieber einmal eine Strafe wegen Verstoßes gegen die Kleiderordnungen. Diese Kleiderordnungen für Feiertage und Festlichkeiten sollten wohl verhindern, daß die Unterschiede zwischen den Bürgern der Stadt zu deutlich wurden. Mir aber wurde schnell klar, daß es auch innerhalb der Stadtmauern krasse Unterschiede zwischen arm und reich gab. Ich stellte Lukas weitere Pelze in Aussicht, verlangte dafür aber Hilfe bei meinen Versuchen, im Handel und in der Stadt Fuß zu fassen. Dies versprach er mir und gestand, daß er sich sehnlich wünschte, ebenfalls ein eigenes Handelsgeschäft aufzuziehen. Doch sei er vertraglich noch für Jahre zur Treue gegenüber Holtermann verpflichtet.

Neben den notwendigen Arbeiten blieb mir dennoch Zeit, mich in der Stadt umzusehen. Sie war nicht so schön wie Lübeck, und die Häuser waren nicht so reich ausgestattet. Nur wenige Straßen waren gepflastert, aber dennoch gefiel mir die Stadt. Viele Holländer und Friesen hielten sich in den Gasthäusern auf, und manch reicher Kaufmann und Gewandschneider stellte seinen geschäftlichen Erfolg durch äußeren Prunk und üppige Festivitäten dar. Die Bürger der Stadt wußten zu feiern, und der Feierabend wurde gepflegt. Ich ging in die Barbierstube, ließ mich im Badehaus verwöhnen und kaufte meiner Besatzung neue, zweckmäßig Kleider. Bei einem Tischler erwarb ich einen seedichten Kasten für meine Bücher und Seekarten und verwahrte diese Kostbarkeiten darin. Der Kasten ließ sich abschließen und mittels einer eisernen Zwinge und einem Schloß im Schiff befestigen, so daß Kasten und Inhalt nicht so leicht zu entwenden waren.

Ich lebte meist auf dem Boot, selten gönnte ich mir eine Nacht in einem Gasthaus, aber Ole und Steffen stellten sich recht geschickt an und richteten das Schiff so her, daß drei Mann dort gut leben konnten. Als endlich alles entladen war, fragte ich bei Holtermann um Ladung für Tönning. Der vertröstete mich, und auch sonst fand ich niemanden, der sich mir anvertrauen wollte. Viel Volk war in der Stadt. Es waren auch schon dänische und holsteinische Boten eingetroffen, die die Viehpreise und den Bedarf ausloten wollten; denn bei Stade war die Elbe bei entsprechender Tide und Windrichtung so flach, daß sich Vieh über den Strom treiben ließ. So herrschte ein stetes Kommen und Gehen in jenen Tagen.

Endlich hatte Holtermann einen kleinen Auftrag für mich, vielleicht, um mich auszuprobieren, wahrscheinlich aber eher, weil seine Kogge für Ribe so vollgeladen war, daß die Fracht für Tönning nicht mehr darauf paßte und die Reise nur unnötig unterbrochen hätte. Er schickte mich also wieder zu Winfried Schmetzer, und diesmal war mein Schiff zwar nicht voll beladen, aber wir hatten Lüneburger Salz, rheinische Sandsteinklötze, spanischen Süßwein und Gewürze wie Pfeffer, Nelken und Kaneel an Bord, kleine Kostbarkeiten in geringer Menge, aber von nicht unerheblichem Wert. Die Gewürze waren in mit Wachs versiegelten Keramikkrügen eingelagert und dann in Heringsfässern versteckt. Die Sandsteinschwellen wurden darumherum gestaut. So sollten Piraten und auch die Tönninger Zöllner getäuscht werden.

14. Mein geheimes Abkommen mit Holtermann

So fuhren wir, Ole Hilken, Steffen Meiners und ich, den Sommer über zwischen Tönning und Stade hin und her und transportierten Güter für Winfried Schmetzer und Philipp Holtermann. Mit jeder Fahrt fühlte ich mich sicherer in meiner neuen Rolle als eigener Schiffer. Doch besonders in den Minuten, bevor mich der Schlaf erfaßte, und in der Zeit, in der ich bei ruhiger See allein am Ruder stand, holten mich Gedanken an meine Zeit bei den Likedeelern ein. Dabei waren die Gedanken an die Schätze der früheren Kumpane besonders verlockend.

Aber ich mußte vernünftig sein. Schon jetzt hatte ich zuviel Geld und Silber an Bord in geheimen Fächern verborgen und unter Planken vernagelt. Wo sollte ich Schätze sicher lagern, falls es mir je gelingen würde, sie zu bergen? Wie viele Schiffe waren schon im Sturm zerborsten, wie viele von Piraten gestohlen? Nein, bevor es daranging, Schätze zu bergen, mußte ich mir eine Existenz innerhalb von Stadtmauern schaffen. Stadtluft macht frei, heißt es. Und es stimmt, denn wo sonst kann ein Mann ohne Adel und Grundbesitz schon Schutz vor Willkür und Unrecht finden? Die Gemeinschaft der Bürger macht sie stark, und je größer die Stadt ist, desto stärker sind auch die Bürger. Ich kannte Lübeck, hatte Köln und eine ganze Reihe von kleineren Städten besucht. Stade erschien mir gerade recht für meinen Plan, ein Bürger und Kauffahrer zu werden. Zwar schien mir auch Hamburg günstig zu sein, da die Stadt beste Beziehungen zu Lübeck, meiner Vaterstadt, besaß. Und Lübeck beherrschte den Ostseehandel. In die Ostsee mußte ich auf meinen Handelsfahrten gelangen, wenn ich nebenbei die Gelegenheit zum Heben der Schätze erhalten wollte. Aber noch kannte ich niemanden in Hamburg, während ich in Stade hoffte, in Holtermann einen Leumund und Bürgen gefunden zu haben. Ein Jahr lang mußte ein Mann eine Wohnung innerhalb der Stadtmauer besitzen und Zeugen dafür haben, daß er seinen Lebensunterhalt bestreiten konnte. Dann konnte er beim Rat der Stadt vortreten und seine Bürgerschaft beantragen. Würde Holtermann dies für mich tun?

Philipp Holtermann war der Haupthandelspartner für Winfried Schmetzer. Doch er war noch viel mehr als das. Er gehörte zu der Kompanie der Ribefahrer, die im dänischen Ribe Butter, Häute, Leinwand, Fisch, Talg, Aale, Kleinvieh und Federn kauften und über das Meer transportierten. Diese Güter wurden in Stade oft an holländische Kaufleute weiterverkauft. Nach Ribe wurden meist Lüneburger Salz, holländische Tuche und Gewürze geliefert. Aber Philipp Holtermann war wagemutiger und ließ sich neben dem hauptsächlichen Ribehandel auch auf Unternehmungen in Bergen, Lübeck, Wisby und Nowgorod ein. Neben Bewunderung und Reichtum brachte ihm dies jedoch auch Neid und Mißgunst ein. Schon nach kurzer Zeit erfuhr ich, daß er neben dem großen Giebelhaus am Fischmarkt noch zwei weitere Speicherhäuser in der Harschenflethsiedlung besaß, einem Speicherviertel, das vor der Stadtmauer direkt an der Schwinge lag. Durch dieses Viertel war ich an meinem ersten Abend in die Stadt Stade gekommen. Seine Geschäfte mit Winfried Schmetzer boten Holtermann nur einen Nebenverdienst, verglichen mit den anderen Unternehmungen; doch ergaben sich daraus wohl besondere Gewinne, weil Winfried Schmetzer günstige Preise und Rabatte gewährte. Ich habe nie durchschaut, woher Winfried Schmetzer seine Waren bezog, ob Wegelagerer, Strandräuber, Piraten und Raubritter seine Lieferanten waren. Holtermann schien sich darum nicht zu scheren, allenfalls wurden verdächtig markierte Fässer und Säcke gesondert gestaut und vor dem Weiterverkauf umgefüllt.

Holtermann war ein massiger, großer Mann von etwa fünfzig Jahren, als ich ihn kennenlernte. Er überragte die meisten Mitmenschen fast um Haupteslänge. Der Ansatz seines grauen Haares war nach hinten gewichen und hatte eine hohe Stirn freigelegt. Buschige Augenbrauen überschatteten seine scharfen, manchmal stechenden blauen Augen. Eine große, gerade Nase führte zu seinen fleischigen, geschwungenen Lippen. Die ersten Male, als ich in sein Kontor trat, blitzten seine Augen mich kurz an, um mir dann scheinbar keine Aufmerksamkeit mehr zu schenken. Beiläufig hörte er sich an, was ich nach dem Stader Stapelrecht ausgeladen hatte. Alle Waren wurden stets öffentlich gewogen und gemessen, denn danach wurden die Steuer, der Zoll, kurzum die Abgaben, die jeder Schiffer oder bevollmächtigter Handelsmann zu leisten hatte, berechnet. Winfried Schmetzer hatte mir aufgetragen, daß die Preise nach außen hin im üblichen Rahmen gehalten werden sollten; Holtermann erhielt aber immer einen geheimen Rabatt. Diese geheime Kaufmannsgesellschaft rechnete sich für Winfried Schmetzer, weil er bestimmte Waren über die Landungsstelle am Hof seines Schwagers an den Tönninger Zöllnern des Holsteiner Grafen vorbeischmuggeln konnte. Auch waren die Kosten für den Betrieb seines kleinen Handelshauses in Tönning geringer als sie in Stade sein würden. Nicht zuletzt verfügte er, wie ich schon erwähnte, über »gute« Lieferanten. Es war leicht zu erkennen, daß Holtermann eine wichtige Person für mich sein würde. Ein bestimmtes Gespür hatte mich in meinem Leben zu den richtigen Menschen geleitet, die mir bewußt oder unbewußt geholfen hatten. So hoffte ich auch damals, daß Holtermann der Richtige wäre. Sein Reichtum, erkennbar am Hausbesitz und auch an der pelzbesetzten und brokatgefütterten Kleidung, war offenkundig. Doch bedeutsamer erschien mir sein Einfluß und Gewicht im Rat der Stadt.

Bei den Vitaliern hatte ich gelernt, wie man Anführer für sich einnehmen kann: Nicht durch wichtigtuerisches Auftrumpfen, sondern durch geduldiges und konsequentes Handeln, durch Wissen und Taten. So war Holtermann überrascht, daß ich als Schiffsführer eines kleinen Schiffes lesen, schreiben und rechnen konnte. Ich ließ die Gelegenheit nicht ungenutzt verstreichen, in seiner Anwesenheit mit englischen und dänischen Kaufleuten in ihrer Muttersprache ein Schwätzchen zu halten. Vor allem aber bemühte ich mich um größte Schnelligkeit beim Warentransport, trieb meine Leute beim Verladen und Stauen an, und nachdem wir die Strecke Tönning-Stade kannten, trauten wir uns auch bei schwerem Wetter ein schnelles Segeln zu, während andere Schiffsführer zaudernd vor Anker liegenblieben. Zugegeben, mir war dabei der Umstand von Nutzen, daß ich nicht die Mitsprache anderer Eigner, Reeder und mitreisender Kaufleute berücksichtigen mußte. Die großen Koggen und neuartigen Holks beherbergten meist wechselnde Kaufmannsgesellen, Kaufleute und unerfahrene Handlanger, denen die Herzen bei Wellengang in die Hosen rutschten. So fiel es auch Holtermann auf, wie schnell wir nach Tönning und zurück gelangten.

Seit ich mich von den Vitaliern abgewandt hatte, schien Gott mein Leben mit Wohlgefallen zu betrachten. Mit seiner Hilfe war mir die Flucht aus der Seeschlacht gelungen, und ich hatte ihm in Tönning und in Stade mit Gebeten und Gaben in die Opferstöcke gedankt. Den Pfaffen aber mißtraute ich, und ich ließ mir nicht die Beichte von ihnen abnehmen. Einen Weststurm Ende August wollte ich mit Gottes Hilfe nutzen, denn es bot sich eine besondere Gelegenheit. Holtermann hatte als Miteigner eine Kogge, die nach Ribe fuhr, schon in der Elbmündung Schiff, Mannschaft und Waren verloren. Die Nachricht kam vom hamburgischen Neuwerk. Vom Turm aus hatte man den verzweifelten Kampf der Mannschaft in der Ferne mitangesehen. Bei Scharhörn war das Schiff im Sturm auf Grund gelaufen. Nun hatte Holtermann wohl ein Termingeschäft mit einem Kaufmann aus Ribe vereinbart, denn er fragte mich, ob ich mir zutrauen würde, bis zum 10. September Salz nach Ribe zu liefern. Er bot mir ein gutes Frachtgeld, aber nur für den Fall, daß ich es in der besprochenen Zeit schaffen würde. Ich willigte ein.

Mein ganzes Schiff wurde mit Salz vollgeladen, und trotz eines noch immer sehr starken und widrigen Nordwestwindes liefen wir bald allein aus. Kein Schiff begleitete uns, kein Schiff kam uns im Elbtrichter entgegen, alle Schiffer hatten schützende Häfen aufgesucht. Noch heute bin ich dem Bootsbauer für seine Kunst dankbar, denn mein Schiff lief gut am Wind, und wir konnten die Abdrift aussteuern. Den Neuwerker Turm ließen wir achteraus und segelten auf die Nordsee hinaus, um den Untiefen des Watts zu entgehen. Abends und nachts hielten wir uns vom Land fern, tagsüber versuchten wir, die Position mit einer Karte zu bestimmen, in der die Wassertiefe über dem Meeresgrund eingezeichnet war. Aber Stürme hatten die Sände verändert, oder die Angaben waren falsch. Ich korrigierte die Werte nach unserer Lotleine und schrieb das Datum und die Tide dazu. Dann notierte ich die Beschaffenheit des Grundes, den wir vorfanden, ob er sandig, steinig oder voller Kraut war. Diese Art des Lotens hatte ich bei Magister Wigbold gelernt, der am Lot Wachs und Talg befestigte, um nach dem Bestimmen der Wassertiefe auch die Besonderheiten des Meeresbodens zu notieren. Besser orientieren konnten wir uns an der Form der Inseln, den Segelanweisungen und aufgezeichneten Schattenrissen. Ole erklomm mutig die Mastspitze und spähte nach Landmarken. Schon nach fünf Tagen Reisezeit erreichten wir die Flußmündung des Ribe Vesterar. Von weitem war der Dom der Stadt zu sehen, und die älteste Stadt Dänemarks erhob sich eindrucksvoll über das flache Land. Der noch immer steife Nordwestwind drückte uns schnell vom Wattenmeer die Schleifen des Flusses hinauf in den Hafen. Viele Schiffe aus Norwegen, England, Holland lagen dort neben Hanseschiffen und dänischen Seglern. Ich fand den Weg zum Hof der Stader Ribefahrer. Hier half man mir, die Geschäfte ordnungsgemäß abzuwickeln, ja, es gelang mir sogar, auf eigene Rechnung Waren einzukaufen, von denen ich hoffte, sie in Stade mit Gewinn absetzen zu können.

Der anhaltende Nordwestwind brachte uns geschwind nach Stade zurück. Dort angekommen, konnte ich meine Waren gut verkaufen, verlangte aber auch keinen allzu hohen Preis. Meinen Geldschatz konnte ich so zwar nicht wesentlich mehren, doch kam es mir darauf auch nicht in erster Linie an. Die Silberstücke und das wenige Gold waren unter den Planken meines Schiffes versteckt. Was ich begehrte, war, innerhalb der Stadtmauern

Eigentum und Bürgerrechte zu erwerben. Was nützte mir all das Geld und Gold im Schiff, wenn es versank oder Beute von Piraten würde? Eingetragenes Hauseigentum und Bürgerrechte aber konnten nicht so schnell entwendet werden. Zum Herbst wollte ich mir etwas kaufen oder mieten, damit ich das Bürgerrecht erwerben und im Winter gut leben könnte.

Holtermann zeigte sich völlig überrascht, daß ich schon aus Ribe zurückgekommen war. Zum Beweis legte ich eine Wachstafel vor, die, mit dem Siegel des Riber Kontors der Kompanie der Ribefahrer versehen, bestätigte, wann ich die Salzladung abgeliefert hatte und durch welche Schiffer der Gewinn überbracht werden würde. Ich verlangte nun die Restzahlung des Frachtgeldes, und Holtermann wies einen Gehilfen an, mir das Geld auszuzahlen. Ich bat Holtermann aber noch um eine Unterredung, und so zogen wir uns in sein Kontor zurück. Dieses lag ein paar Stufen hoch auf einer Art Balkon über der Diele. Fenster gingen zur Straße wie zur Diele, so daß man von dort einen guten Überblick auf den Markt und ins Innere des Hauses hatte. Die warm nach oben steigende Luft trug Gewürzgerüche unter die Decke. Von diesem Balkonkontor führte eine weitere Stiege in das Treppenhaus des Speicherhauses und somit zu den oberen Stockwerken. Holtermann setzte sich an einen großen Tisch, über dem ein schwerer flämischer Messingleuchter hing. Die blankgeputzten Kugeln und Stangen würden den Kerzenschein widerspiegeln und vervielfachen. Jetzt gab es noch genug Tageslicht, um die Warenproben und Wachstafeln mit Zahlenwerk zu beleuchten, die dort auf dem Tisch lagen. Holtermanns Stuhl hatte wuchtige, geschnitzte Armlehnen. Sitzfläche und Rückenlehne waren gepolstert. Mir wies er einen schlichten, niedrigeren Hocker zu, und ich nahm Platz. Die unterschiedliche Sitzhöhe sollte mich vielleicht einschüchtern, aber derartige Spielereien machten auf mich keinen Eindruck mehr. Auf solche Tricks hatte mich schon der bucklige Magister Wigbold hingewiesen. Ich beobachtete Holtermann und wollte auf der Hut sein.

»Ihr seid ein guter Schiffer und habt ein kleines, aber anscheinend sehr schnelles Schiff. Ihr könnt stolz auf Eure Leistung sein, denn große Koggenführer behaupten, es hätten widrige Winde geherrscht, als Ihr nach Ribe aufgebrochen seid. Sie prophezeiten mir den Verlust auch dieser Salzfracht. Woher habt Ihr in so jungen Jahren schon eine so gute Kenntnis vom Führen eines Schiffes?« So begann Holtermann das Gespräch mit einer Schmeichelei und zugleich mit einer Frage. Ich tischte ihm ebenfalls die Geschichte auf, die ich Hauke Friedrichsen und Winfried Schmetzer seinerzeit erzählt hatte, daß ich aus Neustadt stamme, auf verschiedenen Schiffen in Nord- und Ostsee gefahren sei, für Kaufleute Waren begleitet hätte und mit Glück selbst eigene Waren in kleinem Umfang mit Gewinn gehandelt hätte. Jetzt sei ich des Wanderns müde und würde mich gerne niederlassen. Tönning sei dafür nach meiner Einschätzung nicht geeignet, weil es abseits der ganz großen Warenströme liege und auch keinen nennenswerten Hafen besitze. Außerdem sei Tönning als Stadt noch nicht frei genug von den Ansprüchen des Grundherrn. Rundheraus nannte ich Stade als die Stadt, deren Bürger ich werden wolle. Ob er, Holtermann, mir dabei behilflich sein könne, Bürger von Stade zu werden. Ein Jahr müsse ich ansässig sein, doch ein kleines Haus und einen Schiffsliegeplatz könne ich schon mieten. Ein Lächeln spielte um Holtermanns Mund, als er mein Ansinnen vernommen hatte.

»Wir kennen uns kaum, warum sollte ich mein Ansehen und mein Gewicht im Rat der Stadt für Euch einsetzen? Ich bin Kaufmann, was habt Ihr zu bieten?«

»Ihr selbst habt mich eben als wagemutigen und kenntnisreichen Schiffsführer gepriesen. Ich könnte speziell für Euch Frachten segeln und Euch bei der Auswahl und der Ausrüstung von Schiffen beraten. Ich kenne viele Häfen und die Routen dorthin, vielleicht wollt Ihr Euch in Eurem Handel auch weiter in die Ostsee wagen und bessere Gewinne machen? Wollt Ihr den lübschen Kaufleuten das Geschäft allein überlassen? Ich könnte Euch in dieser Hinsicht vielleicht nützlich sein. Ich habe mich in der Stadt umgehört, und Euer Name fiel nicht immer nur mit Wohlklang im Gespräch. Ihr habt nicht nur Freunde in der Stadt, weil Ihr so geschäftstüchtig seid. Aber gerade deshalb habe ich Euch zuerst mit meiner Bitte aufgesucht, weil Ihr mir ein Vorbild sein könntet.«

Ich glaube, ich hatte damals die rechten Worte gefunden. Holtermann fand Gefallen an meiner freimütigen Antwort. Er stellte mir seine Hilfe in Aussicht. Und er stellte Bedingungen: »Ihr habt recht gesprochen, ich habe nicht nur Freunde unter den Kaufleuten und Handwerkern der Stadt. Ich brauche Verbündete, auf die ich mich verlassen kann. Ich werde Euch ein Hinterhaus in der Harschenflethsiedlung vermieten, einen passenden Liegeplatz überlassen und als Leumund auftreten, denn einen so eifrigen, jungen Mann möchte ich lieber als Verbündeten haben denn als Widersacher. Aber diese Versprechungen werde ich erst einlösen, wenn Ihr mir einen Weg nach Hamburg abnehmt und dort eine Aufgabe erfüllt. Lotet die Preise für etliche Waren, die ich Euch noch auflisten werde, in Hamburg aus. Untersucht, wie weit der laut Gerüchten schon fertige Elbe-Trave-Kanal tatsächlich genutzt werden kann und wie teuer dies für einen Stader Kaufmann wäre. Und schaut Euch um, wie teuer der Grund und Boden in Hamburg ist, wenn man dort ein Speicherhaus bauen oder ein altes erwerben will. Ihr versteht, daß der Zwist zwischen den Hansestädten Hamburg und Stade unerquicklich ist, weil jede Stadt ihren Vorteil sucht und beide abwechselnd ihren Vorteil finden. Doch wenn ich einen Vertrauten dort in Hamburg sitzen hätte, würde mir dies zum Vorteil gereichen. Bevor wir die Unterredung jetzt beenden: Ich warne Euch eindringlich. Dieses Gespräch könnt Ihr als streng geheim auffassen. Ich verfüge über die notwendige Macht, daß Ihr weder hier noch sonstwo Bürger werden könntet. Euch wird man als Schiffer ohne Heimathafen wenig Glauben schenken. Und Euer Schiff ist Euer einziges Kapital, wie leicht könnte diesem Schiff etwas zustoßen? Legt Euch nicht mit mir an, Schiffer Hannes Maiboom. Aber wenn Ihr meinen Auftrag gut erfüllt, so wird es Euch zugute kommen. Ein Bürgerbrief läßt sich mit meinem Einfluß auch früher als in einem Jahr beschaffen, wenn Euch daran gelegen ist. So, nun laßt uns diese erste Übereinkunft mit einem guten Schluck Wein besiegeln.«

Holtermann ließ Rotwein kommen, und wir tranken zusammen aus silbernen Pokalen. Dann verließ ich etwas wackelig auf den Beinen sein Haus, um erste Vorbereitungen für die Hamburgfahrt zu treffen, denn ich sollte so bald wie möglich ablegen.

15. Die Hinrichtung auf dem Grasbrook

Früh am Morgen segelten wir nun mit der Tide den Elbstrom aufwärts. Ole Hilken führte das Ruder. Ich hatte mich an den Bug begeben und sah in Richtung Hamburg die Sonne blutrot aufgehen. Kalt war es an diesem Morgen Ende Oktober. Die letzten Zugvögelschwärme zogen über die nassen Wiesen und das Watt. Wie anders war diese Landschaft, verglichen mit der lieblichen Umgebung meiner Kindheit in Lübeck! Wie gewaltig war dieser Strom, verglichen mit dem Flüßchen Trave!

Wie würde Hamburg sein? Gelernt hatte ich, daß Hamburg der Nordseehafen Lübecks sei. Doch der Glanz Lübecks leuchtete nicht mehr allein am Himmel. Die Hansestadt Hamburg gewann an Bedeutung und teilte die Macht geschickt mit der lübschen Schwester, was die Sicherheit des Handelsweges über Land anbetraf. Hamburg machte Stade das Leben schwer. Es gab offene, bewaffnete Auseinandersetzungen um die Zollhoheit auf der Elbe und um das Stapelrecht. Und das, obwohl beide Städte dem Hansebund angehörten. Ich hatte keine Ahnung, warum und mit welchem Recht diese Streitigkeiten geführt wurden.

Ich freute mich darauf, Hamburg kennenzulernen. Diese Stadt war immerhin so reich und mächtig, daß sie Kriegsschiffe gegen die Likedeeler ausgerüstet und losgeschickt hatte. Und sie hatten sogar gewonnen, was man landauf, landab in den Häfen erzählte. Längst nicht alle Piratenführer waren gefangengenommen, doch Störtebeker saß im Hamburger Verlies und wurde peinlich befragt, wo seine Schätze versteckt seien, so erzählte man sich. Ich würde ihn nicht zu Gesicht bekommen. Aber ich mußte auch auf der Hut sein, falls sich am Hafen jemand herumtreiben sollte, der mich aus der Vitalierzeit kannte. Aus diesem Grund hatte ich mir auch einen Vollbart zugelegt, der in den drei Monaten gut gesprossen war und mein Gesicht veränderte.

Die Elbe hatte uns in den vergangenen Monaten verschiedene Ansichten geboten. Heute zeigte sie sich gutmütig, der fast wolkenlose Himmel gab dem Wasser eine kühle Blaufärbung, und der sanfte Wind trieb uns stetig flußaufwärts. In verschlafenen Seitenarmen und kleinen Buchten stakten Reiher im Wasser. Auf flachen, grünsaftigen Elbinseln hüteten Halbwüchsige Gänse, Schweine und Kühe. Kirchtürme gaben hinter den Bruchwäldchen aus Weiden und Erlen Kunde von Bauerndörfern. Dann und wann trafen wir Fischer auf armseligen Einbäumen, die in den Mündungen von Gräben, Bächen und Prielen mit Senknetzen ihren Fang machen wollten oder Reusen verlegten. Seltener kamen uns Schiffe mit dem Strom entgegen, die Getreide aus dem Brandenburger Land, Salz aus Lüneburg oder Bier aus Hamburg elbabwärts verschifften. Gegen Mittag überholten wir eine Snigge, die ebenfalls nach Hamburg unterwegs war. Sie war vollgeladen mit lebendem Geflügel, Schweinen und alten Weibern, die mit ihren Körben voller Obst und Gemüse an Deck hockten und mit den Gänsen um die Wette schnatterten. Wir liefen eine Weile längsseits, und der Schiffer erklärte uns, daß sie aus Dithmarschen kämen, die Nacht noch auf dem Schiff verbringen würden und am nächsten Morgen auf dem Markt ihre Waren feilbieten wollten.

Das Ufer der Elbe hatte sich verändert. Im Mittagsdunst sah man weiter südlich den Höhenzug von Harburg, der sich über das nasse Marsch- und fruchtbare Bauernland erhob. Im Norden hatte die Elbe sich direkt in den Geestrücken gefressen, das Falkensteiner Ufer und der Süllberg versperrten den Blick in das Land. Auf diesem flutsicheren Hang sah man Häuser und Hütten, und am Strand lagen Boote. Ich verfolgte den Stromverlauf auf der Karte, und sie zeigte mir, daß Hamburg nun bald in Sicht kommen mußte. Auf der Karte war bei Blankenese eine großflächige Untiefe und nur eine schmale Fahrrinne eingezeichnet. Wir mußten achtgeben, daß wir nicht von der Flut auf den schlickigen Wattboden gehoben wurden und dann beim Kippen der Tide nicht mehr herunterkämen. Zum Glück entdeckten wir die Fahrwassertonnen, die die Hamburger hier verankert hatten. Dann senkte sich schnell das hügelige Nordufer des Elbstroms, um dem Flüßchen Alster die Möglichkeit zu geben, sich mit dem Elbstrom zu vereinigen. Zur Elbe hin hatten die Hamburger einen Deich gegen Sturmfluten errichtet, zugleich ein Schutzwall zur Verteidigung der Stadt. Die Einfahrt zum innerstädtischen Hafen war durch Pfahlreihen geregelt; sie konnte durch schwimmende Barrieren, den sogenannten Baumwall, nachts verschlossen werden.

Der Stadt vorgelagert ruhte eine flache Grasinsel im Elbstrom.

Sie ertrug deichlos die unregelmäßig wiederkehrenden Überflutungen bei Herbst- und Frühjahrsstürmen, das Weiden des hamburgischen Viehs sowie die Versammlungen und Zusammenrottungen von Menschen vor einer großen Stadt. Hier wurde geduldet, was innerhalb der Stadtmauern verpönt war. Schon von weitem war es Ole Hilkens scharfen Augen nicht entgangen, daß sich eine bunte Menschenmenge auf der Grasbrook genannten Insel eingefunden hatte. Fliegende Händler boten in Körben allerlei feil, von der Kümmelstange über Kuchen bis zu Würsten und Pasteten. Als wir näher kamen, sahen wir die bekannten Hamburger Brauergesellen in Gruppen um die Bierfässer stehen, aus denen munter ausgeschenkt wurde. Worum es bei diesem Volksfest eigentlich ging, konnten wir uns jedoch nicht erklären. Da die Zufahrt zum Hafen verlegt war, der Baumwall geschlossen schien und Sniggen und Koggen in der Zufahrt vor Anker oder an Pfählen fest vertäut lagen, liefen wir auf die Inselspitze zu und ließen unseren Schiffsbug auf den Strand rutschen. Dann brachten wir einen Buganker aus, und ich sah mich nach Möglichkeiten zum Festmachen von Leinen um. Pfähle standen dort auf der Inselspitze genug, doch als wir genauer hinschauten, sahen wir Schädel von Enthaupteten dort angenagelt. Sie sollten allen Besuchern von Hamburg, die sich von der Elbseite näherten, verdeutlichen, daß der Rat der Stadt für Recht und Ordnung sorgte. Wir konnten nun nicht mehr von diesem grausigen Ankerplatz zu einem anderen wechseln, denn ehe wir unseren Kahn wieder vom Schlick herunterschieben konnten, hatte die einsetzende Ebbe unser Schiff bereits unverrückbar auf den Plattboden gesetzt.

Steffen und Ole bekreuzigten sich angesichts der Totenschädel, Steffen griff sogar an das Kreuz, das er an einem ledernen Riemen um den Hals trug. Meine beiden Gehilfen hielten das Geschehen für ein schlechtes Omen. Ich vertraute jedoch auf Gottes Güte und hoffte, daß die Seelen der Enthaupteten des Nachts nicht spuken würden, mußten wir doch aller Wahrscheinlichkeit nach an diesem Ort nächtigen und das Schiff bewachen.

Ein Bäckerbursche hatte uns anlegen sehen und kam, um uns Laugenstangen anzubieten. Ich kaufte ihm einige ab, und wir fragten ihn nach der Ursache für dieses Volksfest, denn man hörte das Gejohle der Menge. Pfeifer und Trommler spielten auf, und eine Tribüne war für die vornehmen Bürger und ihre Frauen errichtet.

»Wir feiern den Sieg des Rates von Hamburg und Lübeck über die Seeräuber. Im Mai dieses Jahres haben die Kriegsschiffe der Hansen mit über tausend Soldaten den dreisten Seeräubern eine Schlacht geliefert, um den freien Handel wieder zu ermöglichen und somit den Broterwerb für die Bürger der Hansestädte zu sichern. Es hatte in Hamburg schon eine Teuerung vieler Waren gegeben, weil die Piraten soviel Schaden angerichtet hatten. Wir armen Handwerkerlehrlinge bekamen dies immer wieder zu hören, wenn wir unsere Lehrherren um bessere Bedingungen baten. Die Herren mußten mehr Abgaben, die Pfundgelder, leisten, weil die Kriegsschiffe ausgerüstet werden sollten. Zum Glück hat ein reicher Kaufmann aus Utrecht, der sich hier in Hamburg niedergelassen hat, bei der Schiffsausrüstung geholfen. Und die Ratsherren Schocke und Nyenkerken haben den Kriegszug geleitet. Seit Anfang Juni wurden die Gefangenen verhört, weil der Rat wissen wollte, wo die Piratenschätze geblieben sind. Störtebeker hatte eine goldene Kette um die gesamte Stadtmauer versprochen, wenn man ihm und seinen Gesellen die Freiheit schenkte. Auch wollte er seine Piratenflotte in die Dienste der Hansen stellen, ihnen beim Kampf gegen die Dänen helfen, den Einfluß des Deutschritterordens in der Ostsee zurückdrängen und manch anderen Schwur tun, aber es hat ihm nichts genutzt. Tja, die Kaufleute und Reeder wollen eben ihr verlorenes Geld und Gut zurück und trauen ihm nicht. Denn es gab ja früher schon Verträge mit Vitaliern und ihren friesischen Schutzherren, doch die Piraten haben sich nie daran gehalten. Auch die Freibriefe gegen die Dänen wurden mißbraucht und wahllos alle Schiffe, auch hansische, geentert. Piraten kann man nicht trauen. Es wurden Beauftragte des Rates ausgeschickt, die nach den Schätzen suchen sollten, aber sie kamen mit leeren Händen zurück. Es war wohl nur ein Zeitschinden des Piratenanführers, wenn er sie losschickte. Und bevor er an der Folter stirbt, wollen die Ratsherren ihn jetzt mit seinen Spießgesellen richten. Außerdem murren die Bürger, weil das Bewachen der Gefangenen soviel Geld kostet und zu Sonderwachen der Stadtwache führt. Vielleicht hat man auch Angst, daß Unzufriedene aus Hamburg und den Dörfern der Umgebung ihn aus seinem Verlies befreien, denn es hat in den letzten Jahren Unruhen gegeben. Längst nicht alle Piraten sind vernichtet. Mir ist es auch eins, Piraten sind eben Verbrecher, und das Fest bringt uns Freibier. Hoffentlich werden die Zeiten besser. Es soll heute ein Schock der Piraten den Kopf verlieren, kommt mit, es wird nicht mehr lange dauern, dann kommt der Scharfrichter. Die besten Plätze sind aber schon vergeben.«

Der redselige Bäckerbursche wartete nicht auf eine Entgegnung, sondern zog zu einer anderen Gruppe von Ankömmlingen: Die Dithmarscher Bauersfrauen waren soeben mit ihrer Snigge am Grasbrook gelandet. Sie waren anscheinend ebenfalls erpicht, die Ursache der Menschenansammlung zu ergründen.

Ich bestimmte Steffen, beim Schiff zu bleiben, versprach ihm aber, frühzeitig zurück zu sein, damit auch er sich noch vor Einbruch der Dunkelheit etwas ergehen könnte. Dann strebten Ole und ich der Menschenmenge zu. Viel Volk hatte sich versammelt, Handlanger, Lehrlinge, Gesellen, Handwerker, Krämer, Mägde, Marktweiber und auch vornehmere Bürger, die an ihren Roben zu erkennen waren. Deutlich zu sehen war aber auch, daß die gutbewaffneten Büttel und Stadtwachen mit gespannter Miene das ganze Gelände beäugten. Es sollte natürlich keine Schlägereien geben und erst recht keine Befreiungsversuche durch Getreue der Piraten. Schnell erreichten wir das Gedränge und mischten uns unter das Volk, schoben und wurden geschoben, denn jeder versuchte, einen besseren Ausblick auf den Richtplatz zu erhaschen. Auf einer Tribüne hatten die Ratsherren in vollem Ornat Platz genommen und waren für jeden gut zu erkennen. Sie wirkten wie gierige Elstern in ihren schwarzen Gewändern mit den weißen Halskrausen, als würden sie auf Aas warten. In vorderster Reihe waren zwei Plätze freigehalten worden. Da stiegen zwei Ratsherren auf die Tribüne, und die Namen Hermann Nyenkerken und Nikolaus Schocke wurden von Mund zu Mund geraunt. Als der Kommandant der Stadtwache an ihnen vorbeischritt, zog er seinen federgeschmückten Hut und rief: »Ein Hoch auf die Sieger gegen die Seeräuber.« Dann trat ein jüngerer, vornehm gekleideter Mann an die beiden heran und lehnte sich jovial zu ihnen. Ein Ausrufer ließ seinen Namen erklingen: »Ein Hoch auch auf Simon von Utrecht.« Aber die Leute wollten nicht so recht einstimmen. Neben den Ratsherren hatten sich auch einige Mönche und Priester eingefunden, die sich dieses Ereignis irdischer Gerechtigkeit wohl nicht entgehen lassen wollten.

Die Stadtwache hatte mit Seilen den Richtplatz abgesperrt und eine Gasse freigehalten, auf der die Verurteilten zu der Hinrichtung geführt würden. Alles war so schnell gegangen, daß ich selbst keinen klaren Gedanken fassen konnte. Alle Menschen waren in dem Gedränge beschäftigt, einen guten Platz zu bekommen oder den ergatterten Raum zu verteidigen. Unruhig und mit erhitzten Gesichtern, voller Neugier und schauderndem Grauen warteten sie auf das, was da kommen würde. Ausrufer des Rates verkündeten die Namen, Verbrechen und Urteile, und dann kündeten Trommelwirbel aus der Richtung der Stadt vom Nahen der Gefangenen. Von Stadtsoldaten begleitet, wurden die Verurteilten durch die Gasse getrieben. Aus der dritten Reihe sah ich sie, und mir schlug das Herz weh in der Brust. Denn ich erkannte die zerlumpten Gestalten, die nach drei Monaten Gefangenschaft abgemagert, von den peinlichen Verhören gemartert und verdreckt ihren letzten Gang antraten. Vor drei Monaten noch war ich einer von ihnen gewesen. Erschreckend sahen diese hohlwangigen Gestalten aus, doch in der Menge um mich herum gab es kein Erbarmen für sie. Die Ausrufer schrien die Namen von hansischen Piratenopfern laut heraus, nannten die Namen durch Piraten versenkter Schiffe, reicherten die Geschichten mit Berichten von nun vaterlosen Kindern an und heizten so die Stimmung gegen die Likedeeler auf. So mancher Gaffer warf seinen eben von fliegenden Händlern erstandenen Imbiß voll Abscheu auf die Verurteilten, Äpfel, Brotkanten und auch aufgeklaubter Unrat regnete auf den Zug herab, traf aber auch die Begleitwachen, die daraufhin mit langen Gerten wütend auf die ersten Zuschauerreihen droschen.

Allen Schalmen voran wurde Störtebeker geführt. Er überragte alle an Größe, obwohl er den Kopf eingezogen hatte. Der alte Magister Wigbold hatte mir einst verraten, daß die Scharfrichter die Verurteilten vor der Hinrichtung erst hungern lassen und ihnen dann mit einer letzten, verführerischen Mahlzeit Drogen einflößen, die die Angst verfliegen lassen, die letzten Kräfte freisetzen und Glücksgefühle auslösen. Er selbst habe von diesen orientalischen Drogen genossen und die Wirkung an sich gespürt. Es hätte ihm geträumt, daß sich sein Geist von dem Körper zu lösen vermochte und er sich selbst von außen betrachtet habe, wie eine andere Person. Und so wirkten diese Gestalten auch, als gingen sie neben sich und spürten die Wurfgeschosse nicht, als hätten sie kräftige Muskeln anstatt magerer Glieder. Knut Wiedow, der Koch und Kellermeister, ging an mir vorbei, und fast hätte ich ihn nicht erkannt, so um die Hälfte in seiner Fülle geschrumpft. Er schaute mir voll ins Gesicht und ließ seinen Blick auf mir haften, ohne daß ich ein Erkennen in seinen Augen bemerkte. So zogen die Gefangenen an mir vorbei, und die Menge setzte sich wieder in Bewegung, denn jetzt wollte jeder am Richtplatz dem letzten Akt beiwohnen. Und auch ich wurde magisch angezogen, obwohl es mich heiß und kalt überlief und sich kalter Schweiß auf der Stirn und zwischen den Schulterblättern sammelte und mich schauderte. Ich wurde geknufft und teilte aus und drängte mich zwischen Weibern, Kindern und Alten nach vorne durch. Ich erreichte die Absperrung, während der Priester neben dem Hauklotz seine lateinischen Verse zitierte und Gottes Gnade für die Todeskandidaten erflehte. Dann ging der Name »Rosenberg« von Mund zu Mund, halb mit Bewunderung, halb mit Verachtung betont. Es war der Name des Scharfrichters. Dieser trat nun von hinten an Störtebeker heran. Die Verurteilten standen, nun auch an den Knien gefesselt, in einer Reihe, und die Gehilfen des Scharfrichters zwangen Störtebeker, sich niederzuhocken und den Kopf auf den Richtblock zu legen. Er ließ es geschehen, der große Anführer der Schalmen! Jetzt hatte er keine Visionen mehr und ergab sich betäubt in sein Schicksal. Rosenberg nahm für den Recken ein riesiges, schweres Richtbeil und schwang es mit Mühe hoch in die Luft.

Da, als es herabsauste, um den Piratenhals zu durchtrennen, gerade in diesem Moment bäumte sich Störtebeker auf, und knirschend grub sich das Beil in den Schädel, statt den Hals zu durchtrennen. Und nun folgte das grausigste Erlebnis meines Lebens. Nie werde ich es vergessen, und von vielen wird die Geschichte ausgeschmückt weitererzählt: Das Beil hatte den Schädel gespalten, die obere Hirnschale von hinten bis zur Nase und zum Oberkiefer abgetrennt. Mit dem tierischen Willen des restlichen Hirns und Rückenmarks bäumten sich Störtebekers einst so starke Muskeln auf, zerrissen die Handgelenkfesseln, und mit eigentümlichen, veitstanzähnlichen Zuckungen setzte sich Störtebekers Leib in Bewegung und kroch auf die früheren Gefährten zu. Wie geköpftes Geflügel beim Schlachten, wie ein ausgenommener Karpfen krampfte dort ein Menschenkörper auf dem sandigen Boden des Grasbrooks, und das Blut pulsierte im Rhythmus des Herzens aus den Adern der Schädelbasis. Ein Gehilfe des Scharfrichters trat dem Gerichteten mit dem Stiefel in die Seite, daß er zusammenbrach, setzte dann einen Spieß zwischen die Schulterblätter und bohrte das Eisen zwischen den Rippen zum Herzen vor. Dann war es vorbei, das Blut sprudelte nicht mehr, der Körper lag still. Totenstill war es in den ersten Reihen der Schaulustigen, nur von hinten hörte man das Raunen und Johlen der Menge, und Rosenberg griff nun, wie zur Wiedergutmachung, zum Schwert und schlug dem nächsten in der Reihe der Verurteilten das Haupt ab, noch bevor dieser sich richtig auf den Hauklotz gebettet hatte. Wie rasend wütete der Scharfrichter, und auch die Gehilfen wollten ihr blutiges Handwerk wohl schnell hinter sich bringen. Sie stießen die Gefesselten zu dem blutbesudelten Holz, schlugen mit Schlagstöcken in die Kniekehlen und rissen die Köpfe an den Haaren nach vorn, daß die Gesichter auf den Block krachten, und mit dumpfem Geräusch fiel der abgetrennte Schädel in den Dreck. Der Name dieses Enthaupteten wurde vom Ausrufer herausgeschrien: »Wigbold, genannt der Magister«, aber er war es nicht, da war ich sicher. Speichel lief mir im Mund zusammen, und das Herzpochen dröhnte in meinen Ohren, dann wurde mir schwarz vor Augen, und ich sackte zusammen.

Als ich wieder zu mir kam, lag ich abseits des Richtplatzes, wohin mich Ole Hilken geschleift hatte. Der Abendhimmel war rot gefärbt, und im Osten tauchte der Vollmond rotgolden und ungewöhnlich groß aus dem Dunst auf. Die Menge wurde nun von den Bütteln auseinandergetrieben, das Schauspiel war vorbei, und bevor die Stadttore geschlossen wurden, strebten die Schaulustigen den Brücken zu, die die Grasbrookinsel mit der Stadt verbanden. Die Leichen der Seeräuber wurden auf Wagen verladen, die Köpfe eingesammelt. Später einmal sollte ich erfahren, daß mit diesem letzten Dienst, dem Verscharren menschlicher Überreste, der Abdecker Knockere beauftragt war. Ein paar Schädel würden als abschreckendes Beispiel auf Pfähle genagelt vor den Toren zur Schau gestellt werden und den Krähen als Nahrung dienen, so, wie die Pfähle, in deren Nähe unser Schiff lagerte, ebenfalls mit diesem menschlichen Schmuck versehen waren. Noch etwas wackelig auf den Beinen begab ich mich mit Ole zu unserem Schiff zurück. Wir erzählten Steffen, was vorgefallen war. Ich gab an, noch nie einer Hinrichtung beigewohnt zu haben, und erklärte so meinen Zusammenbruch. In einem Kampf konnte man selten so genau Zeuge eines tödlichen Hiebes werden, war man doch selbst meist auf Abwehr oder Angriff aus und hatte keine Zeit, das Geschehen zu betrachten.

Ich kramte aus unseren Vorräten eine Flasche Kornbrannt hervor, und wir tranken zur Beruhigung davon. Dann kehrte der Hunger zurück, und wir aßen in der einbrechenden Dunkelheit Brot und Wurst. Danach teilte ich die Wachen ein, und wir zogen die Kurzschwerter und Beile hervor, denn es war unheimlich an diesem Ort, und bewaffnet fühlten wir uns besser. Wir kauerten uns um den Mast und hüllten uns in Decken ein, da es schlagartig kalt wurde. Die erste Wache übernahm ich. An diesem Abend dauerte es etwas länger, bevor ich das regelmäßige Atmen zweier Schläfer vernehmen konnte. Ich betete wieder zu Gott und dankte ihm erneut, daß er mir die Flucht aus der Seeschlacht ermöglicht hatte. Wie leicht hätte ich unter diesen Verurteilten sein können! Dann mußte ich an Magister Wigbold denken. Warum war sein Name genannt worden, als einer der Schalmen enthauptet wurde? Er war es gewiß nicht gewesen, und auch unter den anderen, die an mir vorbeigetrieben worden waren, hatte sich die bucklige Gestalt des Magisters nicht befunden. Hatte er sich retten können, oder war er schon in der Seeschlacht niedergemetzelt worden? Aber dann wäre er sicher nicht ausgerufen worden. Vielleicht würde die Zukunft mir Auskunft geben. Möglicherweise wollten die hansischen Sieger sich selber einreden, daß sie die Gefahr gebannt hätten. Wenn der Magister noch am Leben wäre, dann würde auch er versuchen, mit Hilfe versteckter Schätze neue Pläne zu verwirklichen. Ich kannte seinen Traum von neuem Land hinter dem Ozean. Ich konnte nur hoffen, daß es mir gelingen würde, fest in einer Stadt Fuß zu fassen und daß mich nie ein Likedeeler wiedererkennen würde; denn mit ihnen bekannt zu sein, war gefährlich, so wie der Volksmund sagt: »Mitgefangen, mitgehangen.«

Mit dem ersten Morgenlicht begannen die Bauersfrauen und Mägde, ihre Körbe und Packtaschen aufzuklaren; der Schiffer hatte Karren mitgebracht und zur Verfügung gestellt. Viele Körbe mit den letzten Pflaumen und den ersten Äpfeln, mit roten und schwarzen Wurzeln, mit Kräutern und Salat wurden nun in Richtung des Marktplatzes abtransportiert. Die Jungschweine quiekten, und die Hühner gackerten aufgeregt. Während Steffen die Morgenmahlzeit zubereitete, schlenderte ich zu dem Dithmarscher Schiffer hinüber und fragte ihn, warum er nicht in den Hafen einfuhr. Er antwortete, daß die Weiber die Hafengelder nicht zahlen wollten und lieber den mühseligen Weg über das Schaltor zu dem kleinen Markt bei der Kirche Sankt Katharinen gehen wollten. Zeit lasse sich ohnehin nicht einsparen, da die Einfahrt zum innerstädtischen Hafen fast immer verstopft sei. Es müsse gestakt oder gerudert werden, und häufig gebe es Streit mit den hamburgischen Kahnführern, wo man fahren und wo man festmachen dürfe. Und wenn man ungünstig liege, dann könne das Schiff gar nicht entladen werden. So sei es schon besser, hier am Ufer des Grasbrooks trockenzufallen. Seine Snigge sei keine Kogge und gut geeignet für das Auf-das-Ufer-Rutschen. Jedes Jahr würde er diese Fahrten nach Hamburg machen, weil einige reiche Bauern bei Meldorf Anteile an seinem Schiff besäßen und so ihre Waren absetzen und gleichzeitig Kramwaren in der Stadt einkaufen wollten. Die alten Bauersfrauen seien gerade recht für diesen Handel. Als der Schiffer anfing, mich nach meinem Vorhaben auszufragen, wich ich aus und sagte, ich wolle mich in der Stadt nach günstigen Gelegenheiten umsehen, sei aber noch nie in Hamburg gewesen.

Nach dem Essen machte ich mich auf den Weg. Ole und Steffen hatte ich meine Absichten erklärt: Ich wollte mich über Handelsmöglichkeiten mit Hamburg erkundigen und vielleicht Getreide und Bier einkaufen. In den Hafen einzulaufen würde sich erst lohnen, wenn Geschäfte in Aussicht stünden. Bis dahin würden wir an diesem Platz bleiben.

Wir waren an der südlichsten Spitze des Grasbrooks gelandet.

Diese Insel teilte den Norderelbstrom in einen breiten, südlich der Insel Grasbrook gelegenen Flußlauf, und einen schmalen, nördlich gelegenen Arm. Dieser Arm war gleichzeitig eine Art Stadtgraben, denn auf dem anderen Ufer stand die Hamburger Stadtmauer. Sie hatte einen Deich zum Fundament, darüber Steinquader und schließlich eine aus Fachwerk, Ziegeln und Holz gebaute Schanzmauer, die mit Schießscharten, kleinen Wehrtürmen und Wehrgängen versehen war.

Ich ging am nördlichen Ufer des Grasbrooks auf das Schaltor zu und sah wieder die mit Stangen und Balken bezeichnete Fahrrinne, die sich hier erweiterte, weil die Alster an dieser Stelle in die Elbe mündete. Ich konnte die berühmte »Hohe Brücke« erkennen, unter der der Verkehr zum innerstädtischen Hafen hindurchging. Kleine Schiffe konnten hier trotz ihrer Masten verkehren, die größeren Koggen und neuartigen Holke mußten zum Passieren jedoch die Masten umlegen. Ich hatte mir sagen lassen, daß die Alster im Norden der Stadt zu einem großen See aufgestaut sei. Dieser See würde durch die Stadtgräben an der Stadtmauer entlang entwässert und gleichzeitig auch die Fleete speisen. Die Fleete seien Kanäle und Hafenbecken, an deren Ufer Speicherhäuser stünden.

Viel konnte ich aus meinem Blickwinkel nicht erkennen. Hinter der Mauer lagen viele Dächer, Giebel an Giebel, aber wie hoch die Häuser gebaut waren, konnte ich noch nicht einschätzen. Die meisten Dächer waren mit Reet gedeckt, doch etliche auch mit feuersicheren Ziegeln. Dann erreichte ich die bucklige Holzbrücke, die den Grasbrook mit der Stadt verband und im Schaltor endete. Im schlickigen Ufersand sah ich Kinder nach Muscheln und Krebsen suchen. Mir kamen Burschen entgegen, die drei oder vier armselige Schweine hüteten, aber auch Hüter mit Kühen, Ziegen, Gänsen und Enten in größerer Anzahl.

Die Stadtwache musterte mich und ließ mich ohne Torgeld passieren, da ich offensichtlich nichts zu Markte tragen wollte. Die Hansestadt Hamburg hatte gerade angelegte, aber ungepflasterte Straßen, an denen sich die Häuserzeilen entlangzogen. Durch Torbögen und Laubengänge konnte ich in die Hinterhöfe und Gärten sehen. Dort befanden sich niedrige Buden, Werkstätten und Behausungen für Arme. Die Gärten waren durch schmale

Gänge und Wege wieder untereinander verwirrend verbunden. Ich ging auf eine stattliche Kirche zu, überquerte ein Fleet über eine schmale Brücke und erreichte dann einen gepflasterten Marktplatz bei der Kirche; es war Sankt Katharinen, und hier erkannte ich auch die Dithmarscher Bäuerinnen wieder, die sich mit ihren Körben auf dem Platz postiert hatten und schon in Verkaufsgespräche mit den hamburgischen Weibern vertieft waren. Nach den gestrigen schrecklichen Erlebnissen bei der Hinrichtung war es mir ein Bedürfnis, in dieser Kirche Gott zu danken, daß er mich leben ließ. Ich trat ein und ging zum Altar vor. Es befanden sich nur wenige Gläubige in der Kirche, kein Priester war zu sehen. Ich ging langsam in die Nähe des Altars, kniete dort auf dem kalten Steinboden nieder und sprach ein kurzes Gebet, so, wie ich es noch aus der Lateinschule erinnerte.

Als ich die Kirche wieder verlassen wollte, erkannte ich im Halbdunkel neben dem Kirchtor einen Mann, der Kerzen und Talglichter verkaufte. Es war der Küster, und ich erzählte ihm, daß ich aus dem fernen Tönning hierher gereist sei, weil ich ein Gelübde abgelegt hätte, damit meine Schwester geheilt würde. Das Gelübde sei, vom Turm Sankt Katharinen Kupfermünzen zu werfen und der Kirche eine Spende zu überreichen, da meine Schwester Katharine heiße und hier auf dem Markt als junge Magd einmal Grünwaren aus dem Tönninger Land verkauft habe. So sprach ich, gab dem Küster eine Spende aus Silbergeld und fragte, ob er mir den Weg zum Turm zeigen könne. Der gute Mann war überrascht, steckte das Geld dann aber in seine Tasche und geleitete mich zur Turmtreppe. Er murmelte, daß es eigentlich verboten sei, Fremden den Ausblick über die Stadt zu ermöglichen, aber er fügte sich in sein Schicksal, mit den Silberlingen in der Tasche klimpernd. So konnte ich einen Blick über die Stadt wagen, wenn ich nach allen Seiten ein paar Kupfermünzen auswarf.

Beim Aufstieg erzählte ich weiter, daß ich gerne Hamburg mit Tönning vertauschen würde, um hier mein Glück zu suchen. Ich bat ihn, mir etwas über Hamburg zu erzählen, da ich hier niemanden kenne, und fragte weiter, ob er mich gegen ein Entgelt durch die Stadt führen würde. Der Mann witterte ein gutes Geschäft, und als Küster war er beredt genug, mußte er doch häufig mit vielen Gläubigen und auch Pilgern verhandeln, ihnen Wege weisen und Hilfe stellen. Ich gab ihm sogleich das, was er forderte, und er begann, aus seinem für Pilger und Auswärtige zurechtgelegten Geschichtenschatz zu erzählen. »Herr, Ihr müßt wissen, Hamburg liegt an drei Meeren«, hub er an, machte eine bedeutungsvolle Pause, musterte mich von der Seite und wartete, ob ich verblüfft und neugierig genug erschien. Ich tat ihm den Gefallen und bat um die Erklärung.

»Das weite atlantische Meer beginnt an der Elbmündung, des Nachts an Festtagen kann man von hier oben ein Lichtermeer aus den Häusern scheinen sehen, bei dem häufigen Flußnebel sieht man aber gar nichts mehr.« Ich lächelte pflichtschuldigst, um diesen Küster nicht zu verstimmen, wünschte mir aber insgeheim, daß er mich mit seinen Scherzen verschone. Auf meine Fragen erklärte er mir das Stadtbild von hier oben. Vier Kirchspiele gebe es in Hamburg: Sankt Nikolai im Westen, Sankt Petri im Norden, Sankt Jacobi im Nordosten, und auf Sankt Katharinen stünden wir in diesem Augenblick. So seien auch die Bürger nach Kirchspielen aufgeteilt und träfen sich bei gegebenen Anlässen in ihren Kirchen. Nach den Kirchtürmen zeigte er mir weitere Türme: Nördlich von Sankt Nikolai lag das ehemals vom schauenburgischen Grafen gestiftete Kloster Sankt Maria Magdalena, nicht weit davon weiter nach Norden das Dominikanerkloster Sankt Johannis, und in gleicher Richtung liege auch das Rathaus gleich neben der Trostbrücke am Nikolaifleet. Dort in der Nähe, am großen Burstah, befinde sich das Heiligen-Geist-Hospital für Arme und Kranke. Sankt Petri erhebe sich aus der Alsterniederung nebenan auf dem Hügel, weshalb die Gegend Berg genannt werde. Gleich neben Sankt Petri erkenne man den stolzen Dom, schließlich sei Hamburg ein Erzbistum, von dem aus die Missionierung des ganzen Nordens erfolgt sei, und der selige Bischof Ansgar hätte es gern zu einem Rom des Nordens gemacht. Das Domkapitel nahm einen gehörigen Platz ein, und schöne Backsteinhäuser dienten den kirchlichen Herren für ihre Zwecke, zur Bewirtschaftung, Verwaltung, Missionierung und Repräsentation. Dann zeigte der Küster auf ein Gebäude gegenüber von Sankt Jacobi; dies sei der Beginenkonvent, wo die »blauen Süstern« sich um die Waisen und Siechen kümmerten. Mit einem Zwinkern fügte er hinzu, daß diese weisen Frauen sich auf jede Heilkunst verstünden, einigen seien auch alte Gebräuche und magische Zeremonien bekannt. Jedenfalls verstünden sie sich auf das Leben, denn sie hätten den schönsten Apfelgarten der Stadt und würden den süßesten Most bereiten. Er habe gute Beziehungen zu den blauen Süstern, schließlich sei er als Küster von Sankt Katharinen kein Unbekannter unter den Kirchenleuten. Außerdem habe er eine leibliche Schwester im Kloster untergebracht. Eine der Schwestern habe ihm schon einmal eine Warze vom Kinn »weggehext«, hätte er wohl fast gesagt, entschied sich aber dann doch, »weggebetet« zu sagen. Weitere geistliche Frauen lebten in einem Kloster außerhalb der Stadtmauern, in dem Dorf Harvestehude, und er wies nordwestlich über den aufgestauten Mühlensee der Alster, aber es ließ sich zwischen den Bäumen und Büschen in dieser Richtung nichts ausmachen. Im Osten der Stadt außerhalb der Stadtmauer, hinter dem Spitalertor gelegen, befinde sich das Hospital Sankt Georg, wo sich Mönche um die Aussätzigen und früher um Pestkranke kümmerten. Es herrschten auch in Hamburg vorwiegend Westwinde, und der Rat hoffte, daß der Pesthauch so nicht in die Stadt wehen würde. Rund um die Stadtmauern habe der Rat die angrenzenden Dörfer verlegt und den Hausbau verboten, da man für die neuesten Schußwaffen ein freies Feld zur Verteidigung benötige. In der Umgebung der Stadt sei dem Rat genügend Land von dem Grafen verpfändet oder verkauft worden; zusammen mit den annähernd zwei Dutzend Dörfern des Domkapitels und der Klöster seien es wohl hundert Dörfer in Stormarn und um Hamburg herum. Stolz fügte der Küster hinzu, daß wir noch einen Turm Hamburgs von hier nicht erkennen könnten: Neuwerk, eine wichtige Festung. Ja, dieser Küster war ein stolzer Bürger Hamburgs.

Dann stiegen wir langsam und vorsichtig die feuchten und krummen Stufen des Turms wieder hinab, weil wir noch einen Gang durch die Stadt vereinbart hatten. Während wir so hinunterstiegen, fragte ich: »Stadtluft macht frei, sagt man. Wie gefällt euch die Freiheit, und wie frei ist man in Hamburg, gibt es einen gerechten Rat?«

»Tja, das ist so eine Sache mit der Freiheit«, wich der Küster aus, »ich selbst habe keinen Bürgerbrief, denn dann muß man auch das Bürgergeld zahlen. Auch habe ich als Küster keinen eigenen Grundbesitz, ich wohne mit meiner Familie auf kirchlichem Grund und habe mein Auskommen. Die Kirche beschützt mich, da ich viele geistliche Männer kenne und für sie arbeite. Wer sich nach den Gesetzen der Kirche und des Rates wohlverhält, der kann gut leben in dieser Stadt. Aber es ist schon wichtig, daß man in einer Gemeinschaft lebt und diejenigen kennt, die Einfluß haben.«

»Was heißt denn das, kann nicht jeder hier sein Recht einfordern?«

»Doch, doch, das kann jeder versuchen. Nur bedenkt, es gibt das Recht des Rates und das Recht der Kirche, und wenn es ganz verzwickt ist, dann streiten sich Rat und Kirchenleute um die Zuständigkeit. Gewiß, dies ist selten. Vielleicht sage ich Euch zuerst, wie der Rat regiert. Er besteht aus dreißig Ratsherren, die auf Lebenszeit gewählt werden. Der Rat ergänzt sich selbst, das heißt, wenn ein Ratsherr stirbt, dann wählt der Rat einen neuen Mann aus dem Kreise der Bürger, und zwar jeden Petritag, also immer am 22. Februar. Ratsherr zu sein ist ein Ehrenamt, und nicht jeder kann es sich leisten, die Arbeit zu tun, die damit verbunden ist. Es gibt viel zu planen, die Steuern zu berechnen, die Gesetze und alten Regeln zu prüfen, als Kämmerer das Stadtgeld zu verwalten, die Stadtwache zu befehlen, die Schiffahrtswege sicherer zu machen und vieles mehr. Es sind nur die klügsten Köpfe im Rat, und wohlhabend sind sie allemal. Meist sind es reiche Kaufleute, viele seit Generationen mit großem Grundbesitz. Der Rat wählt sich zwei Bürgermeister, die den Rat führen und vertreten.«

»Ja, und die anderen Einwohner der Stadt, wenn sie etwas wünschen, muß der Rat nach der Mehrheit entscheiden?« wollte ich wissen.

»Ihr stellt kluge Fragen«, entgegnete der Küster, »aber ich kann Euch nicht alles beantworten. Seht, ich bin ein einfacher Mann. Ich kann gerade etwas lesen, aber in die Bücher des Rates habe ich noch nie schauen dürfen, ich weiß nicht, ob der Rat etwas tun *muß*. Ich kann nur sagen, daß es mindestens zweimal im Jahr die Bursprake, wie wir sie nennen, gibt. Auf dieser Bürgerbesprechung teilt der Rat seine Entschlüsse mit, die er nach reiflicher Überlegung und häufig auch nach Beratung mit den Amtsmeistern gefaßt hat. Die Amtsmeister oder Gilden- und Innungsführer wissen schon, wie die Mitglieder ihrer Ämter denken, und so werden die Beschlüsse meist einvernehmlich vorbereitet. Auf den Burspraken hört dann der Rat an dem Murren, wie die Stadtbewohner denken, denn dorthin kommen alle, nicht nur diejenigen, die einen Bürgerbrief besitzen und das Bürgergeld bezahlen. Jedes Amt kommt geschlossen, und die Handlanger und Tagelöhner versammeln sich nach Kirchspielen. Aber jetzt, nachdem Ihr mich fragt, geht es mir auf, ich könnte nicht sagen, wie man verhindern sollte, daß Fremde sich unter die Teilnehmer der Bursprake mischen. Nur gut, daß es Tumult auf Burspraken nur selten gibt. Ich weiß aber, daß es vor fünfundzwanzig Jahren einen Tumult gab, und daß es nach Verhandlungen zwischen Rat und Amtsmeistern zu einer Bursprak kam, auf der alle Teilnehmer einen Treueeid auf die Stadt schwören mußten. Ich weiß nicht, was mit denen geschehen ist, die sich geweigert haben. Vielleicht hat sie die Stadtwache festgenommen.«

»Sagt mir jetzt noch, wie das Recht gesprochen wird«, fragte ich ihn neugierig.

»Das Recht wird öffentlich gesprochen. Der Rat hat dem Grafen das Recht auf das Nieder- und Obergericht abgekauft. An bestimmten Markttagen treffen sich die Streitparteien am Berg, also bei der Petrikirche, und der Gerichtsvogt und ein Schreiber verlesen die Streitpunkte. Entscheiden tut dann der Umstand, also diejenigen, die dabeistehen, und das sind immer viele, zusammen mit dem Vogt. Wenn aber jemand mit diesem Richterspruch nicht einverstanden ist und wenn es schwere Verbrechen sind, dann beschäftigt sich der Rat als Obergericht mit den Vorgängen und entscheidet.«

»Und wie wäre es, wenn ich mit einem Ratsherren Streitigkeiten hätte?«

Der Küster lachte: »Das wäre vermutlich nicht einfach für Euch, woher wollt Ihr alle Absätze des Gesetzesbuches des Hamburger Rates kennen? Der Stadtnotar wird wohl eher zum Ratsherren halten, wenn es nicht gerade ein unbeliebtes Mitglied des Rates ist. Seid lieber so weise und streitet Euch nicht mit Ratsherren.«

Mein Wissensdurst war eigentlich noch nicht gestillt, aber ich wollte den Küster nicht weiter bedrängen. Wir waren außerdem unten angekommen und suchten den Weg ins Freie. Klar war mir jedoch geworden, daß es auch hier in Hamburg darauf ankam, gute Beziehungen zu haben, in eine Gemeinschaft aufgenommen zu werden und Leute seinesgleichen zu kennen. Ich war erstaunt über die Größe Hamburgs, wenn es stimmte, daß so viel Land im Umkreis der Stadt dazugehörte. Sicherer war es gewiß innerhalb der Stadtmauern. Wie leicht konnte ein Kriegsherr darauf kommen, ein Dorf zu überfallen und ungesühnt zu plündern, wie leicht konnten Räuber ein Gehöft überfallen, und wie schwer war es für einen abhängigen Bauern, etwas von seinem Grundherrn zu fordern! Die Befestigungen Hamburgs schienen gut, die Stadtwache war sichtbar und sorgte auch dafür, daß die Gesetze der Stadt eingehalten wurden.

»Wohin wollen wir bei unserem Rundgang zuerst gehen? Womit verdient Ihr Euren Lebensunterhalt? Soll ich Euch zu derartigen Arbeitsplätzen führen?«

»Nun, ich habe meinen Namen noch nicht gesagt, ich heiße Hannes Maiboom und bin Schiffer aus der Nähe von Tönning. Ich fahre die Fracht von Kaufleuten und versuche mich selbst im Handel. Doch suche ich einen Platz, wo ich seßhaft werden kann, denn ich habe noch keine Familie und besitze nichts außer meinem Schiff und meinem Leben.«

»Gut, Schiffer Maiboom, dann zeige ich Euch die Schiffslände und Vorsetzen, den Kran, die Waage und alles, was ein Kaufmann sehen möchte. Und wenn Ihr noch keine Familie habt, dann kann ich Euch zum Schluß unseres Rundgangs auch die schönsten Hamburger Mädchen zeigen ...«, meinte der Küster wieder augenzwinkernd und ein wenig aufschneiderisch, denn er sah nicht so aus, als würde er großen Eindruck auf schöne Frauenzimmer machen.

16. Hamburger Bier

Als wir aus der dunklen Kirche in das helle Sonnenlicht traten, das den Vorplatz beschien, dauerte es ein Weilchen, bis wir aufhörten zu blinzeln und uns wieder an die Helligkeit gewöhnt hatten. Die Bäuerinnen und andere Marktfrauen standen bei ihren Körben mit Fisch, Gemüse, Eiern und Brot und boten ihre Waren an. »Schiffer, die Sankt Katharinen Kirche ist nicht die größte in Hamburg, sie ist auch noch immer nicht fertiggebaut, aber sie wird bestimmt die schönste. Sie liegt auf der schönsten Hamburger Insel, umflossen von Alster-, Elb- und Billewasser«, sprach der Küster, wies mit beiden Armen von sich und drehte sich um sich selbst.

»He lücht«, raunte eine Alte trocken, die nahe bei uns stand und Brot und Backwaren feilbot. Er lachte zur Antwort und zog mich über den gepflasterten Platz vor der Kirche.

»Laßt uns über die Steckelhörnfleetbrücke auf die Cremoninsel überwechseln. Hier, diese kleinen Fleete entwässern den feuchten Grund, der Aushub bildet zugleich den Deich gegen die Fluten und den Stadtwall gegen die Feinde Hamburgs.«

Kaum hatten wir die nördlich des Platzes gelegene Gasse mit dem Namen Grimm erreicht, konnten wir über die schmale hölzerne Brücke die Cremoninsel erreichen. Nach rechts ging es durch das Steckelhörn Richtung Elbe und Grasbrook, doch wir beschritten die Katharinenstraße nach links, und mein Führer wies mich darauf hin, wie praktisch die Grundstücke bebaut waren: Nordwärts lag eine Häuserreihe und direkt dahinter das Nikolaifleet. Die Häuser standen fast auf dem Deich oder waren über den Deich hinweggebaut und hatten dadurch zum Fleet hin Landungsstege und Anlegestellen. Die Giebel neigten sich über das Wasser, und so war es möglich, die Schiffe des Nikolaifleetes mit Flaschenzügen und Winden direkt in die Speicher der Häuser zu entladen. Das Nikolaifleet war breit. Durch Gänge zwischen den Giebelhäusern konnten wir von der Straße aus den regen Boots- und Schiffsverkehr beobachten. Die meisten Häuser waren aus Fachwerk erbaut, aber nur die Straßenfront wies Ziegelwerk zwischen den Balken auf. Einem hohen Erdgeschoß mit einer großen Diele folgten noch zwei niedrigere Geschosse sowie die Dachbodenspeicher. Wir erreichten ein riesiges Haus, das zwei Grundstücke vollständig von der Straßenfront bis zum Fleet hin bedeckte. »Diese großen und besonderen Häuser nennen wir Brauerben; dieses hier wird von einer großen Brauerfamilie betrieben, sie brauchen den Platz. Ihr wißt, Schiffer, Hamburger Bier wird in der Welt gern getrunken. Ich verstehe selbst nicht, warum es in anderen Gegenden nicht möglich sein soll, schmackhaftes Bier zu brauen, aber vielleicht birgt das Alsterwasser ein Geheimnis. Die Hauptsache ist aber, daß es der Stadt Hamburg und ihren Kaufleuten gelingt, dieses Bier zu verkaufen. Der Rat hat klug entschieden, daß Bier für den Handel nur noch direkt an den Fleeten gebraut werden darf. Früher gab es auch Brauer am Berg bei Sankt Petri oder im Sankt Jacobi Kirchspiel. Mit Zubern und Fässern wurde das Wasser zum Brauen dorthin gekarrt, da gab es natürlich auch fauliges Wasser in den Gefäßen. Jetzt wird stets frisches Wasser zum Brauen genommen. Und die Faßtransporte stören den Verkehr in Gassen und Straßen nicht; denn das Bier für Holland, Bergen und England kann gleich auf die Kähne und Koggen geladen werden.« Wir zogen noch an einigen Brauerben vorbei an diesem Tag, und die Brauhefe roch streng aus den Toren und Fenstern. Gegenüber der Häuserzeile am Deich befanden sich einige unbebaute Gartengrundstücke. Viele Schweine lagen dort träge in der Sonne. »Seitdem das Brauwesen gedeiht, wachsen die Schweine besser, denn sie werden mit den Brauabfällen gefüttert. Seht, das bekommt ihnen gut.«

Die sandige Straße, auf der nur wenige Trittsteine und Balken verlegt waren, damit man bei Regenwetter nicht in Schlamm und Schweinemist versank, wendete sich nun wieder der Elbe zu, denn sie verlief parallel zum Nikolaifleet, das unter der Hohen Brücke in die Elbe mündete. Wir gelangten so auch zur Stadtmauer. Hier durfte sie, bewacht von der Stadtwache, von jedermann betreten werden, der einen Blick auf die Elbe werfen wollte. Vor der Hohen Brücke lagen viele Schiffe mit großem Tiefgang und hohen Masten vor Anker oder vertäut, und hier hatte man ebenfalls Vorsetzen errichtet, Pfahlbauten, die sich an den Deich und die Stadtmauer anlehnten und das Entladen der Schiffe ermöglichten. An dieser Stelle standen auch ein paar kleinere Kräne, die mit den üblichen Trettrommeln von Tretknechten bedient wurden, sowie die klug ersonnenen Wippen, bei denen man je nach Gewicht der Last auf der anderen Seite des Gegengewicht verändern muß, um mit wenig Kraftaufwand große Lasten aus den Schiffen auf die Vorsetzen entladen zu können. Fuhrwerke standen bereit, um die Güter über die Straßen und Gassen in der Stadt zu verteilen. Kähne und Leichter warteten, um die Fracht über die Fleete und Kanäle zu befördern. Das gefiel mir besser als in Stade. Hamburg war beweglicher und nicht ganz so eng, der Hafen war größer, und die Fleete ließen sich vielleicht sogar erweitern.

Die Hohe Brücke hatte mächtige Türme als Brückenpfeiler, und für die Stadtwache waren darin Quartiere eingerichtet. Auch der Kranwärter war in einem der Türme untergebracht. So war eine treffliche Aufsicht des Rates über den Warenverkehr gegeben, denn wer den Kran benutzte, dessen Waren konnten so auch gleich gewogen und geschätzt werden.

Wir setzten unseren Weg über den hölzernen Brückenkörper fort. Mein Küster grüßte den Hauptmann der Stadtwache im Vorübergehen und erklärte mir dann: »Nun gelangen wir in das Kirchspiel Sankt Nikolai, in den ehemals gräflichen Teil der Stadt. Der schauenburgische Graf hat diesen Teil Hamburgs begründet, die ersten Deiche bauen, den tiefen, feuchten Grund aufschütten und die Stadt befestigen lassen. Jetzt laßt uns nach rechts in die Deichstraße abbiegen. Sie führt zum Hopfenmarkt und zur Sankt Nikolai Kirche. Alle deichseitigen Häuser haben an der Wasserfront wieder Vorsetzen, Stege und Flaschenzüge, um Schiffe direkt entladen zu können. Zwischen den Grundstücken sind nur noch kleine Wege und Gänge zum Fleet offen. Wer hier ein Grundstück besitzt, der nennt einen großen Wert sein eigen, denn das Nikolaifleet ist der Hamburger Hafen. Aber laßt uns an der Stadtmauer weitergehen. Die Straße, die jetzt neben der Stadtmauer entlangführt, nennen wir Kajen.«

Hinter der Stadtmauer lag das Elbufer, und dort waren viele Pfähle in den Flußboden gerammt, einerseits, damit große und kleine Schiffe dort festmachen konnten, andererseits, damit eine feindliche Flotte sich nicht unbeschränkt bewegen konnte. Wir schritten zügig weiter und überquerten noch ein kleineres Fleet, das mehr der Entwässerung als dem Warentransport zu dienen schien. Schließlich erreichten wir das Rödingsmarktfleet. Zu beiden Seiten dieses Fleetes waren Deiche oder Dämme gezogen, auf denen kleine Hebekräne und Wippen standen. Die Deichkronen bildeten breite Straßen. In dieses Fleet fuhren die Leichter, Kähne und Schuten ein, die die größeren Schiffe auf der Elbe entladen hatten. Auf den Dämmen warteten schon Träger und Fuhrleute, die die Waren dann in der Stadt verteilten. Dadurch, daß hier also keine Häuser direkt an das Fleet grenzten, sondern eine breitere Ladezone geschaffen war, öffnete sich die städtische Bebauung zu einer Art Markt und daher auch die Bezeichnung Rödingsmarktfleet. Ich ahnte damals noch nicht, daß ich hier einmal wohnen würde.

Wir bogen aber immer noch nicht ab, sondern gingen auf dem Kajen weiter, bis wir an das Schaartor gelangten. Dies war das westlichste Tor. Hinter dem Tor führte die Straße weiter an der Elbe entlang zum Elbuferhöhenweg, einem alten Weg auf der nördlichen Seite des breiten Stroms, den schon viele Menschen früherer Zeiten beschritten und befahren hatten, da die Elbe bis Lauenburg keine Furt bietet.

Hinter dem Tor lag eine Klappbrücke, denn an dieser Stelle mündet ein weiteres Alsterfleet in die Elbe. Das Alsterfleet bildet so gleichzeitig einen Wallgraben, der von der Stadtmauer gut mit modernen Schußwaffen zu bewachen ist. Dahinter steigt der Boden wieder an, aber bebaut werden darf der Hügel nicht, damit die Stadt hier gut verteidigt werden kann. Vom Schaartor wendet sich die Stadtmauer also am Alsterfleet entlang Richtung Norden, genau wie die Straße Herrlichkeit, die am Millerntor endet. Diese beschritten wir nun auf das Millerntor zu. Dort mündet auch die Straße Großer Burstah.

Wir bogen jedoch nicht in den Großen Burstah ab, sondern gingen vom Millerntor über eine schmale Holzbrücke über die Alster auf den »Alten Wall«, der inmitten einer sumpfigen Alsterinsel aufgeworfen war. Richtung Norden liegen die sogenannten Großen Bleichen, das sind nasse Wiesen, auf denen Leinwand gebleicht wird. Leinwand neben Leinwand ist dort ausgebreitet und leuchtet strahlend in der Sonne, als wenn es ein Kunstwerk geben solle, denn so viel Weiß nebeneinander auf dem satten Grün der Wiesen gibt es sonst nicht oft zu sehen. Blickt man nun weiter nach Norden, sieht man den Reesendamm, der den Alstersee aufstaut. »Am Reesendamm liegt die Obermühle. Dort legen auch die Alsterschiffer an. Weitere Mühlen besitzt Hamburg in Fuhlsbüttel am oberen Alsterlauf und an einem Nebenflüßchen der Alster, der Eilbek, die zum Mühlenteich aufgestaut ist. Die Mühle dort wird Kuhmühle genannt«, erklärte mir der Küster stolz. »Wir brauchen die vielen Mühlen, denn in Hamburg gibt es viele Mäuler zu stopfen, Hamburg wächst.«

Der Reesendamm war ebenfalls so befestigt, daß die Stadtwache ihn verteidigen konnte. An seinem äußersten Ende befand sich ein Festungsturm, der Berchfrede genannt wurde. »Würden wir auf dem alten Wall weitergehen, dann erreichten wir das Klostergelände. Aber ich habe jetzt Hunger und Durst«, meinte der Küster, »laßt uns umkehren und über den Großen Burstah zur Bohnenstraße laufen. Da kenne ich eine gute Schenke, die auch immer eine schmackhafte Mittagsmahlzeit anbietet.« Und das taten wir auch.

Der Küster wies mich darauf hin, daß wir noch immer im Kirchspiel Sankt Nikolai seien. Zwei Stunden mochten wir vielleicht schon gegangen sein, und ich hatte viele Häuser gesehen. Etliche waren stattlich und mehrstöckig, viele waren alt, und ebenso viele wurden umgebaut, vergrößert oder erneuert. Schließlich erreichten wir die Bohnenstraße, der wir bis zur Einmündung am Kirchhof Sankt Nikolai folgten. »Das ist Sankt Nikolai, dort ist die Trostbrücke, die zum Kirchspiel Sankt Petri über die Alster führt, und dort auf der anderen Seite der Trostbrücke liegt das Rathaus. Doch jetzt gehen wir erst zu Borchers, das ist der Wirt, von dem ich sprach.«

An der Straßenecke, günstig gelegen, befand sich die Gastwirtschaft. Ein paar Stufen hinab ging es in den Gastraum. Es saßen nicht sehr viele Gäste an den langen Tischen und Bänken. Wir setzten uns nach dem langen Marsch in die Nähe des Schanktisches, der mit vielen Humpen zugestellt war. Durch einen Torbogen konnte man in einen zweiten Raum, die Küche, sehen. Ein Küchenjunge und eine Köchin machten sich zu schaffen, über dem Feuer hing ein großer Kessel, und ein verführerischer Duft stieg uns in die Nase.

»Na, Borchers, wie geht das Geschäft? Läuft das Bier, wird

kräftig gegessen?« fragte der Küster den Wirt, als der unsere Bestellung entgegennehmen wollte.

»Ich kann nicht klagen, gestern war's erst schlecht, weil alle Welt auf den Grasbrook strömte. Danach aber ging es noch lustig her. Die zwei da hinten in der Ecke, die schlafen ihren Rausch auf der Bank aus, bis Mitternacht haben sie gezecht. Der mit der hohen Stirn und der bleichen Haut, das ist Peter Dühmkorf, ein Taugenichts, der als Schreiber keine Anstellung mehr bei ehrbaren Kaufleuten findet, weil er zuviel säuft und Widerreden führt. Statt dessen hängt er mit den Handwerksgesellen rum und setzt ihnen Flöhe ins Ohr. Jetzt hat er sich an den ungarischen Landedelmann geklettet, der anscheinend über Böhmen und die Elbe hierhergefunden hat, um sein väterliches Erbe auszugeben. Die beiden rezitieren Gedichte und streiten über die Kunst. Und gestern haben sie einen Lobgesang auf Störtebeker erfunden, bis es Streit und Prügel mit den Gesellen der Kaufmannsgilde gab. Die Leineweber und Reepschläger aber haben sich auf die Seite der Sänger geschlagen, und ich mußte die Stadtwache rufen, damit die Streithähne auseinandergingen.«

»Und was war das für ein Lied?« fragte ich neugierig.

»Ach, es handelte davon, daß Störtebeker und seine Gesellen stets gerecht ihre Beute in gleiche Teile geteilt hätten und daß sie mutig gegen die reichen Hansekaufleute und dänischen Kriegsschiffe auf Nord- und Ostsee gekämpft hätten. Viel armes Volk sei zu ihnen gestoßen und habe sich so von Knechtschaft und Zinsen befreit. Und dann riefen sie nach jeder Strophe: Nur Gottes Freund und aller Welt Feind. Nur gut, daß die hohen Ratsherren hier nicht verkehren, sonst hätten die Suffköppe schon einen durchtrennten Hals und könnten mit Störtebekers Spießgesellen vor Gott dem Herrn ihren gottgefälligen Schlachtruf proben. Als die Stadtwache kam, wurde nicht mehr gesungen, sondern nur noch gehauen. Na ja, der Hauptmann hat mir geholfen, daß alle ihre Zeche bezahlten, nur die Trunkenbolde da drüben lagen wie tot unter der Bank, so daß ich sie hierbehalten habe. Hoffentlich hat der Ungar noch genug Dukaten, daß er mir den Schaden und die Zeche bezahlen kann.«

Wir setzten uns an einen Tisch, und der Küster wandte sich keck an den Wirt: »Der Schiffer hier war noch nie in unserer schönen Stadt. Ich zeige ihm, wo's langgeht, nenne ihm die Straßennamen und kläre ihn über die Gegebenheiten auf, falls er hier seßhaft werden will. Jetzt will er das Hamburger Bier und die Hamburger Küche schmecken und lädt mich gerne ein. Was hast du zu bieten?«

»Nun, das kommt darauf an, was der Schiffer anlegen will, ich hab' hier ein saftiges Stubenküken.« Der Wirt wies auf ein anscheinend gutgefüttertes Junghuhn, das zwischen den Bänken nach Brotkrumen pickte. »Ihr könnt aber auch die Hamburger Aalsuppe kriegen, heute gerade frisch gekocht, der Geruch liegt in der Luft.« Ich kramte eine Silbermünze aus meinem Gürtel und legte sie dem Wirt auf den Tisch: »Gebt uns hierfür Suppe und Bier, denn wir wollen keinen Festschmaus halten, sondern zügig unseren Rundgang fortsetzen. Mein Schiff liegt auf dem Grasbrook im Uferschlick, und ich will bald wissen, ob es hier etwas für mich zu erhandeln gibt oder ob ich eine Fracht elbabwärts bekomme. Eigentlich komme ich aus Tönning, und davor bin ich auf vielen Schiffen in der Ostsee mitgefahren. Gern würde ich eine Fracht in die Ostsee bringen, nach Lübeck, Wismar oder Rostock. Gibt es auch Frachten für Leute, die nicht Hamburger Bürger sind? Stimmt es, daß die Kanalfahrt nach Lübeck viel schneller geht als rund um Dänemark und keine Frachtschiffe mehr über das Meer gehen? Ihr als Wirt und Ihr als Küster hört doch sicher viel und könnt einem einfachen, jungen Schiffer einen guten Rat geben.«

Der Wirt zwinkerte dem Küster verstohlen zu; es gab eine Übereinkunft zwischen den beiden, wahrscheinlich führte der Küster häufiger Fremde in diese Schenke. Der Wirt nahm zuerst die Silbermünze und beäugte sie mißtrauisch. »Das ist ein Danziger Silberling, der gilt hier in Hamburg nicht viel, und ich muß ihn beim Wechsler prüfen und tauschen lassen. Na ja, aber Ihr sollt dafür Eure Mahlzeit und einen guten Rat auf den Weg bekommen.«

Ich wollte nicht um den Wert der Münze streiten, ich kannte ihn nicht genau genug, wußte aber, daß die Wechsler viel Aufwand trieben, um den Wert fremder Münzen zu bestimmen. Trotzdem würde der Wirt sicher einen guten Gewinn machen, und der Küster würde wohl auch noch etwas davon abbekommen. Während der Wirt die Suppe und das Bier holte, unterhielt ich mich weiter mit dem Küster. Er hieß Joachim Hagelskamp und hatte nach seinen Angaben die unterschiedlichsten Beziehungen zu »den großen Herren«, wie er sie nannte. Die Schenke, in der wir saßen, war ein Treffpunkt für Gesellen und Meister, die das Wort gerne gegen den herrschenden Rat führten. Nun traten zwei Männer in den Gastraum, begrüßten den Wirt kurz und ließen sich ein paar Tische entfernt nieder. Der eine war stattlich, überragte die meisten Männer um Haupteslänge und sein Leibesumfang zeugte von seinem Wohlstand. Der andere war etwas kleiner, hagerer, und ich sah sein schütteres Haar, denn er legte seine Samtkappe auf den Tisch, nachdem er sich gesetzt hatte. Um mich mit seinen Kenntnissen zu beeindrucken und vielleicht, weil er sich noch weitere Honorare erhoffte, raunte mir der Küster zu: »Das sind die Äldermänner des Barbier- und Baderamtes. Der große heißt Wolfgang Krekels, der andere Helmut Pfeffer. Beide wurden mit großer Mehrheit von den Barbieren, Badern und Chirurgen gewählt. Die Barbiere liegen im Streit mit dem Rat, der die Preise für die Barbierkunst festgelegt hat. Die beiden haben große Barbier- und Badestuben und beschäftigen mehr Gesellen als üblich, weil sie dem Amt vorstehen, sich um die Rentenkasse und vielerlei Dinge kümmern müssen. Sie selber rasieren nicht, noch schneiden sie Haare, aber sie können mit dem Pelikan umgehen, Ihr wißt, das Werkzeug zum Zähneziehen. Wenn Ihr einen schlimmen Zahn habt, kann ich Euch den Weg zu ihren Stuben weisen. Bevor Nikolaus Schocke sich einschiffte, um die Piraten zu fangen, mußte er zum Bader gehen, denn der hohe Herr nascht gern von den honigsüßen Spezereien der Ratsbäckerei, und das verursachte ihm ein gräßliches Zahnreißen. In einem Backenzahn saß wohl ein Zahnwurm. Nun ging er zu Helmut Pfeffer, und der wollte nicht eher den Hebel ansetzen, bis daß Nikolaus Schocke versprach, die Preise für die Bader und Barbiere neu festzusetzen. Nachdem der üble Zahn mit viel Weh aus dem Munde des Ratsherren entfernt war, schimpfte dieser, die vorherige Absprache sei Erpressung, nie mehr würde er sich um die Barbiere kümmern. Aber ich denke, es wird nicht mehr lange dauern, bis er die Dienste wieder in Anspruch nehmen muß, dann es weht ein übler Wind aus dem Munde des Piratenfängers.«

Nach diesen unappetitlichen Geschichten wurde die Mahlzeit gebracht. Die Aalsuppe wurde in großen Terrinen serviert, dazu gab es Brot, Schmalz, Salz und Hamburger Bier aus großen Humpen, die man kaum mit einer Hand stemmen konnte. »Aalsuppe heißt sie, weil aalles drin ist«, witzelte der Küster, und er hatte nicht unrecht. In der würzigen Flüssigkeit schwammen Rüben, Zwiebeln, Bohnen, Speck, Fleischbrocken und eben auch Aalstücke. Das Ganze schien mit Essig oder saurem Wein gekocht zu sein, und um das Saure abzumildern, war süßes Dörrobst beigefügt, so daß es seine süßsaure Suppe ergab. An Gewürzen schmeckte ich Liebstöckel und Koriander heraus, der Pfeffer war auch nicht zu verleugnen; es schien, als wollte der Wirt den Ruf der Hansen als »Pfeffersäcke« bestätigen. Mir glühten die Wangen, und das starke Bier, das ich zum Löschen des pfeffrigen Feuers runterstürzte, stieg mir schnell zu Kopf. Der Küster schlang die Mahlzeit schneller herunter, und ehe ich etwas dazu sagen konnte, stand er auf: »Schiffer, Ihr wißt, daß ich Küster bin. Mein Gehilfe wird gleich zur Mittagsmesse läuten, und ich habe noch Dienste in Sankt Katharinen zu erledigen, sonst bekomme ich Ärger mit den Pastoren. Bitte wartet hier auf mich, ich komme so bald wie möglich zurück, führe Euch weiter, wie ich versprach, und wenn es beliebt, auch zu den hübschen Hamburger Deerns.« Ohne eine Antwort abzuwarten, verließ er unseren Tisch und trat zu den Äldermännern des Barbieramtes: »Ich wünsche den Herren einen guten Tag. Darf ich Euch diesen jungen Schiffer aus Tönning mit dem Namen Hannes Maiboom empfehlen. Er sucht eine gute Barbierstube, um sich nach Hamburger Art den Bart stutzen zu lassen. Und wenn er eine günstige Gelegenheit findet, wünscht er, Bürger der Stadt zu werden. Möglicherweise könnt Ihr ihm einen guten Rat geben, bis dahin möchte er Euch mit einem guten Bier erfreuen.« Und an den Wirt gewandt rief er: »Drei Humpen für die Herren, Borchers.« Sprach's und verließ den Schankraum mit einem »Wohl bekomm's«.

Was sollte ich anderes tun, als gute Miene zu diesem Spiel zu machen. Ich prostete den Äldermännern des Barbieramtes zu. Und die beiden winkten mir zu, ich solle an ihren Tisch kommen. Sie hatten ihr Gespräch anscheinend beendet und waren über eine Abwechslung erfreut, dachten vielleicht auch daran, ihren Spaß mit einem Tönninger Schiffer zu treiben. Also stand ich auf, wechselte zu ihrem Tisch hinüber und stellte mich vor. Sie nannten ebenfalls ihre Namen, und ich setzte mich zu ihnen. Der Wirt brachte das Bier, und wir stießen mit den frischgefüllten Humpen an. Krekels behauptete: »In Hamburg müssen Begrüßungshumpen auf einen Zug geleert werden.« So soffen wir tatsächlich die Kannen mit ungefähr einem Viertel-Stübchen voll Starkbier ohne abzusetzen aus.

»Seid Ihr das erste Mal in Hamburg?« fragte derjenige, der sich als Helmut Pfeffer vorgestellt hatte. Er hatte einen sauber gestutzten Schnurrbart und lebhafte Augen. Auch Krekels trug einen Schnurrbart, war dunkler, und seine Augen waren noch klein und gerötet von der letzten Zecherei, wie es schien. Er trug einen Nerzkragen auf seinem Wams und eine Kette mit dem Amtszeichen des Äldermanns auf der Brust. Die beiden begannen ein freundliches Gespräch mit mir, kehrten aber die Bürgerschaft von Hamburg hervor, als sei dies allein selig machend in der Welt und alle anderen Menschen bedauernswert. Ich hatte nun vom Küster schon gehört, daß die beiden, als Vertreter ihrer Zunft, Streit mit den Ratsherren hatten, und so antwortete ich auf die Sticheleien gegen tumbe Tönninger, wie es denn mit ihren Verdienstmöglichkeiten in Hamburg sei, ob sie zufrieden mit den Preisen, dem Geschäftsverlauf, den Steuern und anderen Vorgaben des Rates seien. Da verdüsterten sich die Mienen der beiden Amtsführer, und sie beschwerten sich über die Großkaufleute, die im Rat säßen und ihnen Vorschriften über die Preise machten und die Steuern zu hoch festsetzten. »Wir sorgen für saubere Bärte und eine ordentliche und lausfreie Haartracht, wir erlösen die Menschen von verwurmten und schmerzenden Zähnen und dürfen nicht selbst den Verdienst bestimmen. Dabei werden die Steuern immer höher, das Leben kostet stetig mehr, die Gesellen verlangen höheres Entgelt, und wer legt die Preise für unsere Arbeit fest? Die hohen Herren im Rat. Ihren eigenen Verdienst aber bestimmen die Ratsherren selbst, beaufsichtigen die Bier- und Getreidepreise, erhöhen die Preise für Bauholz und begünstigen ihren Handel dadurch, daß die Stadt die Wasserwege ausbaut, und das von unseren Steuern.« Mit geröteten Wangen redeten sich die Männer in Rage, und ich sorgte für kühlendes Bier. Das löste ihre Zunge noch mehr, und

Krekels vertraute mir an, daß die Barbiere jetzt beginnen würden, Verdienste durch den Verkauf von Kämmen, Zahnstochern und wohlriechenden Essencen in ihren Barbierstuben aufzubessern. Das Amt der Krämer würde sich darüber erregen und wahrscheinlich beim Rat klagen. Er, Krekels, habe aber gestern auf einige Ratsherren, die im Fernhandel und der Schiffsreederei tätig seien, eingewirkt. Nach der Hinrichtung der Piraten habe er deren gute Stimmung genutzt, sei mit ihnen in das Hinterzimmer des Ratsweinkellers gezogen und habe sie dort mit bestem Wein abgefüllt und ihnen zugleich seine Pläne unterbreitet. Dann habe er ihnen die Duftflaschen unter die Nase gehalten, Sandelholz zerrieben und Süßholz zu raspeln gegeben. Sie hätten sich angetan gezeigt und versprochen, gegen die Krämer zu stimmen, falls diese gegen die Barbiere klagen würden. Der Abend habe einiges gekostet, doch der Einsatz würde sich für alle Barbiere auszahlen.

Triumphierend legte Krekels eine Redepause ein, und Pfeffer haute ihm anerkennend auf die Schulter. Meine Zunge wurde bereits schwerer, als ich die Herren Äldermänner fragte, ob sie mir rieten, mich in Hamburg niederzulassen, wie die Grundstückspreise und Mieten seien und ob es stimmte, daß die Kanalfahrt zwischen Hamburg und Lübeck möglich sei. Jetzt fühlte sich Pfeffer berufen, mir wohlwollend Neuigkeiten mitzuteilen. Er selbst habe in Bergedorf Grund und Boden an der Bille erworben, weil dort ein Treidelweg geplant werde. Dies habe er in der Badestube von einem alten Schulfreund aus der Lateinschule erfahren, und gemeinsam mit zwei anderen Freunden hätten sie nassen Grund von einem Großbauern im Billetal erworben, als die Pläne des Rates durchgesickert seien, einen Elbe-Bille-Trave-Kanal zu bauen. Der Bauer sei froh gewesen, die nassen Wiesen verkaufen zu können. Dann hätten sie einen Damm aufwerfen lassen, den Zugtiere oder Treidelknechte benutzen könnten. Schon bald nach der Errichtung des Dammes hätten sie Wegegeld aus der Benutzung gezogen, denn es werde ja Holz aus dem Sachsenwald geflößt. Zunehmend würden aber auch Schuten und Kähne mit Waren beladen fast bis zur Burg Trittau gezogen, die den Lübschen gehörte. Von dort gehe es ein kurzes Stück über Land bis zur Stadt Oldesloe, wo man die Waren traveabwärts per Lastkahn versenden könne. Solange es keine größeren Schiffe für die Route um

Dänemark gebe, werde die Fahrt über die Bille an Bedeutung gewinnen, je weiter der Kanal vorangetrieben und die Schleusen verbessert seien. Auf die Frage, ob ein Alster-Trave-Kanal schiffbar sei, konnten die Herren mir berichten, daß die Rentenkasse der Bader und Barbiere in den Bau einer Schleuse in Mellingburg investiert habe und die Alsterschiffahrt für stetig fließende Schleusengelder sorge. Wie weit man aber tatsächlich Waren über die Alster und dann weiter bis zur Trave transportieren könne, sei ihnen nicht genau bekannt.

Dann fragte ich noch nach dem Stecknitzkanal, der seit 1398 die Elbe mit der Trave verbinden sollte. Die Herren Äldermänner rieten mir, mich an das Schifferamt zu wenden. Sie wußten nur, daß die Lübecker einen Vertrag mit dem Herzog von Sachsen geschlossen hatten und die Parteien dafür sorgten, daß ihre Leute begünstigt wurden. Gerade daher wollten die Hamburger ja einen Vertrag mit dem Holsteiner Grafen schließen, auf daß sie den Alster-Trave-Kanal über das Flüßchen Beste benutzen könnten. Aber Genaues wußten die Herren eben nicht. Krekels riet mir, mich in Hamburg niederzulassen, da Hamburg weiter an Bedeutung gewinne. Die elbabwärts fahrenden Schiffe würden vom Rat gezwungen, ihre Waren in Hamburg auszuladen. Lüneburg klage dagegen zwar beim Kaiser, aber faktisch sei es eben so, daß Hamburg so stark sei, daß sich kein oberelbischer Kaufmann und Schiffer dagegen wehren könne. Und genauso verhalte es sich mit den elbaufwärts fahrenden Schiffen. Damit habe Hamburg den Getreidehandel aus den östlichen Gebieten nach Westen, nach Holland, sozusagen in der Hand. Die Bevölkerungsdichte in Holland steige, der Bedarf an Getreide in Brügge nehme ebenfalls zu. Hinzu komme die Politik Hamburgs, den Landweg beziehungsweise Kanalweg nach Lübeck zu sichern. Beide Städte hätten daran Interesse, und nachdem die Burg Trittau und einige Dörfer in Stormarn schon an Lübeck gefallen seien, wolle Hamburg nun Bergedorf erwerben. Notfalls werde man auch mit Gewalt nachhelfen. Es liege auf der Hand, daß Hamburg eine Schlüsselstellung im Handel zwischen Ost und West, aber auch zwischen Nord und Süd einnehmen werde. Nur eines sollte ich nicht wagen: in das Geschäft mit Barbier- und Badestuben einzusteigen.

Ich verabredete mit Krekels, am folgenden Mittag einen seiner

Freunde zu treffen, da dieser mir vielleicht ein altes Haus an einem Fleet verkaufen konnte, das sich zu einem guten Speicher- und Wohnhaus ausbauen ließe. »Doch nun Schluß mit den Geschäften, Schiffer, laßt uns einen ordentlichen Kümmel nehmen, damit uns das Bier bekommt«, verlangte Krekels, und wir soffen weiter. Ich vergaß meine Zurückhaltung und begann, laut zu singen; zum Glück konnte ich den Text zu den Liedern der Likedeeler nicht mehr über meine lallende Zunge bringen, wer weiß, was sonst noch passiert wäre.

So stand ich nur auf, weil ich diesen Ort dringend verlassen wollte, um nicht auf den Tisch zu erbrechen. Die Welt drehte sich vor meinen Augen, und mein Körper fiel, wie es mir schien, doch ich war nicht in der Lage, meine Arme hochzureißen und mich abzustützen. So mußte ich wie gelähmt erleben, daß meine Stirn auf die Tischkante krachte, und dann wurde mir schwarz vor Augen.

17. Die Beginen

»Herr im Himmel, Du lenkst meine Schritte. Du leitest die Engel auf Erden und in der Höhe. Welch himmlische Musik ist in Deinen Sphären zu hören. Und wie weiß und weich sind die Wolken, auf denen die Deinen wandeln.«

Nur zögernd kehrte meine Seele in meinen Körper zurück. Als ich die Augen wieder aufschlug, sah ich nur weißes Licht um mich herum. Mein Kopf schmerzte sehr, und als ich mit den schweren Gliedern meiner Hand nach der Stirn tastete, fühlte ich eine gallertartige Masse, etwas, das sich schlangenhaft bewegte und sich um meine Finger wandt. Ich versuchte, die Masse zu fassen, aber es gelang mir nicht. Ich richtete mich auf, versuchte, auf meine Stirn zu schielen, verfiel in panischen Schrecken und wußte mir nicht anders zu helfen, als unartikuliert zu gurgeln wie ein Ertrinkender.

Da wurde der weiße Vorhang aufgezogen, und die wachhabende »blaue Süster« trat an mein Bett. Sie beruhigte mich und erklärte mir, daß man zwei Blutegel auf meine Stirn gesetzt habe, weil ich sonst eine riesige Beule entwickelt hätte, die ins Auge hätte sacken können. Ich ließ mich zurückdrängen, legte mich wieder auf das Lager und besah mir die Umgebung. Sie erklärte mir, daß der Küster Joachim Hagelskamp mich hierhergebracht hätte und daß sie, die Beginenschwester Susanne, mit dem Küster verwandt sei. Er sei ihr Bruder, und sie habe ihm in Absprache mit der Oberin den Gefallen getan, mich aufzunehmen, obwohl sie sonst die verletzten Betrunkenen in das Stadthospital verwiesen.

Ein Blutegel hatte sich satt getrunken, ließ los, und die Begine nahm ihn mir ab. Sie warf ihn in eine mit Flüssigkeit gefüllte Schüssel, die auf einem Tischchen neben dem Bett stand. Dann nahm sie kurz danach auch den zweiten ab und verband die Wunde mit einem Streifen Leinen. Ich blickte mich um. Ich lag in einem Saal, in dem zwölf Betten standen, alle mit weißen Vorhängen abgeschirmt. Durch hochgelegene Fenster fiel die gleißende Sonne auf die mit Sand weißgeschrubbten Dielen und die weißgekalkten Wände, die weißen Vorhänge und das weiße Häubchen der Nonne im blauen Kittel. Als ich sie genauer betrachtete, erkannte ich die Gesichtszüge ihres Bruders wieder.

»Welche Tageszeit haben wir? Warum scheint die Sonne so gleißend hell?« fragte ich sie, und sie antwortete: »Ihr wart besinnungslos und habt von gestern bis heute morgen geschlafen. Die Frühmesse ist gerade vorüber, ich glaube, Ihr seid durch die Gesänge der Schwestern vom Herrgott zu neuem Leben erweckt worden.«

»Wo sind meine Kleider?« fragte ich angsterfüllt, denn im Gürtel steckte eine Menge Geld. Ich lag nur mit einem weißen Hemd bekleidet unter den Laken. »Seid unbesorgt, mein Bruder mußte nur dem Wirt den Schnaps bezahlen, den Ihr bestellt und spendiert habt, sowie einen Laufburschen, der Euer Schiff auf dem Grasbrook aufgesucht hat, um Euren Leuten Bescheid zu geben. Ein Bursche namens Ole Hilken hat Euch gestern abend besucht und ängstigte sich, was aus Euch und ihm werden würde. Die Oberin gab ihm aus Eurem Geldbeutel etwas Geld, damit er sich und den anderen mit Lebensmitteln versorgen könne. Ansonsten ist alles Geld bei der Oberin. Eure Kleider aber mußten gewaschen werden«, beruhigte mich die Begine und ersparte mir die peinliche Beschreibung des Zustandes meiner Kleider, auf die ich mich erbrochen hatte.

»Ich werde nach Euren Kleidern fragen, vielleicht sind sie am Feuer in der Küche getrocknet. Es scheint mir, als seid Ihr soweit genesen, daß Ihr wieder aufstehen könnt, aber ich muß die Oberin fragen. Verhaltet Euch ruhig, weckt die anderen Kranken nicht, und wartet«, so sprach sie, zog meinen Vorhang wieder vor und verließ den Raum. Aus der Bettstatt neben mir hörte ich, wie sich jemand unter Ächzen erhob, und dann vernahm man das Plätschern in ein Gefäß. Aus einer anderen Ecke war ein Schnarchen nicht zu überhören. Es verging eine geraume Weile, bis ich hörte, wie die Tür geöffnet wurde und eine Gruppe Personen in den Raum trat. Ein Rauschen von weiten Kitteln war zu vernehmen, die Vorhänge wurden aufgezogen, und wir Bettlägerigen sahen sieben Schwestern und die Oberin vor uns stehen. Die Oberin begrüßte uns, sprach ein paar zuversichtliche Worte, und dann begannen die Schwestern zu singen. Welches Lied sie sangen, habe ich vergessen, ich hörte auch nicht auf den Text, sondern ließ meine Blicke über die von weißen Kappen umrahmten Gesichter gleiten. Es war schwer zu erkennen, ob es junge oder alte Schwestern waren, kaum ein Haar lugte unter der Kappe hervor. Bei einer, sie schien mir noch sehr jung und hatte völlig glatte und rosige Wangen, rutschte etwas blondes Stirnhaar hervor, und wie magisch angezogen, mußte ich auf ihre Augen schauen. Unsere Blicke trafen sich kurz, da schlug sie die Augen nieder. Ich meinte, sie schon einmal gesehen zu haben, diese Wangen, den Schwung ihrer Lippen und die graublauen Augen. Doch woher sollte ich sie kennen?

Nach dem Gesang erhielten wir einen Holzteller voll Milchsuppe, in die Apfelstücke geschnitten waren, als Frühstück. Die Oberin trat an mein Bett, begrüßte mich, untersuchte den Verband und bat mich, nach dem Aufstehen in ihr Zimmer zu kommen. Eine andere Schwester hatte inzwischen meine Kleider gebracht. Die Vorhänge der anderen Betten wurden wieder vorgezogen, die Kranken gefüttert, gewaschen und behandelt, soweit dies nötig war. Als erstes zählte ich mein Geld, und das war schwer genug, da es viele verschiedene Münzen aus unterschiedlichen

Städten und Ländern waren. Ich hätte sie sortieren und nur lübsche und hamburgische in dem Gürtel aufbewahren sollen. So konnte ich nicht mit Sicherheit sagen, wieviel Geld fehlte. Aber es störte mich auch kaum, konnte ich doch mit dem Piratengeld freigebig sein. Trotzdem nahm ich mir vor, meinen Geldbestand zu kontrollieren und einen Teil beim Geldwechsler in gängige Münzen zu tauschen. Ich zog mich an, verließ den Raum und ließ mich von einer Schwester zur Oberin führen.

Die Oberin kam ohne Umschweife auf das Wesentliche zu sprechen. »Ihr seid genesen, die Bewußtlosigkeit war nur von kurzer Dauer, und die Beule und die Kopfschmerzen werden Euch nur noch kurze Zeit quälen. Der Herr hat Euch geholfen, Ihr hättet Euch auch zu Tode stürzen können. So habt Ihr nur einen Hinweis bekommen, daß es unschicklich ist, dermaßen viel Bier und Schnaps zu trinken. Ihr seht, unser Orden kümmert sich um die Kranken und Schwachen. In Eurem Gürtel befindet sich eine erkleckliche Anzahl Münzen. Spenden sind unserem Orden immer willkommen. Mir steht es nicht zu, Euch eine Buße aufzuerlegen, prüft Euer Gewissen, und wenn Ihr etwas geben wollt, so gebt es mit Freude.«

»Habt Dank für Eure Bemühungen, ich werde gerne etwas geben. Doch wenn Ihr meinen Geldgürtel geöffnet habt, so sei Euch gesagt, daß dies nicht allein mein Geld ist, sondern auch anderen gehört und mir nur geliehen wurde. Ich bin nur ein armer Schiffer. All mein Besitz ist mein Leben und das Schiff. Ich bin nirgends richtig seßhaft und habe auch keine Familie mehr«, antwortete ich, nestelte den Gürtel auf und zog einige Münzen hervor, die ich der Oberin auf den Tisch zählte.

Die Oberin nahm das Geld sofort und tat es in eine Lade unter dem Pult, an dem sie saß. Dann wandte sie sich wieder mir zu: »Ihr sagtet, Ihr hättet keine Heimat, keine Familie. So wie Euch geht es auch vielen jungen Frauen und Mädchen, die sich hier in unserem Konvent befinden. Sie haben in sich hineingehorcht und die Stimme Gottes gehört. Nun können sie gewiß sein, daß sie eine Heimat gefunden haben, und sie teilen das Leben miteinander für Gott und erfahren, wie sinnvoll und gut dieses Leben ist. Ich will Euch gern zeigen, welch schönen Konvent wir mit Gottes Hilfe und der Hilfe weltlicher Gönner erarbeiten konnten. Vielleicht wollt Ihr uns noch mehr unterstützen und bei uns eine Heimat finden, auch wenn Ihr natürlich nicht dem Orden beitreten könnt? Aber nahestehen könntet Ihr ...«

Die Nonne nahm mich beim Ellbogen und zog mich aus ihrem Amtszimmer in den Flur. Viele schlichte Türen gingen links und rechts ab. Mochten sich dahinter Krankenzimmer oder Nonnenzellen befinden? Es war nicht zu erkennen. Dies Gebäude war schlicht, aber großzügig aus Backsteinmauern ohne Fachwerk errichtet. Die Stirnseite ließ durch hohe Fenster über dem großen Tor Licht auf den Flur fallen. Eine Galerie im ersten Stock führte zu weiteren Türen. Gegenüber dem Eingangstor lag das reichverzierte Kapellentor des Ordens. Es war jetzt nach der Frühmesse verschlossen. Nach rechts und links neben dem Kapellentor gingen zwei Seiteneingänge vom Flur ab. Durch den linken traten wir nun auf den Hof des Ordens. Eine hohe Mauer schirmte die Ordensfrauen vom weltlichen Leben ab. Innerhalb des Mauergevierts lagen Nebengebäude aus Fachwerk: das Backhaus, ein Stall, ein Waschhaus, ein Brunnenhaus und weitere kleine Gebäude, deren Sinn ich nicht erriet.

Stolz zeigte mir die Oberin den Garten mit Gemüsereihen, den Arzneipflanzen und den Obstbäumen. Vortreffliche Äpfel gediehen an den Zweigen. Wir ließen uns im Hof auf einer Bank nieder, und die Oberin rief nach einer jungen Schwester, sie solle uns Apfelwein bringen. Dann verriet sie mir, daß sie als junge Nonne in ein Kloster in der Normandie geschickt worden sei und dort das Veredeln von Apfelbäumen und die Kunst der Apfelweinherstellung gelernt habe. Auf verschlungenen Wegen habe Gott sie nun mit der Führung dieses Konvents beauftragt, und sie sei froh, daß es hier so schöne Apfelbäume gebe. Diese würden sie jung erhalten. Wir tranken jeder ein wenig von dem herb-süßen Getränk.

»Dieser Orden wird von Frauen geführt, nur Frauen können ihm beitreten. Doch ist der Orden auch von männlichen Freunden abhängig. Ihr könntet so ein Freund werden. Der Küster von Sankt Katharinen weiß, daß ich einen günstigen Schiffer suche, der bereit wäre, für den Orden Dinge sicher nach Wismar und Wisby zu transportieren, wo Schwestern ebenfalls kleine Ordenshäuser errichtet haben. Er hat mir berichtet, daß Ihr auch die Gewässer der Ostsee kennt. Überlegt, ob wir ins Geschäft kommen können.«

Nun wußte ich, warum die Oberin soviel Aufhebens um mich machte. Wieder rief sie eine Nonne, die in den Garten gehen wollte, und verlangte nach Zwiebelkuchen. Die junge Nonne brachte uns Stücke von Speckzwiebelkuchen, und erneut stutzte ich, denn es war die junge Schwester, die mir so bekannt vorkam.

»Der Küster Hagelskamp berichtete mir, daß Ihr überlegt, Euch in Hamburg niederzulassen? Auch da könnte ich Euch behilflich sein, da unser Orden durch Erbschaften über Grundstücke und Gebäude verfügt, die Ihr günstig pachten könntet. Laßt Euch die Sache durch den Kopf gehen, und zeigt dem Küster bitte einmal Euer Schiff.«

Ich versprach, mir die Sache zu überlegen, und fragte auch, wie eilig die Fahrt nach Wismar und Wisby sei, aber die Oberin meinte, dies habe noch Zeit bis zum nächsten Frühjahr, es komme mehr auf die Verläßlichkeit, auch Verschwiegenheit und die Forderungen des Schiffers bezüglich des Transportgeldes an. Der Zwiebelkuchen mundete hervorragend. Dann geleitete mich die Oberin ans Tor, und ich versicherte ihr, mich wieder zu melden. Sie wies mir den Weg zu Sankt Katharinen, der Küster werde mich in der Kirche erwarten oder habe dort eine Nachricht hinterlassen, wo ich ihn finden könne. Etwas von dem Gefühl berauscht, im Mittelpunkt des Interesses zu stehen, trat ich auf die Steinstraße, genau gegenüber der Sankt Jacobikirche.

Da tat sich also schon wieder eine Gelegenheit auf, mich als Bürger einer Stadt einzuführen. Aber ich erinnerte mich auch an das Angebot der Barbieräldermänner, mir die Bleibe zu vermitteln. Und anstatt den redseligen Küster mit den vielfältigen Beziehungen aufzusuchen, machte ich mich auf, mit Krekels und dessen Freund zusammenzutreffen. Um zwölf Uhr mittags wollten wir uns an der Trostbrücke treffen. Und so strolchte ich durch die Straßen, fragte hier und dort, wo ich sei und wie ich weiterkomme. Ich ging an der mächtigen Sankt Petrikirche und dem Mariendom vorbei, sah die kräftigen Schmiede in der Schmiedestraße ihrem schweißtreibenden Handwerk nachgehen, kam durch die Große Bäckerstraße, wo es verführerisch nach Brot und

Backwaren duftete, und kaufte mir in der Straße Brotschrangen an den Ständen eine Rosinenwecke. Schließlich fragte ich mich zu dem vereinbarten Treffpunkt an der Trostbrücke durch.

Den Verband hatte ich auf dem Weg abgenommen. Es war nur noch eine kleine Beule übrig und etwas Schorf an der Stelle, an der die Blutegel gesaugt hatten. An der Trostbrücke mußte ich warten, sah dem Treiben im Hafen zu, beobachtete Kran und Waage neben der Trostbrücke und schaute dem Fließen des Alsterwassers nach.

Das Rathaus war wie ein Bienenkorb, unentwegt kamen und gingen Leute, wurden Warenproben geliefert, traten Käufer und Verkäufer ans Tageslicht, um Waren zu begutachten, wurden Preise verhandelt und Qualitäten geschätzt. Schreiber mit Wachstafeln liefen geschäftig hin und her und notierten ihre Berechnungen für den Vertrag und für die Steuern und Abgaben. Hier schlug das Herz dieser Stadt. Ohne das Rathaus und die Männer des Rates würde es keine schützende Stadtmauer, keine Hafenanlagen, Vorsetzen, Kräne und Waagen geben, keine Ordnung des Handels, kein Recht auf geeichte Gewichte und Maße und keine Gerichtsbarkeit, die jeder anrufen konnte, der Streitigkeiten hatte. Im Rat saßen Männer, die selbst Verantwortung für ihre Geschäfte trugen und vom Gelingen der Geschäfte abhängig waren. Das war anders als bei den Adligen, die auf alte Rechte pochten und Abgaben kassierten, ohne selbst etwas für die Gemeinschaft zu tun; denn Schutz vor feindlichen Überfällen und Ungerechtigkeit gewähren, das konnten die Adligen inzwischen kaum mehr, dazu hatte sich die Welt zu sehr verändert. Die Ritter waren zu Räubern geworden. Die Bürger aber nahmen ihr Geschick selbst in die Hand. So oder so ähnlich dachte ich damals, als ich das Hamburger Rathaus beobachtete.

Krekels riß mich durch einen freundschaftlichen Schlag auf die Schulter aus meinen Betrachtungen. Er neckte mich wegen meines unrühmlichen Abgangs und wegen der Beule, stellte mich dann aber Alphonso de Castro vor. De Castro war der Sohn eines kantabrischen Weinhändlers, der sein Glück mit dem Weinhandel nach Hamburg und Lübeck gemacht hatte. Geboren in Castro Urdiales, einer Hafenstadt am Golf von Biskaya, die schon von den alten Römern besiedelt wurde, hatte der Sohn anfangs den Vater und die Weinsendungen in den Norden begleitet. Nach und nach entwickelte sich die Notwendigkeit, einen Stützpunkt im Norden zu errichten. Der Sohn übernahm die Verteilung und Weiterversendung des Weines von Hamburg aus. Der berühmte Lübecker Rotspon wurde ebenfalls aus dieser Quelle gespeist.

De Castro hatte längst ein größeres Handelshaus errichtet und brauchte das kleine, alte nicht mehr. Er hatte das Hamburger Bürgerrecht erworben und eine Hamburgerin geheiratet. Nun war der Zeitpunkt gekommen, das alte Haus zu verkaufen. Es lag am Rödingsmarkt, und so machten wir uns dahin auf. De Castro war älter als Krekels, von kleinerer Statur und großem Bauchumfang. Er trug einen vornehmen Überwurf aus brokatgefüttertem Tuch, ein mit Goldfäden durchwirktes Halstuch, das mit maurischen Mustern verziert war, und auf dem Kopf einen hohen spanischen Hut aus schwarzem Filz nach der neuesten Art. Seine Oberlippe wurde von einem grauen Schnurrbart verziert, ansonsten war er glatt rasiert. Er wirkte im ersten Augenblick arrogant auf mich, später erkannte ich, daß es die vornehme Zurückhaltung eines in Spanien Geborenen darstellte, denn de Castro war ein liebenswürdiger und zuvorkommender Mensch, wenn man mit ihm vertraut war.

Unser Weg führte uns über eine erhöhte Straße, die Neue Burg hieß und so an die alte Wallanlage der gräflichen Burg erinnerte. Sankt Nikolai überragte die Bebauung und war für mich ein Orientierungspunkt. Dann kamen wir durch die Deichstraße, bogen in die Steintwiete und erreichten den Rödingsmarkt. Das Haus, um das es ging, lag gleich neben dem Eckhaus an der Steintwiete. Es war in einem erbärmlichen Zustand. Die Fächer des zweistöckigen Fachwerkhauses bestanden fast nur noch aus Flechtwerk, der Lehmbewurf war herausgebröckelt oder vom Regen weggewaschen. Die Fundamentsteine, auf denen die Fachwerkständer ruhten, waren nur wenig abgesackt. Die Balken aber waren seit Jahren nicht geteert worden und daher grau und rissig, das Reetdach war moosig und faul, und die Torflügel der Diele hingen schief in den Angeln, genauso die Speichertüren im ersten Stock und unter dem Dachgiebel. Die Fenster waren klein und ohne Glas, die Blasenbespannung längst zerrissen. Ein alter Böttcher hatte das Haus bis vor einem Monat bewohnt, war aber an einer Lungenerkrankung verstorben. Er hatte mit einem Lehrling zusammen den angrenzenden Brauhäusern links und rechts zugearbeitet.

Im Inneren des Hauses roch es modrig, und es war kalt und feucht. In der Diele lagen Holzabfälle, alte Fässer, Dauben, Faßreifen, Kohlereste und Asche vom heißen Biegen des Holzes. Werkzeug war keines mehr vorhanden. Auf der Feuerstelle standen noch ein paar alte Grapen mit gesprungenen und angestoßenen Rändern. Im ersten Stock befanden sich vier Kammern, in denen Strohschütten an verlassene Schlafstellen erinnerten. Mäuse liefen erschreckt in ihre Schlupflöcher, als wir in die Kammern traten. Auf dem Dachboden befand sich ein intakter Flaschenzug neben der Speichertür. Auch ein paar alte Fässer und Krüge lagen unter Staub und Dreck. Ein Marder hatte seinen Kot hinterlassen. De Castro hatte sich ächzend und pustend die enge Stiege nach oben gezwängt. Nun griff er nach einem alten Steingutkrug, der mit einem Korken verschlossen war. »Das ist ein spanischer Krug aus meiner Jugend!« rief er überrascht, öffnete den Krug und schnüffelte an dem Inhalt. »Essig«, meinte er enttäuscht, er hatte vielleicht einen süßen Südwein erwartet. Ich zupfte an dem Reetdach, das feucht und zerfasert war. Asseln und allerlei Gewürm fraßen sich am Dach satt.

»Was wollt Ihr für dieses Haus haben?« fragte ich den Weinhändler.

»Ach, für das Haus will ich nichts haben«, entgegnete dieser geschickt. »Aber das Grundstück ist von großem Wert. Die Nachbarn haben mir schon eine beträchtliche Summe geboten. Und nicht zu vergessen, der Grundbesitz in der Stadt macht Euch zu einem Bürger, obgleich Ihr auch Bürgen finden müßtet, die für Euch einstehen, bis das Probejahr um ist. Gewiß, das Haus ist alt, es müßte vieles erneuert werden. Einen Grundstock aber bietet es, Ihr könntet hier wohnen, Euch im Winter einrichten, Waren stapeln und Gesellen und Gesinde ein Dach bieten. Gerade für Euch als Schiffer und Besitzer einer Snigge wäre es günstig, wenn Ihr Euer Schiff bis vor die Haustür schleppen könntet. Und Ihr wollt doch Kaufmann werden, auf eigene Rechnung Waren handeln und nicht nur fremder Kaufleute Waren verschiffen. Denkt daran, Ihr müßt auch eine Familie gründen und Söhne zeugen, die Euch im Alter stützen. Da braucht Ihr eine Heimat. Ihr seht so aus, als könntet Ihr ein Gewinn für Hamburg sein. Schlagt ein, kauft das Haus und den Grund.«

So redete de Castro schmeichelnd auf mich ein, ohne eine Summe zu nennen. Ob die Nachbarn tatsächlich schon etwas geboten hatten? Wir stiegen wieder hinab, ich ging auf die Straße und besah mir die Nachbarhäuser. Es waren die großen Brauerben, die sich über das ganze Grundstück ausbreiteten. Dann gingen wir durch die Diele nach hinten auf den Hof. Dort war ein Brunnen gegraben, ein Schöpfeimer hing an einem intakten Hebewerk. Daneben stand ein Aborthaus und eine Abfallgrube, aus der Unkraut wuchs. Daran schloß sich ein Garten mit überwucherten Beeten an, und schließlich begrenzte ein grabenartiges Fleet das Grundstück.

Nun traten Krekels und ein weiterer Mann nach hinten auf den Hof. Der neue Ankömmling wurde als Nachbar vorgestellt, der sich auch für das Haus interessierte. Später mußte ich feststellen, daß dies eine Geschäftslist von de Castro war. Ich fühlte mich jedoch unter Druck, überrumpelt, und ohne weitere Angebote anderer Verkäufer zu suchen, schlug ich unter den Augen des Zeugen Krekels ein: für völlig überteuerte sechzig Mark lübisch. De Castro hatte es eilig, den Vertrag beim Notar im Rathaus abzuschließen. Er hatte einen schriftlichen Vertrag in dreifacher Ausfertigung vorbereitet, nur der Kaufpreis war noch einzusetzen. Wir brachen gleich auf und gingen zurück zum Rathaus, direkt zur Kanzlei des Notars.

Krekels als Äldermann war dort bekannt, und vielleicht hatte de Castro auch einen Amtsschreiber der Kanzlei mit etwas Geld gefügig gemacht, denn wir mußten nicht lange in der Säulenhalle des Rathauses wandeln, sondern wurden schon bald in die Amtsstube gerufen. Der Notar las den Vertrag laut vor, beglaubigte den Verkauf des Grundstückes und Hauses, hielt schriftlich den Äldermann Krekels als Zeugen fest und setzte in den Vertrag den Zusatz, daß dieser Vertrag erst nach Ablauf eines Jahres vollends rechtsgültig werde, unter der Bedingung, daß ich mir als Bürger der Stadt nichts zuschulden kommen lasse und meinen Schoß sowie das Bürgergeld dann bezahlt habe. Danach setzte der Notar Gebühren für diese Amtshandlung fest. Ich gab an, das Geld am folgenden Tag bezahlen zu wollen, und so wurde verabredet, daß wir uns am nächsten Vormittag bei der Rathauskasse einfinden sollten, wo nach Zahlung der Gebühr und der Kaufsumme die Verträge übergeben würden. Die Mittagszeit war schon fast vorbei, und alle waren hungrig. De Castro lud uns im Ratsweinkeller ein, wo wir Rote-Bete-Suppe mit Speck und Sauerrahm aßen und dazu kantabrischen Rotwein tranken, den de Castros Handelshaus an den Ratsweinkeller lieferte. Nach der Mahlzeit lud mich Krekels ein, sein Badehaus zu besuchen, doch ich lehnte dankend ab und wollte erst einmal nach dem Schiff und meinen beiden Gefolgsleuten sehen. Ich fand den Weg schon ganz gut, doch es dauerte fast eine Stunde, bis ich endlich das Schiff am Ufer des Grasbrookes erreichte. Von Ole Hilken und Steffen Meiners war keine Spur zu sehen.

Ich machte mir Sorgen, besonders um das Geldversteck, aber auch darum, wie ich die Snigge auf Dauer allein bedienen sollte, wenn ich keine Hilfe hätte. Das Schiff dümpelte an einer Leine im braunen Uferwasser, ich zog es näher und schwang mich in die Snigge, als plötzlich zwei Gestalten mit gezogenen Schwertern unter den Persennings hervorsprangen und auf mich losgingen. Das Herz rutschte mir in die Hose, ich wich zurück, mein letztes Stündchen schien geschlagen, als ich meine Gefolgsleute erkannte, die mich schon von weitem hatten kommen sehen. Sie hatten den kindlichen Plan gefaßt, mich zu erschrecken, und das war ihnen auch wirklich gelungen.

Ich berichtete ihnen von der Stadterkundung, meinem Unfall in der Schenke und dem Aufenthalt bei den Beginen, aber den Hauskauf verschwieg ich ihnen. Dann beauftragte ich sie, in der Stadt etwas zu essen zu kaufen, Würste, Brot, Gebäck und Bier, damit wir ein gutes Abendbrot haben würden. Doch sollten sie rechtzeitig vor Einbruch der Dämmerung zurück sein. Die beiden freuten sich, nahmen das Geld und einen Tragesack und machten sich gemeinsam in die Stadt auf. Nachdem sie gegangen waren, machte ich mich daran, die Planken aufzuhebeln, unter denen ich das Geld versteckt hatte. So schnell ich konnte, zählte ich meine Münzen zusammen, sortierte die ungewöhnlichen Geldstücke aus, denn ich wollte sie in Stade tauschen, und steckte sie in meinen Gürtel. Danach vernagelte ich den Rest meiner Barschaft wieder. Die ganze Zeit lugte ich immer wieder nach verdächtigen Personen, da mir inzwischen Zweifel gekommen waren: Vielleicht ließ mich de Castro von gedungenen Räubern verfolgen, die mich überfallen würden, denn wo sollte ich wohl die Kaufsumme herbekommen, wenn nicht von meinem Schiff. Jetzt ärgerte ich mich, daß ich meine Helfer von Bord geschickt hatte. Die Kirchenglokken läuteten zum Abendgebet, aus den Wiesen stieg Nebel, und der Himmel wurde dunkler. Ich verlängerte die Festmacherleine, denn ich wollte nicht mit der Ebbe trockenfallen, sondern lieber im Wasser dümpeln und mich im Notfall mit dem Bootshaken davonstaken. Es wurde auch kalt, schließlich hatten wir Ende Oktober, und ich entfachte ein Holzkohlefeuer im Kohlebecken. Dann spannte ich die Armbrust, legte einen Bolzen auf, hielt die Schwerter und das Handbeil bereit und versuchte, mich etwas zu beruhigen. Doch statt ruhiger zu werden, begann ich, mir Vorwürfe zu machen, daß ich, ein Kaufmannssohn, geschult auch von den Piratenführern, mich so unter Druck hatte setzen lassen und, ohne weitere Angebote einzuholen, ein Grundstück mit einer Bruchbude von Haus darauf gekauft zu haben, ohne die Stadt wirklich zu kennen und ohne Beziehungen zu haben, die meinen Lebensunterhalt sichern würden.

Es wurde immer zwielichtiger und nebliger. Trotz der Holzkohlewärme fror ich, als ich dahockte und den Nebel in Richtung der Stadt zu durchdringen versuchte. Allmählich pochte mein Herz weniger heftig, mein Atem ging ruhiger, und ich sagte mir, daß ich es recht getan hatte. Es war vielleicht zu teuer gekauft, aber das Geld hatte ich einfach und mit Glück gewonnen, und so sollte es auch einfach wieder ausgegeben sein. Dann mußte ich an die Menschen denken, die ich in Hamburg nun schon kennengelernt hatte: Hagelskamp, den schlauen Küster, Pfeffer, den Äldermann mit Grundbesitz in Bergedorf an der Bille, Krekels, befreundet mit einem aus Kantabrien stammenden Weinhändler namens de Castro, die Beginennonne, die schon in der Normandie gelebt hatte, und ganz zuletzt fiel mir dieses Gesicht der einen, besonderen Nonne im Konvent ein: Woher kannte ich sie?

Ich wurde durch Rufe aus meinem Grübeln gerissen. Ole und

Steffen kamen treu zurück, beladen mit Proviant. Grinsend zeigten sie eine Wildente vor, die sie auf dem Rückweg mit einem Steinwurf im Nebel erlegt hatten. Brot, Äpfel, Wurzeln und Zwiebeln hatten sie gekauft, auch etwas Schmalz, Würste und Honig. Nachdem die Ente gerupft und ausgenommen war, sengten wir über dem Holzkohlefeuer die Federreste ab. Dann stopften wir die Ente mit Apfelstücken und Wurzeln, rieben sie mit Salz und Honig ein und steckten sie auf einen Spieß, der sonst zum Fischstechen genommen wurde. Es dauerte lange, bis die Ente gar war. Wir drehten sie abwechselnd über der Kohleschale, und in der Zwischenzeit aßen wir schmalzbestrichene Brote mit Zwiebeln und tranken von unserem Biervorrat. Ich warnte die beiden, daß wir auf der Hut sein müßten, es trieben sich Räuber rings um die Stadt herum, die auch gern ein schwachbesetztes Schiff in ihre Gewalt bringen wollten. Wir ließen uns an der Ankerleine mit dem ablaufenden Wasser immer in gewissem Abstand vom Ufer ziehen. Dann erzählte ich, daß ich noch immer nicht herausgefunden hätte, wie es mit der Kanalfahrt nach Lübeck stehe; auch müsse ich noch einige Warenpreise erfragen, so, wie es mir von Holtermann aufgetragen worden war. Ferner müsse ich auch möglichst eine Fracht nach Stade erlangen, damit sich der Weg gelohnt habe. Das war eine gute Erklärung dafür, am nächsten Tag nochmals in die Stadt zu gehen, während die beiden die Snigge zu bewachen hätten. Wir teilten die Wachen ein, zündeten eine Ölfunzel an, damit das Stundenglas in dem nebligen Schwarz der Nacht überhaupt zu erkennen war, und dann legten sich zwei nieder, während einer wachte.

18. Der Überfall auf der Elbe

Der Morgen war dunstig, Nebelschwaden wurden von einem schwachen, aber kalten Ostwind an uns vorbeigetrieben, und das ganze Schiff war mit Tautropfen benetzt. Die Tropfen hatten sich in einer Falte der Persenning gesammelt und waren dann auf mein

Wams geflossen, das ich nach meiner letzten Wache ausgezogen und neben mich gelegt hatte, bevor ich mich in meine Wolldecke wickelte. Ich fluchte und suchte in meinem Vorratsschapp fröstelnd nach Ersatz. Ole hatte aus dem kläglichen Glutrest in der Kohlepfanne wieder ein Holzkohlefeuer gezaubert und war dabei, Hafergrütze zu kochen. Das Wasser stieg, und während wir frühstückten, schob sich mit dem leichten, diesigen Ostwind ein Lüneburger Salzkahn mühsam gegen die immer stärker fließende Flut. Schließlich warfen die Schiffsknechte den Anker, und ihr Schiff trieb längsseits von unserem.

Wieder meinte Gott es gut mit mir, oder hatte ich besondere Schutzengel? Denn der Schiffer war einer der wenigen Lüneburger Schiffer, der neben seinen Frachtaufträgen zugleich einen Salzhandel auf eigene Rechnung abwickelte. Er schimpfte auf die Hamburger, die das Stapelrecht erzwungen hatten. An der Bunthäuser Spitze in Moorwerder, wo sich die Elbe in Norder- und Süderelbe teilt, hatten die Hamburger ihre Posten aufgestellt, die alle Schiffe elbabwärts untersuchten. Viele Schiffer waren gezwungen worden, die enge Norderelbroute zu nehmen, damit sie sich nicht zwischen den Elbinseln Steinwerder und Finkenwerder an Hamburg vorbeischleichen konnten. Auch den Lüneburger hatten sie im Morgengrauen entdeckt, angerufen und gedroht, und so war er in die Norderelbe abgebogen, obwohl sein Plan gewesen war, sich an Hamburg vorbeizumogeln und erst auf dem Rückweg von Stade seine restliche Salzfracht in Hamburg abzuliefern. Gut war nur, daß die Hamburger Wache in Moorwerder nicht an Bord gekommen war, um die Ladung zu begutachten, zu taxieren und das Stapelgeld einzuziehen.

Ich konnte ihm also ein Geschäft anbieten: Solange der Nebel uns vor den Blicken der Zolleinnehmer schütze, könne er mir die Ladung übergeben. Dann werde die Flut sich abschwächen, und er könne seine restliche Ladung im Binnenhafen an die vorbestimmten Adressaten liefern. Über den Preis wurden wir schnell einig, war es doch mein Risiko, noch Zoll und Abgaben zu bezahlen. Wir begannen sofort mit dem Umladen der Fässer, eine ziemliche Knochenarbeit, aber der Salzkahn war mit Laufplanken ausgerüstet, so daß wir die Fässer von einem Schiff ins andere rollen konnten.

Als die Sonne bleich und kraftlos durch den milchigen Himmel schien und durch ihren Stand den zeitigen Vormittag anzeigte, konnten wir unsere rastlose Arbeit beenden. Die restliche Ladung war für Hamburger Händler bestimmt. Der Schiffer freute sich, zahlte seinen Knechten ein Extrageld, und für ihn blieb ein guter Gewinn. Niemand hatte unser Treiben bemerkt, und als der Nebel sich immer mehr lichtete und die Stadtmauer sichtbar wurde, schob sich der erleichterte Salzkahn mit dem Ostwind gegen die schwächer gewordene Flut von uns weg, damit die Stadtwache nicht doch noch etwas bemerkte.

Wir ordneten die Persennings über unsere Fracht, und ich gab Steffen und Ole die Weisung, das Schiff stets abfahrbereit zu halten, während ich in der Stadt die letzten Besorgungen erledigen wollte.

Der Salzschiffer hatte mir nicht nur einen günstigen Handel ermöglicht, er hatte mir auch erzählt, daß die Lüneburger den Stecknitzkanal benutzten, um Lüneburger Salz an die Ostseestadt Lübeck zu liefern. Von der Elbe führen sie die Delvenau hoch, die über Schleusen gestaut sei. Dann komme ein meilenlanger, künstlicher »Graven«, auf dem man schließlich zu den Möllner Seen gelange. Von dort gebe es schon länger die kanalisierte Stecknitz, die in die Trave münde. Seit 1398 würden treidelfähige Kähne die gesamte Strecke befahren. Ein Abkommen zwischen Lübecker Salzkaufleuten und dem Herzog von Sachsen, Engern und Westphalen sichere aber, daß keine fremden Schiffer den Kanal benutzen könnten. Die meisten Kähne gehörten den »Salzherren« und würden von Schifferknechten lediglich bedient. Zudem sei es nur erlaubt, Kähne von längstens vierzig Fuß, breitestens dreizehn Fuß und von eineinhalb Fuß Tiefe zu führen. Da komme Salz von ungefähr viereinhalb Lüneburger Last zusammen. »Euer Schiff ist für die Kanalfahrt nicht geeignet. Auch gehört Ihr nicht der Bruderschaft der Stecknitzer Kanalfahrer an, mit denen die Salzherren verhandeln müssen. Die Bruderschaft ist mächtig, bewahrt sie doch durch sachkundige Kanalfahrt die Treidelwege, Schleusen und Anlegestellen vor Schaden. Ihr würdet nicht weit kommen. Ihr müßt mit Eurem Schiff Skagen runden, wenn Ihr nach Lübeck wollt.«

Auch wenn meine Hoffnungen in das, was die Menschen alles

zustande brächten, so nicht in Erfüllung gingen, hatte ich durch diese Nachrichten dennoch einen Teil meines Auftrags von Philipp Holtermann erfüllt. Blieb mir noch, mich um die neuesten Preise in Hamburg zu kümmern. Dies war genug Begründung dafür, weshalb ich nochmals in die Stadt mußte. Zwar wagten Ole wie Steffen mir zu unterstellen, ich habe mich in eine Hamburger Deern verguckt, doch gab ich keine Antwort, sondern machte mich auf den Weg. Mit dem stärksten Ebbstrom wollte ich die Stadt verlassen, und so mußte ich mich sputen, wenn ich alles erledigt haben wollte.

Zunächst führte mich mein Weg wieder zur Sankt Katharinenkirche. In der Sakristei ordnete der Küster Hagelskamp Kelche und Leuchter, als ein kleiner Chorjunge mich zu ihm führte.

»Na, Schiffer Maiboom, seid Ihr genesen? Wo habt Ihr Euch herumgetrieben, ich will Euch den Rest des Stadtbildes zeigen und kann Euch noch mit so manchem und mancher Schönen bekannt machen«, so begrüßte er mich, sogleich an seine Geschäfte denkend.

»Ich werde Eure besonderen Dienste später einmal in Anspruch nehmen. Jetzt müßt Ihr mir bei einem Hauskauf behilflich sein. Stellt Euch vor, ich habe ein Haus gekauft und lasse mich in Hamburg nieder. Noch heute erhalte ich die Urkunde, und ich möchte Euch als Zeugen mitnehmen. Als Küster versteht Ihr Euch auf das Hauswirtschaften. Vielleicht muß ich außerhalb der Hamburger Mauern überwintern, da könntet Ihr nach meinem Haus sehen, es instand setzen lassen, die Handwerker beaufsichtigen und zum Dank und als Lohn auf Eure Rechnung ein paar Zimmer an vertrauenswürdige Menschen, Pilger und Kirchenmänner, die hier durchkommen, vermieten. Was haltet Ihr von diesem Vorschlag?«

Hagelskamp zog mich am Ellbogen in eine Ecke und hielt sich den Zeigefinger auf den Mund. Dann horchte er und sah sich um, bis er aufatmend feststellte: »Zum Glück hat diesen Vorschlag niemand gehört. Die Pastoren mäkeln sowieso herum, ich würde mich um zu viele Dinge kümmern, die nichts mit der Arbeit eines Küsters zu tun hätten. Aber von dem schmalen Lohn der Kirche allein kann kein noch so gottesfürchtiger Mann leben. Auch die Pastoren treiben fleißig Ablaßhandel und nutzen ihren Einfluß auf die Alten, um Erbschaften für sich und die Kirche zu erhalten. Ich schlage ein, Hannes Maiboom, und es soll Euer Schaden nicht sein, daß Ihr an mich gedacht habt.«

»Kommt sogleich mit, denn ich habe mich heute vormittag verabredet, den Kaufvertrag zu erfüllen und das Geld zu übergeben. Wir können beim Schreiber auch gleich unsere kleine Übereinkunft besiegeln lassen.«

Und so geschah es. Wir gingen zum Rathaus, ich übergab an de Castro die Kaufsumme, erhielt eine Besitzurkunde, auf der auch die Zeugen vermerkt waren, und ließ meine Übereinkunft mit dem Küster aufschreiben und besiegeln. Nachdem ich dem Schreiber einen Extralohn hatte zukommen lassen, wurde er gesprächig und lieferte mir auch die gewünschten Preise und Qualitätsmerkmale für die Waren, die Holtermann zu kennen wünschte. Dann liefen wir im Eilschritt zu meinem Haus, besprachen die notwendigsten Reparaturen, und ich überließ dem Küster auch noch einen Geldbeutel zum Wirtschaften. Der Mann war sehr froh, und ich hoffte, mich nicht in ihm getäuscht zu haben.

Ich war von Unruhe getrieben. Mir kam immer wieder der Gedanke, daß Zolleinnehmer und Stadtwachen unser Schiff zur selben Zeit untersuchten, mir vorwerfen würden, ich hätte das Stapelrecht nicht eingehalten, was schließlich dazu führen konnte, daß mir das Bürgerrecht nicht zuerkannt würde. Hagelskamp geleitete mich an das Schaltor und wünschte mir zum Abschied alles Gute. Für die Schönheit der Stadt hatte ich keinen Blick, ich beeilte mich, zum Schiff zurückzukommen. Der Ebbstrom hatte bereits zugenommen. Etliche Schiffer nutzten die Gezeitenkraft, um mit ihren beladenden Kähnen und Schiffen aus dem Hafen zu kommen. Herbstliches Pappel- und Erlenlaub faulte am Ufer des Grasbrooks, und ich rutschte über den Schlick zu meinem Schiff. Steffen und Ole hatten es mit der Ebbe ins tiefere Wasser manövriert, und als sie mich sahen, zogen sie das Schiff so weit wie möglich auf den Schlick. Da löste sich plötzlich der Ankerhaken samt Beschwerungsstein aus dem saugenden Grund und das Schiff setzte sich in Bewegung flußabwärts. Mir blieb nichts übrig, ich lief in das Wasser, verlor fast einen Schuh in dem braunen Moddergrund und konnte mich gerade noch am Bug festhalten, als das Schiff Fahrt aufnahm. Wir trieben quer, Steffen zog mich an Bord, und mir blieb keine Zeit zum Frieren in meinen nassen Kleidern, denn wir drifteten auf einen verankerten Baumwall zu. In letzter Minute hißten wir das Segel, und die Windkraft ließ mich nun mit dem Ruder wieder steuern, so daß wir freikamen. Am Ufer grölten höhnisch die diensthabenden Stadtwachen. Es war bei Strafe verboten, den Baumwall zu berühren oder gar zu beschädigen.

Nun zog ich mir neue Hosen, ein trockenes Hemd und ein Wams an. Die Schuhe entleerte ich, hängte sie zum Trocknen mit meinen Kleidern an die Wanten und mußte nun mit einem Paar Holzschuhen vorliebnehmen. Zum Glück steckte noch etwas trockenes Heu in den Schuhen, so daß ich bald wieder warme Füße hatte.

Vor uns waren ein paar Altenländer Bauernkähne als Schatten über dem Elbwasser im fahlen Herbstlicht zu erkennen. Mit ihren kleinen braunen Sprietsegeln strebten sie den Prielen, toten Elbarmen und Nebenflüssen auf der Südseite des Stromes zu. Gegenüber von Blankenese war eine große Wattfläche trockengefallen, zerschnitten von einer Rinne abfließenden Estewassers. Nach meiner Karte lag Buxtehude nicht weit von hier, jedoch ließ sich im herbstlichen Dunst kein Kirchturm einer Stadt ausmachen.

Nachdem wir die Sandbänke vor Blankenese und die Verengung des Fahrwassers mit Hilfe der Tonnen und Markierungen glücklich passiert hatten, legte ich mich zufrieden unter eine Persenning. Ole und Steffen hatten Ruderwache, und wir glitten mit einer lauen Brise auf fast wellenlosem Wasser dahin. Ich döste, schmunzelte zufrieden und dachte dann an die ereignisreichen Tage, von der schrecklichen Hinrichtung bis zu den reizenden »blauwen Süstern« im Beginenkonvent. Da erschien mir diese besondere Begine, die ich zu kennen meinte, wieder vor meinem geistigen Auge, und ich richtete mich steil von meinem Lager unter der Persenning auf: Ich kannte sie, sie hatte das Gesicht meiner kleinen Schwester Ingrid. Konnte das möglich sein? Ich konnte nicht anders, ich stand auf und wandelte auf dem Schiff hin und her, vom Bug zum Heck, von Backbord nach Steuerbord, daß Ole und Steffen damals wohl glauben mußten, mir sei der Teufel in die Seele gesprungen. Mir war bekannt, daß Töchter bestimmter

Kaufmannsfamilien und junge Witwen oft in ein Nonnenkloster eintraten, wenn sie keine andere Möglichkeit einer ehrbaren Existenz mehr hatten. War es so auch meiner kleinen Schwester Ingrid ergangen? Am liebsten wäre ich umgekehrt, um dies herauszufinden. Allmählich beruhigte ich mich jedoch, denn was würde passieren, wenn ich meine wahre Identität preisgäbe? Ich war ja unter die Vitalier gefallen, hatte ihnen gedient, und die Feinde meines Vaters würden schon wissen, wie sie mir übel mitspielen könnten. Sie würden fürchten, daß ich mein Erbe einklagen könnte.

Dann hatte ich unter meinem neuen Namen auch ein Haus in Hamburg gekauft. Da könnte man mir Verrat und Betrug vorwerfen. Ich verfiel in eine tiefe Traurigkeit, obwohl es ja gar nicht sicher war, daß es sich bei der Beginenschwester um meine Schwester handelte, aber es schien mir, als hätte ich erneut meine zum Greifen nahe Heimat verloren.

Ich versuchte, mich selbst aufzumuntern, indem ich an meine Pläne dachte, ein reicher und geschickter Kaufmann und Bürger zu werden. Philipp Holtermann sollte mir dabei helfen, mochte er auch jetzt noch denken, er könne mich für seine Pläne benutzen. In naher Zukunft, das schwor ich mir in jenem Augenblick, würde ich nach dem Schicksal meiner Familie forschen.

»Schiffer«, riß Steffen mich aus meinen Träumen, »schaut mal nach steuerbord. Das gefällt mir nicht. Warum hält dieser Kahn direkt auf uns zu, weshalb sind dort so viele Gestalten zusammen in einem Kahn um diese Tageszeit?«

Bleiern hingen Nieselregenwolken am dunklen Himmel. Es wurde früh dunkel, es war Herbst. Waren dies Bauern, die einen Fährkahn über die Elbe paddelten? Oder waren es Flußpiraten? Wir machten nicht mehr viel Fahrt, denn der Wind war fast eingeschlafen. Nebelschleier zogen ganz langsam mit dem Wind, und es wurde merklich kälter. Am hohen Ufer von Blankenese und dem Falkenstein waren wir längst vorbei. Große Sandinseln lagen hier in der Elbe, mit Strandufer und grünnassen Senken, bestanden mit Weidengestrüpp. Am Nordufer mußte die Wedeler Aue mit ihren verschiedenen Seitenarmen münden, von Binsenfeldern gesäumte Priele boten vielfältige Schlupfwinkel für flache Schlickrutscherkähne. Das südliche Ufer mit den Mündungsarmen der Lühe sah ähnlich aus, aber die Altenländer Bauern waren meist wohlhabend, saßen auf gutem, ertragreichem Grund und waren den Hamburgern zugetan. Im nördlichen Marschland gab es schon mehr arme Pachtbauern, die im dunklen Herbst ihren Verdienst mit Räuberei aufbesserten. Und wirklich, die Paddler beschleunigten ihr Tempo, verfolgten uns jetzt eindeutig und hatten im Bug Weidenkörbe und Flechtwände aufgerichtet, als Schutz gegen Pfeile und Armbrustbolzen. In aller Eile holte ich dennoch die Armbrust heraus. Wie gut, daß ich in meiner Lehrzeit bei den Vitaliern aufgepaßt hatte, wie gut, daß ich vorbereitete Pechpfeile für die Armbrust besaß. Ich entzündete sie in der Glut unserer Holzkohlepfanne und sandte einen Pfeil nach dem anderen in das Weidengeflecht. Wie dumm von den Räubern, daß sie nicht an Brand gedacht hatten. Nun bespritzten sie den Zündelbrand mit Wasser und fielen darob wieder etwas zurück, da sie nicht mehr gemeinschaftlich paddelten. Einen von ihnen hatte ich ebenfalls erwischt, denn ich hörte einen Schmerzensschrei und wütendes Gebrüll. Aber so leicht gaben sie sich nicht geschlagen. Schließlich hatte ich auch meinen Vorrat an Brandpfeilen verschossen. Sie kamen näher, und wir konnten ihre Dreschflegel, Forken, Stangen und Aalspieße trotz der Dunkelheit erkennen. Ole und Steffen hatten unsere Waffen hervorgeholt, wir hatten Lederharnische angelegt, doch was sollten wir zu dritt gegen neun Angreifer ausrichten. Die Kerle hatten sich die Gesichter mit Ruß geschwärzt, und meine beiden Gehilfen zitterten vor Angst und Aufregung. Die guten Eisenbolzen hatte ich mir für meine Armbrust noch aufgehoben, und als die Bande kaum zehn Mannslängen entfernt war, schoß ich durch den Weidenschirm, und die Wucht des Bolzen traf einen von ihnen. Wieder fielen sie kurzfristig zurück, ich lud und schoß, und lud und schoß, aber ohne Erfolg. Ein Wurfanker flog an einer Leine auf unser Schiff, doch ein Beilhieb von Ole trennte uns wieder von unseren Verfolgern. Plötzlich begann Steffen, unseren schweren Ladebaum an seiner Talje aufzuhieven. »Wenn sie nah genug sind, gebt mir ein Zeichen, dann soll ihnen der Baum schmecken. Legt das Ruder so, daß der Baum an Steuerbord runtersausen kann.«

Ich begriff, was ihm eingefallen war, und es war auch höchste Zeit für eine gute Idee. Ich mußte mich ducken, ein Fischspeer verfehlte mich nur knapp. Eine Forke riß ein Loch in unser Segel. Ole hielt mit weißen Knöcheln ein Schwert umklammert. Mit Hakenstangen versuchten die Räuber, sich an unsere Reling zu klammern. Da legte ich plötzlich das Ruder um, daß sie uns breitseits fast rammten, und gleichzeitig ließ Steffen den Ladebaum herunterrauschen. Die Wucht des schweren Baums ließ den geklinkerten Plankenleib des Kahns aufreißen, Wasser trat einseitig ein, und der Kahn kenterte. Verzweifelt schwammen drei Gestalten auf uns zu, die anderen waren untergetaucht und klammerten sich nach dem Auftauchen an den gekenterten Kahn. Doch wir schlugen mit Bootshaken nach ihren Köpfen; Ole versenkte einen, daß er geradewegs in die Hölle tauchen konnte, und die anderen verschwanden im Heckwasser.

Inzwischen war es stockdunkel, kein Stern, kein Mond stand am Himmel. Wir trieben mit dem Strom, hatten eigentlich südlich von Lühesand nächtigen wollen. Nun steuerte ich in der Mitte des Stromes ohne Orientierung. Die Nacht hatte die Räuber und uns getrennt. Egal, ich steuerte an das Nordufer, wir ließen das Segel fallen und trieben irgendwo auf den Schlick der Haseldorfer Marsch. Wir bargen das Segel, so gut dies im Dunkeln ging, denn wir trauten uns nicht, Öllampen anzuzünden und damit die Aufmerksamkeit auf uns zu lenken.

So schnell konnte es gehen, aus dem Traumland eines Möchtegernkaufmanns in die harte Wirklichkeit geholt zu werden. Ich haßte diese Gewalttätigkeit und spürte eine große Wut auf die Täter. Wir beglückwünschten uns zu unserem Sieg und beruhigten uns gegenseitig, daß unsere Feinde ihre Waffen verloren hätten und uns mit dem zerborstenen Kahn nicht verfolgen könnten. Wir spannten eine Persenning so über das Boot, daß sich die letzte Glutwärme des Kohlebeckens darunter staute. Dann aßen wir Brot mit Schmalz und tranken Bier. Danach wurden die Wachen eingeteilt, nur einer schlief, zwei hatten Wache und horchten in die Dunkelheit, in das Glucksen des Stromes und seines schlickigen Tidenufers.

Es war eiskalt in dieser Nacht in den schweißnassen Kleidern. Als ich mit Schlafen an der Reihe war, träumte ich schlecht. Ich wurde in meine Zeit bei den Vitaliern zurückversetzt, in die Zeit der Verfolgung und Flucht von Wisby.

19. Godeke Michels' Gold

Was ich im einzelnen träumte, damals, als wir verfroren auf dem Elbwatt vor der Haseldorfer Marsch lagen, kann ich Dir heute nicht mehr berichten. Es waren eher Eindrücke, Gesichter, die wie Gespenster aus dem Dunkel auftauchten, kurze Erlebnisse aus der Zeit, als wir von Gotland vertrieben wurden. In jener Nacht, und auch während der Flucht von Gotland, war ich mir nicht im klaren über den Ablauf der Geschichte. Doch um die Sache abzukürzen, will ich Dir im Zusammenhang berichten. Wichtig ist dies auch, weil mir nach meinem Traum wieder einfiel, daß Godeke Michels damals einen Schatz auf der Flucht versteckt hatte, den ich vielleicht heben konnte.

Gotland hatte, seitdem es 1361 von dem Dänenkönig Waldemar Atterdag erobert worden war, den Dänenkönigen gehuldigt. Als die Dänenregentin Margarete den Schwedenkönig Albrecht von Mecklenburg 1389 gefangensetzte, begannen die Mecklenburger Verwandten und Gefolgschaften des Schwedenkönigs eine Handelsblockade gegen Dänemark. Es wurden Kaperbriefe ausgestellt, und die Kaperschiffe wurden auch nach Stockholm geschickt, wo die Dänen die schwedischen Getreuen des Königs belagerten. Die Kaperschiffe brachten den belagerten Stockholmern überlebenswichtige Viktualien von der Seeseite durch den Schärengarten bis in die Stadt. Diese Zeit war die Geburtsstunde der Vitalier gewesen, hier lag der Ursprung für den Namen »Vitalier«.

Zunächst waren es überwiegend Mecklenburger, die sich der Kaperbriefe bedienten. Bald aber kamen Abenteurer aus ganz Europa, um durch Kaperbriefe »berechtigt« auf der Ostsee zu rauben und Waren für die Belagerten von Stockholm zu verschiffen. Gotland lag mitten auf dem Weg nach Stockholm. Zwar wollte sich die Stadt Wisby, in der sich viele Hansekaufleute niedergelassen hatten, aus dem Krieg heraushalten. Aber Wisby war von strategischer Bedeutung für die Versorgung von Stockholm auf dem Seeweg, und so besetzten die Vitalier Wisby und die ganze Insel im Jahre 1394. Die dänischen Statthalter und Kaufleute wehrten sich kurz, wurden aber schnell niedergemacht und eingeschüchtert. Die hansischen Kaufleute, mit ihren Verbindungen nach Lübeck, Wismar, Rostock, Danzig, Hamburg und vielen anderen Städten, versuchten, sich ruhig zu verhalten und unter der Aufsicht der Vitalier zu handeln. Aber die Vitalier fingen immer dreister an zu kapern, und den Kaufleuten ging es schlecht. Der Ostseehandel, vom Schonenmarkt in Falsterbo bis nach Nowgorod, wurde möglichst unter Umgehung von Gotland abgewickelt. Bald gab es zu wenig Warenfluß. Besonders fehlte es an dem Lüneburger und Oldesloer Salz, das die Dänen und besonders die Schweden für das Haltbarmachen von Fisch benötigten.

Die Vitalieranführer Störtebeker, Godeke Michels und Magister Wigbold setzten sich als Herren von Gotland auf Wisby fest. Die wüsten, kampferprobten Vitalier ließen sich von Störtebekers Traum, einer Inselbruderschaft der Likedeeler, anstecken. Auch ich war damals begeistert, als Störtebeker nach der Eroberung Wisbys und der Niederwerfung der ganzen Insel auf dem Marktplatz von Wisby von einer hölzernen Kanzel zu den Vitaliern sprach. Mit glühenden Augen und mit seinen starken Armen und großen Händen redete er und machte Eindruck. Seine Worte schmeichelten sich in die Seelen der Vitalier: »Brüder sind wir, im Auftrag der Mecklenburger Fürsten und Städte haben wir begonnen, das dänische Unrecht zu bekämpfen. Brüder sind wir, denn wir teilen die Gefahr wie den Gewinn. Wir kämpfen gegen alle, die das dänische Unrecht unterstützen und uns an der gerechten Sache hindern wollen. Und seht, unsere brüderliche Stärke hat uns erlaubt, diese Insel in Besitz zu nehmen. Die Mächtigen von Mecklenburg sitzen auf dem Land und in den Städten, die Dänen hocken in ihren Burgen und Städten, die Schweden stecken in Stockholm und in wenigen kleinen Burgen fest. In diesem aristokratischen Ränkespiel versuchen die Hansekaufleute, die Händler aus England, die Holländer und der Deutschritterorden, ihren Gewinn zu machen und reisen mit ihren Geleitzügen über das freie Meer. Doch jetzt werden wir von dieser Insel aus den Handel mitbestimmen. Den Hansen und den Kaufmannsgilden steht jetzt die Bruderschaft der Vitalier gegenüber. Die Zölle und Privilegien der Städte werden sich auch nach unserer Bruderschaft richten müssen. Den gerechten Handel werden wir schützen und über das freie Meer geleiten, aber nach unseren Regeln. Denn wir sind stark und lassen uns nicht alles vorschreiben. Unsere Bruderschaft soll alles zu gleichen Teilen teilen, denn wir sind die Likedeeler und fürchten nur Gott und sonst nichts in der Welt.«

Die letzten Sätze hatte Störtebeker mit sich überschlagender Stimme herausgeschrien, und die Meute auf dem Marktplatz hing an seinen Lippen. Auch mich hatte das Gefühl der Brüderlichkeit ergriffen. Eine eingeschworene Gemeinschaft waren wir, auch wenn wir sonst getrennt auf verschiedenen Schiffen kaperten. Als Störtebeker dann schwieg und wie abwesend zum Horizont starrte, erhob sich ein Jubelgeschrei, die Vitalier fielen sich in die Arme, soffen aus mitgeführten Krügen und wußten nicht wohin in ihrem Siegestaumel. Godeke Michels konnte nicht so beredt zu seinen Leuten sprechen. Er schien jedoch kaum beeindruckt von Störtebekers Worten. Ich sah, wie er sich zu Magister Wigbold beugte und ihm etwas zuraunte. Da zog Wigbold den erstarrten Störtebeker vorsichtig von dem Podest und erhob seine schnarrende Stimme. So klein und häßlich dieser Mann war, so verstand er es doch, die Zuhörer in seinen Bann zu ziehen, und der tolle Haufen beruhigte sich: »Ja, so soll es sein, wir werden eine Bruderschaft bilden, einen Rat ähnlich den städtischen Räten, eine Kasse ähnlich den Alterskassen von Zünften und Gilden, Spitäler für sieche Vitalier und Alte, Schulen und Universitäten für die Seefahrt und das Vitalierleben gründen. Wir werden Land besitzen, auf dem wir uns von der wilden See ausruhen können. Störtebeker hat es verkündet, wie wir, Störtebeker, Godeke Michels und ich, es besprochen haben. Mit Gottes Hilfe wird es noch mehr Inseln der Vitalier geben, denkt an Helgoland in der Nordsee, die Faröer oder das sagenhafte Land im Westen, das Vinland der Nordmänner. Unsere Bruderschaft wird mächtiger werden und die Weltmeere erobern. Was kümmern uns die Lehnsherren an Land, Gott belehnt uns mit dem Meer. Laßt uns beten. Kniet nieder und faltet die Hände.«

Und wie von unsichtbaren Fäden gezogen, sanken die eben noch siegestrunkenen Männer in die Knie, lauschten dem Gebet und beruhigten sich. Nachdem Wigbold mit einem »Amen« geendet hatte, schickte er sie in ihre Quartiere, alles Weitere werde sich in der nächsten Zeit finden, die Anführer und Unterführer würden sich treffen, um alles zu bereden. Tatsächlich folgten die meisten älteren Männer hoffnungsvoll Wigbolds Worten. Nur die ganz jungen, stürmischen und die Wutköpfe, die immer leicht in Rage geraten, zogen in die Spelunken.

Damals hatte ich den Magister bewundert, daß er diesen wilden Haufen auf dem Marktplatz so zu dirigieren vermochte. Gewundert hatte ich mich über Godeke Michels, denn er war weder von Störtebekers Rede begeistert, noch von Wigbolds Rede und Gebet ergriffen. Als wir zusammen mit den anderen Führern, Unterführern und Schreibern vom Marktplatz in den Ratsweinkeller von Wisby zogen, redete er davon, daß geklärt werden müsse, wo die eroberten Waren, das Geld und die Schätze gelagert werden könnten, wie wohl ein Überblick über alles zu erreichen sei und wie das Gut verteilt werde.

Vier Jahre konnten die Vitalier auf Gotland bleiben. Wie es mir in diesen vier Jahren erging, welche Fahrten wir unternahmen und wie es sich mit der Bruderschaft verhielt, das will ich an dieser Stelle nicht erzählen. Nur sei kurz gesagt, daß ich in den vier Jahren viel über das Anführen von Menschen, über Recht und Unrecht lernte. Älter und reifer war ich geworden, als wir Vitalier im Jahre 1398 mit Schimpf und Schande von der Insel Gotland vertrieben wurden. Und davon träumte mir in jener Herbstnacht auf dem Schlick der Haseldorfer Elbmarsch.

Am 21. März 1398 griff überraschend ein Heer des Deutschritterordens von Osten die Insel an. Die Schiffe des Ordens hatten eine Menge gutbewaffneter Ritter und Männer an Land gespuckt. Die Gotländer Bauern, die früher neben ihrer Hofwirtschaft häufig die hansischen Güter aus Wisby weiter an Schwedens Küsten verteilt hatten, vereinigten sich mit dem Ritterheer. Die Vitalier hatten Schweden und Dänemark großen Schaden zugefügt. Die Schweden und die Dänen in Schonen litten an Salzmangel, konnten die Heringsfänge nicht verarbeiten und in den Süden senden. Die Gotländer Bauern hatten Frondienste für den Burgenbau der Vitalier, Mecklenburger und auch eines schwedischen Söldners namens Sven Sture leisten müssen. Die Gesandten des Deutschritterordens versprachen den Bauern nun die Wiederherstellung der alten Verhältnisse, sobald die Vitalier vertrieben seien. So rüsteten sich viele Bauern gegen die Vitalier, in der Hoffnung, bald wieder am Handel an Schwedens Küsten beteiligt zu sein. Schon am 5. April war die Insel sozusagen in der Hand der Deutschritter, die begannen, die Burgen zu schleifen. Die Vitalierflotte von ehemals einhundert Schiffen war zerstreut, jeder Führer und Unterführer hatte seine Schätze so gut es ging zu bergen versucht und war geflohen. Vage war vereinbart worden, sich in der Nordsee wieder zu sammeln, denn nach dem Kalmarer Friedensschluß zwischen Dänemark, Norwegen und Schweden hatte auch Mecklenburg seine Kaperbriefe zurückgezogen. Zudem waren die Hansestädte nicht gut auf die Vitalier zu sprechen, hatten diese sich doch zuletzt auch gern Mecklenburgern und anderen hansischen Schiffen in den Weg gelegt, zumindest Wegzoll verlangt und damit den Handel behindert. Etliche Vitalier zogen sich in den Bottnischen Meerbusen zurück, wo Sven Sture seine Macht sammelte und neue Stützpunkte errichtete. Das hatte den Vorteil, daß man den dänischen Schiffen bei den dänischen Inseln im Belt und im Sund aus dem Weg gehen konnte.

Noch war ich Störtebekers Lieblingsschreiber. In dem Durcheinander der Märztage 1398 überredete er Godeke Michels, mich als Schatzverwalter an Bord zu nehmen. Es war vielleicht das Mißtrauen Störtebekers, Godeke Michels könne sich nicht an den Plan halten, die Vitalierflotte vor den Küsten Frieslands wieder zu vereinen. Und die Hoffnung Störtebekers, meine Anwesenheit an Bord könne Godeke eher dazu bewegen, nach Friesland zu gehen und nicht nach Norwegen. So fuhr ich, von Godeke geduldet, auf seinem Schiff, gefolgt von den Schiffen seiner Unterführer. Was war aus der stolzen Bruderschaft auf dem Wisbyer Marktplatz geworden? Kläglich und schlechter Stimmung segelten die Piraten, trafen auf dänische Kriegsschiffe und mußten flüchten. Wir hatten ja auch viel zu verlieren, die gesamte Kasse Godekes lagerte nun an Bord, und an die vergrabenen Schätze auf Gotland würden wir so schnell nicht mehr herankommen. Der Deutschritterorden hatte einen Vertrag mit den Dänen geschlossen. Und der Hansetag drückte seine Genugtuung darüber aus, daß Wisby wieder frei für den Handel war. Gotland war für die Vitalier verloren.

Den ganzen April und Anfang Mai versuchten wir, einen Weg durch den Sund zu finden, während Störtebeker und seine Schiffe durch den Großen Belt in die Nordsee gelangen wollten. Schließlich befahl Godeke Michels, daß alle Wertsachen auf sein Schiff gebracht werden sollten. Er wollte den Durchbruch durch die Sperren bei dem nächsten Sturm mit drei Schiffen wagen. Der Rest sollte sich nach und nach einzeln, als Kauffahrer getarnt, durch die dänischen Sperren mogeln. Treffpunkt sollte Friesland werden. So verloren sich die Vitalierschiffe. Die Stimmung an Bord war schlecht, es gab keine frische Nahrung, keine Frauen, keine Abwechslung, kein Vergnügen.

Dann gelang der Durchbruch durch den Sund in einer Sturmfahrt. Ein Oststurm machte alle Kampfhandlungen unmöglich. Unsere Schiffe kämpften mit dem Sturm, ritten auf haushohen Wellen und nahmen so viel Wasser über, daß es kaum durch Pumpen und Schöpfen wieder außenbords zu bringen war. Schiffsgeschütze konnten wegen des hohen, unruhigen Seegangs nicht bedient werden. Godekes Schiff wurde von zwei kleineren Koggen flankiert, die trotz des Sturms von dänischen Kriegsschiffen vor Helsingör angegriffen wurden. Unser Schiff entkam unbehelligt. Was mit den anderen geschah, weiß nur Gott allein, wir haben sie nicht mehr wiedergesehen, nachdem sie die Sturmnacht verschluckte.

Als wir am nächsten Morgen wieder Licht und Sicht hatten, wurden wir von drei Schiffen verfolgt, die unter dänischer Flagge segelten. Alle an Bord waren übermüdet vom Lenzen und weil bei dem Krach, dem Knarren und Ächzen in den Planken kaum an Schlaf zu denken gewesen war. Ununterbrochen mußten zwei Männer mit Hammer und Werg die sich herauswindende Dichtung zwischen den sich biegenden Planken zurückschlagen und so das Schiff wieder abdichten. Zwei Wanten waren im Sturm trotz des kleinen Sturmsegels gebrochen, und jetzt bei Tageslicht schauten fast alle den Männern zu, die Godeke in die Wanten geschickt hatte, um neuen Hanf einzuscheren. Es kam, wie es kommen mußte, ein Mann wurde bei dem Seegang vom Mast in die aufgewühlte See geschleudert. Er hatte eine Sicherungsleine um die Brust gebunden, doch weil wir verfolgt wurden, ließ Godeke den Kurs nicht ändern oder die Fahrt verlangsamen, sondern schickte sogleich einen neuen Mann in die gefährdeten Wanten. Wir alle hatten Angst, daß der Mast über Bord gehen würde, wenn nicht bald die fehlende Takelage ersetzt wäre. Ich half beim Bergen des in die See gestürzten Kumpanen. Langsam zogen wir ihn Hand über Hand an das Schiff heran. Er klammerte sich mit beiden Händen an der Leine fest und versuchte, eine Stellung im Wasser zu finden, bei der er seinen Kopf genügend weit über die Oberfläche bekam. Doch er wurde schnell schwächer in dem Wasser, das Anfang Mai noch eisig war. Wir hatten ihn schon dicht an das Schiff gezogen, als er die Leine losließ und wie ein Spielball durch die Wellen wirbelte, Arme und Beine schlaff, der Kopf kraftlos am Hals baumelnd. Wir zogen ihn auf das Deck, rieben den bleichen Körper, versuchten, das Wasser aus seinem Brustkorb zu pressen und ihn durch Schütteln zum Leben zurückzuerwecken. Aber es war vergebens.

Godeke hatte nur gleichgültige Blicke für den Toten übrig. Doch mir ging dieser Unfall näher als die grauslichen Verstümmelungen bei den blutigen Gemetzeln von Mann gegen Mann. Der Tote hieß Hermann Sedelmayr und stammte aus der Gegend von Nürnberg. Er war ein Schwertfeger-Geselle und hatte eine Zeitlang in Hamburg in der Nähe der Petrikirche gearbeitet, wie er mir erzählt hatte. Dann war er auf Wanderschaft weiter nach Lübeck gezogen, hatte dort bei seinem neuen Meister aber eine Liebschaft mit der Frau des Meisters begonnen und mußte schließlich Hals über Kopf auf einem Schiff als Geleitsoldat anheuern, um aus der Stadt fliehen zu können. Das Schiff war jedoch gar kein Kauffahrer, sondern ein getarntes Vitalierschiff. So war er vor vier Jahren zu den Vitaliern gekommen und bei ihnen geblieben. In Wisby hatte er wieder in seinem Beruf gearbeitet, doch als die Deutschritter kamen, wollte er seine Likedeeleranteile nicht ziehen lassen und zurückbleiben. Ach, wäre er doch in seiner Werkstatt geblieben, er hätte auch bei den Deutschrittern Arbeit und Auskommen gefunden. Nun lag er kalt auf dem Deck. Godeke wollte den Leichnam so schnell wie möglich von Bord haben. Er bestimmte Thomas Liepe, einen ehemaligen Kaplan, der auch aus dem Süddeutschen stammte, den Toten in Leinen zu nähen, mit einem Steingeschoß zu beschweren, ein Gebet zu sprechen und ihn dann der See zu übergeben. Und so geschah es, ohne viel Aufhebens.

Die Aufmerksamkeit aller Schalmen richtete sich nun auf die Verfolger, die etwas mehr Segelfläche gesetzt hatten und langsam näher kamen. Wir hatten alle Angst, die Dänen würden kurzen

Prozeß mit uns machen. Doch würden sie unser Schiff nicht versenken wollen, denn es lag nahe, daß wir Piratenschätze an Bord hatten. Als der Sturm etwas nachließ, riß der Himmel auf, und die Sonne kam zum Vorschein. Godeke liebte es nicht, Ansprachen zu halten, aber in dieser Situation blieb ihm nichts übrig, er mußte uns Mut zusprechen, uns begeistern, damit wir unsere Kraft zusammennahmen.

»Vitalienbrüder, seht, der Himmel meint es gut mit uns. Die Geister des Meeres haben ein Opfer von uns verlangt und einen Mann verschlungen. Jetzt geht die Sonne wieder auf, das Schicksal wird sich wenden, wir sind durch den Sund gekommen, und nun kommen wir auch weiter. Ob Aberglauben oder Gottesfurcht, schaut nach vorne, die Zeichen sind günstig. Der Mast steht wieder sicher. Wir setzen das große Segel und laufen weit ins Kattegat. Ich verspreche euch, morgen erreichen wir die schwedische Schärenküste, den Danafjord, und versuchen, nach Lödöse zu kommen. Dort werden wir uns erholen. Jetzt aber haltet durch. Wigald gibt die Anweisung für den Segelwechsel.«

Kurz und knapp war die Rede, aber die Ruhe und Zuversicht, die Godeke ausstrahlte, übertrug sich auf die müde und hungrige Mannschaft. Seit drei Tagen hatten wir nichts Warmes mehr gegessen, doch als Wigald, der erprobte Steuermann und Vertraute Godekes, jetzt die Kommandos gab, verrichtete die Wache alle Arbeiten ohne Murren, und die Wachfreien trollten sich unter Deck, um die Decksarbeit nicht zu behindern. Unten herrschte drangvolle Enge, es roch nach feuchten Kleidern, Schweiß und Unrat. So verzog ich mich, als Schreiber ohnehin nicht direkt zur Mannschaft gehörig, in die Kajüte des Achterkastells. Godeke hatte bereits ein paar Unterführer zu sich gerufen, und nun zeigte er uns eine Kostbarkeit, eine Karte mit Segelanweisungen, die das Gebiet nördlich von Varberg zeigte.

»Mein Ziel ist das schwedische Gebiet, das nach dem Kalmarer Frieden ungefähr nach diesem Fjord beginnt«, sagte Godeke und zeigte auf eine Bucht ungefähr zehn deutsche Meilen (100 km) nördlich von Varberg. »Bis hier haben wir mit dänischen Kriegsschiffen zu rechnen, die das Kattegat und den Handelsweg nach Varberg bewachen. Dann beginnt das schwedische Gebiet, das bis an den Danafjord und die Einfahrt zum Götaelv reicht. Am Götaelv liegt Lödöse, unser Ziel. Dort ruhen wir uns aus, die Schweden werden uns nichts tun, und die paar Hansen, Holländer und Engländer werden sich schon nicht gegen uns vereinen. Die Schweden halten uns zugute, daß wir ihren König unterstützen. Haben wir uns gestärkt, versuchen wir von dort, das Skagerrak zu umrunden.«

Godeke blickte uns triumphierend an. Er war ein wortkarger Mann, von untersetzter Gestalt und mit einem ausgezeichneten Gedächtnis ausgestattet. Er kannte viele Buchten, Meeresengen, Inseln und hatte 1393 den Angriff und die Ausplünderung von Bergen in Norwegen geleitet. Nördlich von Lödöse begann das Gebiet der Norweger, die mit den Dänen eng verbündet waren. Nennenswerte Häfen und Städte gab es bis Tönsberg und Oslo nicht, und doch waren von diesen Küsten früher die Normannen zu ihren Eroberungen gestartet. Man mußte sich vorsehen, denn Strandräuber und kapernde Boote gab es zwar selten, aber niemand wußte, wann diese Küstenbauern sich in ihre Langboote setzen würden. Der Boden an der steinigen Küste Bohusläns gab nicht viel her. Wer wohlhabend werden wollte, mußte sein Glück auf dem Meer suchen. Im Land gab es keine Handelswege, alle Waren wurden über die Wasserstraßen verschifft.

Als das Sturmsegel fiel, verloren wir rasch an Fahrt und die Verfolger holten auf. Die Geschütze auf dem Vorderkastell der dänischen Kriegskoggen waren deutlich zu sehen. Doch ehe sie in Schußweite kamen, zog unser Großsegel das Vitalierschiff mit Macht nach Norden. Wir konnten den Dänen davonlaufen, und dank der Segelkunst und Godekes Karte erreichten wir tatsächlich in der Dämmerung den Fjord. Noch einen ganzen Tag segelten wir den Götaelv hoch und kamen dann nach Lödöse.

Es war ein kleines Städtchen, ganz aus Holz errichtet, mit einer steinernen Fluchtburg. Es wurde deutsch gesprochen, denn die Mehrheit der Einwohner stammte aus Lübeck, Hamburg, Wismar und dem Norden Deutschlands. Auch Engländer und Holländer waren ansässig. Sie besaßen keine eigene Rechtsprechung, lebten nach schwedischen Gesetzen und galten trotz ihrer Herkunft nicht als Ausländer. Das hatte der schwedische König von den Ansiedlern verlangt, um die Ausländer an sein Land zu binden und sie für sich einzunehmen. Die Stadt war bescheiden, aber es gab Badehäuser, Gasthäuser und Krämer, so daß wir uns versorgen und uns von der Mühsal der Flucht ausruhen konnten. Pilger nach Santiago de Compostella warteten auf Schiffe, die in den Süden gehen würden. Es gab auch ein paar leichte Mädchen, die gerne mit Seefahrern anbändelten, solange diese Tand und Tuche spendierten oder Münzen gaben. Vor Ostern hatte es einen Markt gegeben, die nächsten, größeren Markttage würden zu Mittsommer abgehalten werden. Nun lag das Städtchen eher verträumt da. Der Rat fragte zwar, ob wir etwas zu verkaufen und zu handeln wünschten, aber die Lödöser gaben sich zufrieden, als wir antworteten, daß uns der Sturm der letzten Tage hierhergetrieben habe und wir keine Handelsware mit uns führten. Ein Blinder hätte gemerkt, daß unser Schiff kein Handelsschiff war, denn es gab über sechzig Mann Besatzung, und unser Schiff war kriegsmäßig ausgerüstet. Der Rat aber fragte nicht nach, er dachte sich seinen Teil. Täglich kamen einige Kleinhändler, Fischer und Bauern, verkauften ihre Erzeugnisse an die Händler der Stadt oder kauften den Bedarf für die Höfe und die Fischerei: Schnüre, Leinen, Tauwerk, Netze, Eisenwaren, Tuche, Hanf, Saatgut, Salz und Getreide.

Unsere Mannschaft bröckelte ab, wer etwas gelernt hatte und gebraucht wurde, verdingte sich bei einem Handwerker, Schmied, Böttcher, Gerber, Schuhmacher, Schneider, Bootsbauer oder ähnliche. Godeke tat nichts dagegen, sondern freute sich insgeheim, daß er nicht teilen mußte mit denen, die das Schiff und die Vitalier verließen. Nach drei Wochen Liegezeit im Götaelv waren zwanzig Mann verschwunden, ohne Lebewohl zu sagen. Da gab Godeke plötzlich den Befehl zum Aufbruch. Jetzt war die schöne Jahreszeit angebrochen, es blühte und grünte üppig, denn oben im Norden blühen die Frühlingsblumen und Frühsommergewächse gleichzeitig, als würden sie einen Wettstreit austragen, und des Nachts wird es nie richtig dunkel. Gern wäre ich noch ein paar Tage in Lödöse geblieben. Doch wir segelten mit sachtem Wind drei Stunden nach Mitternacht ab. Stromabwärts ging es schneller als auf der Hinfahrt nach Lödöse. Als das Schiff sicher fuhr, verließ Godeke das Achterkastell und trat in die Kajüte. Wigald, der Schreiber Dietrich, der Unterführer Malte Scheuer und ich sollten in die Kajüte kommen. Als wir uns versammelt hatten, zog Godeke Michels wieder seine kostbaren Karten aus seinem abschließbaren Schubladentisch. Die Karten waren so wertvoll wie Gold, denn wenn sie stimmten, konnte man sicher an den Küsten landen.

»Ich habe mich in Lödöse umgehört. Die Dänen warten mit ihren Kriegsschiffen auf die sogenannten Umlandsfahrer, also auf alle, die Skagen umrunden, um in die Ostsee einzufahren. Damit ihnen kein Zoll entgeht und nicht zu viele Waren ins schwedische Lödöse geliefert werden, liegen sie gern auch hier vor der Küste, in sicherem Abstand von Riffen und Schären. Jetzt warten sie besonders auf die Vitalierschiffe. Diese Karte habe ich vor fünf Jahren erbeutet, und sie scheint ausgezeichnet zu sein. Wir werden sie brauchen, denn es wurde mir zugetragen, daß ein Angriff auf uns bevorsteht. Einige der Vitalier, die uns den Rücken gekehrt haben, haben anscheinend mit ihren Taten und unserem Schatz an Bord geprahlt. Da wurde die Begehrlichkeit geweckt, wir müssen zusehen, daß wir aus der Gegend wegkommen. Ich will einen Teil unserer Schätze an einem sicheren Ort hinterlegen. Es gibt einen kleinen Ort am Ende des Gullmarsfjordes, wo Mönche einen Hof unterhalten und reiche Lachsvorkommen sein sollen. Der Ort heißt Munkedal. Den Fjord kenne ich, weil ich mich vor Jahren in diesen Gewässern einmal dorthinein geflüchtet habe und überwintern mußte. Im Fjord gibt es zwei Inseln, die gut zu verteidigen wären. Bei Sturm kann man Schiffe im Windschatten der Inseln schützen, das Wasser ist so tief, daß man nirgends auf Grund läuft. Und die Mönche und ihr Hof werden notfalls gern ihre Lebensmittel mit uns teilen …« Godeke lachte, und Wigald, sein langjähriger Vertrauter, fiel ein. »Glaubt mir, der Fjord ist bestens geschaffen für ein Vitaliernest. Und wenn ich mich einmal zur Ruhe setzen will, dann könnte ich mir diese verlassene Gegend gut vorstellen. Bevor wir den Weg durch das Skagerrak suchen, werden wir unser Schiff erleichtern, und zwar in jenem Fjord, denn in den Gullmarsfjord würde ich sogar ohne Karte hineinfinden. Der Weg dorthin aber ist gefährlich. Einem offenen Kampf müssen wir aus dem Wege gehen. Ich will auch auf das Kapern kleinerer Geleitschiffe verzichten, denn mit nur vierzig Mann ist mir das Aufteilen der Kräfte zu riskant. Außerdem muß sich kein fremder Kapitän den Gullmarsfjord merken.«

So weihte Godeke uns in seine Pläne ein und bereitete uns auf die gefahrvolle Fahrt durch die Schären vor. Wann immer ein Schiff am Horizont auftauchte, gingen wir näher unter Land, nahmen manchmal die Segel herunter und legten das Schiff hinter die felsigen Inseln, um es zu verstecken. Wir brauchten drei Tage, bis wir in den Fjord einfuhren. Tatsächlich unterschied sich der Gullmars von den anderen Meeresarmen und Buchten in jener Gegend. Der Gullmars führte tief in das Land, hatte liebliche Buchten und hohe, windgeschützte, bewaldete Ufer. Kaum eine Menschenseele war in diesem Grenzgebiet zwischen Norwegen und Schweden zu bemerken. Wir ankerten an den beschriebenen Inseln. Und Godeke persönlich, nur begleitet von Wigald, versteckte einen Gold- und Silberschatz. Die beiden ruderten mit dem vollbeladenen Beiboot in Richtung Osten. Ich hatte mir auf der Karte den Mönchshof Munkedal eingeprägt, und in diese Richtung bewegten sie sich eines frühen Morgens, als die meisten noch schliefen. Ich selbst hatte die Teile des Schatzes taxiert, gezählt und verzeichnet. Es war ein stattlicher Reichtum, wenn dieser Schatz einem allein gehörte.

Auch von diesem Erlebnis während meiner Vitalierzeit träumte ich in den frühen Morgenstunden in der Haseldorfer Marsch. Als ich erwachte, schwor ich mir, meine Karten genauer zu studieren und zu schauen, ob ich nicht auch eine solche Karte erlangen könnte, denn meist gab es ja Kopien. An jenen Teil des Fjordes würde ich gern noch einmal zurückkehren, um nach Spuren zu suchen. Godeke war nicht lange fortgeblieben, er war in eine kleine Bucht auf der Nordseite des Gullmars abgebogen, kurz vor der Mündung des Lachsflusses. Dort zwischen den Felsen mußte das Versteck liegen.

20. Die schöne Kristine

Lautes Geschnatter weckte mich aus meinen wirren Träumen. Sofort griff ich zu dem Schwert, das ich neben mein Lager unter der Persenning gelegt hatte, und rappelte mich auf. Mein Herz klopfte sofort spürbar schneller und kräftiger in meiner Brust. Der Lärm kam vom Heck des Schiffes, wo Steffen mit einem Bootshaken eine Graugans zu jagen versucht hatte. Es war mißglückt, und zwischen den Schilf- und Reetgrasinseln erhoben sich nun an die hundert Graugänse aus dem flachen Wasser in den milchigen Herbsthimmel. Die Kiebitze, die einen Steinwurf entfernt auf einem Stück Grasland standen, äugten neugierig herüber, blieben aber gelassen in ihrer Ordnung stehen. Auch Ole kam nun auf die Beine. Er machte sich mit klappernden Zähnen an dem Holzkohlebecken zu schaffen. Rauhreif lag auf den Schilfblättern, auf der Persenning und auf dem Schiffsdeck. Gefrorene Tautropfen hingen in Spinnennetzen in geschützten Ecken. Die Sicht war schlecht, das andere Elbufer lag im Nebel, und wie es schien, saßen wir auf einer Sandbank fest, denn wir wurden nicht von den Wellen geschaukelt. Ich kroch wieder unter die Felle, es würde noch etwas dauern, bevor wir weiterziehen konnten. Bei Tageslicht wirkte das Leben nicht mehr so bedrohlich wie am vergangenen Abend.

Zum Glück kann der Mensch vergessen und Erinnerungen verdrängen. Aber wie gut auch, daß wir uns an Dinge erinnern können, besonders, wenn einem alte Gerüche wieder in die Nase steigen. Ole hatte in Hamburg Zimtwecken von einer Marktfrau gekauft und wärmte sie am Feuer, daß das Aroma sich mit der heißen Luft verbreitete. Mir wurde froh ums Herz, ich fühlte mich für einen Moment wie zu Hause, damals als Junge in Lübeck, in der dunklen Jahreszeit. Ich raffte mich auf, um auch etwas von den warmen Wecken zu bekommen. Als ich mir einen gefütterten Umhang aus dem Schapp zog, fiel mein Blick auf die Kartenkiste, die abgeschlossen und festgeschraubt in der Plicht stand. Den Traum von der Flucht mit Godeke Michels von Gotland über Lödöse und den Gullmarsfjord hatte ich nicht vergessen. Bei der nächsten Gelegenheit wollte ich in Ruhe die Karten ausbreiten, die ich von Magister Wigbolds Schiff mitgebracht hatte. Das nächste Ziel mußte jedoch erst einmal erreicht sein: Stade.

Wir aßen, während die Flut uns in die Höhe hob. »Schiffer, wir brauchen ein neues Segel. Dieses ist schon mehrfach geflickt, seht, was die Strauchdiebe von gestern für einen Schaden angerichtet haben mit ihrer verdammten Forke.« Steffen zeigte auf einen langen Riß in der Leinwand mit ausgefransten Kanten. Im Dunkeln war es uns nicht aufgefallen. Wir mußten das kleinere Segel aufziehen und machten uns schließlich auf den Weg.

»Schiffer, was machen wir in der Winterzeit?« fragte Ole, als wir sehr langsam gegen die Flut elbabwärts zogen. Auch Steffen blickte mich neugierig an.

»Wenn ihr euren Lohn ausgezahlt haben wollt, um nach Tönning zurückzukehren, könnt ihr ihn bekommen. Mir würde es aber auch passen, mit euch zu überwintern. Ich habe Arbeit genug, denn das Schiff muß instand gehalten werden. Lohn, Nahrung und ein Dach über dem Kopf will ich euch geben. Überlegt es euch. Habt Dank, daß ihr neben eurer blanken Haut gestern auch unsere gemeinsame Zukunft verteidigt habt, denn dieses Schiff und seine Ladung sichern unseren Unterhalt. Hätten die Halunken uns gestern auch nur ins Wasser gestoßen, wir wären bettelarm geworden, und das zum Beginn der kalten Jahreszeit. Auf zu Philipp Holtermann nach Stade, und dann entscheiden wir, was wir tun und ob ihr über den Winter bei mir bleibt.«

Die beiden waren irgendwie stolz, und ich hörte sie davon sprechen, daß sie ihren alten Freunden in Tönning gern von ihrem ruhmhaften Kampf gegen eine Übermacht von Flußpiraten erzählen würden.

Am Nachmittag fuhren wir endlich die Schwinge aufwärts und konnten schließlich abends an einem freien Plätzchen beim Harschenfleetviertel festmachen. Ein Wächter ging mit einer noch nicht entzündeten Laterne am Ufer entlang, denn es würde früh dunkel werden. Er wies sich mit einer Ratsmedaille aus und verlangte sogleich das Pfahlgeld. Als ich bezahlt hatte, begann er mich zu belehren: »Der Hansetag hat beschlossen, daß jeder Schiffer einen guterkennbaren Wimpel seiner Heimatstadt von Sonnenaufgang bis eine Stunde nach Sonnenuntergang am Masttopp führen muß. Außerdem wird die Winterfahrt vom Martinstag bis zum Petritag verboten, damit es keinen ruinösen Wettbewerb zwischen den Kaufleuten und keine Schiffsverluste gibt. Wer sein Schiff in dieser Zeit bewegt, benötigt eine Genehmigung des Rates, sonst wird es beschlagnahmt. Morgen früh müßt Ihr Eure Waren auf den Stapel bringen. So, das war's, was ich Euch sagen muß.« Er machte eine Pause und ließ sich dann bei dem Kohlebecken nieder, das Ole bereits zum Glühen gebracht hatte. Leutseliger gab er sich, als er uns erzählte, daß die Ratsherren wegen guter Geschäfte in diesem Jahr am kommenden Martinstag ein Budenfest auf dem Fischmarkt zur Belustigung aller Stadtbewohner veranstalten ließen. Die großen Kaufleute würden Stände errichten lassen und gewürztes Bier, gewürzten Wein und Speisen frei ausgeben für alle, besonders aber für Arme und Bedürftige. Die Burschen und Mädchen würden sich abends feinmachen, durch die Gassen flanieren, und die Kaufmannsfamilien würden sich gegenseitig in ihren Häusern besuchen.

Die Aussichten auf ein Fest stimmten besonders meine Schiffsknechte Steffen und Ole froh. Ole ließ sich nicht lumpen und schenkte dem Wächter einen Humpen voll mit dem letzten Hamburger Bier, und Steffen stellte mich zur Rede: »Schiffer, wir haben Euch treu gedient, und wenn die Fahrt nach Martini nun verboten wird, dann können wir auch nicht nach Tönning zurückkehren. Da nehmen wir Euer Angebot an, bei Euch zu bleiben und im Winter das Schiff zu pflegen, so gut wir das können. Einen Wunsch habe ich, nachdem ich Hamburg kaum zu Gesicht bekommen habe, treu das Schiff bewacht und gegen Flußpiraten gekämpft habe: Gebt uns für dieses Fest frei und verlangt nicht, daß wir auf dem Schiff Wache schieben müssen.« Ich ließ mich breitschlagen und sagte zu. Mich beunruhigte der Gedanke, daß ich nun in Stade festgenagelt sein sollte. Neue Ladung würden wir nicht finden, wenn der Rat die Frachtfahrt im Winter verboten hatte. Nun besaß ich ein Haus in Hamburg und mußte mich dennoch auf Philipp Holtermanns Gnade verlassen. Er hatte mir ja Räume in seinem Speicherhaus in der Harschenfleetsiedlung versprochen. Gleich morgen wollte ich mich bei ihm sehen lassen und ihn an seine Zusage erinnern.

Der Wächter erhob sich und zündete seine Lampe an, denn es wurde langsam dunkel, und er wollte noch einmal bis zum Ende der Pfahlreihe laufen, um vielleicht noch einen Neuankömmling zu empfangen. Zum Abschied meinte er zu meinen Jungen: »Wenn ihr euch auf dem Fest sehen lassen wollt, dann müßtet ihr euch aber verschönern lassen, um nicht mit den Bettlern auf einer Stufe zu stehen. Badet einmal, ihr stinkt ja nach Tran. Laßt euch die Haare und den Milchbart balbieren, wenn ihr mit den Deerns schöntun wollt. Der Schiffer muß euch bei der Ladung ja ein gutes Windegeld zahlen, denn zum Kran könnt ihr nicht vorkommen, der ist für die nächsten Tage vorbestellt. Und wenn ihr gegen Flußpiraten gekämpft habt, dann gibt's Priemgeld, laßt euch das nicht entgehen. Ich weiß das, weil ich selbst zur See gefahren bin, als ich noch jünger war. Gott befohlen, Schiffer.« So sprach er und ging.

Die Witterung schlug um, ein eisiger Wind aus Norden begann zu blasen. Wir zurrten die Persennings fester, richteten es uns darunter ein und zündeten Öllampen an. Der Nebel verflog, es würde eine sternenklare und kalte Nacht geben. Da entschloß ich mich, in ein Badehaus zu gehen. »Jungs, verzehrt unsere Vorräte allein und paßt noch einmal auf das Schiff auf, ich verspreche, daß ihr zum Fest freihabt. Ich gehe in das Badehaus in der Bungenstraße, solange das Stadttor noch geöffnet ist. Spätestens morgen früh bin ich wieder bei euch, wenn wir entladen müssen. Bis dann.«

Ich nahm meinen gefütterten Umhang, zog meine Mütze bis über die Ohren und machte, daß ich davonkam. Der alte Wächter hatte mich an das wohlige Gefühl erinnert, in einer heißen Wanne zu sitzen. Das Badehaus in der Bungenstraße kannte ich schon, ich hatte es im Sommer einmal zusammen mit dem Gehilfen Holtermanns, Lukas Diekmann, aufgesucht, und wir hatten uns nach einem staubigen Entladetag dort verwöhnen lassen. Hübsche Mädchen schrubbten einem den Rücken, wuschen einem die Haare und reichten Bier.

Als ich ankam, hörte ich schon Musik aus dem Inneren des Hauses dringen. Dieses Badehaus gehörte zu der teureren Sorte, aber es lohnte sich. Ein Barbiergeselle öffnete mir, versorgte mich mit Handtüchern und Seife und geleitete mich ein paar Stufen hinab in den Badesaal. Dampf schlug uns entgegen, als er die Tür zu dem

Saal mit der Gewölbedecke öffnete. Große Leuchter erhellten den Raum. Vorne am Eingang stand der Barbier und schnitt einem vornehmen Herrn die spärlichen Haare. Ich ließ mir zunächst von dem Gesellen den Bart abnehmen und die Haare schneiden, bevor mir eine Wanne zugewiesen wurde. Der Saal war mit Vorhängen unterteilt, und auch wenn man Gespräche wahrnahm und aus einer Ecke Lautenklänge und Flötenspiel zu vernehmen waren, so war es doch eine wohlig-ruhige Stimmung.

Ich stieg in eine kleine Einzelwanne und genoß die Wärme mit geschlossenen Augen. Ein Halbwüchsiger hatte schwer an dem heißen Wasser zu schleppen und goß hier und da nach. Als er durch den Vorhang nach nebenan schlüpfte, sah ich für einen Moment eine bildschöne, blonde, noch sehr junge Frau in der Wanne sitzen. Eine alte Frau mit vielen Falten im Nacken und hochgestecktem, grauem Zopf saß ihr gegenüber und drehte mir den mit Altersflecken übersäten Rücken zu. Die Junge blickte neugierig durch den Spalt im Vorhang, unsere Blicke trafen sich kurz, doch der Vorhang schloß sich erbarmungslos wieder.

Der Barbiergeselle fragte nach meinen Wünschen, und ich bestellte Brot, Wurst und Bier. Ein paar Vorhänge weiter erhoben sich jetzt Gesänge. Wie es schien, waren Tischlergesellen zum gemeinsamen Baden gekommen und trugen nun gegen den Lautenklang ihre Ämtergesänge vor. Der vornehme Mensch, der sich Lauten- und Flötenspieler leistete, bat um Ruhe, doch ohne Erfolg, denn die Tischler- oder Handwerksgesellen sangen aus Leibeslust weiter. Mich störte es nicht, mir war wohl, ich wusch mich mit Seife und tauchte bis über beide Ohren unter. Die Geräusche waren merkwürdig gedämpft unter Wasser. Als ich wieder auftauchte, hatte sich die Umgebung verändert. Die Vorhänge lagen am Boden, und die Stellwände waren umgerissen, die Handwerksgesellen hatten, nackt wie sie waren, ein Handgemenge mit dem vornehmen Rufer angefangen. Die Musikanten flüchteten vor den Wassermassen, die sich aus einem umgeworfenen Bottich ergossen, und neben mir sah ich mit Wohlgefallen die schlanke Schöne aus dem Wasser steigen. Welch köstlich weiße Haut sie hatte, wie edles, makelloses Porzellan aus dem Fernen Osten. Die hübschen Brüste wurden von Brustwarzen mit einem großen rosa Hof verziert, aber schnell verhüllte sie sich, und alles ging ohnehin so zügig vonstatten, daß ich mich längst nicht satt sehen konnte. Aber Appetit hatte ich bekommen.

Der dicke Barbier selbst und zwei seiner Gesellen brachten die wüsten Raufer auseinander. Die Handwerksburschen wurden abgeführt, und jetzt erkannte ich, wer sich da die Musik geleistet hatte: Es war Lukas Diekmann, der da mit einem Jüngling in einem großen Zuber gesessen hatte. Andere Leute waren nicht mehr zu sehen, denn die Helfer des Badehauses hatten die meisten Wandschirme wieder aufgestellt und die Vorhänge aufgehängt. Da erkannte Lukas mich und lud mich in seine Wanne ein. Ich wechselte also hinüber und er bestellte großspurig gewürzten Wein, Brot und Käse für uns. Der Barbier jammerte über den Schaden und die Arbeit, doch Lukas wischte dessen Einwände mit einer Handbewegung weg und beteuerte, daß er zahlen werde. Daraufhin schwieg der Barbier und schickte uns das Gewünschte durch eine hübsche Magd.

»Schiffer Maiboom, Ihr seht mich in Spendierlaune. Philipp Holtermann hat seine Journale heute durchgesehen, ich habe ihm fein ausgerechnet, welchen Gewinn er von Februar bis heute gemacht hat, und er war so erfreut, daß er mir eine hohe Prämie neben meinem Gehalt ausgezahlt hat. Auch hat er angedeutet, daß er mich zu seinem Stellvertreter machen wird, falls er im nächsten Jahr andernorts eine Niederlassung gründet, um die er sich eine Zeitlang selber kümmern muß.« Lukas unterbrach seine Erklärungen, um aus dem Pokal einen großen Schluck des warmen und mit Nelken, Anis, Zimt, Kardamom und Honig gewürzten Weins zu trinken. Er reichte den Pokal an mich weiter und fuhr fort: »Seit vierzehn Jahren schinde ich mich für sein Handelshaus, zuerst als Bursche, der sich abends das Schreiben, Lesen und Rechnen von dem alten Gehilfen Cord Tretlau beibringen lassen mußte. Dann, als der alte Tretlau das Zeitliche gesegnet hatte, konnte ich mich hochdienen und mußte mir manche Laune gefallen lassen, aber ich bin zäh, und ich werde es zu eigenem Hab und Gut bringen, das schwöre ich Euch.«

Ich hatte auch getrunken und gab den Pokal an den Jüngling neben mir weiter. »Ihr kennt euch noch nicht, das ist Karsten Krämer, der Schreibergehilfe des Rates«, und auf mich weisend erklärte Lukas mit roten Wangen: »Und dies ist Hannes Maiboom, ein fulminanter Schiffer mit einem kleinen, aber schnellen Segler, der für riskante Aufträge geeignet scheint.« Dabei zwinkerte er mir zu, als ob er der Mitwisser eines gemeinsamen Geheimnisses wäre.

Ich wußte nicht, wie das zu deuten war, aber ich ließ Lukas seine Rede weiterschwingen. Er war auch nicht zu stoppen, denn er wandte sich an mich und fragte: »Na, Hannes Maiboom, ist dieser Schreiberlehrling nicht ein hübsches Bürschchen. Der weiß, wie er sich Vorteile verschaffen und das Leben dabei genießen kann.« Dabei strich er dem Jüngling eine nasse Locke von der Stirn.

Der ließ es geschehen, aber erwiderte: »Erzählt doch dem Schiffer, was Ihr mit der Tochter Philipp Holtermanns vorhabt, wenn er nächstes Jahr tatsächlich eine Handelsreise unternehmen sollte.«

Diese Worte ernüchterten Lukas Diekmann, und er wurde sich bewußt, daß er vielleicht zuviel geplaudert hatte, mir und diesem Schreiberlehrling gegenüber. Er stellte den leeren Pokal auf den Bottichrand und murmelte zur Erklärung: »Ihr habt die schöne Tochter vielleicht eben schon hier im Bad gesehen, als sie sich mit der altem Amme aus dem Staub gemacht hat. Es wird mir eine Freude sein, um ihre Gunst zu buhlen.«

Das klang nicht sehr freudig, und der kesse Schreiberbursche setzte gleich eins drauf: »Kratzbürstig ist die Kleine, aber wer sie heiratet, erntet eine gute Mitgift!« Außer dem Gruß, einem Zuprosten und beifälligem Lachen hatte ich mich noch nicht am Gespräch beteiligt, doch eine Menge erfahren. Wahrscheinlich war es besser, wenn ich mich zurückziehen würde, damit es Lukas Diekmann und Karsten Krämer morgen nicht noch leid tun würde, daß sie mich in ihren Bottich eingeladen hatten. So entschuldigte ich mich damit, daß ich einen anstrengenden Tag hinter mir hätte und nach meinem Schiff sehen müsse, stieg aus dem Wasser und trocknete mich ab, während Lukas heißes Wasser orderte.

Als ich das Badehaus verließ, war es draußen stockdunkel. Nur an den Kreuzungen der Straßen brannten auf Geheiß des Rates ein paar Öllampen, und dort konnte ich im Licht ein feines Grieseln erkennen. Die Hausbewohner hatten Luken vor die Fenster geklappt, allenfalls durch ein paar Ritzen fiel hier und da ein schwacher Lichtschein. Aus dem nun bezogenen Himmel sandte also der Winter seine erste Mahnung. Zweimal rutschte ich auf dem gefrorenen Boden aus und fiel im Dunkeln hin. Beim Tor zur Harschenfleetsiedlung mußte ich der Wache ein Torgeld entrichten, und dann verlief ich mich, denn in dieser ärmeren Gegend gab es noch weniger Licht. Aber schließlich erreichte ich doch die Stelle, an der unser Schiff an den Pfählen lag. Ich rief nach Steffen und Ole, und die beiden schoben mir die Laufplanke auf den Deich hinüber, so daß ich an Bord kommen konnte. Sie hatten eine zweite Persenning über die erste gespannt, Ritzen mit Segeltuch ausgestopft und so war es dank des Holzkohlefeuers angenehm warm. Die Tranfunzeln erleuchteten dieses Zelt, aber qualmten auch, daß es in den Augen brannte. Wir rollten uns in unsere Decken, löschten das Licht, und die beiden erzählten noch von den anderen Mannschaften, die vor und hinter uns an den Pfählen lagen, und mit denen sie Neuigkeiten ausgetauscht hatten. Hier fühlten wir uns sicher, keiner brauchte Wache zu schieben, und bald schliefen wir ein.

Wie ein Fluch der Vitalier tauchten vor meinen Augen die alten Gestalten auf, als ich die Lider schloß. So sehr ich mich auch im Halbschlaf bemühte, an die schöne Tochter Holtermanns zu denken und sie in meine Träume einzuspinnen, so führte mich mein Weg in der Traumwelt doch zu den alten Kumpanen.

Vom Gullmarsfjord war damals die Reise durch das Skagerrak rund um Skagen gegangen, dann an den nordfriesischen Inseln vorbei und, ohne anzulegen, bis nach Helgoland. Dort hatten wir auf Reede gelegen, nicht weit entfernt von einem englischen Konvoi, der teils nach Tönning und teils nach Ribe weiterwollte. Seine Schiffe waren gut bemannt und bewaffnet gewesen, und so hatten wir auf Helgoland unseren Proviant und das Trinkwasser artig erhandelt. Ein paar Fischer aber hatten nach Störtebekers Beschreibung unser Schiff erkannt und sagten uns auf den Kopf zu, daß wir zu Godeke Michels gehörten. Und wir gaben zu, daß wir Vitalier waren, denn dort draußen hatte der Kaiser sein Recht verloren, auch wenn der Seeraub geächtet war. Da überbrachten sie uns die Botschaft, daß Störtebeker in Emden wartete, und daß seine

Flotte sich schon prächtig vermehrt habe. Holländer seien darunter, auch Franzosen, die schon spanische Häfen, ja sogar kanarische Inseln um Schätze erleichtert hätten. Das hörte sich alles verwegen an, aber es war nicht länger durch Kaperbriefe oder durch Hilfslieferungen für eine belagerte Stadt gedeckt, sondern die blanke Piraterie, das Recht des Stärkeren.

Ich träumte auch von den großen Brechern und Wogen der Nordsee, vom unheimlichen Wattenmeer, das ich bis dahin noch nicht kennengelernt hatte. Auch Godeke Michels kannte sich in der Gegend nicht so gut aus, zog Segelanweisungen zu Rate, ließ loten und suchte nach Seezeichen und Orientierungspunkten, daß man sich von Kennung zu Kennung vorarbeiten konnte. In Emden trafen wir damals dann tatsächlich wieder mit Likedeelern zusammen. Störtebekers Holk lag neben dem des Magister Wigbold, und als wir dazukamen, wurde ein großes Fest gefeiert. Störtebeker war wie neugeboren, voller Pläne und berauscht von den Rauberfolgen, die er in der Zwischenzeit vorzuweisen hatte. Mit seinen glühenden Augen beschrieb er den Reichtum der südlichen Städte, die über See mit köstlichen Waren beliefert wurden. Magister Wigbold unterstützte ihn und zeigte mir Bücher, die er von einer bremischen Kogge erbeutet hatte, die Waren vom Rhein zum Bischof von Bremen bringen sollte. Ein Mönchlein war zum Geleit dabeigewesen, dem das Herz geblutet habe, als er seine Bücherkiste mit den Abschriften vieler Werke preisgeben mußte. Der Magister zeigte mir eines in italienischer Sprache, einen Reisebericht voller wundersamer Erlebnisse eines venezianischen Kaufmanns namens O'Polo. Ich selbst verstehe kaum Italienisch, der Magister aber hatte es damals verschlungen, obwohl seine Sehnsucht wohl eher den Berichten sagenhafter Ländereien im Westen hinter Island und Grönland galt.

So sprach ich im Traum mit den alten Gesellen, erschreckte mich im Schlaf vor ihren gewalttätigen Späßen und rohen Streitereien und erwachte mehrmals in der Nacht, voll Angst, ich hätte vielleicht etwas ausgeplaudert. Neben dem Grieseln auf unser Zeltdach konnte ich aber nur die ruhigen und tiefen Atemzüge zweier Schläfer vernehmen. Schließlich schlief ich traumlos bis zum Morgen.

21. Der Glasperlenknopf

Am Morgen machte ich mich auf, um uns und die Salzfracht beim Rathaus anzumelden. Der Wind hatte den Grieselschnee zu Verwehungen aufgetürmt, ansonsten war der Boden vom Wind freigepustet. Kleine Pfützen waren mit einer dünnen Eisschicht bedeckt. Diesmal dauerte die Anmeldung der Waren etwas länger, denn viele Schiffer und Kaufleute waren vor uns beim Rathaus eingetroffen. Sie alle waren darauf aus, ihre Waren vor dem letzten großen Markttag ausgeladen und gewogen zu haben. Danach würde es zwar noch die Weihnachtsmärkte geben, aber der große Warenumschlag würde nicht mehr erfolgen, bis das Winterfahrverbot am 22. Februar aufgehoben wurde. Der Tag vor dem Martinstag und der Martinstag selbst lockten noch eine große Anzahl von Kleinhändlern und Bauern in die Stadt. Die Überlandwege waren durch das Herbstwetter schon ziemlich aufgeweicht. Große Lasten ließen sich nicht mehr bewegen, aber die Ernte war eingefahren, das Handelsjahr war fast zu Ende, und wer es sich leisten konnte, wollte seine Wintervorräte auffüllen oder einfach noch etwas Günstiges erhandeln.

Endlich bekam ich einen Stapelplatz zugewiesen, eine Wiegezeit und einen Ratsbediensteten, der die Güte meines Salzes prüfte. Nachdem dies geklärt war, ging ich zum Fischmarkt, wo Handlanger und Fuhrleute warteten. Ich heuerte ein paar kräftige Kerle und einen Fuhrmann mit Pferd und Wagen an und schickte die Männer zu unserem Liegeplatz, um mit dem Endladen zu beginnen. Dem Fuhrmann nannte ich den Stapelplatz in der Nähe der Lastenwaage; dort würden wir uns wiedertreffen. Dann machte ich mich auf den Weg zu Holtermann.

Die schwache Wintersonne reichte aus, um den Dunst zu durchdringen und den Grieselschnee zu schmelzen. Von den Schneehäufchen war nichts übriggeblieben. Es ging auf Mittag zu, als ich eintraf. Zuerst wurde mir nicht geöffnet, aber dann schlurfte der Hausdiener heran, und nach einigem Hin und Her wurde ich eingelassen. Holtermann lud mich zum Essen ein. Er saß mit Lukas Diekmann und seiner Tochter zu Tisch in der Küche des Hinterhauses. Es gab Bohnensuppe mit Brot und Bier.

Die Köchin machte sich zusammen mit einer Magd und der alten Amme an der Feuerstelle zu schaffen, und es roch nach frischen Backwaren und Kuchen. In einer Schmalzpfanne schwammen Krapfen. Holtermann stellte mir seine Tochter Kristine vor und bot mir den Platz ihr gegenüber an. Durch kein Augenzucken war festzustellen, ob sie mich nach unserem ersten Blickkontakt durch einen Vorhangspalt im Badehaus wiedererkannte. Ich setzte mich. Neben mir saß Lukas Diekmann und ihm gegenüber Holtermann.

»Ihr seht, ich werde mich nicht lumpen lassen und reichlich zum Martinstag beisteuern. Seit drei Tagen bereitet meine Köchin schon alles für die Speisung der Bedürftigen vor. Ich kann es mir leisten, und es wird von mir erwartet. Auch das gehört zum Geschäft: seinen Erfolg zur Schau zu stellen. Das schafft zwar Neider, aber gleichzeitig Aufmerksamkeit, auf daß neue Geschäftspartner zu mir kommen. Schön, daß Ihr wieder hier seid, Schiffer Maiboom. Ich hoffe, Ihr bringt gute Nachrichten. Aber davon mehr, wenn wir ungestört sind. Eßt Euch satt.«

Ich aß und schaute mir verstohlen Holtermanns Tochter an. Sie hatte die Augen sittsam niedergeschlagen und trug eine weiße Haube, unter der ein paar blonde Locken hervorquollen. Über ihrem blauen Leinenkleid, dessen Halsausschnitt mit Samt verziert war, trug sie eine einfache, weiße Schürze. Die Wangen waren leicht gerötet, die Nase etwas stupsig, die Brauen dünn. Ihre Lippen waren voll, der Lippenrand scharf geschnitten, als sei er gesäumt. Auch die feinen Linien von der Oberlippe zur Nase waren merkwürdig scharf modelliert, so daß ich ganz fasziniert ihre untere Gesichtspartie musterte. Das bemerkte sie wohl, denn sie wurde noch rosiger, Flecken traten auf ihrem Hals hervor. Dann blitzte sie mich mit olivgrünen Augen an, daß ich meinen Blick abwandte und dem ihren auswich.

Um das Schweigen zu brechen, berichtete ich davon, daß ich Lüneburger Salz mitgebracht hätte, und fragte, ob Holtermann Verwendung dafür fände. Holtermann blickte erstaunt auf: »Wie habt Ihr es in so kurzer Zeit geschafft, neben den Euch befohlenen Erkundigungen auch noch einen Salzhandel abzuschließen?«

Ich ärgerte mich über diesen gebieterischen Ton und erwiderte: »Zwar habt Ihr mich um Erkundigungen gebeten, doch ohne Ladung losgeschickt und ohne die Aussicht, Rückfracht abzuholen. Eine Leerfahrt lohnt sich nicht, auch wenn ich schnell segeln kann und das Schiff klein ist. Mit Gottes Hilfe gelang es mir, zur rechten Zeit einen Händler zu treffen, der froh war, mir das Salz zu verkaufen. So hat es sich gefügt.«

Das war Holtermann vielleicht nicht gewohnt, daß er, der so reich gekleidet und mit Hab und Gut gesegnet war, von einem schlicht in Wollstoff gehüllten Schiffer ohne Bürgerrecht einen leichten Vorwurf und keine präzise Antwort bekam. Doch dann schien er amüsiert und stellte fest: »Am Lüneburger Salz bin ich immer interessiert, und ich habe sogar noch etwas Speicherfläche offen. Wieviel Lasten habt Ihr gekauft?«

»Ungefähr drei Lüneburger Lasten in Fässern.«

Nun schaltete sich auch Lukas ein, um seine Kompetenz zu beweisen: »Was wollt Ihr für das Salz haben, ich kenne die Preise. Sie sind zur Zeit gefallen, da alle Vorratshäuser wohl gefüllt sind, denn die Baienfahrer haben frisches Salz aus Guerande in der Bretagne und von der Ile d'Oléron mitgebracht, und die Schlachtzeit mit ihrem Salzbedarf beginnt ja erst. Nach Norden kann während des Winterfahrverbotes nicht geliefert werden, die Fischfangzeit ist auch vorüber. Insofern müßt Ihr einen guten Preis anbieten, denn das Lagern soll sich auch lohnen.«

»Ich muß zugeben, daß ich die Preise hier nicht so gut kenne. Ich weiß aber, daß die Holsteiner, Dänen und Schweden das Lüneburger Salz dem Baiensalz vorziehen, wenn sie Butter und Fleisch salzen. Ich habe die Salzfracht ordnungsgemäß angemeldet, sie wird bald gewogen, und die Qualität wird geprüft. Ich muß sie ja nicht an Euch verkaufen, seid unbesorgt um meine Geschäfte. Im übrigen habt Dank, Philipp Holtermann, für die Mahlzeit. Laßt uns über meine Aufträge reden, ich habe es eilig, denn beim Wiegen und bei der Qualitätsprüfung meiner Ware möchte ich dabeisein.«

Das Tischgespräch war unbefriedigend verlaufen. Es lag keine angenehme Atmosphäre in der Luft. Dennoch schien es mir ein wenig, als hätte ich Eindruck auf Holtermanns Tochter gemacht. Wir erhoben uns vom Tisch, und ich verabschiedete mich mit »Es hat mich gefreut, Euch kennenzulernen, schönes Fräulein« von der Tochter und wandte mich zum Gehen. Wir strebten dem Kontor auf der Galerie über der Diele zu, als Holtermann sich an Lukas wandte und ihm ein paar Aufträge erteilte. Lukas war überrascht, hatte er sich doch eingebildet, daß er bei der Unterredung erwünscht sei. Widerstrebend richtete er sich nach den Anweisungen. Dann stiegen wir die Treppe zu der Galerie hinauf und setzten uns an den Tisch, den ich bereits kannte, nur daß ich diesmal keinen Hocker, sondern einen richtigen Stuhl angeboten bekam.

Ich berichtete Holtermann von der Reise, von der Hinrichtung, dem Stadtrundgang und von meinem Eindruck von der Stadt Hamburg, denn Holtermann war vor fünfzehn Jahren zuletzt dort gewesen. Dann gab ich ihm die gewünschten Preise bekannt, erklärte die Sachlage mit der Kanalfahrt, worüber er etwas enttäuscht war, und schließlich kam ich auf mögliche Haus- und Grundstückskäufe zu sprechen, ohne von meinem Erwerb zu erzählen. Holtermann zeigte sich beeindruckt von meiner Schilderung. Er lobte mich, daß ich so beredt von der Reise zu berichten wußte und die Darstellung durch das Einfließen meiner Meinung zu kommentieren verstand. Sein Lob gipfelte in den Sätzen: »Ich habe nicht vergessen, als was Ihr Euch mir das letztemal angedient habt: als Berater. Und das könntet Ihr tatsächlich sein, denn wenn Ihr auch noch nicht die nötige Erfahrung eines Kaufmannes habt, so scheint Ihr doch talentiert für den Handel, weil Ihr Eure Chance zu ergreifen wißt, wenn sie sich bietet. Ihr könnt mehr, als nur Schiffe sicher über die See und den Strom zu führen. Doch eine Hand wäscht die andere. Wenn Ihr mir einen guten Preis für das Salz macht, dann gebe ich Euch eine Bude an meinem Speicher im Harschenfleetviertel und einen Liegeplatz auf dem Land dicht neben dem Warkhof, an dem ich Anteile erworben habe. Ja, ich habe Euren Rat schon umgesetzt. Als Ihr in Hamburg weiltet, ergab sich für mich die Gelegenheit, einen Anteil am Warkhof zu kaufen, auf dem die Schiffe repariert und umgebaut werden. Ich will in Zukunft meine Waren auf Schiffen verschicken, die besser gerüstet sind, damit es mir nicht so schnell noch einmal passiert, daß meine Ladung samt Schiff versinkt. Ihr würdet das Recht erhalten, die Winde zu benutzen, um Euer Schiff aufs Trockene zu ziehen. Dann könnt Ihr es für das nächste Jahr neu kalfatern, teeren, morsche Planken auswechseln und dergleichen Arbeiten verrichten.«

»Das hört sich gut an, doch wäre es mir lieb, wenn wir einen schriftlichen Vertrag darüber abschließen könnten.«

»Gewiß, das können wir machen. Ich werde es veranlassen.« Holtermann legte eine Pause ein, um dann fortzufahren: »Ich muß einige Tage darüber nachdenken, aber ich glaube, ich werde im Frühjahr nach Hamburg reisen, um nach einem Kaufmann zu suchen, der seine Geschäfte mit mir abstimmen will. Vielleicht kaufe ich auch ein Haus und schicke meinen Gehilfen Lukas nach Hamburg. Sorge bereitet mir dann allerdings, daß er noch nicht verheiratet ist, denn die unverheirateten Männer sind weniger verläßlich und neigen zu unstetem Leben. Ich weiß einfach nicht, ob ich ihm wirklich vertrauen kann.«

»Wen sollte er denn heiraten?«

»Na, was weiß ich, aber eine Frau und Kinder zu Hause, das schafft Verantwortung.« Darauf wußte ich nichts zu entgegnen. Ich verabschiedete mich mit dem Hinweis, daß ich mich um die Salzladung kümmern müsse, und daß ich auf seinen Vertrag warten würde. Holtermann begleitete mich noch die Treppe hinunter.

Ich mußte mich nun sputen, denn mein Salz war sicher schon am angegebenen Stapelplatz eingetroffen. Ich kam etwas zu spät, die Träger und der Fuhrmann murrten bereits. Ole war bei ihnen und hielt sie mit Bier bei Laune, das er aus einer Schankwirtschaft geholt hatte. Ich zahlte den vereinbarten Lohn, und sie zerstreuten sich. An der Stadtwaage ging es hoch her. Bald waren wir an der Reihe, und Faß für Faß wurde gewogen. Der Ratsschreiber notierte das Ergebnis: zusammen vier Lüneburger Lasten. Dann wurden Proben aus mehreren Fässern genommen. Es war gutes Lüneburger Salz, daran gab es keinen Zweifel. Nun wurde die zur Verfügung stehende Menge und der Preis des Rates öffentlich ausgerufen. Nicht immer waren sofort Bieter zugegen, aber an diesem Tag hatten die Kaufleute ihre Gehilfen rechtzeitig zur Stelle, auf daß ihnen kein Angebot entginge. Ich erhielt auch sofort mehrere etwas höhere Gebote, aber da trat Lukas Diekmann nach vorne und bot mir laut den höchsten Preis. Ich schlug ein, und die Mitbieter verzogen sich enttäuscht. Lukas hatte einen Vertrag mitgebracht. Ich las ihn mir durch und konnte ihn unterschreiben. Das Doppel erhielt ich, und wir ließen beide Verträge vom Ratsschreiber beglaubigen. Ich sollte gegen Quittung für das

Salz Geld und auf sechs Monate befristet das Hinterhaus des Speichers und einen Liegeplatz am und auf dem Warkhofgelände erhalten. Darüber hinaus sollten mir die Arbeiter des Warkhofes beim Slippen des Schiffes und später beim Zuwasserlassen behilflich sein. Lukas Diekmann ließ nun das Salz in Holtermanns Speicher bringen. Er war freundlich und bot mir Hilfe an, falls ich etwas in dem Haus brauchen sollte. Im Speicher gebe es einen Hausmeister, der Poller heiße. Dieser sei auch schon benachrichtigt und würde mir alles zeigen.

Hochzufrieden zog ich mit Ole zurück zum Schiff, wo Steffen treu wachte. Dann machte ich mich mit Ole auf, das Haus zu suchen. Wir fanden es bald, denn den Hausmeister Poller kannten die Nachbarn, als wir im Viertel nach ihm fragten. Durch eine Pforte konnte man unter der Dachtraufe des Speicherhauses in den Hof gelangen, ohne durch das Speicherhaus selbst gehen zu müssen. An den Speicher gelehnt stand dort ein kleineres, schlichtes Fachwerkhaus. Die unteren drei Räume waren frei, seitdem ein Schuster ausgezogen war. Er hatte alles fein säuberlich eingepackt, und wir standen in leeren, kalten Räumen. Der alte Poller war aber gern behilflich und lieh uns eine Karre, auf der wir unsere Strohsäcke, Decken, Persennings, Kisten, Gerätschaften und Vorräte vom Schiff holen konnten. Während wir also unsere Habseligkeiten heranschafften, hatte der Hausmeister einen Vorrat an Brennholz an der Feuerstelle aufgeschichtet und ein kleines Feuerchen entzündet, so daß die kalten Räume bald wohlig gewärmt waren. Dann saßen wir auf unseren Kisten um eine größere Kiste als Tisch herum und feierten gemeinsam den Einzug in diese Wohnung. Es war meine erste häusliche Bleibe, seitdem ich mein Elternhaus verlassen hatte. Mir wurde bei diesem Gedanken ganz rührselig ums Herz, denn bei den Vitaliern war ich immer irgendwo Anhängsel eines Befehlsgewaltigen gewesen und hatte mich dort aufhalten müssen, wo dieser mich hingeschickt hatte. Am Abend hatten wir alles Wertvolle aus dem Schiff geholt, sogar die Vorräte an Leinen und Tauwerk. Zum Erstaunen von Ole und Steffen brach ich ein Geheimfach auf und holte eine Geldkatze zum Vorschein. Hoffentlich würde niemand auf diesem Schiff noch weitere Geldvorräte vermuten und danach suchen. Dann ließen wir das Schiff an seinen Pfählen vertäut liegen. Mitnehmen konnten wir es nicht, und auf Dauer bewachen lassen konnte ich es auch nicht, denn das wäre noch auffälliger gewesen. Der Rat der Stadt hatte verfügt, daß die Stadtwache an den Schiffen vorbeipatrouillierte und das Winterfahrverbot überwachte. So ging ich einigermaßen beruhigt in unsere Heimstatt zurück.

In den nächsten Tagen richteten wir uns ein. Ein Raum wurde zum Geräte- und Vorratslager, der größte Raum mit der Kochstätte war unser Wohnraum und Schlafplatz für Ole und Steffen. Das kleinste Zimmer beanspruchte ich für mich. Es hatte eine verriegelbare Tür, und dort lagerte ich unsere Waffen und die Wertsachen. Endlich konnte ich ungestört die Bücher und Karten ausbreiten und sichten. Ole und Steffen schickte ich zum Einkaufen, Holzbeschaffen und Wasserholen, während ich mich einschloß und bei Kerzenlicht die wundersamen Schätze studierte. Am zweiten Abend, Ole und Steffen schliefen schon längst den Schlaf der Gerechten, blieb mir fast das Herz stehen: Ich erkannte eine Karte, die ich schon einmal mit Bewunderung gesehen hatte; es war die Karte von Bohuslän. Sie war mit anderer Tinte gezeichnet, auch nicht so genau beschriftet, aber es war eindeutig der Gullmarsfjord. Nirgends war ein Ortsname eingezeichnet. Wer die Küstenlinie nicht kannte, konnte nicht ahnen, wohin sie gehörte. Aber ganz am Ende des Fjords, wo ein Fluß in den Fjord mündete, war am Ufer einer Bucht eine Stelle mit einem Kreuz bezeichnet. Ein paar unleserliche Silben waren auf das Papier gekritzelt, etwas von »rot, Granitnase kreuzförmig, mannshoch, Korsvik«, und ich erkannte die Schrift des Magisters wieder. Er mußte die ursprüngliche Karte kopiert haben. Unter welchen Umständen ihm dies gelungen war, konnte ich mir nicht erklären. Aber ich wußte, daß er über alchimistische Kenntnisse und mysteriöse Arzneien verfügt hatte, wer weiß, wozu ihn dies alles befähigt hatte.

Auch andere Karten erkannte ich als namenlose Kopien wieder: die Karte von Gotland, einen Stadtplan von Wisby, eine Zeichnung von Helgoland, Marienhave, die Gegend um Emden, und alle mit Zeichen und Abkürzungen versehen, aber ohne Namen. Doch gab es auch Karten mit genauer Bezeichnung der Küsten, von Norwegen, der Ostsee von Lübeck bis Stockholm, vom Skagerrak bis zum Ladogasee, von Island, den Faröern und von

Grönland. Unter den Büchern gab es lateinische Schriften irischer Mönche, Tagebücher von Reisen in den hohen Norden, dann Klosterlehrbücher über das Anlegen der Klostergärten, über Viehzucht und Ackerbau. Ich vermochte nicht alles zu lesen, denn dazu verstand ich nicht genug Latein. Nachdem ich alle Kostbarkeiten gesichtet hatte, verwahrte ich sie wieder in der abschließbaren Kiste. Den Schlüssel wollte ich nie wieder aus den Augen lassen. In einer Geldkatze des Magisters hatte ich ein silbernes Kettchen gefunden. Das schlang ich mir um den Hals und befestigte den Schlüssel daran.

Dann kam der Martinstag. Den ganzen Vormittag über strömten Bauern aus der Umgebung in die Stadt und bevölkerten die Marktplätze. Einige brachten Fideln, Flöten und Dudelsäcke mit und spielten alte und neue lustige Weisen. Alle Kirchen und das Kloster waren besonders geschmückt und beleuchtet. Mittags gab es festliche Gottesdienste mit Chorgesängen, und jedes Kirchspiel hatte einen nachmittäglichen Umzug durch die Straßen geplant, die in dem Kirchspiel lagen. Bilder des heiligen Martin wurden den Umzügen vorangetragen, reiche Kaufleute und Kirchenmänner ritten als Sankt Martin verkleidet durch die Stadt und teilten milde Gaben an Bettler sowie Gebäck und Nüsse an die Kinder aus. Nachdem die Prozessionen dann wieder zum abschließenden Gottesdienst in den Kirchen angelangt waren, änderte sich das Bild in den Gassen. Die in den letzten Tagen errichteten Buden und Stände wurden beleuchtet, es duftete nach Gewürz- und Honigkuchen, gewürztem, heißem Wein und gebratenen Gänseteilen. Die jungen Leute hatten sich als Bettelvolk verkleidet und zogen in Gruppen durch die Straßen, neckten sich und blieben an den Ständen stehen, wo die reichen und vornehmen Herren verkehrte Welt spielten: Sie mußten die Armen bedienen und artige Ansprachen halten.

Steffen und Ole hatten sich einer Truppe aus dem Harschenfleetviertel angeschlossen. Ich hatte sie schnell aus den Augen verloren; in ihrer Verkleidung und den mit Ruß verschmierten Gesichtern, den Strohperücken und den Umhängen aus alten Säcken hätte ich sie auch kaum mehr von den anderen unterscheiden können.

Holtermanns Stand befand sich direkt neben dem Kran am

Fischmarkt. Er war besonders festlich erleuchtet und mit Herbstlaub geschmückt. Holtermann stand, umgeben von einigen Gehilfen, in der Bude und verteilte bereitwillig und mit untertänigen Gesten die Backwaren und Fleischpasteten an diejenigen, die sie begehrten. Es herrschte großer Andrang, und er hatte in diesem Wettstreit mit den anderen Ratsherren schon wieder eine Führungsposition erreicht. Noch lange würde man von seinen Fleischpasteten schwärmen. Nachdem ich noch eine Weile durch die Straßen geschlendert war, fühlte ich eine gewisse Leere und Einsamkeit in mir aufkommen, die dadurch noch verstärkt wurde, daß alle um mich herum so vergnügt an diesem Mummenschanz teilhatten. Bier und Wein zeigten Wirkung, die Weiber wurden anzüglich, trieben Schabernack und küßten jeden, der ihnen gefiel. Nur die Kälte verhinderte wohl, daß sich Pärchen auf offener Straße der Leibeslust hingaben. In Hauseingängen, Torbögen und im Schatten von Buden und Wagengespannen konnte ich schemenhaft engumschlungene Liebespaare erkennen.

Gruppen marodierender Burschen und Mägde plünderten zum Ende des Festtages mit Wonne die Vorräte der letzten noch geöffneten Buden. Holtermann war mit einigen Ratsherren in den Ratsweinkeller gezogen und hatte seine Bude zum Ausplündern freigegeben. Ich sah die Köchin und die alte Amme einige Kochtöpfe retten, ansonsten wogte der Fischmarkt vor Leuten, denn nun wurden wärmende Feuer entzündet, wobei die Stadtwache ein wachsames Auge auf das Treiben hatte, um eine Feuersbrunst zu verhüten.

Da wurde ich plötzlich von einer Mädchenschar überfallen, sie zerrten an mir, hielten mich fest umarmt, küßten mich übermütig, daß mir die Mütze vom Kopf fiel, und eine Hand fühlte sogar an meinem Hosensack, ob er etwas enthalte oder nur gefüttert sei. Doch während die anderen Weibsbilder weiterflatterten, hielt mich eine mit beiden Händen am Nacken umklammert und küßte mich so leidenschaftlich, daß ich in Feuer geriet und es nicht länger nur ein Spaß zu sein schien. Es war zu dunkel, um das mit Ruß und roter Kreide bemalte Gesicht genau zu erkennen. Die Zähne blitzten so schön, wenn sie lachte, aber als ich nach dem Namen des Mädchens fragte, erhielt ich keine Antwort. Statt dessen küßte sie mich erneut und ließ sich gefallen, daß meine Hände sich durch die Gewänder auf ihre blanke Haut vortasteten. Meine Finger fühlten feste Brüste und einen kleinen weichen Bauch, doch gerade als ich noch weiter vordringen wollte und sie meine Lippen mit ihrer Zunge liebkoste, da kehrten ihre Kumpaninnen zurück, achteten eifersüchtig auf ihre Keuschheit und entrissen mir die Schöne; mein Ärmelaufschlag blieb an ihrem Obergewand hängen, und als die anderen sie mit sich rissen, fiel ein kleiner Messingknopf mit einer gefaßten Glasperle herunter. Im Davonlaufen verrutschte auch ihre Strohperücke und blonde Locken quollen hervor. Dann schloß sich die Menschenmenge und verschluckte die Mädchenschar. Ich hob den kleinen Knopf auf und steckte ihn in meinen Beutel am Gürtel. Mit heiterer Miene machte ich mich auf den Heimweg.

Am nächsten Morgen hörte ich ein sonores Schnarchen aus dem Nachbarzimmer, und so war es an mir, ein Frühstück zu bereiten. Ich röstete Brot am Feuer, kochte einen Minztee, stellte Butter, Salz und Schmalz auf unsere Tischkiste, und von diesem Rumoren wurden die Schläfer wach. Es war ein fröhliches Frühstück, und begeistert berichteten die beiden von ihren Taten, Erlebnissen und Liebschaften. Auch ich konnte mithalten, und zum Beweis legte ich den Knopf mit der Glasperle vor. Die Öse des Knopfes war groß genug, daß ich ihn auf meine Schlüsselkette fädeln konnte, und dort wollte ich ihn als Talisman tragen.

Nach dem Frühstück machte ich mich auf, nach dem Schiff zu sehen. Es war ein kristallklarer Morgen, ein eisiger Windhauch fegte dürre Blätter durch die Gassen, und nach der letzten Festnacht waren nur wenige Lebewesen auf der Straße zu sehen. Ein paar Spatzen zankten sich um Pferdeäpfel, eine Katze kreuzte meinen Weg, eine Magd entleerte einen Nachttopf aus dem oberen Fenster eines Hauses direkt auf die Gasse. Die aufgehende Sonne erhellte den östlichen Himmelsrand mit glühendem Rot. Das Wasser der Schwinge spiegelte hellblau den hohen Himmel. Schwarz reckten sich die Masten der Schiffe in diese Farbenpracht. Mein Schiff lag treu an den Pfählen vertäut. Es war totenstill, niemand arbeitete, kein Schiff wurde be- oder entladen, keine Reparaturen wurden ausgeführt, und nur ein gelegentliches Knarren der Hanftaue vermittelte eine gewisse Lebendigkeit dieser

Schiffsleiber, denen Menschen ihr Leben, Hab und Gut anvertrauten, um über die haltlosen Tiefen des Meeres zu fahren.

Ich wuchtete eine Laufplanke, die an der Deichböschung lag, auf die Reling, und balancierte an Deck. Grau und rissig lag das Deck vor mir, ölfleckig verdeckten die Persennings den Laderaum. Großbaum und Ladebaum waren fest an den Mast gelascht, nur die Ruderpinne bewegte sich leicht im Strom des Flusses. Ich löste die Knebel, mit denen zwei Persennings aneinandergefesselt waren und stieg in den Schiffsbauch, um die Bilge zu untersuchen. Dazu mußte ich die Grätings hochheben. Zwei Ratten huschten fiepend Richtung Bug. In der Bilge gluckste schwarz und faulig ein wenig Wasser. Gut, das Schiff war recht dicht, aber trotzdem würde es sich lohnen, die Kalfaterung zu erneuern und das Unterwasserschiff von den Seepocken und Muscheln zu befreien, eine neue Lage Teer aufzutragen, neue Fallen einzuscheren und Wanten und Stage auszutauschen. Am Bug mußten die wellenbrechenden Planken teilweise ausgewechselt werden, denn wenn ich sie mit dem Daumennagel prüfte, zerbröselte das nun trockene Holz.

Ich liebte es, über die glatte Außenhaut des Kraweelrumpfes zu streichen. Es war ein gutes Schiff. Es war klein, was den Vorteil hatte, daß ich keine große Mannschaft benötigte. Aber es faßte nur ein Fünftel von dem einer Kogge, gar nicht zu reden von dem Unterschied zu den großen, neuartigen zweimastigen Holks, die jetzt als Baienfahrer oder auf Spanienfahrt über das Meer segelten. Und trotzdem, warum waren die dickbäuchigen Koggen und Holks nur so unbeholfen? Es mußte doch möglich sein, die guten Segeleigenschaften der Snigge auf größere Segler zu übertragen. Mit diesen Gedanken verließ ich das Schiff, um zu Holtermann zu gehen. Ich wollte ihn nach dem Warkhof fragen, wann ich mein Schiff slippen konnte, und, ohne es vor mir selbst zuzugeben, wünschte ich mir auch, seine schöne Tochter wiederzusehen.

Das Dielentor stand weit offen, als ich bei Holtermanns Haus anlangte. Der Hausdiener kehrte mir den Rücken zu und fegte die Pflastersteine vor dem Haus sauber. Dicht neben dem Tor hatte sich jemand erbrochen, es roch säuerlich. Ich hatte keine Lust, den Hausdiener um Einlaß zu bitten, sondern betrat einfach die Diele.

Nachdem sich meine Augen an das Halbdunkel gewöhnt hatten, bewegte ich mich zwischen den Warenstapeln hindurch Richtung Küche. Kein Gehilfe war zu sehen, die Stehpulte waren leer, die Journale in die Schubladen weggeschlossen. Die Flurtür zum Hinterhaus stand ebenfalls offen, und so erreichte ich unbemerkt die Küchendiele des Hinterhauses. Auch hier stand die Tür offen, und die warme Küchenluft wehte mir entgegen. In der Feuerstelle flackerte ein kleines Feuer, und darüber hing ein großer Kessel, in dem etwas simmerte. Holtermanns Tochter saß an einem Tisch unter dem Hoffenster und nähte.

Ich klopfte laut an den Türrahmen, und ihr entfuhr erst ein Schreckensschrei, dann ein unterdrückter Fluch: »Warum erschreckt Ihr mich so, seht, jetzt habe ich mich gestochen.«

Ich trat zu ihr an den Tisch, nahm ihre Hand und entgegnete ernst: »Laßt mich die Verletzung sehen.«

Doch sie entzog mir die Hand und fragte ärgerlich: »Wer hat Euch hereingelassen und hierhergeschickt?«

»Niemand, ich ging durch die offenen Türen auf der Suche nach einem Gesprächspartner. Wollt Ihr mir nicht etwas von der Suppe anbieten, die dort köchelt?«

»Bin ich Eure Dienstmagd? Geht selbst und bedient Euch, die Kelle steckt im Topf.« Ich ging hinüber an das Feuer und blickte in den großen Topf. Eine graue, trübe Brühe wurde von kleinen Siedeblasen durchzogen. Als ich mit der Kelle durch die Brühe rührte, blieben daran ein weißes Leibchen und ein Leinentuch hängen. Als ich verdutzt aufblickte, brach Holtermanns Tochter in helles Lachen aus, und ihre Heiterkeit steckte mich an. Lachend ging ich zum Tisch zurück und setzte mich zu ihr. Kaum hatten wir uns etwas beruhigt, sagte sie prustend: »Es fehlt noch etwas von Eurem Salz an der Suppe.« Und wieder brachen wir in Gelächter aus und konnten uns kaum halten.

»Was ist denn hier los?« hörten wir plötzlich von der Küchentür her fragen. Es war Lukas Diekmann, der mißgelaunt und mißtrauisch nach dem Grund unserer Heiterkeit fragte.

Die fröhliche Miene der Kristine Holtermann verdüsterte sich, das Lachen erstarb und ihre Züge versteinerten zu einer ernsten Maske. »Was habt Ihr hier in der Küche zu suchen, Schiffer?« fragte der Kaufmannsgehilfe barsch.

»Nun, die Türen standen weit offen, und ich bin in das Haus gekommen, um mich nach der Erfüllung meines Vertrages zu erkundigen. Ich möchte mein Schiff auf den Warkhof slippen, um es für die Frühjahrsfahrt zu rüsten.«

»Und da müßt Ihr die Tochter eines Ratsherren und Kaufmannes belästigen?«

»Er hat mich nicht belästigt«, mischte sich Kristine Holtermann in die Auseinandersetzung ein, »ich habe ihm gesagt, er könne hier auf meinen Vater warten. Ich wollte ihn gerade holen gehen.« Sie legte ihr Nähzeug zusammen und sammelte Nadeln und Knöpfe in eine Holzschale, denn sie hatte gerade einen Knopf an ihr Kleid nähen wollen, einen kleinen Messingknopf, den eine Fassung mit einer Glasperle zierte. Dann stand sie auf und verließ die Küche. Sie trug Holzpantinen, und wir hörten sie die Treppe hinaufklappern.

»Laß sie in Frieden«, zischte mir Lukas Diekmann ärgerlich zu. »Du weißt genau, daß ich sie begehre. Ich kenne sie, seitdem ich hier als Lehrjunge und Laufbursche in das Haus kam und sie noch ein kleines Mädchen war. Holtermann wird es nicht zulassen, daß ihr ein hergelaufener Kleinschiffer den Kopf verdreht. Kümmere dich um deine Aufgaben, Schiffer. Laß uns Geschäfte machen, aber komm mir nicht in die Quere, ich warne dich.«

In diesem Augenblick öffnete sich die Gartentür, und die Köchin schleppte einen Eimer Wasser herein. Lukas Diekmann zog es vor, die Küche zu verlassen und ging durch den Flur zu der Warendiele im Vorderhaus. Die Köchin machte sich schweigend an die Arbeit, angelte die Wäschestücke aus der Lauge und spülte sie in einem Holzbottich, wrang sie aus und hängte die Leinenstücke rund um die Feuerstelle zum Trocknen auf. Da hörte ich Holtermann und seine Tochter die Treppe herabkommen. Der Kaufmann hatte verquollene Augen und sah bleich aus. Er trug einen dicken, langen Hausmantel und maurisch bestickte Lederpantoffeln. »Guten Morgen, Schiffer, verzeiht, wenn ich Euren hohen Besuch nicht so früh erwartete«, spottete Holtermann, »aber ich hatte gestern abend noch das Vergnügen, mit meinen Ratsbrüdern und dem Herrn Bürgermeister zu feiern. Die Speicher sind voll, es war ein gutes Handelsjahr, und der junge Wein ist uns zu Kopfe gestiegen. Jetzt muß ich dem Feiern Rechnung tragen, in meinem

Schädel brummt es wie in einem Bienenkorb.« Er machte eine Pause, wandte sich an die Köchin und verlangte: »Anna, brüh mir einen Tee von der Apothekermischung.«

»Ich wollte Euch nicht stören, aber nachdem ich mich jetzt in der Bude hinter Eurem Speicher in der Harschenfleetsiedlung eingerichtet habe, möchte ich vertragsgemäß mein Schiff slippen und ausbessern. Und wenn Ihr schon Pläne für Eure Schiffe habt, so würde ich gerne mit Euch darüber sprechen ...« Ich war unsicher, wie ich weiterreden sollte, » ... nur, weil Ihr mir sagtet, daß ich Euch beraten solle. Der Winter geht voran, wir können nicht alle Tage arbeiten, das Tageslicht schwindet schnell.«

»Ihr habt ja recht, besonders, weil Ihr die Nacht nicht durchgezecht habt. Doch ich will Euch sagen, daß der Winter auch die Zeit des Ausruhens und des Feierns ist. An grauen Novembertagen und bei nebligem Wetter bin ich froh, wenn ich mich nicht um Geschäfte kümmern muß. Mir kommt es gut zupaß, daß der Hansetag beschlossen hat, die Winterfahrt bis auf Ausnahmen zu verbieten. Andererseits will ich Euren Tatendrang nicht bremsen. Ich schicke Euch mit meinem Hausdiener zum Warkhof, der wird Euch bekannt machen, und dann wird sich alles finden. Doch heute wird da nicht gearbeitet. Ich weiß, daß die Schiffszimmerer gestern in ihrem Amtshaus ebenso gefeiert haben und von den Reedern und Kaufleuten ein großes Faß Rotwein spendiert bekamen. Also bleibt hier, leistet mir Gesellschaft, vertreibt mir die Kopfschmerzen und eßt mit uns zu Mittag.«

So geschah es, daß ich mit dem bekannten Kaufmann am Tisch saß, seiner Tochter und der Köchin bei der Zubereitung der Speisen zusah und ein zwangloses Gespräch über Gott und die Welt führte. Holtermann erwies sich trotz seiner Kopfschmerzen als sehr geistreich und versuchte, mich nebenbei auszuhorchen, wo ich schon überall gewesen war, welche Häfen ich kannte und welche Schiffstypen die geeignetsten waren. Wir sprachen auch über den Hansebund, Zölle und Privilegien, den freien Handel und die Rolle des Adels beim Handel. Selten hatte ich seit meiner Lehrzeit in Köln so theoretisch über den Handel nachgedacht und gesprochen. Bei den Vitaliern waren nur Störtebeker und Magister Wigbold in der Lage gewesen, derartige Dispute zu führen. Und als Holtermann von der Welt sprach, von den fernen Ländern, da begannen meine Wangen zu glühen, und ich wäre am liebsten aufgebrochen, egal ob zu den Mauren oder zu den Russen. Doch wenn ich zu Kristine Holtermann hinübersah, dann wußte ich, daß mich auch an diesem Ort etwas hielt.

22. Der Rivale

Die nächsten Tage verbrachten wir mit dem Verholen des Schiffes zum Warkhof und dem Slippen. Holtermann und ein paar andere Kaufleute hatten das Gebiet an der Schwinge außerhalb der Stadtmauern gepachtet und betrieben dort mit dem Amt der Schiffszimmerer eine Reparaturwerft. Es wurden lediglich kleine Neubauten aufgelegt, Boyer und Scuts, also Schiffe in der Größe meiner Snigge. Holtermann klärte mich über den Grund dafür auf, als er mich einmal bei der Arbeit am Schiff besuchte: »Der Rat der Stadt hat dieses Gebiet direkt an der Schwinge als Warkhof ausgewiesen und eine Ämterordnung für die Schiffszimmerer erlassen, weil er damit die Kontrolle über den Schiffsbau und die Holzpreise behält. Der Rat muß Neubauten und Schiffsverkäufe genehmigen. Damit soll verhindert werden, daß andere als Stader gute Schiffe erhalten und daß das Bauholz für Stader Bürger knapp wird. Der Tiefgang der Schiffe soll so gestaltet werden, daß sie stets die Schwinge aufwärts nach Stade kommen können. Wegen der vielen Hobel- und Sägespäne gibt es Brandgefahr, so daß das Gelände nicht in der Stadt liegen darf. Für einen einzelnen Kaufmann lohnt sich die Errichtung eines Warkhofes nicht, dazu sind die Helgen, Winden und kleinen Kräne zu teuer. Sie müssen häufig benutzt werden, dann lohnt sich der Betrieb. Ich würde gern einmal einen Holk bauen lassen, ein Schiff mit drei Masten und kraweelbeplankt, aber der Rat spricht sich dagegen aus, diese Neidhammel und Kleingeister, dabei haben wir mit Florian Boge einen ordentlichen Mann. Gewiß, er ist noch jung, aber er hat gute Ideen. Kommt, da drüben steht er, ich will ihn Euch vorstellen.«

Florian Boge war der Sohn eines Stader Kaufmannes und Reeders. Der Vater hatte ihn früh nach Holland geschickt, damit er die neueste Schiffsbaukunst lerne. Von Holland war er nach Spanien geschickt worden, weil sein holländischer Meister dort Verwandte hatte. In Cádiz hatte der junge Mann holländische Schiffe repariert, wenn sie dort überwinterten oder nach Stürmen beschädigt worden waren. Dort in Cádiz hatte er auch seine französische Frau Brigitte bei einem Fest kennengelernt, auf dem sie zusammen mit anderen jungen Frauen volkstümliche Tänze vorführte. Sie war die Tochter eines Marseiller Kaufmannes, der mit Cádiz handelte und dort einen Speicher sowie ein Winterwohnhaus unterhielt. Unter günstigen Bedingungen hatte Florian Boge im holländischen Viertel von Cádiz seine Meisterprüfung gemacht und danach die junge Französin geheiratet. Ihr Vater hoffte auf Geschäftsbeziehungen mit Stade und hatte der Hochzeit zugestimmt, da ihm der junge Meister tatkräftig vorkam. Florian Boges Vater setzte sich in Stade für die Errichtung des Warkhofes ein und rief seinen Sohn aus Cádiz zurück in die Heimat, auch, weil ihm die Geschäfte schwerer fielen. So lernte ich Florian Boge kennen, er war gerade mit seiner Frau aus Spanien zurückgekehrt.

Es herrschte viel Betrieb auf dem Warkhof, denn alle Schiffer und Reeder wollten die Winterpause für die Instandsetzung der Schiffe nutzen. Neubauten wurden ins Frühjahr verschoben. Meine Snigge zu slippen war gottlob nicht schwer. Mit vereinten Kräften zogen wir sie mit Rollen und der Winde an Land. Eine andere Winde half uns, das Schiff auf die Seite zu legen; dazu befestigten wir ein Tau am Masttopp und zogen mit Hilfe der Winde so lange, bis der lange Mast als Hebel den Schiffsrumpf krängte. Mit Keilen und Stützhölzern sicherten wir das schwere Schiff vor dem Zurückfallen, denn ein paar Tage zuvor war ein Unglück mit einer Kogge geschehen. Die Windenbremse hatte versagt, und das zurückfallende Schiff hatte drei Arbeiter zerquetscht. Ihr Schreien und Stöhnen war schrecklich gewesen, hatte angedauert, bis eine neue Winde installiert war, und bis dahin verging viel Zeit.

Die Ärmsten starben kurze Zeit später, und es gab ein feierliches Begräbnis, das von der Sterbekasse des Schiffzimmereramtes bezahlt wurde. Auf diesem Begräbnis saß ich beim Leichenschmaus neben Florian Boge und kam mit ihm ins Gespräch. Er schwärmte von den spanischen Karawellen, den venezianischen und genuesischen Karracken. Es war ihm anzumerken, daß ihm die Aufträge hier in Stade nicht schmeckten. Die Kaufleute trauten den Modellen nicht, die Boge mitgebracht hatte und die er in maßstabsgerechter Vergrößerung bauen wollte. Statt dessen setzten sie auf die bauchigen und billigeren geklinkerten Koggen. Ich bestätigte seine Darlegung und teilte seine Auffassung, auch wenn ich bisher nur wenige Karracken gesehen hatte. Aber ich wußte auch, daß die Segeleigenschaften der Koggen nicht befriedigen konnten. Besonders die Abdrift bei halbem Wind und das Unvermögen, gegen den Wind zu kreuzen, empfanden wir als sehr störend und besonders gefährlich für Mannschaft und Fracht. So fanden wir uns sympathisch und trafen uns gern bei der Arbeit auf dem Warkhof wie auch in den Wirtshäusern oder beim Baden nach der schweißtreibenden Arbeit.

Da Ole, Steffen und ich während der kurzen Wintertage alles Tageslicht nutzten und uns auch von der Kälte nicht abhalten ließen, hatten wir das Unterwasserschiff bald von Algen, Seepocken und Muscheln gereinigt, neu kalfatert und geteert. Und nachdem wir es wieder auf den Rumpf gesetzt hatten, wollten wir die Takelage erneuern. Florian Boge riet mir dazu, auch den Mast auszuwechseln und zeigte mir einen gutabgelagerten Lärchenstamm, zwei Mannslängen höher als der alte. Das Aussehen des Schiffes änderte sich, und das war gut so, denn schließlich war es erst sieben Monate her, daß es einem anderen gehört hatte. Am Bug und am Heck ließ ich die Reling als Schanzkleid verstärken, und wenn man Persennings darüberspannte, erhielt man leidlich dichte Kajüten. Holtermann ließ sich öfter bei seinen Koggen sehen und besprach die Verbesserungsarbeiten mit Boge. Mich fragte er nach den Segeln, der Ausrüstung und der Bewaffnung und war immer wieder erstaunt, daß ich so gut Auskunft und Rat erteilen konnte. Ich sprach gern mit ihm und erhielt so mehrmals Einladungen in sein Haus, da es auf dem Warkhof ungemütlich und kalt war. Und diese Einladungen nahm ich gern an, denn es waren Gelegenheiten, Kristine zu sehen. Sie ließ sich nicht wegschicken, und wenn wir auf der Kontorgalerie saßen, verstand sie es, unter fadenscheinigen Begründungen oder um uns zu beköstigen, bei uns am

Tisch zu verweilen. Lukas Diekmann gefiel diese Entwicklung gar nicht, und ich merkte, daß er wütender auf mich wurde.

Wenn Holtermann einmal den Raum verlassen mußte oder sich eine andere Gelegenheit ergab, berührte Kristine mich wie unabsichtlich beim Einschenken von Wein, beim Entlangrücken auf der Bank oder beim Über-die-Schulter-Blicken auf Zeichnungen und Papiere. Dann überlief es mich heiß, und mein Verlangen nach ihr wuchs. Die Dirnen in den Badehäusern und das Gebuhle im Wirtshaus verloren ihren Reiz, und Steffen und Ole zogen mich schon auf, daß meine Manneskraft wohl verhext sei.

Schließlich kam Weihnachten. Beim Gottesdienst in Sankt Cosmae saß Holtermann bei den Ratsherren in der Bank, während ich mich stehend zwischen dem Gesinde und den Bauern der Umgebung befand. Es gab nur wenig Gestühl in den Kirchen, lediglich für die vornehmen Bürger waren Plätze vorgesehen. Kristine sah ich mit der Amme und der Köchin zusammen an einem Pfeiler stehen. Ihre Gesichter wurden von einem engelgeschmückten Kerzenleuchter erhellt. Die Amme und die Köchin lauschten dem lateinischen Singsang der Priester. Die bischöflichen Scharen und Klosterbrüder unterstrichen ihren Einfluß in der Stadt Stade besonders zu den kirchlichen Festen und taten sich auch in den ursprünglich gräflichen und nun bürgerlich beherrschten Stadtteilen hervor. Mein innerlicher Abstand zu den Pfaffen hatte sich durch die Kirchenbrüder, die ich unter den Vitaliern erlebt hatte, vergrößert, auch wenn meine Sehnsucht nach Frieden mit Gott in jener Zeit groß war. Da setzte der Chor der Lateinschule ein, und durch die Gläubigen ging ein Schauer, denn die kindlichen Stimmen hallten wie Engelsstimmen in den Mauern. Die Kirche war recht dunkel, nur der Altar und die Heiligenbilder waren mit Kerzen geschmückt. Der Geruch von Weihrauch lag in der Luft, und es war wirklich sehr festlich, besonders, als die Chöre ihre Stimmen erklingen ließen. Da drängte sich Kristine in meine Nähe, und im Gedränge ergriff ich ihre Hand und hielt sie fest. Auch sie drückte meine Finger, und so hielten wir eine stumme Zwiesprache im Dunkeln, ohne daß jemand dieses Gespräch erkennen konnte. Aber kaum war der Gottesdienst vorbei, ließen wir uns los und gingen ohne Abschied auseinander.

Endlich hatte ich ein echtes Zeichen, daß dieses Mädchen nicht nur mit mir spielte, sondern wirkliche Zuneigung empfand. Oder hätte sie sonst in Gottes Haus gewagt, mir ihre Hand zu lassen? Ich grübelte auf dem Heimweg, aber als ich in unserer Bude anlangte, wurde ich fröhlich von Steffen und Ole empfangen, die ein wahres Festmahl vorbereitet hatten. Es gab in Rotwein gekochte Ochsenzunge, eine über dem Feuer gedrehte, knusprige Gans, die mit Backobst und Nüssen gefüllt war, Kohleintopf und Honigkuchen.

»Schiffer, dieses Jahr war ein glückliches«, sagte Ole weinselig, »es freut mich, daß Ihr mich gefragt habt, ob ich mit Euch reisen will. Und ich sage Euch, ich habe schon viel gelernt und will auch ein Schiffer werden, denn dieses Leben scheint mir die Herrlichkeit auf Erden zu sein. So ein gutes Weihnachtsessen konnten wir uns zu Hause seit Jahren nicht leisten. Gewiß, das Leben als Schiffer ist gefährlich, aber mit Eurem Lohn in der Tasche kann es recht lustig dabei zugehen.« Auch Steffen schien sich getrieben zu fühlen, mir einen Dank zu sagen, daß ich Vertrauen in ihn gehabt hatte.

Und mit einer gewissen freundschaftlichen Rührung nahm ich den Dank an, um ihnen beiden auch etwas zurückzugeben: »Ich kann mich auf euch verlassen. Ich will es anders machen als die Schiffsführer, die ich kennengelernt habe. Ich will euch die Kunst des Navigierens rechtzeitig zeigen, schon, damit ich mich auch einmal ausruhen und euch die Verantwortung überlassen kann. Doch eigentlich müßtet ihr lesen und schreiben lernen, denn es ist nicht möglich, alle Segelanweisungen im Kopf zu behalten. Es ist nötig, sie aufzuschreiben und bei Bedarf nachzulesen. Die Karten, die ich euch gezeigt habe, sind gespickt mit Notizen über Wassertiefe, Seezeichen, Küstenabstände und anderen Besonderheiten. Wer also die heimischen Gewässer verlassen will, der muß auch Karten lesen können.«

Nun bedrängten mich die beiden, daß ich ihnen das Lesen und Schreiben beibringen möge, am liebsten sofort. Leicht betrunken, holte ich Schreibzeug, Griffel und Schiefertafel hervor und gab die erste Lektion. Aber sie stellten sich so unbeholfen an, daß wir die Sache lachend vertagten.

Nach den Weihnachtstagen fiel Schnee, und ein schneidender Wind türmte die Flocken zu Verwehungen auf. Die Arbeit am

Schiff mußte ruhen. Mich trieb es in Holtermanns Haus, und Holtermann war gut gelaunt. In seiner Kontorgalerie stand ein Holzkohleofen und auf dem Tisch ein Schiffsmodell von Florian Boge. Holtermann schmiedete Pläne: »So ein Schiff will ich bauen lassen und dann den Stockfisch von Bergen direkt nach Cádiz transportieren, ohne in Stade zu stapeln. Aber in Stade finde ich keinen Partner für so ein Geschäft, das gönnt mir hier keiner. Ich will nach Hamburg fahren, und mich dort umsehen. Und ich habe auch einen netten Lohn für meinen zukünftigen Partner. Er kann meine Tochter zur Frau nehmen. Schiffer, Ihr sollt es ruhig wissen, sie ist im heiratsfähigen Alter, und ich muß mich darum kümmern, daß sie keine alte Jungfer wird. Ihre Mutter ist vor vielen Jahren gestorben, im Kindbett mit unserem Sohn. So hat sie keine Mutter und keinen Bruder mehr, und ich habe mich fast ausschließlich um das Geschäft gekümmert und die Erziehung der Amme überlassen. Jetzt habe ich einen Trotzkopf, denn die Amme war zu nachgiebig. Hier in Stade gönne ich keinem, daß er von meinem schwererhandelten Geld eine Mitgift bekommt. Keiner ist so gut wie ich. Aber vielleicht finde ich in Hamburg meinesgleichen, und vielleicht läßt sich in Hamburg auch eher so ein Schiff bauen.« Er zeigte auf das Dreimastermodell, das mit Geschützen ausgerüstet war. »Gott gebe, daß dieser Schneefall aufhört und dem Frühling Platz macht.«

Ich plauderte unverbindlich mit Holtermann, doch seine Worte bestürzten mich, denn ich kam aus seiner Sicht anscheinend nicht für seine Tochter in Frage. So blieb ich eine Weile höflich bei Holtermann sitzen, erzählte ihm vom Hamburger Hafen und dem Tiefgang der dortigen Schiffe, verabschiedete mich dann und stieg allein die Treppe hinab in die dunkle Diele. Da zog mich Kristine zwischen die gestapelten Tuchballen. Sie umschlang meinen Hals und schluchzte: »Ich wollte es gar nicht, aber ich habe euer Gespräch mit angehört. Dir habe ich mein Herz geschenkt, und nun will mich mein Vater an irgendeinen verkaufen. Da will ich lieber mit dir gehen. Ich kann auch arbeiten und auf einem Schiff Dienste leisten, ich kann lesen, schreiben und rechnen, das habe ich während meiner einsamen Kindheit von den Kaufmannsgehilfen gelernt, als ich hier in der Diele meine Tage verbrachte. Ich weiß genug über Preise, Gewichte und Qualitäten. Nimm mich mit,

Hannes Maiboom, häng dich nicht an meinen Vater, der dich nur benutzt. Nimm dein Schiff und mach dein eigenes Glück, aber nimm mich mit, ich kann dir helfen.« Sie wischte sich die Tränen aus dem Gesicht und blickte mich voller Hoffnung und Tatendrang an.

»Kristine, ich habe nur Augen für dich und werde von dir angezogen, wie ein Magnet Eisen anzieht. Du bist so schön, deine Augen glühen so feurig, und du bist so herrlich entschlossen und mutig. Laß uns Pläne schmieden und nichts überstürzen. Jetzt ist tiefster Winter, wohin sollten wir gegen den Willen deines Vaters gehen? Laß uns bis zum Frühjahr warten und jeden Schritt planen. Und bedenke, daß du deine Sicherheit verlieren wirst, wenn du mit einem ziehst, der nur ein Schiff und etwas Geld besitzt.«

Statt zu antworten, zog sie mich noch näher und küßte mich leidenschaftlich, daß mir der Atem wegblieb. Wir sprachen nicht weiter, liebkosten uns, und Kristine beruhigte sich. Sie brachte mich zur Tür und fragte ängstlich: »Geliebter, wann sehe ich dich wieder?« Wir verabredeten uns für den nächsten Morgen zur Frühmesse in Sankt Cosmae, und dann trat ich in den dunklen Winternachmittag hinaus.

Wir trafen uns, wann immer es sich einrichten ließ, und die dunkle Jahreszeit deckte unsere Unternehmungen, denn niemand sollte von unserer Beziehung wissen. Wir hatten nicht viel Zeit für uns, wenn wir gemeinsam zur oder von der Kirche durch die Straßen gingen, uns auf dem Markt trafen oder Umwege zum Hafen einschlugen. Mir erschien es zwecklos, Kristines Vater unsere Liebe zu offenbaren. Er suchte einen reichen Mann für seine Tochter, eine gute Absicherung ihres Lebensunterhaltes und möglichst einen Vorteil für sich bei der Eheanbahnung. Sollte ich ihm meine Herkunft erklären, sollte ich meine Pläne preisgeben, die Schätze der Likedeeler zu bergen? Dazu kannte ich Holtermann erst zu kurz. Auch schätzte ich ihn als machthungrig und geldgierig ein. Seine Neider würden eine zusätzliche Gefahr darstellen, denn wenn sie ihn nicht treffen konnten, würden sie es bei seinem Schwiegersohn versuchen. Mitgefangen, mitgehangen, würde es heißen. Einmal Pirat, immer Pirat. Ich beschloß, niemandem von meiner Vergangenheit zu erzählen, nicht einmal diesem Wonnegeschöpf Kristine, diesem verliebten Mädchen, das von einer ritterlichen Liebe träumte. Was würde passieren, wenn die Liebe alltäglich würde und ihr Held sich als normaler Mensch mit Schwächen darstellte? »Zweifler« hatte mich Godeke Michels einmal geschimpft, als er auf einer Führerversammlung dafür gesprochen hatte, Bergen anzugreifen, und ich als Ergebnis der Beratungen schlicht die Argumente dafür und dagegen abwägend wiederholte. Ja, ich war ein Zweifler, konnte mich nicht so recht entscheiden, was zu tun sei, wollte weiter abwarten. Doch sehnsüchtig stellte ich mir auch vor, wie es wäre, mit Kristine zusammenzuleben.

Der Winter war aber dennoch auch eine lustige Zeit. Schnee und Eis behinderten Handwerker, Kaufleute und Bauern. Jedoch herrschte kein Mangel, die Ernte war üppig ausgefallen, die Speicher gefüllt, und so vertrieben sich die Menschen die Zeit so gut es ging mit Spielen, Geselligkeit und gemeinsamen Mahlzeiten. Geschichtenerzähler und Musikanten zogen von Haus zu Haus, unterhielten ihre Zuhörer und verdienten damit ihren Lebensunterhalt. Die Gräben in der Marsch waren zugefroren, der Schnee teils vom Eis geblasen, und jung und alt genossen an Sonnentagen das Gleiten mit Schlittschuhen. Findige Bäcker errichteten am Rand des Eises Verkaufsbuden für heiße Getränke und warme Backwaren. Die Jungfern hatten sich herausgeputzt, und die jungen Kerle drehten gewagte Figuren auf dem Eis. Hier konnte ich Kristine treffen, wenn ich sie auch nicht umarmen und küssen durfte, so konnte ich sie sehen, ihr Lachen hören und mit ihr sprechen.

Dann, zur Faschingszeit, wurde es wilder, vermummte Gestalten trieben in den Gassen ihre derben Späße. Die Kinder liefen mit Rummelpötten und Trommeln durch die Straßen und bereiteten einen ohrenbetäubenden Lärm, von dem man sich nur durch Geschenke befreien konnte. In dieser Zeit der Verkleidung konnte ich Kristine unbeschwert treffen. Unerkannt konnten wir uns in Winkel verziehen, auf Speichern treffen und uns zwischen Stoffballen, Fässern, Säcken und Kästen lieben. Steffen und Ole blieb mein Benehmen nicht verborgen. Sie kamen am Rosenmontag vorzeitig vom Umzug zurück und erwischten mich mit Kristine. Doch wußten sie nicht, welches Mädchen ich mir da nach Hause geführt hatte. Als sie dachten, sie könnten ebenfalls ihren Spaß haben und dreist wurden, mußte ich sie in ihre Schranken verweisen. Da merkten sie, daß es mir ernst war, und ich merkte es auch.

Beim Frühstück am nächsten Morgen meinte Steffen: »Schiffer, wenn das man gutgeht, daß Ihr Euch in Kaufmannsweiber verguckt. Nur gut, daß unser Schiff wieder flott ist, wir neue Segel und neues stehendes und laufendes Gut an Bord geschafft haben. Wer weiß, ob wir diesen Hafen nicht bald verlassen müssen. Bedenkt, wir sind keine Bürger in dieser Stadt, sondern nur geduldet im Dienste von Holtermann.«

»Woher wißt ihr, daß Kristine eine Kaufmannstochter ist?« begehrte ich zu wissen.

»Nun, für eine Magd waren ihre Tücher zu kostbar, für eine Hure waren sie zu schlicht. Und Ihr sucht ja fortwährend die Gesellschaft von Kaufleuten, da liegt es doch nahe, daß Ihr ein Mädchen aus diesen Kreisen freit. Und wie Ihr Euch gestern benommen habt, als wir mit dem Mädchen ein wenig anbändeln wollten! Eure Wangen waren erhitzt, Euer Herz ist entflammt. Ich glaube, Schiffer, das ist die Liebe!« gab nun Ole seinen Kommentar. Gedanken schossen mir durch den Kopf. Sollte ich mich diesen Jungen offenbaren, sie einbeziehen in meine von Zweifeln geplagten Überlegungen?

Mit dem Abstand des jetzt Schreibenden weiß ich, daß Gott mich geleitet haben muß. Gott hat mir diese beiden verläßlichen Menschen geschickt, die trotz ihrer Jugend schon so ein Verständnis für das Leben entwickelt hatten. So tat ich das Richtige, mein Herz sprudelte über, und ich gestand ihnen meine Liebe zu der Tochter Holtermanns und erklärte ihnen den Plan des Kaufmanns, in Hamburg nach einem Geschäftspartner zu suchen, den er durch die Heirat mit seiner Tochter besonders fest an sich binden wollte. Dann beschrieb ich ihnen Kristines Vorstellung, mit mir zu fliehen und zu leben. Es zeigte sich, daß meine beiden Lehrlinge, denn so bezeichneten sie sich, für mich, ihren Schiffer, Partei ergriffen. Guten Mutes meinten sie, wir würden auch andere Kaufleute finden, die uns Frachtaufträge gäben. Und für den Fall, daß wir aus Stade fliehen müßten, schmiedeten wir einen Plan. Steffen und Ole würden im Kreis ihrer jugendlichen Freunde aus der Nachbarschaft des Viertels verbreiten, sie wollten zusammen mit ihrem Schiffer wieder nach Tönning zurückkehren. So würde man uns dann am ehesten in Tönning suchen, falls Holtermann uns verfolgen lassen sollte. Die beiden trauten Holtermann zu, daß er uns einen Betrug anhängen würde oder anderes falsches Zeugnis ablegen könnte. Statt aber nach Tönning zu gehen, wollten wir in dem großen Hamburg, das ja mit Stade konkurrierte, nach neuen Frachtaufträgen suchen, die möglichst nach Ribe gingen, denn diese Route trauten wir uns, mit Erfolg schnell zu segeln. So in der gemütlichen Stube am warmen Feuer hörte sich der Plan auch gut an, und wir waren zuversichtlich. Die Frage, wie es mit Kristine an Bord gehen würde, übergingen wir.

Bis Aschermittwoch ließen wir uns von dem Trubel in den Gassen, in den Gasthäusern und Badestuben, bei den Festen reicher Kaufleute und von den Ämtern der Handwerker mitreißen. Kristine sah ich nur ein Mal, als ich Fastnachtmorgen bei Holtermann anfragte, wie es denn für mich mit Frachtaufträgen stände, da am 22. Februar ja das Winterfahrverbot endete. Es war mehr ein Vorwand, um Kristine zu sehen, als der Wunsch nach einer neuen Fahrt, die mich schließlich von ihr trennen würde. Holtermann war auch nicht ansprechbar. Er hatte einen schweren Kopf von dem vorabendlichen Gelage und schickte mich deshalb weg, damit ich nach Aschermittwoch wiederkäme. Kristine geleitete mich zur Diele und nahm mich bei der Hand, als wir die Küche verließen, in der Holtermann sich seinen Arzneitee brauen ließ. Blitzartig ließ sie meine Hand los, als Lukas Diekmann die Tür aufstieß und hereinschwankte. Er hatte zwar getrunken, aber doch noch Kristines hastige Bewegung gesehen. Mit roten Augen und stierem Blick fixierte er mich und zischte: »Ich hab' dich gewarnt, daß du mir nicht in die Quere kommen sollst. Du wirst schon sehen, was du davon hast.« Dann stolperte er an uns vorbei zu seiner Kammer, die hinter der Diele lag.

Kristine zog mich in den Schatten gestapelter Flachsballen. »Geliebter, laß mich nicht allein. Willst du tatsächlich Frachtaufträge annehmen und mich hier zurücklassen? Mein Vater plant, bald nach Hamburg zu segeln. Er hat schon den Koggenführer Pasternak kommen lassen und die Reise mit ihm besprochen. Pasternaks Kogge ist ein schönes Schiff, das viel hermacht und gut geeignet ist, die Kaufkraft eines erfolgreichen Stader Kaufmannes zu zeigen. Was mache ich, wenn Lukas Diekmann bei meinem Vater um meine Hand anhält? Was mache ich, wenn er mich einem Hamburger Kaufmann als Frau verspricht? Meinst du, daß irgend jemand für mich seine Hand rührt, wenn ich nach Hamburg verschifft werde wie eine Ladung Stockfisch? Und du segelst vielleicht rund um Dänemark und kommst erst in drei Monaten wieder! Nimm mich mit, ich werde einen Abschiedsbrief schreiben und an den Bürgermeister richten, daß ich aus freien Stücken mit dir ging, damit dir niemand Menschenraub nachsagen kann. Später, wenn mein Vater sich an den Gedanken gewöhnt hat und wir mit guter Ladung eines Tages zurückkehren, dann wird es die Versöhnung geben, die mein Vater mir noch nie auf Dauer versagt hat.« Kristine ließ mich nicht zu Wort kommen, sondern küßte mich wie zur Besiegelung ihrer Rede und um jeglichen Widerspruch zu ersticken.

Als sie mich losließ, nickte ich ihr zu und sagte nur: »Ich bereite alles vor. Sorge du für ein unauffälliges Bündel der Sachen, die du mitnehmen mußt. Aber schreibe keinen Brief an den Bürgermeister, und erwähne mich nicht.«

Noch am gleichen Tag brachte sie mir in der Verkleidung eines Possenreißers ein erstes Bündel mit Kleidungsstücken, ein wenig Schmuck und eine Geldbörse. Ich hatte große Angst, daß man mich als Dieb verhaften könnte, wenn diese Dinge bei mir gefunden würden. Aber der Fastnachtstrunk, den mir Ole und Steffen reichten, vertrieb meine bösen Vorahnungen, und wir feierten wie alle Nachbarn.

Ende Januar war es wärmer gewesen. Es hatte zwei Tage hindurch geregnet und Schnee und Eis waren getaut. Dann waren die Tage wieder trüber geworden, und nachts hatte es ein wenig Frost gegeben. Aschermittwoch verholten wir unser Schiff an die Pfähle zurück und bestückten es mit Proviant, Werkzeug und Vorräten. Ole richtete sich unter der Heckpersenning mit einem Holzkohleofen ein. Er sollte das Schiff in der Nacht bewachen. Ich bezahlte meine Schulden auf dem Warkhof bei Florian Boge. Es war später Nachmittag und schon sehr dunkel, als ich mich zum Holtermannschen Haus aufmachte. Lukas Diekmann ließ mich nicht eintreten, da Holtermann bei Pasternak zu einer Besprechung sei. Ich gab ihm zur Antwort, dann würde ich eben zu Pasternak gehen, um mit Holtermann eine wichtige Sache zu beraten, die ich mit ihm, Diekmann, nicht besprechen könne. Ich wandte mich um, ließ ihn stehen und machte mich auf den Weg zum Pasternakschen Haus. Pasternak war einer der bekanntesten Koggenführer in Stade und Äldermann in der Schiffergilde. Er besaß ein Haus nicht weit von Holtermann entfernt am Baumhaus, direkt am Hafen. Es war klein und bescheiden, aber zeugte doch vom Wohlstand eines erfahrenen Schiffers, der sich mit seiner Kogge bis nach England und noch weiter traute. Florian Boge hatte mir das Haus gezeigt und mich später mit Pasternak bekannt gemacht. Pasternak selbst hatte ebenfalls Geld in die Einrichtung des Warkhofes gesteckt, damit sein Schiff dort im Winter repariert werden konnte.

Mich fröstelte, als ich durch die dunklen Gassen ging. Ich legte mir die Worte zurecht, die ich an Holtermann richten wollte. Ich wollte ihm beichten, daß ich bereits ein Haus in Hamburg besaß. Und ich wollte ihm anbieten, daß er das Haus als Stützpunkt nutzen könne, sobald ich die Reparaturarbeiten kontrolliert und das Haus wohnlich hergerichtet hätte. Sollte sich im Laufe des Gesprächs herausstellen, daß ich Eindruck auf ihn gemacht hätte, würde ich die Sprache auf Kristine bringen. Mir war, als ob mir ein Schatten folgte, doch als ich mich umdrehte, konnte ich in der Dunkelheit niemanden erkennen. Die Leute hatten sich in den Häusern an die Feuerstellen verzogen und die Fensterläden zugeklappt. Nur an den Kreuzungen brannten auf Geheiß des Rates rußende Öllaternen. Ich wandte mich wieder nach vorne und ging weiter, als ich Schritte hinter mir hörte und gleich darauf einen schrecklichen Schlag auf die Schulter verspürte, der mir nur deshalb nicht den Schädel zerschmetterte, weil ich beim Versuch, mich erneut umzuschauen, auf dem Glatteis halb ausrutschte. Eine Gestalt schwang einen Holzhammer, wie man ihn zum Zurichten von Faßreifen benutzt. Nur mit knapper Not konnte ich mich aus der Richtung drehen, und der Hammer verfehlte sein Ziel zum zweitenmal. Mein linker Arm war von dem ersten Schlag wie gelähmt, aber mit den Füßen trat ich nach dem Angreifer und brachte ihn zu Fall. Bevor er sich aufrappeln konnte, hatte ich mich auf ihn geworfen und wir umklammerten uns. Der Angreifer hatte seine Waffe verloren und versuchte nun, mich zu würgen. Vor Anstrengung konnte ich nicht um Hilfe rufen, mir fehlte die

Luft zum Atmen. Wir rollten in der Umklammerung auf das Hafenbecken zu. Gerade an dieser Stelle gerieten wir wieder in den Lichtkegel einer Öllampe, die an der Straßenkreuzung hing, und ich erkannte Lukas Diekmann in dem Angreifer. Ich packte sein Handgelenk und versuchte, ihn von meiner Gurgel loszubekommen. Mit der Faust der anderen Hand schlug ich von hinten gegen seinen Ellenbogen, während er mich immer stärker würgte, doch ich konnte nicht weit genug ausholen. Die Todesangst verlieh mir plötzlich große Kraft, und ich schlug mit aller Verzweiflung gegen seinen Ellenbogen, und dieser Trick gelang. Es machte hörbar »Knack«, und der Arm des Angreifers hing kraftlos an seinem Körper. Diekmann schrie vor Schmerz laut auf, ließ von mir ab, und ich stieß ihn mit beiden Beinen von mir, daß er rückwärts in Richtung Hafenbecken fiel. Die Kaianlage war an dieser Stelle schmal und abschüssig, und im Rückwärtsfallen versuchte er, irgendwo Halt zu finden. Dann stürzte er in das eisige Wasser der Schwinge, die recht zügig strömte. Wieder schrie der Kerl, diesmal laut um Hilfe. Ich hörte, wie ein Fensterladen im ersten Stock des Nachbarhauses aufgestoßen wurde. Auf der anderen Hafenseite wurde laut vernehmbar ein Türriegel zurückgeschoben. Da machte ich mich davon in das Dunkel der Gassen und lief zurück in das Harschenfleetviertel.

Steffen hatte es sich auf seinem Strohsack in der Nähe der Feuerstelle bequem gemacht, denn viele Möbel hatten wir hier nicht mehr stehen. Kisten und Kästen hatten wir zurück an Bord geschafft. Aufgeregt schilderte ich ihm die Vorkommnisse, und wir hielten es für besser, uns aus dem Staube zu machen, falls Diekmann gedungene Zeugen für sich gewinnen könnte. Auge um Auge hieß die Rechtsprechung, und falls ich ihm wirklich den Arm gebrochen hatte, so würde mir das gleiche drohen, wenn er am Gerichtstag die Ratsherren auf seine Seite bringen könnte.

Im Schutz der Dunkelheit brachten wir die letzten Habseligkeiten auf das Schiff, darunter auch meine Bücher- und Kartenkiste. Dann machten Ole und Steffen das Schiff so weit fertig, daß wir jederzeit die Leinen loswerfen und in die Strömung der Schwinge staken konnten. Mit bangem Herzen wachten wir die ganze Nacht, aber niemand kam den Deich entlang, kein Soldat der Stadtwache ließ sich blicken. Gegen Morgen wurde es dann plötzlich aufregend: Ein Schatten schlich sich heran, und ehe wir die Leinen loswerfen konnten, sprang jemand auf unser Schiff. Es war Kristine. Wie ein Lauffeuer hatte sich die Nachricht in der Stadt herumgesprochen, daß Lukas Diekmann nach einer Rauferei in der Schwinge ertrunken sei. Man hatte ihn noch lebend aus dem Fluß geborgen, er war dann aber an der Kälte zugrunde gegangen, ohne etwas über den Täter mitteilen zu können, denn das eisige Wasser hatte ihm die Kehle zugeschnürt. Ein Zeuge hatte aber von einem Fenster gesehen, wie ein Mann davongelaufen war. Die Stadtwache hatte gleich nach Bekanntwerden des Geschehens die Tore geschlossen, und nun suchte man nach irgendeinem Verdächtigen mit einem braunen Mantel. Kristine hatte eine Unruhe ergriffen, denn sie hatte am Abend mit angehört, wie Lukas Diekmann mich am Tor abgefertigt hatte und kurz danach dann das Haus verließ. Außerdem wußte sie, daß ich einen braunen Umhang trug. So hatte sie sich gleich am frühen Morgen zum Tor begeben, als die ersten Bauern in die Stadt drängten. Die Wachen suchten nach einem Mann, und so hatte man sie durchgelassen. Sie hatte ihre dicksten Strümpfe an, darüber Lederstiefel, zwei Röcke und eine Schürze sowie eine gefütterte Jacke. Ihre erste Frage war, ob ich Lukas in die Schwinge gestoßen hätte. Ich verneinte, gab aber zu, daß ich mit ihm gerauft hatte, nachdem er mich angegriffen hatte. Ich sagte ihr, daß er dabei im Zurücktaumeln das Gleichgewicht verloren hatte und in die Schwinge gestürzt war, und daß es keine Absicht von mir gewesen war.

»Es ist besser, wenn du Stade verläßt. Vielleicht hat Lukas seinen Kumpanen von seiner Abneigung dir gegenüber erzählt und damit geprahlt, daß er dich aus dem Holtermannschen Haus werfen würde. Dann könnte man dich verdächtigen, und du bist ohne Freunde in dieser Stadt. Je eher du gehst, desto besser.« Ich war von Kristines Rede verblüfft. Wollte sie mich loswerden? Dann setzte sie hinzu: »Und ich werde mitkommen. Meinen Abschiedsbrief habe ich unter mein Kopfkissen gelegt. Früher oder später wird man ihn finden. Wir sollten uns sputen, bevor mein Vater dir auch noch vorwirft, du hättest mir den Kopf verdreht.«

So verließen wir Stade Ende Februar 1401, als die Sonne zum erstenmal seit vierzehn trüben Tagen klar und strahlendrot aufging.

23. Die Flucht nach Hamburg

Oh, Gott, welche schicksalhaften Wiederholungen hast Du mir auferlegt? Nach dem Handgemenge mit dem dänischen Offizier mußte ich schon einmal fliehen, weil ich meine Unschuld nicht hätte beweisen können und die Mächtigen sich das Recht nach ihrem Gutdünken ausgelegt hätten. Auch diesmal floh ich wie einer, der etwas zu verbergen hat. Ich traute Holtermann zu, daß er mich fallenließ, damit nicht ich seine Tochter zur Frau bekäme, sondern ein reicher Pfeffersack aus Hamburg. Doch diesmal schickte Gott mich nicht in die Hände von Vitaliern, Kaperfahrern und Totschlägern. Diesmal war ich nicht ausgeliefert, sondern konnte meines eigenen Glückes Schmied sein. Gott hatte mir zwei treue Lehrlinge und eine geliebte Frau gesandt. So blickte ich zuversichtlich in die Zukunft.

Wir segelten der Sonne entgegen, nach Hamburg. Die Flut hatte eingesetzt, und ein eiskalter, klarer Nordwind blähte unser neues Segel am neuen Mast. Die neue Reling, oder besser gesagt, das Schanzkleid an Heck und Bug, schützte uns wirkungsvoll vor dem schneidenden Wind. Der Umbau hatte sich gelohnt. Mir schien das Schiff auch leichter im Ruder zu liegen, es war kaum nötig gegenzusteuern, ruhig hielt es Kurs. Die letzten Tage hatte es immer wieder kurz genieselt, der Westwind hatte Regenwolken über das Land gebracht, und das naßkalte Wetter hatte vielen den Tag verdrossen. Die Schneeschmelze hatte die Schwinge ansteigen lassen, die Wege, Wiesen und Äcker waren mit Pfützen übersät. Doch das klare Wetter an diesem Tag hob meine Stimmung. Der eisige Nordwind ließ das Spritzwasser gefrieren, und schon nach kurzer Fahrt war unser Bug mit einer dicken Eisschicht überzogen. Von mir aus sollte der Frost die Schiffahrt ruhig wieder lahmlegen, nach Hamburg würden wir es an diesem Tag allemal schaffen.

Von unserem Proviant an Bord zauberten Steffen und Kristine ein kräftiges Frühstück. Als wir im Heck saßen und die Mahlzeit verzehrten, fragte Ole unvermittelt: »Schön, Schiffer, daß wir wieder fahren. Was sind Eure Pläne, was machen wir in Hamburg, und wohin geht die Reise dann?«

Da ließ ich meinen Gedanken freien Lauf und dachte laut: »Zuerst verrate ich euch das Geheimnis, daß ich im letzten Herbst in Hamburg ein Haus gekauft habe. Dort muß ich nach dem Rechten sehen und dem Hausmeister neue Anweisungen geben. Dann muß ich mich um Frachtaufträge bemühen. Ich plane, weit in die Ostsee zu segeln, denn ich weiß von einem guten Geschäft auf Bornholm, das uns alle reicher machen kann. Auch ihr sollt davon etwas haben. Was für eine Art Geschäft es ist, kann ich euch noch nicht sagen, es ist ein Geheimnis. Möglicherweise führt uns die Fahrt sogar bis zu den Russen, wer weiß. Ich setze alles auf eine Karte und möchte mein Glück auf dieser Fahrt machen. Wir sind frei, uns hält hier nichts, keine Kinder, keine Eltern. Wollen wir unser Glück versuchen? Vielleicht reisen wir das ganze Jahr hindurch und kommen erst zum Winter zurück nach Hamburg in mein neues, eigenes Haus!«

Steffen, Ole und Kristine waren Feuer und Flamme. Die Reise versprach Abenteuer und neue Horizonte. Ich wollte möglichst lange auch aus Hamburg verschwinden, damit ich Holtermann dort nicht als armer Kaufmann begegnen mußte. Vielleicht würde ich als gemachter Mann zurückkehren. Würde Holtermann nach seiner Tochter suchen? Wo würde er suchen? In ihrem Brief an ihren Vater hatte sie nicht erklärt, mit wem sie gegangen war, nur, daß sie aus freien Stücken fortgegangen sei, um ihr Glück zu suchen. Einen Vorwurf hatte Kristine ihrem Vater noch gemacht, seinen Hochzeitsplan. Sie gestand ein, das Gespräch über seine Pläne mit ihr unbemerkt und ungewollt mit angehört zu haben. Dies habe sie in ihrer Absicht bestärkt, ihr Vaterhaus zu verlassen. Sie versprach in dem Brief, sich so bald wie möglich zu melden. Aber Holtermann würde eins und eins zusammenzählen, nämlich mein Verschwinden und Kristines. Er würde nachforschen, ob ich Fracht geladen hatte. Ohne Fracht sah es doch sehr nach einer Flucht aus. Kristine selbst machte dann den Vorschlag, ihr Aussehen zu verändern, um weniger Spuren zu hinterlassen. Steffen schnitt ihr die langen blonden Zöpfe ab, und sie zog sich Männerkleidung an. Mit etwas Holzkohle malte sie sich einen dunklen Flaum auf die Oberlippe. Dann posierte sie mit einer Schiffermütze, und wir alle fanden, daß sie als junger Bursche durchgehen könnte.

Mit dem letzten bißchen Flut rutschten wir am Mühlenberg bei

Blankenese über die Untiefen. Zum Glück hatten die Hamburger nach dem Eisgang des Winters schon ihre Tonnen wieder verankert, und wir fanden die Durchfahrt sofort und ohne zu loten. Dann schoben wir uns mit Hilfe des Nordwindes gegen den einsetzenden Ebbstrom bis an die Vorsetzen und den Baumwall. Diesmal bekamen wir einen Platz an den Pfählen im Uferschlick. Über eine Laufplanke gelangten Steffen, Kristine und ich an Land. Ole sollte auf das Schiff aufpassen. Kaum hatten wir festen Boden betreten, als ein Soldat der Stadtwache vom Baumhaus am Baumwall auf uns zukam. Er verlangte den »Werkzoll«, eine nach dem ersten Hamburger Seezeichen Neuwerk genannte Steuer, die für den Betrieb der Tonnen und Baken genutzt wurde. Außerdem wollte er wissen, wer wir seien, woher wir kämen, wohin wir wollten, wie lange wir bleiben wollten und welche Waren wir mit uns führten. Seit dem Herbst hatte sich hier anscheinend etwas getan, oder die diensthabende Stadtwache war an diesem Tag besonders aufmerksam. Geduldig beantwortete ich die Fragen des Soldaten. Der war enttäuscht, daß wir ohne Ladung gekommen waren, denn so gab es nichts zu inspizieren, nichts zu kontrollieren. Vielleicht hatte er auf ein Trinkgeld gehofft. Er blickte auf unser Schiff, verzichtete aber darauf, über die Laufplanke zu balancieren und sich zu vergewissern, ob meine Angaben wahrheitsgetreu waren. Steffen, Kristine und ich schritten dann schnell auf das Schaartor zu und in die Stadt hinein.

Zum Glück habe ich ein gutes Ortsgedächtnis. Obwohl ich die Straßen nur während zweier Tage meines Lebens gesehen hatte, fand ich schnell den Weg zum Rödingsmarkt. Direkt neben dem Eckhaus an der Steintwiete lag mein Haus. Das Schicksal fügte es, daß just an diesem Tag der gute Küster Hagelskamp nach dem Rechten sah. Ich sah ihn vor dem Haus stehen und die Fassade mustern. Zwei Burschen standen neben ihm und erhielten Anweisungen. Wir begrüßten uns herzlich. Er hatte mein Haus sorgfältig verwaltet. Über den Winter hatte er Schlafplätze an Vikare und Mönche vermietet, die sich bereits mit den ersten Umlandfahrern dieses Jahres als Missionare nach Nordschweden aufgemacht hatten. Das Domkapitel hatte für sie gezahlt. Hagelskamp hatte von dem Geld, das ich ihm zurückgelassen hatte, das Dach reparieren lassen. Was er für sich selbst abgezweigt hatte, vermochte ich nicht zu durchschauen, er wollte mir aber ein Abrechnungsbuch zeigen. Als nächstes sollten die beiden Tischler die Fensterläden und Türen richten.

Ich stellte Hagelskamp meine Schiffergesellen Steffen und »Kristian« vor. Dann betraten wir das Haus. Auf der Diele machte sich eine ältere Frau zu schaffen, die den gestampften Boden fegte.

»Dies ist meine alte Cousine Mine. Ich habe ihr erlaubt, hier zu wohnen, wenn sie das Haus in Ordnung hält. Seid Ihr einverstanden, daß sie dafür keine Miete bezahlt?«

Selbstverständlich war ich darüber froh. Noch zufriedener wurde ich, als ich sah, daß sich ordentliche Bettstätten und Alkoven fanden und die Zimmer in aufgeräumtem und sauberem Zustand waren. Mine hatte sich in der Küche nach hinten hinaus eingerichtet. Sie schlief in einer Bank nahe der Feuerstelle. Ein Tisch stand vor der Bank, und über den Strohsack der Schlafbank war jetzt eine hölzerne Sitzfläche geklappt. Wir ließen uns darauf nieder. »Was habt Ihr für Pläne?« fragte Hagelskamp.

»Nun, ob ich will oder nicht, ich muß mein Glück versuchen. Ich will Geld verdienen, damit ich nächstes Jahr ein größeres Schiff kaufen und meinen Handel ausdehnen kann. Ich will weit in die östliche Ostsee aufbrechen und dort Pelze, Wachs und Teer einkaufen. Nun suche ich Fracht für diese Gegend, vielleicht Gewürze, Eisenwaren, Glas und Wein«, gab ich bekannt.

»Wenn Euch das glückt, seid Ihr ein gemachter Mann. Dergleichen Waren sind im Osten rar und bei den Reichen beliebt. Ihr werdet einen guten Preis, aber auch eine gefahrvolle Reise erwarten können«, entgegnete der Küster.

»Ich weiß selbst, daß so weite Reisen gefährlich sind. Daher ist mein Plan, alles für den Fall meines Todes zu regeln. Ihr sollt auch einen Teil meines Erbes erhalten, falls ich nicht zurückkommen sollte, denn es gefällt mir gut, daß Ihr Euch so um das Haus gekümmert habt, als ich nicht in Hamburg war. Einen Teil meines Erbes vermache ich der Stadt Hamburg mit der Auflage, nach meinen Todesumständen zu forschen, und einen Teil soll meine Mannschaft erben. Sagt, Küster, wißt Ihr einen Rechtsgelehrten, bei dem ich das Testament aufsetzen lassen kann und der es auch aufbewahrt? Und wo kann ich mein Geld deponieren, wenn ich auf eine so lange Reise gehe?«

Der Küster antwortete mir: »Zu dem ersten Teil Eurer Rede möchte ich Euch danken, wenn Ihr mich in Eurem Testament bedenken wollt. Ich werde zu Gott beten, daß Euch nichts geschehen möge, denn wenn Ihr leben bleibt, denke ich, wird es mir wahrscheinlich auch noch von Vorteil sein. Als Rechtsgelehrten kann ich Euch einen gewissen Sven Hennings empfehlen, der als Juniorsozius in der Schreiber- und Rechtsgelehrtenkanzlei Langenbeck für die Kaufleute und Senatoren tätig ist. Er hat in Bologna studiert und kennt die neuesten Regeln in der Jurisprudenz und im Handel. Um Wertsachen und Dokumente aufzubewahren, bedienen sich die Hamburger und der Rat der Stadt der Tresorkammer des Rathauses. Sie ist stets gut bewacht, vor Feuer, Flut und Dieben geschützt, aber es kostet etwas, seine Wertsachen dort aufzubewahren.«

»Das ist ein guter Rat, bitte führt mich bald zu dem Rechtsgelehrten. Vorher aber ist es noch wichtiger, Fracht für die Reise vermittelt zu bekommen und vielleicht etwas Ware für den eigenen Handel zu erstehen. Bisher kenne ich nur einen Hamburger Kaufmann, und der handelt mit Wein. Was meint Ihr, sollte ich mich an de Castro wenden?«

»De Castro hat eigene Schiffsanteile, er handelt auch mit Gewürzen. Er gehört zu den führenden Kaufleuten, auch wenn er noch nicht in den Rat berufen ist, so sitzt er doch im Amt der Fernkaufleute und in den Kompagnien der Bergen- und der Lübeckfahrer. Sogar bei den wenigen Kaufleuten, die mit Danzig in steter Verbindung stehen, kann er sein Wort auf die Waagschale legen. Wer in so viele Kassen etwas einzahlt, der muß ja auch genügend Gewinn daraus ziehen. Ich weiß dies, weil de Castro in unserem Kirchspiel ansässig ist und regelmäßig mit unseren Pastoren einen Umtrunk hält. Seine Weihnachtsspende an die Kirche war sehr großzügig. Darum haben die Pastoren ihn und andere Spender in den Dammhof am Reesendamm eingeladen. Ich durfte auch dabeisein, denn ich mußte das Spendenbuch schleppen und daraus vorlesen, wie viele und welcher Art Spenden und Erbschaften das Kirchspiel vergangenes Jahr erhielt. Das Essen und der Umtrunk waren überaus reichhaltig, so daß der Rückweg sehr beschwerlich wurde. Ich mußte de Castro stützen, und das bis zur Reichenstraße, denn dort steht sein Haus.«

Hagelskamp war eine Plaudertasche, aber auch eine gute Informationsquelle. Ich kannte niemanden in der Stadt, wollte gern hier Bürger werden und noch vor der Abfahrt meinen Bürgerbrief erhalten. Da sollte die Stadt ruhig denken, daß es sich lohnen würde, mich als Sohn der Stadt gegebenfalls zu beerben. Auch wollte ich sicher sein, daß meine Mannschaft als mir zugehörig angesehen und ebenfalls mit einem Erbe bedacht würde. Kristine, Steffen und Ole sollten im Falle meines Todes so viel erhalten, daß sie nach Hause zurückkehren könnten. Von der Tresorkammer hörte ich zum ersten Mal, auch wenn es in verschiedenen Städten üblich war, Wertsachen im Rathaus aufzubewahren, anstatt sie im Garten zu vergraben. Ich hoffte, mir lästige Fragen nach der Herkunft des Geldes dadurch zu ersparen, daß ich die Stadt als Teilerben einsetzte. Wenn die Herren Senatoren für ihre Stadt etwas erben wollten, dann durften sie nicht lange nach der Herkunft des Geldes fragen, womöglich fanden sie rechtmäßigere Besitzer.

Mein Plan ging auf. Ich hinterlegte mein Testament bei Sven Hennings und bezahlte für seine Dienste. Ich informierte die Stadtschreiber, daß die Stadt Hamburg einen Teil meines kleinen Erbes erhalten würde, wenn sie die Umstände meines Todes zu ergründen suchte und vielleicht für eine christliche Ruhestätte sorgte. Bei dieser Gelegenheit gab ich zu Protokoll, daß ich mich auf eine weite und lange Ostseefahrt begeben wolle und mich dadurch für längere Zeit nicht um mein Grundstück und das Haus kümmern könne. In meiner Abwesenheit solle der Küster Hagelskamp das Recht erhalten, mein Haus und Grundstück zu verwalten. Ferner bat ich darum, als Schiffer den Wimpel Hamburgs führen zu dürfen und mich als Bürger in die Bürgerrolle eintragen zu lassen. Zuletzt stellte ich in Aussicht, meine Wertsachen in die Tresorkammer schaffen zu lassen. Die Ratsdiener ließen mich wissen, daß der Senat in zwei Tagen wieder im Senatsgehege zusammentreffen und die Angelegenheit dort entscheiden würde.

Das gab mir Zeit, mich um Fracht zu bemühen. Ich versuchte mein Glück sogleich bei de Castro. Der Kaufmann war mir wohlgesonnen, hatte er doch ein gutes Geschäft mit mir gemacht, als er mir das alte Haus verkaufte. Auch diesmal bot er mir nach einigem Hin und Her ein für ihn gutes Geschäft an: Ich sollte ihm eine Sicherheit geben, daß ich seinen Wein, eine Gewürzladung und Briefe sicher nach Danzig zu einem Handelspartner bringen würde. Dafür bekäme ich einen guten Frachtlohn, wenn ich aus Danzig zurück sei. Was er als Sicherheit verlangte, war der volle hamburgische Warenwert. Dann hätte ich die Ware auch gleich kaufen können, um sie auf eigene Rechnung zu einem guten Preis in Danzig abzusetzen. Wir handelten und feilschten, und schließlich kamen wir zu einer für mich annehmbaren Vereinbarung, bei der ich das Haus als Sicherheit einsetzte. Nun war de Castro bereit, mir seine Waren anzuvertrauen. Er half mir dann auch beim Einkaufen weiterer Güter wie Salz, venezianische Glaswaren, Eisenwaren und schließlich sogar beim Waffenkauf. Auf sein Anraten rüstete ich mich mit einer kleinen Drehbasse aus, einem kleinen, gerade noch von einem Mann tragbaren Geschütz, das auf einem Dorn achtern oder mittschiffs gelagert werden konnte. Es wurde mit groben Schrotkugeln geladen und würde auf kurze Entfernung gleich eine größere Anzahl von Gegnern kampfunfähig machen. Bei mir war die Erinnerung an den Elbpiratenüberfall vom letzten Herbst noch lebendig, und deshalb kaufte ich die Drehbasse nebst Pulver und Geschossen. Mein Geld schmolz dahin, und zur großen Überraschung von Ole und Steffen öffnete ich in der Snigge ein Versteck nach dem anderen. An der Trostbrücke mußte ich den Wechslern vertrauen, wenn ich bei ihnen mit seltenen Geldstücken auftauchte. Sicherheitshalber ging ich nie ein zweites Mal zu demselben, denn niemand sollte wissen noch sich Gedanken machen, woher diese Geldstücke stammten. Nach dem Kauf von Proviant war ich fast mittellos. Dennoch erstand ich in der Schmiedestraße einen eisenbeschlagenen Kasten. Ole und Steffen trugen ihn ächzend in das Haus am Rödingsmarkt. Ich füllte ihn mit Sand und Steinen aus dem Garten und legte dann ein paar silberne Kelche, Bernstein und Schmuck obenauf. Versiegelt und mit der Weisung versehen, ihn an Fräulein Kristine Holtermann, Tochter des Kaufmannes Philipp Holtermann aus Stade, zu übergeben, legte ich noch Pläne, Seekarten und Bücher, die ich auf meiner Reise nicht benötigen würde, in einer Ledertasche in den Kasten. Den Schlüssel zum Schloß gab ich dem Küster zur Aufbewahrung. Falls meine Todesnachricht in Hamburg zu vermelden sei, solle er Sven Hennings aufsuchen. Dort würde er weiteres erfahren.

Nachdem die Ratsherren sich entschieden hatten und ich nach Zahlung des Bürgergeldes stolzer Bürger der Stadt Hamburg war, ließ ich den Kasten mit einem Wagen der Stadtwache in das Rathaus fahren. Gegen eine Gebühr wurde der Kasten in die Tresorkammer des Rathauses gebracht. Ich sorgte dafür, daß Hagelskamp dabei war, als der Kasten von der Stadtwache bei mir abgeholt wurde. Mochte der redselige Küster ruhig in seiner Umgebung verbreiten, daß ich für einen Schiffer und Jungkaufmann recht wohlhabend sei.

Mitte März tauten die Eisschollen, die nach unserer Ankunft in Hamburg von der Elbe am Ufer aufgetürmt worden waren und einige Schiffe in Bedrängnis gebracht hatten. Naßkaltes Nebelwetter lag über der Stadt. Als die Eisschollen auf ein wenig Knischeleis geschrumpft waren, stakten wir unser Schiff unter der Hohen Brücke in den alten Hafen vor. Mit einer Talje am Vorstag neigten wir unseren Mast so weit nach achtern, daß wir die Brücke passieren konnten. De Castro lagerte seinen Wein in einem Speicherhaus in der Straße Cremon. Die Rückfront des Hauses zum Nikolaifleet wies einen eigenen Lastenaufzug auf, so daß unser Schiff zügig und direkt beladen werden konnte. Auch die Gewürze luden wir hier, während wir die anderen Waren wie Glas, Eisenwaren, das Salz, den Proviant und Holzkohle als Feuerung schon an den Vorsetzen selbst gestaut hatten.

So vergingen die Tage, die jetzt länger wurden. Morgens früh kündeten die Vögel vom Frühling, der Tag des Abschieds von meiner neuen Heimatstadt war gekommen. Steffen, Ole und Kristine, nun Krischan gerufen, begleiteten mich in die Katharinenkirche, während ein Kaufmannsgehilfe de Castros auf unser Schiff und die Ladung am Baumwall aufpaßte und der Stadtwache Auskünfte erteilte. Als wir an diesem sonnigen Morgen den Kirchhof erreichten, hatten sich viele Schaulustige vor der Kirche versammelt. Sie beobachteten Kunstschmiede, die mit Flaschenzügen auf die Turmkappe hochgezogen wurden, um dort eine goldene Turmspitzenverzierung anzubringen. Gerüchte verbreiteten, daß das Gold aus dem Piratenschatz Störtebekers stammte. Ich zuckte mit den Achseln, als ich mich selbst fragte, ob dies ein gutes Omen war. Wir betraten die Kirche, beteten und spendeten Kerzen für Sankt Nikolaus, den Schutzheiligen der Seefahrer. Vor der Kirche umarmte ich den Küster, und wir verabschiedeten uns herzlich. Während ich ihn umarmte, näherte sich eines seiner Kinder und zupfte ihn am Rockzipfel: »Vadder, du sollst schnell zu den blauwen Süstern kommen. Die Oberin hat etwas mit dir zu bereden.« Da durchlief es mich heiß, daß ich keinen Gedanken an die Nonne verloren hatte, in der ich meine Schwester wiedererkannt zu haben glaubte. Doch ich war keines klaren Gedankens fähig und ging mit hohlem Kopf wie vorbestimmt zu unserem Schiff. Ich nahm die guten Wünsche de Castros entgegen, der es sich nicht hatte nehmen lassen, uns und seine Waren und Briefe zu verabschieden. Das Elbwasser schien für einen Moment nicht zu wissen, wohin es fließen sollte, dann kippte die Tide, und als ich den Ebbstrom sah, verschob ich alle Nachforschungen bei den Beginen auf den Herbst, wenn ich glücklich zurückkommen würde. Wir hißten den Hamburger Wimpel, warfen die Leinen los und setzten das Segel, als uns die Strömung auf die Elbe trug.

24. Das Wagnis beginnt

Mein lieber Verwandter, wirst Du mich je verstehen? Ich selbst verstehe meinen Lebenslauf kaum, wenn ich ihn so niederschreibe. Was hätte ich wann anders tun können, und was wäre dann passiert? Läßt Gott uns eine Wahl, oder haben wir diese Wahl nur scheinbar? Was wäre passiert, wenn ich in das Beginenkloster zurückgekehrt wäre und meine Schwester dort gefunden hätte? Ich weiß es nicht, niemand kann mir darauf eine wahre Antwort geben. Aber ich versichere Dir, daß ich gern gelebt habe. Jetzt, seit mir die Knochen weh tun und das Dasein beschwerlich ist, färbt die Erinnerung mein vergangenes Leben farbenfroh. Immer hatte ich neue Ideen, und Du siehst, selbst heute habe ich Pläne, nämlich mit Dir, damit ich in Dir weiterleben kann, auch wenn ich diese Pläne nicht selbst ausführen kann. Ob ich aus dem Jenseits Dein Leben beobachten kann? Wirst Du meine Aufzeichnungen als Teufelszeug wegwerfen, so daß kein Lebender je alles von meinem ganzen Leben erfährt? Oder willst Du diese Zeilen als Chance begreifen und Dein Leben zumindest ein wenig danach ausrichten? So lies, wie es mir an jenem Märzmorgen weiter erging.

Der Elbstrom zeigte sich von seiner schönsten Seite. Die Sonne spiegelte sich gleißend hell in dem kräuseligen Wasser. Ein leichter, warmer Südwind zeugte vom Frühling, und in der Sonne öffneten sich die Knospen und Blüten der Frühblüher am Ufer. Wir zogen stetig und ruhig elbabwärts und lagen mit unserer Ladung tief im Wasser. Die Sonne wärmte uns auf der einen Seite, doch auf der Schattenseite fröstelte einen. Zwar hatten wir mit Bedacht gestaut, doch nun begannen wir, uns weiter einzurichten. Ganz von allein hatten sich Ole und Steffen ein Lager bugwärts hinter dem neuen Schanzkleid eingerichtet, während Kristine und ich mittschiffs einen Platz zwischen den Weinfässern belegten. Achtern, zwischen den Proviant- und Küchenkisten, sollte unser Wohnraum für die nächsten Monate entstehen.

Auf der großen Werkzeugkiste vor dem Rudergängerplatz breitete ich eine von Magister Wigbolds Karten aus. Sie war vor vier Jahren in Brügge von einem Johannes Einwag angefertigt worden und zeigte die Nord- und Ostsee mit dem Weg um Dänemark herum. Magister Wigbold hatte mir während der Zeit, in der ich auf seinem Schiff fuhr, erklärt, daß es nur ganz wenige Kartenzeichner gebe, die es verstünden, die verschiedenen vorliegenden Segelanweisungen für bestimmte Kurse zeichnerisch zu einem Ganzen zu verbinden. So gab es schon länger einige unter den Navigatoren und Kapitänen, die die typischen Schattenrisse von Küstenlinien mit ihren Türmen, Bergen und anderen Landmarken aufzeichneten und dazu das Dargestellte mit Worten und Notizen erklärten. Auch waren die verschiedenen Routen bekannt, etwa, wie lange man geradeaus nach Westen fahren mußte, um von Marsdiep in Holland nach Great Yarmouth in England zu kommen, oder wie lange man stur vom selben Ort nach Norden segeln mußte, um die Shetlandinseln zu erreichen. Ähnliche Entfernungsmessungen und Richtungsangaben konnte man den anderen verbreiteten Segelanweisungen entnehmen.

Wigbold hatte mir dann erklärt, daß es in Oxford und in

Brügge spezielle Schulen in den Universitäten gab, die sich der Kartographie verschrieben hatten. Sie führten alle schriftlichen Notizen, Schattenrisse, Längen- und Richtungsangaben auf einem Blatt zeichnerisch zusammen, und zwar so, als würde man wie ein Vogel aus großer Höhe auf die Erde blicken. Die Gelehrten handelten im Auftrag von Fürsten, die einen Überblick über ihr Land und die Nachbarländer erhalten wollten, aber auch im Auftrag von Kaufmannsgesellschaften, die die Handelswege erforschen wollten. Selbst die Kirche war daran interessiert, die Grenzen der Christenheit und der noch zu missionierenden Länder zu erfahren. Der Papst in Rom beschäftigte berühmte Gelehrte mit der Aufgabe, die Welt in ihrer Ausdehnung zu beschreiben. Leider gab es viele falsche Karten, ungenaue Segelanweisungen und verzerrte Beschreibungen. Aber die Kartographen waren große Künstler. Das leuchtete mir schon damals ein, als Wigbold mir seine geraubte und kopierte Kartensammlung zeigte. Diese Karten, Küstenumrisse und Segelanweisungen waren die Schätze der Schiffer. Auf ihnen beruhte ihre Stellung gegenüber den Kaufleuten, die oftmals den Weg nicht kannten und so auf die Schiffer angewiesen waren. Kein Schiffer gab seine Aufzeichnungen freiwillig her, viele Karten und Bücher waren mit Geheimzeichen kodiert, und der Magister hatte es sich nicht nehmen lassen, die gekaperten Schiffer peinlich zu befragen, wenn er meinte, eine wichtige, aber verschlüsselte Segelanweisung vor sich zu haben.

Ich zeigte Ole, Steffen und Kristine auf der schönsten Karte, wo wir uns befanden und wohin uns der Weg führen sollte. Die drei staunten über das Kartenwerk und die Kunst des Zeichners. Wigbold hatte hier und dort in seiner Handschrift Notizen und Anmerkungen gemacht, deren Sinn nicht immer deutlich wurde. Doch uns sollte dies nicht stören, wenn nur die Karte einigermaßen stimmte. Wir wollten wagemutig segeln, uns von den Sänden und Wattenmeerstränden freihalten und möglichst spät erst Landfall machen, wenn unser Wasservorrat zur Neige gehen oder faulig schmecken würde.

Als wir an der Lühemündung vorbeikamen, dachten Ole, Steffen und ich an die Elbpiraten. Ohne darüber zu sprechen, begannen Ole und Steffen zur selben Zeit, die Waffenkiste zu öffnen. Auch die Drehbasse wurde aus ihrer Kiste gehoben, auf den Hecksporn aufgesetzt und probehalber bewegt. Im Wattenmeer wollten wir sie einmal ausprobieren, hier auf der Elbe jedoch kein Aufsehen erregen. Gegen Mittag passierten wir die Schwingemündung. Schweigend zogen wir vorbei. An Land war niemand zu sehen, und kein Schiff kam in Sicht, denn die Fischer und Schiffer waren schon längst fort, hatten die Ebbe früher genutzt als wir, die wir aus Hamburg kamen. In den Elbwatten sahen wir Tausende von Zugvögeln rasten. Nachmittags wurden wir gegen den einsetzenden Flutstrom immer langsamer. Schließlich beschlossen wir, uns in einen Priel zwischen zwei Sände zu legen und dort zu ankern. In der Nacht die Elbe zu befahren, trauten wir uns nicht zu. Alle Stunde stieg einer von uns in die Wanten und schaute über die nasse Insel auf den Elbstrom. Einige Fischerboote fuhren an uns vorbei, ohne uns und unseren Mast zu beachten. Die Sandinseln an Backbord und Steuerbord waren mit Strandhafer, Sandnelken und Sanddorngestrüpp bewachsen. Der hohe Spülsaum war mit Treibholz bedeckt, und so stiegen Kristine und ich über die Laufplanke an das Ufer, um trockenes Holz zu sammeln. Wir wollten zum Kochen und um uns abends aufzuwärmen ein Feuer entfachen.

Zur Mitte hin senkten sich die nassen Inseln; Binsen, Schilf und Sumpfiris wuchsen hier, Huflattich breitete sich aus und streckte gelbe Blüten gen Himmel. Eine ganze Menge Korbweiden standen in Reih und Glied, knorrige alte Geschöpfe von mehr als hundert Jahren. Hummeln und Bienen umsummten die Weidenkätzchen. An den tiefsten Stellen der Inseln hatten sich Tümpel gebildet, gespeist von hohen Fluten und dem Grundwasser. Sumpfdotterblumen trieben ihre dicken Köpfe und fleischigen Blätter dem Licht entgegen. Entenpärchen und Haubentaucher flogen erschreckt auf, als wir durch das Schilf brachen. Unser Mast war noch in Sicht, Steffen und Ole aber waren hinter einem dichten Gebüsch aus Weiden, Erlen, Pappeln und Sanddorn verschwunden. In dieser Zweisamkeit umarmten wir uns und küßten uns verliebt und lebensfroh. Ohne darüber zu reden, empfanden wir beide, daß es nicht richtig wäre, unsere Liebe vor Ole und Steffen zu deutlich zu genießen, und so nutzten wir diese Abgeschiedenheit, um auch am Tag ohne den Schutz der Dunkelheit leidenschaftlich zu sein. Ole und Steffen sollten nicht eifersüchtig auf unser Glück und unsere warmen Gefühle werden.

Als die Sonne sank, wurde es schnell kalt. Wir kehrten mit unserem Sammelgut zum Schiff zurück. In einer windgeschützten Kuhle am sandigen Prielufer entfachten wir ein Feuer. Steffen setzte in einem Kessel Weizengrütze auf, schnitt Zwiebeln und Speck hinein, würzte mit gestoßenem Pfeffer und strich ein Messer voll Schmalz am heißen Topfrand ab. Unterdessen sammelte Kristine in einer hölzernen Schale jungen Löwenzahn und die Triebe vom Giersch. Vom Schiff holte sie schrumpelige Äpfel und schnitt Scheiben davon, um den bitteren Geschmack der Löwenzahnblätter zu mildern. Dann goß sie Essig und Leinöl auf das gewaschene Grünzeug und salzte den Salat. An einem grünen Stecken wurde Hamburger Brot geröstet und über den Salat gekrümelt. Wir fühlten uns heiter und genossen das Essen mit einem guten Schluck Hamburger Bier aus unserem Vorrat. Das starke Bier wärmte uns. Im letzten Abendlicht hielt Steffen noch einmal Ausschau, doch kein Schiff oder Boot war zu sehen, kein Licht verriet ein Fischerhäuschen am Elbufer, kein Rauch kam aus einem Abzug im Giebel einer versteckt liegenden Behausung. Zum Feuer hin war es heiß, doch aus dem Erdboden und im Rükken gesellte sich die Kälte der Märznacht zu uns. Trotzdem kam mir der Südwind ziemlich lau vor. Alle Wolken waren fortgeblasen, als die vielen strahlenden Sterne uns vom Himmel grüßten. Schließlich war das Feuer heruntergebrannt, und wir fegten die Glut in unsere eisernen Holzkohleschalen, um so die Wärme mit an Bord zu tragen. Dann machten wir es uns unter den Persennings zurecht. Ich übernahm die erste Wache und blieb, in wärmende Schaffelle gehüllt, an Deck, neben der Ruderpinne sitzen. Ich ließ meinen Gedanken freien Lauf, stellte mir die Zukunft vor und erträumte sie mir rosig und glücklich.

Im Laufe der Zeit frischte der Wind auf, die Fallen des Großbaums schlugen erst leise, dann immer lauter gegen den Mast, und der Wellengang auf der Elbe nahm zu. Ich lockerte das Fall, zog es vom Mast ab, da das Schlagen den Hanf altern ließ, und belegte die Fallen mit neuen Knoten an den neuen Belegnägeln, die Florian Boge mir in die Reling gesetzt hatte. Dann zurrte ich das Segel fester an den Baum, stieg schließlich in die Wanten und schaute über die Inseln auf die Elbe. Im Mondlicht waren deutlich Schaumkronen zu sehen, und die Brandung schlug laut an das Inselufer. Doch die Leinen hielten uns fest, und im ruhigeren Prielwasser spürten wir nicht viel mehr als ein bedächtiges Wiegen. Niemand war in der Nähe, und ich beschloß, weder Steffen noch Ole zu wecken. Der auf West gedrehte Starkwind und die Nacht würden uns beschützen. Wer sollte jetzt in der Dunkelheit gerade hierher kommen? So kroch ich mittschiffs unter die Persenning zwischen die Rotweinfässer. Die glutgefüllten Kupferpfannen hatten mein Lager warm gehalten, und nachdem ich mich aus meinen Kleidern gewickelt hatte, streckte ich mich wohlig aus. Da spürte ich Kristines Hand, und sie kroch zu mir unter die Decke, liebkoste mich erst zärtlich und dann heftiger, bis wir uns leidenschaftlich liebten und alles um uns vergaßen. Sie war noch nicht satt, als mich die Manneskraft verließ und ich wieder das Zerren des Windes an der Persenning wahrnahm. Ich streichelte sie beruhigend und fragte, ob sie den Sturm bemerkt habe, und sie kicherte, daß ich nicht ablenken solle. Ich war glücklich.

Drei Tage fesselte der Sturm uns an die beiden Inseln. Gegen den Wind wären wir nicht einmal bei Ebbstrom aus dem Priel wieder herausgekommen. Der Inselstrand war überflutet, und bei höchster Flut spülte die Elbe frisches Wasser in die Tümpel im Inselinneren. Mit der Armbrust machte ich Jagd auf Wassergeflügel und erlegte Enten sowie eine Graugans. Zum Glück blieb das Wetter trotz des Sturmes trocken, daß wir geeignetes Feuerholz fanden und nicht unsere Holzkohlevorräte benötigten, wenn wir Fleisch brieten, kochten oder uns wärmten.

Am vierten Tag flaute der Wind ab, drehte und blies dann kalt aus Norden. Wir waren alle unruhig und wollten weiter, und so warfen wir im Morgengrauen die Leinen los. Im Elbtrichter bei Kennung des Neuwerker Turms sahen wir drei Flandernfahrer, große zweimastige Holks, durch die Dünung pflügen. Der breite Bug nahm die Wellen nicht gut, die Schiffe holten trotz des Bugkastells viel Wasser über. Ein kleiner Boyer nahm Kurs von Neuwerk auf die Schiffe und kümmerte sich nicht um uns, so daß wir ohne lästige Fragesteller der Elbe den Rücken kehren konnten. Wir kreuzten gegen den Nordwind weit auf das Meer hinaus und liefen außer Sichtweite des Landes. Der Wind war frisch, doch der neue Mast und die Besegelung taten dem Schiff gut. Der scharfe

Bug teilte das Wasser, und das neue Schanzkleid am Bug und die geteerte Persenning schützten uns vor der Gischt. Zwei Tage und zwei Nächte segelten wir nur nach Sonne, Sternen und Mond und suchten erst am dritten Tag wieder die Nähe des Landes. Anhand eines Segelhandbuches und der Karte erkannte ich, daß wir uns schon in der Jammerbucht befanden, denn das Land wich nach Osten zurück. So waren wir also am Limfjord mit der kleinen Stadt Lemvik schon vorbeigefahren. Magister Wigbold hatte mir erzählt, daß die Nordmänner sich früher hier mit ihren Booten gesammelt hatten, bevor sie zum Plündern nach England und Irland gezogen waren. Auch die Elbe waren sie einst hochgekommen und hatten Hamburg in Schutt und Asche gelegt. Als wir näher unter Land gingen, erkannten wir die Steilküsten und Dünen, ein menschenleeres Land. Allenfalls ein paar Fischerhütten mochten sich hinter den Dünen vor den vorherrschenden Westwinden verstecken.

Jammerbucht, ich wußte nicht, warum dieser Küstenabschnitt so hieß, aber vielleicht, weil die Koggen sich bei auflandigem Wind so schlecht von der hafenlosen Küste freihalten konnten. Wie viele Schiffe hier in den Ketten von Sandbänken von der Brandung schon zerschlagen wurden, nur Gott allein weiß es.

Uns aber war Gott gnädig und bescherte uns einen frischen Westwind, der uns raumschiffs vorantrieb. Nur wenige Wolken schoben sich in jenen Tagen vor die Sonne. Doch als wir die Nordspitze Jütlands umfuhren, blickten wir über eine graue Wasserwüste, denn der Himmel verfinsterte sich. Wo sich das salzige Wasser der Nordsee mit dem süßeren Wasser der Ostsee traf, wurde das Meer kabbelig und unruhig, als würde es von Meeresungeheuern gepeitscht. Kristine hatte sich bis dahin gut gehalten, doch als die Kälte durch Hagelschauer aus den dunklen Wolken noch stärker zu spüren war, die Böen das Schiff krängten und Wasser über die Leereling schlürfte, da mußte sie ihren Magen erleichtern, und danach hing sie grünlich-bleichen Gesichts neben mir auf der Rudergängerbank. Niemand durfte sie anrühren oder ansprechen, sie wollte kein Mitleid, wies alle Hilfe barsch zurück und erbrach sich noch einige Male mit einem sonderbaren Röhren, bis sie erschöpft zusammengekauert an der Reling einschlief.

Als es Abend wurde und die dunklen Wolken eine sternenlose

Nacht ankündigten, segelten wir dichter unter Land und suchten Schutz an der Küste. Wir befanden uns im Kattegat, und ich wußte, daß es hier im Eingang an der dänischen Küste Inseln und Untiefen gab. Wir loteten, und schließlich tasteten wir uns an eine winzige Insel in Sichtweite der Küste heran. Wir hatten alle wieder Angst vor der Strandräubervergangenheit dieser Nordmänner. Die dänische Königin beherrschte Jütland nicht bis in den letzten Winkel, und trotz unseres Hamburger Wimpels am Masttopp war es fraglich, ob die Menschen, die an dieser Küste siedelten, sich an die Abkommen der Hansestädte mit der dänischen Königin halten würden. Ein Konvoi bot mehr Schutz, solange die Konvoifahrer zusammenblieben. Andererseits erregt ein Konvoi aber auch stets mehr Aufmerksamkeit und Begehrlichkeit als eine einzelnfahrende Snigge, die aus der Ferne auch für ein Fischerboot gehalten werden kann. Wir legten auf der Leeseite der felsigen Insel an, so daß man uns von der Festlandküste höchstens an der Mastspitze erkennen konnte. Zum Anlegen eignete sich ein ins tiefe Wasser reichender, großer Felsen. Ich fuhr einen Aufschießer in den Wind, wir ließen das Segel herunterrauschen, und Ole achtete am Bug darauf, daß wir langsam gegen den Wind auf den Felsen zuliefen, ohne aufzulaufen. Mit einer Stange stemmte er sich gegen den Felsen und bremste unsere Fahrt. Dann sprang er mit einem kleinen Eisenanker und der Bugleine auf den Felsen und verklemmte den Anker in einer Felsspalte.

Die Insel selbst war unbewohnt und mit Heidegestrüpp und Brombeerranken bewachsen. Möwen und Seeschwalben balzten und bauten ihre Nistplätze aus; sie stiegen schreiend auf, als Ole sich auf der Insel umschaute und nach Feuerholz suchte. Kristine schlief noch immer, erschöpft von ihrer Seekrankheit. Wenn sie aufwachte, würde sie wahrscheinlich hungrig und durstig sein.

Steffen war merkwürdig schweigsam. Er wollte Ole nicht begleiten und schien leicht zu humpeln, als er die Leinen an Deck ordentlich aufschoß und das Segel um dem Baum barg. Als ich ihn fragte, was denn mit seinem Bein sei, verzog er das Gesicht vor Schmerzen. Er zog seinen linken Fuß aus dem Seestiefel. Die beiden letzten kleinen Zehen waren rot aufgeschwollen. Die Haut zwischen den Zehen war aufgeweicht und eingerissen. Darunter war das blanke Fleisch zu sehen, die Wunde näßte. So klein die

Verletzung schien, so groß waren offensichtlich die Schmerzen, die sie verursachte. Ich kannte diese Krankheit von den Vitalierschiffen. Sie trat häufig im Frühjahr auf, wenn die Füße kalt und die Stiefel naß waren. Dann weichte die Haut zwischen den Zehen wie ein Pilz schwammig auf. Das brannte und juckte, und schließlich konnte ein Wundbrand sogar zum Verlust von Zehen führen. Um nicht zu erkranken, mußte man seine Füße regelmäßig vom Schweiß sauberwaschen und anständig trockenhalten. Doch wer wollte sich bei dieser Kälte schon gerne an Bord waschen? Womit sollte man sich abtrocknen, wenn alles von den Salzwasserspritzern klamm war? Da blieben die meisten lieber in ihren stinkenden Kleidern und warteten auf die nächste Gelegenheit in einem Hafen, ein warmes Badehaus aufzusuchen. Doch ich hatte es mir zur Gewohnheit gemacht, auf trockene Füße zu achten, denn ich war selbst einmal Zeuge gewesen, als zwei Zehen eines Kranken von dem Wundarzt der Vitalier, Wolfgang Zenker, abgenommen wurden. Die blutende Wunde wurde damals mit kochendem Öl übergossen, bis die Blutung stoppte. Für Steffen bereitete ich heißes Wasser. Mit Asche aus dem Kohlebecken und etwas Fett rührten wir eine Seifenlauge und wuschen den Fuß. Dann zupften wir vorsichtig die Hautfetzen herunter, wobei Steffen leise stöhnte, und wickelten schließlich den Fuß in saubere, trockene Leinwand ein. Durch häufiges Wechseln des Verbandes und Trockenhalten der Zehen gelang es uns, in den nächsten Tagen die Stelle zum Heilen zu bringen. So hatte Steffen noch einmal Glück, denn faules Fleisch kann zur Blutvergiftung führen, wodurch die geschwollenen Adern wie rote Schlangen am Bein sichtbar zum Körper hochwandern und der Kranke am Fieber stirbt. Uns allen waren Steffens Schmerzen eine Warnung, uns sauber und trocken zu halten, doch einfach war dies nicht.

In der Kälte hatte Ole am felsigen Ufer der Insel mit trockenem Treibholz ein munteres Feuer entfacht. Den Feuerschein würde man vom Festland aus nicht sehen, den Rauch durch den ablandigen Westwind nicht riechen können. Ole schleppte einige Kochgeräte und Proviant an Land und spannte eine Persenning schräg über den Lagerplatz, denn es begann erst wenig und dann heftiger zu regnen. Der Geruch des Feuers und des Essens hatten Kristines Lebensgeister wieder erwachen lassen. Wir legten uns gewachste Kapuzenumhänge aus grobem Leinen über die Schultern, um unsere Wollsachen zu schützen, und sprangen dann auf den Felsen hinüber. Nach den kalten Tagen auf See aßen wir die warme Mahlzeit mit großem Appetit. Das Feuer wärmte deutlich besser als die kleinen Kohlewannen, die wir uns auf dem Schiff gönnten und deren Wärme sich bei dem Fahrtwind auch nicht gut hielt. Am Feuer unter der großen Persenning trockneten wir unsere Stiefel und die klammen Decken. Der Regen ließ wieder etwas nach, aber die Nacht war stockdunkel, und der Wind war frisch. Kristine war frohen Mutes, und satt und aufgewärmt begann sie, ausgelassen Kinderlieder zu singen, in die Ole und Steffen gerne einstimmten.

Irgendwie blieb ich trotz der guten Stimmung unruhig. Ich mußte an die nächsten Tage denken, an denen wir uns durch die dänischen Gewässer bewegen sollten und zwangsläufig den dänischen Wächtern von Sund oder Belt begegnen würden. Natürlich mußte ich auch an mein erstes Erlebnis mit dem dänischen Offizier denken. Was würde passieren, wenn ich wieder an einen Soldaten der dänischen Königin geriete, der trotz der Verträge mit den Hansestädten überhöhte Steuern, Sundgeld und Sonderabgaben von mir verlangen wollte. Auch in dieser Hinsicht waren die Konvoischiffe besser vor Übergriffen durch königliche Wegelagerer geschützt als die einzelnreisenden Kauffahrer.

Nun mußte ich mich für die Route durch den Sund oder durch den Belt entscheiden. Der kürzere Weg war eindeutig der durch den Sund. Schließlich wollten wir ja nach Danzig und nicht zu den wendischen Hansestädten. Der Sund war die meistbenutzte Route, vielleicht auch deswegen, weil er seit vielen Jahren von den Schonenfahrern gewählt wurde und weil die Hansestädte nach dem Frieden von Stralsund von Dänemark die Sundschlösser als Pfandbesitz erhalten hatten. Und schließlich liegt die wichtigste Stadt Dänemarks, nämlich Kopenhagen, am Sund. In Helsingör, Helsingborg, Malmö, Kopenhagen, Skanör und Falsterbo gab es deutsche Kaufmannschaften, die beste Verbindungen zu den Hansestädten hielten. Falls es also Schwierigkeiten geben sollte, würde ich auf dieser Route am ehesten Hilfe erhalten können, indem ich einen dieser Häfen anlief.

Doch ich war mir im klaren darüber, daß mir die Begleitbriefe des Hamburger Rates und eines Hamburger Kaufmanns namens de Castro nicht allzuviel helfen würden, denn niemand kannte den Schiffer und Kaufmann Hannes Maiboom und sein kleines Schiff. Dem Schifferamt war ich noch kurz vor der Abfahrt auf Vermittlung de Castros gegen Zahlung eines Vertrauensgeldes beigetreten; die Prüfung vor dem Äldermannausschuß sollte ich nachholen, wenn ich im Herbst nach Hamburg zurückkommen würde. All diese trüben Gedanken gingen mir durch den Kopf, als ich ins Feuer starrte, während die drei anderen lustig sangen. Da unterbrach ich ihre fröhlichen Lieder und kehrte den Anführer dieser kleinen Truppe heraus: »Wir sollten auf das Schiff zurückkehren und schlafen. Es wimmelt in dieser Gegend von Strandräubern, Gelegenheitspiraten und königlichen Wegelagerern. Laßt uns zusehen, daß wir morgen früh aufbrechen und weit in das Kattegat einlaufen können. Und betet vor dem Einschlafen zu Gott, daß er uns beschützen möge. Los, packt zusammen.«

Widerwillig begannen die drei zusammenzuräumen. Ole legte noch etwas Holz auf das Feuer, damit es hell aufloderte. Ich brachte schon die Decken und das Kochgeschirr zurück, Ole kehrte ein paar glühende Holzkohlen in die Wannen, um so die Wärme mit an Bord zu nehmen, und Kristine legte mit Steffen die Persenning zusammen. Das Feuer ließen wir brennen, es würde von dem leichten Regen früher oder später gelöscht werden.

Als wir uns in unseren kalten Schlafstellen einrichten wollten, hörten wir plötzlich ein lautes Krachen, das Bersten von Holz und das Rumpeln umfallender Gegenstände ganz in unserer Nähe. Wir wickelten uns aus den Decken und reckten die Hälse in Richtung der Geräusche. Die Entfernung war schwer zu schätzen in der Dunkelheit dieser mondlosen Regennacht. In dem Lichtschein des verlöschenden Feuers sahen wir eine Snigge von der Größe unseres Schiffes in einiger Entfernung auf einem Felsen sitzen, um den wir im Abendlicht noch vorsichtig herummanövriert waren. Dann verlosch das Feuer.

»Was sollen wir tun, Schiffer?« flüsterte Steffen.

»Laßt uns überlegen«, wich ich aus.

Kristine aber meinte: »Hannes, wenn es nun Piraten sind, die uns überfallen wollten? Oder wenn sie uns beschuldigen, daß unser Feuer ihr Schiff auf das Riff gelockt hat?«

»Ole, kapp die Bugleine, der Westwind wird uns ins Kattegat schieben. Es kann nichts passieren, sobald wir Morgenlicht bekommen, setzen wir Segel und verschwinden.«

Ole tat, was ich ihm gesagt hatte, und wir hörten die Rufe von der Besatzung des aufgelaufenen Schiffes, ohne die Sprache verstehen zu können. Langsam trieben wir irgendwo hinaus auf das Kattegat. Niemals werde ich wissen, ob wir es damals tatsächlich mit Piraten zu tun hatten oder durch unser Feuer einen Schiffer auf einen falschen Kurs gelockt hatten. Doch noch heute tröste ich mich, daß das rettende Ufer der Insel nicht weit weg und sicher für die gesamte Besatzung zu erreichen war. Die Stunden, in denen wir orientierungslos durch das Kattegat trieben, werde ich nie vergessen. Angestrengt horchten wir in die Dunkelheit, um die Brandung auf weiteren Riffen und Untiefen rechtzeitig zu erkennen. Das Lot zeigte uns aber, daß wir wohl in Sicherheit waren. Schließlich hörte es auf zu regnen, und im Osten zeigte sich zwischen den Wolken ein zarter rosa Schimmer. Wir setzten Segel und hielten Kurs nach Südosten. Bald konnten wir gegen den hellen Horizont eine Insel erkennen, Läso. Ich holte mit klammen Fingern die große Karte heraus und beriet mich mit Steffen, ob wir östlich oder westlich an Läso vorbeisegeln sollten. Kristine und Ole schliefen erschöpft von den Aufregungen der Nacht auf ihren Lagern.

Wir zogen in den frühen Morgenstunden westlich so dicht an Läso vorbei, daß wir die weiße Dünenlandschaft in der Morgensonne erkennen konnten, denn die Regenwolken des vorangegangenen Tages und der Nacht waren nach Osten abgezogen. Drei Stunden später tauchte die Insel Anholt auf, ein weiterer Orientierungspunkt im Kattegat. Nun erwachten auch die anderen, bereiteten ein Frühstück, und vor dem Essen sprach ich ein Gebet, mit dem ich dem Schöpfer für die Prüfungen, Aufregungen und unser glückliches Überleben dankte. Und Gott sandte uns ein Zeichen, daß er das Gebet erhört hatte, denn wenig später tauchte nicht weit von uns ein kleiner Wal auf und stieß eine Wolke lebendigen Atems aus. Gott sorgt für alle seine Geschöpfe! Ich übergab Ole das Ruder und wies ihn an, auf Anholt zuzuhalten. Nun legten Steffen und ich uns zum Schlafen hin. Ich kroch unter die noch warmen Decken, die nach Kristine rochen, und fiel sogleich in einen tiefen Schlaf.

Ole führte das Ruder, korrigierte mit Kristines Hilfe die Stellung des Baumes und des Segels, weil der Wind auf Nordwest gedreht hatte, und löste sich mit Kristine beim Rudergehen und Leerschöpfen der Bilge ab. Regenwasser, Gischt und arbeitende Kalfaterfugen sorgten stetig für einen Wasserspiegel unter den Grätings. Ole und Steffen hatten viel gelernt, obwohl noch kein ganzes Jahr vergangen war. Sie konnten alle Manöver fahren, kannten die Handgriffe zum Heißen und Bergen des Segels, hatten sich die nötigen Knoten angeeignet und machten sich auch selbst ohne weitere Anweisungen nützlich.

Die Sonne war schon über den Mittagspunkt hinausgewandert, als Ole mich weckte. Wir hatten inzwischen einen steifen Nordwestwind und segelten platt vor dem Wind lustig die Wellen hinunter, bremsten im Wellental, um dann, hochgehoben von der Macht der See, wieder in das nächste Tal zu gleiten. Über den Himmel zogen nur kleine Wölkchen, und ein Schleier auseinandergerissener Wolkenfetzen deutete auf stürmisches Wetter hin. Eben hatten wir Anholt passiert und steuerten nun Kurs Kullen, also auf die Landspitze vor Helsingborg zu. Nach der Karte würden wir den Sund nicht vor Einbruch der Dunkelheit erreichen, und der Nordwest blies mit Kraft auf die Küste. Schon wieder begannen die Sorgen, wohin wir uns wenden sollten, um nicht nachts zu stranden. Niemand konnte mit Sicherheit voraussagen, ob der Mond und die Sterne ausreichend Licht bieten würden, um in den Sund einzufahren.

Kristine hatte ihre Seekrankheit überwunden und freute sich kindlich an der sausenden Fahrt in die Wellentäler. Sie sang wieder und rief: »Das Leben ist schön und wild, viel schöner, als in Stade in einer Küche zu hocken oder Wäsche zu waschen.«

»Ja, das Leben ist schön«, antwortete ich, »schön gefährlich. Macht euch auf einen Sturm gefaßt. Prägt euch die Wolkenformation ein, diesen Schleier über dem Himmel und die einzelnen Wölkchen, die mit großer Geschwindigkeit unter dem Schleier einzeln davonziehen. Das sind Sturmzeichen. Wir müssen das Segel wechseln und ein kleines Sturmsegel aufziehen, solange wir das noch können. Und wir müssen uns von der Küste freihalten.« Ole, Steffen und ich bereiteten alles für den Wechsel vor. Kristine stemmte sich mit all ihrer Kraft gegen das Ruder, um Kurs zu halten. Sie machte es gut, ernst und voller Zuversicht.

Ein paar Seeschwalben zogen eine Zeit mit uns. Ohne Flügelschlag umkreisten sie das Schiff. In Stade hatte ich mir von Florian Boge einen zweiten kleinen Baum mit allen Beschlägen herstellen lassen. An ihm laschten wir das kleine Sturmsegel fest. Der neue Mast hatte ein Extrafall für den kleinen Baum, was sich nun als große Hilfe erwies. So konnte die Zeit ohne Segel auf ein Minimum begrenzt werden, denn ohne Segelvortrieb konnte das Schiff quer zu den Wellen treiben und Wasser übernehmen.

Wir ließen den Baum und das Segel fallen, Ole begann das Segel zu bergen, und Steffen und ich mußten uns sehr anstrengen, um den kleinen Baum nach oben zu setzen. Dann rissen wir die Slipsteks auf, und das Sturmsegel blähte sich sofort. Das Schiff blieb die ganze Zeit in Fahrt und somit steuerbar. Jetzt ging es deutlich langsamer voran. Nach Beratung mit den anderen entschied ich, daß wir dennoch weiter auf den Sund zulaufen wollten. Ich holte die Segelanweisung heraus und versuchte, mir die Beschreibung einzuprägen. Hier erwies es sich, wie wichtig die Kunst des Lesens und Schreibens für einen Schiffer ist. Kristine las uns die Beschreibung mehrfach vor, damit auch Ole und Steffen, die ja noch nicht lesen konnten, sich die wichtigen Inhalte merken konnten. Auch versuchten wir, uns die Schattenrisse der Küstenlinien einzuprägen, wohlwissend, daß wir sie in der Nacht auch bei Mondlicht kaum würden erkennen können.

Wir hatten alle die stille Hoffnung, daß wir den Sund noch erreichen würden, bevor es zu dunkel für die Einfahrt war. Auf Kullen sollte laut Segelanweisung ein Leuchtfeuer brennen, das durch die Einkünfte über den Sundzoll bezahlt wurde. Wenn wir dieses Feuer die Nacht über im Auge behalten könnten, ließe sich im Zickzackkurs langsam darauf zufahren. Dann könnten wir mit dem ersten Morgenlicht in den Sund einfahren und vielleicht vor dem Sturm an der Leeküste Schutz suchen. Am frühen Abend nahmen wir gemeinsam noch eine kalte Mahlzeit ein. Wir froren alle, denn der nördliche Wind war kalt, und wir konnten uns wegen des Wellengangs auch nicht frei bewegen, sondern hockten auf unseren Plätzen und reagierten mit den Schoten auf die in Böen wechselnde Windrichtung. Mittlerweile hatte sich der Wellengang verändert, fast alle Wellen bekamen Schaumköpfe. Ich schickte Ole angeleint die Wanten hoch, um nach der Küstenline Ausschau zu halten. Insgeheim mußte ich an die Flucht mit Godeke Michels von Gotland und die damalige stürmische Sundfahrt in anderer Richtung denken. Dieser Piratenführer war schon ein wagemutiger und guter Seemann gewesen, mußte ich jetzt feststellen, wo ich selbst in der Verantwortung für unser Schiff stand und den Kurs festzulegen hatte. Auch ich schickte ein Mannschaftsmitglied in den Mast und bat um Gottes Beistand. Ole konnte von seinem nur leicht erhöhten Standpunkt tatsächlich schon die Küste erkennen. Wir waren auf dem richtigen Weg. Glücklicherweise war in dieser Sturmnacht das Leuchtfeuer auf Kullen besetzt. Ich mußte an Lübeck und den Travemünder Leuchtturm denken. Nun konnte ich verstehen, warum so viele Schiffer von diesem Leuchtturm schwärmten, obwohl er für mich in meiner Kindheit so selbstverständlich schien. Als der Mond aufging, erhielt er von dem Wolkenschleier um ihn herum einen Hof, einen Lichtring, der in allen Farben schillerte.

Ich will Dich nicht langweilen, Nachfahre, Du weißt, daß ich und Deine Großmutter die Nachtfahrt gut überlebten. Ich schildere sie auch nur, um Dir zu zeigen, wie gefährlich die Seefahrt ist, und daß neben Können auch Gottesfurcht eine Voraussetzung für einen guten Schiffsführer ist.

Gott hatte uns den guten Wind gesandt, so daß wir zügig vorankamen und kein angriffslustiger Kaperer auf dumme Gedanken kam. Denn die Kaperer, die sonst im Eingangsbereich des Trichters in den Sund auf fette Beute warteten, lagen selbst in der Bucht von Ängelholm oder sonstwo vor Anker und warteten das schlechte Wetter ab.

Im Morgengrauen waren wir schon tief in den Sund eingefahren, und morgens zur Frühmesse liefen wir vor Helsingborg an die Leeküste, denn der Sturm war schwächer geworden und hatte auf Nordnordost gedreht. Vor Helsingborg lagen dreißig und mehr hansische Koggen und Holks vor Anker. Hatte der Gegenwind sie abgeschreckt? Kreuzen war nicht die Stärke eines Konvois. Viele lübsche Wimpel flatterten im Wind, und das wirkte vertrauenerweckend. Ich wollte uns nach den Tagen des Segelns einen Tag der Erholung in Helsingborg gönnen.

Helsingborg ist eine deutlich kleinere Stadt als Hamburg, eigentlich nur eine Anhäufung von Häusern um das Wichtigste, das Sundschloß. Die Stadt selbst hat keine Stadtmauer, lediglich die Burganlage ist wehrhaft, und in der Burg halten sich jetzt stets Soldaten der dänischen Königin auf. Es gab einmal eine Zeit nach dem Stralsunder Frieden, da waren die Sundschlösser im Pfandbesitz Lübecks und anderer Hansestädte. Doch diese Zeiten sind vorbei. Neben dem Burgschloß gibt es nur noch einen imposanten Bau, das ist die Kirche. Die Häuser der Stadt drängen sich dicht aneinander. Etwas außerhalb liegen die Mühlen der Stadt, die das Volk und die Soldaten mit Mehl versorgen. Viele Kauffahrer liegen hier, nicht um zu handeln, sondern vielfach, um sich für die Konvoifahrt durch das Kattegat zu sammeln. Und auch diese Kauffahrer und Seeleute wollen ernährt sein und kaufen Brot und Proviant, wenn es nötig ist. Schließlich gibt es noch die Zollschiffe, die hier ihre Heimat haben und deren Schiffer den Hauptleuten auf der Burg Bericht erstatten müssen.

Einen echten Hafen gibt es nicht. Für die Schiffe mit größerem Tiefgang ist ein langer Steg gebaut, aber es gibt keinen Kran, denn es werden nicht viele Waren umgeschlagen. Kleinere Schiffe liegen nahe des Ufers vor Anker oder an Pfählen.

Als wir nun morgens die Stadt anliefen, fand sich am Steg kein freier Platz, denn die lübschen Bergenfahrer hatten alle Plätze mit ihrem Konvoi belegt. So liefen wir dicht an das Ufer und brachten Anker aus. Es dauerte nicht lange, bis ein dänischer Soldat angeritten kam und uns nach Herkunft und Ziel fragte. Wir sollten zu ihm in das Wachhaus kommen und uns anmelden. Dafür hätten wir bis mittags Zeit. Ich ließ mich nicht lange bitten, sondern folgte ihm zu Fuß. Er fragte, wie lange wir unterwegs waren, und wollte es kaum glauben, daß wir von Hamburg bis hierher nur eine knappe Woche gebraucht hatten. Gott hatte uns den richtigen Wind geschickt, antwortete ich, und er fügte verständig hinzu, daß wir ja auch auf keinen Konvoi-Nachzügler warten müßten.

Das Hamburger Wappen auf meinen Briefen und unser Wimpel im Topp gewährleistete eine gute Behandlung. Das errechnete

Sundgeld zahlte ich gern, nachdem ich erst vergangene Nacht den Segen des Leuchtfeuers schätzengelernt hatte. Ich bezahlte zwei Witten zu vier Pfennig, und das Geld wurde ohne Wechslergebühr akzeptiert. Warenzoll mußte ich nicht zahlen, gehörte ich doch nun zu den hansischen Kaufleuten, die besondere Privilegien genossen. Mit einer besiegelten Quittung, die auf jedem Zollboot vorgezeigt werden sollte, wurde ich entlassen.

Dann kehrte ich zu meiner Mannschaft zurück. Uns allen stand der Sinn nach dem Badehaus, nur Kristine scheute sich, weil sie als Mann verkleidet angereist war und sich jetzt nicht unter den Augen der anderen Besatzungen zu einer Frau verändern wollte. So suchten wir mit frischen Hemden eine Badestube auf und gaben die alten Kleider zum Waschen, während die arme Kristine das Schiff bewachend zurückblieb. Nach dem Bad trugen wir die nasse Wäsche zurück zum Schiff und hängten sie dort auf. Hinter der Strandlinie lag ein Gasthaus, und weil wir das Schiff von dort im Auge behalten konnten, strebten wir dem Gasthaus zu, um etwas zu essen. Wir traten ein und setzten uns gleich an einen Fensterplatz. Mittlerweile war es später Vormittag geworden, und das Gasthaus füllte sich langsam mit hungrigen und durstigen Menschen. Wir zeigten dem dänischen Wirt unser Geld und fragten, was er uns dafür bieten könne, und das, was er vorschlug, nahmen wir an: frische Lauchsuppe mit Ei, gekochte Ochsenzunge mit Brot, gebratene Tauben und Linsen. Dazu bestellten wir Rostokker Bier, das gerade frisch geliefert worden war. Während wir auf das Essen warteten, schauten und hörten wir uns neugierig um. An den anderen Tischen hatten sich offensichtlich auch hansische Fahrer eingefunden. In den Gastraum führte eine Treppe aus dem oberen Stockwerk. Auf dieser schritt nun ein Mann in vornehmen Kleidern herab. Er trug einen pelzbesetzten, dreieckigen Hut sowie eine weite Jacke, die mit Seide und Brokat verziert war und ebenfalls pelzbesetzte Säume aufwies. Sie reichte über seine Hüften und war in der Taille eng gegürtet. Eine feine, enganliegende Strumpfhose betonte seine strammen Waden, und zur Betonung seiner Männlichkeit trug er einen gepolsterten und bestickten Beutel vor seinem Geschlecht. Die Füße steckten in aufwendig gearbeiteten Schnabelschuhen.

Der Mann war Sebastian Tannweiler.

25. Die Macht des Tannweiler

Plötzlich waren die Erinnerungen an die Lateinschule von Sankt Marien in Lübeck wieder lebendig; an unseren Magister Eike Bruns, der eigentlich Hofmaler in Göttingen oder Heidelberg hatte sein wollen, aber wegen seiner eigenwilligen Darstellungen der biblischen Geschichte der Ketzerei bezichtigt und verjagt worden und dann in seine Heimatstadt an die Trave zurückgekehrt war. Bruns war nicht so wie die anderen Lehrer, er schlug fast nie mit dem Rohrstock, nur selten wurde er laut, und man mußte ihn schon sehr reizen, bis er so in Rage kam, daß sein Hals anschwoll und die Gesichtshaut ein tiefes Karmesin annahm. Alle Schüler behandelte er gleich, ohne Standesdünkel, und das war es, was Sebastian Tannweiler damals nicht schmeckte. Der Sohn der vornehmen Tannweiler, der von seiner Mutter vergöttert wurde, egal, was er für Leistungen brachte, verlangte auch von den Lehrern, bevorzugt behandelt zu werden. Saßen die Tannweilers nicht auch in Sankt Marien in der ersten Reihe, bezahlten die Tannweilers nicht freiwillig höheres Schulgeld, und wurden nicht davon auch das Salär des Magisters und seine Bücher bezahlt?

Der Vater Sebastians war der Ratsapotheker Jakob Tannweiler, der seinen Einfluß und Wohlstand seiner Position in der Ratsapotheke verdankte. Gehörte die Apotheke auch der Stadt und unterstand sie den Ratsherren, so war es doch Tannweiler selbst, der als Magister die Zubereitung der Arzneien bestimmte und den Rat der Stadt bei allen Hygienevorschriften und dem Medizinalwesen beriet. Ja, er war es, der den Stadtarzt aussuchte, die Hospitäler belieferte, die Badehäuser inspizierte, die Schwitzkuren erdachte und die Diäten auswählte, denen sich die gichtkranken Ratsherren unterwarfen. Nebenbei handelte der Akademiker mit Gewürzen, steckte seine Gewinne und Honorare in Handelsunternehmungen anderer Kaufleute oder spekulierte mit Grundstücken und unterstützte Bauherren bei der Errichtung von Gebäuden.

Mein Vater zählte damals zu den Widersachern Jakob Tannweilers, weil er dessen Wirken hinter den Kulissen des Rates als zu intrigant einschätzte und Tannweiler seine intimen Kenntnisse über die Familien für seine persönlichen Vorteile nutzte. Auf einer öffentlichen Ratssitzung prangerte mein Vater die Verflechtungen an, in denen sich kein Berater des Rates befinden sollte. Daraufhin hatte Tannweiler eine Quarantäne für ein Schiff meines Vaters veranlaßt, weil es angeblich aus einem Pesthafen stammte, während ein Konkurrent meines Vaters und Freund Tannweilers seine Waren entladen durfte, obwohl er aus derselben Gegend importierte. Treibende Kraft der Familie Tannweiler aber war die Ehefrau. Sie durfte kein Fest versäumen, gelangte immer an Einladungen und staffierte sich und ihren Ehemann stets mit den neuesten Symbolen des Wohlstandes und der neuesten Schneiderkunst aus. Durchtrieben unterstützte sie ihren Mann in seinen Bestrebungen, indem sie auf die Ehefrauen der für Tannweiler wichtigen Partner einwirkte.

Hieraus ist ersichtlich, daß ich in der Lateinschule nicht zu den Freunden Sebastian Tannweilers gehörte, denn er belegte mich mit Sippenbann, nachdem mein Vater öffentlich gegen seinen Vater gesprochen hatte. Seine Freunde, die ihn gehörig zu bewundern hatten, hielt er an, nicht mit mir zu spielen, und nach der Schule war er durchaus auch auf Raufereien mit mir aus. Zum Glück hatte ich dennoch genug Freunde in der Schule, denn bei den »Sieben Künsten«, in denen Eike Bruns uns unterrichtete, war ich neugierig und bestrebt aufzupassen. Wir wurden in Grammatik, Dialektik, Rhetorik, Astronomie, Arithmetik, Geometrie und Kunst unterrichtet, und aufgrund meiner Leistungen konnte ich anderen vorsagen und Hilfen geben, die der hochnäsige Sebastian nicht zu geben bereit oder fähig war. Für meine freigebige Hilfe mußten mir Sebastians Vasallen dankbar sein und wollten es sich nicht ganz mit mir verderben.

Magister Bruns legte aufgrund der eigenen Vorliebe besonders viel Wert auf das Fach Kunst. Die Musik, obwohl eigentlich von den Pfarrern für die kirchlichen Liturgien besonders gefordert, trat dabei gegenüber den bildenden Künsten wie Zeichnen und Malerei zurück. Beim Zeichnen tat sich Sebastian schwer. Als wir die Aufgabe bekamen, die Fabel Reynke de Vos zu illustrieren, gelang es mir, einen Esel zu zeichnen, der die Gesichtszüge Sebastians trug, lange, spitze Nase, zwei mächtige Schneidezähne und abstehende, große Ohren. Magister Bruns lobte meine Zeichnung und hielt sie in der Klasse hoch. Offenbar wollte er den eitlen Sebastian nicht in dem Bild erkennen. Alle Mitschüler aber feixten, und mir trug die Zeichnung auf dem Nachhauseweg eine Tracht Prügel ein.

Dieser ehemalige Mitschüler mit den unverkennbaren Gesichtszügen schritt nun die Treppe des Gasthauses in Helsingborg herab, die Nase hocherhoben, zu vornehm, um einem einzelnen ins Gesicht zu sehen. Darum erkannte er mich nicht, als er an unserem Tisch vorbei zu einer Gruppe von Männern in eine Ecke des Gastraumes schritt. Wir mußten nicht lange rätseln, um was für Leute es sich handelte. Während wir schweigend unser köstliches Essen genossen, tönte Sebastian lautstark. Er führte das Wort und war augenscheinlich einer der Anführer der Seesoldaten des Konvois von Lübeck nach Bergen. Ich war froh, daß er mich nicht erkannt hatte, denn sicher war mir dieser Mann nicht wohlgesonnen.

Mein Vater hatte mir gegenüber vor meiner folgenschweren Abreise nach Falsterbo Andeutungen gemacht, daß Jakob Tannweiler seine Hände im Spiel habe; er traute ihm damals zu, Druck auf seinen Medikus ausgeübt zu haben. Mein Vater hatte wegen seiner Luftnot und wegen der Herzschmerzen einen Arzt um Rat gefragt. Kurz darauf verlangte ein Geldgeber meines Vaters die Rückzahlung von Geldern, die in der Warenladung in Falsterbo festsaßen. Auch andere Geschäftspartner forderten Gelder ein, obwohl dies unüblich war, denn das Geschäftsjahr hatte ja damals gerade erst begonnen. Ob der Medikus auf Druck des Ratsapothekers, von dem die meisten Chirurgen, Ärzte und Bader ihre Arzneien bezogen, seine Schweigepflicht gebrochen hatte? Trauten die anderen Kaufleute einem kranken Kaufmann nicht mehr zu, daß er seine Geschäfte ordentlich führte? Gab es eine Verabredung, damit die Schwierigkeiten meines Vaters zu einem Bankrott führen sollten? All diese Fragen schossen mir plötzlich durch den Kopf, und in meiner Phantasie sah ich den Apotheker schon giftige Arzneien zusammenmischen, damit mein Vater stürbe. Lange war ich durch meine Lebensumstände abgelenkt gewesen, doch nun fielen mir die Erinnerungsbruchstücke wieder ein, und ich setzte sie ganz anders zusammen als noch einige Jahre zuvor.

Während ich so dumpf vor mich hinbrütete und in meinem Essen stocherte, hatten Kristine, Ole und Steffen längst aufgegessen.

Kristine war aufgestanden und suchte nach dem Weg zum Abort. Dabei bewegte sie sich zwischen den Tischreihen auf eine Tür zu und zwängte sich an der Gruppe von Seesoldaten um Tannweiler vorbei. Wer meldet sich schon zum Dienst auf Orlogschiffen, schnelleren Seglern, die bauchige, schwerbeladene Kauffahrer schützen sollen, die an vorderster Linie oder in der Nachhut fahren und immer mit Kaperern rechnen müssen? Natürlich sind darunter die Abenteurer, die ihr Leben gegen guten Sold aufs Spiel setzen, die Raufbolde und Kraftmeier, um die man einen Bogen machen sollte. Und gerade an diesen Kerlen, die seit Tagen vom Gegenwind zum Abwarten gezwungen wurden und sich in der Enge der Schiffe aneinander rieben, mußte sich nun Kristine entlangbewegen. Das junge Weib in Burschenkleidung wußte eben nicht, wie man sich in diesen Kreisen bewegt, daß man solchen Leuten lieber aus dem Wege gehen sollte. Es kam, wie es kommen mußte. Sie stieß beim Vorbeigehen einen der Kerle an, daß er sein Bier vergoß. Gleich sprang er auf, gab nichts auf die Entschuldigungen und schlug, froh über einen Vorwand, so zu, daß Kristine über einen Tisch geschleudert wurde und die Schüssel mit Würsten und den Topf mit süßem dänischen Honigsenf über die dort sitzenden Dänen verteilte. Die so Beschmierten hatten das Unheil kommen sehen, ergriffen Partei für Kristine und teilten nun an die hansischen Seesoldaten aus. Auch wir waren aufgesprungen, und mit uns wieder andere. Ich kannte diese ansteckende Krankheit. Springt einer in einer Wirtsstube mit Drohgebärde auf, bekommt der Sitzengebliebene Angst, sich in einer schlechten Position zu befinden und erhebt sich ebenfalls, und so verbreitet sich die gewalttätige Stimmung, ohne daß jemand später sagen kann, wie dies alles passieren konnte.

»Wir müssen Krischi helfen!« rief Ole und stürzte sich in Richtung des Gewühls, und wir folgten ihm. Es gelang uns, Kristine von einem zu trennen, der sie umklammert hielt, und mit kräftigen Schlägen und Tritten bahnten wir uns einen Weg aus dem Gastraum. Draußen hatten sich der Wirt und zwei Knechte mit Knüppeln bewaffnet aufgestellt und verlangten den Preis für das Essen und den angerichteten Schaden. So zahlten wir unseren Anteil, und man ließ uns ziehen.

Außer einem zugeschwollenen Auge, einer blutenden Nase und

blauen Flecken war Kristine noch gut davongekommen. Wir begaben uns zum Schiff zurück, und ich hielt meiner Mannschaft eine Rede, wie man sich beim Krüger verhält: »Sitzt eine Gruppe zusammen und tönt laut beim Bier, dann haltet euch davon fern. Und wenn euch jemand nicht durchlassen will, dann ist Angriff die beste Verteidigung. Tretet mit aller Kraft, am besten mit einem Holzschuh, gegen das schmerzempfindliche Schienbein. Das setzt den Störenfried erst einmal außer Gefecht, ohne ihn ernstlich zu verletzen, und euch gibt dies Zeit, Fersengeld zu geben. Kein Büttel wird euch wegen eines schmerzenden Schienbeines zur Rechenschaft ziehen, eher wird der Störenfried verspottet. Eure Messer aber laßt immer sitzen, denn auch zur Verteidigung gezogen, kann dies in einer fremden Stadt mit feindlich gesinnten Zeugen für euch am Galgen enden.«

Den Tritt gegen das Schienbein hatte ich bei den Vitaliern gelernt, und er hatte mich einige Male gerettet. Natürlich kann der Tritt die Wut des Störenfriedes und seiner Spießgesellen noch steigern, darum muß man auch schnell laufen können.

Vom sicheren Schiff aus beobachteten wir, wie die Seesoldaten und Sebastian Tannweiler am Strand entlang zur Anlegebrücke zurückzogen. Sie grölten, schlugen sich auf die Schultern, aber einer wies mit der Hand in unsere Richtung, und ein paar Köpfe drehten sich zu uns um. Sebastian Tannweiler hatte offensichtlich seinen pelzbesetzten Hut eingebüßt, denn er ging ohne Kopfbedeckung, und man erkannte, daß sein Schädel mit schütterem Haar bedeckt war. Wir waren unbeschadet aus der Schlägerei herausgekommen. Als der Strand von Seesoldaten geleert war, schickte ich Ole und Steffen in die Stadt, damit sie frische Vorräte einkaufen sollten, und sie gingen willig, wollten Brot, Käse, Würste und Buttermilch besorgen. Dafür nahmen sie einen Korb und leere Krüge mit. Kristine war noch immer ganz erschrocken. Als sie sich wieder beruhigt hatte, besann sie sich, daß sie ja den Abort gesucht hatte. Nun mußte sie ihren Weiberarsch über die Bordkante hängen. Hoffentlich beobachtete sie niemand genauer, denn es mußte verdächtig sein, wenn eine Frau in Männerkleidern reiste.

Bald kamen Steffen und Ole zurück. Wir verstauten die Lebensmittel und berieten, was wir weiter tun sollten. Es war schon

Nachmittag, und wir alle waren müde und wollten uns ausruhen. Es beunruhigte uns allerdings, daß eine Gruppe von hansischen Seesoldaten am Strand entlangstrich und verstohlen zu uns herüberblickte. Ich wollte den anderen nicht eingestehen, daß ich Sebastian Tannweiler von früher her kannte, denn für Ole, Steffen und Kristine kam ich ja ursprünglich aus Neustadt in Holstein und nicht aus Lübeck. Doch ich äußerte meine Bedenken angesichts der Soldatengruppen, die inzwischen sogar geharnischt auftraten. »Vielleicht sollten wir trotz unserer Sehnsucht nach einer Pause weitersegeln. Ich halte den aufgeblasenen Anführer der Gruppe für einen schlechten Verlierer. Er hat bei der Rauferei zumindest seinen teuren Pelzhut eingebüßt, wahrscheinlich mußte er als Anführer aber auch für die Zeche und das zerschlagene Steinzeug löhnen. Es kann sein, daß er die dänische Burgwache anruft und gegen uns aufwiegelt. Sein Konvoi wird wegen des Gegenwindes noch nicht lossegeln wollen, und so sucht dieser Soldatenanführer eine Beschäftigung und eine Möglichkeit, sein Ansehen als Gernegroß wiederherzustellen.«

Ole hieb in dieselbe Kerbe: »Als wir Brot bei einem Bäcker kauften, standen auch ein paar lübsche Hansen nach Backwerk an und unterhielten sich. Die Prügelei hatte sich offenbar schon herumgesprochen, und sie äußerten sich abfällig über den Führer der Seesoldaten des einen Fredescheps, weil er sich in Prügeleien hineinziehen ließ. Es waren anscheinend normale Kauffahrer oder Leute von der Mannschaft eines anderen Konvoibeschützers. Insofern kann es tatsächlich sein, daß sie da drüben am Strand uns für die Rauferei im ›Krug‹ verantwortlich machen wollen. Dann würden wir sicher den kürzeren ziehen, egal, ob wir vor ein dänisches Niedergericht kämen oder vor eine hansische Kauffahrerschlichtung hier im Helsingborger Hansenhof. Es ist doch sehr fraglich, ob wir Zeugen für uns finden würden. Bevor wir hier Zeit und Geld für eine ungerechte Strafe verlieren, laßt uns lieber weitersegeln.« Obwohl Kristine, die sich auch nach einem Erholungstag gesehnt hatte, die Enttäuschung anzumerken war, stimmte sie auch für das Weitersegeln.

So lichteten wir die Anker und nutzten die frische Brise aus Nordnordost, um mit raumen Wind an der schonischen Küste entlangzusegeln. Für den Öresund konnte ich wieder auf eine gute Segelanweisung aus einem Büchlein zurückgreifen, das wohl ehemals einem Wismarer Bergenfahrer gehört hatte, bis es in die Hände des Magisters Wigbold gefallen war. Es mochte halb drei gewesen sein, als wir Helsingborg den Rücken gekehrt hatten. Der Himmel war nun mit kleinen, hellen Wolken überzogen, zwischen denen die Sonne freundlich hervorlugte. Wir wechselten uns mit dem Rudergehen ab, hielten uns gut von der Küste fern und beobachteten die vielen Schiffe, die hier durch den Sund gingen. Viele kleine Segler wollten offenbar auch Kopenhagen erreichen, denn sie kreuzten unseren Weg zur großen Insel Seeland. Die Landwege waren zu dieser Zeit im März sicher noch zu tief für schwere Wagenräder, so daß die Versorgung der dänischen Hauptstadt über See die bequemste Art darstellte. Eine Zeitlang segelten wir neben einer Snigge, die unter einem bischöflichen Wappen fuhr. An Bord befand sich eine Anzahl Reisender, vermutlich Mönche oder Pilger. Am späten Nachmittag gingen sie dicht unter Land. Vielleicht wollten die Reisenden nach Lund, der alten Bischofsstadt. Wir zogen weiter streng nach Süden.

Auf der Höhe von Malmö wurden wir von einem dänischen Wachboot angehalten. Mit Signalen bedeutete man uns, daß wir beidrehen sollten. Das Wachboot legte bei uns an, und wir mußten den Siegelbrief aus Helsingborg vorzeigen, erst dann ließen uns die Wachen weitersegeln. Wir ließen Malmö backbord liegen und erreichten im letzten Tageslicht Höllviken, die Bucht vor Skanör. Skanörs sagenhafter Reichtum an Fisch war schon vor Hunderten von Jahren sogar im Mittelmeerraum bekannt, und von dieser Stadt soll sich der Name Skandinavia für alle Länder des Nordens ableiten, da die Gelehrten der Mittelmeerländer keine anderen Namen aus dieser Gegend kannten.

Wir mußten dicht unter Land viel loten, um nicht unversehens auf Untiefen zu geraten, aber die Fahrt war einfach, denn der Wind schlief fast ein. Im Schneckentempo liefen wir in die Bucht ein und ankerten nicht weit vor dem Strand. Obwohl auch ich während der Fahrt immer ein wenig auf der Schlafstelle geruht hatte, war ich hundemüde. Die feuchte Kühle eines nebligen, fast windstillen Abends zog uns in die Knochen. Nachdem wir das Segel geborgen und die Leinen klariert hatten, zogen wir eine Zeltdachpersenning über die Plicht und heizten mit den Holzkohlewannen. Mit warmer Grütze, Brot und etwas Wein feierten wir, daß ein großes Stück Seewegs zurückgelegt war, was ich allen auf der Karte zeigte. Dann erklärte ich meiner Mannschaft, weshalb dieses Stück Land so bedeutsam für den Handel ist: »Hier, auf dieser kleinen Halbinsel, werden die berühmten Schonenmessen abgehalten, die seit mehreren hundert Jahren von den dänischen Königen gefördert werden. Die dänischen Könige sind interessiert daran, daß die dänischen Fischer ihren Fisch und die dänischen Bauern ihr Vieh und Holz an die südlichen Kaufleute verkaufen können, denn dadurch vermehren sie die königlichen Steuer- und Zolleinnahmen. Die Dänen selbst besitzen nicht genügend Salz, um den Fisch haltbar zu machen, was nötig ist, damit er bis nach Spanien, Italien, ja, selbst bis zum Balkan gelangt und den gläubigen Christen als Freitags- und Fastenspeise dienen kann. Dänische Fischer kommen aus ganz Dänemark hierher, um von August bis September den Hering zu fangen. Das Vorkommen ist so reich, daß sich der Fisch mit Schaufeln aus dem Meer heben läßt. Er wird an Land geschafft und dort an die Kaufleute verkauft. Dafür ruft der Vogt des Königs einen besonderen Marktfrieden aus und paßt auf die Einhaltung aller Regeln auf. Von zwei Burgen aus wird der Markt kontrolliert, eine befindet sich in Skanör, die andere, Falsterbohus genannt, bei Falsterbo. Die verschiedenen Kaufmannsstädte haben besondere Plätze auf dieser Halbinsel, die ›Vitten‹ genannt werden. Zur Marktzeit erblüht hier das Leben, Holzbuden werden errichtet, Häuser des letzten Jahres instand gesetzt, ja, die großen Hansestädte errichten sogar Kirchen auf ihren Vitten und erhalten das Privileg der eigenen Rechtsprechung für die Kaufleute.«

Kristine unterbrach mich: »Woher weißt du das alles so genau?«

Auch Steffen und Ole blickten mich erstaunt an. Ich hatte Feuer gefangen, schließlich stammte ich aus einer Familie, die mit dem Schonenhandel wohlhabend geworden war, und alles Wissen, das mein Vater mir eingebleut hatte, sprudelte nun aus mir heraus. »Ich bin einmal als Gehilfe für einen lübschen Kauffahrer hierhergekommen und habe alles mit eigenen Augen gesehen«, antwortete ich wahrheitsgemäß, ohne alles zu sagen. Dann fuhr ich fort in meinen Erklärungen: »Die Fische werden ausgenommen und gesalzen. Auf fünf Tonnen Fisch kommt eine Tonne Salz, wobei das

Lüneburger und Oldesloer Salz das beste ist. Das Haltbarmachen des Herings ist eine Kunst, die die Kaufleute überwachen. Viele deutsche Handwerker arbeiten daran und sorgen für gute Fässer, die Häuser und die Verpflegung. Der Fischabfall wird von den Dänen zu Tran gekocht, und der dänische Vogt überwacht die Herstellung, die Verwendung und den Handel damit. Aber nicht nur Hering wird auf der Schonenmesse gehandelt. Die Dänen und auch schwedische Händler kaufen von den Hansen, Holländern und Engländern Wein, Wollstoffe, Leinwand und fertige Kleider und verkaufen Pelze, Wachs, Teer, Bernstein, Kupfer und Eisen aus Nordschweden. Viele Gäste, Händler, Kaufleute, Handwerker und Gehilfen kommen hierher, und wo viele Leute sind, wird auch so manches lustige Treiben veranstaltet, das sogar Zigeuner, Spielleute und Huren anlockt.« Bei den letzten Worten und der Erwähnung von Huren blitzte mich Kristine an, während Ole und Steffen feixten.

»Und was geschieht jetzt hier am Ende des Monats März?« fragte Kristine.

»Nun, die Dänen von Skanör und Falsterbo sind hier, auch ein paar Handwerker, die im letzten Jahr nicht genug verdient haben, um in ihre Städte zurückzukehren, die Wachmannschaften der Festungen liegen hier, aber ansonsten ist wohl noch der Hund verfroren. Hier, diese Bucht Höllviken liegt sonst voller Kauffahrschiffe und Prahme, die die Waren vom Land auf die Schiffe und zurück befördern. Jetzt deckt der Nebel alles zu«, sagte ich und hob zur Bestätigung die Persenning. Das Ufer war nicht mehr zu erkennen. »Die Nacht wird uns zusätzlich schützen, falls es gierige Strandräuber geben sollte. Laßt uns endlich schlafen gehen und auf Gottes Schutz und die nahen dänischen Burgen vertrauen. Der rote Abendhimmel hat uns gutes Wetter verheißen, und morgen kann ich euch vielleicht noch mehr zeigen und erklären. Der erste, der morgen früh erwacht, soll mich wecken, sobald der Nebel gestiegen ist.«

Steffen und Ole krochen bugwärts zu ihrem Lager, und ich legte mich müde bei Kristine nieder. Ich dachte noch kurz daran, mich lustvoll an ihr zu reiben, aber schlief ein, ohne einen Versuch zu wagen oder auf ein Locken von ihr zu warten.

26. Gefahr in Stralsund

Ich erwachte mit demselben Gedanken, mit dem ich eingeschlafen war. Lüstern drehte ich mich zu Kristine herum. Konnte ich sie schon wecken? Ich hob die Persenning an, um hinauszuspähen. Es war noch immer diesig, aber schon licht, so daß es früher Morgen sein mußte. Ich schaute mir Kristine an, wie sie mit leichtgeöffnetem Mund dalag und noch tief schlief. Würde sie mich wegstoßen? Würde ich dann schlechte Laune bekommen, weil ich meine Lust nicht befriedigen könnte? Wie schön sie war, ihre reine, zarte Haut, ohne jede Falte, ihr zarter, blonder Flaum an den Schläfen, die gekräuselten Haare über den Ohren, ihr glatter Hals, die Wölbung ihrer Schultern. Ich genoß es, sie anzuschauen, doch meine Lust wurde dadurch nicht geringer. Ich glitt mit meiner Hand unter ihre Decke, tastete nach ihrer Hüfte und schob mich an sie heran. Ich zog meine Decke hinüber, damit die wohlige Wärme der Schlafstatt nicht entwich, und schmiegte mich an sie. Sie öffnete kurz die Augen, lächelte und schloß sie dann wieder, erwiderte aber meine Liebkosungen und schien es zu genießen, daß meine Hände unter ihrem Hemd nach ihren Brüsten fühlten. Dann drehte sie sich zu mir, wir küßten uns und sie gab sich hin. Als ich mich danach erschöpft auf den Rücken legte, neckte sie mich, ergriff mein erschlafftes Glied und spielte damit. Sie küßte mich, reizte mich und setzte sich schließlich rittlings auf mich, bis ich erneut leidenschaftlich erregt war, nur daß ich mich jetzt ihr und ihren Bewegungen hingab. Als wir wieder voneinander abließen, hielten wir uns bei den Händen und schliefen beide noch einmal ein.

Ole weckte uns schließlich durch seine Bemühungen, Brot über dem Holzkohlebecken zu rösten. Fröstelnd schlüpften wir in die kalten, steifen Kleider, und schweigend aßen wir das geröstete, mit Butter bestrichene Brot und tranken dazu heiße Milch. Das warme Frühstück machte den nebligen Morgen erträglicher. Die Sonne mühte sich redlich, den Nebel zu vertreiben, und endlich waren wir alle so munter, daß Steffen das Gespräch vom vergangenen Abend wiederaufnahm. »Schiffer, Ihr kennt Euch anscheinend gut aus in dieser Gegend. Wohin wenden wir uns jetzt, wann geht es weiter? Die ruhige Nacht hat mir gutgetan, ich bin richtig ausgeschlafen und voller Tatendrang; daß der Wind uns jetzt verlassen hat, will mir gar nicht gefallen.«

Ich hatte während des Frühstücks ebenfalls darüber nachgedacht, wohin wir uns von dieser Landspitze aus wenden sollten. Mein Ziel lag auf Bornholm, doch wenn es uns tatsächlich gelingen sollte, den verborgenen Schatz zu finden und zu bergen, wo sollten wir ihn auf diesem Schiff unterbringen? Ich mußte auch an meine Zukunft denken, daran, daß ich weitere Aufträge benötigte, um mich als zuverlässiger Schiffer zu beweisen. Deshalb hatte ich mich insgeheim entschlossen, zunächst meine Fracht in Danzig abzuliefern und erst auf dem Rückweg nach dem Piratenschatz zu suchen. Natürlich hatte ich schon Angst, irgend jemand könnte mir zuvorkommen, denn irgendein anderer Mitwisser hätte sich ebenso aus der Schlacht bei Helgoland stehlen können, der genauso begierig wie ich wäre, den Schatz nun für sich zu beanspruchen, obwohl er ursprünglich den Likedeelern als Altenteil dienen sollte. So mancher hatte seinen Hals riskiert, um an das Geld und Gut reicher Kaufleute heranzukommen. Nicht alle waren auf dem Grasbrook geköpft worden, wo steckten sie jetzt?

Nur gut, daß Steffen mich mit seiner Frage ablenkte. Ich antwortete ihm: »Laßt uns nur schnell die dänischen Gewässer verlassen. Ich traue den Dänen nicht, sie neiden den Hansen ihren erfolgreichen Handel. Als ich damals hier in Falsterbo als Gehilfe eines lübschen Kaufmannes arbeitete, der die dänischen Heringe mit Lüneburger Salz in lübsche Tonnen füllte und dann über Lübeck nach Hamburg, den Rhein hinauf, dann zur Donau und die Donau hinab bis nach Ungarn sandte, da hörte ich die dänischen Fischer und Bauern fluchen. Sie ärgerten sich, daß der dänische König dem Rat der Stadt Lübeck und den anderen Hansen, Holländern und Engländern so weitreichende Rechte auf dänischem Boden garantierte. Sie fragten: ›Sind unsere Vorfahren nicht selbst bis nach Spanien gefahren, ging der alte Handel nicht über russische Flüsse bis ins Schwarze Meer? Warum machen die Hansen jetzt das Geschäft?‹ Die einfachen Leute hatten recht, aber die adeligen Dänen lieben die leicht einzunehmenden Steuern und scheuen die eigene Plackerei beim Handel. Der König und jetzt die Regentin Margarete denken nicht an den Handel mit den Südländern. Sie wollen die Macht im Norden festigen, denn die Einheit der Kalmarer Union kann schnell wieder zerbrechen. Das ist das Glück der Händler, daß die adligen Herren nicht selber handeln wollen. Laß die Adeligen nach alter Art um die Macht knobeln, die Kaufleute werden schließlich obsiegen. Trotzdem, wegen des unsicheren Rechtsfriedens will ich die dänischen Gewässer verlassen und Richtung Stralsund in hansische Gebiete segeln, zumal zu dieser Zeit der Marktfrieden der Schonenmesse noch nicht gilt.«

Ole gab darauf seinen Kommentar: »Schiffer, Ihr wißt eine Menge, Ihr habt schon viel erlebt. Nie habe ich auf der Tönninger Scholle über derartige Verflechtungen nachgedacht, auch nicht, wenn ich die Kaufleute auf der Eider gesehen habe und mir die Alten erzählten, daß die Eider seit Urzeiten ein Handelsweg sei. Wieviel Hering fängt man denn hier, wenn er solch eine Bedeutung hat?«

Da meldete sich Kristine: »Oh, als Tochter eines Stader Kaufmannes habe ich aufgepaßt und zugehört. Die Schonenmesse ist mir genauso geläufig wie andere wichtige Messen. Vor nicht allzu langer Zeit hat mein Vater mit anderen Großkaufleuten von Stade bei uns auf der Diele zusammengesessen und einen Umtrunk gehalten. Dabei haben sie kalkuliert, ob es sich lohnen würde, das Baiensalz nach Schonen zu schaffen; gewiß gibt es dabei auch wieder besondere Gefahren, wegen des ewigen Krieges zwischen Frankreich und England. Und dennoch, es fiel das Wort, daß über einhunderttausend Tonnen mit Hering jedes Jahr aus Schonen fortführen. Mithin ist es leicht zu errechnen, daß zwanzigtausend Tonnen Salz nach Schonen gebracht werden müssen. Die Lüneburger haben schon den ganzen Wald und viel Torf verheizt, um ihr Salz zu sieden. Das Baiensalz aber wird von der Sonne getrocknet und muß nur zusammengekratzt werden. So haben sich jetzt eine Reihe Stader Kaufleute aufgemacht, das Baiensalz zu holen. Und dabei besuchen sie auch noch die Messen der Champagne, die wesentlich reicher und vornehmer sind als die Messen von schonischen Bauern und Trankochern!« Hier sprach der Stolz einer Stader Kaufmannstochter, die ihr Wissen zeigen wollte.

»Hört auf diese weise Frau! Und rasiert euch, damit ihr euch nicht so sehr von ihrem bartlosen Gesicht unterscheidet, wenn wir dem nächsten Zollboot oder Stralsunder Hansen begegnen«, beendete ich das Gespräch und stand auf. »Wenn wir rasiert sind, dann wird schon ein Lüftchen wehen, ihr werdet sehen.«

Es sah schon seltsam aus, daß den Jünglingen ein fusseliger Bart um das Kinn und auf der Oberlippe stand, der verkleideten Kristine aber nicht. Und damit unsere Mannschaft einheitlicher aussah, rasierten wir uns nun. Es sollte ruhig weiter jeder Fremde glauben, daß ich mit einer jungen Mannschaft fuhr. Auch mögliche Kaperer sollten annehmen, daß sie es mit vier Männern zu tun hatten.

Es mag eine halbe Stunde vergangen sein, als sich ein leichter Südwestwind erhob. Der Südwind war deutlich wärmer als der vorherrschende Nordwestwind der letzten Tage, und die Sonne tat das ihre dazu, daß es uns besserging. Das Meer aber war noch sehr kalt. Zwei Monate zuvor mochte hier noch Eis gewesen sein. Der Horizont war diesig verhangen. An den nahen Stränden zeigte sich kein Leben. Wegen des Südwestwindes liefen wir einen Kurs dicht am Ufer entlang, und ich konnte Steffen, Ole und Kristine die Häuser und Buden bezeichnen. An der Landspitze war der kleine Leuchtturm deutlich zu sehen, dicht dahinter die dänische Kirche. Ich konnte mich noch gut an die Zeit erinnern, als ich mit meinem Vater das erstemal die Schonenmesse besuchte, und natürlich an das für mein Leben so bedeutsame letztemal. Jetzt konnten wir auch das Schloß Falsterbohus erkennen. Der Grund um das Schloß war in die sogenannten Vitten unterteilt, auf denen die verschiedenen Hansestädte ihre Buden, Werkstätten, Lager und Wohnhäuser errichten konnten. Die Gegend wirkte verlassen, wahrscheinlich waren nur wenige Menschen in der Stadt selbst, die weiter vom Strand entfernt lag. Etwas abseits vom Markt konnte ich noch die Stadtkirche Sankt Gertrud ausmachen.

Wir ließen die Halbinsel von Falsterbo liegen und plagten uns mit dem Südwestwind. Ich wollte Rügen noch am Abend erreichen und die Nacht nicht auf See verbringen. Die Gewässer um Rügen herum sind zerklüftet, und viele Buchten bieten Kaperfahrern Zuflucht. Ich hoffte inständig, daß die Stralsunder Ratsherren in ihren Hausgewässern für Ordnung gesorgt hatten. Einige Male hatte ich mit verschiedenen Vitalierschiffen unter unterschiedlicher Führung Stralsund angelaufen, wenn wir die gekaperten Waren versilbern wollten oder Proviant und Ausrüstungsteile benötigten. Ich hoffte, daß ich die Einfahrt gut wiedererkennen würde, denn damals hatte ich mich um die Navigation nicht gekümmert. Auch sollte mir ein Segelhandbuch bei der Einfahrt helfen. Doch zunächst mußten wir über das offene Meer ohne Küstensicht. Die Sonne leitete uns, als wir gen Süden segelten. Da wir kreuzen mußten, kamen einmal schon früh die Kreidefelsen von Mön in Sicht, und zuerst glaubte ich schon, Rügen erreicht zu haben, doch schnell bemerkte ich meinen Irrtum. So weit im Westen und so nah konnte Rügen nicht liegen.

Nach fast zehn Stunden Segeln erreichten wir endlich die Küste. Das Lot zeigte uns die Wassertiefe, und das Wachs, das am Lot befestigt war, zeigte uns den Kiesgrund. Vor uns mußten die Inseln Zingst und Hiddensee liegen und damit die Einfahrt zum Bodden und Strelasund. Am späten Nachmittag nahm der Wind ab und blies mehr aus Westen, was uns sehr gelegen kam, denn nun mußten wir nicht mehr kreuzen. Auf dem Gellen unterhielt die Stadt seit 1394 ein Leuchtfeuer, das jetzt am Abend entzündet wurde und uns beim Kurshalten half. Als der Wind völlig einschlief, ließen wir einen Anker fallen und brachten dann noch einen zweiten aus. Der Hafen der Stadt lag vor uns, in der Abenddämmerung konnte man die Anlegebrücken sehen, die Lastwippen und kleinen Kräne. Anders als in Stade gab es hier mehrere Schiffsbauplätze, und die Stralsunder Kaufleute betrieben einen berühmten eigenen Schiffsbau. Ihre Schiffe segelten nach England und Flandern, aber die meisten waren Ostseefahrer und fuhren hoch nach Stockholm, wo sie Osmund und Ysen, das schwedische Eisen, herholten, oder in die östlichen Gebiete Livlands und Rußlands, um Pelze, Wachs und Teer zu kaufen.

Störtebeker hatte sich einst für sein schnellstes Schiff in Stralsund einen ersten Kompaß gekauft, denn hier gab es sogar einen Kompaßmacher. Der Kompaß bestand aus einem Stückchen Schilf, das im Wasser eines Behälters schwamm. Auf dem Schiff war ein Magnet befestigt, und magisch richtete sich das Teilchen so aus, daß das Schilf nach Norden zeigte und so auch bei Nebel, Wolken und mondloser Nacht die Bestimmung der Himmelsrichtungen ermöglichte. Sehr empfindlich war dieser Kompaß allerdings nicht, und man mußte etwas Geduld haben, bis er tatsächlich die richtige Nordpeilung anzeigte. Doch ich habe gehört, daß es inzwischen auch schon bessere gibt.

Nun, damals brauchte ich keinen Kompaß, wir waren ja auch so gut nach Stralsund gekommen. In Stralsund wollte ich versuchen, einige Sensenschneiden zu verkaufen. Vielleicht hatten die Bauern von Rügen und aus dem Hinterland neue Sensen nötig. Ich hatte zehn Dutzend aus dem gutem Stahl der Hamburger Schwertfeger gekauft. Die Schneiden waren mit Wachs überzogen und in Leinen gewickelt. Auch die Glaswaren konnten hier vielleicht Abnehmer finden. Das alles würde sich morgen zeigen. Jetzt richteten wir uns im Angesicht der Stadt für die Nacht ein. Gegen den Abendhimmel zeichneten sich die Nikolaikirche, das Rathaus und weiter hinten die Marienkirche ab. Der Abend blieb mild und frühlingshaft, alle Wolken hatten sich verzogen, und ein wunderbarer Sternenhimmel zog auf. Ole und Steffen stritten sich, ob die Sterne Löcher im Himmelszelt seien und das göttliche Licht durch die Löcher auf die Erde strahlte. Ich sagte nichts und dachte an Magister Wigbold, der sich manchmal eher zu den Schreibern hingezogen fühlte denn zu den Anführern der Vitalier. Hatten wir Schreiber doch wenigstens eine Lateinschule besucht und schon in einige Bücher geguckt. Auch Magister Wigbold hatte immer wieder zu den Sternen hochgeschaut, oft Bücher in den Händen gehalten und die Zeichnungen mit der Wirklichkeit verglichen. Dann hatte er gerechnet und sich Notizen gemacht. Ob er in den Sternen lesen konnte, Horoskope aufstellte oder die Navigation überprüfte, ich weiß es nicht. Nur einmal erzählte er mir damals von den Gelehrten der Universität, die er besucht hatte. Er zeigte mir die Planeten, die Wandelsterne, die auf vorbestimmten, berechenbaren Bahnen zögen. Und er erzählte mir von griechischen und arabischen Geographen, die auch den Himmel beobachtet hatten. Dabei sei der Himmel im Süden ein anderer als der bei uns. Vieles spräche dafür, daß unsere Welt eine Kugel sei. Diese Gespräche fielen mir wieder ein, aber ich behielt sie für mich. Hätte ich zugeben sollen, daß ich Magister Wigbold kannte? Außerdem hätten mich derartige Gesprächsthemen auch an Grenzen meines Wissens geführt. Schließlich hatte ich mit dem täglichen Überleben genug zu tun. Wir wollten nach Stralsund,

und ich mußte damit rechnen, daß mich vielleicht jemand wiedererkennen könnte. Mit der Frage, wie ich mich dann verhalten sollte, schlief ich ein.

Wir hatten Wachen eingeteilt, und Ole weckte mich, nachdem er das Stundenglas geduldig dreimal gedreht hatte. Ich hatte die letzte Wache übernommen und sah die Morgensonne aufgehen. Es war noch immer windstill, und die Stadt lag zum Greifen nah. Nach dem Frühstück kamen vier Burschen in einem Schleppboot angerudert und boten ihre Schlepperdienste an. Sie hatten uns von der Stadtmauer aus gesehen, und wir nahmen ihre Hilfe in Anspruch, zumal sie ein angemessenes Entgelt forderten. Wir legten an dem Steg an, an dem sie sonst auch als Ladehelfer arbeiteten. Ich fragte sie, wo ich mich zu melden hatte, und sie führten mich zu einer Bude nicht weit vom Steg. Ein Stegmeister des Rates führte dort die Aufsicht, Willy Redel war sein Name. Ich zeigte ihm die Frachtbriefe de Castros und meine eigene Warenliste. Er bequemte sich zu uns an Bord, untersuchte die Ladung stichprobenartig und berechnete dann ein Hafenliegegeld, das ich im voraus zu bezahlen hatte, egal, ob ich tatsächlich drei Tage dort liegen würde oder kürzer. Ole und Steffen hatten inzwischen Frischwasser besorgt, das restliche Wasser aus unseren Vorräten weggegossen und sich sonst nützlich gemacht, die Kalfaterung überprüft und die Bilge ausgeöst. Als ich Redel fragte, wo ich meine Glaswaren und die Sensen anbieten sollte, nannte er mir das Rathaus und auch einen Händler namens Boy Wornsen. Die beiden kannten sich offenbar gut, denn Redel empfahl mir Wornsen wärmstens. So fragte ich beim Rathaus nach Wornsen, und einer der Ratsdiener zeigte auf einen Mann, der in der Wandelhalle Gespräche führte. Als ich näher trat, erkannte ich den Mann wieder. Er hatte einst Vitaliergut gekauft, als wir mit einer Vitalierkogge aus Stockholm zurückgekehrt waren. Damals war ich erst kurz bei den Vitaliern gewesen, es war einige Jahre her, und mein Äußeres hatte sich sicher verändert. Auch hatte ich damals keine wichtige Rolle gespielt und nicht um den Preis für das Diebesgut gefeilscht. Trotzdem beschloß ich, mich nicht an ihn zu wenden, damit ich nicht in die Gefahr geriet, doch erkannt zu werden. Ich strich durch die Straßen und kehrte bei einem Krämer ein, der Eisenwaren und Werkzeug feilbot. Mit ihm kam ich ins Geschäft. Er war sogar an den Glaswaren interessiert, obwohl ich nur wenige Muster bei mir hatte. Als wir mit einer Karre auf dem Steg erschienen und er die Ware gleich abholen wollte, kam Redel aus seiner Bude stolziert und fragte, warum ich denn nicht an Wornsen verkauft hätte. Mit meiner Antwort, daß sich dies nicht ergeben habe, war Redel sichtbar unzufrieden, zog sich aber zurück. Der Krämer flüsterte mir zu, daß Wornsen einer der Wulflamschen Gefolgsleute sei. Ich wußte nicht genau, was das bedeutete, mir war aber bekannt, daß die Wulflams die einflußreichste und wohlhabendste Familie in Stralsund waren. Wieder schien es mir, daß es besser für mich wäre, wenn ich bald weiterfahren würde, damit ich selbst Geld und Ansehen gewinnen könnte. Es zeigte sich erneut, daß man Rückhalt nur in einem Geflecht von Beziehungen finden kann und es gefährlich ist, allein auf sich gestellt zu sein. Der Krämer beeilte sich, um Redel aus den Augen zu kommen, grüßte unterwürfig und verließ den Steg.

Kristine hatte sich selbst erboten, in der Stadt Vorräte an frischem Brot, Grünzeug, Fisch und Fleisch einzukaufen. Wie war ich überrascht, als sie in Frauenkleidern zurückkehrte! Eine Leinenhaube versteckte die kurzgeschnittenen Haare. »Ich habe es nicht mehr ausgehalten, ich mußte in eine Badestube gehen«, erklärte sie.

»Hast du deine kurzen Haare gezeigt?« fragte ich erschrocken, denn Frauen mit kurzgeschnittenen Haaren konnten leicht für bestrafte Verbrecherinnen gehalten werden.

»Ja«, antwortete sie leichthin, und mir begann das Herz stärker zu klopfen, »aber ich habe erklärt, daß ich ein Gelübde zur Heilung meiner kranken Großmutter abgelegt und eine Pilgerreise nach Santiago de Compostella gemacht hätte. Zu dem Gelübde habe auch gehört, sich die Haare zu scheren. Mit dem Wein des Kaufmanns de Castro sei ich kostengünstig gereist, meine Großmutter sei inzwischen geheilt, und ich befände mich nun auf dem Weg zu einem Oheim nach Danzig. Das hat den Frauen im Badehaus gut gefallen, aber sie haben sich gewundert, daß mich mein Vater allein reisen läßt.«

Ich staunte über ihre Erzählkunst, denn selbst mir schien diese Erklärung plausibel. Aber ich lobte sie nicht, denn es ärgerte mich, daß sie mich nicht um Rat gefragt hatte. »Du hast uns in Gefahr gebracht«, warf ich ihr vor, »denn was wäre passiert, wenn mich jemand nach dir gefragt hätte und ich deine Geschichte nicht bestätigt hätte?«

Da wurden ihre eben noch wunderhübsch rosigen Wangen rot vor Scham oder Zorn, und ohne ein Wort zu sagen, ging sie an mir vorüber, um die eingekauften Vorräte zu verstauen. Steffen und Ole gab ich Anweisungen, daß sie dem Krämer beim Entladen helfen und danach das Schiff segelklar machen sollten. Dann stapfte ich wütend auf eine nahe gelegene Schenke zu, um Bier zu trinken und allein zu sein. Es war eine düstere Bude, Licht fiel nur durch die offenstehende Tür ins Innere. Als meine Augen sich an das Dunkel gewöhnt hatten, sah ich einige zwielichtige Gestalten, Handlanger und Tagelöhner an den Tischen kauern. Ich setzte mich an den Tresen und bestellte einen Humpen Bier. Der Wirt war neugierig oder mißtrauisch, fragte mich nach dem Woher und Wohin, und ich gab widerwillig Auskunft. Es dauerte nicht lange, da erhob sich aus einer Ecke der Spelunke ein dunkelgekleideter Mann mit schmalem Gesicht, grauen Haaren und buschigen schwarzen Augenbrauen. Er sprach mit süddeutschem Akzent und einer merkwürdigen Sprachmelodie und stellte sich als Philippe Mollinger aus Straßburg vor. Er war ein Gelehrter, der an verschiedenen Universitäten studiert und gelehrt hatte und der vom Rat der Stadt eingeladen worden war, um über die Möglichkeit einer Universitätsgründung in Stralsund zu sprechen. Er befand sich auf der Durchreise und war mit dem Schiff von Köln bis nach Lübeck und von Lübeck nach Stralsund gekommen.

»Und jetzt sitze ich mit meinen Bücherkisten und Habseligkeiten fest, weil mich keiner billig nach Greifswald bringen will. Könnt Ihr mich nicht in Greifswald absetzen, wenn Ihr in Richtung Danzig segelt?«

Der Mann schien mir interessant zu sein, und ich hatte keine Angst vor einem Einzelreisenden. So sagte ich ihm zu, ihn zumindest zur Einmündung des Flüßchens Rycks zu bringen, denn in die Stadt hinein mußte man meist treideln, da der Fluß zum Segeln nicht breit und tief genug war. Große Schiffe mußten sogar im Bodden geleichtert werden, und es würde sich schon ein Leichter finden, der den Reisenden und seine Bücherkisten in die Stadt bringen würde. Wir vereinbarten, daß der Gelehrte am nächsten

Morgen nach der Frühmesse mit seinen Kisten auf dem Anleger erscheinen sollte. Plötzlich erstarb alles Gemurmel zwischen den Männern im Gastraum. Ich blickte mich um und erkannte zwei städtische Büttel an den Amtsketten vor ihrer Brust und an den langen Knüppeln, die sie drohend in ihren Händen bewegten. Sie waren ohne Gruß eingetreten und schauten sich suchend um, musterten jeden eindringlich und bauten sich vor Mollinger und mir auf.

»Wer seid Ihr?« fragten sie uns in barschem Ton.

Mollinger antwortete: »Mein Name ist Mollinger, ich bin Magister und auf Einladung des Ratsherren Hosang in der Stadt. Dies ist der hamburgische Schiffer Maiboom, mit dem ich morgen die Stadt verlassen werde.«

»Das ist auch gut so. Wir haben schon von Euch gehört. Laßt Euch sagen, daß wir gottesfürchtige Leute hier in Stralsund sind. Wir brauchen keine Universität mit besserwisserischen Gelehrten und zechendem Studentenpack. Wir Büttel haben hier genug zu tun mit Aufrührern, die die Ordnung stören. Jetzt müssen wir gerade Niklaus Sarnow einfangen. Wer ihn gesehen hat, der gebe uns Nachricht. Der Rat hat eine Belohnung für seine Ergreifung ausgesetzt. Wer ihn versteckt oder gemeinsame Sache mit ihm macht, wird sich wegen Verrats an der Stadt vor Gericht verantworten müssen.«

Die Männer in der Spelunke senkten die Häupter und wichen den Blicken der Büttel aus. Angst lag in der Luft. Als die Büttel gegangen waren, rief der Wirt in die Runde: »Jeder denke sich sein Teil, aber geredet wird hier nicht. Wer weiß, wer hier alles zuhört. Trinkt, Leute, trinkt.« Dann blickte er zu mir herüber. Ich verabschiedete mich von meinem Fahrgast und verließ dieses ungastliche Haus. Das Erlebnis bestätigte mich in meinem Wunsch, nicht länger in dieser Stadt auf Gelegenheiten zum Handel zu warten, sondern mit meinen und de Castros Waren weiter nach Danzig zu streben.

Am nächsten Tag erschien der Magister zur verabredeten Stunde mit einem Burschen, der seine Kisten auf einem Karren schob. Redel, der Stegaufseher, war schon auf den Beinen und begehrte zu sehen, was dies für Kisten seien.

»Nun, das sind meine Bücher und Habseligkeiten, kein Handelsgut«, antwortete Mollinger, aber Redel drohte damit, die Stadtwache zu rufen, wenn er die Kisten nicht untersuchen dürfe. Da gab Mollinger nach und öffnete die erste. Sie war in der Tat mit Büchern und Schriftrollen gefüllt.

»Weiter, was ist in der nächsten?« verlangte Redel zu wissen.

»Seht selber nach, doch seid gewiß, daß ich die Umstehenden als Zeugen anrufen werde, wenn auch nur ein Gläschen meiner Essenzen und Reagenzkolben beschädigt wird.«

Redel wuchtete den Bücherkoffer von der Karre und öffnete die zweite Kiste. Sie enthielt merkwürdige Instrumente und Flaschen, eine feine Waage und Säckchen mit Steinen, Sänden und Pulvern. »Und was ist in der letzten Kiste?«

»Darin sind meine Kleider, eine Decke, Bücher und Instrumente.«

Redel hatte offenbar keine Lust, die zweite Kiste herunterzuzerren, um die dritte zu untersuchen. Er ließ den Mann ziehen, und wir verstauten alles im Schiff. Die Kisten waren sehr schwer, besonders die letzte, die nicht inspiziert worden war. Mollinger legte Wert darauf, daß diese Kiste zuoberst gestaut wurde, weil er später darin etwas suchen müsse.

Der Himmel war bleigrau, und die Wolken sahen aus wie gelockte Schafswolle. Es wehte ein frischer, kalter und feuchter Wind aus West, und in der Nacht hatte es geregnet. So konnten wir ohne die Hilfe von Schleppern ablegen und verließen die schöne Stadt. Giebel an Giebel lagen die Häuser wie Perlen aufgereiht, die meisten aus Backsteinen gemauert. Doch so gleichmäßig die Häuser von weitem wirkten, so wiesen sie doch alle ihre eigenen Besonderheiten in den Treppengiebeln, in der Gestaltung der Fensterbögen, der Anordnung der Fenster und Tore oder auch nur im Muster des Mauerwerks auf. Die nördlichen Hansestädte waren jünger als die süddeutschen, die ich während meiner Lehrjahre bei meinem Onkel gesehen hatte. Kaufleute hatten sie gebaut, die ehemaligen Grundherren hatten allenfalls mitgeplant. Vielleicht war dies der Grund für das maßvolle Erscheinungsbild. Hier wohnten Kaufleute, dies war keine Residenzstadt für Adlige und Kirchenfürsten.

Ole, Steffen und Kristine meinten gleichermaßen, daß Stralsund herrlich liege, direkt an der Ostsee und doch von Inseln vor dem offenen Meer geschützt. Das Hinterland war überschaubar, wirkte frisch und fruchtbar.

»Ein guter Platz, um sich niederzulassen«, meinte Steffen, der neben dem Gelehrten an der Reling lehnte.

»Aber nur, wenn es den Wulflams gefällt«, ergänzte Mollinger. Wieder hörte ich diesen Namen.

»Wer sind diese Wulflams?« fragte ich nun neugierig.

»Sie dominieren den Rat der Stadt, bestimmen, wer die Vitte Stralsunds auf Schonen besuchen darf, wer mit wem Handel treiben darf, wie hoch die Steuerlast ist und wer seine Waren wie anbietet. Die Stadtwache tut das, was die Wulflams wollen.«

»Woher wollt Ihr das wissen? Ihr seid doch ein Gelehrter und Reisender. Kennt Ihr denn die Verhältnisse in der Stadt?« fragte ich Mollinger.

»Ich kenne sie, weil ich von der Kirche, pommerschen Fürsten und einigen Bürgern verschiedener Städte weiß, daß sie sich eine Universität hier im Pommerschen wünschen. Doch wo soll sie entstehen? Eine Universität braucht Geld, Gebäude und Freiraum für Forschung und Lehre. Stralsund käme zwar in Frage, aber nachdem ich mit einigen Äldermännern der Gilden und Ämter gesprochen habe, gewinne ich den Eindruck, daß Stralsund doch nicht geeignet ist.« Mollinger blickte zurück auf die Silhouette der Stadt. Menschen konnte man nicht mehr erkennen, die Einzelheiten verschwammen. Die Gesichtszüge entspannten sich, und Mollinger sprach zu sich selbst: »Jetzt ist es soweit.« Er ging zu seinen Kisten und öffnete eine. Ich traute meinen Augen kaum, als ein Mann mit hochrotem Kopf aus der dritten Kiste stieg, die beim Anlegesteg nicht untersucht worden war. Seine rechte Hand umklammerte einen langen Dolch, und plötzlich zog auch Mollinger einen Dolch unter seinem Mantel hervor.

»Keiner rührt sich von der Stelle«, befahl der fremde Passagier aus der Kiste.

»Ruhig Blut«, bat ich die beiden, »was wollt Ihr, mit diesen beiden Dolchen könnt Ihr keinen Eindruck auf uns machen.« Dann zog ich ein Schwert aus der Halterung unterhalb der Reling. Mir war nicht wohl bei dem Gedanken an eine Auseinandersetzung, aber ich wollte weder das Schiff noch mein Leben kampflos anderen ausliefern. Ole schwang sich in die Wanten und enterte in den

Mastkorb hoch. Dort oben waren Pfeile und Bogen verborgen. Die beiden fremden Männer standen nun dicht beieinander und überlegten. Mollinger sah zuerst ein, daß ein Kampf auch für sie nicht gut ausgehen konnte, und lenkte ein: »Wir wollen nur sicher sein, daß Ihr uns nicht an die Wulflams ausliefert. Setzt uns an Land ab, damit wir nach Greifswald weiterkönnen.«

»Steckt Eure Waffen ein, Ihr seht doch, daß wir unter der Flagge Hamburgs segeln und nicht Parteigänger der Wulflams sind. Ihr habt eine Passage nach Greifswald bezahlt, und wir werden Euch auch bis zur Flußmündung bringen, wie verabredet. Wir wollen nichts von Euch, aber benehmt Euch nicht wie Piraten, sonst werden wir unser Schiff verteidigen.«

Sie steckten die Dolche in die Scheiden und beruhigten sich. Dann erzählte der Unbekannte, was sich zugetragen hatte: Er, Niklaus Sarnow, Bruder des neuen Ratsherren Karsten Sarnow und ebenfalls wie dieser Zunftmeister der Fleischhauer, werde von den Wulflams beschuldigt, kranke Tiere zu schlachten und aus Gewinngier krank machendes Fleisch an die Garküche der Stadt zu verkaufen. Man habe gefälschte Beweise und lügende Zeugen in einer Ratssitzung aufgeboten. Sein Bruder habe ihn durch einen Boten noch warnen können, und so sei er geflohen. In seiner Not habe er Unterschlupf bei dem Ratsherren Hosang gesucht. Hosang sei ein Förderer der Stadt und befasse sich mit dem Schulwesen, und er sei nicht abgeneigt, Stralsund als Ort für eine Universität vorzuschlagen. So habe Hosang Ratsherren und Äldermänner der Ämter und Zünfte eingeladen, um Mollinger vor ihnen sprechen zu lassen. Doch die Anhänger der Wulflams hätten den Vortrag und die nachfolgende Aussprache gestört. Offenbar wollten die Wulflams keine Gelehrten und Studenten in der Stadt dulden. Hosang und Mollinger hätten enttäuscht beisammengesessen, als der flüchtende Sarnow bei ihnen Hilfe erbeten habe. Und sie halfen ihm.

Ich unterhielt mich noch weiter mit Sarnow über die Stralsunder Verhältnisse und stellte mit Unbehagen fest, daß Stadtluft nicht in jedem Fall frei macht. Die Wulflams in Stralsund erinnerten mich auch an die Tannweilers in Lübeck. Wie konnte es nur sein, daß manche Familien derartigen Einfluß erlangten? Was mir wohl noch in Hamburg alles blühen würde? Und dennoch, gab es eine andere Wahl für mich? Sollte ich etwa nach dem Land suchen, von dem Magister Wigbold geträumt hatte, nach einem sagenhaften Land hinter dem Atlantik? Nein, ich war nun Besitzer von Haus und Hof in Hamburg. Ich würde versuchen, mir dort einen festen Platz unter den Bürgern zu erobern, mit friedlichen Mitteln und mit dem Erbe aus meiner Piratenzeit. Dann würde ich weitersehen.

Gegen Mittag erreichten wir die Flußmündung, in der einige Arbeiter mit dem Umladen der Waren von einem Holk und einigen Koggen auf die Leichter beschäftigt waren. Dort setzten wir die beiden ab. Sie bedankten sich herzlich, rieten mir aber, auf der Rückreise lieber nicht in Stralsund anzulegen, falls der Fluchtweg und unsere Mithilfe irgendwie bekannt werden würden. Es könnte uns sonst die Rache des Wulflamschen Gefolges treffen.

Ich fragte einen Leichterführer, welchen Weg er mir nach Danzig empfehlen würde, und er riet mir, durch die Peene bis nach Wolgast zu fahren, dort vielleicht auszuruhen und dann weiter durch das Kleine und Große Haff die Odermündung zu befahren. Dort könnte ich mich vielleicht einem Konvoi anschließen und so sicher über die Ostsee nach Danzig gelangen. Ich beriet mich mit meiner Mannschaft, und mutig beschlossen wir, die offene See zu suchen, um zügig unser Danziger Ziel zu erreichen. Ich hatte auch Sorge, daß wir in der Peene und den Haffs neuen Wegelagerern vielleicht nicht ausweichen könnten. Am Abend erreichten wir die Greifswalder Ole und ankerten im Schutz der Leeseite der Insel.

Schwache Winde machten uns das Fortkommen schwer. Das Wetter war wunderbar frühlingshaft, die Sonne schien, und die Luft war lau, aber meine Seele litt unter der Ungeduld, mit der ich nach Danzig strebte, um meinen Frachtauftrag zu erfüllen. Kristine lenkte mich ab, aber wir hielten uns mit Rücksicht auf die beiden unbeweibten Jünglinge Ole und Steffen zurück und zeigten unsere Liebe nicht zu deutlich. Nur des Nachts, wenn wir sicher waren, daß wir die gleichmäßigen Atemzüge der Schläfer vernahmen, gaben wir uns einander hin.

Zwei Wochen dauerte das milde Wetter an. Leichte südwestliche Winde trieben uns nach Osten an der Küste entlang. Steffen stellte immer wieder Fragen nach den Bewohnern des Küstenstrichs, und ich konnte nur wenige beantworten, weil es mich auch in der Vitalierzeit selten so weit in den Osten verschlagen hatte. Das wenige, was ich wußte, hatte ich von Magister Wigbold und von Störtebeker. Die pommerschen Fürsten stammten von heidnischen Slawen ab, waren aber vor gut dreihundert Jahren zum Christentum übergetreten. Deutsche und dänische Missionare gründeten hier Klöster, und in ihrer Folge kamen auch deutsche Bauern und Handwerker. In Hinterpommern ließen sich Kaufleute und Handwerker auf dem Handelsweg nach Osten nieder und gründeten Städte, meist in der Nähe slawischer Siedlungen und in günstiger Lage.

Eine solche Stadt war Kolberg. Sie war dem Hansebund beigetreten, und so genossen wir als hansische Schiffer aus Hamburg den besonderen Schutz und die mäßigen Abgaben und Zölle, als wir uns in der kleinen Stadt ausruhten, das Badehaus aufsuchten und unsere Kleider wuschen.

Ebenso steuerten wir Rügenwalde und Stolpmünde an. Alle drei Siedlungen lagen an Flüssen, und in allen Orten konnte ich Eisen- und Glaswaren in kleinem Umfang, aber zu gutem Preis absetzen. Gleichzeitig konnten wir frische Nahrungsmittel, Honig und Wachs kaufen. Von Fischern und kleinen Bernsteinsammlern erhandelte ich unterderhand so manchen ungeschliffenen Bernsteinrohling. Sie waren froh, einen Nebenverdienst zu haben, und ich war froh, daß ich keinen städtischen Ausfuhrzoll erstatten mußte. Eigentlich sollten die Bernsteinsammler ihre Funde direkt an einen privilegierten Händler abliefern, und nur der verkaufte an die nichtheimischen Kaufleute. An diesem Küstenabschnitt gibt es noch heute besonders reiche Bernsteinvorkommen.

Wir hatten uns so an die liebliche Witterung und die schöne, flache Küste gewöhnt und dabei fast vergessen, daß wir auf dem Meer segelten. Da erinnerte uns ein Gewitter, das von Süden aufzog, daran, daß Gott der Herr uns in seiner Hand hat und die Gewalten von Himmel, Erde und Wasser schrecklich sein können.

Kaum hatten wir Stolpmünde verlassen und bei schwachem Südwestwind Abstand von der Küste gewonnen, als dunkle Wolken vom Land aufzogen. Der Wind schlief ein, und drückend legte sich die Schwüle auf uns. Die Sonne verschwand, und plötzlich entluden sich die Wolken mit Blitz und Donner, gewaltigem Regen und Sturmböen. Die Regenböen waren so stark, daß wir kaum zwei Schiffslängen vorausblicken konnten. Dabei hatte der Wind gedreht und wehte auflandig. Ich kannte die Küste nicht, wußte nicht, ob unvermutet eine Sandbank unserer Höllenfahrt ein jähes Ende bereiten würde, und traute mich auch nicht, das Segel zu wechseln, weil wir dann von den Wellen in die Brandung und auf den bis dahin so lieblichen Sandstrand getrieben worden wären. Dann wäre es um uns, das Schiff und die Fracht geschehen gewesen.

Zwei Stunden tobte der Gewittersturm, zwei Stunden kämpften wir auf einem Bug, um von der Küste wegzukommen, und kamen so auch nach Osten voran. Endlich flaute der Sturm ab, und es wehte ein frischer, kühler Nordwestwind. Wir schöpften das übergekommene Wasser aus, suchten trockene Kleider hervor und segelten bis zum Abend. Im Dämmerlicht erreichten wir die Halbinsel Hela und ankerten im Windschatten von Kiefern dicht am Strand. Die Danziger Bucht war fast erreicht.

27. Danzig

Über Nacht war es empfindlich abgekühlt. Mit dem milchigen Himmel waren die lauen Lüfte verschwunden und hatten einer kristallklaren Witterung Platz gemacht. Fröstelnd erwachte ich, während die anderen noch schliefen. Durch einen Spalt zwischen Reling und Persenning schickte die aufgehende Morgensonne einen blendenden Strahl, der mich zum Niesen reizte. Ich hielt mir die Nase zu und die Luft an, da ich niemanden wecken wollte, und konnte so den Ausbruch unterdrücken. Ich lüpfte auf der anderen Seite die Persenning und spähte zum Ufer. Die Nehrung lag einsam und ruhig da, kein menschliches Wesen regte sich dort. Der Nordwestwind raunte in den Wipfeln der Kiefern und kräuselte die Wasseroberfläche. Deutlich waren kleine Böen abzulesen, die auf das Schiff zuliefen und es am Ankertau zerren ließen.

Ich zog mich leise an, schlang meine Decke um die Schultern und verzog mich leise ans Heck, um mir die nähere Umgebung anzusehen. Der Strand der Nehrung mochte sich noch eine Viertelmeile hinziehen und dann den Weg nach Danzig freigeben. Ich mußte an Erlebnisse mit meinem Vater denken, als er mit mir als Junge am Traveufer entlangschlenderte und die Danziger Schiffe zeigte. Mit Hochachtung sprach er damals von den Hansekaufleuten aus Danzig, von ihrem Mut, sich in einer unsicheren Gegend niederzulassen. Er erzählte von den heidnischen Litauern und vom deutschen Ritterorden, der vom deutschen Kaiser das Kulmer Land und alles zukünftig eroberte slawische Heidenland als Schenkung erhielt. Ich verstand damals nichts von dem Ränkespiel zwischen den Polen, den Brandenburger Markgrafen, den Litauern und dem Orden, das mein Vater mir zu erklären versuchte. Noch sagenhafter erschien mir, daß in jener Gegend sogar die Tataren der Goldenen Horde einfallen konnten, und so schaute ich mir verstohlen die Kaufleute, Schiffer und deren Mannschaften an, ohne etwas besonders Verwegenes an ihnen erkennen zu können.

Einmal hatten wir in meiner Kindheit Besuch von einem Kaufmann aus Elbing, das ebenfalls im Mündungsgebiet des Weichselstromes liegt und zusammen von Lübeck und dem Deutschen Orden gegründet worden war. Wie Memel, das zuerst Neudortmund hieß, hatte Elbing lübsches Stadtrecht erhalten. Der Besucher meines Vaters schwärmte vom Frischen Haff, wo es Elche in großer Zahl zu geben schien, und von den Handelsmöglichkeiten mit Königsberg und Insterburg. Als Junge und Schüler in der Lateinschule war es für mich schwer, zu glauben, daß Gott die Heiden ein so großes Land beherrschen ließ. Der deutsche Ritterorden hingegen erschien mir kühn und edelmütig.

Später trübte sich dieses Bild, als Danziger Kaufleute uns von der Geschichte ihrer Stadt erzählten. Schon früh hatten Kaufleute friedliche Beziehungen zu den heidnischen Slawen aufgenommen und eine deutsche, christliche Stadt mit der Erlaubnis slawischer Fürsten im Land Pomerellen an der Mottlau, kurz vor der Einmündung in die Weichsel, gegründet. Als später die Nachfolge der Herrschaft über das Land Pomerellen zwischen brandenburgischen Markgrafen und dem polnischen König strittig wurde, besetzte der Deutschritterorden des Kulmer Landes Pomerellen und damit auch Danzig und die Herzogsburg. Ein Komtur des Ordens zog in die Burg. Der Orden ließ die deutsche Kaufmannsstadt niederbrennen, weil die Bürger sich angeblich gegen die Besetzung gewehrt hatten, und die Bürger zerstreuten sich. Zwanzig Jahre sollte es dauern, bis die Kaufleute sich wieder zahlreich im Schatten der Ordensburg niederließen und dem Orden erneut zäh Stadtrechte abhandelten. Da erschien mir der Orden nicht mehr kühn, sondern machthungrig, kriegerisch und willkürlich, die Kaufleute und Bürger von Danzig aber fand ich mutig.

In diese Stadt sollte ich nun bald gelangen. Nach den mir bekannten Beschreibungen und der Seekarte lag sie im großen Delta der Weichsel, einem Sumpfland zwischen Höhenzügen. Ich war zufrieden, daß wir den Weg hierher so gut und schnell gemeistert hatten.

»Der frühe Vogel fängt den Wurm« war eine Redensart meiner Mutter gewesen, wenn sie mich während meiner Schulzeit morgens weckte. Sie fiel mir wieder ein, als ich jetzt Kristine wecken wollte. Leise näherte ich mich ihrem Lager, hockte mich neben sie und strich ihr vorsichtig die schon wieder längeren Haare aus dem schönen Gesicht. Es war eine Freude, sie zu wecken, denn sie strahlte mich gleich mit dem ersten Augenöffnen an, und ein liebevolles Lächeln umspielte ihren Mund. Sie reckte sich, stützte sich auf, umschlang dann meinen Hals, und wir küßten uns. Mich durchflutete ein warmes Gefühl, und ich wußte, daß ich noch nie in meinem Leben eine Frau so geliebt hatte wie Kristine.

Wir hielten uns so selbstvergessen umschlungen, daß wir nicht bemerkten, wie Steffen und Ole sich anschlichen. Plötzlich stimmten die beiden ein Spottlied an, »Es freit der Geselle das Töchterlein des bösen Müllers von Hohenstein …«, ahmten Fidel und Laute nach, faßten sich an den Händen und führten einen Tanz auf, den sie mit einer gestelzten Verbeugung beendeten. Wir lachten fröhlich und bereiteten dann gemeinsam unser Morgenmahl. Da bemerkte Steffen einen kleinen Fischerkahn, der sich an der Küste entlangbewegte. Wir winkten den Fischer heran und fragten ihn, ob er uns den Weg nach Danzig zeigen könne. Er sprach nur wenig Deutsch, denn er stammte aus einer kaschubischen Fischerfamilie, aber es war zu verstehen, daß er uns als Lotse dienen könne, wenn wir seinen Kahn schleppten. So reichte er die Bugleine herüber, und ich belegte sie achtern bei uns an einer Klampe. In dem hohlgebrannten, schwarzen Einbaumkahn des Fischers sprangen und krümmten sich Butt und Makrele. Aale wanden sich um die Stiefel des Fischers. Es waren Holzschuhe, an die geteerte Lederstulpen genietet waren. Ehe er zu uns herüberstieg, schlachtete er einige Makrelen und Aale, schnitt sie in handliche Stücke und gab sie uns in einem großen Kupfertopf. Wir kochten den Fisch in Haffwasser und würzten den Sud mit Zwiebeln, Senfkörnern und Rotwein aus de Castros Fässern. Als die Suppe gar war, opferte der Fischer eine Kelle den Göttern des Meeres, murmelte etwas in seiner Muttersprache, schlug dann ein Kreuz und sagte laut »Amen«. Dann schlürften wir alle diese kräftige Brühe.

Wir brachen auf, und der Fischer lobte die Geschwindigkeit unseres Schiffes. Sein Kahn hatte nur zwei niedrige Steckmasten mit Segeln in der Größe unserer Zudecken. Die Sonne stieg höher und wärmte uns nun auch trotz des frischen Fahrtwindes. Wir umrundeten die Nehrung und segelten direkt nach Süden auf das Land zu. Nach drei Stunden hatten wir die Einfahrt in das Weichseldelta erreicht. Nach einer weiteren Stunde fuhren wir auf dem Fluß Mottlau in Danzigs Hafen ein. Der Fischer war auf seinen Kahn übergestiegen und wies uns die Richtung, in der wir eine Anlegestelle finden würden. Bevor er seine Leine loswarf und unsere Wege sich trennten, grüßten wir uns freundlich.

Am Ufer fragten wir den Schiffer einer an Pfählen liegenden Kogge mit lübschem Wimpel, ob wir längsseits anlegen dürften. Er hatte nichts dagegen, schien einem Plausch nicht abgeneigt und äugte neugierig von seinem Achterkastell auf uns herab. Nachdem wir unsere Leinen festgemacht hatten, kamen wir ins Gespräch. Der Schiffer staunte, daß wir die ganze Strecke allein gesegelt waren. Er war im Konvoi gekommen, und unterwegs waren ihnen Piraten begegnet, die sich wegen der starken Bewaffnung der Fredeschippe wieder abgewendet hatten. Er empfahl mir, gleich beim ersten Landgang in der Marienkirche der Kaufmannsstadt Gott für die glückliche Fahrt zu danken.

»Das will ich tun«, versicherte ich, »doch weiß ich gar nicht, wohin ich mich wenden muß. Ich bin das erste Mal in der Stadt. Wißt Ihr denn zufällig, wo ich die Häkergasse finde?«

»In welcher Stadt soll die denn liegen? Es gibt vier Danzigs, die Rechtsstadt, das Hakelwerk, die Altstadt und das Ordensburggebiet«, klärte mich der alte Schiffer wichtigtuerisch auf. Er spielte sich noch weiter als Kenner der Stadt auf, aber die Häkergasse kannte er nicht. Ich hörte ihm bald nicht mehr zu, gab Steffen etwas Pfahlgeld, falls ein Hafenmeister käme, und bat Ole und Kristine, bei einem Brunnen frisches Wasser für unseren Vorrat zu schöpfen. Ich wollte mich auf den Weg machen, um mich zu dem Kaufmann durchzufragen, dem die Sendung de Castros galt.

Unser Schiff lag an dem Anleger unterhalb der Brotbänkengasse. Ich enterte an der Kogge hoch, und von ihrem hohen Deck aus hatte ich einen guten Überblick über den Hafen und die Stadtansicht. Etwa drei Dutzend Koggen und Holke hatten an den Anlegern und Pfählen festgemacht, noch einmal so viele kleinere Küsten- und Flußschiffe und eine kleine Anzahl Flöße. Die Stadt hatte einen Uferwall zum Schutz gegen Hochwasser, doch wesentliche Befestigungsanlagen konnte ich nicht erkennen. Auch schien es trotz der guten Lage am Fluß noch unbesiedelte Flächen zu geben. Weiter flußaufwärts der Mottlau versperrten Brücken den Seglern den Weg. Von der Rechtsstadt führten die Brücken zu einer Speicherinsel. Vielleicht gab es dort noch Befestigungsanlagen, doch dies konnte ich nicht erkennen. Ohnehin schien mir die Gegend um die Stadt herum meist sumpfig und von daher schlecht angreifbar zu sein, es sei denn im Winter, wenn die Sümpfe gefroren wären. Erst viel später konnte ich dann während meines Aufenthaltes in der Stadt die Mauern, Gräben, Wälle und Türme erkennen, die alle Stadtteile als ein gemeinsames Befestigungswerk umgaben.

Ich balancierte über die Laufplanke von der Kogge auf den Anleger und sah die mächtige Marienkirche, die sich über die Bürgerhäuser erhob. Die Stadt wirkte jünger als die anderen Hansestädte vergleichbarer Größe, die ich bis dahin gesehen hatte. Wieder erinnerte ich mich daran, daß ich von Besuchern in meinem Vaterhaus gehört hatte, der Ritterorden habe einst die deutschrechtliche Kaufmannssiedlung niederbrennen lassen und erst um 1325 den Bau einer neuen Kaufmannsstadt erlaubt.

In der Brotbänkengasse stieg mir der verführerische Duft von frischen Backwaren in die Nase. Auf unserem Schiff hielt sich frisches Brot nicht lang, und neues ließ sich auf Holzkohlebecken nicht backen. Ich konnte nicht widerstehen, kaufte mir eine Brotstange und fragte die Marktfrau des Standes nach dem Weg zur Häkergasse. Sie wies mir freundlich den Weg, und so kam ich durch eine Quergasse zwischen Frauen- und Heiligengeistgasse, in der die Fleischbänke standen. Auch hier konnte ich nicht umhin, mir eine frischgekochte Wurst aus einem Kessel zu kaufen. Sie war stark mit Knoblauch und Salz gewürzt, so daß ich schnell durstig wurde. Was mir den Geschmack außerdem ein wenig verdarb, waren die vielen versehrten Bettler an den Straßenecken. Zerlumpt und mit abgetrennten Händen, Armen, Füßen und Schenkeln oder mit ausgestochenen Augen hockten sie da und baten leise um milde Gaben. Es waren zu viele, als daß ich ihre Not hätte lindern können, und so tat ich das, was die Danziger auch taten, ich ging schnell vorbei.

Die Stadt hatte anscheinend reiche Bürger, denn die Häuser waren schmuck gebaut. Endlich erreichte ich nach mehrmaligem Fragen die Häkergasse und das Haus von Heiner Rausch, dem mit de Castro verbundenen Wein- und Gewürzhändler. Nach guter hansischer Art besaß das Haus einen Treppengiebel und eine verzierte Backsteinfassade, war drei Stockwerke hoch, und aus dem Giebel heraus ragte ein Flaschenzug zum Hochhieven der Waren in die Speicherstockwerke. Über dem Eingangstor war ein kleines Weinfaß, wie man es für edle Südweine benutzt, befestigt und kennzeichnete so das Haus des Weinhändlers. Der Türklopfer bestand aus einem bronzenen Ochsenkopf, ähnlich dem Mecklenburger Wappentier. Mit dem durch die Nase gezogenen Ring des Tieres klopfte ich laut gegen das Tor und hörte von innen den Ruf: »Tretet ein, das Tor ist offen.« Ich schwenkte den Torflügel nach innen und gelangte auf die Diele des Hauses. Hier stapelten sich die Weinfässer, Krüge und Flaschen säumten die Gänge, und es roch stark nach Wein. Die Säulen der Diele bestanden nicht aus Holz, sondern waren gemauert und trugen eine Gewölbedecke. Der Boden war mit Steinplatten gefliest, und weiter hinten führte eine Treppe und eine Rutsche für Fässer in einen dunklen Keller. »Seid gegrüßt, junger Mann«, sprach man mich jetzt von der Seite an. Hinter einem Wandschirm aus geflochtenem Schilf saß ein graubärtiger Mann an einem Tisch. Er hatte anscheinend geschrieben, die Feder hielt er noch in der Hand, steckte sie dann in das Tintenfaß und erhob sich zum Gruß. Er trug einen wollenen Rock und darüber eine gefütterte Weste aus Brokat mit fellgeschmückten Säumen. Auf dem Kopf saß eine schlichte, blaue Leinenkappe. Seine Beine steckten in engen Leinenhosen und die Füße in Lederschuhen.

Auch er musterte mich von Kopf bis Fuß, ohne daß ich ihm anmerken konnte, was er von mir hielt. »Ich bringe Euch Grüße vom Hamburger Kaufmann de Castro. Mein Name ist Hannes Maiboom, ich bin der Schiffer, der Euch die Ware aus Hamburg bringt und diese Briefe, falls Ihr Heiner Rausch seid«, sprach ich und reichte ihm die Briefe.

»Ja, der bin ich. Euch schickt der Himmel, denn der erste lübsche Konvoi kam gerade vor drei Tagen unter der Führung eines gewissen Cornelius Tannweiler in die Stadt und versorgte meine Konkurrenz mit Nachschub aus Lübecker Kellern. Mir wollten die Lübschen nichts verkaufen, aber jetzt kann ich den Rittern auch etwas anbieten. Die gemeinen Ordensbrüder trinken zwar nur Bier, aber ihre Siege und den Ritterschlag pflegen sie mit Wein zu begießen. Im letzten Winter sind wieder eine Reihe adliger Söhne dem letzten Ruf des Ordens gefolgt und wollten im Kampf gegen die Tataren die Ritterehre erlangen. Hochgerüstet sind sie mit Streitrössern zu den Litauern gezogen und wollten gemeinsame Sache mit ihnen im Tartarenland machen. Ein paar Scharmützel haben sie sich auf gefrorenen Sümpfen geliefert, aber als der Frühling nahte, mußten sie umkehren. Nun haben sie sich auf die Ordensburgen verteilt und schwelgen in Erinnerungen. Sogar aus England und Frankreich sind Recken dabei, wie zu alten Kreuzfahrerzeiten. Und alle wollen sie mit Wein feiern, was mein Kaufmannsherz freut.«

Während seiner Rede hatte Rausch die Siegel der Briefe untersucht. Keines war verletzt, und Rausch blickte mich zufrieden an. Dann schien er sich plötzlich an etwas zu erinnern, schlug sich mit der Hand gegen die Stirn und rief mit lauter Stimme »Oskar!« und dann gleich noch einmal mit Ungeduld: »Oskar, bring Brot, Salz, Butter und Käse, wir haben einen Gast.«

Aus einem Raum, tief hinten am Ende der Diele gelegen, hörte man jemanden kommen. »Oskar Sodux, mein Gehilfe«, erläuterte

Rausch für mich. Dann fuhr er an Sodux gewandt fort: »Oskar, das ist der Schiffer Hannes Maiboom, der Waren von de Castro aus Hamburg bringt. Trifft sich das nicht gut?«

Oskars und mein Blick begegneten sich, und wir erschraken zugleich, wendeten dann den Blick wieder voneinander ab. Ich versuchte, gleichgültig auszusehen, aber ich fühlte, daß ich blaß geworden war. Meine Kehle war wie zugeschnürt.

»Setzt Euch, Schiffer, eßt und laßt Euch Wein einschenken. Oskar, so stell doch das Brot hin und halte keine Maulaffen feil, such einen Wein für den Schiffer aus!« mahnte Rausch.

Ich setzte mich und überlegte, ob Oliver Schmidt mich auch erkannt hatte, und was ich in diesem Falle tun sollte. Oliver Schmidt war der Schreiber auf Henning Mannteufels Schiff gewesen. Ich kannte ihn gut aus Wisbyer Zeiten, denn wir hatten im Winter gemeinsam Gelder an die Mannschaften ausgezahlt, so, wie es uns von den Piratenführern geheißen wurde. Er hatte mir damals seine Geschichte erzählt. Geboren war er in einem Marktflecken namens Jesteburg, gelegen an der Seeve, die vor Harburg in die Elbe fließt. Sein Vater war Schmied gewesen und hatte seinen Sohn zu einem befreundeten Schmied nach Buxtehude in die Lehre geschickt, damit er bei diesem auch Lesen und Rechnen lernte, was einem Handwerker einmal nützlich sein kann, wenn er Meister werden will. Nach der Lehrzeit war der junge Geselle über Itzehoe nach Kiel gezogen, hatte dort keine Anstellung gefunden und war daraufhin der Versuchung eines Werbers für einen Schiffskonvoi erlegen. Kräftige Leute zum Anpacken wurden gesucht, und Oliver hatte das Abenteuer einer Seereise über die Ostsee nach Bornholm gereizt. Doch wie das Schicksal es fügte, war gerade das Schiff, auf dem Oliver anheuerte, den Vitaliern Henning Mannteufels in den Weg gefahren. Mannteufel verlangte Wegzoll in Form von Waren und Männern, denn ihm war ein Teil der Mannschaft an einer Seuche verreckt. Der Schiffer, unter dem Oliver fuhr, rückte Waren heraus sowie drei Männer, die er nicht so genau kannte, darunter Oliver Schmidt. Dem war der eine Schiffer genauso gut wie der andere, er nahm es gelassen und wurde Vitalier. Dank seiner Schmiedekraft konnte er sich Respekt verschaffen und dank seiner Rechenkunst die Gunst Mannteufels erringen. In Wisby wollte er sich im Suff sogar mit

Störtebeker messen und hielt eine bigotte Rede, bis er von dem Vitalierfürst unter dem Gelächter aller Anwesenden ein blaues Auge kassierte.

Und nun stand er mir gegenüber, die Haare kürzer, die Stirn freier, aber mit einem unverkennbaren Schädel, dem leicht vorstehenden Kinn und den lebhaften, braunen Augen. Sein früherer Milchbart hatte sich in schwarze Stoppeln verwandelt. Drei Jahre hatten wir uns nicht gesehen, denn Mannteufel war Störtebeker nicht nach Friesland gefolgt, sondern hatte sich Sven Sture angeschlossen, der sich in die Tiefe des Bottnischen Meerbusens zurückziehen wollte, um dort auf Schäreninseln Burgen zu bauen. Sture hatte den Traum der Vitalier von Gotland noch nicht ausgeträumt.

Ich aß etwas Brot und Käse, trank von dem Wein und beantwortete die Fragen von Rausch. Dann fragte ich Rausch: »Wie, wo und wann soll ich entladen?« und stand auf, weil ich nicht länger stillhalten konnte.

»Oskar wird Euch zur Hand gehen. Er kennt den richtigen Hafenmeister und wird alles zu regeln wissen, denn er ist meine rechte Hand geworden.«

»Dann laßt uns gehen, meine Mannschaft wartet, und ich weiß nicht, ob der Hafenmeister sich schon bei dem Schiff hat blicken lassen.«

»So sei es. Oskar, geh sogleich mit dem Schiffer. Ich werde Minna nach einem Jungen schicken, damit deine Arbeit im Hof nicht liegenbleibt. Schiffer, wir sehen uns wieder beim Rathaus zur Warenprobe. Oskar wird mir Bescheid geben, wann es soweit ist.«

Wir verabschiedeten uns, und ich betrat zusammen mit Oskar die Häkergasse.

Oskar schritt aus, und da er etwas größer war als ich, hatte ich Mühe, mit ihm mitzuhalten. Wir bogen von der Häkergasse in die Rosengasse ein, dann in die Tobiasgasse und dann zum Fischmarkt ab. Direkt am Stadtgraben gab es ein verwildertes Grundstück. Hier blieb Oskar stehen und sagte: »Du bist genausowenig Hannes Maiboom wie ich Oskar Sodux bin.«

»Auch ich habe dich erkannt, Oliver Schmidt. Es nützt nichts, wir können nicht leugnen. Die Frage ist aber, welches Spiel wir weiterspielen sollen. Mit Bedacht will ich nicht mehr der Vitalier Martin Damme sein. Ich habe einen Schlußstrich unter das blutige Handwerk gezogen.«

»Das tat ich auch, und es hätte mich Kopf und Kragen kosten können. In aller Kürze kann ich nur sagen, daß ich von Sven Sture und Henning Mannteufel geflohen bin und deren Gefangene befreit habe. Mit einer sich bereits in Mannteufels Gewalt befindlichen Danziger Kogge bin ich entwischt. Den befreiten Kaufleuten und ihren Gehilfen habe ich eine Lügengeschichte erzählt und schließlich bei Rausch eine Anstellung gefunden. Sein Gehilfe ist bei Mannteufels Kaperfahrt erschlagen worden, und so bin ich an seine Stelle gerückt.«

»Auch ich will mit offenen Karten spielen. Ich konnte aus der Seeschlacht fliehen, bei der der scheinbar unbesiegbare Klaus Störtebeker gefangen wurde. Ich habe gesehen, wie er seinen halben Kopf verlor und das Leben auf dem Grasbrook zu Hamburg in den Sand hauchte. Jetzt nenne ich mich Hannes Maiboom und bin Hamburger Schiffer mit eigener Snigge geworden.«

»Und wie wollen wir uns nun verhalten? Wir sollten uns aus dem Wege gehen. Kehr du getrost nach Hamburg zurück und laß mich in Danzig bleiben. Hier gefällt es mir.«

»Das ist ein Wort, da schlag ich ein.«

»Gut, wir besiegeln unsere Abmachung mit einem Schluck Danziger Bier, und dann wollen wir zusehen, daß wir das Geschäft der Kaufleute abwickeln, so wie wir früher die Geschäfte der Vitalier abgewickelt haben.«

»Von nun an bist du Oskar Sodux für mich und ich Hannes Maiboom für dich. Die anderen Namen wollen wir vergessen.«

Wir zogen in eine Schenke am Fischmarkt und bestellten Bier. »Sei still, man kennt mich hier«, raunte mir Oliver oder Oskar zu. So stürzten wir schweigend unser Bier herunter. Meinte er es ehrlich? Würde er mich verraten, falls er in Danzig in Schwierigkeiten geraten und einmal nach Hamburg kommen würde? Ihm mochten ähnliche Gedanken durch den Kopf gehen.

Wir verließen die Schenke und zogen an den Kaianlagen entlang der Mottlau zu unserem Liegeplatz. Die Danziger hatten an der Breitgasse einen großen Kran errichtet, der schwerste Schiffslasten aus den Schiffen auf den Kai heben konnte. Mächtige Treträder wurden von Gefangenen angetrieben und sorgten für das schnelle Auf- und Abspulen des Tauwerks der Flaschenzüge. Möge mir Gott ersparen, jemals in einem derartigen Käfig eingesperrt zu sein, dachte ich, als ich die ausgemergelten Gefangenen sah, die zur Ablösung draußen vor dem Kran an eine Mauer gekettet waren. Zwei Gefangene standen im Pranger und erhielten klatschende Peitschenhiebe auf den bloßen Rücken. Wir zogen schnell weiter und stellten uns nicht zu den Gaffern.

Die Bewegung tat gut nach dem Schrecken der Begegnung mit Oskar, und das Bier hatte eine beruhigende Wirkung auf mich. Auch Oskar schien etwas umgänglicher zu werden, denn er fing an, mir von den vergangenen drei Jahren zu erzählen.

»Hast du die verstümmelten Bettler in der Stadt gesehen? Siehst du den Kerl dort drüben?« fragte er und wies mit einer Kopfbewegung auf einen Mann, der fußlos an beiden Unterschenkeln lederne Stutzen über die Reste von Schienbeinen geschnallt hatte, an den Händen Handschuhe trug und sich so auf allen vieren fortbewegte. »Das ist das Werk des Ritterordens, der Ratsherren und der Vitalier.«

»Wie meinst du das?« fragte ich erstaunt.

»Nun, der Ritterorden sollte ja eigentlich das Heidenland befreien und missionieren. Die Herren Ritter kommen aber nach Osten nicht mehr so recht weiter, haben schon genug Heidenbäuche aufgeschlitzt und kein verschlucktes Gold und Silber in den Gedärmen mehr gefunden. Zudem ist der Widerstand im Heidenland gegen die ›Bekehrung‹ mächtig und derzeit nicht zu brechen. Da haben sich die Herren Ordensritter überlegt, die Insel Gotland zu besetzen und ihre Macht nach Nordwesten auszudehnen. Die Danziger Ratsherren sollten Schiffe und Männer bereitstellen. Der Rat ließ sich dies Geschäft nicht entgehen und lieferte das Gewünschte, wie es Kaufleute gerne tun. Zum Wohl der Stadt und ihrer Bürger, hieß es damals, wie mir Rausch erzählte. Zum Wohl von einigen Bürgern, hätte es wahrer geheißen. Nun, du kennst die Geschichte selbst. Die gepanzerten Ritter sehen nicht so aus wie diese Bettler, die kampferfahrenen Vitalier konnten sich ebenfalls aus der Falle stehlen. Den Bauern, Handwerkern und Handlangern hatte man viel versprochen, aber kein gutes Kriegsgerät geliefert und sie nicht üben lassen. Du weißt es selbst, es war ein hübsches Gemetzel in jenem März auf Gotland. Die Unerfahrenen wurden in Scheiben geschnitten wie Wurst, und hier sind die Zipfel vom Aufschnitt.« Es war ein bitterer Hohn in Oskars Stimme. Dann raunte er mir ins Ohr: »Das Schicksal schickt mich auf verschlungene Wege. Warum mußte ich ausgerechnet hier in dieser Stadt Fuß fassen? Immer wieder beschleicht mich der Gedanke, ich selbst habe einen von diesen Unglücklichen eingekürzt. Vielleicht soll ich gerade hier versuchen, etwas wieder gutzumachen.«

Später erfuhr ich, daß Oskar sich in der Gilde der Kaufmannsgesellen und bei den Schiffern für den Bau von Hospitälern und Stiften einsetzte. Aber es sollte noch zwölf Jahre dauern, bis das Hospital des Patrons der Schiffer Sankt Jakob durch Oskars Geld und durch Spenden reicher Bürger entstand.

»Was tust du, Geselle alter Tage, um dein Gewissen zu reinigen?« fragte er mich.

»Gott lenkt meine Schritte, es hat sich alles glücklich gefügt, und bedenke, ich habe nicht freiwillig bei den Vitaliern mitgetan. Seit der Seeschlacht vor Helgoland vertraue ich auf Gott, er wird mir den Weg weisen«, antwortete ich abwehrend, denn ich hatte mir wegen meines Gewissens noch keine Sorgen gemacht.

»Auf Gott zu vertrauen, das ist zu einfach. Gerade hier im Angesicht der Ordensburg will ich davon nichts hören. Wenn du eine Weile bliebest, dich würde es grauen, was hier im Namen Gottes alles geschieht. Aber Danzig ist eine interessante Stadt in geistiger Hinsicht. Du mußt einmal hören, was so die Weichsel herab aus Böhmen für Nachrichten von den sogenannten Ketzern kommen. Auch aus Nowgorod und der Ostkirche, die der Papst aus Rom oder Avignon verdammt, kommen Ideen, die die Mission des Ordens und der Kirche in einem anderen Licht erscheinen lassen. Ich weiß noch, wie du gläubig von der gerechten Sache der Vitalier und ihrem Gotlandstaat träumtest. Denk weiter Hannes, denk weiter!« Oskar schien mir ein Schwärmer zu sein, ich wußte nicht, was er von mir wollte. Aber ich war froh, daß er so zu mir sprach, denn es war eine vertrauensvolle Sprache.

Nun erreichten wir die Stelle, an der unsere Snigge längsseits der Kogge vertäut lag. Wir liefen über die Planke, querten die Kogge und kletterten hinab auf die Snigge. »Ein schönes Schiff, schlank und schnell, aber zu klein für viele Lasten«, urteilte Oskar sachkundig. »Stammt es von den Holländern?« Ich antwortete nicht, denn es mußte etwas geschehen sein, sonst säßen meine drei Vertrauten nicht so verquer an Bord. Kristine hatte ein blasses Gesicht, aber rote Flecken bedeckten ihren Hals, und ihre Augen sprühten Funken. Steffen wich meinem fragenden Blick aus, seine Gesichtshaut war gerötet. Ole nestelte verlegen an einer Leine.

»Dies ist meine Mannschaft, Ole, Steffen und Kristine«, stellte ich sie vor, »und dieser Mann ist Oskar Sodux, der Gehilfe des Kaufmanns, an den wir die Ladung von de Castro liefern sollen.«

»Oh, Ihr habt Eure Mannschaft trefflich gewählt, wie ich sehe«, antwortete Oskar vieldeutig, »und eine reichliche Fuhre köstlicher Ware in diesem Kahn untergebracht. Ich mache mich auf, daß wir die Ladung ordentlich löschen können. Wir müssen das Schiff etwas weiter flußaufwärts verholen. Dort kenne ich den Hafenmeister gut, einen Mann mit Herz. Günter Reet heißt er. Wartet hier, ich komme zurück, sobald ich einen Platz an einem Kran oder einer Wippe gefunden habe.« Sprach's und enterte die Kogge wieder hinauf, um an Land zu gelangen.

Als wir allein waren, forschte ich sofort danach, was vorgefallen war. Steffen kniff die Lippen zusammen, Kristine schwieg, nur Ole druckste auf meine bohrenden Fragen etwas von »Streit zwischen Steffen und Kristine« herum. Da brach es aus Kristine stolz heraus: »Er hat mich beleidigt, fing an zu befehlen, nachdem du gegangen warst, ich solle seine dreckigen Hemden waschen, ich solle mich nicht so zieren, nur weil ich das Liebchen des Schiffers sei.« Sie fing an zu weinen.

»Sie hat sich aufgeführt, als sei sie die Herrin, als könne sie gebieten«, fiel Steffen jetzt ein. »Und sie hat mich einen tumben Handlanger genannt, der weder lesen noch schreiben könne. Dabei ist sie nur ein Weibsbild, das schöntut und die schwere Arbeit nicht leisten kann. Sie hätte ja bei ihrem Vater in Stade bleiben können, wenn ihr das Wäschewaschen hier nicht gefällt. Schiffer, sagt selbst, wen würdet Ihr wählen, wen könnt Ihr hier brauchen, und wer ist nur Ballast? Ein Schiff nach Friesland zurück finden Ole und ich allemal.« Er schaute Ole an, aber der wäre vor Scham am liebsten unter den Planken verschwunden.

Es mußte wohl so kommen, Eifersucht, verletzte Eitelkeit und eine nicht geklärte Rangfolge hatten zu diesem Streit geführt. Mir lag es nicht, und mir liegt es nicht, über Menschen das Urteil zu sprechen und es ihnen ins Gesicht zu sagen. Ich bin ein Zweifler und süchtig nach Harmonie. Auch darum hatte ich es unter den Vitaliern nie zu einem Anführer, sondern nur zum Schreiber gebracht. Für wen ich Partei ergriff, es würde falsch sein. Ich zierte mich und wußte nicht, was ich tun sollte. Ich schaute zu Kristine hinüber, die trotz ihrer Tränen wütend und erwartungsvoll auf meine Parteinahme wartete. Auch Steffen erwiderte meinen fragenden Blick eher trotzig. Da hatte ich das Gefühl, neben mich zu treten und mich wie in einem Schauspiel zu beobachten. Blitzschnell wählte ich meine Worte im Kopf, erwog deren Wirkung und hoffte, daß ich die beiden Streitenden verwirren würde und so Zeit gewänne für Beschwichtigung und Klärung. Noch nie hatte ich meine Stimme in ihrem Beisein erhoben, noch nie Befehle gebrüllt. Jetzt war es soweit, es mußte gebrüllt werden: »In Gottes Namen, haltet ein. Bis hierhin sind wir durch Kälte, Sturm und Gefahr glücklich gereist. Es steht mehr auf dem Spiel, wir fordern das Schicksal heraus, wenn wir streiten, Unbill, böse Mächte. Gott hat mehr zu tun, als über uns allein zu wachen. Ich will nach Hamburg zurück, das ist mein Ziel, dort will ich meines Glückes Schmied sein. Wen Gott mir zur Begleitung gesandt hat, den nehme ich dankend an und will ihn teilhaben lassen an dem Gewinn, den diese Reise bringt. Hört auf zu streiten, seht, welches Aufsehen wir erregen.«

Mein Gebrülle hatte einige Männer der Kogge neben uns an die Reling und auf das Kastell gelockt. Sie feixten zu uns herab, und das war gut so, denn nun konnte ich Arbeit verteilen. Wir verholten uns mit langen Bootshaken langsam flußaufwärts, um diesen Nachbarn aus den Augen zu kommen. Eifrig arbeiteten alle gegen die Strömung, froh, so der inneren Anspannung durch Arbeit zu begegnen. Am Ufer erkannte ich Oskar, und er winkte uns zu einer Stelle am Kai und den Pfählen, wo wir neben einer Wippe anlegen konnten. Dicht bei ihm stand Günter Reet, der Hafenmeister für diesen Kaiabschnitt an der langen Gasse. Der Mann trug einen Schnauzbart, der seinen Mund verdeckte, tiefe Wangenfalten ließen ihn griesgrämig erscheinen, und seine gutmütigen Augen verschwanden fast unter den faltigen Lidern. Er hatte eine tiefe, beruhigende Stimme und hieß uns im Namen des Rates der Stadt willkommen. Das waren ungewohnt freundliche Worte von einem Bediensteten des Rates, dem die Stadtwache mit ihren Soldaten zur Seite stand. Reet erwies sich als Menschenfreund und war ein wenig redselig. Er erzählte dieses und jenes von der Stadt, kannte verschiedene Geschichten und nahm ganz nebenbei unser Schiff und die Ladung in Augenschein. Die Bernsteinschätze, die wir unterwegs eingekauft hatten, waren längst in den Nischen zwischen den Planken vernagelt und entgingen ihm daher. Als er mit der Besichtigung fertig war, bestimmte er das Pfahlgeld und eine gesonderte Abgabe für den Deutschen Ritterorden. Als ausgewiesener Hanseschiffer genoß ich Ermäßigung. Oskar hatte derweil schon das Entladen vorbereitet, einen Fuhrmann und Träger bestellt, um die von Reet bestimmten Warenproben zum Rathaus zu schaffen. Ich bat Kristine, die Begleitbriefe de Castros an sich zu nehmen und mit zum Rathaus zu fahren. Ich wollte später nachkommen.

»Du bist die Tochter eines Kaufmannes, du wirst ein Auge darauf haben, daß die rechte Güte und ein ordentlicher Preis bestimmt werden«, schmeichelte ich ihr, und es tat ihr wohl nach dem Streit mit Steffen. Ich wußte nicht, was ich mit dieser Aufgabe eingeleitet hatte. Sie suchte ihren einen Kleidersack, den sie seit der Flucht aus Stade noch nicht wieder hervorgeholt hatte. Als sie ihn endlich gefunden hatte, suchte sie in aller Seelenruhe und mit Bedacht und nahm einen Umhang heraus, während Oskar und Reet schon drängelten. Er war aus dickem, blauem flandrischen Tuch und am Kragen mit Abnähern so versehen, daß das Tuch in gleichmäßigen Falten fiel. Innen war er mit hellblauer, schimmernder Seide gefüttert. Dann zog sie noch eine frische weiße Leinenkappe hervor. Sie bändigte ihren Haarschopf, zurrte die Kappe unter dem Kinn fest, und so umrahmte der Spitzenbesatz wunderbar ihr schönes Gesicht. Zum Schluß kniff sie sich selbst in die Wangen und blickte mich und die anderen prüfend an. Sie hatte die Wirkung richtig kalkuliert. Wir waren stumm, so schön sah sie aus. Der schlichte blaue Umhang lenkte den Blick auf ihr Haupt. Die Strenge der Leinenkappe wurde durch die verspielten Spitzen gemildert. Damit sie nicht zu züchtig aussah, zog sie nun noch ein paar blonde Strähnen unter der Kappe hervor.

Mit ihren rosigen Wangen, den strahlenden Augen und dem stolzgereckten Kopf sah sie beeindruckend aus. Das war nicht das Stader Mädchen, das ich kannte. Dies war eine energische Frau, eine Herrin.

Nachdem sie mit Oskar, Reet und den Warenproben abgezogen war, entluden wir mit den Trägern und mittels der Wippe Faß für Faß auf den Kai. Dabei nahm ich Steffen beiseite, sprach ihm gut zu, ja, versprach ihm für seine Treue, daß er als Schiffer ein Schiff führen dürfe, falls der Gewinn dieser Reise für ein zweites Schiff reiche und falls er im nächsten Winter lesen und schreiben lernen würde. Seine Augen leuchteten stolz, und er schien besänftigt. Da mußte ich ihm die Freude ein wenig verderben, indem ich ihm sagte, daß er es sich nicht noch einmal erlauben dürfe, Kristine als Liebchen des Schiffers zu bezeichnen. Er hatte verstanden.

28. Kristines Geschick im Danziger Rathaus

Jetzt ist es an der Zeit, Dir, Enkel, einen Rat zu geben, obwohl ich weiß, daß in dieser Sache Ratschläge oft vergebens sind, weil Gott in seiner Weisheit unsere Schritte nach anderen Gesichtspunkten lenkt, als Menschen je verstehen können. Es geht um die andere Hälfte der Menschheit, die Frauen. Gott hat in seiner Weisheit Adam und Eva erschaffen und die Liebe und Sehnsucht des einen nach der anderen.

Ich glaube nicht, daß Gott oder göttliche Heerscharen sich darum kümmern können, daß jeder Mann die rechte Frau findet. Ich glaube auch nicht, daß es zu jedem Mann nur eine einzige Frau geben kann; das wäre töricht vorbestimmt, denn wieviel Zeit im Leben müßte damit verbracht werden, diesen einen Menschen zu finden. Ich rate Dir, suche nicht, und laß Dir von niemand anderem eine Frau suchen, wenn Du sie glücklich lieben willst. Überlaß die Auswahl der glücklichen Fügung des Schicksals. Anders verhält es sich natürlich, falls Du in die Lage kommst, aus Gründen einer Rente oder Sicherung des Lebensunterhaltes einen Ehevertrag schließen zu müssen. Dann spielt die glückliche Liebe keine Rolle, sondern zählt der kühle Sachverstand des Kaufmannes, sein Abwägen des Risikos und das Aushandeln des Vertrages. Die glückliche Liebe mußt Du in diesem Fall vielleicht außerhalb der Ehe finden; doch ist das Leben dann nicht einfach, denn Du weißt selbst, daß die Pfaffen gegen den Ehebruch predigen und für die Keuschheit eintreten, obwohl sie selbst den Kirchspielen häufig kein gutes Beispiel abgeben.

Ich möchte Dir wünschen, daß Dir ähnliches Glück widerfährt wie mir mit Kristine, Deiner Großmutter. Ich habe sie nicht gesucht, niemand hat mir geraten, um sie zu werben. Es hat sich einfach glücklich gefügt. Und lies jetzt, wie ich ihre Klugheit und ihr Geschick zu rühmen weiß, obgleich ich nicht zugegen war und von den Geschehnissen im Rathaus nur über Dritte erfuhr.

Nicht weit von unserem Liegeplatz an der Hosennähergasse befand sich in der Mitte der langen Gasse das Danziger Rathaus. Der Rat der Stadt behielt sich, wie in fast allen Hansestädten, die Aufsicht über den Handel vor. Das nimmt nicht wunder, denn im Rat sitzen ja meist die Erbgesessenen, die ihren Wohlstand und ihren Einfluß behalten, wenn nicht mehren wollen. Mit dem Handel läßt sich gut verdienen, besser noch als mit dem Handwerk. So gab es auch in Danzig einen Gildenausschuß der Kaufleute, der auf dem Markt die Mindestpreise für die Waren bestimmte. Jeder »Gast«, also jeder fremde Kaufmann, der seine Waren in Danzig verkaufen wollte, mußte zunächst Warenproben bei diesem Ausschuß vorlegen, der dann die Güte und den Mindestpreis bestimmte. Dann wurde die gesamte Ware bemessen, gewogen und der Schoß oder der Zoll errechnet.

Auf dem Weg zu diesem Ausschuß befanden sich also Günter Reet, der Hafenaufseher der Stadt, der die Einfuhr der Waren über den Hafen kontrollierte, Oskar Sodux als Gehilfe des Kaufmannes, für den die Waren eigentlich bestimmt waren, und Kristine. Der Fuhrmann lud die Gewürzproben und die Weinfässer ab, und sie wurden in die Säulenhalle des Rathauses geschafft. Günter Reet und Oskar Sodux wußten, an welchem der vielen Tische zwischen den Säulen und in den Nischen sie die Waren aufbauen mußten. Es dauerte nicht lange, und eine Gruppe Männer, bestehend aus Ratsdienern, Schreibern und zwei Ratsherren, kam an den Tisch. »Wer hat die Ladung angenommen?« fragte ein in einem braunen Mantel gehüllter Mann mit schwarzer Lederkappe barsch und ohne Gruß. Es war der Ratsherr Georg Prien.

»Herr Prien, ich, Günter Reet, habe die Ladung angenommen. Hier auf der Schiefertafel sind Anzahl und Größe der Fässer vermerkt sowie der Inhalt angegeben. Es handelt sich um verschiedene Weine, Pfeffer, Zimt, Safran und geringere Mengen verschiedener Gewürze des Hamburger Kaufmannes de Castro. Die Waren kamen mit der Snigge des Schiffers Hannes Maiboom, der auch noch selbst ein paar Kisten mit venezianischen Gläsern, Sensenblättern und Tonkrügen sowie einige Fässer Salz anbietet. Von allen Waren habe ich Proben gezogen. Sie liegen jetzt hier aus.«

»Günter Reet, ist das nicht der Mann, der ewig Märchen aus der Vorzeit unserer Stadt erfindet? Ist das nicht der derbe Possenreißer, der in den Schenken über den Hohen Rat Spottgedichte vorträgt?« fragte der Ratsherr laut und ungehalten den nächststehenden Schreiber.

»Günter Reet ist ein seit langem bestellter Hafenmeister, der sich gut mit den Kaiarbeitern, Krantretern, Brückenbauern, Fuhrleuten, Quartiersmeistern und Tagelöhnern versteht und der viele Schiffer kennt. Stets liefert er gewissenhaft und ehrlich alle Angaben, die wir benötigen. Er zieht die Pfahlgelder, Steuern und Zölle ein, und es gibt keinen Grund, über seine Arbeit zu klagen. In seinem Hafenabschnitt leistet er gute Arbeit«, antwortete der Schreiber geschickt, ohne dem Ratsherrn in die Augen zu blicken und ohne die Fragen zu beantworten.

Der Ratsherr grummelte etwas in seinen Stoppelbart und stellte dann die nächste Frage: »Wer begleitet die Waren, wer hat den Auftrag oder ist bevollmächtigt, mit den Waren zu handeln? Wo ist der Schiffer oder der Hamburger Kaufmann?«

»Hoher Herr, ich vertrete den Schiffer, meinen Mann Hannes Maiboom, der im Auftrag des Hamburger Kaufmannes de Castro handelt. Hier sind die Briefe, die den Auftrag besiegeln und zeigen, daß alles mit rechten Dingen zugeht. Die Waren wurden ordentlich gestaut und haben die Reise bislang gut überstanden.« So sprach Kristine selbstbewußt, mit offenem Gesicht und reichte die Briefe höflich an den Ratsherrn.

Der war wirklich überrascht. Scheinbar nahm er erst jetzt im Halbdunkel der Säulengänge zur Kenntnis, daß hier im Rathaus eine Frau stand. Er nahm die Briefe entgegen, ein Ratsdiener mit einer Laterne trat eilfertig näher, und Prien untersuchte den besiegelten Brief. Schließlich reichte er ihn mit den Worten zurück: »Zwar habe ich schon erlebt, daß Handwerkerwitwen die besondere Genehmigung der Innungen hatten, ihr Erbe selbst mit einem Gesellen oder einem eingestellten Meister weiterzuführen. Noch nie aber habe ich gehört, daß ein Schiffer seine Frau mit auf die gefahrvollen Reisen nimmt. Hat er Angst, Euch allein zu Haus zu lassen, holde Frau?«

Trotz dieser Frechheit blieb Kristine ruhig. Sie antwortete: »Mein Herr, ich habe mich vorgestellt, denn das ist bei uns in Hamburg so üblich. Mir deucht, jetzt ist die Reihe an Euch, Euch und Eure Begleitung vorzustellen, denn soviel ich weiß, gehören der Prüfungskommission zwei Ratsherren an, die nach Beratung mit den Schreibern über die Güte und den Mindestpreis befinden. Wie sind Eure Namen?«

Die Schreiber tuschelten, und Prien war verblüfft. Er blickte sich um, zeigte auf eine hagere Gestalt in einem blauen Wollmantel und meinte: »Das ist der junge Martin Spinty, Ratsherr erst seit einem Monat. Der Rat hat ihn gewählt, nachdem bedauernswerterweise der alte Oltnow im vergangenen Winter zum Herrn gerufen wurde. Die Familie Spinty ist bekannt in Danzig, ihr Handelshaus ist jung und hat viele Köpfe. Ich will so offen sein, meine Stimme erhielt er nicht. Ich gehöre zu den alten Grauköpfen der Stadt, die sich schwer an neue Weisen gewöhnen. Mein Familienname ist Prien, den könnt Ihr Euch getrost merken. Und nun zu den Waren, keine Zeit vergeudet.« Er nahm den Deckel eines Fäßchens ab, öffnete das Leinensäckchen, das darin steckte, griff mit drei Fingern Pfefferkörner heraus, wog sie in der hohlen Hand, roch daran und wandte sich dann an einen Schreiber: »Pfeffer minderer Qualität, untere Preisklasse.« Dann langte er bei den Zimtstangen zu, urteilte ähnlich, ließ sich einen Becher geben, probierte nacheinander verschiedene Weine, biß zwischendurch auf eine Gewürznelke und spuckte sie auf den Boden.

Da konnte Kristine nicht an sich halten, denn sie war am Ende ihrer Geduld: »Haltet ein, Herr Prien. Herr Spinty, habt Ihr gegen diese Art zu prüfen nichts einzuwenden? Ihr sagt keinen Ton! Ich lasse mir diese Art zu prüfen nicht bieten. Ich werde Beschwerde beim Rat der Stadt gegen Euch einlegen. Für jeden Tag, den unser Schiff hier länger als nötig liegen muß, verlangen wir eine Entschädigung. Der Hansetag hat entschieden, wie zu prüfen ist. Zuerst der Wein und nicht zwischendurch Gewürze, die den Geschmack der Zunge irreleiten. Pfefferproben sind im Mörser zu zermahlen, bevor sie geprüft werden. Überhaupt, Danzig hat kein Stapelrecht. Wenn Ihr dermaßen urteilt, dann ist zu überlegen, ob wir unsere Waren nicht nach Elbing oder Königsberg bringen, nur die Klage gegen Euch hierlassen und beim Hansetag vorbringen sollten. Auch werden wir Nachforschungen anstellen, ob Ihr durch Euer Verhalten bestimmte Kaufleute begünstigen wollt. Denn es ist bekannt, daß die Ladung für den Kaufmann Heiner Rausch bestimmt ist. Durch Eure Art der Prüfung wird kein Bürger der Stadt Danzig vor unlauterem Handel und schlechter Ware geschützt. Ich rufe alle Anwesenden zur Zeugenschaft auf. Beendet dieses Treiben, und beginnt mit einer redlichen Prüfung von vorn!«

Kristine hatte ihre Rede mit lauter Stimme geführt, und viele Neugierige hatten sich um den Tisch geschart. Prien hatte solchen Mut nicht erwartet. Jederzeit hätte er die Stadtwache vom Tor des Rathauses rufen und Kristine kraft seines Amtes wegen ungebührlichen Verhaltens festsetzen können. Aber er hatte den Zeitpunkt verpaßt. Zu viele mutige Zeugen waren vorhanden: Günter Reet, Oskar Sodux, einige Zuhörer und auch Martin Spinty waren sicher nicht auf seiner Seite. So schluckte er mit wutrotem Gesicht den Ärger herunter und rief mit lauter Stimme: »Nun gut, Euch gefällt mein Urteil nicht, obwohl ich nur meinem Gewissen verantwortlich bin. Doch weil Ihr ein Weib und von daher nicht mit dem Sachverstand ausgerüstet seid, der eigentlich nötig wäre, wiederholen wir die Prüfung, damit Ihr die Wahrheit begreift. Herr Spinty führt die Prüfung durch, die Schreiber werden auch befragt. Entschuldigt mich, ich komme gleich wieder.« Damit entfernte er sich in Richtung Hinterhof.

Der Ratsherr Spinty begann mit bleichem Gesicht, tiefen Falten von der Nase zu den Mundwinkeln und mit bewundernden Blikken zu Kristine erneut mit der Warenprüfung: »Verzeiht, daß ich bislang nichts sagte. Ich habe starke Magenschmerzen und war von ihnen abgelenkt. Doch seid gewiß, ich werde Eure Waren einer gerechten Prüfung unterziehen.«

»Dann wünsche ich Euch, daß der Südwein Eurem Magen bekommt«, antwortete Kristine freundlich.

Die Umstehenden zerstreuten sich, als es nichts mehr zu gaffen und zu lauschen gab, und Spinty prüfte und bewertete zügig. Kristine und Oskar Sodux waren mit dem Ergebnis einverstanden. Die Abgaben wurden festgelegt, und Günter Reet sollte sie nach der endgültigen Berechnung des Gewichtes und des Maßes aller Waren einziehen. Damit war der Handel in der Stadt möglich. Kristine erklärte laut, daß sie mit Sodux als Beauftragten des Kaufmanns Rausch handelseinig sei, und so verzogen sich die umstehenden Händler, die noch weitere Gebote abgeben wollten.

Ich selbst war im Hafen aufgehalten worden, weil beim Entladen des größten Rotweinfasses die Wippe zerbrochen war. Glücklicherweise war das Faß in die Mottlau gestürzt und nicht auf den harten Boden. Aber es dauerte doch eine aufregende Zeit, ehe es unbeschädigt am Ufer stand. Ich erreichte das Rathaus gerade, als Oskar und Kristine beim Aufladen der Warenproben auf den Wagen halfen, denn sie waren bereits im Rathaus gewogen und vermessen worden.

»Ihr habt eine mutige Frau, Schiffer!« meinte Günter Reet. Dann trat er näher an mich heran und zog mich in eine Fensternische des Arkadenganges. »Ich rate Euch, verlaßt Euren Liegeplatz noch heute. Ich habe gleich neben der Ordensburg beim Fischmarkt ein Häuschen an meinen Schwager vermietet; es hat einen eigenen Steg für kleinere Schiffe und Kähne, denn mein Schwager betreibt Fischfang und Fischhandel. Dort wäre noch Platz für Eure Snigge. Fragt nach der Familie Mazerath, und bestellt einen Gruß von mir.«

»Aber warum sollen wir das Schiff verlegen? Was ist vorgefallen?« fragte ich.

»Eure Frau hat gleich erkannt, daß der Ratsherr Prien seine Spießgesellen unter den Wein- und Gewürzhändlern bevorteilen wollte, indem er Euren Waren eine schlechte Güte und einen niedrigen Preis bescheinigte. Seine Freunde haben nämlich erst vor drei Tagen eine große Weinladung aus Lübeck erhalten und dem

Konvoiführer und Beauftragten der lübschen Kaufleute, dem jungen Cornelius Tannweiler, einen hohen Preis für eine Menge sauren Weins bezahlt. Wenn Ihr jetzt guten Wein einführt, stört das die Geschäfte. Prien hat versucht, Euch aus der Stadt Danzig zu ekeln, aber Eure Frau hat das bemerkt und großen Aufruhr verursacht. Prien wollte es sich nicht leisten, daß er der Parteilichkeit überführt wird, und hat sich verzogen. Aber es kann sein, daß er Rache üben will. Auch Tannweiler kann es nicht gleichgültig sein, wenn Ihr als Konkurrent auftretet, auch wenn Eure Weinlieferung klein ist gegenüber der Lieferung der Lübschen. Es wird gemunkelt, daß Prien in seinen Methoden nicht zimperlich ist. Mehr will ich nicht sagen. Doch meine Hochachtung vor Eurer mutigen Frau gebietet mir, Euch zu warnen, denn Ihr könnt als neuer Gast der Stadt noch nicht die Ungerechten unter ihren Bürgern kennen.«

Ich bedankte mich bei Reet, auch für den Hinweis, mich an Mazeraths Steg legen zu können. Schon wieder begegnete ich einem Mitglied der Familie Tannweiler. Cornelius Tannweiler war der jüngere Bruder von Sebastian. Ich kannte ihn weniger gut, da er später in die Schule eingetreten war. Aber auch damals maß er sich mit seinem älteren Bruder und versuchte, mit ihm gleichzuziehen.

Reet und ich verabredeten uns beim Schiff, damit ich dort die Abgaben zahlen konnte. Dann half ich beim Aufladen der letzten Warenproben. Auch hier hörte ich die Bewunderung Oskars für Kristine aus seinen Worten heraus. Doch sparte er auch nicht mit Hinweisen auf die Büttel der Stadt, die gut und gern ein paar laute Bürger und Gäste wegen Störung der städtischen Ruhe in den Ankerschmiedeturm oder Stockturm werfen konnten, ohne daß sie dafür von jemandem zur Rechenschaft gezogen werden konnten. Als wir wieder beim Anleger eintrafen, hatten Ole und Steffen mit den Trägern und Fuhrleuten zusammen die Snigge vollständig entladen. Reet zählte noch einmal alles zusammen und stellte mir dann die Rechnung, die ich sogleich beglich. Dann vereinbarten Oskar und ich, daß ich meine Waren im Hause Rausch unterstellen könne. Wir schickten die Fuhrleute in die Häkergasse zu Rausch. Ich bat Oskar, Kristine mit dorthin zu nehmen, während ich mit Ole und Steffen die Snigge an den Steg der Familie Mazerath bringen würde. Bei Rausch wollten wir uns zum Abendbrot treffen. Und so geschah es. Mit dem letzten Tageslicht trafen wir bei Mazeraths ein. Reet hatte uns bereits angekündigt, und wir wurden freundlich empfangen. Steffen und Ole wurden zu Tisch gebeten und ließen sich nicht lange nötigen, zumal Mazeraths Töchter und Mägde mit fröhlichem Geschnatter darum buhlten, neben den beiden sitzen zu dürfen, um Neues aus der großen Welt zu hören. Ich lehnte das Angebot ab und machte mich auf, das Kaufmannshaus Rausch vor Einbruch der Dunkelheit zu erreichen, um mich nicht noch in den Gassen zu verlaufen. Zum Abschied beschwor ich Steffen und Ole, in der Nacht abwechselnd auf der Snigge zu wachen. Ich deutete an, daß die Snigge schließlich nicht völlig entladen sei. Der verborgene Bernsteinschatz unter den Planken war schon einiges wert.

Rausch zeigte sich angetan von dem Ergebnis des Handelstages. Die Briefe de Castros enthielten seine Wünsche nach Ostwaren, und Rausch konnte diese zu den erhofften Preisen beschaffen oder vermitteln. So mußte ich mich als Beauftragter des Kaufmannes de Castro mehr pro forma einverstanden erklären. Dann bot mir Rausch gutes Geld für meine eigenen Waren. Ich fragte ihn, ob ich nicht noch größeren Gewinn machen könne, wenn ich sie weiter nach Osten verschiffen würde. Da erzählte er uns am Abendbrottisch bei Kerzenschein von der Mühsal des Nowgorodhandels, den auch er betrieben hatte. Mit leuchtenden Augen begann er: »Als ich mit dem Nowgorodhandel begann, zählte ich vielleicht dreißig Lenze, war kräftig und mutig. Das erste Geld und kleine Vermögen hatte ich im Gotlandhandel verdient. Mir gehörte ein kleines Haus in der Tagnetergasse. Damals lebte meine Frau noch, sie führte das Haus in meiner Abwesenheit. Mit mehreren Kaufleuten und Schiffern trafen wir uns in der Zeit vor der Fahrt im Rathaus. Es war mit den anderen Hansestädten verabredet, daß jeder Kaufmann sich entweder für eine Winterfahrt oder eine Sommerfahrt entscheiden mußte, damit möglichst viele Kaufleute einmal pro Jahr nach Nowgorod kommen und dort im ›Sankt Peterhof‹ wohnen und handeln konnten.«

»Ist es nicht möglich, auf eigene Faust zu fahren, zu handeln und zu wohnen?« fragte ich den alten Kaufmann.

»Gewiß hat es einmal so begonnen, vor vielen, vielen Jahren, als deutsche Kaufleute auf Gotland mit Russen zusammentrafen und nach Nowgorod eingeladen wurden. Dann hatten sie Hilfe von denjenigen, die sie einluden. Aber jetzt ist jeder neue Kaufmann ein Fremder, der Schutz benötigt. Woher soll Hilfe kommen, wenn dir Unrecht geschieht, auf wen willst du dich berufen? Die Macht im Reiche des Nowgoroder Fürsten liegt bei ihm und den adligen Bojaren. Den Bojaren gehören das Land, die Dörfer und die Menschen. So haben die Hansestädte, die mit Nowgorod handeln, Verträge mit dem Fürsten und seinen Bojaren abgeschlossen. Wenn du den Schutz der Hanse willst, dann mußt du dich ihren Regeln unterwerfen. Du mußt den Oldermann und seine vier Weisesten anerkennen. Sie werden von den Sommer- oder Winterfahrern gewählt und verhandeln mit den Nowgorodern, berufen Kaufmannsversammlungen ein, bestimmen Abgaben und sprechen bei Streitigkeiten Recht. Ei, und du mußt die Hofordnung anerkennen. Russische Frauen dürfen nicht im Peterhof übernachten, wenn Ihr wißt, was ich meine. Und trotzdem ist das Badehaus des Peterhofes ein Ort, wo gern gespielt wird und auch russische Männer und Frauen eingeladen werden.«

Kristine hatte von ihrem Vater gehört, welch sagenhafter Reichtum mit dem Nowgorodhandel verbunden sein konnte. Interessiert wollte sie wissen: »Wie sieht es im Peterhof aus? Sind es tatsächlich riesige Hallen, angefüllt mit kostbaren Pelzen, verkleidet mit Blattgold und Bernstein? Duftet es nach Weihrauch? Brennen überall Kerzen vor Spiegeln?«

Rausch lachte: »Nein, das sind wahrlich märchenhafte Übertreibungen. Der Peterhof steht auf dem Ostufer am Fluß Wolchow, auf einer kleinen Anhöhe, sicher vor Überflutung. Er ist umgeben von einer übermannshohen wehrhaften Holzpalisade, auf der die Kaufleute Wachdienst leisten müssen. Innerhalb der Palisade gibt es mehrere aus Holz erbaute Gebäude. In einem sind die Schlafsäle, die Klete genannt werden. Bis zu einhundert Kaufleute finden dort Ruhe. Ein anderes Haus enthält die Dornsen, das sind Räume, in denen man sitzen, schreiben, spielen, feiern, kurzum, sich versammeln kann. Dort befindet sich auch der Potklet, ein großer Speiseraum, und die Trinkstube. Na, und dann gibt es noch die sogenannte Kinderstube, den Wohn- und Speiseraum für die Gehilfen, Knechte und Jungen. Außerdem das

Pfarrhaus, das Gefängnis, das Siechenhaus, das Badehaus und ein Brauhaus mit Mahlstube. Das größte und wichtigste Gebäude ist aus Stein erbaut: die Sankt-Peter-Kirche. Sie hat nicht nur den Andachtsraum, sondern beherbergt auch wertvolle, brandgefährdete Waren, das Archiv des Oldermanns und die Schatzkammer. Jede Nacht schließen sich dort zwei ›Kirchenschläfer‹ in der Kirche ein. Sie dürfen nicht miteinander verwandt oder befreundet sein, damit keiner mit dem Einverständnis des anderen dort Unfug mit den Werten des Hofes treibt. Alles Leben, Treiben und Handeln ist streng geregelt. Kein Geschäft darf außerhalb des Hofes und ohne deutschen Zeugen besiegelt werden. Die Güte der Waren wird vom Oldermann oder seinen Weisesten kontrolliert. Ihr seht, von Gold und Weihrauch keine Spur. Die Sommer können heiß und staubig sein, viel Ungeziefer, blutsaugende Plagegeister, Mücken, quälen dich nachts. Doch die Winter sind nicht besser, Schneestürme machen die Klete und Dornsen zum Gefängnis, dann gibt es Streit zwischen den Kaufleuten. Die Nächte sind eiskalt, und wenn du nachts mal austreten mußt, dauert es sehr lange, bis du unter deiner Decke wieder warm wirst.« Mit einem Seitenblick auf Kristine und mich fügte Rausch hinzu: »Nie sah ich einen Kaufmann, der sein Weib auf eine derartige Reise mitnahm. Ich weiß nicht, ob dergleichen erlaubt wäre, zumal jetzt seit neuestem ein Hofknecht streng auf die Einhaltung aller Regeln und Pflichten achten soll. Er wohnt länger als die Kaufleute dort, spricht Russisch, stellt die Dolmetscher ein und verkehrt im Kreml, dem Fürstenhof von Nowgorod.«

»Das hört sich mehr nach Kloster an als nach freiem Kaufmannsleben«, warf nun Oskar Sodux ein.

»Tja, beschwerlich ist die Reise. Erst fährt man im Konvoi bis zur Insel Kotlin in der Mündung der Newa. Dort sammeln sich die Schiffe der Hansen, und der Oldermann wird gewählt. Die großen Schiffe müssen schon dort ihre Waren auf kleinere, russische Schiffe umladen. Dann geht es weiter zum Ladogasee. Bei der Einmündung des Wolchowflusses muß spätestens auf Treidelschiffe umgeladen werden, denn kein Mensch kann gegen die Stromschnellen anpaddeln, rudern oder staken. Die russischen Vorschkerle warten dort und ziehen selbst oder mit Pferdehilfe die Treidelschiffe flußaufwärts. Ihr seht, das Geschäft ist schwierig, man ist auf die Hilfe und den Schutz von Mitreisenden angewiesen, die sich bereits auskennen, Russisch sprechen, schon einmal einheimische Treidelschiffer gedungen haben, die Preise kennen, die Zölle einschätzen können und aufsässigen Bojaren mit stolzem Rückgrat gegenübertreten und sich behaupten. Gesund und kräftig muß man sowieso sein. Zehn Jahre lang habe ich Glas, Schmiedewaren, gefärbte Tuche, Spezereien und Wein dorthin geschafft und bin mit Pelzen, Honig und Wachs beladen reich zurückgekehrt. Einmal hätte es fast mein Leben gekostet, weil ein deutscher Schiffer im Suff einen Russen erschlagen und beraubt hatte. Die Nowgoroder erstürmten aufgebracht die Palisaden, denn über die Tat hinaus ärgerten sich die Bojaren auch über die niedrigen Verdienste beim Verkauf ihrer Pelze sowie über die Taten des Deutschen Ritterordens an der Grenze ihres Reiches. So stachelten sie die Stadtbewohner an, sich am reichen Peterhof gütlich zu tun. Mit knapper Not konnte ich mit anderen Kaufleuten in die Kirche flüchten. Dort hielten wir der Belagerung stand, lieferten schließlich den Mörder aus und konnten die Gemüter langsam wieder beruhigen.«

Meine Träume vom ertragreichen Handel mit Nowgorod mußte ich vergessen. Ich hatte mir die Fahrt einfacher vorgestellt. Oskar Sodux holte neue Kerzen hervor und steckte sie in die Leuchter. Rausch hatte vom Erzählen und von de Castros neuem Wein rote Wangen bekommen. Kristines Hunger nach Erzählungen war noch nicht gestillt. Sie bat Rausch fortzufahren: »Wie sind die Russen, wart Ihr auch im Kreml? Wie sind die Frauen gekleidet, und habt Ihr auch Mongolen gesehen?«

Rausch zündete eine Kerze an. »Schaut, diese Kerze ist aus Wachs gezogen, welches in den Wäldern des Nowgoroder Reiches gesammelt wird. Ich muß Euch enttäuschen, im Kreml war ich nie, das ist den Oldermännern, den Weisesten und dem Hofknecht vorbehalten. Die Bojaren sehen wild aus mit ihren Zöpfen und Locken, die unter hohen Hüten oder Pelzmützen hervorquellen. Sie tragen lange ungestutzte Bärte, die meist in zwei Spitzen gezwirbelt auf der Brust enden. Die Reichen tragen Lederstiefel im Sommer oder dicke Filzstiefel im Winter. Die Kleider sehen unseren ähnlich, Leinenhemden und Tuchmäntel. Nur im Winter tragen sie dicke Mäntel aus edlem Pelzwerk. Die Bauern und die

Knechte sind arm, so wie bei uns. Sie müssen für die Bojaren arbeiten, und wenn es Mißernten gibt, dann hungern sie. Die Frauen der Bojaren hab' ich von nahem nie gesehen. Die Frauen der Bauern und kleinen Händler unterscheiden sich nicht von Euren Frauen. Es gibt dicke und dünne, große und kleine, schöne und häßliche, wonnige und zickige.«

Kristine war enttäuscht. Sie hatte sich eine orientalische Märchenwelt vorgestellt, Bojarenfrauen, in Samt und Seide gekleidet, mit goldenen Geschmeiden und Edelsteinen geschmückt. Ernüchtert dachte sie nun an unser Vorhaben, vielleicht bis nach Nowgorod zu reisen und ein Vermögen zu gewinnen. Alles wirkte weniger prächtig und doch abenteuerlich gefährlich. Kristine besann sich und fragte Rausch weiter aus: »Ihr sagtet, daß Ihr zehn Jahre lang nach Nowgorod gereist seid. Wie handelt Ihr denn jetzt? Warum reist Ihr nicht mehr?«

»Ich selber bin zu alt, Gebrechen stellen sich ein, die Gelenke schmerzen, wenn es kalt wird. Allenfalls reise ich nach Reval oder Riga. Das ist weniger gefährlich, weniger beschwerlich, und dort lassen sich die Ostwaren ebenso von Landfahrern erhandeln. Gewiß, der Gewinn ist geringer, aber ich habe es zum Glück nicht nötig, ein großes Risiko einzugehen. Ich selbst bin alt, habe meine Töchter nach Riga, Reval und Kulm verheiratet und mit guter Mitgift ausgestattet. Was ich jetzt benötige, ist ein Nachfolger, der mir eine gute Rente für einen gesicherten Lebensabend zahlt. Ich bin insoweit zufrieden, daß die Geschäfte laufen und meine Konkurrenz noch mit mir rechnen muß. Hier, Oskar Sodux macht sich gut. Ich muß ihn demnächst nach Bornholm schicken.«

Rausch machte ein verschmitztes Gesicht, während Oskar und ich aufhorchten. Dann setzte er seine Ausführungen fort: »Ja, ich kann es Euch ruhig erzählen. Der alte Rausch hat vergangenen Herbst ein gutes Geschäft eingefädelt. Ein alter Geschäftsfreund aus meinen frühen Gotlandtagen hat sich in Stockholm niedergelassen und handelt mit Eisen. Und ich habe erfahren, daß der Deutschritterorden beginnt, seine Burgen mit Geschützen zu sichern. Die Ankerschmiede hier in Danzig hat schon Schwierigkeiten, genügend Eisen aus Krakau über die Weichsel heranzuschaffen, weil der Orden alles aufkauft. In der Ordensburg versucht man, mit neuen Geschützen zu arbeiten. Die Knallerei und der Pulverdampf der letzten Wochen legen Zeugnis davon ab, genauso wie der Ausbau der Gießerei. Nun, lieber Oskar, so höre, mein alter Freund Eggebrecht Schmiedecke will sein Eisen nach Bornholm liefern und dort umsetzen, denn der Schoß wird dort niedriger berechnet als in Schonen, Lübeck oder Danzig. Er hat sich mit zwei Lübschen und mir verabredet, aber ich weiß nicht, wann er genau mit seinen Schiffen eintreffen wird. Anfang Juni ist er spätestens dort und will in Silber bezahlt werden.« Rausch wandte sich an Oskar: »Nun habe ich mir gedacht, daß du mit diesem Hamburger Schiffer vielleicht zurücksegeln kannst, sofern er seinen Weg über Bornholm suchen will. Euch, Schiffer, will ich gern Ladung für de Castro mitgeben und einen Lohn dafür, daß Ihr Oskar und das Silber sicher auf Bornholm absetzt. Einen Schiffer nach Bornholm zu schicken ist wegen der ungewissen Ankunft des Eisens eine teure Angelegenheit, wenn der Schiffer warten soll. Schicke ich Oskar mit dem Silber, dann kann er das Eisen auf Bornholm in Empfang nehmen und sich danach einen Schiffer suchen, der ihn nach Danzig zurückbringt. Dafür winkt ihm in Danzig eine Gewinnbeteiligung an meinem Handelshaus, das verspreche ich hier und heute feierlich. So, nun ist es spät, schlaft eine Nacht über diesen Vorschlag, und laßt uns morgen weitersprechen. Eurer Frau und Euch, Schiffer, habe ich von meiner Magd ein Bett in der Gästestube richten lassen.«

In der Tat, es war spät geworden, draußen war es stockdunkel, und wir hätten den Weg allein nicht zu unserem Schiff zurückgefunden, es sei denn, ein Nachtwächter hätte uns mit seiner Laterne begleitet. Hier in Danzig gab es anscheinend viele Nachtwächter, denn wir hörten mehrmals den Gesang derer, die Obacht auf Feuersbrünste und Herumtreiber in den Gassen gaben.

Die Gästestube lag im ersten Stock des Hauses und war ein kleiner, muffigriechender, weil selten benutzter Raum. Die Magd hatte frisches Stroh, Heu und getrocknete Minze in den Alkoven gestreut und darüber Laken und Decken gebreitet. So duftete es wenigstens in dieser Bettstatt angenehm. Obwohl oder gerade weil wir wieder einen ereignisreichen Tag verbracht hatten, konnten weder Kristine noch ich Ruhe finden. Wir lagen beieinander, und jeder hing seinen Gedanken nach. Wir wälzten uns hin und her und brachen schließlich das Schweigen, indem wir beredeten, was zu tun sei. Kristine war für die Weiterfahrt, wollte nach Riga oder Reval, um dort noch günstiger an Ostwaren heranzukommen. »Wir haben Ende April, Anfang Mai, warum jetzt schon nach Hamburg zurückkehren? Wer weiß, welche Aufträge wir für den Rest des Jahres ergattern können?« führte sie aus.

Da gestand ich ihr, daß ich einen Schatz auf Bornholm vermutete.

»Jetzt entsinne ich mich, daß du uns auf der Fahrt von Stade nach Hamburg von einem Geschäft auf Bornholm erzähltest. Wortwörtlich sprachst du davon, alles auf eine Karte setzen zu wollen. Ist der Schatz auf einer deiner merkwürdigen Karten verzeichnet? Leuchteten deine Augen deshalb gestern so auf, als Rausch den Namen Bornholm aussprach?« kombinierte Kristine aus den Bruchstücken unserer vergangenen Gespräche. Sie hatte ein gutes Gedächtnis. Ich wußte nicht mehr genau, was ich von Bornholm erzählt hatte. Kristine setzte sich auf, schob die Türen des Alkoven weiter auf und ließ kühlere Luft aus dem Zimmer in unsere aufgewärmte, enge Schlafstatt. Ohne auf eine Antwort auf die bereits gestellten Fragen zu warten, bohrte sie weiter. »Woher hast du diese Karten überhaupt?«

Ich konnte mich damals nicht entschließen, ihr die volle Wahrheit zu sagen. Statt dessen tischte ich ihr folgende Erklärung auf: »Du weißt, daß die Hansen eine Seeschlacht gegen die vereinigten Seeräuberschiffe bei Helgoland gewonnen haben. Es ist gerade einmal ein Jahr vergangen seit dieser Schlacht. Ich befand mich damals auf einer Küstenfahrt von Groningen nach Tönning, als ich aus der Ferne Zeuge dieser Schlacht wurde. Es wurden Schiffe versenkt, und es gelang mir, im Wattenmeer herrenlose Wrackteile und Ladung zu bergen. Darunter war eine mit Wachs und Teer versiegelte kleine Kiste, in der ich verschiedene Karten und Segelanweisungen fand. Ich vermute, daß sie Piraten gehört hat, denn es sind verschlüsselte Zeichen auf der Karte von Bornholm markiert. Die Zeichen weisen auf etwas hin, das außerhalb der Städte und Dörfer liegt. Bekannt ist außerdem, daß die von den Hansen in der Nordsee geschlagenen Seeräuber in den Jahren zuvor die Ostsee um Gotland und Bornholm unsicher gemacht haben. Kann es also nicht angehen, daß hier ein versteckter Schatz liegt?

Sollte man nicht die Gelegenheit nutzen und sich die Gegend einmal ansehen?«

Meine Worte zeigten Wirkung. Ich konnte Kristine in der Dunkelheit nicht ins Gesicht schauen, aber ich stellte mir ihre grüblerischen Falten auf der Stirn vor. Sie schwieg eine ganze Weile. Dann stimmte sie mir zu und ergänzte ihre Hoffnungen durch kaufmännisches Denken: »Ja, wir sollten die Sache untersuchen. Aber vorher sollten wir hier in Danzig Ostwaren kaufen. Falls wir keinen Schatz finden, haben wir vielleicht den Vorteil, früh mit unseren Ostwaren wieder in Hamburg einzutreffen, jedenfalls früher als die Konvoifahrer, die jetzt auf die Rückkehr der Sommerfahrer aus Nowgorod warten.« Und mit diesen Worten zog sie die Türen des Alkoven wieder zu. Es war genug geredet, und wir fielen in tiefen Schlaf.

29. Der Pakt mit Oskar Sodux

Was glaubst Du, Enkel, träumte mir damals im Alkoven des Rauschschen Hauses? Glaubst Du nicht an Träume, träumst Du nicht mehr? Ich meine nicht die Träume der Kindheit, daß man in endlose Tiefen fällt und schließlich im Bett erwacht, glücklich, nicht am Boden zerschellt zu sein. Ich meine auch nicht die Träume der Jugend, in denen man im Sand vor Ungeheuern davonzurennen versucht und genau zu spüren glaubt, wie der Sand zwischen den Zehen und unter den Sohlen rinnt, man aber mit bleischweren Beinen nicht vom Fleck kommt, während der heiße Atem des Ungeheuers einem bereits in den Nacken bläst. Erst recht meine ich nicht die Träume der jungen Männer, die von herrlichen Weibern in morgenländischen Gefilden handeln. Ich meine die Träume, in denen einem Dinge, Menschen und Landschaften bekannt vorkommen, obwohl man sie niemals vorher gesehen hatte. Ich weiß nicht, ob die Toten aus dem Jenseits oder ob Engel so mit uns zu sprechen versuchen, ich weiß nicht, ob Geister so in die Körper der Menschen schlüpfen wollen. Doch ich weiß, daß ich oftmals beunruhigend schöne Träume hatte, die mir sehr geheimnisvoll vorkamen. In jener Nacht träumte ich, daß ich von der gleißenden Helligkeit in einem Turm über eine nasse Wiese gelockt wurde. Durch die Fugen und Fenster des Turmes schienen blendend die Lichtstrahlen, und ein Chorgesang wie von Engeln war zu hören. Ich näherte mich in einem langen Hemd, mit nackten Beinen und Füßen. Warmes Wasser und Lehmmatsch aus dem Wiesenboden quollen bei jedem Schritt zwischen meinen Zehen empor, und ich streckte meine Hände aus, um die Wärme des Lichtscheins zu fühlen. Je näher ich dem Turm kam, desto höher wuchs er über den Erdboden. Ein Mohnblumendickicht verwob sich um meine Füße, und ich kam immer schwieriger voran. Eine Tür war zum Greifen nahe, und ich wollte sie öffnen, da stürzte sich eine Schwalbe auf mich mit hellem Gefiepe, umflog mein Gesicht, zerzauste mein Haar, und als ich sie abwehren wollte, da hielt ich die Schwalbe in meinen Händen, fühlte ganz deutlich die Federn, das Pochen des Herzens und sah dem Vogel in die Augen, als wenn ich mit ihm sprechen könnte. Und mit einem Zucken erwachte ich. Ich weiß heute nicht, was der Traum bedeutete. Er kam mir wie eine Warnung vor. Als ich mich grübelnd im Bett aufsetzte, war mein nächster Gedanke, daß ich Oliver Schmidt, der sich jetzt Oskar Sodux nannte, damals auf Bornholm gesehen hatte, nicht weit von der Stelle, die auf der Karte mit einem Kreuz versehen war. Ein Turm war auch in der Nähe gewesen.

Es war früh am Morgen, und Kristine schlief noch tief und friedlich wie ein Kind. Sollte ich ihr aus meinem früheren Leben berichten? Konnte ich ihr nicht vertrauen? Würde sie mir nicht beistehen und bei den zukünftigen Entscheidungen helfen? Kristine war eine kluge Frau, aber noch jung und unerfahren. Ich verschob die Entscheidung, sie einzuweihen, so, wie ich in meinem Leben die Entscheidung gern anderen oder dem Schicksal überließ. Ich erhob mich, öffnete leise die Tür und verschloß sie hinter mir. Dann wusch ich mich an der Waschschüssel, die die Magd uns bereitgestellt hatte, und stieg danach die steile Treppe hinunter. In der Küche traf ich Oskar. Er hatte rote, verquollene Augen, als habe er wenig Schlaf gefunden. »Die Magd ist im Stall und füttert die Tiere. Für euren hohen Besuch wird sie vielleicht sogar ein paar Eier zum Frühstück herausrücken.«

Das Herdfeuer verbreitete eine angenehme Wärme. Ich beachtete nicht den Spott in Oskars Stimme, setzte mich zu ihm und fragte ihn leise, damit niemand, der vielleicht lauschend an der Tür stünde, uns hören konnte: »Damals in Bornholm, was hast du mit Mannteufel und Störtebeker an Land gewollt? Wirst du die Stelle wiederfinden, falls wir gemeinsam nach Bornholm reisen?«

Oskar öffnete den Mund, klappte ihn dann wieder zu, ohne etwas gesagt zu haben. Er war wirklich überrascht. »Woher weißt du von unserem Landgang?« war alles, was er von sich gab.

»Ich habe euch mit Ledersäcken gehen und ohne sie wiederkommen sehen«, antwortete ich wahrheitsgetreu.

»Es stimmt, ich war Mannteufels Schreiber und Vertrauter. Ich weiß, daß das Klostersilber der Insel Ösel nie die Insel Gotland erreichte. Ich bin sicher, daß damals vor Bornholm weder Störtebeker noch Mannteufel so betrunken waren, wie sie sich gaben. Als alle anderen schon unter den Tischen lagen, standen sie auf und verlangten von mir, sie an Land zu bringen, weil sie in der Österlarskirche um Vergebung für alle Sünden beten wollten. Was tatsächlich in den Ledersäcken war, weiß ich nicht, aber wenn du dich so genau an sie erinnerst, scheinen sie ja bedeutsam zu sein.«

Meine Gedanken wirbelten durcheinander, und eine Eingebung sagte mir, daß ich Oskar zum Verbündeten gewinnen mußte. Mir fielen seine Schuldgefühle ein, und auf diese richtete ich meinen Überzeugungsplan aus: »Gesetzt den Fall, die Lederbeutel enthielten einen Schatz, den Störtebeker und Mannteufel versteckten, wie gut würde dieser Schatz sich dafür eignen, den Opfern des Gotlandfeldzuges zu helfen. Würde es nicht dein Gewissen beruhigen, wenn du einen Teil des Schatzes für den Hospitalbau stiften könntest?«

»Gut gesprochen, Hannes Maiboom. In der Tat habe ich schon letzte Nacht daran gedacht, nachdem ich vernommen hatte, daß ich nach Bornholm geschickt werde. Aber glaubst du nicht, daß Mannteufel den Schatz längst geborgen hat? Er kann Geld sicher gut gebrauchen, um sich wie Sven Sture eine Burg zu bauen, um Einfluß zu gewinnen, um Kanonen zu kaufen«, gab Oskar zu bedenken.

»Aber nur, wenn er den Schatz tatsächlich selbst versteckt hat. Erinnere dich, Mannteufel kam als zweiter nach dir allein zurück. Störtebeker traf noch später ein. Vielleicht hat Störtebeker seinen Teil allein versteckt oder aber Mannteufels Anteil noch mit dazu verlangt? Außerdem, wie sollte Mannteufel einen Schatz unbemerkt bergen? Stets wird er in Begleitung eines Haufen geldgieriger Schalme sein, die ihn nicht allein ziehen lassen, es sei denn, sie sind so besoffen wie damals.« Ich machte eine Pause und ließ meine Worte wirken. Dann legte ich nach: »Laß uns gemeinsam nach möglichen Verstecken in jener Gegend suchen. Wer weiß, ob sich wieder eine Gelegenheit wie diese bietet? Ob Rausch dich nochmals nach Bornholm schickt und dort allein warten läßt? Laß uns den Schatz suchen, teilen und für einen guten Zweck verwenden, bevor ihn ein anderer findet. Und laß uns Stillschweigen darüber vereinbaren, woher wir Kenntnis von diesem Schatz haben. Wir sagen, daß du ein altes Gelöbnis aus deiner Fahrenszeit einlösen mußt, in der Österlarskirche ein paar Kerzen zu spenden, weil ein Sturm vor Bornholm abflaute.«

Oskar schien nicht abgeneigt. Die Aussicht, das Geld für einen guten Zweck und sein eigenes Seelenheil einzusetzen, lockte ihn. Aber er wollte noch einmal in Ruhe nachdenken und mir dann Bescheid geben. Da kam die Magd zurück. Sie brachte frische Milch aus dem Stall und auch ein paar Eier. Oskar erhob sich, um Rausch zum Frühstück zu holen, und ich tat desgleichen mit Kristine.

Kristine stocherte lustlos in der Milchsuppe herum, die die Magd zubereitet hatte. Ich aß mit gutem Appetit gekochte Eier, geröstetes Brot, Speck und Milchsuppe. Der alte Rausch stippte das Brot in warme Milch und mümmelte es wie ein Hase. Offensichtlich fehlten ihm schon viele Zähne. Aber er wirkte munter und pries seine guten Verbindungen, mit deren Hilfe ich gute Geschäfte machen könnte. Mein Glück war, daß es ihm Freude zu bereiten schien, mir zu helfen. Er riet mir, Eibenholz zu kaufen, das sich hervorragend nach Holland, England und Frankreich weiterverkaufen lasse. Rausch war ein alter Fuchs und kannte sich auch gut im Waffenhandel aus, was in dieser unsicheren Gegend kein Wunder war. Aus Eibenholz waren die Bögen, mit denen die englischen Schützen in der Schlacht um Calais die Kettenhemden der französischen Ritter zu durchbohren vermocht hatten. Seit fünfzig Jahren war Calais nun schon in der Hand der Engländer, und seit fünfzig Jahren waren Eibenholzbögen berühmt und begehrt. Es schien mir eine gute Idee zu sein, Eibenholz, das es im Weichselgebiet häufiger gab, nach Hamburg zu schaffen. Von dort aus würde man es sicher gut über Brügge oder London weiterverkaufen können, denn der englisch-französische Krieg dauerte an. Zwar gewannen Pulverwaffen bei der Belagerung und im Seekrieg an Bedeutung, aber der Bogen blieb die Waffe der Fußsoldaten im Feld, fernab von Straßen und Wegen, auf denen man Geschütze transportieren konnte. So konnte ich sicher sein, Abnehmer für das Holz zu finden, besonders auch im holzarmen Holland und Flandern. Weiter wollte ich Pelzwerk kaufen, und auch dabei konnte mir Rausch helfen.

So war ich die nächsten Tage damit beschäftigt, mit Rausch durch die Stadt zu wandern und bei seinen Geschäftsfreunden Waren zu sichten und Preise zu vergleichen. Steffen und Ole klarten unser Schiff auf, und als sie danach keine Betätigung fanden, stromerten sie durch die Stadt. Sie taten schön mit den Mädchen am Brunnen, holten sich blutige Nasen von eifersüchtigen Burschen, trugen ihr Handgeld, das ich vereinbarungsgemäß zahlte, in das Hurenhaus und sammelten neben Erfahrungen auch Kopfläuse ein, daß sie beim Barbier kahlgeschoren werden mußten, um die juckende Plage loszuwerden. Doch sie ertrugen munter den Spott, setzten sich Kappen auf die kahlen Köpfe und pfiffen sich eins, heiter und unbeschwert.

Kristine ging es weniger gut. Sie hatte einen empfindlichen Magen, war stets durstig und konnte doch nicht das Danziger Wasser vertragen, denn sie mußte sich häufig morgens erbrechen. Doch im Laufe des Vormittags fing sie sich und lief dann neugierig durch die Gassen der Stadt.

Einmal traf ich im Rathaus Cornelius Tannweiler. Auch er war, wie sein Bruder in Helsingborg, aufwendig gekleidet, trug eine bunte Schärpe über seinem Wams, Schnabelschuhe an den Füßen und war umgeben von lübschen Kaufleuten, die ihn fortwährend um Rat zu bitten schienen. Er hatte anscheinend bei der Zuteilung von Frachtraum auf den verschiedenen Schiffen ein gewichtiges Wort zu sprechen, denn ein Schreiber las immer wieder laut vor, wie viele Lasten auf den verschiedenen Schiffen des Konvois noch frei zu laden waren. Irgendwie spürte Cornelius meinen Blick, denn nachdem ich lange zu ihm herübergeschaut hatte, erwiderte er meinen Blick plötzlich, guckte mich unverwandt und regungslos, fast verwundert, an, um sich schließlich wieder einem Bittsteller zuzuwenden. Ich verzog mich hinter einen Pfeiler und konnte so unbemerkt erkennen, daß er sich wieder nach mir umdrehte. Hatte er mich erkannt?

Es schien mir sicherer, meine Geschäfte in Danzig abzuschließen und die Stadt wieder zu verlassen. Der Laderaum meines Schiffes war durch meine Einkäufe und durch die Waren, die Rausch im Tausch an de Castro sandte, ohnehin schon fast erschöpft. Das Laden und Stauen würde noch mindestens einen ganzen Tag in Anspruch nehmen. Ich verließ das Rathaus unauffällig und kehrte ins Haus von Rausch zurück, um Kristine mitzuteilen, daß es an der Zeit sei, abzureisen. Mit Oskar Sodux hatte ich mich in den vergangenen Tagen darauf verständigt, daß wir beide die Schätze Mannteufels und Störtebekers gemeinsam suchen und, falls wir fündig würden, auch teilen würden. Wir gelobten uns, auch in Zukunft Geschäftsbeziehungen miteinander zu hegen. Wenn er etwas nach Hamburg oder ich etwas nach Danzig zu verkaufen beabsichtigte, dann würde ein jeder dem anderen Vorkaufsrechte einräumen. Trotz dieser Beteuerungen verlangte uns nicht danach, dieses Abkommen schriftlich niederzulegen. Wie ernst Sodux es meinte, konnte ich schlecht einschätzen. Allerdings mußte ich ihm meine Adresse in Hamburg genau beschreiben.

Als ich in der Häkergasse eintraf, waren nur Rausch, Sodux, einige Handlanger und die alte Magd im Haus. Ich besprach mit Rausch und Sodux, wie und wo ich die Waren laden konnte und schickte einen Handlanger, der nach Steffen oder Ole suchen sollte. Die beiden hatten sich bei Mazerath eingenistet und fuhren auch mit ihm zum Buttfischen, Netze stellen und Reusen legen. Nun sollten sie wissen, daß es wieder auf große Fahrt ging. Wo aber blieb Kristine? Als sie am frühen Abend noch immer nicht zurückgekommen war, wurde ich unruhig. Mehrfach war ich schon die Häkergasse auf und ab gegangen, hatte zum Fischmarkt hinübergeschaut, war bei Mazeraths gewesen, hatte dort Günter Reet getroffen und nach ihr gefragt. Der hatte sie nicht gesehen, unkte aber wieder, daß Prien sich für die Blamage im Rathaus rächen wollte, und steigerte damit meine Unruhe. Wieder kam mir zu Bewußtsein, daß ich an Kristine hing. War sie nicht bloß ein Weib? Gab es nicht tausend andere, die ebenso hübsch waren? Warum in Himmels Namen hängte ich mein Herz so an dieses Mädchen? Hatte ich nicht genug eigene Sorgen? Mußte ich mich jetzt auch noch um eine verschwundene Kristine kümmern? Rausch schüttelte verständnislos den Kopf und meinte, daß es nicht gut sei, Frauen mit auf Reisen zu nehmen. Sie brächten alles durcheinander und würden an Bord den Seeleuten den Kopf verdrehen. Ich konnte nichts entgegnen. Mein Herz schlug spürbar schneller, mein Mund war trocken, und mehrfach mußte ich auf den Hof treten, um mich zu erleichtern. Schließlich erbarmte sich Oskar Sodux und machte sich auf, mit mir in den Gassen nach Kristine zu suchen.

Der Abendhimmel leuchtete grünlich, es war windstill, und aus den verwilderten, unbebauten Grundstücken, an denen wir vorbeikamen, stieg der schwüle Geruch von Maiglöckchen empor. Zuerst gingen wir bei Mazeraths vorbei. Vor der Tür plärrte gerade Mazeraths Sohn ohrenbetäubend, ein kleiner Wicht, der älter schien, als er seiner Größe nach sein konnte, ein Kind, das nicht recht wachsen wollte; jemand hatte ihm sein Spielzeug weggenommen. Kristine war jedoch nicht gesehen worden, und so gingen wir in die Stadt und wollten die Kirchen absuchen, falls sie dort vielleicht für ihr Seelenheil gebetet hätte. Niemand hatte sie bemerkt, auch die Bettler vor den Kirchentüren nicht. Wir strichen durch die Gassen und Straßen, fragten Händler und Verkäufer in offenen Läden. Bei einem Silberschmied wurden wir für unser Fragen belohnt; er habe zwei Stunden zuvor mit einer jungen Frau verhandelt, auf die unsere Beschreibung passe. Sie habe ihm zäh etliche Silberknöpfe und einige Fibeln abgehandelt. »Es waren aber auch heidnische Knöpfe darunter, aus alten Slawenschätzen, eigentlich zum Einschmelzen gedacht. Ich hoffe, daß ich trotz des Feilschens noch ein Geschäft gemacht habe«, erklärte uns der Alte. Dann habe Kristine nach Flußperlen gefragt, und er hatte sie an einen befreundeten Händler in der Matzkauschen Gasse verwiesen. Tatsächlich war sie auch dort gewesen, hatte wiederum hart verhandelt und einige Perlenketten erstanden. Vor nicht langer Zeit sei sie dann in Richtung Melzergasse weitergezogen. Wir beeilten uns, ihr nachzufolgen, und kamen schließlich durch die Melzergasse bis an den Stadtgraben. Eine Gänseherde erregte sich über unser Kommen. Aufgeregt schlugen die Tiere mit den Flügeln, schnatterten und drängten sich zusammen auf einer Wiese dicht neben einem kleinen Wall am Graben. Die Gänsehirtin winkte uns, näher zu kommen: »Ihr Herren, helft. Hier liegt eine reglose Frau, aber sie lebt noch.«

Wir liefen auf die Gänsehirtin zu, Oskar Sodux rutschte auf dem Gänsemist aus und fiel hin, aber ich eilte mit unheilvollen Ahnungen zu der reglosen Frau. »Kristine«, rief ich, und es muß wohl sehr jämmerlich geklungen haben, denn sie schlug die Augen auf und zauberte ein Lächeln auf ihr kalkweißes Gesicht. Sie versuchte, sich aufzurichten, und ich kniete mich zu ihr, Tränen der Erleichterung traten mir in die Augen, und wir lachten und lachten, daß Oskar schließlich wütend aufstampfte und schimpfte: »Sind wir dafür durch die Stadt gehetzt, daß ihr euch hier im Gänsedreck wälzt und wie toll lacht? Was ist das für ein Schauspiel, kann mir das jemand erklären? Wollt ihr mit Perlen Murmeln spielen und Silberknöpfe als Gewinn aussetzen?«

Da erklärte Kristine, daß sie etwas Geld von ihrer »Mitgift«, wie sie sich ausdrückte, mit nach Danzig gebracht habe, um es gewinnbringend anzulegen. Darum sei sie durch die Stadt gestromert und habe nach günstigen Gelegenheiten Ausschau gehalten. Ihre Magenschwäche und ihr Unwohlsein hätten sie dazu gebracht, auf dieser Wiese zu verschnaufen, aber dann sei ihr so schwindelig geworden, daß sie zusammengebrochen sei. Doch nun gehe es ihr wieder besser. Farbe kehrte in ihr Gesicht zurück. Um sie abzulenken und aufzumuntern, erzählten Oskar und ich, daß wir alle in den nächsten Tagen gemeinsam Richtung Bornholm aufbrechen wollten, und sie schien sich ebenfalls zu freuen. Wir erhoben uns, und ich stützte sie, als wir langsam zurückgingen.

»Ob Gott mir dieses Unwohlsein sandte, weil ich meinem Vater nicht gehorsam war?« fragte sie mich leise.

Ich schüttelte den Kopf und meinte: »Das ist der Frühling, der schwüle Duft der Maiglöckchen und des ersten Flieders. Du kannst die Sumpfluft in dieser Stadt nicht vertragen. Laß uns über das salzige Meerwasser segeln, und es wird dir bessergehen.«

Bei Rausch angekommen, zeigte sie mir ihre erhandelten Schätze, und ich lobte sie ob ihrer Verschwiegenheit und ihres Handelsgeschicks. Ich hatte nicht geahnt, wieviel Geld sie mit auf die Reise genommen hatte. Aber ich machte ihr keine Vorwürfe, daß sie Geheimnisse vor mir barg. Dennoch konnte ich nicht umhin, ihr zu sagen, daß sie mir künftig ruhig alles erzählen könne. »Du sagst frei heraus, ich sei dein Mann. Ich höre das gern und gestehe, daß ich dich liebe, so wie ich noch nie eine Frau geliebt habe. Laß uns offen miteinander umgehen.«

Als Antwort zog sie mich an sich, und wir umarmten uns. Ich spürte ihren Herzschlag durch das dünne Gewand. Dann beruhigte sie sich, wir küßten uns, und sie wandte sich wieder dem Schmuck zu. Ein großer Silberknopf hatte es ihr besonders angetan, er war mit einer Kogge verziert. – Es ist das Danziger Stadtwappen, und diesen Knopf findest Du, mein Enkel, in meinem Erbe, denn Kristine, Deine Großmutter, hat ihn immer aufbewahrt und nicht veräußert. Möge er Deinen Mantel zieren und auch Dir Glück bringen. – Ein dünnes Silberkettchen hängte Kristine sich gleich um den Hals, darauf war ein Bernsteinamulett gefädelt. Wir schauten uns den Anhänger genauer an; er war zweifach durchlocht, so daß man das Amulett auch über Kopf tragen konnte. Der Bernstein hatte die grobe Form eines Kreuzes und war auch wie ein christliches Kreuz aufgefädelt. Als wir den goldbraunen Stein drehten und wendeten, sahen wir feinste Buchstaben eingraviert, längst vom häufigen Anfassen abgenutzt und kaum erkennbar. Es waren die gleichen Buchstaben, die man von den Runensteinen der Nordmänner kennt. Nun wußte ich, warum das Kreuz auch über Kopf aufzufädeln war. Dann war es kein christliches Symbol mehr, sondern ein Thorshammer. Wer weiß, wie alt dieser Schmuck schon war, wie vielen Händen er schmeichelnd in der Fläche gelegen hatte, mit welchen Hoffnungen er als Glücksbringer getragen worden war. Ich dachte still bei mir, daß es wohl hier im Norden der Welt nicht verkehrt sein könne, ein solches Amulett zu tragen. – Du wirst es nicht im Nachlaß finden, denn ich habe es Kristine nicht vom Hals genommen, als wir sie in den Sarg betteten, und nun ruht der Stein wieder in der Erde.

30. Bornholmer Schatzsuche

So ist die Liebe, wird mir jetzt klar, wenn ich alles aufschreibe. Eben noch hatte ich auf das Weib geschimpft, und einen Moment später hatte ich ihr alles verziehen, freute mich, sie in den Armen zu halten. So wird es Dir vielleicht auch gehen, wenn Du richtig lieben kannst, wenn Du die Richtige findest.

Es war plötzlich heiß geworden. Ein tiefblauer, wolkenloser Himmel ließ die Sonne ungehindert herabbrennen, und kein Windhauch brachte Erfrischung, als wir das Schiff an den Ladekai verholten. Um die Mittagszeit trafen Oskar Sodux und ich Günter Reet an einer Garküche am Ende der Hosennähergasse. Er hatte sich auf ein leeres Heringsfaß gehockt und schlang Stücke eines riesigen Maibutts herunter. Nie wieder habe ich einen Mann so Butt vertilgen sehen. Den gebratenen Fisch auf einem Holzbrett vor sich auf den Knien, zerteilte er das weiße Fleisch mit dem Messer und steckte die Stücke samt Gräten mit fettigen Fingern in den vom Schnauzbart beschatteten Mund, daß der Saft aus den Mundwinkeln troff. Dann lutschte und kaute er genüßlich, sortierte die Gräten mit der Zunge und spie sie gelegentlich auf die Gasse, so wie es anscheinend schon viele Kunden der Garküche getan hatten. Die dicken Fliegen am Boden wurden von den herabfallenden Gräten aufgescheucht, flogen auf und wurden von den Mauerseglern geschnappt, die jetzt den nahenden Sommer ankündigten und mit gellendem Pfeifen durch die Gassen, über die Plätze und Dächer flogen. Ich blickte ihnen nach und beneidete sie, da sie sich so leicht durch die Luft bewegten, den Turm der Marienkirche umkreisten und anscheinend auch aus Freude miteinander um die Wette flogen.

Reet erkannte uns, ließ sich aber nicht stören und beendete die Mahlzeit schließlich mit einem Rülpsen. »Oh, das war gut, ich liebe den Mai, er bringt Maiwetter, Maibutt, Maibockbier, maischöne Mädchen und den Maiboom, wie ich sehe«, scherzte Reet gutgelaunt. Sodux kam schnell zur Sache, erklärte, daß wir nun laden wollten und bat um Erlaubnis, die Wippen benutzen zu dürfen. Reet nickte zustimmend, und die beiden klärten auf dem Weg zum Kai die Bedingungen. Als Ladehelfer mußten wir Reets Leute nehmen, und seine Fuhrknechte sollten die Waren durch die Stadt schaffen. Jetzt war Mittagsruhe, die Zeit, in der die Schweine aus den Höfen auf die Straßen getrieben werden durften. Sie sollten sich mästen und die Abfälle wegfressen. Nach dem Mittag mußten die Gassen wieder frei sein, damit die Fuhrwerke und Karren ungehindert dem Geschäft der Stadt dienen konnten.

So geschah es. Kaum hatten die Glocken der Marienkirche die Mittagszeit beendet, trieben die Schweinehirten die suhlenden Tiere aus den Abfallrinnen in der Straßenmitte zurück in die Höfe und Gärten. Der Verkehr begann wieder zu rollen, die Hämmer der Ankerschmiede erklangen, und von weiter her ließ sich das Mahlwerk der Ordensmühle am Schidlitzbach vernehmen. Es war eine große Geschäftigkeit zu spüren, denn der lübsche Konvoi wollte Danzig ebenfalls in den nächsten Tagen verlassen, nachdem die Winterfahrer aus Nowgorod in die Stadt zurückgekehrt waren.

Zwei Tage lang luden wir Eibenholzstangen, Fäßchen mit Wachs und Honig, Teer, Holzkohle, Asche, Ballen von streng riechendem Pelzwerk, Häute und Proviant. Steffen und Ole mußten nun wieder an Bord bleiben und das Schiff samt der Waren bewachen. Am Abend des zweiten Tages geschah es dann. Ole, Steffen und ein paar Ladeknechte und Fuhrleute waren erhitzt vom Arbeiten in die kalte Mottlau gesprungen, waren zum nächsten Kai geschwommen, hatten dort mit den lübschen Seeleuten gescherzt und waren schließlich dort an Land gestiegen. Da behauptete einer von den Lübschen, Steffen habe seine Holzschuhe ins Wasser gestoßen oder habe sie gestohlen, und er rief laut und ausdauernd nach der Stadtwache. Es dauerte nicht lange, da kamen zwei Büttel und verlangten zu wissen, warum so ein Geschrei gemacht werde. Die lübschen Seeleute umringten die Gruppe und redeten auf die Büttel ein. Dann bahnte sich Cornelius Tannweiler einen Weg durch die Ansammlung, riß das Wort an sich und behauptete, seine Hand für den Kläger ins Feuer legen zu können. Die Büttel hörten Steffen gar nicht erst an, sondern verhafteten ihn und schleppten ihn fort zur nächsten Wache.

So schnell konnte einem Unrecht zustoßen! Verglichen mit der Willkür, mit der die Vitalier manches Mal über Leben und Tod entschieden, war die Lage Steffens lachhaft. Was jetzt von Gassenjungen in Liedern gerühmt wird, nämlich daß Störtebeker seine Gefangenen einen Becher stürzen ließ, um ihnen eine Chance zur Befreiung zu gewähren, war in Wirklichkeit ein grausames Schauspiel. Ich erinnere mich an das Ende eines Kampfes mit einem dänischen Konvoi, der Steuereinnahmen vom Schonenmarkt nach Kopenhagen bringen sollte. Acht Piratenschiffe waren damals daran beteiligt gewesen. Godeke Michels, Arnold Stuke, Rolf Galster und Dietrich Zimmerling waren die wichtigsten Führer neben Störtebeker gewesen. Es hatte einen langen Kampf gegeben. Die Dänen hatten sich mit allen Mitteln gewehrt, ungelöschten Kalk mit Bliden in die Augen der Angreifer geschleudert, Schmierseife auf das Deck der Feinde gespritzt und mit Piken, Spießen, Morgensternen, Hellebarden und allem Kriegsgerät gekämpft, das nur einsetzbar war. Doch schließlich hatten die Schalme gesiegt, die Dänen waren zusammengetrieben. Die jungen Dänenkerle standen wie die Schafe dicht nebeneinander an der Reling. Ich selbst war unter Störtebekers Leuten am Angriff beteiligt gewesen, hatte so manchen Stich in die Leiber vorbeitaumelnder Dänen getan, aber Störtebeker hatte wie eine Furie durch die Reihen gewütet. Allein sein Anblick ließ die Gegner fliehen. Und dann, nachdem sich die Dänen ergeben hatten, war sein Blutdurst noch immer nicht gestillt. Die Schalme hatten begonnen, den Sieg zu begießen und hatten Fässer an Deck gerollt, um den Durst mit Schiffsbier zu löschen. Da machte sich Störtebeker einen Spaß daraus, einen Pokal mit einem Stübchen Bier zu füllen und einen Dänen nach dem anderen heranschaffen zu lassen. Die, die es zuwege brachten, den Pokal ohne abzusetzen leerzutrinken, sollten bei nächster Gelegenheit die Freiheit geschenkt bekommen. Störtebeker stand neben seinen Opfern, mit starrem Blick auf die schluckenden Hälse achtend, und wenn einer sich verschluckte oder das Bier sich über den Rand des Pokals ergoß, dann stach er ungerührt mit dem Dolch in den Hals. Erst nachdem er drei oder vier Unglückliche abgestochen hatte, kam er zur Besinnung, stierte auf seine blutbesudelten Hände und ging schwankenden Schrittes in seine Kajüte, wo ihn niemand stören durfte. Keiner hatte gewagt, ihm Einhalt zu gebieten. Niemand traute sich, ihn später an solche Taten zu erinnern. Er selbst schien diese

Greuel zu verdrängen, denn in den Tagen danach mied er die Orte und Stellen seiner Schandtaten auf dem Schiff.

Insofern hatte es Steffen leicht getroffen, der Tod drohte ihm nicht. Doch Unrecht ist Unrecht, und wer wußte, welche Strafe in Danzig auf das Verschwindenlassen von Holzschuhen stand. Geknickt und zerknirscht, bleich im Gesicht und mit etlichen blauen Flecken auf Armen, Beinen und Rücken versehen war er, als wir ihn am nächsten Morgen gegen ein Bußgeld von drei Mark lübisch aus dem Turm auslösen durften. Nach einem stärkenden Frühstück und der heilenden Hand Kristines, die ihm die schmerzenden Stellen vorsichtig mit Biberfettsalbe bestrich, war er schon wieder mutiger und wollte vor den Rat ziehen, um Gerechtigkeit zu fordern. Doch dann fügte er sich in das Schicksal, weil er die Aussichtslosigkeit eines derartigen Ansinnens erkannte. Er würde keine Fürsprecher finden. Wir munterten ihn auf mit der Aussicht, diese Stadt zu verlassen. Nachdem wir uns von Rausch, Reet und der Familie Mazerath herzlich verabschiedet hatten, segelten wir mit einem leichten Ostwind bei noch immer herrlichstem Wetter flußabwärts.

Oskar Sodux und ich hatten in den vergangenen Tagen immer, wenn wir allein waren, die Gelegenheit genutzt, über den Schatz von Bornholm zu spekulieren. Ich hatte ihm auch die Karte gezeigt, und er meinte, daß die Markierung in der Nähe der eingezeichneten Kirche vielleicht auf einem Friedhof liegen könne. Er selbst sei ja damals nicht so weit gekommen und habe auch niemals zuvor oder danach die Gegend besucht. Er könne sich aber vorstellen, daß ein Friedhof ein idealer Ort für ein Versteck sei. Ein frisches Grab lasse sich leicht wieder aufbuddeln, um dort etwas zu verbergen. Das Kreuz oder der Grabstein diene als Markierung des Schatzes, und die Ehrfurcht vor den Toten oder Angst vor Geistern werde andere Menschen davon abhalten, an jener Stelle zu graben. Auch könne man, getarnt als trauernder und gottesfürchtiger Christ, den Friedhof wieder besuchen und in einem günstigen Moment den Schatz bergen. Uns schien diese These so stichhaltig, daß wir die feste Überzeugung gewannen, sie entspreche der Wahrheit.

Wir glitten auf die Ostsee hinaus, und der stetige, frische Wind und die leichte Dünung versetzten uns alle in eine träumerische

Stimmung. Steffen und Ole hatten sich bugwärts auf die Persenning in die Sonne gebettet und dösten, erinnerten sich an die Schönen Danzigs und gaben sich Stichworte, auf die beide lachten. Kristine lag mittschiffs, hatte uns wieder ein Lager neben dem Mast gerichtet und schlief im Schatten der aufgetürmten Waren. Die Seekrankheit schien sie wieder ergriffen zu haben, ihre Haut war blaß und durchscheinend. Ich saß am Ruder, hielt Kurs und hatte mich gegen einen Sack mit Häuten gelehnt. Vor mir hatte Oskar es sich gemütlich gemacht, eine Persenning neben die Küchenkiste geknautscht, und lag so windgeschützt mit dem Kopf im Schatten und dem Körper in der wärmenden Sonne. Hatten uns anfangs Möwen mit ihren Schreien begleitet, so waren wir jetzt weit ab von der Küste allein mit den Geräuschen von Wind und Wellen.

»Ich werde ein Haus für das Hospital stiften, ein Haus, in dem kleine Zimmer für alte, bedürftige, versehrte oder kranke Seeleute bereitgehalten werden. Es soll von einer Bruderschaft der Seeleute oder vom Schifferamt geführt werden, nicht von Pfaffen, Mönchen oder Ratsherren«, brach Oskar die Ruhe und fuhr nach kurzer Pause mit seinen Träumen fort: »Muß es nicht schrecklich sein, wenn man allein und ohne Verwandtschaft aus der Unversehrtheit gerissen wird und sich als Krüppel wiederfindet, wenn einem dann nur noch die Bettelei bleibt?« Er dachte vermutlich an seine eigene Lage, denn er hatte ja keine Familie in Danzig, war jahrelang nicht bei seinen Verwandten gewesen und wußte auch nicht, ob sie nicht längst der Pest, einer Hungersnot oder einem anderen Unglück zum Opfer gefallen waren. »Das Haus soll der Gemeinschaft der Seeleute dienen, auf daß niemand allein bleibe mit seinem Schicksal und damit das Leben mit einer gewissen Würde fortgeführt werde. Was sollen diese Wallfahrten, diese protzigen Spenden von Altären in den Kirchen? Dient das den Armen? So selbstgefällig will ich nicht werden. Mein Haus soll nicht einmal meinen Namen tragen.« Oskar Sodux sann weiter, achtete nicht auf mich und setzte schließlich noch hinzu: »Aber in der Bruderschaft möchte ich zumindest Gehör finden.«

Aha, ein wenig eitel war der Kerl doch. Auch ich verteilte in Gedanken schon den noch nicht gefundenen Schatz. Kristines Vater wollte ich es zeigen, vielleicht auch einmal in meine Vaterstadt reisen, nach meiner Schwester bei den Beginen suchen und ihr etwas zukommen lassen. Dann würde ich sie auch nach dem Rest der Familie fragen. Ob meine Mutter wohl noch lebte?

»Schiffer, wir haben Hunger«, meldeten sich Steffen und Ole. Ich übergab Oskar das Ruder, ließ die beiden eine kalte Mahlzeit aus dem Korb, den Rausch uns zum Abschied gereicht hatte, auftischen und begab mich zu Kristine nach mittschiffs. Sie hatte sich verändert, ihre Gesichtszüge waren irgendwie weicher geworden, und trotz ihrer blassen Farbe wirkte sie voller. Ich weckte sie, und es war wie immer ein Vergnügen, denn obwohl sie von sehr weit her in die Gegenwart geholt wurde, lächelte sie mich sogleich an, und ihre Augen leuchteten. Wir umarmten uns, und sie rappelte sich auf. Ja, Appetit hatte sie jetzt, die gute Seeluft schien ihr besser zu bekommen als der Gestank der Gassen im warmen Danzig.

Rausch hatte gut für uns gesorgt: Gekochte Eier, Speck, kaltes Backhuhn, geräucherte Bücklinge und Aale, Brot, Käse, ein Salat aus eingelegten Bohnen und Gurken in einem Tontopf und auch Wein in Flaschen lagen und standen ausgebreitet auf der Küchenkiste, und wir aßen uns alle satt.

Danach gab es nichts weiter zu tun, als die Reste zu verstauen, die Holzlöffel in dem an der Reling vorbeirauschenden Seewasser zu waschen und den Horizont abzusuchen. Kein Schiff war in Sicht, wir schienen allein zu sein. Kristine bat Steffen und Ole, mit ihr zu singen, und so vertrieben wir uns die Zeit mit fröhlichen oder traurigen Liedern. Als alle bekannten Gesänge erklungen waren, begann Kristine, ihr Versprechen einzulösen, und sie unterrichtete Steffen und Ole, so wie auch sie damals von den Gehilfen ihres Vaters das Lesen gelernt hatte. Sie holte sich von mir eine Segelanweisung und mühte sich ab, den beiden die einzelnen Buchstaben und Silben deutlich zu machen. Es war ein heiteres Unterfangen, und oft lachten die drei unbekümmert.

Oskar Sodux hatte mit gierigen Schlucken den Wein genossen. Jetzt nach der Mahlzeit war er müde und nickte ein. Mir war es recht, dann konnte er mich nach dem Aufwachen ablösen. Die Zeit verrann. Der Abend war lange hell. Beinahe schien es, als sei die Sonne im Norden untergegangen, denn noch lange war ein gelb-grünliches Leuchten am Himmel zu erkennen. Nach Oskars Erwachen vergewisserte ich mich, daß er die Sternzeichen so deutete wie ich, und wir legten den Kurs fest, den er halten sollte. Wir waren weit ab von jeder Untiefe und konnten getrost die Nacht durchsegeln. Als die Wachen eingeteilt und das Stundenglas gedreht waren, legte ich mich zu Kristine auf das Lager. Sie schlief schon fest, und auch ich war hundemüde.

Drei Tage segelten wir, ohne einen anderen Segler auch nur aus der Ferne zu erblicken, mit stetiger Brise aus Ost nach Nordwesten. Das Schiff war leidlich trocken, wir brauchten kaum etwas zu ösen. Trotzdem vergaßen wir nicht, die kalfaterten Fugen regelmäßig zu überprüfen, besonders abends, denn es hat schon böse Überraschungen für Seeleute gegeben, die nachts plötzlich bis zu den Knien im Wasser standen und dann unter den geladenen, durchtränkten und somit schwersten Warenlasten nach dem Leck suchen mußten. Sonst gab es nicht viel zu tun, Segelmanöver entfielen wegen des günstigen Windes auf unserem Kurs. Steffen und Ole spielten mit Würfeln oder ließen sich von Kristine in die Kunst des Lesens und Schreibens einweihen.

Oskar Sodux war wechselnden Stimmungen ausgesetzt. Mal schwärmte er davon, was er machen würde, wenn er zu Geld käme, danach grübelte er über Gottes Wege, über Gut und Böse im allgemeinen und in Gestalt des Ritterordens im besonderen. Seine Erlebnisse während der Vertreibung der Vitalier von Gotland hatten ihn geprägt. Die Ritter hatten die Insel zwar schnell erobert, aber gefangene Vitalier und ihnen wohlgesinnte Bauern wurden grausam gefoltert, um die Orte versteckter Warenlager und Schätze herauszupressen. Auch Oskars Gespräche mit Danziger Handlangern, Handwerkern, Tagelöhnern und Kaufleuten hatten ihn darin bestärkt, daß die Oberen des Ordens Gottes Wort zwar auf den Lippen führten und mit vollmundigen Versprechungen den gemeinen Mann anwarben, dabei aber blutige Taten rücksichtslos vollbrachten, wenn es der Macht des Ordens diente. Am dritten Abend unserer Fahrt gestand er mir eine Schwäche ein. Er zierte sich sehr und raunte mir etwas ins Ohr, daß ich dachte, es hätte etwas mit dem Schatz zu tun, dann vergewisserte er sich, daß die anderen schliefen oder dösten, und schließlich erzählte er mir, daß er im letzten Winter begonnen habe, Gedichte und Lieder zu verfassen. Er lehnte sich zurück, prüfte die Wirkung seiner Worte im Dämmerlicht auf meinem

Gesicht, und als ich weder erstaunt noch belustigt tat, entschloß er sich, mir ein Gedicht vorzutragen. Mit merkwürdig getragener und ganz eindringlicher Stimme sprach er leise die Verse, daß mir ein Schauer über den Rücken lief. Ich kann den Wortlaut nicht wiedergeben, ich kann mich nur erinnern, daß es gewaltige Worte waren; Ausdrücke, die selten benutzt werden, fügten sich zusammen wie die Melodie des Windes, der uns nach Westen vorantrieb. Es war die Rede von alltäglichen Männern und Frauen, ihren Träumen und ihrem Verlangen; die Verse verbreiteten eine Stimmung zwischen Traurigkeit und Schönheit. Dabei war nicht von Heldenmut oder Tugend die Sprache, weshalb mir die Verse so anders vorkamen als alle Oden oder Lieder, die ich gehört hatte. Ich lobte ihn mit schlichten und ernsthaften Worten, und es freute ihn.

Im ersten Morgenlicht kam dann die Insel Bornholm in Sicht. Anscheinend hatten wir unseren Kurs zu weit nördlich angesetzt, oder die Meeresströmung hatte uns nach Norden versetzt. Als wir näher kamen, trafen wir einige Fischer in kleinen Booten. Wir kauften ihnen ein paar Meerforellen ab und tauschten Nachrichten aus. Sie wohnten in dem alten Fischerhafen Gudhjem, genau dem Ort, den Rausch uns als Treffpunkt mit Eggebrecht Schmiedecke genannt hatte.

Dann hielten wir wieder Kurs auf die Insel und konnten bald deutlich die bizarren Helligdomsklipperne ausmachen, Klippen, von denen in alter Zeit Menschen hinuntergestoßen und geopfert worden waren. Kristine schauderte, als Oskar und ich von diesem Opferplatz berichteten, und inbrünstig faltete sie die Hände, um für die armen Seelen der Geopferten zu beten und dafür, daß die Menschen in der Zukunft vor diesen grauslichen Klippen bewahrt würden. Oskar spottete, daß die Felsen doch nichts dafür könnten, daß sich Menschen von ihnen stürzten, aber er schwieg, als er die Blitze sah, die Kristines Augen ihm sandten.

Wir segelten an der Küste entlang und warfen schließlich im flachen Wasser vor Gudhjem Anker. Als wir den Baum und die Segel festgezurrt hatten und das Deck aufgeklart war, setzten wir uns zusammen und tranken ein wenig Bier.

»Wie sieht denn nun das gute Geschäft auf Bornholm aus, von dem Ihr uns damals auf der Elbe erzähltet? Ihr sagtet, es sei noch geheim, aber vielleicht könnten wir alle unser Glück machen. Wie verhält es sich nun, Schiffer?« fragte Steffen.

Ich war überrascht, daß er sich an das Gespräch erinnerte, aber es war ihm nicht zu verdenken, daß er sich meine verheißungsvollen Sätze gemerkt hatte. Oskar Sodux blickte mich ebenso erstaunt an, wie ich wohl selber aussah. Ich hatte mir keine Antwort zurechtgelegt, und so stotterte ich nun eine Erklärung zusammen: »Tja, wir sitzen alle in einem Boot, und so wie wir gemeinsam in einem Sturm gegen die Gewalten von Wind und Wellen kämpfen würden, so müssen wir in der Sache vorgehen, von der ich damals erzählte. Gottes Vorsehung hat mich und uns überraschend mit Oskar Sodux zusammengeführt, der, was noch wundersamer ist, ebenfalls Kunde von dieser Sache auf der Insel hat.«

»Redet nicht um den heißen Brei herum, spannt uns nicht auf die Folter, um was geht es?« fragte Ole nun ungeduldig.

»Es geht möglicherweise um einen Piratenschatz. Bestimmt sind wir nicht die einzigen, die davon Kenntnis haben, vielleicht ist man uns schon zuvorgekommen. Doch so einfach ist der Schatz nicht zu finden, und wenn es Reichtümer aus Silber, Gold und Münzen sind, dann müssen wir auch sehr auf der Hut sein, daß wir niemanden gierig machen, uns den Schatz abzujagen. Ihr werdet einen gerechten Anteil erhalten, aber Oskar Sodux und ich erheben Anspruch auf die Löwenanteile, weil ihr ohne uns überhaupt nicht an den Schatz herankämet. Schwört mir bei Gott und allen Heiligen, und hier in der Nähe der heidnischen Opferklippen auch bei allen nordischen Geistern, daß ihr niemandem etwas verratet, weder von der Suche nach dem Schatz, noch davon, woher euer Schatzanteil stammt, falls wir denn das Glück haben, ihn zu finden. Und bedenkt: An Piratenschätzen klebt Blut! Wenn irgend jemand davon weiß, werdet ihr vielleicht zur Verantwortung und Herausgabe gezwungen. Also schwört auf das nordische Bernsteinamulett, das Kristine an der Kette trägt.«

Nacheinander berührten wir alle den Stein und sagten die Formel: »Ich schwöre.« Ich glaube, der Schwur hat gehalten.

Dann berieten wir, wie vorzugehen sei. Oskar und ich wollten an Land gehen und zunächst einmal danach forschen, ob Eggebrecht Schmiedecke schon eingetroffen war und vielleicht in einer anderen Bucht ankerte. Bei der Gelegenheit wollten wir schon einmal zu der Stelle gelangen, wo wir den Schatz vermuteten.

Am steinigen Strand liefen ein paar neugierige Kinder zusammen. Zwei ältere Jungen ruderten mit einem Boot zu uns heraus. Dies kam uns gut zupaß, denn wir wollten die vollbeladene Snigge nicht auf den Strand setzen und benötigten daher ein Beiboot, damit wir trockenen Fußes an Land gelangten. Die zwar nur niedrigen, aber dennoch kräftigen Wellen der Brandung könnten unser Schiff auf dem steinigen Grund scheuern lassen und somit das Unterwasserschiff beschädigen. Oder wir säßen unbeweglich fest, falls der Wind auf West drehen und der Wasserstand auf dieser Seite der Insel fallen würde. So aber wurde die Snigge sanft gewiegt, und Oskar und ich heuerten die Jungen als Fährmänner an. Wir nahmen jeder einen Zampel mit, der Wegzehrung enthielt, und steckten auch Kurzschwerter unter die Mäntel.

Die beiden Ruderer gaben artig Auskunft über die Verhältnisse in dem kleinen Ort. Der Strandvogt war gerade mit seinen Knechten nach Hammershus, der großen Inselfestung, unterwegs, um die Abgaben abzuliefern. So war der Ort derzeit ohne Obrigkeit, bei der wir uns hätten melden müssen. Es gab eine Reihe bescheidener und dennoch schmucker Häuschen, in deren Gärten neben Gemüse und Kräutern auch die Stangen standen, auf denen Netze zum Trocknen oder Flicken aufgehängt waren. Vor dem einzigen Kroog von Gudhjem saßen ein paar Alte beisammen. Oskar hielt es für besser, dort unsere Aufwartung zu machen, denn es war klar, daß wir als Fremde Gesprächsstoff lieferten. Besser also, für eine gute Meinung zu sorgen. Oskar stellte uns als Kaufleute vor, die ausruhen, aber nichts ausladen wollten. Dann fragte er nach dem Weg zur Österlarskirche, wo er ein Gelöbnis zu erfüllen gedenke. Freundlich gab man uns Auskunft, und wir machten uns sogleich auf den Weg, der nicht zu verfehlen war, denn die Wagenspuren führten uns nach Auskunft der Fischer geradewegs dorthin. Allerdings war es ein Weg von ungefähr einer Meile.

Wir waren schon eine halbe Stunde gegangen, da holte uns ein Fuhrwerk ein. Ein Bauer kam mit Bauholz, und wir durften uns zu ihm auf den Wagen setzen. Er kam von einer Sägemühle, die nach seiner Beschreibung nordwestlich von Gudhjem stand. Zu unserem Glück fuhr er fast bis zur Österlarskirche und bog erst kurz vorher ab, so daß wir nur noch eine kurze Wegstrecke vor uns hatten. Die Sonne stand schon hoch am blauen Himmel, ein paar Wolken zogen aus Norden auf und kündeten von einer Änderung des Wetters. Unser sandiger Weg führte uns über sanfte Hügel an kleinen Weiden, Wäldchen und Feldern entlang. Schwalben sausten elegant über die grünen Getreidefelder, Mohn stand leuchtend rot im Getreide und an den Feldrainen.

Als wir einen kleinen Hügel erklommen hatten, lag uns plötzlich die Kirche gegenüber auf dem nächsten Hügel. Ein seltsames Bauwerk, trutzig wie ein Wehrturm, gedrungen und statt mit Fenstern mit Schießscharten versehen. Es war in drei Etagen gebaut, jede mit einem Schanzgang versehen, vom dem sich dies Bauwerk sicher gut verteidigen ließ. So hatte der Bauer uns die Kirche beschrieben, und doch hatten wir sie uns nicht so burgenhaft vorgestellt. Ein paar kleine Hütten drückten sich neben der Kirche zwischen die Hecken aus Schlehen, Weiß- und Rotdorn. Als wir in der Mittagshitze den Kirchenhügel bergan stiegen, flimmerte die Luft, und wir mußten blinzeln, weil die Kirche frisch geweißt war. Der Bauer hatte uns erzählt, daß der Keller und die Böden der Kirche auch als Lager für Notzeitengetreide und Stauraum für Händler in Kriegszeiten diente. Viele Höfe auf der Insel bestellten nicht nur Felder, hielten nicht nur Vieh, sondern die Söhne, Onkel und Väter fuhren auch zur See und betrieben Handel und Fischfang. So ging es den Bewohnern nicht schlecht, solange die Abgaben erträglich waren.

Den Geistlichen selbst trafen wir nicht an, aber seine Magd oder Frau. Er sei zu einer Kindstaufe geholt worden, der Mutter und dem Kind gehe es schlecht und er habe sofort kommen müssen. Die Magd ließ uns in den Andachtsraum, nachdem wir von unserem Gelübde erzählten, verkaufte uns Kerzen und führte uns umher, denn diese Kirche war auch innen wirklich eigentümlich. Weil sie die oberen wehrhaften Geschosse tragen mußte, versperrten dicke Mauerpfeiler in der Mitte der Kirche den Durchblick auf den Altar. Die Gläubigen mußten rund um die Pfeiler wandern, um einen Gesamteindruck von den Heiligenbildern zu bekommen. Ein schmaler, gut zu verteidigender Aufgang führte in das nächste Stockwerk, war aber durch eine Gittertür versperrt.

Wir verrichteten unsere Gebete, so wie es sich schickte, und verließen dann die Kirche. Die Magd schloß sie hinter uns zu. Dann fragten wir nach dem Gottesacker, und sie zeigte etwas abseits auf einen von Feldsteinen umfriedeten Bereich. Dorthin begaben wir uns, setzten uns in den Schatten und zogen die Wegzehrung aus den Zampeln. Nachdem die Magd in dem kleinen Pfarrhäuschen verschwunden war, zeigte sich keine Menschenseele mehr. Es war ein einsames Stückchen Erde. Wir stillten schnell unseren Hunger und berieten dann das weitere Vorgehen, wußten wir doch nicht, wonach wir suchen sollten. Das Kreuz auf der Karte befand sich vage neben der eingezeichneten Kirche. Wir blickten uns um, bemerkten jedoch keinen herausragenden Punkt, keinen markanten Baum und keinen Felsen, nur diesen Friedhof. So gingen wir suchend durch die Reihen von Kreuzen und Grabsteinen, ohne etwas zu finden. Eine halbe Stunde mochte vergangen sein, da setzten wir uns erneut zusammen. All unsere Zuversicht war abhanden gekommen.

»Wir können nicht alle Gräber öffnen, dann würden wir uns Gottes Zorn zuziehen und die Bauern gegen uns aufhetzen«, eröffnete ich die Beratung. »Zeig noch einmal die Karte, vielleicht läßt sich etwas von den merkwürdigen Zeichen entziffern, die neben dem Kreuz aufgemalt sind.«

Wir schauten zum hundertsten Mal auf die Karte. Ich mußte an Kristine denken, an unsere Vorfreude, an den Schwur auf den Bernsteinanhänger. Da fiel es mir plötzlich wie Schuppen von den Augen: Die Zeichen neben dem Kreuz waren eine Runenschrift, ähnelten den Zeichen, die sich noch schwach auf dem Bernsteinamulett erkennen ließen. Das Kreuz kam mir plötzlich wie ein »K« vor. So begannen wir erneut mit der Suche. Die Nachmittagssonne schien bereits auf die Grabmale, als ich einen Hinweis entdeckte: In einer Ecke der Umfriedung sah ich einen Grabstein, dessen Gravuren von Flechten überwachsen waren, daß man sie auf den ersten Blick nicht erkennen konnte. Doch durch den Schlagschatten der Nachmittagssonne konnte ich den großen Buchstaben K erkennen. Bo Karlsson lag hier begraben. Und hinter seinem Grab befand sich in der Mauer aus Feldsteinen, überwachsen von Brombeerranken, eine kleine Nische, aus der ein größerer Stein herausragte.

Warum das Glück mich so begünstigte, gerade dorthin zu blikken, ich kann es mir nicht erklären. Es war ein Runenstein, vielleicht in der Zeit der Bekehrung mit Absicht in den christlichen Friedhof einbezogen als heimliche, zusätzliche Versicherung der heidnischen Nordmänner. Ich kenne niemanden, der sich darauf versteht, die Runen zu entziffern, aber was spielt dies auch für eine Rolle. Ich rief Oskar, wir blickten uns um, und als wir sicher waren, daß uns niemand beobachtete, untersuchten wir die Mauer beim Runenstein. Ein Mann mit der Kraft Störtebekers vermochte diese Steine gut zu bewegen. Wir mühten uns zu zweit ab, und dann wurde die Mühe belohnt, wir fanden die Ledersäcke, mürbe zwar, teils verschimmelt, aber tatsächlich angefüllt mit Silber. Alles war schwarz angelaufen, doch als wir kratzten, blinkte der silbrige Glanz. Nun beratschlagten wir, was weiter geschehen sollte. Sollten wir den Schatz gleich bergen? Was würde geschehen, wenn wir auf dem Weg einheimischen Grundherren über den Weg liefen? Würde man uns untersuchen, die Zampel wegnehmen? Nach langem Hin und Her und einem Blick auf die Karte beschlossen wir, den Schatz in die Zampel zu laden und beim Schein des Mondes den Bachlauf zu suchen, den damals auch Störtebeker genommen hatte.

Das Wetter hatte sich, wie zuvor durch die Wölkchen angekündigt, geändert. Der stetige Ostwind hatte auf Nord gedreht, einen milchigen Überzug über den Himmel gebreitet, und abends war der Wind eingeschlafen. Ein leichter Nebel stieg aus den Wiesen. Ab und zu hörte man in der Stille einen Hund bellen, ein anderer antwortete noch weiter entfernt. Die Magd zerkleinerte Feuerholz im Hof des Pfarrhauses. Dann wurde es Nacht. Der Mond tauchte die Insel in das blaue Licht der nördlichen Sommernächte, die nie ganz dunkel sind. Wir schulterten die Zampel, schlugen einen Bogen um die Gebäude und Hütten und bahnten uns einen Weg durch die dornigen Hecken, Dickichte und Wäldchen. Immer wieder blieben wir stehen, lauschten auf Verfolger und erschraken fast zu Tode, wenn Wachteln, Rebhühner oder Tauben plötzlich aus dem Gebüsch aufflatterten, bis wir schließlich wieder auf den Sandweg kamen. Nichts rührte sich. Endlich konnten wir von einem Hügel ein Bachtal erkennen. Wir folgten dem Wasserlauf. Hier gab es weder Weg noch Steg, und die Wiesen waren morastig. Einer meiner Schuhe blieb stecken, und ich zog daher die Schuhe aus, um barfuß durch die nasse Wiese zu waten. Das flache Wasser hatte sich in der Sonne des Tages erwärmt, an einigen Stellen der Wiese quoll Lehm zwischen meinen Zehen hoch, andere Stellen waren so verkrautet, daß wir uns wie in Schlingen verfingen. Nach Stunden erreichten wir endlich die Bachmündung in die Ostsee. Nun verabredeten wir, daß Oskar sich an diesem Ort mit dem Schatz verstecken und warten sollte, während ich zur Snigge zurückkehren und sie herbringen würde.

Die Bergung des Schatzes verlief so einfach und glücklich, daß ich es noch heute kaum fassen kann. In diesem Schatz liegt der Grundstock zu meinem Wohlstand und Deinem Erbe, daß Du ja teilen mußt, Enkelsohn. Doch wenn Du etwas von meinem Glück geerbt haben solltest, dann kannst Du vielleicht nicht nur ein aufregendes, sondern auch ein reiches Leben führen. Was Du aus den Schätzen machst, ob Du damit Gutes tun willst im Sinne eines Oskar Sodux oder ob Du Deinen Einfluß, Dein Alter und Deine Familie absicherst, das sei Dir überlassen.

Aber schnell sei noch das Ende der Nacht erzählt: Hungrig, durstig, übermüdet und mit vom ungewohnten Fußweg zerschundenen Füßen erreichte ich den Fischerort, schwamm zum ankernden Schiff und wurde von einer unruhig wachenden Kristine empfangen. Ich weckte Steffen und Ole, und wir freuten uns unbändig, aber leise. Dann hißten wir mit der ersten Morgenbrise das Segel und holten den völlig erschöpften Oskar ab.

31. Ereignisreiche Rückfahrt nach Hamburg

Mein Enkelsohn, wenn ich nun mein Ende kommen fühle, dann ist das wahrlich kein erhabenes Gefühl. Nacht für Nacht kann ich nicht durchschlafen, werde von einer prallen Blase geweckt und kann sie nur in dünnem Strahl halbwegs erleichtern. Die Zähne wackeln, das Zahnfleisch blutet, und das Kiefergelenk knackt bei jedem Bissen so laut, daß die Tischgenossen sich Blicke zuwerfen. Pfeffer esse ich pfundweise, um meine Zunge noch zu kitzeln. Im

Sommer höre ich die Grillen und Schrecken nicht mehr zirpen und trage Wolljacken, wenn andere schwitzen. Und das, was ich in großer Schrift geschrieben habe, muß ich manchmal mit meiner Lupe aus Antwerpen entziffern, weil mir die Schrift verschwimmt, plötzlich zu klein erscheint oder kleine Fusseln im trüben Nebel vor meinen Augen tanzen. Der Quacksalber von Arzt wetzt schon die Lanzette, um mir den Star zu stechen. Kein Wunder, daß Dein alter Großvater rückwärtig schaut, wenn die Seele nicht mehr zum Körper paßt. Oh, könnte ich doch noch so, wie ich will. Du wärest mein Kumpan. Nur in der Liebe würde ich wie ein alter Erpel sein und nur einer die Treue halten, der, die ich so vermisse. Vernimm nun, wie es von Bornholm nach Hamburg zurückging und welche Gefahren zu umschiffen waren.

Oskar Sodux hatte sich wie verabredet an der Bachmündung zwischen Weidengestrüpp versteckt gehalten und ebenfalls kein Auge zugetan. Wir nahmen ihn an Bord und segelten ein Stück vom Land weg, um in Ruhe etwas zu essen und zu trinken. Kristine hatte Stücke von den Meerforellen aufbewahrt und von den neugierigen Kindern, die am vorherigen Tag mit Ruderbooten die fremden Ankömmlinge umkreist hatten, frisches Brot und Milch gekauft. So konnten wir uns an frischer Nahrung laben, denn Räucherspeck und Zwieback hängen einem schnell zum Hals heraus. Während wir aßen, schüttelten Kristine, Ole und Steffen die Zampel aus, sortierten die Münzen, die silbernen Löffel, Kerzenleuchter, Ketten, Kelche, Schälchen und Teller. Mit einer Kaufmannswaage stellte Kristine ein Gewicht von vierzehn Pfund Silbergeschirr fest. An Münzen fanden sich achthundertzweiundsechzig Stück von der Größe lübscher Markstücke und größer, wobei zu jener Zeit eine gutgewachsene Kuh den Marktwert einer Mark lübisch hatte. Steffen und Ole gingen die Augen über, nachdem sie die Münzen sortiert und in Türmchen aufgestellt hatten. Dann fingen sie an zu lachen, stießen erst unabsichtlich, dann absichtlich die Türmchen um, wühlten und ergötzten sich an dem metallenen Geklimper. Oskar und ich saßen eher teilnahmslos da, konnten uns nach dem anstrengenden Tag und der vergangenen Nacht kaum recht freuen. Wir vereinbarten, daß wir beide uns zum Schlafen niederlegen konnten, während die anderen die

Geldstücke und das Silber wieder in die Zampel räumen und an der Küste auf und ab segeln sollten.

Nach bleiernem Schlaf erwachten Oskar und ich gegen Mittag. Der Nordostwind hatte zugenommen, und Steffen und Ole hatten das Schiff an der Küste entlang um die Südspitze herummanövriert und so in ruhigere Gefilde ohne Brandung gebracht. Wir warfen Anker und wollten beratschlagen, was nun zu tun sei. Zunächst ging es um die Frage, wie zu teilen sei. Da erwies sich Oskar Sodux als sehr großzügig: »Ich hätte den Schatz nicht allein geborgen, da ich nur die grobe Richtung kannte, aber keine Schatzkarte zur Verfügung hatte. So bin ich froh, daß das Schicksal mir die Möglichkeit eröffnete, mit diesem Raubgelb etwas Gutes zu tun. Laßt uns den Schatz in drei gleiche Teile teilen. Einen Teil für die Mannschaft, zu der ich Steffen, Ole und Kristine rechne, einen Teil für Hannes Maiboom und einen Teil für mich. Ich bitte darum, mir meinen Anteil in großen Münzen auszuzahlen und mich an einem sicheren Ort abzusetzen, bei einer Hanseniederlassung oder einem Kroog mit Vogtei, von wo ich nach Gudhjem zurückkehren kann. Denn dort soll ich auf das Schmiedeckesche Schiff warten. Silberkannen, Leuchter und dergleichen würden mich mehr behindern und wären ein ungewöhnliches Reisegepäck. Schon die Münzen und das Geld von Rausch sind schwer genug zu handhaben. Was haltet ihr von diesem Vorschlag?«

Nach kurzer Bedenkzeit stimmte ich zu, und Steffen, Ole und Kristine jubelten mit strahlenden Gesichtern. Nun ging es ans Teilen, an das Schätzen der Werte des Silbergeschirrs. Wir kratzten an dem schwarzen Tand, und fast alles war aus schierer Silberschmelze. Kristine erwies sich hier als gewissenhafte Schätzerin. Sie hatte schon bei ihrem Vater Kenntnisse erworben, wie man den Wert seltener Geldstücke und von Schmuck einzuschätzen hat. Sie kratzte, rieb und polierte auch die Münzen, damit die Prägung sichtbar wurde. Alles dauerte doch recht lange, aber schließlich hatten wir uns zur Zufriedenheit aller geeinigt. Dann versteckten wir unsere Schätze in den bewährten Nischen und Winkeln des Schiffes und nagelten Planken und Bretter darüber, während Oskar das Geld in seinen Gürtel steckte und auch in das Futter seines Mantels einnähte. Die Nacht wollten wir an diesem

Ankerplatz verbringen und am nächsten Morgen früh einen Hafen aufsuchen, wo sich ein halbwegs sicherer Stapelplatz für Oskar finden würde, ein Handelskontor Danziger Kaufleute oder eine Vogtei.

Der Nordostwind nahm noch weiter zu, und wir waren froh, wenigstens im Windschatten der Insel zu liegen, denn die See wurde zu hohen Wellen gepeitscht. Die Gischt wurde nach Süden geweht, doch wie schlimm der zum Sturm anwachsende Nordost wütete, konnten wir als Zeugen erkennen: Im Abendlicht versuchten zwei Koggen, sich aus Südosten an die Insel heranzukämpfen. Sie bohrten den breiten Bug in die Wellen, ließen die Gischt hoch aufspritzen und liefen mit durchgebogenem Mast und stark gekrängt so hoch am Wind, wie es irgend ging. Aber die Abdrift war zu groß, um an die Insel heranzukommen. Die beiden Koggen liefen dicht beieinander, und wir wunderten uns, warum sie so waghalsig segelten, denn die luvseitigen Wanten schienen zum Zerreißen gespannt. Da sahen wir, wovor sie flohen: Sie wurden von zwei schlankeren Sniggen verfolgt, die sanfter durch die Wellen schnitten, nicht brachial die Wellenkämme sprengten, sondern wie auf Seife glitten. Oder liefen sie nur um die Wette?

Zuerst konnten wir die Nachfolger im gleißenden Gegenlicht nicht erkennen, je weiter die Sonne sich jedoch dem westlichen Horizont entgegenneigte und das silberne Geflimmer der See sich rotblau färbte, desto deutlicher zeichneten sich die Schiffe ab: vorneweg die bauchigen, hochbordigen Handelssegler. Ihre Kastelle mochten gut für die Verteidigung geeignet sein, aber sie boten auch luvwärts eine große Angriffsfläche und behinderten so beim Laufen hoch am Wind. Dahinter die Verfolger, die, schlank und langgestreckt, leichter gebaut und nur dreiviertel so lang wie die Koggen, schon eher an die Langboote der Nordmänner erinnerten. Die Besegelung war eigentümlich. Der Baum hing mit einem kurzen Schenkel bugwärts und einem langen nach achtern am kurzen Mast, war schräg zum Bug geneigt und führte ein trapezförmiges Segel. Nie zuvor hatte ich eine derartige Takelung gesehen. Vielleicht waren es französische Schiffe? Erstaunlich waren die Vorteile dieser Schiffe, sie liefen einen deutlich höheren Kurs zum Wind und schnitten den Koggen schließlich den Weg zur Insel ab. Die Koggen waren vom Unglück verfolgt, einer brachen die Wanten, der Mast ging über Bord, und ehe der Schiffer und der Steuermann der zweiten Kogge ihren Kurs darauf abstellen konnten, waren die bis dahin nahe beieinander laufenden Schiffe voneinander getrennt. Quälend war es mit anzusehen, wie die zweite Kogge abfiel und vor den Wind lief, um langsam zu wenden. Sie hatte beim Wendemanöver so viel Höhe verloren, daß sie der ersten Kogge nicht mehr zu Hilfe eilen konnte. Die Sniggen näherten sich schnell dem treibenden Handelssegler und griffen nun von zwei Seiten an. Das Geschehen war zu weit entfernt, als daß wir erkennen konnten, was genau passierte. Sie liefen im spitzen Winkel an der in den Wellen tanzenden Kogge vorbei, außerhalb des Schußwinkels vielleicht vorhandener Geschütze. Ich ahnte, was sich abspielte. Bogen- und Armbrustschützen schossen sicherlich auf die Besatzung, die sich mühte, den halb über Bord hängenden Mast loszuwerden. Schließlich würde der Schiffer sein Schiff ausliefern und darum bitten, in Ruhe einen Notmast errichten zu können, damit das Schiff wieder manövrierfähig wäre und nicht von den Wellen zerschlagen würde. Die Piraten würden darauf eingehen, ein paar Männer an Bord schicken, die den Tribut empfingen oder, wenn sie sich in der Überzahl befänden, vielleicht auch die restliche Mannschaft niedermachen. Die Nacht und die Entfernung verschleierte das, was weiter passierte.

Nie wieder habe ich diese Schiffe gesehen, ich weiß auch nicht, was aus der entkommenen Kogge wurde. Die Art der Takelung habe ich mir gemerkt und später mit Florian Boge darüber gesprochen. Er kannte ähnliche Formen aus Spanien, aber auch von maurischen Seglern. Es ist müßig, darüber nachzudenken, welche Piraten die Tat begangen haben mochten. Für uns war es bedrükkend, zu sehen, wie leicht unser Reichtum wieder zerrinnen konnte, egal, ob Piratengewalt oder der Sturm die Ursache dafür wären. Kristine bat uns, für die Opfer zu beten, und das taten wir auch. Steffen und Ole waren entschlossen, sich ihren Silberanteil nicht ohne Gegenwehr abnehmen zu lassen. Trotz des schwindenden Lichtes holten sie die Waffen hervor, untersuchten die Schneiden und Handgriffe und erinnerten mich an die Drehbasse, die mit Pulver und Munition sicher verstaut im Heckschapp lagerte.

Seit dem Probeschuß im Wattenmeer zu Beginn der Reise hatten wir die Drehbasse nicht wieder hervorgeholt. Dies wollte ich am nächsten Morgen aber bestimmt tun. Dann bereiteten wir uns eine Linsensuppe und versuchten, durch Scherze trübe Gedanken zu vertreiben. Ich war voller Hoffnung, daß mein Glück mich nicht verlassen würde, und betete still dafür, als ich auf Wache saß und die anderen schon schliefen.

Jene Nacht verbrachten wir also am Südzipfel der Insel vor den Stränden ankernd, und am nächsten Morgen segelten wir weiter nach Rönne im Nordwesten der Insel. Gerade als wir uns der Ortschaft näherten, kamen uns von Norden sechs Schiffe mit Stockholmer Wimpeln entgegen, darunter auch das Schiff des Kaufmanns Eggebrecht Schmiedecke. Der Konvoi war mit günstigem Wind losgesegelt und hatte den letzten Teil der Strecke in rasender Sturmfahrt bewältigt, vor dem auflandigen Nordoststurm aber auf der Leeseite der Insel Schutz gesucht. So konnten wir, ohne weiter nach sicheren Herbergen für Oskar Sodux suchen zu müssen, sofort längsseits gehen und ihn mitsamt seinem wertvollen Gepäck und den Begleitbriefen absetzen. Wir verabschiedeten uns herzlich und gelobten, einander Nachricht über das weitere Fortkommen zu geben. Wie ich später durch Briefe erfuhr, konnte Oskar die Geschäfte zügig abwickeln und fand auch einen Schiffer, der ihn und die Eisenladung nach Danzig zurückbrachte. In Danzig hat er so nach und nach unauffällig wohltätig gewirkt. Er hat das Rauschsche Handelshaus übernommen und sogar noch gut geheiratet: die Tochter Ulrike des Ratsherren und Äldermannes der Schmiede Frommann. Über de Castro habe ich das eine oder andere Mal noch etwas von Oskar gehört, gesehen habe ich ihn selbst aber nicht mehr, möge es ihm gut ergehen. Vielleicht treffen wir uns im Jenseits wieder, dann werde ich mich für mein Mißtrauen entschuldigen und ihn um weitere Verse bitten.

Nachdem wir Oskar abgesetzt hatten, gingen wir noch in Rönne an Land, versorgten uns mit frischem Wasser und Proviant, setzten aber noch am selben Tag die Reise fort. Wir hatten zwar Bedenken wegen des anhaltend starken Windes, auch wenn er aus einer für uns günstigen Richtung kam, aber wir wollten mit dem Schatz zurück in einen sicheren Hafen, nach Hamburg. Vorsichtshalber setzten wir daher das Sturmsegel, was sich als günstig erwies. Wir berieten uns über den Karten und Segelanweisungen, welcher Kurs wohl der beste sei, und entschieden uns diesmal gegen den Sund, da wir befürchteten, dort eher auf Auslieger zu treffen, denn die Schonenmessen zogen nicht nur Kauffahrer an. Wir wollten die Küsten weitestgehend meiden und um Lolland herum, an Langeland vorbei durch den Großen Belt segeln. Gott war uns gnädig, sandte einen frischen Wind und bescherte uns wenig Wolken, so daß wir auch nachts unseren Kurs finden konnten. Am nördlichen Lollandufer gönnten wir uns eine Tagesrast an einem menschenleeren Strand. Tollkühn durchsegelten wir den Belt dann in einer hellen Sommernacht und hängten am frühen Morgen vor Kalundborg eine Snigge mit dem dänischen Königswimpel ab. Wir wollten keinen Wegzoll zahlen und niemanden in unseren Waren schnüffeln lassen. Es hatte sich gelohnt, im vergangenen Winter einen neuen Mast zu setzen, das Schiff lief schnell und lag gut im Ruder.

Nun suchten wir unseren Weg wieder Richtung Anholt, wobei uns die Wetteränderung zu schaffen machte. Der Wind hatte böig auf West gedreht und brachte Regenschauer mit, die Sicht war schlecht, und es war kalt. Wir alle fröstelten in unseren klammen und verschwitzten Kleidern. An Kochen war auf dem in den Wellen stampfenden Schiff nicht zu denken, und so träumten wir von warmen Badehäusern, frisch gerichteten Betten, sauberer Wäsche und gutzubereiteter Kost. In der Nähe der Insel Anholt kam uns ein holländischer Konvoi von fünf Holken und drei kleineren Schiffen entgegen. Sie wurden von drei größeren Sniggen verfolgt, die keine Wimpel gesetzt hatten. Der Konvoi segelte dicht beieinander und sorgte für guten Schutz. Wir mußten uns schnell entscheiden, ob wir sie passieren sollten. Die wimpellosen Sniggen kamen uns verdächtig vor, und so wendeten wir und liefen bis zum Einbruch der Dunkelheit mit den Holländern, tauschten höfliche Grüße aus und dippten unseren Hamburger Wimpel. Doch ganz trauten wir den Holländern auch nicht und setzten daher keine Laterne in der wolkenverhangenen Nacht, sondern wendeten erneut. Wer wußte, ob die Holländer in der Nacht nicht mit ihrem Verband über uns schutzlose Alleinreisende herfallen würden.

Der Mond sandte nur selten etwas Licht durch die Wolkenlükken, als wir unseren Weg nun erneut nach Norden suchten. Die Drehbasse hatten wir herausgeholt, Pulver und Bleischrot gestopft und die Mündung dann mit einem Korkverschluß gegen Spritzwasser geschützt. Im Holzkohlebecken glühten die Kohlen und die Kohlenzange lag bereit, die Ladung zu zünden. Keiner vermochte zu schlafen, alle waren gereizt, gespannt und sahen wie Gespenster aus, wenn der Mond uns fahl ins Gesicht schien. Ole hatten wir in einem Sitz hoch zum Masttopp gehievt, und er hielt nach allen Seiten Ausschau. Die Verfolger der Holländer hatten keine Laternen gesetzt, die bugwärts leuchteten, trugen aber Hecklaternen, die auch seitwärts strahlten. Sie liefen unterschiedlich schnell in einem Bogen hinter dem Konvoi her und warteten darauf, daß einer der Holländer zurückfallen würde. Die beiden vorderen Sniggen liefen weiter westlich an uns vorbei. Sie rechneten nicht damit, daß ihnen plötzlich ein Konvoifahrer ohne Beleuchtung entgegenkam. Doch die dritte, zurückliegende Snigge kam unserem Kurs am nächsten. Schnell fielen wir ab und hielten einen Vor-den-Wind-Kurs auf die östlich liegende Küste zu. Da riß plötzlich der Himmel auf, strahlendhell trat der Mond hervor und schien mit seinen Strahlen geradezu auf uns zu weisen. Wollten die Schutzengel unseren Mut prüfen? Die fremde Sniggenmannschaft hatte uns erspäht, es ertönte ein schauriges Hornsignal, und wenig später wurden Laternen geschwenkt, die Snigge änderte den Kurs und heftete sich an unsere Fersen. Da verhüllte der Himmel gnädig den Mond, und im ersten Moment war alles wieder schwarz, denn die Augen mußten sich zunächst an die neue Dunkelheit gewöhnen.

»Schiffer, wir segeln schnell, sie werden uns nicht leicht einholen, am Morgen können wir unter Land in einem Hafen Schutz suchen«, riet Steffen.

»Aber wenn sie uns zu dritt verfolgen, wer weiß, ob nicht ein Schiff uns den Weg abschneiden kann?« zweifelte Kristine. Sie zögerte, dann fügte sie den Rat hinzu: »Laßt uns geradewegs Kurs auf die eine Snigge halten, ehe sie sich mit den anderen verbünden kann. Was wollen die hundsgemeinen Kerle von uns, was haben wir ihnen getan, was verfolgen sie uns? Sicher trachten sie nach unserem Hab und Gut, vielleicht nach unserem Leben. Da ist es nur recht und billig, wenn wir ihnen gleich einen Gruß mit der Basse senden, damit sie wissen, mit wem sie sich einlassen.«

Steffen schwieg, Ole unterstützte Kristine, und da legte ich das Ruder herum, und wir gingen hoch an den Wind, so hoch, daß die Fahrt sich stark verlangsamte. Unsere Verfolger hatten den Kurswechsel nicht bemerkt und segelten raumschots mit großer Geschwindigkeit. Sie waren nur ein Dutzend Schiffslängen entfernt, als sie uns trotz eines jetzt einsetzenden Regens entdeckten. Ihr Steuermann hielt nun direkt Kurs auf uns, und rasch näherte sich das Schiff. Standen schon Armbrustschützen am Bug, hatten sie ihre Wurfanker und Enterhaken bereit? Kein Kettenhemd, kein Brustharnisch würde uns schützen, wir waren unvorbereitet.

»Verbergt euch hinter der Reling! Steffen, übernimm das Ruder, ich richte die Basse aus, fall ab auf mein Kommando, daß ich ihnen aus nächster Nähe das Blei um die Ohren schieße. Wir werden kaum ein zweites Mal laden können, der erste Schuß muß sitzen.«

Da knallten tatsächlich die ersten Bolzen in das Holz unserer Reling, das Reißen von Bahnen unseres Segels war zu hören, die Fetzen knatterten im Wind. Meine Hände zitterten, als ich mit der Zange ein glühendes Stück Holzkohle in die Nähe des Zünders führte. Ich spähte über die Reling und sah schemenhaft Gestalten am Bug des sich schnell nähernden Schiffes. Noch zwei Bootslängen entfernt, ich sah schon, wie die Kerle ihre Wurfanker an den Enterleinen kreisen ließen, da zündete ich die Pulverladung. Ein gleißendheller Blitz blendete mich, ein Knall betäubte die Ohren, beißender Pulverqualm zog vorbei, und dann geschah gar nichts Kriegerisches mehr. Steffen steuerte Nordkurs mit halbem Wind, und wir entfernten uns im Dunkel des Regens und der Nacht. Alles wirkte wie ein vorübergegangener Spuk, denn die Verfolger blieben achteraus wie vom Meer verschluckt. Langsam wich das Gefühl der Taubheit aus den Ohren. Kristine lag mittschiffs auf den Bodengrätings und krümmte sich vor Schmerzen. Ich fragte sie, ob sie getroffen sei, aber sie klagte nur über Bauchkrämpfe und war glücklicherweise nicht von Geschossen verletzt. Sie hatte die Magenkrankheit von Danzig noch immer nicht überwunden. Ich half ihr auf, und sie schleppte sich zu unserem Lager unter der

Persenning, bat, daß man sie in Ruhe lasse, wenn denn die Gefahr nun gebannt sei.

Die Anschaffung der teuren Drehbasse hatte sich gelohnt, die Seeräuber hatten nicht damit gerechnet, daß eine kleine Snigge mit einer derartigen Waffe ausgerüstet war. Als der Morgen graute, steuerten wir die jütländische Küste an. Dicht unter Land nahmen der Wind und die Wellen ab, so daß wir das Segel wechseln konnten. Gegen Mittag erreichten wir eine kleine Fischersiedlung. Gerade einmal zehn Hütten standen an der Einmündung eines kleinen Flüßchens. Ein paar Halbwüchsige suchten im Schlick nach Muscheln und Krebsen und gaben uns die Auskunft, daß die meisten Männer und viele Frauen und Mädchen nach Schonen aufgebrochen seien, um dort zu fischen und zu arbeiten. Steffen blickte sich an Land um und berichtete nach seiner Rückkehr, daß wohl keine Gefahr drohe. Lediglich ein paar Alte und Kinder seien zwischen den Hütten zu finden. Zum Dorf führten nur Fußpfade, und kein Herrensitz oder Großbauer sei in der Nähe. So blieben wir vier Tage dort und ruhten uns für den Rest der Fahrt rund um die Nordspitze Jütlands und durch die Nordsee aus.

Wir schöpften Kraft, kauften Hühner und Tauben und brieten sie am Spieß. Auf Kristines Wunsch sammelten wir Sauerampfer, Löwenzahn, Sauerklee, Triebe von Giersch, Mangoldblätter, Lauch und junge Wurzeln, und sie bereitete das Grünzeug als Salat oder Suppeneinlage zu. Das Wetter besserte sich. Die Sonne ließ sich sehen und trocknete die Wäsche, die wir gegen ein paar Münzen von den alten Frauen hatten waschen lassen. Kristines Zustand besserte sich, und sie sah wieder wohl aus mit ihrem braungebrannten Gesicht, das unter der weißen Leinenkappe hübsch zur Geltung kam. Nur nachts war sie spröde und entzog sich mir, daß ich schon ärgerlich wurde, weil ich den Grund nicht ahnte. Vielleicht zierte sie sich, weil stets einer von uns Wache schob? Dann mußte ich auch an die Weiterfahrt denken, schaute auf die Karten, plante und hoffte. Am Tag vor der Abfahrt beteten wir abends, daß der tiefrote Sonnenuntergang auch wirklich für gutes Wetter sorgen würde und wir glücklich Hamburg erreichen würden. Wir hatten den festen Willen, ohne weiteres Rasten bis in die Elbe zu fahren, und tranken zur Feier des Abends den letzten

Wein, den wir uns aufgespart hatten. Ein jeder opferte einen Schluck für die alten Götter des Meeres, ohne daß wir uns gegenseitig diesen Aberglauben eingestanden.

Gott erhörte unsere Gebete, und auch das Weinopfer verfehlte seine Wirkung nicht. Das Wetter blieb gut, ein stetiger Nordostwind geleitete uns bis in den Elbtrichter, wo wir wieder in der Ostemündung wie einst bei den Fischern rasteten und auf Westwind warteten. So erreichten wir schon Ende Juli die Stadt Hamburg.

32. Kristine erwartet ein Kind

Oh, Enkelsohn, welch ein Tor war ich doch. Brauchte ich doch einen schwatzhaften Küster, um mir in Hamburg die Augen öffnen zu lassen. »Wo habt Ihr denn das schwangere Weib aufgelesen?« fragte mich Hagelskamp, als ich ihn mit zum Anleger an den Vorsetzen nahm, um mich mit ihm über das Entladen der Waren zu beraten.

»Wen meint Ihr?« fragte ich immer noch blind für das Offensichtliche.

»Na, die Frau, die da bei den Säcken auf dem Anleger steht und sich an die Wippe lehnt.«

Wir standen bei der Hohen Brücke am Torhaus, um auf den Hafenmeister zu warten, und schauten von der Mauerbrüstung auf die Vorsetzen hinunter. Kristine stand da in der Julisonne, die linke Hand in die Hüfte gestützt, das Kreuz hohl durchgedrückt und den Bauch vorgestreckt. Den rechten Arm hochgereckt, hielt sie sich an der Wippe fest. Sie trug einen blauen Rock, eine weiße, ärmellose Leinenbluse und eine braune Schürze darüber. Wie schön sie war, wie sich ihre Brüste unter der Leinenbluse wölbten, wie die Rundungen der Schultern in die kräftigen, aber nicht dikken Oberarme mündeten. Mein Blick glitt an ihrem Arm zu der in die Hüfte gestützten Hand hinunter, und da sah ich endlich, was der Küster als Vater von sieben Kindern sogleich erkannt hatte:

Ihr Bauch war mehr als nur weiblich gerundet, da wuchs eine Leibesfrucht in ihr! Mir blieb die Luft weg, mein Herz schlug schneller, mein Mund wurde trocken, und mir dämmerte, daß ich der Vater dieses ungeborenen Kindes war, daß all die Magenbeschwerden, Unpäßlichkeiten und auch die Zurückweisungen meiner lustvollen Begierden im Zusammenhang mit dem Wachsen dieses neuen Menschen standen. Vielleicht sorgte Kristine sich auch um ihre Zukunft, wir hatten noch keine gemeinsamen Pläne geschmiedet, was nach unserer Ankunft in Hamburg geschehen solle. Kristine öffnete ihre Leinenkappe, schüttelte ihr Haar im Wind und ordnete es neu unter ihre Kappe. Sie sah so schön aus, mehr wie ein Bild, so daß ich alles um mich herum vergaß. Ich lief zum nächsten Tor, nahm jeweils zwei Stufen zugleich hinunter zu den Vorsetzen und lief mit meinen Holzpantinen polternd über die Bohlen des Stegs, daß alle sich zu mir umdrehten. Auch Kristine sah mich erstaunt an, als ich mit ausgebreiteten Armen auf sie zurannte, doch dann strahlte sie, und wir schlossen uns in die Arme und herzten und küßten uns, ohne uns um die Zuschauer zu kehren. Kristine standen Tränen in den Augen, als ich ihr ins Ohr flüsterte, wie sehr ich sie liebte, daß ich ihr Mann sein wollte, und wie sehr ich mich auf das Kind freute.

»Ich hatte Angst, daß du mich als Behinderung ansehen würdest, hatte Furcht, daß ich mit einem Kind in einem der Häfen zurückbleiben müßte und du vielleicht niemals wiederkehrtest. Ich wollte doch mit dir reisen, die Welt sehen, fremde Städte, Menschen und Gebräuche kennenlernen und nicht schon als Frau und Mutter im Haus zurückbleiben müssen. Zugleich bist du der Mann, der mir geeignet scheint, ein Vater für meine Kinder zu sein, wenn Gott die Frauen schon zum Kinderkriegen auserkoren hat. Und ganz tief im Herzen habe ich auch Angst, daß es mir ähnlich geht wie meiner Mutter, die im Kindbett starb«, so sprudelte es aus Kristine heraus und erleichterte ihre Seele. Ich schimpfte mich einen blinden Dummkopf, daß ich ihren Zustand nicht bemerkt hatte, sie aber lachte, als sie Steffen und Ole mit offenen Mäulern an der Reling der Snigge wie neugierige Ochsen am Gatter stehen sah.

»Freut euch«, rief ich ihnen zu, »das gibt ein Fest! Ich bin ein rechter Schiffer und ehrbarer Kaufmann, ich werde heiraten und vor Gott eine Ehe schließen, denn ich kann es mir leisten. Und das ist so, weil uns zusammen die vergangene Reise so gut glückte. So habt auch teil an unserem Glück, freut euch mit uns und helft, ein gebührendes Fest auszurichten.«

Ole und Steffen blickten sich an, Ole zuckte mit den Schultern und meinte trocken und wie selbstverständlich: »Klar, Schiffer.«

Steffen drückte sich gewählt aus: »Schiffer, wir freuen uns mit Euch. Seid gewiß, daß wir Euch helfen, sei es beim Segeln über die Meere, Warenausladen, Handeln oder Festefeiern. Gott sei mit Euch.«

Inzwischen hatten uns der Küster Hagelskamp und der Hafenmeister erreicht. Ich erklärte ihnen, daß ich diese junge Frau heiraten wolle und lud sie sogleich zum Hochzeitsfest ein. Artig bedankten sie sich und wünschten uns Glück für die Zukunft. Der Hafenmeister Helvart Kern, den ich im Überschwang, ohne ihn zu kennen, eingeladen hatte, holte mich schnell in den Alltag zurück. Er fragte nach Art, Menge, Güte und Herkunft unserer Waren, nach Frachtbriefen oder Auftraggebern sowie nach dem Bestimmungsort oder dem Warenspeicher, wo sie gelagert werden sollten. Ich erteilte die nötigen Auskünfte, besprach mich mit dem Küster, ob meine Waren in meinem Haus gelagert werden könnten, und gab an, welche Waren für den Kaufmann de Castro bestimmt waren. Bei dessen Namen erhellte sich die Miene des Hafenmeisters, er schien ihn zu kennen und viel von ihm zu halten. Später lernte ich, daß es gut ist, die Hafenmeister und Stadtwachenanführer des Hafenviertels durch kleine Geschenke und Gefälligkeiten für sich einzunehmen. Alles ging seinen gewöhnlichen Gang. Die Waren wurden gewogen, gemessen, die Güte geprüft, der Mindestpreis und der Schoß bestimmt. Sie wurden in Schuten umgeladen, auf Karren gepackt, und nach ein paar Tagen waren alle Waren verstaut und gestapelt. Auch das Silber hatten wir so nach und nach an der Stadtwache und dem Hafenmeister, die uns nun als Hamburger Bürger kannten, vorbei nach Hause geschmuggelt.

Kristine war froh und zuversichtlich, und auch die Übelkeit wich. Sie hatte ihre Ruhe wiedergefunden und wies mich nachts auch nicht mehr zurück, sondern genoß es, mit mir allein eine Schlafkammer im ersten Stock über der Küche zu teilen, während

Ole und Steffen kleine Kammern neben der Küche bewohnten. Dort hatte sich Mine, die alte Cousine Hagelskamps, eingerichtet, ihre Schlafbank in eine Ecke neben die Feuerstelle gerückt, einen Wandschirm davor und eine Truhe mit ihren Sachen daneben gestellt.

Mines Alter betrug an die fünfzig Jahre, ihren Geburtstag hatte sie vergessen. Ihr Haar war schlohweiß, ihr Gesicht mit Falten und Runzeln übersäht, und die schmalen, farblosen Lippen verdeckten ihre wackeligen Schneidezähne, mit denen ihre Zunge unablässig spielte. Aber ihre blauen Augen blickten lebhaft, keck und zuversichtlich in die Welt. Sie war nie verheiratet gewesen, ihre Kinder waren teils schon gestorben, teils weggezogen, die Jungen als Handwerksgesellen, Seeleute oder Tagelöhner, die Mädchen als Mägde, oder sie waren Männern gefolgt und mußten sich um einen eigenen Haushalt kümmern. Jedenfalls hatte Mine kein weiteres Auskommen oder sonstige Einkünfte und war dankbar, daß sie gegen Kost und Logis bei uns untergekommen war. Kristine und ich waren froh, daß sie da war, in unserer Abwesenheit das Haus wohnlich gemacht hatte und uns auch in Zukunft helfen würde, gerade, weil Kristine schwanger war. Mine teilte die Küche mit zwei Katzen, einigen Hühnern und einem struppigen Straßenköter. Im Garten hatte sie einen alten Schweinekoben repariert. Sie mästete dort gegen ein Entgelt für den Brauer Lindemann drei Sauen mit Brauereiabfällen.

Auf dem Speicher hatte Hagelskamp einige Waren der Pastoren von Sankt Katharinen gelagert, die auf diese Art gewitzt ihre Nebeneinkünfte mit ihm zu machen wußten. Nun mußte Hagelskamp einen Teil davon woanders unterbringen, denn ich wollte das Eibenholz, die Felle und Häute, die Töpfe mit Honig, das Wachs und die Teerfässer trocken und sicher lagern, bis ich einen Käufer gefunden hätte. Einer, der sich ehrlich freute, mich wiederzusehen, war der Kaufmann de Castro. »Ich habe mich nicht in Euch getäuscht, junger Mann, ich habe den richtigen Riecher gehabt. Schnell habt Ihr die Reise absolviert, und wie mir der Hafenmeister Kern berichtete, habt Ihr erklecklich viel für Euch selbst erhandelt. Habt Dank für die sichere Frachtfahrt, das Geld und die Briefe von Rausch. Übrigens schreibt er lobend über Euch und Eure Frau. Ich hörte aber, daß Ihr erst heiraten wollt?«

»Es stimmt, in Danzig waren wir noch nicht verheiratet, aber Gott hat es so gefügt, daß der Eindruck von Rausch nun nachträglich vor den Pastoren der Kirche Sankt Nikolai besiegelt wird.«

»Woher stammt denn Eure Braut?«

Ich bekam heiße Wangen und wurde bestimmt rot, denn obwohl ich mich mit Kristine abgesprochen hatte, um auf solche Fragen gleichartig zu antworten, fühlte ich mich beim Schwindeln ertappt, als ich erklärte: »Sie stammt aus einer Stader Kaufmannsfamilie, wollte Verwandte in Danzig besuchen, und so wurden wir auf der Reise bekannt und vertraut.«

»Hat denn die Familie in die Hochzeit eingewilligt?« fragte de Castro weiter.

»Nun ja«, antwortete ich ausweichend, »ihr Vater will sie recht gern mit einem Hamburger Kaufmann verheiraten, das hat er mir selbst gesagt.«

De Castro bohrte nun nicht weiter, wechselte das Thema und freute sich über den hübschen Gewinn, den der Handel mit Rausch ihm eingebracht hatte. »Hier habt Ihr Eure Sicherheit zurück«, sagte er und gab mir den Vertrag wieder, in dem ich bestätigte, daß ich mit meinem Haus und Grundstück haftete, falls ich aus Unachtsamkeit oder mit Berechnung die Waren auf der Reise verlieren würde.

»Und wie steht es mit dem versprochenen Frachtlohn?« fragte ich ihn direkt.

»Wünscht Ihr die Auszahlung in bar, oder wollen wir uns über Waren einigen, die Ihr als Sachwert in Empfang nehmt?« antwortete er mit einer Gegenfrage.

Ich bat mir ein paar Tage Bedenkzeit aus, denn einen Teil des Lohnes könnte ich auch in Wein anlegen, um ihn den Hochzeitsgästen anzubieten. Ich lud auch de Castro mit seiner Frau zur Hochzeit ein, obwohl der Tag noch nicht festgelegt war, und er sagte zu. Dann suchte ich Sven Hennings in seinem Haus in der Straße Brodschrangen auf.

Der Advokat saß, elegant in einen seidenen Hausrock gekleidet, mit seinen Schreibern zusammen in der Kanzlei und studierte mit ihnen Schriftrollen aus Bologna. »Es sind Aufsätze über die neuesten Regeln für das Kreditgeschäft, es geht um das Disagio und Versicherungen. Ich werde für die wendischen Hansestädte einen

Kommentar schreiben«, sagte er stolz. Ich nickte, als wenn ich etwas davon verstünde. Dann erinnerte er sich genauer an mich und das Testament, und ein Bedauern huschte über sein Gesicht, als er daran dachte, nun keine Gebühren für das Vollstrecken des Testamentes berechnen zu können. Doch schnell schien er sich zu trösten, denn ein lebender Klient sorgt schließlich auch für neue Arbeit. Ich setzte ihn in Kenntnis, daß mit meiner Rückkehr nun für den Küster Hagelskamp das Recht der Verwaltung meines Erben erloschen sei. Auch das Testament gedächte ich zu ändern, da ich in Kürze heiraten würde. Ich bat ihn, die Stadtschreiber und den Rat darüber in einer schriftlichen Note zu informieren. Auch sollte er für einen sicheren Rücktransport der Wertsachenkisten aus dem Tresor des Rathauses sorgen. Dorthinein wollte ich statt Sand nun echtes Silber füllen. Vom Gewicht der Kisten würde sich herleiten lassen, daß ich das Silber schon vor der Reise besessen hatte, das könnten die Ratsdiener bezeugen. Eine Verbindung nach Bornholm würde niemand vermuten. Trotzdem wollte ich das ausgefallenere Silbergeschirr mit den einmaligen Verzierungen bei Gelegenheit in Barren gießen lassen, damit niemand die Herkunft ahnen könnte, falls einmal jemand bei einer Pilgerfahrt oder einem Kaufmannsgottesdienst die fernen Ostseekirchen und Klöster besucht und während eines Kirchenfestes das schöne Silber bestaunt hatte.

So gab es vieles zu bedenken und zu beschicken. Wenn abends Ruhe einkehrte, saßen wir im Hof und genossen die milde Sommerzeit und den lauen Wind, der von der Alster durch die Fleete und Gassen wehte. Das macht das Klima in Hamburg erträglich. Wenn allerdings die Tage schwül und drückend waren, der Gestank der Fleetböden bei Ebbe durch die Stadt kroch und die Mücken und Fliegen plagten, dann dachte ich gern an die Seefahrt oder an ein Landhaus in Harvestehude, Hohenfelde oder auch im Alten Land. Ist es nicht seltsam, daß, wenn es einem gutgeht, schon gleich neue Wünsche keimen? Mine zog Kräuter und Gemüse in dem kleinen Garten und hatte zu unserer Freude auch ein paar Blumen ausgesät. »Davon machen wir einen hübschen Brautschmuck«, sagte sie; sie fühlte sich gleich zum Hause zugehörig. Sie sorgte für uns in jeder Beziehung, nicht nur für unser leibliches Wohl. Als zwei Zimmerer die Torlaibung an unserer

Hausfront reparierten und ich Kristines und meinen Namen mit der Jahreszahl in den Querbalken schnitzen ließ, da zog sie mich beiseite und gab mir einen Sack. Er enthielt einen kleinen, frischen Hundekadaver. »Laßt ihn unter die Schwelle setzen, damit Ihr Glück in Eurem Hause habt. Das ist so Brauch von alters her.« Als ich zweifelnd guckte, bat sie mich so inständig, daß ich nachgab, und die Zimmerer schienen es gewohnt zu sein, denn sie machten nicht viel Aufhebens von der Sache. Mine senkte den Sack in die kleine Grube, legte ein paar Eichenzweige darüber und murmelte dazu ein paar mir unverständliche Worte. Dann bekreuzigte sie sich, kam auf mich zu, spuckte mir über die Schulter und wünschte mit ernstem Gesicht Gesundheit und Glück für alle, die im Haus lebten. Ein paar Tage später sah ich, wie sie ein gebrauchtes Hufeisen über dem Tor befestigte. Und irgendwie beruhigte es mich, daß die alte Frau neben dem bei Kirchgängen erbetenen göttlichen Segen auch alte Gebräuche zum Wohle aller pflegte.

Steffen und Ole saßen nach den gemeinsamen Mahlzeiten oft bei uns, und wir schmiedeten Pläne, denn wir wollten und konnten uns nicht auf dem Erreichten ausruhen. Auch hatten wir noch während der Heimfahrt auf der Elbe vereinbart, daß niemand mit dem erbeuteten Schatz prahlen dürfe, damit nicht Neid und Mißgunst erzeugt würden. Ich träumte von einem größeren und schnelleren Schiff; den Bau wollte ich mit Florian Boge besprechen. Es sollte sicherer sein, das war mein Wunsch. Nachdem wir so glücklich Stürmen und Piraten entronnen waren, wollte ich das Glück nicht noch einmal so auf die Probe stellen; dies war auch der Wunsch Kristines, die sich damit abfand, mich zunächst nicht mehr begleiten zu können.

Dann ergab es sich bei meinen Gängen zur Versammlung der Kaufleute im Rathaus, daß eine kleine Warenladung nach Tönning und Tondern verschifft werden sollte. Steffen, der mich begleitet hatte, bedrängte mich sehr, den Auftrag anzunehmen. Er wollte gern nach Hause zurückkehren, seine Eltern und Geschwister besuchen und ihnen etwas Geld abgeben. Außerdem wollte er zeigen, was er vom Führen eines Schiffes gelernt hatte, damit ich ihm in Zukunft die Snigge vielleicht allein anvertraute. De Castro hatte mich vor seinen Bekannten für meine Segelkunst und Zuverlässigkeit gelobt. Daß ich mich mit einem Weib hier in Hamburg niedergelassen hatte, steigerte meine Vertrauenswürdigkeit noch mehr, da man so vermuten konnte, daß ich nicht mit der Fracht durchbrennen würde. So bekam ich den Zuschlag für den Frachtauftrag.

Zuerst sollte aber die Hochzeit gefeiert werden. Das Aufgebot war bestellt, der Tag bestimmt und die Feier mit dem Pastor unseres Kirchspiels Sankt Nikolai, Pastor Wessel, abgesprochen. Wir hatten einen Altenländer Bauernburschen als Boten per Pferd nach Stade geschickt. Er sollte einen Brief bei Florian Boge und bei Kristines Vater abgeben. Kristine hatte den Brief an ihren Vater allein abgefaßt. Sie schrieb, daß sie sich ihren Hamburger Kaufmannsgemahl selbst hatte aussuchen wollen, und dies sei nun geschehen. Er sei ein Kaufmann mit eigenem Haus und Grundstück, Eigner eines Schiffes, mit dem Plan, ein zweites, größeres Schiff zu bauen. Sie bat ihren Vater herzlich, ihr zu verzeihen und zur Hochzeit zu kommen. Ihr Wunsch sei auch, daß sich ihr Vater an dem Bau des neuen Schiffes beteiligen möge. Von der Schwangerschaft schrieb sie nichts. Den Brief sandten wir so kurz vor der Hochzeit, daß der Vater wahrscheinlich nicht würde kommen können, denn sie hatte die Befürchtung, er würde die Eheschließung in letzter Minute verhindern oder zumindest verzögern. Wir fragten Sven Hennings, wie die rechtliche Seite aussehe, und er erklärte, daß ein Streit ungewiß ausgehen könne, je nach dem, wie der Richter und der Umstand entschieden und wo der Streit ausgetragen werde. Außerdem war nicht eindeutig zu klären, ob nach Hamburger Stadtrecht oder nach Kirchenrecht geurteilt werden mußte. Noch war Kristine keine Bürgerin Hamburgs, sondern Stades, denn sie gehörte zum Hausstand ihres Vaters und war ohne seine Erlaubnis davongelaufen. Andererseits war sie eine Frau, die mit dem Kind eines Kaufmannes aus Hamburg schwangerging, und sie wollte ihn aus freien Stücken heiraten. Nun, wir verdrängten die Gedanken an Streitereien und widmeten uns den Hochzeitsvorbereitungen.

De Castro nahm mich unter seine Fittiche, führte mich hierhin und dorthin und machte mich mit den Äldermännern der Englandfahrer, der Schonenfahrer, der Bergenfahrer und anderen Gesellschaften bekannt. Ein paar von ihnen lud ich auf sein Anraten hin zu unserer Hochzeit ein. Als bekannt wurde, daß ich ein neues Schiff bauen oder kaufen wollte, stellten sich auch Schiffszimmerer und Schiffskaufleute vor, darunter auch ein Gehilfe des Kaufmanns Simon von Utrecht, der mir ein Schiff anbieten wollte, das der »Bunten Kuh« gleichen könnte. Die »Bunte Kuh« war zu Berühmtheit gelangt, weil sie in diesem Frühjahr, als wir in der Ostsee fuhren, erneut erfolgreiche Jagd auf Piraten vor Friesland gemacht hatte. Das Schiff war unter Utrechts und nach seiner Vermittlung von holländischen Schiffszimmerern gebaut worden. Es hatte als Befehls- und Planungszentrum für die Flotte der Hansen gedient, aber wegen seines geringen Tiefgangs und der wehrhaften Bestückung auch kräftig bei der Verfolgung der Piraten in die friesischen Flachwassergebiete geholfen und entscheidend zum siegreichen Kampf beigetragen. Angeblich hatte die »Bunte Kuh« Godeke Michels' Schiff versenkt.

Es war Donnerstag, der 6. August 1401, die Sonne schien zwischen lustigen kleinen Wölkchen, eine leichte Brise wehte aus Westen, und in der Nacht hatte es kurz ein wenig genieselt, so daß die Straßen morgens frisch dufteten und kein Staub durch die Luft wirbelte. Die Grasbüschel und das Unkraut an den Straßenrändern sahen besonders frisch und grün aus. Die Mauersegler flogen tief, und ihre hohen Pfiffe widerhallten, während sie auf emsiger Futtersuche für ihre Jungen zwischen den Backsteinbauten der Menschen unterwegs waren.

Kristine hatte sich ihr bestes Kleid angezogen. Mit Mine hatte sie in den Tagen zuvor bei einem Schneider eine neue Haube und einen Spitzenumhang ausgesucht. Beides paßte wunderschön zu dem rostroten Leinenkleid, das mit blauen Samtbändern verziert war. Dazu trug sie zierliche Sandalen. Ich hatte ebenfalls für Festtagskleidung gesorgt und trug schwarze Schuhe mit einem kleinen Schnabel und einer Messigschnalle, neue schwarze, enge Hosen, eine kurze Überhose aus blauem Samt mit breitem Gürtel, ein weißes Leinenhemd, einen Spitzenkragen, eine lange Weste, deren Aufschläge mit Nerz aus dem Ostseehandel verziert waren, und einen breitkrempigen Hut auf dem Kopf. Ich will nicht aufzählen, wie Steffen, Ole, Mine, Hagelskamp nebst Frau und Kindern, die de Castros und die anderen Hochzeitsgäste angezogen waren, die sich auf dem Vorplatz vor Sankt Nikolai versammelt hatten, als wir um zwei Uhr nachmittags bei der Kirche anlangten. Sie alle hatten sich herausgeputzt.

Neben den Hochzeitsgästen hatten sich Gaffer, Neugierige und Bettler eingefunden. Der Chor der Lateinschule sang feierlich, als wir die dunkle, nach Weihrauch duftende Kirche betraten und beim mit Kerzen und Blumen geschmückten Hauptaltar auf Pastor Wessel warteten. Dann trat der Pastor mit zwei Meßdienern aus einer kleinen Tür neben dem Altar, kam auf uns zu und geleitete uns zu den Stühlen für Braut und Bräutigam, während sich die Hochzeitsgemeinde in die Bänke drängte. In Sankt Nikolai gab es schon ein gutes Gestühl, viele Bänke, die in diesem Kirchspiel von den reichen Brauerfamilien gestiftet waren. Keiner der geladenen Hochzeitsgäste mußte damals stehen. Nur die Gaffer und Bettler, die sich mit in die Kirche gedrängt hatten, standen an den Nebenaltären und in den Seitengängen und unterhielten sich dort auf ihre Weise, tuschelten, zankten und trieben ihre Händel.

Ich kann mich noch genau erinnern, daß der grauhaarige Pastor mich wegen der Kopfform an einen Raubvogel erinnerte: die Hakennase, der faltige, dünne Hals, der in der großen, weißen, dem Federkranz von Lämmergeiern ähnelnden Halskrause der Hamburger Pastoren verschwand, und die scharfen, blitzenden Augen, die von buschigen Brauen beschattet waren. Mit diesen Augen musterte er die Gemeinde, die sich da versammelt hatte, und vergewisserte sich, daß man ihm auch zuhörte. Er sprach vom heiligen Sakrament der Ehe, daß man als Christenmenschen nicht unkeusch zusammenleben dürfe wie die Tiere, daß die Ehe ein Schutz für die zu gründende Familie sei und Familien gebraucht würden, damit die Stadt Hamburg gedeihen könne. Die Ehe sei nicht nur eine geistliche, sondern auch eine bürgerliche und rechtliche Gemeinschaft. So hatte ich noch nie über die Ehe nachgedacht, doch diese Gedanken gefielen mir. Dann sprach er weiter über das Glaubensbekenntnis, das wir vor der Eheschließung ablegen sollten, die Gebote, Recht und Unrecht, die Gleichheit der Menschen vor Gott, vom gottgefälligen Teilen mit den Schwachen, von der Ehrfurcht vor der göttlichen Schöpfung und vom Erlangen göttlichen Wohlwollens durch Fleiß und Geschick im Diesseits. Er sprach in schlichten Worten und mit eindringlichem

Ton, strafte mit seinen Blicken jeden, der nicht bei der Sache schien, und hatte anscheinend ein echtes Anliegen. So hatte ich die Kirchenmänner bisher noch nie erlebt. Bis dahin hatte ich nur entrückte Schwärmer kennengelernt, wütende Bekehrer und Richter über menschliche Verfehlungen oder diejenigen, die lediglich ihr Auskommen im Schoße der Kirche suchten, denen es aber eigentlich egal war, wie Gottes Wort auszulegen sei. Die Litaneien, die Gebräuche und Verrichtungen in den Kirchen waren mir als Kind stets fremdartig, fast bedrohlich erschienen, bis ich in der Lateinschule mehr über den Ablauf gelernt hatte, so, wie man eine fremde Sprache annimmt, ohne sie wie die Muttersprache zu empfinden.

Wir waren durch Zufall an diesen Pastor geraten. Unser Haus gehörte nun einmal in das Kirchspiel Sankt Nikolai, und die anderen Pastoren waren so beschäftigt gewesen, daß wir an Pastor Wessel gerieten. Hagelskamp hatte mir zwar geraten, einen anderen Pastor mit mehr allgemeinem Ansehen zu wählen, aber wir wollten die Zeremonie bald hinter uns bringen. Das Gerede um Geheimbündelei störte uns nicht. Wessel sollte angeblich mit einem Geistlichen des Domkapitels, dem schillernden Bruder Nikolaus Franz, besondere Bibelstunden abhalten, in denen sie die Bibel aus dem Lateinischen für einen Bürgerkreis ins Deutsche übersetzten, was vom Papst eigentlich verboten worden war. Was scherten Kristine und mich dieser Bürgerkreis und das Gerede. Wir wollten verheiratet sein und uns in Hamburg einrichten.

Natürlich schweiften meine Gedanken während der Zeremonie auch ab. Ich betrachtete die Altarbilder, die Säulen und Kirchenfenster. Aber dann mußten wir nach vorne treten, in der Kirche wurde es still, und der Pastor richtete laut die Frage an die Anwesenden: »Hat jemand etwas gegen diese Eheschließung einzuwenden, dann trete er vor und nenne die Gründe.«

In diesem Moment wurde die Kirchentür quietschend geöffnet, und mit genagelten Schuhen und festem Tritt schritt jemand den Mittelgang auf den Altar zu. Alle drehten sich erwartungsvoll um, denn im Gegenlicht hatte niemand den Eintretenden erkannt, der sich dort ohne Scheu, aufrecht, laut und stolz der Versammlung näherte, anstatt hinten in der letzten Bank der Zuspätkommenden Platz zu suchen.

Kristine erkannte ihn zuerst, schon allein an der Art zu gehen. »Es ist mein Vater«, raunte sie mir bleich zu.

Du kannst mir glauben, der Schreck fuhr mir in die Glieder. Wieder fühlte ich mich ertappt, als hätte ich mich eines Verbrechens schuldig gemacht. Ich hatte mich schon so sicher gewähnt, als geachteter Bürger und erfolgreicher Kaufmann, als Gemahl einer schönen Frau, als Vater eines gesunden Kindes. Sollte das Glück der letzten eineinhalb Jahre nun ein Ende finden? Würde mir der Tod des Lukas Diekmann zum Verhängnis werden?

Natürlich weißt Du es, Du bist schließlich mein Nachkomme, also muß die Geschichte ja glücklich weitergehen. Verzeih mir, wenn ein alter Mann am Ende seines Lebens in Erinnerungen schwelgt, anstatt die Wege zu noch versteckten Schätzen aufzuzeigen. Doch sollst Du alles wissen, vielleicht aus meinem Leben Schlüsse ziehen, etwas lernen. Wie Gott die Geschicke für Dich lenken wird, damit Du Deine Erfahrungen sammelst und einen Lohn für die Mühsal des Lebens erhältst, das wirst Du vielleicht auch einmal Deinen Enkeln erzählen wollen. So lies, wie Philipp Holtermann in der Kirche auftrat.

Selbstsicher und aufrecht schritt er an allen Reihen vorbei bis nach vorne zu seiner Tochter. Ehe Pastor Wessel fragen konnte, wer er sei, sprach er laut und deutlich: »Gottlob, ich komme nicht zu spät.« Er ließ die Worte wirken, und in den Reihen hinter uns fingen die Gäste an zu murmeln. Ich mußte wohl aschfahl geworden sein, denn Holtermann spottete: »Ich komme nicht zu spät und will Euch jungem Kaufmann nicht das Blut aus dem Kopfe treiben.« Und mit einem Blick auf den Bauch seiner Tochter, die sich von dem Brautstuhl erhoben hatte und ebenso stolz wie ihr Vater diesem ins Gesicht blickte, setzte er hinzu: »Oder sitzt es dem Bräutigam stets in den Lenden? Herr Pastor, verzeiht, daß ich mich noch nicht vorstellte. Ich bin der Vater der Braut. Ich möchte ihr bei diesem Schritt in das Eheleben zur Seite stehen. Fahrt bitte fort.« Der Pastor setzte die Zeremonie würdig fort und erklärte uns schließlich vor Gott für Mann und Frau. Nach dem letzten Gebet und dem Segensspruch entließ uns der Pastor, der Chorgesang setzte wieder ein, Kristine und ich faßten uns bei den Händen, und wir verließen die Kirche.

Draußen war es strahlend hell, die Leute, die auf dem Vorplatz standen, winkten uns zu, wünschten uns Glück, und die Hochzeitsgäste umringten uns und warfen Blumen über uns. Die Anspannung, die ich während der Zeremonie seit dem Auftreten meines Schwiegervaters empfunden hatte, löste sich, und wir wandten uns unseren Gästen zu. Philipp Holtermann nahm seine Tochter stumm in die Arme, und sie lehnte sich schluchzend an seine Brust. Dann lud ich die Gäste ein, zur Feier in unser Haus zu kommen. Unser Nachbar, der wohlhabende Brauer Thomas Lindemann, hatte zu unserer Überraschung von seinen Fuhrknechten ein Gespann mit Blumen und Schleifen ausschmücken und vorfahren lassen. Darauf mußten wir steigen, uns auf einen Thron aus Bierfässern und Strohpolstern setzen, und dann wurden wir langsam und auf Umwegen nach Hause kutschiert. Unterwegs wurden wir beklatscht, bejubelt und beglückwünscht. Gassenjungen liefen johlend hinter dem Fuhrwerk her, und es schloß sich auch eine Reihe Schaulustiger an, die sich etwas von dem Hochzeitsmahl versprach oder auf einen Umtrunk hoffte.

Als wir am Rödingsmarkt ankamen, konnte man schon von weitem eine Menschenansammlung vor unserem Haus sehen. Während wir in der Kirche waren, hatten Nachbarn in Mines Auftrag das Dielentor mit Girlanden aus Farnen, Hopfen und Efeu geschmückt, in die Kornblumen, Johanniskraut, Lichtnelken, Schafsgarbe, Rainfarn und Färberscharte gesteckt waren. Auf der Straße vor unserem Haus standen Bierfässer, die Steffen und Ole von dem Nachbarn Lindemann geliehen hatten. Niedrige und hohe Fässer waren mit Hilfe von Brettern und Balken zu Tischen und Bänken geworden, und dort saßen auch schon erwartungsvoll Brauergesellen aus der Nachbarschaft, Mägde und allerlei Volk, das weder ich noch Kristine kannte. Zwar hatten wir in den vergangenen Tagen die nächsten Nachbarn kennengelernt, den Brauer Lindemann, den jungen, zurückhaltenden Bergenfahrer Eisentraut, den grauhaarigen Englandfahrer und Tuchhändler Oelrich, und auch alle zu unserer Hochzeit Geladenen, aber mit so viel Anteilnahme hatten wir nicht gerechnet. Das Fest bot für alle eine willkommene Unterbrechung der arbeitsreichen Woche, und da wir am Donnerstag feierten, gab es nicht einmal eine Einschränkung der Speisenfolge durch Fastenvorschriften zu erwarten. So hatte sich die Nachricht wie ein Gerücht schnell verbreitet und auch Fremde angelockt. Gaukler und Akrobaten in ihren bunten Kostümen hofften hier auf freigebige Spender, ein paar Musikanten waren zu sehen, und dann erkannte ich auch den ungarischen Landedelmann wieder, den ich schon einmal im letzten Jahr bei meinem ersten Besuch in Hamburg in dem Wirtshaus gesehen hatte, in das mich Hagelskamp geführt hatte. Diesmal war er offenbar Bärenführer, denn an einer dünnen Kette führte er einen zahmen, kleinen Braunbären mit sich, der auf Befehl seines Herrn auf zwei Beinen ging oder sich drehte. Neben den beiden stand wie damals im Wirtshaus der spindeldürre Dichter, klatschte den Takt und trug Weisen vor, nach denen der Bär nun tanzen mußte. Kristine stieß mich an, damit ich mich von dem Anblick losriß.

Inzwischen waren die geladenen Gäste von der Kirche gekommen. Mir grauste ein wenig, als ich die Schar der geladenen und ungeladenen Gäste sah. Doch wie hatte der Pastor gepredigt: »Jesus spricht: Was du dem geringsten meiner Brüder antust, das tust du mir an.« Das hieß teilen und wohltätig sein. War es zu großspurig gewesen, eine Hochzeit zu feiern? Lebten nicht genug Mägde und Knechte, Pastoren und Pfaffenmägde wie Mann und Frau zusammen, ohne den Segen der Kirche einzuholen? Mangelte es diesen Menschen an Gottgefälligkeit? Zum Stöhnen und Zweifeln blieb mir nun aber keine Zeit. Mine, das alte Weib mit den von Krähenfüßen umrandeten Augen, hatte meinen Blick über die Menge richtig gedeutet. Sie nahm meine Hand in ihre beiden großen, kräftigen Hände und sagte mit leiser Stimme: »Schiffer, seid unbesorgt, ich habe versprochen, bei dem Fest zu helfen, und alles bedacht. Die Vorräte werden schon reichen, ich habe mit Eurer Frau eingekauft und vorgekocht, und auch die Mägde der Nachbarschaft haben mitgeholfen. Ihr tut recht, eine Hochzeit zu feiern, das seid Ihr dem Herrgott und Eurem Ansehen bei den Nachbarn schuldig. Bedenkt, daß das Bild, was sich die anderen von Euch machen, davon abhängt, was Ihr zeigt. Wer angesehen sein will, kann sich nicht verstecken. Genießt das Fest, seid fröhlich und überlaßt das Bedienen der Gäste mir und den Jungen und Mädchen, die ich für heute angeheuert habe. Es sind die Kinder meines Bruders, sie wollen sich ein paar Münzen verdienen. Und nun noch viel Glück, das wünsche ich von Herzen Euch und Eurer Frau.«

Dann schob die Alte Kristine und mich durch das Tor auf die Diele des Hauses. Der gestampfte und geflieste Boden war jetzt mit weißem Elbsand bedeckt, und auch hier war eine lange Tafel aus Brettern und Fässern errichtet. Bänke und Stühle standen davor. Auf der Tafel standen tönerne Leuchter mit Wachskerzen und bronzene Kienspanhalter auf weißen Leinentischdecken. Wo mochte sich Mine all dieses Geschirr zusammengeliehen haben? Wir besaßen dergleichen keineswegs. Wie im Traum bewegten Kristine und ich uns, so, wie wir geschoben wurden. Jetzt hatte uns Hagelskamp auf einen grünen Teppich neben dem Dieleneingang gestellt. Der Küster entpuppte sich als kenntnisreicher Zeremonienmeister. Er hatte sich in der Kirche sofort Kristines Vater gemerkt und winkte ihn aus der Schar der draußen wartenden Gäste heran. War Kristines Vater in der Kirche noch großspurig aufgetreten, so zitterten ihm nun die Hände, als er seiner Tochter eine Kette um den Hals legte. Es war die Kette, die Kristines Mutter einst zu ihrer Hochzeit erhalten hatte. Da lag Kristine ihrem Vater wieder schluchzend in den Armen, bis er sich mit gerötetem Gesicht von ihr befreite, mir die Hand drückte, Glück wünschte und von dem Küster an die Tafel verwiesen wurde, wo er einen Platz neben den bekränzten Stühlen des Brautpaares erhielt.

Dann kamen Steffen und Ole, die de Castros, die Lindemanns, Eisentrauts, Oelrichs, Pastor Wessel, dann ein Domgeistlicher, Bruder Nikolaus Franz, der zugleich Oberster einer Bruderschaft von gläubigen Bürgern des Kirchspiels Sankt Nikolai war und in dieser Eigenschaft die Glückwünsche dieser Bruderschaft überbrachte, danach der Kaufmann und Schiffer Simon von Utrecht mit seiner Frau; von Utrecht war erst vor einem Jahr Bürger der Stadt Hamburg geworden. Er stammte aus Haarlem in Holland und war Kaufmann im holländischen Über-Watt-Handel entlang der friesischen Inseln, Häfen, Siele und Priele und kannte sich ausgezeichnet in der Navigation jener Gegend aus. Auch beim Aussuchen der wattenmeergeeigneten Schiffe und beim Handeln mit Schiffen war er erfolgreich. De Castro erklärte mir später, daß von Utrecht beste Beziehungen zum Rat der Stadt besaß, den Rat beim Krieg gegen die Seeräuber beriet, kundig Nikolaus Schocke und Albert Hoyer vor ihrer Helgolandschlacht gegen Störtebeker vorbereitet hatte und selbst einen kleinen Wattenmeersegler für den Zug gegen die Piraten ausrüstete, der »Bunte Kuh« genannt wurde. Schockes Frau Marejke war wie Kristine schwanger und fühlte sich etwas einsam in Hamburg. So hatte sie in den letzten Tagen Kristine mit einem nachbarschaftlichen Willkommensgruß aufgesucht, und die beiden schienen sich zu mögen. Sie tauschten weibliche Geheimnisse aus, berieten, welche Hebamme ihnen zur Seite stehen würde, und schließlich lud Kristine auch diese entfernteren Nachbarn ein, denn sie hatten ein Haus am unteren Ende des Rödingsmarktes Ecke Kajen bezogen.

Hagelskamp sorgte dafür, daß nicht noch mehr Gäste in das Haus drangen und nahm ihnen die Geschenke ab. Er ließ auch draußen etwas auftischen und ausschenken und blieb bei der Dielentür, um später auch noch weitere für mein Fortkommen vielleicht wichtige Gäste einzulassen. So ließ sich der Rechtsgelehrte Sven Hennings sehen. Die beiden Äldermänner Pfeffer und Krekels vom Barbier- und Baderamt waren von de Castro über das Hochzeitsfest unterrichtet worden und schauten vorbei. Sogar ein Mitglied der Gesellschaft der Schonenfahrer, der bärtige Eric Banthien, übermittelte die Grüße der Gesellschaft und ließ sich nicht lange überreden, an der Tafel Platz zu nehmen.

Um einen Eindruck davon zu geben, was wir auftragen ließen und daß wir zu feiern verstanden, will ich die Speisen aufzählen: Bruststücke vom Ochsen mit Meerrettichsoße, Ochsenzunge in Rotwein gegart, Mettwürste mit Senf und Zwiebeln, Stockfisch mit Rosinen und getrockneten Feigen in Safran gelbgekocht, dazu Weizenbrot, Butter, Käse, Waffeln mit Kirschen und Sahne, die ersten Birnen als Kompott, Mandelmus mit Honig und Rosenwasser, gegorenen Kirschsaft mit Ingwer und Nelken, Hamburger Bier aus dem Hause Lindemann, Wein aus den Vorräten de Castros. An einem Spieß über dem Feuer wurden unentwegt Tauben und Hühner gedreht. Keiner der Gäste konnte sich beklagen, alle lobten den Geschmack, lockerten die Gürtel und rülpsten und furzten, daß es eine Freude war, Gastgeber zu sein.

Auch auf der Straße ging es hoch her. Das Bier war nicht ganz so gehaltvoll, statt Butter gab es Schmalz, statt Weizenbrot Mischbrot, aber aus den großen Kesseln und Garpen wurde eine gute

Hochzeitssuppe mit Teigtaschen und viel Fleisch geschöpft. Die einfachen Gäste auf der Straße brachten ihre Löffel selbst mit und aßen ohne viel Aufhebens direkt aus den Kummen, es sei denn, sie hatten sich kleine Blechnäpfe, geböttcherte Schalen oder geschnitzte Holzschalen mitgebracht. Einfaches Steinzeug aus der Boberger Töpferei diente als Trinkgeschirr.

Enkelsohn, fragst Du Dich, warum ich nicht lieber von noch zu hebenden Schätzen erzähle? Glaub mir, die Grundlage für weitere Schätze wurde anläßlich dieser Hochzeit gebildet, denn es fügte sich, daß ich durch dieses Fest bekannt wurde und sich daraus neue Geschäftsbeziehungen knüpfen ließen. So nimm meinen Rat an, achte nicht geizig darauf, daß Du stets für jedes Fest, das Du feierst, von allen Gästen im Gegenzug eingeladen wirst. Denke daran, daß Du fröhlich feierst und Deine Gäste sich wohl fühlen.

Vernimm also, was sich während des Festes im Hause ergab. Kristines Vater erklärte, wie er den Weg von Stade nach Hamburg genommen hatte. Er nahm seine Tochter beiseite und gestand ihr, wie sehr er unter ihrem Weggang gelitten und welche Sorgen er sich gemacht hatte, welche Selbstzweifel ihn geplagt hatten, und daß er froh war, sie jetzt zurückzugewinnen und sein Enkelkind zu erwarten. Kristine regelte, daß ihm für die Nacht ein Bett in einer Kammer unter dem Dach gerichtet wurde. Dann sorgte sie dafür, daß er sich mit de Castro unterhielt, und die beiden fanden Gefallen aneinander.

De Castro hatte bei den Kaufleuten, mit denen er verkehrte, von meiner schnellen Fahrt nach Danzig und zurück erzählt, meine Navigationskunst gelobt und mein kaufmännisches Geschick hervorgehoben. Das war wohl der Grund dafür, daß die Englandfahrer und die Bergenfahrer die Kaufleute Oelrich und Eisentraut beauftragt hatten, mich kennenzulernen. Ich war ja bereits Mitglied im Schifferamt, aber die verschiedenen Gesellschaften hatten ein wachsames Auge darauf, wer mit welcher Absicht wohin fuhr. Bei unserem direkten Nachbarn Lindemann war das Interesse anscheinend nicht zielgerichtet. Vielmehr liebte er es zu feiern und freute sich anscheinend, daß er uns als Nachbarn bekommen hatte. Simon von Utrecht war seiner Frau zuliebe mitgekommen, unterhielt sich jedoch gut mit den anderen Gästen über

Handel und Wandel in der Stadt. Dabei flocht er eitel immer wieder in seine Rede ein, wen er vom Rat bereits gut kenne. Ich schmeichelte ihm und heuchelte große Bewunderung für seine Taten beim Kriegszug gegen Störtebeker. Der schwere Südwein löste seine Zunge, und er gab an, daß Schocke und Hoyer nur durch seine Kenntnisse über die Küstenseewege im Watt die Seeräuber hatten fangen können. Viele Schiffe seien der Seeschlacht aus dem Weg gegangen und hätten in den friesischen Sielen Schutz gesucht. Er habe den Anführern der hansischen Orlogschiffe Schocke und Hoyer die richtigen Routen gezeigt, und so hatte man noch viele Schiffe stellen können.

»Stimmt es, daß Ihr höchstpersönlich den berüchtigten Magister Wigbold gefangengenommen habt?« klopfte ich auf den Busch.

Da wurde er mißtrauisch, fragte: »Wer behauptet das?«, und auf meine Entgegnung, daß ich ein derartiges Gerücht gehört hätte, führte er aus: »Mein Schiff war dabei, als wir Störtebeker stellten. Meine Freunde aus Haarlem haben mit größeren Verlusten das schwarze Schiff Wigbolds genommen. Zwei Haarlemer Sniggen sind im Kampf verlorengegangen, aber den teuflischen Ketzer eines Magisters haben sie in seiner Achterkajüte gefangen, nachdem die großen Koggen Wigbolds Schiff zusammengeschossen hatten. Der Magister lag besoffen in seinem typischen Magistertalar zwischen seinen Kisten und leugnete, der Magister zu sein. Erst nach hochnotpeinlicher Befragung gab er seine Schuld zu. Schließlich fiel sein Kopf auf dem Grasbrook. Die lübschen Schiffe hatten sich an die Fersen Godeke Michels' geheftet. Vielleicht waren sie ganz froh, daß sie ihn aus der Ostsee in die Nordsee vor die Tore Hamburgs gejagt hatten, jedenfalls brachen sich die Lübschen mit der Verfolgung keinen Zacken aus der Krone. In der Nacht hatten sie sein Schiff verloren. Wie ich von Freunden hörte, trieb er nach der Seeschlacht sein Unwesen weiter vor Friesland. Darum habe ich dieses Jahr einen Zug mit der ›Bunten Kuh‹ und anderen Hanseschiffen unternommen, und wir konnten Godekes Schiff vor Emden in Brand schießen.«

Ich dachte mir meinen Teil, konnte mir aber nicht vorstellen, daß der Magister besoffen gewesen war. Hatte er einem Mann der Mannschaft eine Droge eingeflößt, ihm den Talar übergestülpt und war dann mit einer anderen Snigge entkommen, wenn von Utrecht davon berichtete, daß es zwei Haarlemer Sniggen gekostet hatte? Nach Haarlem würde mich mit meiner Snigge jetzt niemand lotsen können, ja, ich würde mich sogar hüten, von Utrecht meine Snigge zu zeigen, obwohl sie im letzten Winter verändert worden war. Es wäre gut, ein neues Schiff zu kaufen. Die Nachricht, daß Godekes Schiff in Brand geschossen wurde, hieß noch lange nicht, daß der alte Piratenführer nicht mit dem Leben davongekommen war und seine Wunden auf einem friesischen Hof leckte, um dann später aus einem versteckten Schatz Geld für ein neues Piratenschiff zu ziehen.

Dann wandte ich mich Bruder Nikolaus Franz zu. Er schien eine schillernde Figur zu sein, wußte amüsant zu erzählen und kannte anscheinend viele wichtige Persönlichkeiten in der Stadt. Freimütig gab er zu, daß ihm das Ordensleben bei den Dominikanern doch zu streng geregelt war und er das frühe Aufstehen haßte. Darum war er nach dem Tode seines Vaters aus dem Orden ausgetreten, nicht ohne eine Ablöse aus seinem Erbe zu zahlen, damit er mit Hilfe des Ordens eine Pastorenstelle in Sankt Nikolai erlangen konnte. Nun bekleidete er dieses Amt, erhielt aus seinem Erbe, Liegenschaften und Zinshöfen in Altona, gute Nebeneinkünfte und konnte sich so seinen Leidenschaften widmen: Geselligkeiten, seien es nun Hochzeiten oder Beerdigungen, Segnungen, Firmungen, Weihungen oder Politik. Frau de Castro sprach ihn auf seine Bibelstunden an, gesellige Treffen, die regelmäßig in einem Gasthaus stattfanden und zu denen ein Kreis von Bürgern unterschiedlicher Herkunft erschien. Zusammen mit Pastor Wessel übersetzte er dort die Bibel vom Lateinischen ins Deutsche und versuchte, die biblischen Geschichten mit Geschehnissen der Gegenwart zu vergleichen. Das gute Essen schien dabei nicht zu kurz zu kommen, denn der gute Bruder Nikolaus Franz war recht beleibt. Seine Rolle als Geistlicher hielt ihn nicht davon ab, Schuhwerk, Hosen und Strümpfe nach der neusten Machart zu tragen, und auch sein Pastorengewand war raffiniert geschnitten und aus feinstem Tuch. Außerdem trug er auffälligen Schmuck, und, gefragt nach der Herkunft dieser Arbeiten, flocht er geschickt Hinweise auf seine diversen Wallfahrten ein. Der Ring an seinem Mittelfinger war von einem muselmanischen Goldschmied gearbeitet, denn der gute Bruder war sogar schon in Jerusalem gewesen, wo er ein Heidengeld an die Muslime hatte zahlen müssen. Dennoch schwelgte er in Erinnerungen an diese Reise in das Morgenland, so daß ich auch heute noch nicht umhin kam, diesen Mann um seine Weltläufigkeit und Erfahrungen zu beneiden. Ich beschloß, den Kontakt zu ihm nicht abreißen zu lassen, vielleicht auch einmal seine Bibelstunden zu besuchen und mir ein eigenes Urteil zu schaffen, ob er damit wirklich die einfacheren Bürger gegen den Rat der Stadt aufwiegeln wollte, so wie man hinter seinem Rücken munkelte.

Nachdem ich artig die Gäste begrüßt und mich auch in Kristines Namen für die Geschenke und Segenswünsche bedankt hatte, erhoben sich zwischen den Speisegängen mein Schwiegervater, dann de Castro und danach noch verschiedene Gäste, um ein paar Worte zu sagen und auf unser Wohl zu trinken. Sie rühmten die Schönheit Kristines, daß ihr die Wangen rot wurden, und Kristines Vater machte Andeutungen, daß ich seine Tochter entführt und noch den Brautpreis zu zahlen hätte, fand aber so scherzhafte Formulierungen, daß die Gäste es für nicht ernst gemeint hielten. Er sah mir dabei aber mit einem Blick in die Augen, daß es mir kalt über den Rücken lief. Alle Gäste waren sehr freundlich zu Kristine, und sie genoß es, im Mittelpunkt zu stehen, erzählte von unserer Reise nach Danzig, und insbesondere die anderen Frauen lobten ihren Mut, sich auf eine derartige Abenteuerfahrt zu begeben. Unausgesprochen, aber doch zu ahnen, waren Vorwürfe an mich, eine junge Frau mit auf eine Ostseefahrt zu nehmen.

Die Gäste wurden langsam lustiger, denn Mine ließ fleißig braunes Starkbier nachschenken, das seine Wirkung zeigte. Leider mußten die Gäste die Flüssigkeit auch wieder loswerden, und es begann eine Wanderung zum Aborthaus hinten im Garten. Vorne vor dem Tor war man nicht so schamhaft, und es dauerte danach ein paar Tage, bis die Haufen und Seen wieder auf ein übliches Maß zurückgeschrumpft waren. Auch sonst ging es draußen derber zu, wie ich nach einem Gang in unseren Hinterhof mit eigenen Augen sehen konnte. Ich hatte meinen Platz an der Tafel nicht wieder eingenommen, sondern war zu Hagelskamp an den Eingangsbereich der Diele getreten. Auch Steffen und Ole waren bei ihm, sie fühlten sich bei den anderen Gästen nicht wohl, da diese über den Rat, Preise, Zölle, die Hanse und ihre eigenen Ansichten zu sprechen begonnen hatten. Die beiden Jungen schauten sehnsüchtig nach den Mägden vor dem Tor.

Der Himmel draußen hatte sich verdunkelt, und es war am Nachmittag schwüler geworden. Die Musikanten, die anfangs verhalten gespielt hatten, spielten jetzt auf Flöten, Lauten, Drehleiern und Dudelsäcken zum Tanz, und die Mägde, Brauersknechte, Fuhrleute, jungen Burschen und Mädchen ließen sich nicht lange bitten, drängten und bezahlten die Musikanten schließlich, damit sie weiterspielten. Und wer bezahlt, bestimmt auch die Musik. Tanzten zunächst die Burschen und Knechte noch nach alter Art in Reihen geordnet, so fingen sie später an, mit den Frauenzimmern in wilder Reihe zu toben, zu zweit zu wirbeln und sich nach dem Takt der Musikanten zu drehen. Die Schwüle des windstillen Abends, die erhitzten Gesichter, der Geruch der Speisen, der sich mit dem Gestank der Straße mischte, der Gesang, das Gelächter, die spitzen Schreie der Mägde und die rauhen Stimmen der Kerle, die Musik und die stete Bewegung der Menschen auf der Straße, all das nahm mich gefangen, und wie gebannt blickte ich auf diesen Reigen, der auf mich wirkte wie das Bildnis des Totentanzes, das ich einmal in einer Wismarer Kirche gesehen hatte. Dieses Bild war dort draußen vor der Tür lebendig, so trunken, wie die Tanzenden taumelten, so selbstvergessen, wie die Dudelsackpfeifer spielten, so brünstig, wie die Pärchen sich in Hauseingänge, Winkel, zwischen Wagen und auf die Schuten des Fleets drückten; Kinder naschten unbeobachtet aus den Krügen Wein und Bier, Alte und Arme taten sich gierig an den halbgeleerten Kesseln und Grapen gütlich, die Akrobaten verzauberten ihre Zuschauer. So war das Sinnbild des Lebens. Was spielen Preise und Zölle, Rang und Namen für eine Rolle, wenn man hier die Lust am Trinken, Essen und am anderen Geschlecht so deutlich in den Vordergrund treten sah.

Der Küster Hagelskamp war nüchtern geblieben. Er legte seine Hand auf meine Schulter und flüsterte mir ins Ohr: »Seid unbesorgt, wenn Ihr des Feierns müde seid, werde ich mich in Eurem Sinne um die Gäste kümmern und auch Euren Schwiegervater zur Lagerstatt geleiten, falls er sie selbst nicht finden wird. Mine und ich werden heute nacht hier wachen, die Türen schließen und schließlich alle Lichter löschen, damit kein Funkenflug ein Unglück verursacht. Kümmert Euch um Eure Frau und das ungeborene Kind.«

Stumm drückte ich ihm die Hand, umarmte auch Steffen und Ole und kehrte zur Tafel zurück. Holtermann war in einem angeregten Gespräch mit Krekels und Pfeffer, und de Castro gesellte sich gerade zu ihnen und schenkte aus einem Weinkrug nach. Bruder Nikolaus Franz hatte eine Weihrauchschale mit Knaster entzündet und fächelte den Qualm zum Brauer Lindemann hinüber, der sich mit von Utrecht angelegt zu haben schien. Die Frauen waren ebenfalls zusammengerückt, sprachen nicht so laut und erregt, aber Kristine schien froh, als ich ihr winkte und wir der Stiege zustrebten. Kristine zog mich weiter nach oben die Treppe hinauf bis zur letzten Luke im Giebel. »Ich möchte noch einmal Tageslicht sehen und frische Luft einatmen«, sagte sie zur Erklärung, dann stieß sie die Giebeltür auf.

Ein merkwürdiger Tag ging zu Ende, schon lange hatte ich mich nicht so von anderen vorführen lassen, artig Diener gemacht und auf die Scherze nie die richtigen Entgegnungen gefunden. Ein bißchen kam ich mir wie der Tanzbär vor, den der Bärenführer dort unten angekettet hatte und der wie sein Herr jetzt seinen Rausch ausschlief. Kristine seufzte und hielt sich den Bauch: »Hier, fühl einmal, das Kind bewegt sich.«

Ich schob meine Hand auf ihren Bauch, aber ich spürte nichts, gab es aber nicht zu, sondern schwieg.

»Es ist ein besonderer Tag, wir haben uns vor Gott die Ehe versprochen, und Gott sendet uns ein Zeichen«, meinte Kristine andächtig.

Auch ich fühlte eine Rührung in mir und schaute zum Himmel hoch, wo wir Christen unseren Herrgott suchen. Dort oben sah ich nur Wolken mit einer rötlichen Färbung, obwohl die Sonne schon lange untergegangen war. Bei näherem Hinsehen wies der gesamte südliche Himmelsrand ein merkwürdiges rotes Strahlen auf. War dies auch ein Zeichen Gottes? Oder glimmte da ein Höllenfeuer in dieser schwülen Nacht? Ich machte Kristine nicht darauf aufmerksam, sondern lehnte den Fensterladen an und sperrte Fledermäuse, Motten, den Geruch des trockengefallenen Fleetes und alle bösen Geister und Träume aus.

Wegen der Schwüle der Nacht schliefen wir unruhig und wälzten uns hin und her. Morgens früh wurde ich von brenzligem Geruch geweckt, der durch den Spalt des angelehnten Ladens gezogen war. Im dämmerigen Morgenlicht war vom Fenster aus nichts zu sehen. Ich weckte Kristine nicht, stieg in die Küche hinunter, wo Mine bereits wirtschaftete, und fragte sie, woher der Brandgeruch rühre. Sie war schon am Brunnen gewesen, der von einer hölzernen Wasserleitung aus dem westlichen Umland der Stadt gespeist wurde, hatte dort verschiedene Mägde und Frauen getroffen und die Neuigkeiten gehört. Bauern aus dem Alten Land hatten die Nachricht über die Elbe gebracht. Der Wald am Harburger Höhenweg stand in Flammen, auch die Moore und Torfgebiete in der Elbniederung bei Moorburg, Finkenwärder und teilweise im Alten Land waren entzündet. Die langanhaltende Dürre hatte das Land derartig ausgetrocknet, daß sich der Brand mit Funkenflug weit ausgebreitet hatte. Wer der Schuldige war, ließ sich nicht sagen, mochten es mißgünstige Nachbarn, unvorsichtige Brandroder, fahrendes Volk oder Feuerteufel gewesen sein; fest stand, daß die Ernte durch die Dürre ohnehin schon bedroht war und jetzt auf jeden Fall Weiden, Felder und Obstgärten im Umland vernichtet wurden. Mine jammerte, daß es sicher eine Teuerung geben werde. Wütend verdächtigte sie die reichen Großbauern mit ihren vollen Scheunen, den Brand gelegt zu haben.

Den ganzen Tag über wurde der Brandgeruch durch den Südwind zu uns getragen, und Asche rieselte vom Himmel auf Hamburg herab. Die Menschen strömten in die Kirchen, wo die Pfaffen von der Kanzel wetterten, daß wir zu sündig lebten. Es wurde viel davon geredet, was zu tun sei, wenn Funken über die Elbe auf die trockene Stadt fallen würden. Die Häuser an den Fleeten wurden von ihren Bewohnern mit Wasser begossen. Die anderen Hausbesitzer hofften und beteten, denn die Wasserspiele, Leitungen und Schöpfeimer würden nie ausreichen, um einen großen Brand zu löschen. Endlich, in der Nacht nach unserer Hochzeit, entlud sich ein Gewitter, prasselnder Regen löschte das Feuer, und die Anspannung wich von den Bürgern.

33. Stadtluft und Bürgertum

Vernimm, lieber Enkel, wie es weiterging nach der Hochzeit mit Kristine. Lies von meinen Gefühlen und Gedanken.

Die Aufregungen der Hochzeitsvorbereitungen und der Wunsch nach einem ansehnlichen und bezahlbaren Fest wichen nun einer gewissen Leere. Das Fest war vorbei, nun mußten Alltagsentscheidungen getroffen werden. Hinzu kam eine gewisse Unruhe, seit der Brandgeruch so aufdringlich durch die Straßen der Stadt gezogen war. Ich fürchtete um meine Karten und Aufzeichnungen. Ich beschloß, mir Kopien anzufertigen und sie an feuersicheren Orten aufzubewahren.

Nachts träumte ich, daß eine Feuersbrunst unser Haus samt Inhalt verzehrte und daß mir die Karten von Dämonen geraubt wurden, wobei die Dämonen Fratzen hatten, wie man sie von den Speiern der Kirchendachtraufen her kennt. Dann verwandelten sich die Fratzen in die Gesichter toter Schalme, schreiender Opfer der grausamen Hiebe von Schwertern und Enterbeilen. Dann wieder träumte ich, daß ich die kostbaren Karten im Keller des Hauses versteckte, und kaum war dies geschehen, stieg die Flut aus den Fleeten, floß eine schlickige, schaumige Suppe über die Schwelle und kroch unaufhaltsam auf die Stiege dem kleinen gemauerten Keller zu, um sich über die Backsteinstufen nach unten zu ergießen, während ich wie festgewurzelt meine Kartenschätze verschwinden sah und das ängstliche Rufen Kristines mit einem schreienden Neugeborenen auf dem Arm vernahm. Hatte mir Gott diese Träume geschickt, damit ich frommer lebte, mich nicht so sehr nach den irdischen Gütern und dem Wohlleben sehnte?

Von meiner Seelenpein erzählte ich Kristine nichts, da sie, unruhig wie eine mit dem Nestbau beschäftigte Vogelmutter, mit Mine in unserem Haus Verbesserungen plante, durchführte und ständiges Aufräumen und Saubermachen ihre Sinne beherrschte. Aber es zog mich zu der mächtigsten Kirche in Hamburg, dem Dom nahe am Fischmarkt. Die dicken Mauern, die hohen Bögen, der Geruch von Weihrauch, die Gesänge, der prachtvolle Altarschmuck, die bestickten Gewänder der Priester und die kostbaren

Gemälde und Teppiche ließen mich klein werden wie eine Ameise. War Gott hier in dem erhabenen Kirchenbau den Hilfesuchenden näher? Doch Ruhe fand ich bei den Geistlichen nicht. Den Versuch, mich bei einer Beichte zu erleichtern, brach ich ab, weil der Pfaffe den stotternden Anlauf, meine Not zu erklären, mit der Frage nach Unkeuschheiten unterbrach und der geile Unterton in seiner Frage seine eigenen Gelüste offenbarte. Ich kannte den Mann nicht, er kannte mich nicht, und ich floh mit raschen Schritten aus diesem Prachtbau, wand mich durch das Gewimmel der vielen Verkaufsbuden und Krämerläden, die bis ins Innere des Domes gewuchert waren.

Wie von Sinnen lief ich durch die Gassen und über die Brücken, bis ich mich auf dem Grasbrook wiederfand, nicht weit von der Stelle, an der die Schalme gerichtet worden waren. Als ich dort vor einem schlichten Holzkreuz stand, erkannte ich, daß Gott mich hierhergeschickt hatte, damit ich Ruhe und seine Nähe fände. Ich fiel auf die Knie und betete inbrünstig, sprudelte wie ein Wasserfall meine ängstlichen Fragen heraus, bat meinen Schöpfer, mir wieder Zuversicht und Hoffnung zu geben und fragte, ob ich als Ehemann und Vater überhaupt geeignet sei. Als ich dann atemlos und leergeredet auf Hilfe hoffte, antwortete Gott. Eine jubelnde Lerche, das war die unerwartete Antwort. Hoch oben, als kleiner schwarzer Punkt im Himmel am Ende des Sommers, flog dieser kleine Vogel, um, anders als beim Meistersingen der Frühlingszeit, die pure Schönheit des Lebens zu preisen. Diese Antwort des Himmels rührte mich. Wenn dieser Vogel so jubilieren konnte, dann sollte ich eigentlich ebenfalls furchtloser in die Zukunft blicken. Ich ließ mich nach hinten ins hohe Gras rollen und blickte in den Himmel zu diesem Punkt, sah die Wolken ziehen, roch den würzigen Sauerampfer. Dann landete ein Grashüpfer auf meiner Brust, erklomm meinen Hals bis zum struppigen Bart, ruhte sich auf dem Kinn aus und begann dann zu zirpen. Da brach ich in Lachen aus, daß der kleine Kerl erschreckt das Weite suchte. Ich stand auf, und heiteren Herzens kehrte ich nach Hause zurück.

Nachdem wir durch die Hochzeit bei meinen Nachbarn bekannt geworden waren, begannen sich auch die Stadtkämmerer für uns zu interessieren. Eines Tages Ende August kamen zwei

Ratsboten und überbrachten die Nachricht, daß ich den Schreiber Heidtmann in der Ratskanzlei des Rathauses aufsuchen sollte. Das Bürgergeld für Verheiratete sei zu entrichten, ebenso sei zu klären, wie ich den Dienst in der Stadtwache zu versehen gedächte und wie viele Häupter zu meinem Haushalt gehörten. So nahm die Stadt von ihrem Bürger Besitz. Ich bezahlte das Bürgergeld, meldete mich bei der Stadtwache und ließ mir erklären, wie ich mich auszurüsten hätte, wo ich mich melden und abmelden und wann ich Dienst tun müsse. Als Mitglied des Schifferamtes und der Kaufleutegesellschaften hatte ich während des Sommers meist dienstfrei, mußte aber um so mehr im Winter Dienst tun oder dafür jemanden aufbieten und aushalten. Ich nahm mir für den Winter vor, mehr über die Gepflogenheiten dieser Seite des Bürgerlebens in Hamburg zu lernen.

Und wie verhielt es sich mit meinem Schwiegervater, fragst Du Dich? Am Tag nach der Hochzeit kam er überhaupt nicht auf die Beine, ihm brummte der Schädel wie ein Immenhof, und er schimpfte auf den Südwein des de Castro ebenso wie auf das Bier des Brauers Lindemann. Ich ließ ihn in Frieden, half beim Aufräumen, bezahlte meine Schulden für die gekauften Speisen und entlohnte die Kinder des Küsters für ihre Dienste beim Auftragen der Speisen und Nachschenken, ebenso die Mägde der Nachbarn, die beim Abwaschen und Säubern des Hauses Mine zur Hand gegangen waren. Doch am Tag darauf nahm mich mein Schwiegervater beiseite, und wir sprachen offen darüber, wie unsere Geschäfte gingen. Er gestand mir, daß er seinen Verpflichtungen seit dem Davonlaufen seiner Tochter und dem Tod des Lukas Diekmann nicht nachgekommen sei. Erst habe er sich tagelang dem Weinrausch hingegeben, dann habe er auf Anraten des Apothekers Hanfrauch eingeatmet, damit seine Seele sich besinne. An Geschäfte habe er nicht gedacht und seine Waren in den Speichern gelassen. Er habe nur dafür gesorgt, daß die alten Gehilfen sich um die Renten und Zinsgeschäfte kümmerten. Dann sei er zum Grab seiner Frau gegangen, um dort Trost zu suchen, und habe sich zum Gespött der Stader Bürger gemacht, weil er überall nach seiner einzigen Tochter forschte. Alte Jungfern hätten sich zudem angedient, ihm zur Seite zu stehen, Kuppler hätten ihre Dienste angetragen, und daher sei er aus der Stadt nach Bremen geflohen, habe dort einen alten Freund besucht und sei erst im Mai nach Stade zurückgekehrt, um sich wieder um die Geschäfte zu kümmern. Einen fähigen Jungkaufmann habe er einem anderen Kaufmann abgeworben, der den jungen Mann aus Bergen zurückbeordert hatte, damit er Auskünfte über die dortigen Geschäfte erteilte. Diesen jungen Mann habe er in sein Kaufmannshaus eingearbeitet.

Und dann, wir gingen gerade durch die Schmiedestraße auf den Fischmarkt zu, sagte mein Schwiegervater mir geradewegs ins Gesicht: »Ich vermute da irgendeinen Zusammenhang zwischen dem Tod des Lukas Diekmann, deinem Verschwinden und dem Fortlaufen meiner Tochter. Ich habe diese Vermutungen zu Papier gebracht und einem Stader Ratsschreiber zur Aufbewahrung gegeben. Falls mir etwas zustoßen sollte, hat er die Anweisung, den Brief zu öffnen. Ich warne dich also, Schwiegersohn, glaub nicht, daß du dich durch meinen Tod durch das Erbe Kristines bereichern könntest. Dein merkwürdiges Verhalten, mir einen mittellosen Schiffer vorzuspielen, obgleich du insgeheim ein Erbe in Hamburg dein eigen nanntest, macht dich mir nicht vertraut. Einzig dein Erfolg, dein Geld und daß du der Vater meines Enkels sein wirst, hielten mich davon ab, meine Tochter einfach wieder mit nach Stade zu nehmen und dieser Hochzeit nicht zuzustimmen. In Zukunft erwarte ich von dir, daß du mir gegenüber ein ehrliches und offenes Spiel treibst. Jetzt weiß ich, wo ich dich finden kann, nimm dich in acht.«

»Sprecht nicht in diesem Ton mit mir, das Geld aus Kristines Erbe habe ich nicht nötig. Dieser Ton war die Ursache, daß Eure Tochter sich von Euch abwandte. Ihr wolltet Eure eigene Tochter nach Hamburg verkaufen, wenn Ihr Euch erinnert, um einen Geschäftspartner an Euch zu binden. Seid froh, daß Kristine Euch überhaupt zur Hochzeit lud. Hört auf, den streitbaren Mann zu spielen. Laßt uns gegenseitig achten. Lieben wie einen Vater werde ich Euch nicht können. Gewöhnen wir uns an den Gedanken, daß wir, durch Kristine verbunden, miteinander auskommen müssen.«

Dann vereinbarten wir ein Geschäft miteinander. Er versprach mir, sich an dem Schiffsneubau zu beteiligen, und wir einigten uns auf einen Vertrag, den wir bei dem Rechtsgelehrten Sven Hennings aufsetzen und im Rathaus hinterlegen wollten. So wären wir finanziell aneinander gebunden, und gern überließ ich ihm das Gefühl, mich kontrollieren zu können, wenn mich dieser machtgewöhnte Kaufmann nur in Frieden ließe und wieder nach Stade verschwände. Aber er dachte gar nicht daran, sondern trieb sich in den Säulengängen des Rathauses herum, suchte Bekanntschaften über de Castro zu machen und scheute sich nicht, Simon von Utrecht aufzusuchen, um mit ihm über Elbangelegenheiten zwischen den Hansestädten Hamburg und Stade zu streiten. So nach und nach habe ich herausgefunden, daß er es so weit trieb, Stadtschreiber des Rathauses zu bestechen; er legte Notizen über sie an und suchte deren Schuldscheine zu kaufen, damit sie ihm Informationen gaben. Insbesondere interessierten ihn die Urkunden, mit denen die Schauenburger Grafen und der deutsche Kaiser die Privilegien Hamburgs gewährt hatten. Er ging sehr gewitzt dabei vor, der alte Fuchs, und ich glaube, er wollte den Hamburgern gefälschte Urkunden unterschieben, die sich in einem Rechtsstreit vor dem Reichsgericht als solche »entlarven« ließen. Mehrfach verließ er Hamburg, und ich atmete schon auf, diesen ungeliebten Schwiegervater los zu sein, bis er plötzlich unter dem Vorwand, seiner Tochter nahe sein zu wollen, wieder auftauchte. Dabei führte er jedesmal einen Haufen Geld mit sich und schwitzte unruhig, bis er das Geld in unserem Gastzimmer unter losen Bodenbrettern versteckt hatte, wie mir Mine berichtete. Vor ihr ließ sich kaum etwas geheimhalten. Gegenüber seiner Tochter machte Holtermann Andeutungen, daß er Bürgermeister von Stade werden wolle. Um dieses Amt zu erreichen, mußte er wahrscheinlich herausragende Leistungen für die Stadt vollbringen, und vermutlich sollte dieses Spionieren zum Gelingen seines Planes beitragen.

Bis zum Herbst hatten wir genug zu tun. De Castros Erzählungen von unserer Fahrt nach Danzig hatten den Englandfahrer und Tuchhändler Oelrich bewogen, mich für seine aufstrebende Gesellschaft zu interessieren. Es ist schon merkwürdig, wie leicht und zufällig man Beziehungen knüpfen kann, wenn es das Schicksal will. Nachdem ich von der Tönning- und Tondernfahrt zurückgekehrt und mich überzeugt hatte, daß Ole und Steffen diese Fahrten auch allein bewältigen würden, schickte ich die beiden mit einem Schiffsjungen, einem Sohn Hagelskamps, erneut auf diese Route, um Frachtaufträge zu erledigen.

Der grauhaarige Oelrich lud mich ein, ihn auf seiner Fahrt nach London zum Stalhof zu begleiten. Stalhof hieß diese Niederlassung der Hansen, weil dort so viele Tuche und Wollballen »gestalt« wurden, daß auf dem Hof auch die eine oder andere Steuermarke beim Verladen abfiel und auf dem Boden liegenblieb, zumindest erklärte Oelrich die Entstehung des Namens so. Ein Konvoi von vier Schiffen sollte in einer Woche nach England aufbrechen, um rechtzeitig vor der Winterpause mit den im Stalhof gestapelten Waren nach Hamburg zurückkehren zu können. Oelrich bot mir Frachtraum auf seinem Schiff an und drängte mich, einen Teil meines Eibenholzes nach England auszuführen. Er wolle mir gern behilflich sein, rasch einen Käufer dafür zu finden. Ich sprach mich mit Kristine ab, und sie riet mir, zuzusagen: »Nach England und nach Westen wird sich der Handel Hamburgs immer richten. Es ist gut, wenn du dich auch in diesem Gebiet auskennst. Wer weiß, wie die Sundfahrt sich entwickelt, wer weiß, ob der Elb-Trave-Kanal nicht in Zukunft an Bedeutung gewinnen wird, wer weiß, was passiert, wenn die Straßenfuhren zwischen Hamburg und Lübeck sicherer werden; dann wird der Ostseehandel für einen Schiffer und Kaufmann wie dich schwieriger. Nutze die Gelegenheit, aber sei bitte rechtzeitig zurück, Geliebter, damit ich mich nicht vor Sehnsucht verzehre und damit unser Kind gleich seinen Vater sehen kann, denn im Dezember wird es zur Welt kommen.«

So sagte ich zu und bereitete mich auf die Fahrt vor.

Zum Glück kam Florian Boge rechtzeitig nach Hamburg, denn ich hatte ihm geschrieben, daß durch das Geld meines Schwiegervaters der Bau eines großen, neuen Schiffes gesichert sei. Als weiterer Teilhaber hatte de Castro sich angeboten, allerdings unter der Bedingung, daß das Schiff auch für die Spanienfahrt geeignet sein müsse. Das hatte anscheinend den Ausschlag dafür gegeben, daß Florian Boge sich von seinen Stader Schiffsbauaufträgen freimachte. Ihn lockte der große Bau, denn wie ich schon erklärte, waren die Stader Aufträge durch die Auflagen des Rates beschränkt. Boge brachte Baupläne für einen dreimastigen Holk mit, besprach sich mit mehreren Schiffszimmerern und Holzhändlern, und dann wurde auf einem freien Bauplatz auf dem Grasbrook mit der Arbeit begonnen. Der Rumpf sollte bis zum Wintereinbruch fertiggestellt werden. Holtermann, de Castro und ich hatten uns über die Anteile geeinigt, und wieder wurde die Vertragsniederschrift bei Sven Hennings besiegelt und im Rathaus aufbewahrt. In London sollte ich nach einem modernen Kompaß und nach günstigen Waffen für die Ausrüstung des Schiffes Ausschau halten, denn der andauernde englisch-französische Krieg sorgte dort für steten Bedarf und Waffenhandel.

Der Abschied von Kristine fiel mir unendlich schwer. Ich weihte sie in alle Geldgeschäfte ein, unterrichtete sie über Verträge und Verpflichtungen, wies sie auf die Besitz- und Bürgerurkunden hin und erklärte ihr auch, welche Werte die Kiste mit den Seekarten und Segelanweisungen für mich darstellten. Diese Kiste sei im Falle eines Brandes unbedingt zu retten, beschwor ich sie, und obwohl sie ja selbst den Wert der Papiere auf unserer Fahrt kennengelernt hatte, schien sie nicht zu ahnen, wie einmalig und unwiederbringlich diese Hilfsmittel waren. »Glaub mir, Kristine, für diese Karten und Beschreibungen würden Piraten Morde begehen. Hüte sie gut und verrate niemandem, wie wertvoll sie sind und wo sie gelagert werden.«

Sie schaute mich zweifelnd an, aber als ich weiterhin ernst darauf bestand, daß sie so wertvoll seien, schlang sie die Arme um mich und sagte: »Ich habe es begriffen. Sei gewiß, ich werde sie hüten wie unser ungeborenes Kind.«

Am Abend des letzten Tages vor der Abfahrt luden wir Hagelskamp und dessen Frau zum Abendessen ein. Ich schmeichelte beiden, lobte Hagelskamp für seine guten Ideen und dankte für die Hilfen, die ich seit dem ersten Treffen vor Sankt Katharinen von ihm erhalten hatte. Ich sprach auch die Hoffnung aus, daß diese Freundschaft noch ewig dauern möge. Insgeheim wünschte ich mir, daß Hagelskamp Kristine helfen würde, falls ich nicht rechtzeitig aus England zurückkommen sollte. Beim Abschied steckte ich ihm, ohne daß Kristine etwas bemerkte, für eventuelle Notfälle etwas Geld zu, das er auch gerne annahm.

Die Reise nach England im Konvoi stellte mich auf eine Geduldsprobe. Die vier Koggen waren gut bewaffnet und so schwer beladen mit Bier, Stockfisch, Salzhering, Getreide, Hanf für die

Reeperbahnen an der Thames Street und Ostwaren aus Preußen, darunter auch ein guter Teil meines Eibenholzes, daß wir nur langsam vorankamen und eine leichte Beute für jeden Kaperfahrer gewesen wären. Schon vor Blankenese lief eine der schlecht manövrierbaren Koggen in einer Böe aus dem Ruder und geriet auf eine der Elbsandbänke. Also mußten wir anderen Konvoifahrer Anker werfen und eine Tide abwarten, bis wir die Kogge mit vereinten Rudererkräften und allen verfügbaren Beibooten, gekrängt durch Leinen, die den Masttopp nach Steuerbord zogen, von der Sandbank ziehen konnten. Ich will nicht klagen über die Enge an Bord, die Zankereien zwischen alten und jungen Kaufleuten und Kaufmannsgehilfen, das schlechte Essen, denn am meisten beschweren muß ich mich über das langsame Fortkommen, die Streitereien zwischen den Schiffsführern, Anteilseignern und Navigatoren aller Schiffe darüber, welcher Kurs anzulegen sei, welche Schutzhäfen angelaufen werden sollten und wann die gefahrlose Weiterfahrt möglich sei.

Für eine Strecke, für die ich mit der Snigge vielleicht vier Tage benötigt hätte, brauchte der Konvoi vierzehn Tage. Wir liefen Emden als Schutzhafen an, als ein starker Westwind die Schiffe auflandig versetzte und die Koggen nicht hoch am Wind kreuzen konnten. Drei Tage hielt ich mich an Bord auf, damit mich nur niemand wiedererkennen sollte, denn in Emden hatten die Likedeeler Störtebekers oft siegestrunken Einzug gehalten, und ich hatte die Beute an die Friesenhauptleute verscherbeln müssen. Wie leicht konnte mich da einer der Friesen wiedererkennen und bewußt oder unbewußt verraten! Wir schrammten immer an der Küste entlang, anstatt England mutig direkt über das Meer anzusteuern. Erst bei Flandern begann der Konvoi die Überfahrt. Das einzig Gute an dieser Fahrt war, daß ich mir Notizen machen konnte, Seezeichen und Küstenlinien abzeichnete, aus den Streitereien der Schiffsführer untereinander lernte und auch einen Blick auf ihre geheimen Karten und Segelanweisungen zu werfen vermochte, wann immer sich eine Gelegenheit bot.

Der Stalhof in London war für mich enttäuschend. Beeindrukkend wie die Stadt London war nur die Größe des Areals, auf dem gehandelt werden konnte. Bedrückend jedoch war die Enge durch die Vielzahl der Händler und die Menge der gestapelten Waren, die Strenge der Sitten, die Rivalitäten zwischen süddeutschen und wendischen Hansen und die feindliche Gesinnung vieler englischer Kaufleute außerhalb des Stalhofes. Die Stimmung im Hof war dabei besser als in den Jahren zuvor, denn der hansefeindliche englische König Richard II. war infolge des glücklosen Krieges gegen Frankreich abgesetzt worden und hatte dem hansefreundlicheren Heinrich IV. Platz gemacht. Aber auch dieser verlangte für seine »Freundlichkeit« und die königlichen Schutzbriefe bare Münze. Ich hielt mich an Oelrich, der mich mit den Sitten im Stalhof und mit vielen Hansen bekannt machte.

Erschreckendes geschah am dritten Tag im Stalhof: Von Langeweile getrieben, hatte ich das Badehaus aufgesucht, aber die Kölner Hansen verdrießten mir den Aufenthalt mit ihrer lauten Fröhlichkeit und mit ihrem Dünkel, als Kölner etwas Besseres darzustellen als ein Hamburger. Mit ihrer Prahlerei, wie viele Huren sie in der letzten Zeit besucht hatten, störten sie mich und verstärkten meine Sehnsucht, nach Hamburg zu Kristine zurückzukehren. Ich trocknete mich ab und wollte gerade das Badehaus verlassen, da trat der Bruder meiner Mutter, mein Oheim Ruprecht Weser, ein und wurde mit großem Hallo begrüßt. »Guckt einmal, da kommt die alte Nase. Sein Zinken muß ja wohl Gold wert sein.«

»Vergiß nicht seine Zunge. Der schmeckt nicht nur, woher der Wein kommt, der schmeckt sogar, wo eine Maid geboren sein muß, wenn er sie geküßt hat.« Auch hier unter den Kaufleuten waren seine ausgeprägten Geschmackssinne also bekannt, die so sehr zu einem guten Gewürz- und Weinhändler gehören müssen, wenn er erfolgreich sein soll. Er mußte inzwischen an die sechzig Jahre alt sein. Erstaunlich, daß er selbst die Reise angetreten hatte, zumal er als Wein- und Gewürzhändler nicht zu den traditionellen Londonfahrern, wie beispielsweise die Tuchhändler, gehörte. Weser kam direkt auf mich zu, stolperte über herumliegende Schnabelschuhe und fiel mir in die Arme. Erschrocken und stoßweise blies er mir den nach alten Zähnen riechenden Atem ins Gesicht, und so sahen wir uns an, Auge in Auge. Da bemerkte ich, daß seine Pupillen nicht schwarz waren, sondern trübe und grau. Der Arme war fast blind geworden und erkannte mich anscheinend nicht. Er bedankte sich für die Hilfe, meinte noch, ich würde ihm bekannt vorkommen, und fragte nach meinem Namen. Ich war so verdutzt, daß ich fast Martin gesagt hätte, aber es kam nur ein röchelndes Gurgeln aus meiner Kehle, was die Kölner in ihren Bottichen mit kollerndem Gelächter quittierten. Da machte ich, daß ich aus dem Raum kam, und hielt mich in den folgenden Tagen abseits, wann immer ich die rheinische Sprachmelodie hörte. Vor dem Einschlafen grübelte ich, ob ich mich meinem Oheim zu erkennen geben sollte. Wie weit war es mit mir gekommen, daß ich mich so verstecken mußte. Aber ich mochte es mir nicht ausmalen, was passierte, wenn das ganze Vergangenheitsgebäude, das ich mir geschaffen hatte, zusammenstürzte. Wer einmal lügt, dem glaubt man nicht, heißt es. – Möge es Dir, mein Leser, bewußt werden, welch gutes Gefühl es ist, die Vergangenheit nicht verleugnen zu müssen.

Oelrich half mir gegen eine Provision, einen englischen Kaufmann zu finden, der mir tatsächlich einen sehr guten Preis für mein Eibenholz bot. Der Krieg gegen Frankreich erforderte einen steten Nachschub an guten Bögen für die englischen Schützen in der Gascogne. Der englische Kaufmann war noch recht jung, kaum älter als ich, und hatte ebenfalls Erfahrungen als Seemann, denn er brachte seine Waren ein paarmal im Jahr direkt in die Gascogne. An diesen Mann hielt ich mich, und er fand wohl auch Gefallen an mir, denn er führte mich durch die Stadt, vermittelte mir den Kauf eines neuartigen Kompasses, zeigte mir Karten und Segelanweisungen vom Verlauf der Küste bis nach Spanien und nahm mich sogar mit zu den Zeichnerwerkstätten und Buchhandlungen Londons. Der Krieg zwang so manchen der adeligen Herren, seine kostbaren Bücherschätze zu verkaufen, um Waffen für seine Gefolgsleute einhandeln zu können. Mochten die adeligen Herren auch auf die Kaufleute herabsehen, ausreichend Geld bekamen sie nur bei ihnen. Auch der König war bei den Kaufleuten bis über beide Ohren verschuldet. Am meisten liehen ihm die Italiener, aber auch die Hansen brachten eine stattliche Summe auf. Dies wurde mir durch die Tischgespräche im Stalhof deutlich, und die Einblicke in diese Finanzpolitik erhielt ich auch, weil Oelrich als bekannter Hamburger Kaufmann die richtigen Hintergrundinformationen hatte.

Mir wurde klar, daß London, anders als Hamburg, eine Weltstadt war, weil hier der König residierte. Stolz zeigte mir der Engländer, daß einst die Römer am Ufer der Themse Befestigungen errichtet hatten, die nun in die Ufer- und Kaianlagen eingearbeitet waren. Hamburg war zu jener Zeit noch ein Sumpfloch gewesen. In dem Viertel, in dem die Buchhandlungen und Zeichnerwerkstätten lagen, gab es auch genügend Schenken. Wir kehrten nach einem Besuch bei einem Buchhändler in einer dieser Schenken ein, um englisches Bier zu trinken. Wir saßen direkt an der offenen Tür, als ich eine mir allzu bekannte Gestalt vorbeihumpeln sah. So typisch dieser Mann sein krummes Bein nachzog, seinen linken Arm schlenkern ließ, wie so oft eine Mappe unter den rechten Arm geklemmt hatte, der übergroße Kopf auf dem Hals saß und der gebuckelte Rücken sich durch den Mantel beulte, da konnte ich nicht anders, und mir entfuhr der Ruf: »Magister, Magister Wigbold.«

Nur aus den Augenwinkeln schien der Mann sich nach mir umzusehen, kaum eine Bewegung des Kopfes oder Halses war zu bemerken, nur seine Schritte beschleunigten sich. Ich sprang auf und folgte ihm. Er verlor ein Blatt Papier aus der Mappe, blieb aber nicht stehen, um es aufzuheben, sondern tauchte hastig in dem Gewühl der Gassen unter, bog in einen schmalen Gang ab, und auch ein Hinterherlaufen brachte nichts ein, außer, daß ich mich fast verirrt hätte. Plötzlich stand ich einigen finsteren Männern gegenüber, die nicht den Anschein machten, als würden sie mich meiner Wege ziehen lassen. Ich drehte mich um und versuchte nun selber davonzulaufen. Mit Mühe und Glück erreichte ich die Schenke wieder, denn die Häuser und Gassen sahen sich sehr ähnlich. Ein grauer Nieselregen verdeckte die Sonne, so daß man sich auch nicht nach der Himmelsrichtung orientieren konnte. Den Fetzen Papier hatte ich unterwegs aufgehoben. Es war ein handtellergroßes Blatt, auf dem ein irischer Mönch handschriftlich den Beginn eines Liedes oder Gedichtes aufgeschrieben hatte, das eine Fahrt über das Meer beschrieb. Doch mein Latein reichte nicht aus. Es standen nicht mehr als fünf Zeilen darauf geschrieben. Die Ränder des Blattes waren mit Vignetten verziert, die eine Art Korb darstellten, der sich anscheinend mit Leder oder Leinen beziehen ließ. In diesen Korb stiegen Männer mit Heiligenschein und benutzten ihn wohl als

Boot zur Fahrt über das Meer, denn ein großer Wal schien ihnen zu begegnen.

Sonderbar war meine Begegnung mit diesem Bild des Magisters! Mein englischer Begleiter kannte den Mann nicht, wie sollte er auch, bei diesen vielen Menschen in der Stadt. Ich aber bin mir sicher, daß ich Magister Wigbold gesehen hatte, so sicher, wie ich weiß, daß der Mann, der auf dem Grasbrook seinen Kopf hatte lassen müssen, nicht Magister Wigbold gewesen war. Was machte der Magister in London? Was hatte er aus der Seeschlacht retten können? War er auch auf Schatzsuche, ahnte er, daß ich seine Karten und seine Geldgürtel hatte mitgehen lassen? Schnell wurde mir bewußt, daß ich froh sein konnte, Wigbold nicht aufgehalten zu haben, auch wenn er diejenige Person meines Piratenlebens war, die ich am liebsten wiedergetroffen hätte. Falls er sich für neue Taten rüstete, mußte ich eher vorsichtig sein, nicht wieder hineingezogen zu werden.

Die Tage verstrichen langsam, bis der Konvoi endlich die Rückfahrt mit Wolle, Zinn, Blei, anderen Metallen und englischen Waren antreten konnte. Mit viel Mühe gelang es mir noch am letzten Tag, zwei Drehbassen zu kaufen, die sogleich an Bord des Schiffes gebracht wurden. Sie stammten von einem übel zugerichteten englischen Kaperfahrer, der gegen die Franzosen ausgezogen war. Das zweimastige Schiff wurde im Schlepptau eines anderen Schiffes die Themse heraufgebracht, und ich kaufte die Waffen am Zoll vorbei direkt von den Resten der Kaperermannschaft. Sie waren froh, so Geld zu gewinnen, denn sie hatten kein Glück gehabt und sich nur blutige Nasen geholt.

Die Rückfahrt verlief mit westlichem Rückenwind günstiger. Lediglich in der Elbe lagen wir wegen Nebels und Flaute bei Ritzelbüttel fünf Tage fest. Am 13. Oktober 1401 erreichten wir Hamburg. Elbfischer hatten die Nachricht, daß der Konvoi in der Elbmündung festlag, weitergegeben, und als wir hinter dem Baumwall an den Vorsetzen festmachten, stand meine Kristine schon erwartungsvoll bereit, um mich vor ihrem mächtigen Bauch in die Arme zu schließen.

34. Leben und Tod liegen nahe beieinander

Nach der Rückkehr aus England kehrte mehr Ruhe bei uns ein. An größere Reisen war nicht mehr zu denken, denn die Winterpause für Schiffer stand bevor. Ich mußte mich um den Schiffsneubau kümmern, der gute Fortschritte gemacht hatte, und verkaufte die letzten gelagerten Waren von der Danzigreise, wobei jetzt im Herbst die Pelze einen besonders guten Preis erzielten. Nebenbei richtete ich mir ein Studierzimmer unter dem Dach ein, weil ich dort oben das beste Licht hatte und am ungestörtesten blieb. Eine Giebeltür neben dem großen Flaschenzug an der Hausfront hatte ich mir mit Fensterscheiben füllen lassen, und ungehindert fiel das Licht gut auf einen Tisch, den ich hierhergerückt hatte. Die knarrende, leiterartige Stiege warnte mich schon früh vor ungebetenen Gästen und ließ sich auch aushaken und wegschließen, daß nicht einmal die neugierige Mine unbeaufsichtigt dort hinaufgelangen konnte.

Während meiner Abwesenheit in London hatte Kristine die Kiste mit den Karten in einer Abseite neben dem Alkoven untergebracht. Dort hatte der herbstliche Schlagregen durch das Fachwerk genäßt, und die Kiste war ebenfalls feucht geworden. Bei dem Versuch, die klammen Karten zu trocknen, hatte ich eine Karte zu dicht an das Feuer gehalten. – Keine Angst, mein Enkel, sie ist nicht verbrannt, Dein Erbe war nicht gefährdet. Im Gegenteil, unter dem Einfluß der Hitze wurde eine Geheimschrift sichtbar, die mir den Weg zu einem weiteren Schatz Godeke Michels' zeigte. Es war eine Karte von der schwedischen Westküste, nicht weit von der Stelle des Gullmarsfjords, in dem Godeke sich einst auf der Flucht von Gotland in die Nordsee ausgeruht und bei Munkedal wahrscheinlich Teile des Gotlandschatzes versteckt hatte. Der Kartenteil mit der jetzt bräunlich sichtbar gewordenen Geheimschrift zeigte deutlich den Weg zu einem Versteck, das mit dem Stichwort »Bergenbeute« bezeichnet war. Daneben stand das schwedische Wort »Smögen«, das ich nicht kannte. War es ein Ortsname, oder hatte es eine andere Bedeutung? Auch die Bezeichnung Holländerberg hatte ich noch nie gehört, aber dort schien etwas von Bedeutung versteckt zu sein, denn ein Kreuz markierte eine kleine Bucht.

Der kleine Raum unter dem Giebel war zwar hell, aber im naßkalten Herbst auch überaus ungemütlich. Trotzdem verbrachte ich jeden Tag etwas Zeit damit, die Karten und Aufzeichnungen zu kopieren und zu sortieren. Aus London hatte ich mir zu diesem Zweck Zeichengeräte, Federmesser und feines Papier mitgebracht. Drei Schätze ließen sich vermutlich gut bergen, da sie in menschenleeren Gebieten lagen: Ich nannte sie »Smögenschatz«, »Munkedal« und »Neustädter Haffwald«. Weitere Zeichnungen hatte Magister Wigbold von friesischen Orten angelegt, aber dort war ein unbemerktes Suchen nach Schätzen kaum möglich, weil das Land von den mißtrauischen und wehrhaften Friesen gut bewacht wurde und ein unbemerktes Landen in den wenigen schiffbaren Häfen und Sielen unmöglich ist. Nicht einmal der deutsche Kaiser erhielt Steuern von den Friesen. Trotzdem wollte ich die Karten mitnehmen, falls ich in diese Landesteile kommen sollte, und danach forschen, was die Kreuze und Abkürzungen Wigbolds bedeuteten. Wie ich die anderen Schätze bergen wollte, darüber dachte ich immer wieder nach. Aber die Pflichten des Tages ließen mich nicht ungestört planen, ich wurde ständig unterbrochen, bekam Besuch, wurde etwas gefragt oder mußte etwas entscheiden, und so kam ich nicht weiter, konnte keinen rechten Plan fassen, außer, daß ich unter dem Vorwand einer Handelsreise die Schätze bergen wollte. Wen aber sollte ich mitnehmen? Ein größeres, sichereres Schiff erforderte eine größere Mannschaft und damit mehr mögliche Mitwisser und Teilhaber. So schob ich meine Planung auf: kommt Zeit, kommt Rat.

Nachdem ich in London gewesen war, warb auch die Gesellschaft der Bergenfahrer um mich, zumal sich die schnelle und glückliche Danzigreise herumgesprochen hatte, auch und gerade weil Kristine an ihr teilgenommen hatte. Bruder Nikolaus Franz, der Pfarrer, nahm mich beiseite, als ich ihn einmal beim Rathaus traf, und raunte mir zu: »Im Domkapitel wird von Euch und Eurer Frau gesprochen. Es wird mißbilligt, daß Ihr davon erzählt, Eure unverheiratete Frau mit auf eine Seehandelsfahrt genommen zu haben. Auch, daß sie in Männerkleidern aufgetreten ist, wird als widernatürlich bezeichnet. Ihr werdet der Unkeuschheit bezichtigt, und es werden Fragen gestellt, ob Eure Frau womöglich die gesamte Mannschaft verhext hat.«

»Wer sagt das?« fragte ich entgeistert, empört und entsetzt.

»Pfaffengewürm, Wichtigtuer, Speichellecker der Hierarchie. Es gibt eben zu viele Geistliche in der Stadt, die kein rechtes Amt bekleiden. Die meisten kennen Euch nicht einmal, und erzählen nur das weiter, was sie vom Hörensagen kennen. Aber seid gewarnt, wenn Ihr etwas werden wollt in dieser Stadt. Frachtaufträge und Ansehen erlangt Ihr nur, wenn man nicht zuviel Schlechtes über Euch erzählt.«

Ich dankte Bruder Franz für seinen Rat und wollte ihn einladen, mit zu uns nach Hause zu kommen, aber er winkte ab.

»Verzeiht, aber ich bin ohnehin schon ein rotes Tuch für so manchen Bürger dieser Stadt. Tut Euch das nicht an, es könnte auch auf Euch abfärben. Laßt Gras über die Sache wachsen, dann sehen wir uns mal wieder.« Sprach's und zog seiner Wege.

Kristine war von Simon von Utrechts Frau Marejke mehrfach eingeladen worden, und sie mußte die Fahrt nach Danzig immer wieder schildern. Dazugesellt hatte sich auch die junge Frau des Bergenfahrers Eisentraut. Kristine wußte mich wohl bei den Schilderungen gut darzustellen. Vielleicht war es das Verdienst dieser Frauenbekanntschaft, daß mir sowohl Eisentraut als auch von Utrecht freundlich begegneten. Sie erschienen ab und an auch auf dem Grasbrook an der Helling des Schiffsneubaus und ließen sich den Fortschritt des Rumpfes zeigen, lobten die Kraweelbeplankung und wollten über die Takelage und die Masten sprechen, denn es sollte der erste in Hamburg gebaute Holk mit drei Masten werden, wenn der dritte ganz dicht am Bug auch zugegebenermaßen eher ein kleiner Hilfsmast war.

Die Theorie dazu stammte von Florian Boge, leuchtete mir aber sofort ein: Der mittlere Mast sollte der Drehpunkt des Schiffes werden, die kleineren Masten achtern und bugwärts sollten neben dem Vortrieb beim Manövrieren dienen, beim Abfallen oder Hoch an den Wind gehen. Bei Sturm ließ sich das Segel des mittleren Mastes völlig bergen, die kleineren Segel an Heck und Bug würden das Schiff gut austarieren. Die Arbeiten waren zügig vorangegangen, der Rumpf war schon kalfatert, obwohl das Schiff erst im Frühjahr zu Wasser gelassen werden sollte. Die Schiffszimmerer hatten Florian Boge davon überzeugt, denn die Meister wußten von herbstlichen Springfluten zu erzählen, die den Grasbrook vollständig überflutet und so die Arbeit von Monaten durch die Gewalt des Wassers vernichtet hatten. Merkwürdig lag der Rumpf auf dem Trockenen, so vertäut und gefesselt, als wolle er andernfalls selbständig in den Elbstrom verschwinden. In Gedanken segelte ich schon mit diesem Schiff, um alle Schätze auf einmal zu bergen.

Herbstnebel, Nieselregen, kurze Tage, frühe Dunkelheit und qualmende Feuerstellen ließen die Menschen mürrisch dreinschauen und einen kalten Winter fürchten. Munter wurden sie nur dann, wenn es etwas zu feiern gab: Erntedank, Namenstage von Heiligen, Stiftungsfeste und Feste der Kaufleute, die das Ende der Fahrenszeit zu Wasser und Land feierlich begingen und ihre Gesellen, Stauer, Träger und Seeleute entließen.

Kristine wollte am liebsten bei allen Festen dabeisein: Ihre Rolle war die einer Frau, nicht mehr die eines Mädchens, das sie noch vor einem Jahr gewesen war, als sie sich mit Freundinnen in den Mummenschanz gestürzt hatte. Als würde sie sich ängstigen, etwas zu verpassen, nahm sie jede Einladung wahr, schleppte sich mit ihrem schwangeren Leib dorthin und ließ sich von den Frauen umgarnen, die uns als Neulinge im Kreise der Bürger gern in ihr Netz von Beziehungen einwoben. Wenn ich bei den Männern stand oder saß, mit ihnen trank und ihren Gesprächen zuhörte, dann blickte ich hin und wieder zum Kreise der Frauen hinüber, die sich Handarbeiten mitgebracht hatten, Spitzen klöppelten und dabei unentwegt tratschten und lachten. Kristine schien aber keine rechte Stellung für ihren schwangeren Leib zu finden, konnte weder sitzen noch stehen und strich unruhig umher. Ihre Wangen glänzten, sie wirkte eigentlich glücklich, und trotzdem schien sie sich nicht auf die Gespräche der Frauen einzulassen; ihr Blick wanderte in die Ferne. Wenn unsere Blicke sich trafen, huschte ein Lächeln über ihr Gesicht, und dann beteiligte sie sich wieder an den Redensarten der Frauen. Oft mußte ich sie dreimal mit meinen Blicken mahnen, ehe sie sich dazu entschloß, mit mir diese Geselligkeiten zu verlassen. Ich liebte es, mit ihr allein zu sein, von der Zukunft mit ihr zu schwärmen, über das Schiff zu reden und davon, sorglos leben zu können, weil eine Rente aus gutangelegtem Geld es ermöglichte. Kristine aber war auch zu Hause unruhig, und manchmal weckte sie mich in der Nacht mit »Wird auch alles gutgehen?«, denn sie sorgte sich sehr, das Schicksal ihrer Mutter zu teilen oder ein totes oder krankes Kind zu gebären. Ich schämte mich fast meiner Zuversicht, denn ich glaubte ganz fest, daß Gott uns nicht verlassen würde. So versuchte ich, sie zu trösten.

Auch liebte ich es, sie nackt anzuschauen, ihren straffen Bauch, die großen Brüste, doch ihr gefiel es nicht, betrachtet zu werden. Sie bezichtigte mich, sie häßlich zu finden. Die Zeit war nicht einfach.

Am vierten Advent fielen den ganzen Tag Schneeflocken, aber es war zumindest ein wenig heller, weil das Weiß das wenige Tageslicht vom Boden zurückwarf. Es war etwas wärmer geworden. Die Tage zuvor waren so kalt gewesen, daß nachts der Atem das Kissen und die Laken mit einer Reifschicht überzog, die Nachttöpfe zersprangen und sich niemand waschen mochte, weil Bekken und Töpfe mit einer Eisschicht bedeckt waren. Muffig roch es in den klammen Kammern, denn die Fenster und Läden wurden geschlossen gehalten, aber warm war es trotzdem nur bei Mine in der Küche. So rückten die Menschen in den Küchen und auf den Kochdielen der Häuser zusammen, und nur, wer wie die Bäcker und Fleischhauer arbeiten mußte oder Lebensmittel einkaufen wollte, verließ die warmen Plätzchen am Feuer.

Am zweiten Weihnachtstag begann ein Schneesturm, wie man ihn in Hamburg selten erlebt. Kristine rechnete jede Stunde damit, daß die Wehen beginnen würden. Schneeverwehungen türmten sich in den Straßen und Gassen, die Fleete waren teilweise vollgefüllt, und es war nicht zu unterscheiden, wo der Kai oder das Fleet begann. Mine stand Kristine zur Seite und redete ihr gut zu, fettete ihr den Bauch mit Schmalz oder massierte ihr den schmerzenden Rücken. Eine Hebamme namens Susanne Lohmann wurde hinzugezogen, eine junge, schlanke Gestalt mit ungewöhnlich schmalen Händen, blondem, ungebändigtem Haar und sanftem Gesichtsausdruck. Auf mich wirkte sie schüchtern. Sie war einsilbig und beachtete mich kaum. Ich durfte die Küche nicht mehr betreten, weil sie dort Kristine untersuchte. Mit Steffen und Ole, die in Hamburg überwinterten, hatte ich auf der Diele eine alte Feuerstelle wieder neu eingerichtet, Lehnstühle mit Decken um die Feuerstelle gerückt und vertrieb mir mit ihnen die

Zeit beim Kartenspiel. Zwei Tage ging es so, die Hebamme kam und ging, nichts wurde uns mitgeteilt, außer, daß es noch nicht so weit sei. Am dritten Tag hatte es aufgehört zu schneien, und auch der Sturm flaute ab. Die Menschen trieb es auf die verschneiten Straßen und den zugefrorenen, aufgestauten Mühlenteich der Alster, wo die Müller ihr traditionelles Mühlenwinterfest gaben. Auch Ole und Steffen suchten ihr Vergnügen und verließen das Haus. Auf der Alster sollten Buden errichtet sein, Eierkuchen würden gebacken, gewürzter Wein erhitzt, Lichter wie Sterne angesteckt, und viele strebten diesem Fest zu. So war ich allein auf der Diele. Mine und Kristine hörte ich in der Küche hantieren, wo auch das Lager für die Schwangere hergerichtet war.

Und dann begannen die Wehen, zuerst langsam und in großen Abständen. Die beiden Frauen wanderten in der Küche auf und ab, und wenn die Wehen kamen, stützte Kristine sich auf Mine und ihre Hände krampften sich in Mines Arme und Schultern. Ich war erschreckt in die Küche gekommen, denn Kristine schrie wie eine rollige Katze. Kein menschlicher Ton kam aus ihrem Mund, und mit aus dem Kopf quellenden Augen, hochrotem Kopf und geschwollenen Halsschlagadern guckte sie durch mich hindurch. Mine scheuchte mich mit Handbewegungen aus der Küche wie eine lästige Fliege. So schloß ich die Tür und horchte um so angestrengter darauf, was sich dahinter abspielte. Ich weiß nicht mehr, wieviel Zeit verstrich; es war furchtbar mit anzuhören, und deshalb so schrecklich, weil dies die Schreie des liebsten und mir nächsten Menschen waren und ich ohnmächtig daneben stand, ohne helfen zu können. Ich betete zu Gott, aber mir fehlte die Inbrunst, denn ich hörte mehr auf das Stöhnen als auf meine innere Stimme. Da zog ich mir einen Mantel über und trat auf die Straße hinaus. Der Mond glitzerte auf dem Schnee, eine wolkenlose und sternenklare Nacht war angebrochen. Kein Mensch regte sich draußen, die Fensterläden und Türen der Nachbarn waren fest verschlossen, kein Lichtstrahl drang durch die Ritzen, man schlief einen gerechten Schlaf. Wo waren Steffen und Ole? Zeugten sie gerade selbst Nachkommen mit ihren Buhlen? Der Schnee knirschte unter meinen Füßen, es war eine so frostige Nacht, daß die Eiszapfen an den Traufen der armseligen Tagelöhnerbuden, die sich an die Häuser der Kaufleute schmiegten, klirrten und knackten. Drinnen mochten die Mitglieder der gesamten Familie in eine Lagerstatt zusammengerückt sein, denn kein Rauch eines wärmenden Feuers entstieg diesen Wohnungen. Kein Mensch begegnete mir auf dem Weg um die Häuser, es war totenstill. Ängstlich und unruhig kehrte ich um.

Als ich wieder zu Hause anlangte, war die Hebamme eingetroffen, und noch immer hörte ich die kehligen Laute Kristines, doch schienen sie mir schwächer zu sein. Nach unendlich langsam verstrichener Zeit kam Mine bleichen Gesichtes aus der Küche. Sie schloß mich mütterlich in die Arme und sprach tonlos die grauenvollen Worte: »Sei stark, Schiffer Hannes Maiboom. Es gibt keine Hoffnung mehr. Selbst die Hebamme mit ihren schmalen Händen und ihren geheimen Tinkturen und Werkzeugen kann das Kind nicht herausholen. Kristine ist zu schwach, ihr Becken zu schmal und das Kind zu groß. Sag es niemandem, aber wir hatten sogar erwogen, das Kind zu töten und aus dem Leib zu schneiden, doch Kristine hat so viel Blut verloren, daß dieser Frevel auch nichts nützen würde.«

Ich wand mich aus Mines Armen und stürzte wortlos in die Küche. Die abgespannte Hebamme wusch sich die blutigen Arme und Hände. Kristine lag mit geschlossenen Augen leblos auf den rotnassen Laken, auf die Strohsäcke in der Mitte der Küche gebettet und nur mit einem Leinenhemd bedeckt. Schweißklebrige Haare umrahmten ihr blutleeres Gesicht, aber sie atmete noch.

»Ihr müßt einen Geistlichen holen«, mahnte mich die Hebamme, und wie zur Entschuldigung fügte sie hinzu: »Ich muß Euch das sagen, die Kirche verlangt es von uns.«

Was kehrte mich der Zwist zwischen Hebammen und Geistlichen. »Ein Arzt ...«, stammelte ich, aber die erfahrene und abergläubische Mine schüttelte den Kopf und flüsterte: »Da kann nur noch Gott helfen.«

Dann begann sie, kleine Tonfiguren aus alten Leinentüchern zu wickeln, und legte sie unter die Laken und zwischen die Strohsäcke, wobei sie merkwürdige Formeln murmelte.

Ich sank vor Kristine auf die Knie. »Oh Gott und alle Heiligen«, stöhnte ich verzweifelt. Und Gott erhellte meinen Geist: »Die Beginen!« durchfuhr es mich. Ich sprang auf, rannte auf die Diele und stieß mit den betrunken daherkommenden Steffen und

Ole zusammen. »Macht den Schlitten fertig, Kristine muß zu den Beginen geschafft werden«, herrschte ich sie an, und die beiden gehorchten und begannen sofort, den Schlitten durch das Tor auf die Straße zu wuchten. »Zu den Beginen, zu den Beginen«, wiederholte ich wie irr und trieb auch Mine und die Hebamme an, uns zu helfen. Dann trugen wir die stöhnende Kristine samt Laken auf den Schlitten nach draußen und deckten sie mit einigen Decken zu. Es war ein Schlitten, wie man ihn zum Holztransport in der Winterzeit benutzt. Für einen Pferdeschlitten aus dem Mietstall blieb keine Zeit. Mine zerrte den Hund in das Geschirr, spannte ihn vor, und wir schoben abwechselnd. Zum Glück schien der Mond, und so glitten wir schnell und wegsicher durch die schlafende Stadt. Erst blieb Mine zurück, dann die Hebamme, dann fielen die besoffenen Jünglinge aus. Der Hund japste mit weit heraushängender Zunge, und ich schob den Schlitten keuchend und mit hämmerndem Herzen. An der Steinstraße begegnete mir ein Nachtwächter, der seinen Spieß gegen mich wandte, weil er einen Räuber mit Raubgut in mir vermutete. »Zu den Beginen!« schrie ich ihn an, da sah und hörte er, daß eine stöhnende Frau auf dem Schlitten lag, und half mir, diesen bergan zu schieben.

Als wir den Konvent erreichten, blies er Alarm, und ich hämmerte mit den Fäusten gegen das Tor. Zwei Schwestern erschienen, blickten ängstlich durch das Gitterfenster, aber sahen sogleich, daß wir keine Räuber sein konnten, so dampfend und keuchend, wie wir vor dem Tor standen. Sie öffneten uns, und wir trugen Kristine durch einen dunklen Flur in ein kaltes Krankenzimmer. Der Lärm hatte noch mehr Beginen geweckt, und wie in einem Bienenstock begannen sie, emsig zu arbeiten, machten Licht, entfachten ein Feuer auf der Glut des Kamins und legten die fast Sterbende auf einen mit Leder gepolsterten Tisch. Ich selbst sank erschöpft auf eine in der Ecke stehende Krankentrage, denn ich fühlte eine Schwäche in mir aufsteigen, sah Blitze vor den Augen, und Schwindel erfaßte mich. Als ich zu mir kam, beobachtete ich, wie sich zwei Beginen auf Kristines Bauch warfen, als wollten sie die Arme wie eine Grützwurst ausquetschen. Zwei andere preßten Kristines gewinkelte Schenkel nach oben, während sich die fünfte zwischen den Beinen mit einer Kordel abmühte.

Und dann wurde ich Zeuge, wie diese fünfte, einem Störfischer gleich, die mit der Kordel umschlungenen Füße eines blaugrauen Kindes aus dem Leib der Mutter zog. Die Nabelschnur um den Hals geschlungen, mit Blut und Talg verschmiert, sah dieses Etwas eher wie Teufelswerk denn wie ein menschliches Wesen aus. Die Begine schlug dem an den Füßen hochgehaltenen Kind auf den Rücken, und es begann wie ein Fisch auf dem Trockenen mit den Kiefern zu schnappen. Dann schrie es, so, wie ein Neugeborenes schreit, um seine erschöpfte Mutter zu wecken, und wie durch ein Wunder hob Kristine den Kopf, schlug die rotgeränderten Augen auf und überzeugte sich davon, daß das Kind lebte. Als hätte ich Wolle in den Ohren, hörte ich die Begine sagen: »Es ist ein Junge.« Die Stimme kam mir bekannt vor, und augenblicklich wußte ich sicher: Diese Begine war meine Schwester, meine kleine Schwester Ingrid. Ich erhob mich sprachlos und wie vom Donner gerührt. Da bemerkten sie mich und schoben mich aus dem Zimmer auf den Flur, wo Steffen und Ole in einer Ecke schnarchten. Mine weckte die beiden, und dann wurden wir von der Oberin weggeschickt und sollten erst am Mittag wiederkommen. Die Stadt regte sich im Morgengrauen, als wir unser Haus erreichten. Das Tor stand offen, und so, wie wir es zurückgelassen hatten, fanden wir alles wieder vor. Erschöpft verriegelten wir das Haus und legten uns schlafen.

Als ich wieder erwachte, stieg ein Geruch von Hühnerbrühe durch das Haus. Mine hatte ein Huhn geschlachtet und eine kräftige Suppe gekocht. Ole und Steffen saßen bereits grinsend am Tisch, löffelten schmatzend und schlürfend die Mahlzeit, aßen Brot dazu und tranken Bier. Ich setzte mich zu ihnen, stärkte mich ebenfalls, hatte aber keine Ruhe, denn ich wollte mich selbst überzeugen, daß Kristine die Tortur der letzten Tage und Stunden überlebt hatte. Fürsorglich hatte Mine mir bereits ein Bündel von Kleidern und Habseligkeiten für Kristine und den Jungen geschnürt. Dann machte ich mich auf, sie zu besuchen. Ich wollte Kristine etwas Besonderes mitbringen, und auf dem Weg überlegte ich, womit ich sie erfreuen könnte. Da fiel mir ein, daß neben dem Konvent in der Steinstraße der Goldschmiedemeister Wempe seine Werkstatt betrieb. Diesen suchte ich auf. Er bosselte mit seinem Gesellen und zwei Lehrlingen an Pokalen, als ich die Werkstatt betrat. Der Meister zeigte mir einige fertiggestellte Schmuckstücke, und ich entschied mich für eine zierliche Kette, die einen kleinen Anhänger in Form einer Kogge trug. In das silberne Segel war ein goldenes Kreuz eingelassen.

Mit bangem Herzen klopfte ich dann an das Tor der Beginen. Gottlob, Kristine lebte, lag schwach und bleich in den weißen Laken, und neben ihr schlummerte in Windeln gewickelt ein rosiges Wesen mit pechschwarzem Haarschopf. Stumm beugte ich mich zu Kristine, küßte sie, und Tränen der Rührung traten mir in die Augen. Auch Kristine fing an zu weinen, und sie wollte mich gar nicht mehr loslassen. Als wir uns gefaßt hatten, schlang ich ihr die Kette um den Hals, und sie begann aufs neue zu schluchzen und dann zu lächeln. Ich besah mir das Kind und konnte kaum fassen, daß es unseres sein sollte. Es zuckte im Schlaf mit den Armen, preßte die winzigen Fäuste, die neben dem Kopf ruhten, zusammen und runzelte die Stirn. Träumte es von den vergangenen Stunden?

»Ist es gesund?« fragte ich bang.

»Die Schwestern sagen, daß dieses Zucken häufiger ist, wenn die Geburt schwer war. Es verliert sich später«, erklärte Kristine. »Ihm war die Nabelschnur um den Hals gewickelt, und er lag verkehrt herum, mit dem Steiß voran.« Und nach einer Pause fragte sie: »Wie soll er heißen?«

In den vergangenen Wochen hatten wir viele Namen erwogen und wieder verworfen. Ich hatte alle vergessen und bat sie: »Bestimm du den Namen. Du kennst ihn schon länger als ich.«

So fügte es sich, daß Dein Vater, mein lieber Enkelsohn, Melchior heißt, wie einer der Heiligen Drei Könige. Das ängstliche Zucken war gar nicht so königlich, und vielleicht hat er die Erinnerung an die Geburt auch nie ganz verloren, denn Du weißt, daß Dein Vater die Ruhe liebt und Aufregungen aus dem Wege geht. Ein Buchhalter ist er, ein Zahlenbeschwörer mit weichen Händen.

Wie stolz war ich, daß ich einen Sohn bekommen hatte! Als es sich herumsprach und ich mit den Freunden und Nachbarn auf die glücklich überstandene Geburt anstieß, sah ich mich schon mit ihm auf dem Achterkastell eines dreimastigen Holks die Meere, den Sturm und die Kaperer bezwingen. Doch Gott hat ihn auf einen anderen Weg gestoßen, nie hat er seine Seekrankheit bezwungen, und selbst bei Flaute wurde er grün im Gesicht. Das Wasser und Reisen hat er gehaßt. Sein Platz ist am Stehpult und in der Halle des Rathauses. Zwischen den Kaufleuten steht er seinen Mann und hat bereits sein eigenes kleines Vermögen zusammengeschachert: billig erstanden und teuer verkauft. Eine schöne Frau konnte er gewinnen. Das Beste in seinem Leben aber ist, daß er einen Sohn gezeugt hat, der wagemutiger ist als er selbst, der als kleiner Junge wütend mit den Füßen trampelte, sich ungebührlich benahm und für seine Streiche so manche Strafe spüren mußte. – Verzeih mir, mein Enkel, wenn ich Dich mehr rühme als Deinen Vater. Es ist nicht so, daß ich ihn nicht liebe. Ich ziehe auch seinen Bruder oder die nachfolgende Schwester nicht vor. Ich liebe meine Kinder, aber ich verstehe sie nicht und habe mir keine Zeit für sie genommen, sondern nur an das Geschäftemachen, an ungehobene Schätze und an meine geliebte Kristine gedacht. Bei Dir aber fühle ich die Verwandtschaft nicht nur im Blut, sondern auch im Geiste. Nun höre, was meine Schwester mir sagte.

Als der Kleine munter wurde und nach der Brust seiner Mutter verlangte, mußte eine Begine zu Hilfe kommen, denn Kristine wußte nicht so recht, wie sie ihren Sohn anlegen sollte. Da schickten sie mich fort, und ich verabschiedete mich bis zum nächsten Tag. Draußen fragte ich nach der Schwester, die am Tag zuvor den Jungen entbunden hatte. Sie hatte den Ordensnamen Magdalena erhalten. Es war ungewöhnlich, daß ein Mann nach einer Schwester fragte und um eine Unterredung bat. Ich mußte die Erlaubnis der Oberin dafür einholen und gab aus Dankbarkeit eine Spende für den Orden ab. Danach durfte ich in den Kreuzgang des Innenhofes gehen. In der Kälte des Hofes schritt ich mit der Schwester die Gänge ab. Mein Atem dampfte, als ich sie fragte, ob sie früher Ingrid Damme geheißen habe.

»Das ist lange, lange her, und die Erinnerung ist fast ausgemerzt. Mit dreizehn Jahren trat ich in den Konvent ein. Ihr kennt mich? Auch ich meine, Euch zu kennen. Doch rätsle ich, woher ich einen Hannes Maiboom kennen sollte.«

Da offenbarte ich mich als ihr Bruder und erklärte ihr, daß ich einen anderen Namen annehmen mußte. Doch es kam keine Freude bei ihr auf.

»Ich werde das Gesagte für mich behalten, seid gewiß.« Mit

Kühle und Abstand fügte sie hinzu: »Es ist mir gelungen, Frieden zu finden und nicht mehr mit dem Schicksal zu hadern, mich nicht mehr unentwegt zu fragen, warum mein Vater so früh sterben mußte, warum mich die älteren Schwestern für ihre Männer verließen, warum mein Bruder verschwand, meine kränkelnde Mutter ehr- und mittellos in die winzige Zelle eines Stiftes ziehen mußte, worum es bei den Streitigkeiten um Geld, Schulden und Besitz ging. Es widert mich an, wenn Menschen sich wegen irdischer Güter zum Narren machen. Schaut Euch selbst an, Ihr tragt einen Kragen aus Zobel, und eine silberne Schnalle hält Euren Gürtel zusammen. Was hat Euch das genützt, als Eure Frau und Euer Kind dem Tode so nahe waren? Kehrt meinetwegen auf Euer Narrenschiff zurück, wenn Ihr meint, nicht anders leben zu können, mich aber laßt an Land. Um eines bitte ich Euch: Sprecht mich nie wieder, hört Ihr, nie wieder auf das Mädchen Ingrid an. Entschuldigt mich jetzt, die Glocke ruft zum Gebet.«

So ließ sie mich stehen, und wie ein begossener Hund trollte ich mich davon.

35. Ein Kaufmannshaus entsteht

Das Erlebnis mit meiner Schwester Ingrid und das Treffen mit meinem Oheim Ruprecht Weser in London stimmten mich nachdenklich. Der eine konnte mich nicht mehr erkennen, die andere wollte mich nicht anerkennen. Ich hatte das Leben des Hannes Maiboom angenommen und war nicht länger Martin Damme. Hannes Maiboom hatte Verantwortung für eine kleine Familie zu tragen, sich um die getreuen Steffen, Ole und Mine zu sorgen und hatte einen kleinen Platz in der Gemeinschaft der Bürger Hamburgs errungen. Wie schnell die Zeit vergeht, wird man erst gewahr, wenn die eigenen Kinder älter werden. Den Seufzer »Oh, wie schnell die Zeit vergeht« kannte ich nur von alten Leuten. Aber nun, als Vater und Führer eines Kaufmannshauses, ertappte ich mich des öfteren, genauso zu seufzen. Die Jugend ist ungeduldig, und ich kann mir vorstellen, wie Du, Erbe meiner geheimen, wilden Zeit, wünschst, selbst Hand an die Geschichte zu legen, es besser zu machen, gerechter zu sein, das Glück früh zu finden. Doch habe Geduld, ich muß mich auch noch gedulden, bevor ich in eine bessere Welt gelange und dort vielleicht alte Kumpanen wiedertreffe, meine Verwandten in die Arme schließe und erstmals meinen Ahnen vorgestellt werde.

Kristine erholte sich erstaunlich schnell und wurde nach ein paar Tagen von den Beginen entlassen. Wie Frauen so sind, wünschte sie sich nach der Rückkehr in unser Haus ein Prunkbett, so, wie sie es bei den von Utrechts gesehen hatte. Frau von Utrecht hatte dort nach der Geburt ihrer Tochter Gertrud im November die Aufwartungen der Nachbarn und Bekannten entgegengenommen. Kristine ließ nun nicht locker, bis auch wir im ersten Stock des Hauses ein Schlaf- und Frauengemach einrichteten. Die kleine Kammer mit den Alkoven wurde für Besuch hergerichtet, und ich gestehe, daß ich mich dorthin verzog, wenn das Gegreine des schreckhaften Säuglings zu bedrohlich wurde. Überhaupt fiel es mir schwer, daß Kristine soviel Aufhebens um das Kind machte und mein Sohn meist schrie, wenn ich ihn auf den Arm nahm.

Ehe die Zimmerer die Wände für das Frauengemach errichtet und die Maler Säulen und Verzierungen aufgetragen hatten, der Tischler das Prunkbett und Gestell für den Baldachin gebaut hatte und alles mit Stoff bespannt und ausgekleidet war, wurde es Ende Januar. Mein Schwiegervater war eingetroffen, Kristine völlig genesen, und wir feierten die Taufe des kleinen Melchior. Taufpate wurde der Brauer Thomas Lindemann. Mein Schwiegervater brachte bei dieser Gelegenheit die Mitgift Kristines mit, Silber, gedacht als Anteil an dem neuen Schiff.

Der Schiffsbau ruhte während des strengen Winters, aber als der Frühling kam, erwies sich der Holk unter den Augen fachkundiger Zuschauer bei seiner ersten Fahrt als ausgezeichneter Segler. Wir rüsteten das Schiff für eine Bergenfahrt aus, und der Kaufmann Gerd Eisentraut, der kein eigenes Schiff besaß, ließ ein Drittel seiner Ladung auf unser Schiff stauen und fuhr selbst bei uns mit. Eisentraut war der Sprecher und Schreiber für die Gesellschaft der Bergenfahrer, ein Vertrauter der Äldermänner dieser

Gesellschaft und sehr interessiert an neuen und sicheren Schiffen, denn zahlreiche Koggen waren in den letzten Jahren auf der Reise nach Bergen in Seenot geraten, und die Gesellschaft der Bergenfahrer trug hart an der Versorgung von Witwen und Waisen. Damit ihm selbst der Schiffbruch erspart bliebe, wies er mich sehr gründlich in die voraussichtliche Route ein und lieh mir Segelanweisungen und Karten. Ein kundiger Steuermann wurde angeheuert, und schließlich gingen fünfundzwanzig Mann Besatzung und Begleitung an Bord. Es waren Handwerker, Lehrlinge und Kaufmannsgesellen zur Ablösung derjenigen, die in Bergen auf ihre Rückfahrt in die Heimat warteten. Wieder fuhren wir im Konvoi, und genau wie bei der Fahrt nach England stellte diese Konvoifahrt meine Geduld auf eine harte Probe. Die langsame und durch mehrere Liegezeiten in Buchten und Häfen unterbrochene Überfahrt gelang trotz Sturms in der Schärenwelt vor Bergen ohne Verluste.

Ich mußte an Godeke Michels' Überfall auf die Stadt denken, als sie vor uns im Dunst auftauchte. Nördlich der Bucht lag die steinerne Feste des Statthalters des Norwegerkönigs. Die Stadt schmiegte sich um die Bucht, die einen guten Hafen bildete. Dicht an dicht standen die Holzhäuser, hölzernen Lagerhäuser und Werkstätten bis auf die Landungsbrücken, die auf hölzernen Stelzen bis weit in die Bucht ragten. Zum Land hin war die Stadt von einem gutbefestigten Palisadenwall umgeben. Mit unserer Ankunft kurz vor Pfingsten begannen die Frühlingsfestspiele. Die Stadt wurde mit Birkenreisern und jungem Grün geschmückt, und Bewohner wie Gäste unternahmen Ausflüge in die Umgebung der Stadt und in den Wald. Die Neuankömmlinge unter den Lehrlingen und Gesellen mußten an Spielen teilnehmen, die Rauchspiel, Barbierspiel, Hautwerfen, Schinkenschneiden, Wasserspiel oder Beichtspiel hießen. Beim Rauchspiel wurden die Neulinge über ein Feuer gehievt, in dem übelriechende und qualmende Dinge verbrannt wurden. Die armen Opfer mußten dazu laut singen, und die Zuschauer ergötzten sich an ihrem Krächzen und Husten. Vor einigen Jahren soll dabei ein Lehrling erstickt sein, wie mir Eisentraut achselzuckend erzählte. Auch er hatte in seiner Lehrzeit an dergleichen Schabernack teilgenommen, war beim Beichtspiel für seine gestandenen Sünden tüchtig durchgebleut worden und hatte danach beim Essen noch Lieder vortragen müssen. Jetzt hatte er wenig Mitleid, und er wußte, daß die derzeitigen Opfer im nächsten Jahr ihre üblen Erfahrungen weitergeben würden. Als Schiffer und Kaufmann war ich von dergleichen Spielen ausgenommen. Die Lehrlinge und frischen Kaufmannsgesellen sollten wohl durch diese Begrüßung gefügig gemacht werden, denn die Zucht im Bergener Kontor war ähnlich streng wie in Nowgorod. Die lange Winterpause wurde für das Unterrichten im Lesen, Schreiben und Rechnen genutzt. An den langen Tagen und in den kurzen Nächten des Sommers mußten die Tagelöhner, Gesellen und Lehrlinge spuren und tüchtig anpacken.

Wir wohnten im deutschen Kaufmannsbezirk, der »Deutschen Brücke«, ein großes Areal von dreißig verschiedenen »Höfen«, alles Bauten aus Holz. Zweitausend Menschen waren hier auf engstem Raum untergebracht, weshalb wegen der Brandgefahr nur in bestimmten Feuerhäusern gekocht und in beigeordneten »Schötstuben« gegessen werden durfte. Es ist klar, daß auch hier Älderleute über die Einhaltung und Veränderung der Regeln des Kontors wachen mußten, wenn das Kontor ordentlich arbeiten sollte. Darüber hinaus gab es in jedem Hof noch besondere Regeln. Eisentraut pries den Hof, in dem er sich einzumieten pflegte. Er sei zwar teurer als die meisten, biete aber mehr Ruhe, weniger Prügeleien und größere Arbeitstische für die Bücher und Warenlisten. »Und der Umgang mit den Frauen ist nicht so ungezügelt«, fügte er mit einem Augenzwinkern hinzu.

Mir wollte es in der Enge nicht recht gefallen, und anstatt mich dort einzumieten, blieb ich in der Schifferkajüte der Kogge und trieb die als Schutenjungen bezeichneten Arbeiter an, das Schiff zügig zu entladen. Dann machte ich mich auf den Weg durch die Höfe, um Ladung für Hamburg zu werben. Ich bot einen niedrigen Frachtlohn an, da ich Bergen bald wieder verlassen wollte. Trotzdem dauerte es noch drei Wochen, ehe die Waren verstaut und eine neue Mannschaft angeworben war. Ich dankte Eisentraut für seine Einführung in die Gesellschaft der Bergenfahrer, wünschte ihm Glück und hoffte, ihn mit dem letzten Schiff im Herbst wieder gesund nach Hamburg zurückkehren zu sehen.

Diesmal fuhren wir allein. Ein paar zwielichtige Fischerboote verfolgten uns in den Schären, gaben es aber bald auf, uns zu erreichen, weil das neue Schiff einfach zu schnell segelte. Nun kannte ich den Stalhof und die Deutsche Brücke von eigener Ansicht, Nowgorod vom Hörensagen. Die Kontore gefielen mir nicht, weil sie mich zu sehr einengten, und ich beschloß, mich den neuen Baienfahrern anzuschließen oder die Danzigfahrt wieder aufzunehmen. Auch nach Schonen, Gotland oder Stockholm zog es mich, aber ich wollte noch einige Zeit ins Land gehen lassen, weil ich dort eher auf alte, ungelegene Bekannte stoßen konnte.

So geschah es, daß ich mich in den nächsten Jahren auf die Spanienfahrt für de Castro oder die Baienfahrt machte. Die Spanienfahrt führte mich nicht bis in den tiefen Süden Spaniens, sondern in die kantabrische Heimat des Alphonso de Castro nach Castro urdiales, am Südufer der Biskaya gelegen. So konnte ich sicher sein, daß ich auch bei widrigen Winden und ungünstigen Strömungen Hamburg bis zur Winterpause wieder erreichte. Castro urdiales legt steinernes Zeugnis der Vergangenheit ab. Auch dort haben die alten Römer schon vor tausend Jahren Brücken über den Fluß geschlagen, der dort ins Meer mündet, und einen Leuchtturm auf die Hafenfestung gebaut. Oh, was könnte ich noch alles erzählen über die kantabrischen Sitten, das Klima und die Menschen. Dreimal begleitete mich de Castro auf diesen Reisen, brachte mir leidlich viel Spanisch bei und öffnete mir in der alten Stadt die Türen. Wir Kaufleute verstehen uns auf der ganzen Welt, wie mir scheint. Wie sonst würden die Waren des Orients zu uns gelangen? Gewiß wirken die Juden und die wenigen verbliebenen Mauren in Spanien noch fremder in ihren Gebräuchen als die christlichen Spanier. Und doch ist es beim Handel so, daß er nur gelingt, wenn man sich einigt und anerkennt. Wer sich einigen kann, der schlägt den anderen nicht tot. Schlimmer steht es mit den adligen Wegelagerern an den Grenzen, den Zollbooten und Kriegsschiffen Englands und Frankreichs. Hier heißt es nicht, sich zu einigen, hier gilt nur das Recht des Stärkeren, desjenigen, der die besseren Waffen hat. Und doch habe ich gute Erinnerungen an diese Fahrten. Das Glück blieb mir hold, kein Schiff ging unter meiner Führung verloren, und ich vermochte sogar noch Anteile an anderen Schiffen zu kaufen, baute mit Florian Boge neue, bessere und schnellere Segler und konnte die alten verkaufen. Viel

Geld steckte ich in Seekarten und Segelanweisungen, Ausrüstung und Bewaffnung. Diese Ausgaben machten sich bezahlt, denn ich konnte den meisten Kaperfahrern davonsegeln, mich in Buchten oder hinter Riffen verstecken, und falls doch einer zu nahe kam, vertrieben ihn unsere Geschosse. Nur sehr selten fuhr ich im Konvoi, lieber nutzte ich die eigene Schnelligkeit und meine Ausrüstung. Der erste Kompaß, den ich in London gekauft hatte, war recht träge. Ein winziges Magnetstäbchen steckte in einem Binsenstück, welches in einem mit Wasser gefüllten Glas schwamm. Bei hohem Seegang war damit kaum etwas anzufangen, denn das Binsenstück tanzte in dem Wasser und zeigte weder Norden noch Süden an. Mit den besseren Schiffen kamen auch bessere Kompasse; die besten fand ich in Antwerpen.

Es dauerte noch etliche Jahre, bis ich Kristine wieder auf eine längere Fahrt mitnehmen konnte. Sie erwies sich als treibende Kraft zu Hause, beaufsichtigte die Kaufmannsgesellen und wußte die Geschicke des Handels und des Frachtgeschäfts während meiner Abwesenheit gut zu leiten. Dann waren auch unsere Kinder zu erziehen: Melchior, der furchtsame Junge und kluge Rechner. Der zweite Sohn war eine einfache Sturzgeburt, kein Vergleich mit den Gefahren der ersten, und es war ein großes Glück, daß es so geschah, denn Kristine war immer ängstlicher geworden, je näher die Zeit der Geburt rückte. Sie konnte in der Zeit der Schwangerschaft nicht mehr allein bleiben, fühlte oft ihr Herz beim Ruhen wie rasend pochen und glaubte, sterben zu müssen. Diese Stunden lösten sich ab mit Stunden zufriedener Zweisamkeit, denn ich blieb zu Hause und schickte Steffen und Ole auf die Fahrt in die Ostsee. Endlich wurde der zweite Sohn innerhalb einer halben Stunde fast ohne Schmerzen geboren, noch ehe die Hebamme eingetroffen war.

»Habe ich geschrien?« fragte mich Kristine, die sich mit dem Kind im Arm schon nicht mehr an die erste Wehe erinnern konnte.

Wir tauften den Jungen Albrecht. Er gedieh gut, fing früh an zu sprechen und liebte es, mit seiner Mutter zu singen. Das nächste Kind, ein Mädchen, das wir auf den Namen Anne tauften, starb nach kurzer Zeit an Gelbsucht. Doch schon bald nach diesem traurigen Abschnitt schenkte uns Gott eine fröhliche Tochter, die wir Selma nannten. Dann wurde noch ein Junge geboren, für den wir den Namen Wigbold aussuchten. Vielleicht hätten wir dies nicht tun sollen, denn mit fünf Jahren stürzte der Junge von einer Mauer herunter, auf die er geklettert war, und brach sich die Wirbelsäule. Grausam litt er gelähmt noch einige Tage, Tage, in denen meine Schläfen grau wurden und Kristine ihre Fruchtbarkeit verlor, bis er starb. Wir sollten kein weiteres Kind bekommen.

Meine gelegentliche längere Abwesenheit, bedingt durch die Fahrten zum Salzholen in der Bretagne oder bei der Ile d'Oléron, trieb Kristine dazu, sich anderen Kaufmannsfrauen, denen es ähnlich ging, anzuschließen. Sie sperrte Augen und Ohren auf und konnte mir so manchen Hinweis und Hintergrund mitteilen, wenn ich zurückkehrte. So hatte anscheinend der freundliche Simon von Utrecht Gerüchte über uns in die Welt gesetzt. Er schien auch die Entrüstung einiger Domherren angestachelt zu haben, die sich anfangs wegen unserer »unkeuschen Danzigreise« erregt hatten. Nach der Bergenfahrt hatte ich von Utrecht gegenüber die Langsamkeit der Konvoifahrt bemängelt und meine Unlust gestanden, an solchen Fahrten mitzuwirken. Prompt verbreitete er, daß ich mich nicht einordnen könne. Wahrscheinlich neidete er mir die Erfolge mit den schnellen Seglern, die besonders de Castro zu verbreiten pflegte, weil sie auch auf ihn und »seine Entdekkung, den jungen Maiboom« abfärbten.

Kristine schnappte diese Nachrichten bei ihren Besuchen und Handarbeitskreisen auf. Durch ihr Geschick und ihre Freundlichkeit konnte sie auch die Einladungen nutzen, die sie über die Frau de Castros bekam. Die junge Frau Maiboom wurde anfangs als schmückendes Beiwerk eingeladen, konnte jedoch so beredt und mit Witz erzählen, Rezepte austauschen und von den neuesten Schneiderkünsten berichten, daß sie gern wieder gesehen war. Für Kristine waren diese Treffen Mittel zum Zweck. »Ich will mich nicht zu Hause verkriechen, wenn du auf deinen spanischen Kauffahrten maurische Sklavinnen beäugst. Laß die vornehmen Damen denken, mein Herz hinge an geklöppelten Spitzen und Gewürzen für Bratengerichte. Das wahrhaft Interessante sind die Menschen, die in den Häusern verkehren«, erklärte sie mir. Mit den Haushalten der Nyenkerkens, die die große Stadtmühle am Alsterteich betrieben und in der Reichenstraße wohnten, oder der großen Familie der Schockes, die mit Nikolaus Schocke den Bürgermeister stellten, konnten wir uns nicht messen. Dort hingen Porträtmalereien aus der Schule des Meister Bertram und kostbare Teppiche an den Wänden, wurde aus venezianischen Gläsern getrunken und von chinesischen Tellern gegessen. »Die Damen brüsten sich mit den Taten ihrer Männer und plaudern auch Geheimnisse aus«, meinte Kristine. So wurde zum Beispiel die Summe bekannt, mit der sich Simon von Utrecht in den Rat der Stadt eingekauft hatte, denn die Frau des Arnold von Hachede ereiferte sich laut, daß ihre Familie weniger für die Fürsprache erhalten habe als die Chapeaurouges, worauf Frau von Utrecht errötete und das Thema zu wechseln versuchte. Sie begann von der »Bunten Kuh« zu sprechen, jenem Flaggschiff der Hamburger Hanseflotte, die zwischen Emden und Ritzebüttel Jagd auf die Seeräuber machte. Die »Bunte Kuh« war ja bekannterweise von den von Utrechts ausgerüstet worden, und Simon hatte zeitweilig auch selbst auf dem Schiff die Jagd geleitet. Frau Nyenkerken und Frau Schocke setzten die Erfolge des Simon von Utrecht herab und erinnerten daran, daß ihre Männer den berüchtigtsten Seeräuber Klaus Störtebeker gefangen hätten. Merkwürdig sei auch, wie gut sich der Herr von Utrecht anscheinend bei den friesischen Geschlechtern der Sibets, tom Brookes, Abdenas und Hilmersna auskenne und mit ihnen zu verhandeln wisse, damit sie gegen gutes Hamburger Hansegeld kein Piratengut mehr kauften.

Ja, es war wirklich erstaunlich, wie gut sich von Utrecht an der friesischen Küste auskannte und als junger Mann, aus Haarlem stammend, schon so schnell ein Vermögen mit seinen Schlickrutscherschiffen gemacht hatte. War er womöglich im Hehlerhandel mit hansischen Waren groß geworden? Bis heute hege ich diesen Verdacht, aber nun, da er Bürgermeister war, sind sicher alle Spuren verwischt. Doch selbst wenn es so war, auch ich gründete mein Vermögen schließlich auf Diebesgut. Und von Utrecht hat der Stadt Gutes getan, ihr als Ratsherr und Bürgermeister gedient, selbst, wenn dabei auch noch etwas für ihn abfiel.

Nun, lieber Leser, fragst Du Dich, warum ich Dir das alles erzähle, statt auf die Schätze zu sprechen zu kommen. Ich will doch nur erzählen, warum ich sie nicht barg, was mich davon abhielt und weshalb sie noch immer auf jemanden aus meiner Familie warten: auf Dich.

Ich habe schon beschrieben, daß ich auf Bergenfahrt ging und nach Spanien fuhr. Nun will ich erzählen, was mich außerdem von der Schatzsuche abhielt.

Die Frauentreffen führten dazu, daß ich langsam begriff, wie die Stadt sich regierte. Mehr erfuhr ich in der Winterpause, wenn ich die Bibelstunden des Bruder Nikolaus Franz besuchte, bei denen nicht nur aus der Heiligen Schrift gelesen wurde. Neben den bis zu dreißig Ratsherren gab es ja noch die Kirchspiele. Jedes Kirchspiel hielt Kirchspielversammlungen ab und wählte eigene Vorstände, die Juraten. Kamen diese Juraten zusammen und einigten sich über ein Thema, dann mußte der Rat sie anhören. Die Juraten sprachen zu verschiedenen Themen, die die Bürger in den Kirchspielen bewegten: Steuererhebung, Wehrhaftigkeit, Gerichtsbarkeit, Spitalwesen, Armenspeisung und dergleichen. 1408 nahm ich das erstemal an einer solchen Kirchspielversammlung teil, und bei der Wahl gefielen mir Bruder Franz und der Kaufmann Heyno Brand am besten. Sie sprachen davon, daß es Unrecht vom Rat sei, ohne eine Anhörung der Juraten Kriegserklärungen auszusprechen, Steuern zu erhöhen, bestechliche Diener und Schreiber nicht zu entlassen, die Brauer und Münzschläger nur nachlässig zu beaufsichtigen und willkürlich die Ratsbüttel auszuschicken, um Bürger zu verhaften. Sie wollten sich dafür einsetzen, daß dies geändert werde. Die beiden wurden für das Kirchspiel Sankt Nikolai als Juraten gewählt.

Nicht einmal zwei Jahre später wurde Heyno Brand vom Rat verhaftet, weil er angeblich den Herzog von Sachsen-Lauenburg beleidigt hatte. Das erboste mich sehr, und zusammen mit anderen Mitgliedern des Kirchspiels und des Bibelkreises ging ich zu einem Juratentreffen in der Kirche Sankt Katharinen. Viele Handwerker kamen hinzu, und es wurde geschimpft und gedroht. Die Unruhe wurde immer größer, und die Juraten wurden zum Rat geschickt. Daraufhin entließ der Rat Heyno Brand aus der Haft. Dietrich Schreyge, ein kräftiger Brauermeister, den ich aus der Bürgerwehr kannte, erhob jedoch in unserer Kirchspielversammlung die Stimme und hielt eine flammende Rede. Es müsse Schluß sein mit dem selbstherrlichen Ratsgehabe. Aus jedem Kirchspiel sollten geeignete Männer gewählt werden, die der Rat um Zustimmung bei Steuern, Krieg und Frieden bitten müsse, schlug er vor und berief sich auch auf Forderungen, die die Bürgerschaft anderer Städte wie Braunschweig, Wismar und Rostock aufgestellt hatten. Ich weiß nicht, wie mir geschah, aber plötzlich wurde mein Name vorgeschlagen, und ich wurde in diesen Kreis der Bürger gewählt.

Je fünfzehn Männer aus vier Kirchspielen bildeten von nun an den Ausschuß der Sechziger, der mit dem Rat um einen Rezeß verhandelte. Ein bißchen erinnerte mich die Aufgeregtheit der Versammlungen an jene Tage auf Gotland, in denen Störtebeker den Vitaliern so viel versprochen hatte. Doch hier in Hamburg kam es im Jahre 1410 tatsächlich zu einem schriftlichen Vertrag zwischen Juraten und Hamburger Rat, dem Hamburger Rezeß. Froh bin ich, daß kein Blut floß, wie bei den Unruhen in Stralsund, wo ein Ratsherr von Aufständischen geköpft wurde. Viel gab es zu bereden in jener Zeit, doch was machten die klugen Ratsherren? Sie wählten nach und nach einflußreiche und wohlhabende Mitglieder der Sechziger in den Rat. Und 1417 verfügte der Hansetag aller Hansestädte die Aufhebung des Hamburger Ausschusses. Der Ausschuß hatte ohnehin schon lange nicht mehr getagt, und es regte sich auch kein Widerstand, denn eine andere Frage beherrschte die Bürger: Bergedorf.

Wenn ich als Schiffer mich auch nicht so sehr um den Landweg nach Osten oder Lübeck kümmerte, so ärgerte mich doch, daß der Rat den Schoß immer wieder erhöhte, weil die Ausgaben für die Wegsicherung so hoch waren. In Bergedorf kreuzten sich an der Billefurt zwei Wege: der von Hamburg nach Osten und der von Lübeck nach Süden zur Elbfähre am Zollenspieker. Lübeck und Hamburg hatten ein großes gemeinsames Interesse: daß der Warenfluß über Land nicht behindert sei. Lübeck hatte viele Jahre zuvor schon dem Herzog von Sachsen eine große Summe Geldes geliehen und die Burg Bergedorf als Pfand erhalten. Ich weiß nicht wie es geschah, aber durch irgendeine List hatte sich 1401, als die beiden Hansestädte die meisten Soldaten und viel Geld in den Zug gegen die Piraten steckten, der Sachsenherzog der Burg wieder bemächtigt und die zu Lübeck gehörende Stadt Mölln am Elbe-Trave-Kanal niedergebrannt.

Von diesem Jahr an begannen die Soldaten des Herzogs, unberechtigte Zölle von den Fuhrleuten zu verlangen. Marodierende Soldaten raubten die Kaufleute aus. Bauern, die den Lübeckern oder Hamburgern abgabepflichtig waren, wurden auf ihren Höfen überfallen. Auch hatten einige Ratsherren, reiche Kaufleute und Kirchenmänner in den Dörfern entlang des Handelsweges ihr Geld angelegt und Höfe gekauft. Diese klagten nun, daß Hamburg und Lübeck sie schützen sollten. Wozu würde man Abgaben leisten, wenn es keinen Schutz gebe? Anfangs versuchten die Ratsherren es mit Verhandlungen und wollten, wie sie es gern taten, die Sache mit Geld regeln. Aber weder Herzog Erich noch seine beiden Brüder Bernhard und Otto waren zu echten Zugeständnissen und dauerhaftem Frieden bereit. Der Streit dümpelte vor sich hin, und die Überfälle nahmen kein Ende. Der Hansetag beschäftigte sich 1417 nicht nur mit den Rezessen, sondern auch mit der militärischen Lage. Vielleicht kam es den Ratsherren ganz gelegen, daß sie, als sie den Rezeß von 1410 widerriefen und den Sechzigerausschuß auflösten, gleichsam einen bevorstehenden Waffengang gegen die Askanierfürsten ankündigten und die Aufmerksamkeit der Bürger auf diesen Waffengang lenken konnten. Die Stadtwache und Bürgerwehr wurde mit Vorbereitungen in Atem gehalten, und niemand regte sich über die Auflösung des Sechzigerausschusses auf, denn alle eingeschriebenen Bürger waren damit einverstanden, daß Hamburg sich wehren sollte. Einer, der sich vielleicht nicht so einfach mit der Abschaffung des Sechzigerausschusses abgefunden hätte, war der Braumeister Dietrich Schreyge. Der Bürgermeister Hein Hoyer war jedoch so geschickt, auf die erste Kirchspielversammlung nach der Auflösung des Ausschusses zu kommen, um Schreyge feierlich zum Hauptmann der Bürgerwehr zu ernennen und ihm den Auftrag zu erteilen, er möge die Männer des Kirchspiels Sankt Nikolai aussuchen, ausrüsten und Vorbereitungen treffen für den Fall des Feldzugs. Prompt wurde während der Versammlung nur noch von Maßnahmen gesprochen, die für einen Waffengang nötig seien. Von der Abschaffung des Ausschusses sprach man dagegen nicht.

Es sollte noch bis zum Juli 1420 dauern, ehe eine gewaltige Streitmacht aus Hamburgern, Lübeckern, Lüneburgern und

Braunschweigern gegen die Herzogsburg in Bergedorf loszog. Ein letzter Brief an die Herzöge war unbeantwortet geblieben.

Achthundert Reiter, zweitausend Mann Fußvolk mit Spießen und eintausend Bogenschützen wurden aufgeboten. Unsere Streitmacht führte Belagerungsmaschinen, Schleudern, Bombarden, Mörser und Lotbussen mit. Den Oberbefehl hatten die Bürgermeister von Hamburg und Lübeck, Hein Hoyer und Johann Pleskow. Dietrich Schreyge hatte mich gebeten, an seiner Seite zu stehen. Kristine hatte mich inständig angefleht, einen anderen zu schicken, einen Landsknecht zu dingen und nicht selbst zu gehen. Aber mein Bürgerbrief schrieb vor, daß bei Feldzügen jeweils ein wehrhafter Mann der Familie zu gehen habe. Meine jungen Söhne wollte ich nicht schicken. Melchior war kurzsichtig und nur am Schreibpult zu gebrauchen, und Albrecht war seit der Lateinschule dem Malen verfallen, als er durch Zufall Meister Bertram bei der Arbeit am Altar von Sankt Petri zugesehen hatte. Er war ausgerissen, um Schüler des alten Meisters zu werden, und schließlich willigte ich auf Drängen Kristines ein, daß er eine Lehre bei ihm beginnen konnte. Nun war der Malergeselle wer weiß wo und am wenigsten geeignet, ein Schwert zu führen. Ich beruhigte Kristine, denn ich wußte, daß in Bergedorf nur eine kleine Mannschaft des Herzogs untergebracht war. Ich versprach ihr, mich vom Schlachtenlärm nicht mitreißen zu lassen und umsichtig zu handeln. Als ich am Nachmittag des 8. Juli mit den anderen Heerscharen aufbrach, wußte ich nicht, daß es das letzte Abenteuer meines Lebens sein sollte und ich danach nur noch kurze Zeit geruhsam bis zum Tod Kristines leben konnte. Seit ihrem Todestag habe ich die Zeit vergeudet, bis ich mich auf Dein Erbe besann.

36. Die Schlacht um Bergedorf

Am Mittag des 8. Juli 1420 sollten sich die Hauptleute der Bürgerwehr und Stadtwache mit ihren Männern auf dem Fischmarkt versammeln. Der Troß von Handlangern, Köchinnen, Waschfrauen und Mägden mit den Wagen und Lafetten sammelte sich in der Steinstraße. Der Domherr von Sankt Marien hielt den Gottesdienst für die bewaffneten und in voller Rüstung angetretenen Männer auf dem Fischmarkt ab. Es war eine kurze Predigt, schon, weil die vielen Schaulustigen, Bettler, Kinder, Frauen und Alte, ein ziemliches Spektakel machten und niemand die Worte des Geistlichen verstehen konnte.

Es war ein heißer Tag mit blauem Himmel, und die Sonne brannte zur Mittagszeit unbarmherzig auf die wartenden Männer mit ihren Helmen und ledernen Brustharnischen, den bunten Hosen und seidenen Tüchern, den blitzenden Waffen und gewichsten Schuhen oder Stiefeln. Die Ministranten und jungen Priester, die dem Prediger beisprangen, mühten sich redlich, mit ihren Weihrauchgefäßen eine festliche Stimmung zu erzeugen, aber der Fischmarkt hatte seine Geruchsmarken deutlich hinterlassen. In der Hitze stieg der Gestank von Fischgedärm und Schuppen zwischen den Pflastersteinen eher gen Himmel denn die frommen Wünsche und Gebete. Ich stand in der hinteren Reihe der versammelten Krieger und bemerkte zwar das Kruzifix, die Heiligenbilder und sah auch den Priester auf seinem Podest den Mund bewegen, aber ich verstand nicht, was da vor sich ging. Dann nahmen die Vornestehenden den Helm ab und knieten nieder, und wie in einer Welle pflanzte sich die Bewegung zu uns Hintenstehenden fort. Doch als wir endlich alle ein Plätzchen zum Knien gefunden hatten, mußten wir schon wieder aufstehen, denn vorne hatte man sich bereits wieder erhoben, wie von unsichtbaren Mächten dirigiert oder von Fäden gezogen. Zusammen mochten wir wohl achthundert wehrhafte Männer sein.

Mich hatte man auch zu einem Gruppenführer ernannt, weil ich als Schiffer durch die Begegnung mit Kaperfahrern und Piraten als kampferfahren galt. Ich führte eine Gruppe von zwei Dutzend Männern an: Schuster, Knochenhauer, Schmiede, Brauer, Gerber,

Bäcker, Schiffer und Kaufleute waren darunter, die meisten jünger als ich. Viele Handwerksmeister hatten ihre Söhne und Schwiegersöhne geschickt, und die jungen Leute standen mit roten Wangen im Licht der Aufmerksamkeit, blickten stolz nach allen Seiten und hofften, daß ein jeder der Schaulustigen ihre blitzenden Waffen, das bunte Tuch, die geschlitzten Hosen mit dem großen Hosensack und die neuen Schuhe sehe. Die Mägde und Weiber warfen freigebig ihre schönen Augen unter die Männer, die Kessen unter ihnen faßten nach den Muskeln und lobten die jungen Kerle für ihren Mut. So mancher der Handwerker hatte allenfalls in der Gesellenzeit einmal eine Wanderung getan, andere waren noch nie aus Hamburg herausgekommen und wußten nicht einmal, wo Bergedorf lag, geschweige denn, wie lange wir dahin unterwegs wären, noch was uns erwarten würde. Einen Kampf auszufechten, schien ihnen eher wie eine Hauerei im Wirtshaus zu sein.

Dann ging es los. Musikanten spielten, und der Zug führte am Rathaus vorbei, wo die Ratsherren und vornehmen Kaufleute auf uns warteten, um uns Glück zu wünschen. Der Zug stockte, ging weiter, blieb stehen, rückte auf und suchte den Weg durch die Straßen. Männer mit Spießen verhakten sich an aufgehängten Fahnen und Girlanden, stolze Soldaten rutschten hinter den Reitern auf den Pferdeäpfeln aus, und alles ähnelte mehr einer Prozession zur Fastnacht als der Vorstellung eines Heerzuges, obwohl ich einen echten Heerzug auch noch nicht gesehen hatte. Und doch wußte ich, wohin die Sache führen konnte. Die ausgelassene Stimmung kannte ich auch von den Versammlungen der Vitalier in Wisby auf Gotland, dann das Umschlagen des fröhlichen Mutes in Todesangst angesichts des Gegners und seiner ersten Schläge, und schließlich das Leid und Stöhnen der Verwundeten und Sterbenden und den Blutrausch der Sieger. Ich hatte mich von meinen Lieben zu Hause verabschiedet, sie gebeten, nicht am Wegesrand zu stehen. Jetzt sah ich die Tränen der Abschiednehmenden, besonders derjenigen, die, sonst seßhaft im Haus ihrer Werkstatt, niemals die Liebsten verlassen mußten.

Erst um sechs Uhr abends passierten wir das Steintor und liefen durch das Vorland und freie Schußfeld der Hamburger Verteidigungsanlagen. Die Wagen des Trosses wirbelten Staub auf. Die trockenheiße Luft in der Stadt hatte die meisten Männer dazu verführt, ihren Wasservorrat längst ausgetrunken zu haben, als wir gerade die Weggabelung nach Wandsbek und Billstedt erreicht hatten. Doch es war ja nicht der erste Zug von Soldaten aus Hamburg heraus, und so hatte der Oberbefehlshaber, Bürgermeister Hein Hoyer, hier von einer Vorhut das erste Lager errichten lassen. Es gab Feuerholz, Speisung und Getränke. Wir bezogen, jeder Gruppenführer umringt von seinen Männern, Lager auf Weiden und Wiesen längs der Wege. Die Leute waren froh, sich lagern zu können, auch wenn es Zankereien um die besten Plätze gab, denn wer wollte schon gern als Nachbar von Ameisennestern oder Wespen übernachten. Die Luft war lau, Zelte wurden nicht aufgeschlagen, und als der Tau fiel, schliefen schon die ersten, ermattet von der Mühsal des Gehens und Abschiednehmens, auf ihrem Schultersack unter dem Mantel.

Ausrufer wurden durch das Lager geschickt, und die Gruppenführer und Hauptleute wurden ins Zelt des Bürgermeisters Hoyer gerufen. Schwalben flogen im schwindenden Licht dicht über die warmen Pferderücken, um fette Bremsen zu schnappen, als ich mich auf den Weg an die Spitze des Lagers machte. Das einzige Zelt im Lager lag auf einer Anhöhe, die man Hohenfelde nennt. Im Inneren des Zeltes brannten Öllampen, und auf dem weißen Leinen spielten unwirklich die Figuren der hohen Ratsherren wie die Schattenrisse der Jahrmarktstheater ein gestenreiches Spiel ohne Worte. Hoyer saß an seinem Schreibtisch, und wir Hauptleute wurden in Gruppen von Ratsdienern vorgeführt. Ich stellte mich zu Eric Banthien, den ich aus der Schonenfahrergesellschaft kannte. Dann traf auch Dietrich Schreyge ein und gesellte sich zu uns. Den beiden war nicht diese Begeisterung anzumerken, die ich heute auf den geröteten Gesichtern der jungen Gesellen gesehen hatte. Sie waren vielmehr von Pflichtbewußtsein getrieben, vielleicht gepaart mit der Angst, daß andere an ihrer Stelle Fehler machen würden, die sich für alle Hamburger schlecht auswirkten. Ihren Worten war Mißmut darüber zu entnehmen, daß man den Gruppenführern erst jetzt die Vorgehensweise anvertraute. Offenbar hatte der Rat Angst gehabt, wir hätten etwas an den Gegner verraten können.

Neben dem an einem Tisch sitzenden Hein Hoyer stand Simon von Utrecht; weit hatte der Mann es gebracht, war wohl gleich alt wie ich, hatte nur ein Jahr früher die Bürgerrechte bekommen und war doch schon Ratsherr. Keine Regung in seinem stolzen Gesicht zeigte, daß er mich erkannte, als unsere Gruppe vorgelassen wurde. Der Bürgermeister begrüßte uns mit umständlichen Worten, lobte unser Pflichtbewußtsein, beschwor unseren Siegeswillen, schärfte uns ein, daß wir unsere Gruppen anfeuern sollten, und gab dann das Wort an von Utrecht ab. Von Utrecht zeigte uns die auf dem Tisch ausgebreitete Karte, die wir staunend betrachteten. Es war ein Kunstwerk, das in bunten Farben die verschiedenen Wasserläufe von Bille, Elbe, Doveelbe, Goseelbe, Ilmenau, Seeve, die alten Elbarme, Inseln, Deiche, Braakteiche und Gräben bis nach Bergedorf zeigte. »Die Lüneburger kommen die Ilmenau herab und setzen mit ihren Kähnen bei Zollenspieker über die Elbe. Dann ziehen sie den Kirchenheerweg hinauf bis an die Einmündung des Billegrabens in die Doveelbe. Dort wird ein Teil der Hamburger, die über Boberg gezogen kommen, sich mit ihnen vereinen und unter unserer Führung von Süden auf die Burg zuziehen.« Von Utrecht machte eine Pause, damit alle das Gesagte verdauen konnten. Dann fuhr er betont bedächtig, mit bemüht sonorer Stimme fort: »Ihr, Männer, werdet morgen bis zur Glinder Mühle ziehen müssen, um euch mit den Lübschen zu vereinen und übermorgen von Nordwesten auf Bergedorf zuzuziehen. Euer Lagerplatz vor der Schlacht wird an der Quelle der Glinder Au liegen. Dort findet ihr ausreichend Wasser und Holz und könnt euch einrichten und doch schnell Männer in die Schlacht werfen. Welche Abteilung zuerst in die Schlacht zieht, werden wir euch rechtzeitig wissen lassen. Das ist alles, was ihr wissen müßt, Gott sei mit euch.«

»Verzeiht, Herr von Utrecht«, warf nun Schreyge ein, und von Utrecht zog die Augenbrauen über soviel unverfrorenes Fragen hoch, hörte aber dennoch zu. »Wie lange soll der Feldzug dauern, wie viele Feinde stehen uns gegenüber und wie viele Verbündete haben wir zu erwarten? Ich fühle mich wohler, wenn ich weiß, worauf ich mich einstellen muß. Auch meinen Männern bereitet das Ungewisse mehr Furcht als das Wahrhaftige. Wie soll ich sie einstimmen, wenn ich immer noch nichts Genaues weiß?«

Kühl antwortete von Utrecht: »Hamburg kann es sich nicht leisten, unnötig lange Krieg zu führen und allzuviel Witwengeld zu zahlen. Jeder Tag, der nötig ist, wird gekämpft und nicht ein Tag länger. Wir haben soviel Männer zusammengezogen, wie man nach der Erfahrung braucht. Die Burg ist nur schwach besetzt und dennoch schwer zu stürmen. Worauf wir setzen, sind unsere Belagerungsmaschinen. Seht zu, daß ihr zuversichtlich seid, und bewegt die Leute, damit sie nicht grübeln, sondern vor der Schlacht tief schlafen. Im Proviant wird gutes Bier und Kornbrannt mitgeführt, ihr werdet rechtzeitig für eure Leute davon bekommen. Probieren könnt ihr schon einmal.« Er gab einem Ratsdiener einen Wink, und der Mann gab einem jeden von uns einen Zinnbecher in die Hand. Aus einer großen Korbflasche wurde dann das scharfe Getränk ausgeschenkt. Der Bürgermeister und der Ratsherr prosteten uns zu, und brav schluckten wir das Zeug herunter. »So, die nächste Gruppe wartet noch, gute Nacht«, mit diesen Worten wurden wir aus dem Zelt befördert.

Achselzuckend standen wir noch draußen, aber den anderen Hauptleuten ging es ebenso wie mir. Seit dem Vormittag hatte ich nichts mehr gegessen, der Hunger und die durch das Heerlager ziehenden Gerüche von Gekochtem ließen uns auseinandergehen, ein jeder zu seiner Gruppe. Der lauwarme Schnaps war mir wie Feuer die Kehle hinuntergelaufen, und schon nach ein paar Schritten hatte er die Zehenspitzen erreicht. Dicke Nachtfalter flatterten durch die Dämmerung, und ich ging unsicheren Schrittes über den sandigen Weg. Die Fledermäuse hatten sich aufgemacht und huschten lautlos über den Himmel.

Schließlich erreichte ich meine Leute. Zwei Dutzend hatte man mir unterstellt, deren Namen und Vornamen ich heute kaum noch kenne: Malenz, Boers, Dierks, Buckmann, Bunk, Hartmut Rabeler, Bernick, Wolfram Kolossa und die anderen. Teils jüngere, teils gleichaltrige und einige sogar ältere Männer sollten sich meinen Anweisungen beugen. So mit dem Schnaps im Bauch stand ich neben mir und betrachtete mich und die Männer an dem Haufen noch sonnenwarmer Feldsteine nahe am Lagerfeuer. Wie verrückt war dies Leben, daß ich, ausgerechnet ich, diese Männer irgendwohin leiten sollte, an einen Ort, wo eine Steinkugel ihnen den Kopf vom Hals schießen konnte. Ich verfluchte die verdammten Herzöge. Warum konnten sie uns Städter und Kaufleute nicht ruhig des Weges ziehen lassen? Wer gab ihnen das Recht, aus ihren

Burgen heraus von rechtschaffenen, wagemutigen und friedfertigen Händlern ungerechtfertigte Wegzölle zu verlangen? Waren diese Kerle nicht wie die Seeräuber, nur eben auf dem Land? Nährten sie sich nicht von der Arbeit anderer wie die Kaperfahrer? Ich höre Dich sagen: Das darf man sich nicht gefallen lassen! Wer aber ist »man«? Das waren plötzlich diese Leute, die mich fragend anschauten, deren Kinder und Liebsten in Hamburg ihrer Heimkehr harrten.

Und dann bewegte sich mein Geist wieder in meinen leicht schwankenden Körper und tat, was von ihm erwartet wurde: lobte die Umsicht, einen Topf mit Linsensuppe ergattert zu haben, lenkte die Aufmerksamkeit auf das zugeteilte Dünnbier und den Durst und scherzte über den Hurenwagen, der, von zwei alten Zossen gezogen, sich an die Spitze des Lagers auf das Zelt des Bürgermeisters zu bewegte. Dann erteilte ich noch die Mahnung: »Morgen geht es früh los bis hinter die Glinder Mühle. Dort treffen wir die Lübschen und bauen das Lager auf. Keine Furcht, die Feste ist nur schwach besetzt, gerade mal vier Dutzend wehrhafter Männer sind unsere Gegner, die geben rasch auf, wenn wir ihnen mit unseren neuen Mörsern und Bombarden einheizen.«

Noch waren die Männer gut gelaunt, hieben in die gleiche Kerbe und prahlten mit ihrer Kraft und den Narben aus früheren Prügeleien. Der Brauergeselle Hartmut Rabeler grinste sein lükkenhaftes Grinsen und stieß auf seinen verlorenen Schneidezahn an, nestelte dann den Beutel vom Hals und zeigte das elfenbeinfarbene Stück vor: »Hier, die Bauern haben ihn mir ausgeschlagen, als sie nach Hamburg einzogen, um das Rathaus anzustecken. Wir Brauergesellen waren Manns genug, um sie zum Stehen zu bringen, weshalb die Stelle meines Tributs jetzt auch Burstah heißt.« Dann wickelte er diese Reliquie seines Kampfes für Hamburg wieder umständlich in den Lederfetzen ein.

Wolfram Kolossa, der kräftige Müllergeselle mit den struppigen Haaren und einem fusseligen Bart, aber spottete: »Wenn du gegen die Bauern schon einen Zahn herausgehauen bekommst, dann paß auf, daß dir gegen die Kriegsknechte des Herzogs hernach nicht der ganze Kiefer fehlt.«

Wenn es auch Spott war, so merkten die Männer doch, daß dieser Zug ernster zu nehmen war als ein Bauernaufstand gegen zu hohe Marktgebühren. Als die Sterne deutlich hervortraten, lagen die Männer um die verlöschenden Biwakfeuer und hingen mit ihren Gedanken so weit weg wie die Milchstraße. Die Sternschnuppen an diesem Sommerhimmel, welche bangen Wünsche sie wohl getragen haben? Ich hatte mich ein wenig abseits von den Männern gelagert und war mit meinen Gedanken bei Kristine, als ich Schritte vernahm. Dietrich Schreyge gesellte sich zu mir, denn seine Gruppe lagerte nicht weit von der meinen. »Müde bin ich und kann dennoch nicht schlafen«, begann er das Gespräch. »Was wirst du tun, wenn deine jungen Kerle dir nicht mehr durch den Pulverdampf folgen wollen, sich in die Hosen machen und Fersengeld geben?«

»Wir müssen zusammenhalten, nur das macht die Hansen stark«, entgegnete ich ausweichend.

Schreyge fing wieder an: »Es kann dich deinen Kopf kosten, wenn deine Leute durchbrennen. Der Rat sieht es als Hochverrat an, wenn du die Gruppe nicht richtig führst.«

Ich antwortete nichts.

»Hast du gehört«, fuhr er fort, »daß die Büttel der Stadtwache den Auftrag des Rates bekommen haben, Feiglinge als warnende Abschreckung abzustechen?« Und bitter setzte er hinzu: »Den Sechzigerausschuß haben sie aufgekauft, ihre kostbare Haut tragen sie hier nicht zu Markte, sieht man vom Bürgermeister und dem eitlen von Utrecht ab, aber wie man die kleinen Bürger vor die Kanonen treibt, das haben sich die weisen Ratsherren gut ausgedacht. Ach, wäre es doch nicht so nötig, den Raubrittern das Handwerk zu legen, ich würde die feine Art der hohen Herren gern in der ganzen Stadt bekanntmachen. Oh, Hannes, das ist nicht recht, wie der Rat mit seinen Bürgern Schach spielt. Wir müssen uns alle Vorkommnisse merken, falls es wirklich dazu kommt, daß die Stadtwache die Spieße gegen die unerfahrenen Hamburger Jungen richtet.«

Ich versprach, ihm nach dem Feldzug zu helfen, einen Zeugen der letzten Ratssitzung aufzutreiben, auf der dieser Auftrag für die Büttel der Stadtwache erteilt wurde.

Die Hähne des nahen Neubertschen Hofes an der Straße nach Lübeck und Glinde hatten noch nicht gekräht, da liefen schon die

Boten des Rates durch das Lager und scheuchten die Männer hoch. Sie sollten sich Brot abholen und frühstücken, bald sei es Zeit zum Aufbruch. Der Rat wollte sein Heer bei Laune halten und ließ gutes Brot und Würste verteilen. Die müden Männer wurden bald munter und reckten die auf dem hartem Boden erstarrten Glieder. Schon bald brachen die ersten Gruppen auf, neckten die Zurückbleibenden, und der Haufen vor Hamburgs Toren teilte sich. Ich lief mit meinen Leuten weit vorne, wir überholten die Marketenderwagen, die Lotbussen und gutgeschützten Ochsengespanne der Zeugmeister, die hoch mit Pulverfässern und Munition beladen waren. Am Wegesrand standen nahe der Eilenau, die zur Alster fließt, eine ganze Gruppe von Lohgerberhäuschen. Die Windstille und Hitze drückten den üblen Gestank der Häute und Ledergruben zu uns herüber. Dann ging es hügelan Richtung Wandsbek. Die Bewohner der kleinen Siedlung aus Bauernhäusern und wenigen Handwerkerhütten wie Stellmacherei, Schmiede und Schusterei begrüßten uns neugierig. Kinder folgten uns, kichernde Mägde standen am Weg, und man bot uns frische Milch in Krügen an, die zur Kühlung mit nassen Tüchern behängt waren.

Den ganzen Tag ging es unter sengender Sonne voran. Um die Mittagszeit wehte wenigstens ein warmer Wind, aber als wir am späten Nachmittag endlich die Glinder Mühle erreichten, war es drückend und schwül geworden. Tausende von Gewitterfliegen krochen einem in Ohren und Nasenlöcher, klebten auf der schweißnassen Haut und juckten. Der Schultersack zog einem im Kreuz, das Schwert scheuerte an der Hüfte, und die Füße schmerzten bei jedem Stein der Straße. Die Lübschen waren schon bei der Mühle eingetroffen, hatten eine Vorhut zur Quelle der Glinder Au geschickt und ein Areal abgesteckt, auf dem wir Hamburger lagern sollten. Und wer führte die Lübschen Truppen neben dem Bürgermeister Jürgen Pleskow? Es war eine bekannte Gestalt mit kurzgeschorenem Schädel, es war Sebastian Tannweiler. Wie ich jetzt weiß, hatte er den Aufstand in Lübeck gut überstanden, war mit dem verjagten Rat aus der Stadt geflohen, für die alten Ratsherren herumgereist und hatte auf dem Hansetag 1415 für den alten Rat und die alten Verhältnisse gesprochen. Als dann der alte Rat 1416 wieder eingesetzt wurde, hatte man ihn mit der

Aufsicht und dem Befehl über die Stadtwache betraut. Nun kreuzten sich unsere Wege erneut.

Dietrich Schreyge stand neben mir auf dem Anger bei der Glinder Mühle, zu dem uns die vielen Ausrufer des Rates geholt hatten. Er kannte Tannweiler und raunte mir zu: »Dem haben wir es mit zu verdanken, daß vor drei Jahren der schriftliche Rezeß von 1410 widerrufen und der Sechzigerausschuß aufgelöst wurde.« Dietrich Schreyge war eng mit Heyno Brand befreundet und kannte sich gut aus in den Kreisen, die gegen den Rat murrten. Die Verbitterung über die Entscheidung des Hansetages, daß alle alten Räte und Ratsverfassungen wieder einzusetzen seien, war bei Heyno Brand und seinen Freunden besonders groß. Aber der Hamburger Rat hatte es geschafft, etliche der ehemaligen Gegner auf seine Seite zu ziehen und den Sechzigerausschuß mundtot zu machen. Geschickt hatte der Rat nämlich bestimmte Männer aus dem Sechzigerausschuß für den Rat vorgeschlagen, und diese Vorgeschlagenen hatten die Ehre angenommen.

»Gott behüte, daß wir in Hamburg auch so einen Aufseher bekommen. Heyno Brand hat mir erzählt, daß Tannweiler bei den Inquisitoren der Kirche gelernt hat und Schriften zur Kriegsführung studiert. In Lübeck soll er nach Wiedereinsetzung des alten Rates übel unter den Aufrührern gewütet haben. Beschlagnahmt und bestraft hat er nach Gutdünken, und der Rat läßt ihn walten.«

Der lübsche Bürgermeister Pleskow saß auf seinem mitgeführten, hochlehnigen und kunstvoll geschnitzten Amtsstuhl. Neben ihm stand ein Abgesandter des Hamburger Rates, der junge, schüchtern wirkende Volker Jenisch, der für seinen Vater auf den Feldzug geschickt worden war. Er war einen Kopf kleiner als Tannweiler, der auf der anderen Seite neben Pleskow stand, und schien nicht viel zu sagen zu haben. Jenisch war schlicht in dunkle Kleider gehüllt. Es war bekannt, daß er sich mehr für medizinische und chirurgische Studien interessierte und zeitweilig im Spital von Sankt Georg vor den Toren Hamburgs lebte, um dort zu helfen und so seinem Vater aus dem Weg zu gehen. Der alte Jenisch war zwar körperlich gebrechlich, führte aber das Kaufmannshaus noch energisch mit eigener Hand und erhob auch im Rat gern seine Stimme.

Die Lübschen hatten sich gut auf den Feldzug vorbereitet.

Trommler wirbelten plötzlich auf ihren Instrumenten, und das Geschwätz der auf der Wiese versammelten Hauptleute erstarb. Tannweiler stieg auf eine Kiste, hob die Hand, und der Trommelwirbel brach ab. Man sah sofort, daß dieser Mann keine Scheu hatte, seine Stimme vor vielen Menschen zu erheben. Seine Hosen waren aufwendig geschlitzt und die Schlitze mit bunter Seide gefüttert. Er trug ein weitärmeliges weißes Hemd und einen Lederpanzer auf der Brust, der mit dem Wappen der Stadt Lübeck und auch mit dem seiner Familie verziert war. Wegen der Hitze hatte er seinen breitkrempigen Hut abgesetzt, und man konnte die kurzgeschorenen Haare sehen, die seinem Schädel einen noch entschlosseneren Ausdruck verliehen. Mit fester, befehlsgewohnter Stimme wandte er sich an die Versammelten: »Ich verkünde für die Räte der Städte Lübeck, Hamburg und Lüneburg, daß die Fehdebriefe an den Herzog von Lauenburg-Sachsen und seine Brüder gesendet wurden. Eine zufriedenstellende Antwort haben wir nicht erhalten. Der Kurfürst Friedrich von Brandenburg ist uns wohlgesinnt und nicht auf der Seite unserer Gegner. Von nun an herrscht Krieg. Alle Bürger sind zur Treue gegenüber ihrer Stadt und damit dem Rat verpflichtet. Ihr, die ihr hier steht, seid zum Waffengang aufgerufen worden. Ihr seid in besonderer Weise der Stadt verpflichtet, und ich möchte euch noch einmal daran erinnern, daß Feigheit vor dem Gegner sowie Ungehorsam gegenüber den Befehlshabern als Hochverrat gilt und mit dem Tod bestraft wird. Die Stadtwachen von Lübeck, Hamburg und Lüneburg werden ein genaues Auge auf feige oder zaudernde Waffenbrüder werfen, denn sie bedrohen unser aller Leben. Wir dürfen den Kampf nicht verlieren, sonst können die Hansestädte ihre Freiheit einbüßen. Zaudert nicht, wer euren Befehl in der Schlacht mißachtet, der muß bestraft werden. Aber schont auch die Gegner nicht, noch ihre Unterstützer. Die Bergedorfer helfen diesen askanischen Raubrittern und haben Teil an deren Raubzügen und dem Diebesgut. Dafür müssen sie bestraft werden. Wer aber Beute für die Hansen macht und mutige Taten vollbringt, der soll mit einem guten Anteil belohnt werden.«

Das waren deutliche Worte von Sebastian Tannweiler. Wer insgeheim gehofft hatte, sich von den vordersten Linien fernhalten zu können, der mußte jetzt einsehen, daß dies ebenfalls gefährlich sein konnte. Doch hatte sich auch herumgesprochen, daß lediglich vier Dutzend Kriegsknechte des Herzogs und das Gesinde in der Festung lagen. Da rechneten sich die Vorsichtigen aus, daß die Gefahr, getroffen zu werden, nicht so groß sein könne, und die Tollköpfe hofften auf Beutegewinn.

Nachdem Tannweiler seine Ansprache beendet hatte, hielt ein Geistlicher aus Lübeck einen Gottesdienst ab, murmelte seine Gebete und gab uns seinen Segen. Ich bezweifle sehr, daß Gott sich um derlei Amtshandlungen kümmert, aber das gemeinsam gesprochene Amen, diese merkwürdige Formel, die Inbrunst, mit der gerade die einfachen Leute die geheimnisvollen lateinischen Gebete beenden, dieses mütterliche Wort gab uns auf diesem Feld das Gefühl des Zusammenhalts und auch etwas Ruhe. Wir Hauptleute kehrten zu unseren Leuten zurück, gaben die Worte von Tannweiler weiter und richteten uns auf dem Lagerplatz ein. Verschiedene Priester zogen mit ihren Meßdienern durch die lagernden Gruppen und versprengten Weihwasser, segneten die Männer, salbten Ängstliche und forderten dazu auf, noch die Beichte abzulegen. Ich schüttelte nur den Kopf, als ein junger Priester auf mich zukam und mich direkt zur Beichte aufforderte. Dietrich Schreyge, der ewige Zweifler, kam nahe an mich heran und raunte mir zu: »Die sollen nur erforschen, wo die meisten Feiglinge hocken. Dort werden den Sturmtrupps die Büttel Tannweilers in den Rücken gestellt ... Du hast ja gehört, Feigheit wird als Hochverrat angesehen und mit dem Tod bestraft. Schau sie dir genau an, die Büttel verfügen über besonders lange Spieße.«

Ich war von dieser Sichtweise überrascht. Bei den Seeräubern gab es zwar auch Strafen für Feigheit, aber es waren meistens Tollköpfe, die sich damals zu uns gesellten, Arme, die nichts zu verlieren hatten, Vogelfreie und Männer, die leicht in Rage gerieten. Sie stürzten sich in den Kampf, vergaßen die Angst und hofften auf gute Beute. Dieses Heer aber umfaßte auch Männer, die etwas zu verlieren hatten, nämlich ihr Leben mit ihren Lieben in einer guten Heimstatt bei Ansehen und Wohlstand. Ich staunte, wie gut Tannweiler den Feldzug durchdacht hatte, falls Schreyges Verdacht der Wahrheit entsprechen sollte. Dies war eine andere Art Kriegskunst als ich sie von den Schiffen her kannte. Auch einen Überblick zu behalten, war sehr schwer. Wo lagerten die zweitausend Mann Fußvolk mit Spießen, die tausend Büchsenschützen, die achthundert Reiter, wo standen die Belagerungsmaschinen, wer war gespeist, wer hungrig? Welche Gruppen sollten wohin vorrücken, welche Gruppen sollten im Lager bleiben? Das Land war hügelig, von Gräben, Bächen und Knicks in viele kleine Weiden, Wiesen und Äcker unterteilt. Waldstücke versperrten die Sicht. Die Feldwege waren schmal, und schon gestern war der Zug zur Glinder Au immer wieder dadurch unterbrochen worden, daß ein Troßwagen liegenblieb oder schweißnasse Ochsen nach dem Erklimmen von Hügeln ausruhen mußten und die Gespanne dann den Weg versperrten. Es mußte für die Feldherren Hoyer und Pleskow und ihre Befehlshaber schwierig sein, die gefaßten Pläne einzuhalten. Wahrscheinlich war ich einfach zu ungeduldig.

Zwei Tage lagerten wir schon auf derselben Stelle. Heißsporne unter den Jünglingen drängten in die Richtung, in der sie Bergedorf vermuteten, weil sie den Gegner einmal sehen wollten. Aber sie kamen nicht weit, wurden von Bütteln der Stadtwachen zurückgedrängt, stritten untereinander, und manche Gruppenführer mußten die Prügelstrafe einsetzen, um Ruhe zu schaffen. Welch Glück, daß das Wetter trocken blieb; nicht auszudenken, was passiert wäre, wenn Regen die Lager in Morast verwandelt hätte. Schon so war es nicht sehr gemütlich, denn die vielen Leute verrichteten überall längs der Wege ihre Notdurft. Pferdemist und Ochsenfladen zogen Schmeißfliegen an. Es war eine Kunst, an sauberes Wasser zu gelangen, denn die Bachränder und Teichufer in der Umgebung hatten sich unter den Tritten von Mensch und Vieh längst in Sumpf verwandelt. Endlich kam der Befehl, im Morgengrauen des 12. Juli auf Bergedorf vorzurücken, und selbst die Ängstlichen unter den Soldaten waren froh, daß sie weiterkamen.

Die Häuser der Siedlung lagen dicht neben der Feste. Die Burg selbst befand sich auf einer Insel in der aufgestauten Bille, von einem zweifachen Wallring und Wassergräben umgeben und nur über Zugbrücken zu erreichen. Auf den Wallanlagen sorgten die Geschütze dafür, daß die Streitmacht der Hansen nicht zu nahe kam. Da stürmten die Männer die Siedlung, die nur durch Gräben gesichert war. Alte und kleine Kinder waren in ihren Häusern und Katen zurückgeblieben, verzweifelte Hausherren baten um

Schonung und versprachen, dafür zu zahlen, aber sie hätten wie die anderen flüchten sollen, denn die Meute gab sich nicht mit dem Gebotenen zufrieden, sondern quälte die Armen, bis sie alle Verstecke verraten hatten, und dann wurde geplündert und gebrandschatzt. Die Bürgermeister Hoyer und Pleskow und die befehlsführenden Ratsherren mit ihren Mannen bewahrten die Kornwassermühle und die Speicher vor Schaden, richteten sich dort ein und ließen den Männern beim Plündern zunächst freien Lauf.

Meine Gruppe bekam erst am frühen Vormittag den Befehl zum Nachrücken. Wir marschierten mit Spießen, Hellebarden und Schwertern einen Feldweg entlang, bis wir die ersten Häuser durch das Buschwerk erkennen konnten. Mit aufgeregten Gesichtern zogen die jungen Kerle dem Brandgeruch nach. An der Brücke über einen Billearm standen zwei lübsche Ratsherren mit vier Bütteln der Stadtwache. »Da links herüber, ihr müßt die Katen da untersuchen«, wurden wir angewiesen. Es waren ärmliche, niedrige Häuser, und Malenz und der dicke Dierks schimpften, daß man uns keine Beute übriggelassen habe. Die erste Kate war verriegelt, die Fensterläden verrammelt, und meine Männer standen davor, blickten sich nach mir um und erwarteten Befehle. Der alte Buckmann, ein ausgemergelter Baumeister, der irgendwie um große Teile seines Besitzes betrogen worden war und sich hier Beute erhoffte, wartete nicht auf meinen Befehl. Er setzte geschickt ein Brecheisen bei den Türangeln an, und krachend brach die Tür auf. Sie hing schief heraus, wurde herausgerissen und gab das Dunkel im Hausinneren frei. Der hübsche, weibisch wirkende Bernick zog sein Schwert und trat als erster hinein. Der Besitzer der Kate, ein Schuster, wie sich später herausstellte, hatte sein Haus zwar verlassen, übte aber aus der Ferne Rache für die Plünderung. Bernick hatte, wie eine Maus in der Falle, einen dünnen, gespannten Faden zerrissen und damit einen Bogen ausgelöst. Ein schmatzendes Geräusch, gefolgt von dem dumpfen Aufschlag der Pfeilspitze auf die Wirbelsäule, war zu hören, und Bernick drehte sich um, beide Hände um den Schaft des aus dem Bauch herausragenden Pfeils gekrampft wankte er aus dem Hauseingang ins Freie. Sein Brustharnisch hatte ihm nichts genutzt. Verdutzt schaute er uns an, lächelte aschfahl und stolperte tonlos an uns vorbei auf die sandige Dorfstraße, als wüßte er den Weg ins Paradies. Nach wenigen Schritten brach er vornüber zusammen und zappelte stöhnend mit den Beinen.

»Verflucht, da ist jemand drinnen«, folgerte Wolfram Kolossa. »Es ist zu dunkel, wir können das Schwein nicht sehen. Machen wir ihm Feuer unter dem Hintern, daß er herauskommt.«

»Halt«, rief Buckmann, um seine Beute besorgt, »wenn wir das Haus anstecken, haben wir auch nichts davon. Brechen wir die Fenster auf und bringen so Licht ins Dunkel.«

Malenz und die anderen halfen ihm und brachen einen Laden nach dem anderen mit Beilen und Eisen auf. Nur Hartmut Rabeler war zu dem sterbenden Bernick gelaufen und hielt ihn in den Armen. Malenz und die anderen stießen mit ihren Spießen durch die Fenster ins Kateninnere. Dann stiegen sie ein und fanden den Bogen an einem Stuhl befestigt. Der Schuster war offenbar ein geschickter Handwerker, was man nicht nur an den vielen Leisten auf den Wandborden erkennen konnte. Als Boers einen Alkoven aufbrach, löste sich ein damit raffiniert verbundener Deckenbalken und klemmte ihn ein. Sein eiserner Harnisch half ihm nicht, der schwere Balken zerquetschte seinen Brustkorb wie ein Tritt einen Mistkäfer. Mit vereinten Kräften gelang es zwar, ihn endlich zu befreien, aber sein Schreien und Stöhnen wurde schnell zu einem gurgelnden Röcheln, als ihm Blutblasen aus Mund und Nase quollen. Nun sollte es noch Bunk treffen, der durch eine Falltür in einen kleinen Keller und in dort aufgestellte Spitzeisen und Nagelbretter fiel. Gespickt wie ein Igel kletterte er aus dem Loch und hinter den flüchtenden Männern ins Freie. Der gute Bunk sollte die lächerlichen Wunden im Gesäß, an Armen und Beinen nicht überleben, denn der Wundbrand packte ihn nach drei Tagen, und später hörte ich, daß er nach hohem Fieber kurz darauf starb.

Wie unrühmlich hatte diese Eroberung begonnen! Mit Mühe konnten wir Feuer ans faulige Strohdach legen und wandten uns dann den anderen Katen zu. Sie waren fast leer, der Hausrat in geheimen Kellern verborgen, und nur ein riesiger Zuchteber mit durchtrennten Sehnen an den Vorderbeinen fiel uns in die Hände. Da er sich nicht forttreiben ließ, stachen ihn die Männer ab, besudelten sich mit dem Blut und hängten das zuckende Tier auf, um es aufzubrechen. Doch es war kein Fleischhauer in unserer Gruppe, so daß die Versuche des Brauergesellen Hartmut Rabeler zu einem stinkenden Gemetzel wurden, als der Darminhalt sich mit Blut aus Milz und Leber mischte. Ich wandte mich ab und suchte andere Hauptleute, die erfolgreicher brandschatzten. Erspare mir die Schilderung von in Jauche ertränkten Alten, vom Wimmern verlassener Kinder und vom Geruch der Verwüstung, der über Bergedorf lag. Als sich der Rausch der Eroberung am Abend legte, zogen die Büttel der Stadtwache durch die lagernden Männer und sammelten große Teile des Plündergutes ein. Die Marketender und Huren ließen es sich nicht nehmen und besuchten die siegreichen Plünderer, um auf ihre Weise ebenfalls einen Anteil einzutreiben.

Der nächste Tag diente der Heeresführung, um Ordnung unter den Männern herzustellen. Die einzelnen Gruppen wurden formiert, Reiter und Ausrufer bewegten sich aufgeregt durch die Reihen, und aus dem Durcheinander sortierte sich eine zum ersten Mal auch für mich erkennbare Aufstellung. Wieder kam meine Gruppe aus Fußvolk und diesmal auch Büchsenschützen in die Nähe der Gruppe Schreyges. Ich hatte Schreyge während der Plünderung aus den Augen verloren. Nun trat er an mich heran und raunte mir zu: »Sieh dir mal an, welche Hamburger sie in die erste Reihe stellen. Es sind alles Männer, die dem Sechzigerausschuß angehörten. Das scheint besonders geeignetes Büchsenfutter zu sein.«

Tatsächlich sah ich die aufrechten Eric Banthien, Heyno Brand, Gernot Hundsdörfer und Dirk von Daacke, um nur einige zu nennen, am unsichtbaren Kreis der Geschützreichweite stehen, dazwischen Belagerungsmaschinen, Sturmleitern und Geschütze. Dann begannen unsere Geschütze zu donnern, und die Festungsbesatzung, die seelenruhig die Plünderung des Dorfes mit angesehen hatte, antwortete. Einen Tag lang zerschossen wir ihnen die Dächer, konnten aber keinen nennenswerten Schaden an den Befestigungswällen und eingegrabenen Geschützen anrichten. Dann befahlen die Bürgermeister, Flöße herzurichten, damit wir auf ihnen die Wassergräben überwinden könnten. Das Mühlenwehr zu öffnen und das Wasser abzulassen hatte man glücklicherweise aufgegeben. Erstens wollten die Ratsherren die

Karpfen und Schleie nicht verlieren, und zweitens wären wir wohl jämmerlich im Schlick steckengeblieben. Schreyges Gruppe und die meinige sollten am Brückendamm entlang den Zugbrückenkopf erobern. Büchsenschützen zielten auf die dort verborgenen Verteidiger, während meine Männer und ich flach hinter einer niedrigen Holzwehr, halb auf einem Floß und halb im Wasser hängend, auf den ersten Wall zustießen. Ein wütender Hagel von Geschossen ging auf uns nieder. Steinkugelgeschosse schlugen dicht neben uns ins Wasser, und Wasserfontänen ergossen sich über uns, daß das Pulver unserer Sprengsätze und Lunten schnell unbrauchbar wurde.

»Vorwärts, an die Wälle heran!« wurde uns nachgerufen. Meine Hoffnung war, so dicht an den Wall zu gelangen, daß die Geschütze nur noch über uns hinwegschießen konnten. Die wenigen Verteidiger an dieser Stelle der Wallanlagen würden wir schon in die Flucht schlagen. Aber meine Hoffnung wurde durch ein Geschoß zerschlagen, das das Floß und den armen Malenz in zwei Teile zerlegte. Die Balken des Floßes trieben auseinander, Männer, die nicht schwimmen konnten, schrien um ihr Leben, wurden mit Armbrustgeschossen gespickt, von Büchsenschützen aufs Korn genommen oder suchten schwimmend und tauchend zurückzugelangen. Ich selber war durch die Wucht des Geschoßeinschlags mit meinem Fuß zwischen zwei Balken geraten und trieb ganz langsam auf den Brückenkopf zu, ohne mich befreien zu können. Die Angst schnürte mir die Kehle zu, ich konnte nicht rufen und trieb an dem Floß Schreyges vorbei. Er sah meine mißliche Lage und ließ sich ohne zu zögern ins Wasser gleiten, schwamm mit ein paar Zügen zu mir herüber, schnitt mit dem Messer die Stricke entzwei, die die Floßreste noch zusammenhielten, und befreite mich so. Mein Bein war wie betäubt, ich konnte es kaum benutzen. Da griff Schreyge mich am Hemdkragen und zog mich mit zu seinem Floß. In diesem Moment zerschlug ein Geschoß auch dieses Wassergefährt und verhinderte die Eroberung der Wallanlagen. Zwei von Schreyges Leuten versanken, der Rest versuchte sich durch Umkehr zu retten. Schreyge und ich hatten schon Grund unter den Füßen, das rettende Ufer war nur noch wenige Schritte entfernt. Aber wie sollten wir die nackte Böschung erklimmen?

»Ich schaffe es nicht mit meinem Fuß, lauf du los, ich bleibe bis zur Dunkelheit im Wasser hinter dem Floß«, bot ich Schreyge mit der stillen Hoffnung an, daß er mich mitnehmen und stützen würde.

Er überlegte, und als ein Geschoß nahe bei uns einschlug, hatte er sich durchgerungen: »Ich kann dich hier nicht im Feuer lassen. Gott schütze uns.«

Er zog meinen Arm über seine Schulter, und auf ihn gestützt, humpelte ich aus dem Wasser die Böschung hinauf. So schnell es ging, bewegten wir uns auf einen Wall aus mit Sand und Erde gefüllten Körben zu, genau wie es links und rechts von uns andere Männer taten, angefeuert von den Rufen der Kanoniere, die uns aus sicherer Deckung beobachteten, während ihre Gehilfen die Kanonen reinigten oder luden. Wie grausam das Schicksal zuschlägt! Gerade als wir uns über die Brüstung aus den mit Erde gefüllten Körben schwangen, schwirrten die Splitter einer zerborstenen Steinkugel durch die Luft und zerrissen meinem Lebensretter den Kehlkopf und die Halsschlagader. Dietrich Schreyges Hand, die mich eben noch stützte, krampfte sich um meinen Oberarm. Dann ließ er los, die Augen quollen aus ihren Höhlen, und schrecklich nach Luft ringend und mit sprudelnder Blutquelle am Hals brach der mutige Mann neben mir zusammen. Er war nie mein Freund gewesen, nicht, weil er es nicht gewollt hatte, sondern weil ich niemandem tief vertrauen mochte und lieber auf Abstand blieb, so, wie ich mich auch unter den Vitaliern niemandem angeschlossen hatte und keine Freundschaften eingegangen war. Und doch hatte ich Schreyge geachtet, es geschätzt, mit ihm Probleme zu wälzen und gefühlt, daß er eine ehrliche Haut war. Nun lag er sterbend vor mir. Ich konnte es nicht fassen, war wie vom Donner gerührt, nahm ihn hoch und schrie: »Halte aus, Dietrich! Bringt ihn zum Feldscher!«

Das Blut pulste noch, doch der Strom verebbte schon. Dann war er tot, und die Besatzung des Geschützes trennte mich von dem Leichnam, trug mich aus der Reichweite der Festungsgeschütze zu einem Wagen, der für Verwundete bereitstand. Darauf lagen schon andere Verletzte und Sterbende. Endlich zogen die Pferde an, und wir wurden zum Mühlenspeicher gebracht, wo lübsche Bader und ein hamburgischer Chirurgicus ihr Handwerk verrichteten. Als man feststellte, daß ich lediglich einen geschwollenen und blutunterlaufenen Knöchel hatte, schubste man mich grob auf einen Getreidesack, der in der Ecke lag, und warf mir Leinentücher zu. Ein Badergehilfe brachte mir essigsaure Tonerde, und ich legte mir selbst einen Verband an. Die nassen Kleider klebten am Körper und ließen mich zittern. Schließlich bat ich um einen Stock als Stütze und humpelte langsam zu unserem Lagerplatz zurück. Ein Hauptmann der Stadtwache erkannte mich, half mir und brachte mich bis zu einem Biwakfeuer, auf dem eine Bohnensuppe gekocht wurde.

Unterdessen hatten sich auch ein paar meiner Leute eingefunden und brachten Säcke als Zudecken mit, denn sie waren genauso durchnäßt, erschöpft und froh, ein trockenes Plätzchen am Feuer zu finden. Der Koch teilte uns Suppe zu, und langsam kam ich wieder zu mir. Todmüde und leer fühlte ich mich. Ich fing einen Ratsboten ab, der melden sollte, daß ich mit dem Rest meiner Gruppe beim Lagerplatz sei. Dann humpelte ich zu meinen Sachen, zog das zweite Hemd an und legte mich, in meinen Mantel gehüllt, auf das Lager aus Laub und Stroh. Ich fiel trotz des nahen Geschützdonners in einen traumlosen Schlaf. Am Abend wurde ich, von anderen Hauptleuten gestützt, zu einer Versammlung gebracht, auf der beratschlagt wurde, wie weiter zu verfahren sei, da von keiner Seite ein Geländegewinn gegen das Schloß gemacht worden war. Viele Männer der ersten Angriffswelle waren Opfer des Bleischrots geworden, mit dem die Geschütze der Festung geladen waren. Welch Irrglaube, mit vielen gleichzeitig angreifenden Männern die vierzig Kriegsknechte des Herzog überlaufen zu können! Oder waren diese Opfer gewollt? Die tauglichen Männer wurden zu neuen Gruppen zusammengestellt, ich sollte mich einen Tag ausruhen. Da machte ich mich auf und suchte meinen toten Retter, hielt bei ihm Totenwache auf dem Leichenplatz und versprach ihm vor Gott als Zeugen, einen Gedenkstein setzen zu lassen. – Wenn Du jemals den Schloßhof des Bergedorfer Schlosses besuchen kannst, dann achte auf den Stein mit dem eingeritzten Kruzifix. Es stammt von meinem zweiten Sohn Albrecht, dem Maler und leidlich guten Steinmetz, aber die schlichten Worte stammen von mir: »Im Jahre des Herrn 1420 am Sankt-Margareten-Abend, da wurde

Dietrich Schreyge hier totgeschossen. Gott sei ihm gnädig. Amen.«

Am dritten Tag kam eine List und guter Wind uns Belagerern zu Hilfe. Sebastian Tannweiler, der die Kriegskunst studiert hatte, erinnerte sich an die Wirkung von beizendem Qualm, wie ihn schon die Griechen in alter Zeit verwandten. Er ließ über Nacht Stroh, Pech, Salpeter, Teer und Pulver zusammen mit anderen übelriechenden Stoffen, den Kadavern und Unrat auftürmen und im Morgengrauen verbrennen, und der kräftige Südwind trieb den Qualm auf die Vorwerke und die Zugbrücke. Da konnten sich die Belagerten dort nicht länger halten, mußten sogar ihre Geschütze im Stich lassen und zogen sich in die Festungsmauern zurück. Die Hansen nahmen die Wälle ein, schwenkten die Geschütze um, und als es keine Hoffnung mehr für die Kriegsknechte und ihren Hauptmann gab, boten sie die Kapitulation gegen freies Geleit an. Die Bürgermeister akzeptierten und ließen die Besatzung ziehen. Es wurde ein wenig gefeiert, doch dann einigten sich die Befehlshaber darauf, gleich weiterzuziehen. Lüneburger und ein Teil der Hamburger marschierten zur Riepenburg, einer Feste des Herzogs in Neuengamme, die sich nach kurzer Belagerung ebenfalls ergab. Ich selbst zog mit einem Hamburger Haufen und den Lübeckern nach Kuddewörde, wo der Herzog auch eine Befestigung als Herzogssitz an der oberen Bille unterhielt. Deren Besatzung ergab sich nach kurzem Beschuß. Nun warteten wir auf Nachricht, wie der Herzog sich verhielt. Unterhändler brachten jedoch die Kunde mit, daß dieser Soldaten in seiner Residenz Mölln zusammenzog. Da wurde die gesamte Streitmacht von Lübeckern, Lüneburgern und Hamburgern auf den Weg nach Mölln geschickt. Der Weg dahin war entbehrungsreich, weil der Proviant ausging. Die armen Bauern, die längs des Weges lagen, wurden restlos und mit großer Härte ausgeraubt, um die hansische Streitmacht zu nähren. Dann standen wir vor den Toren Möllns. Der Herzog gab auf. Er stimmte einem Friedensvertrag zu und überschrieb Bergedorf, Riepenburg, Geesthacht, die Vierlande, die Zollstelle mit der Elbfähre Zollenspieker und den halben Sachsenwald gemeinsam an Lübeck und Hamburg. Ich hatte nicht sehr tapfer sein müssen, doch als Hauptmann stand mir ein Anteil an der Beute zu. Da ich überwiegend unter dem

Oberbefehl Lübecks gekämpft hatte, sollte ich das Geld nach dem Siegeszug in Lübeck ausgezahlt bekommen.

Die Vorsehung schickte mich also endlich in meine Vaterstadt. Trotz großer Sehnsucht nach Kristine zog ich am 24. August mit den Truppen Lübecks durch das Mühlentor vor das Rathaus. Die Überlebenden aus meiner Gruppe waren schon längst mit Nachrichten für Kristine in Hamburg angelangt, als ich meine alte Heimat wiedersah.

37. Die Vergangenheit holt mich ein

Nach dem Friedensvertrag von Perleberg, geschlossen am 23. August 1420, waren Hamburg und Lübeck trotz der Kriegslasten reicher geworden. Der Einsatz hatte sich gelohnt. Ich empfand eine gewisse Bewunderung für die Ratsherren und Bürgermeister, die diese Entwicklung eingefädelt hatten. Sogar Sebastian Tannweiler war in meiner Achtung gestiegen. Auch wenn ich mit seiner menschenverachtenden Art nicht einverstanden sein konnte, so hatte er doch zum Sieg beigetragen. Trauer empfand ich allerdings, wenn ich an die Opfer dachte, die für diesen Sieg gebracht werden mußten und die so sinnlos schienen. Hätte man nicht früher das qualmende Feuer einsetzen können? Dann würde Dietrich Schreyge vielleicht noch leben.

Was war es dann für ein erhebender Anblick gewesen, als die Türme von Lübeck plötzlich am Horizont auftauchten! Die roten Mauern, Befestigungen und Dächer der Stadt traten zwischen dem Grün des Vorlandes heraus. Der Anblick der roten Ziegel löste warme Erinnerungen in mir aus, als spürte ich die Nähe meiner alten Amme. Mein Herz pochte, und ich empfand alte Gefühle, roch vertraute Gerüche, als sei ich noch Kind in den Straßen meiner Stadt. Aber ich wurde auch wehmütig, weil dies alles Geschichte für mich war und meine Verwandten in alle Winde zerstreut waren, tot und vergessen. Auch Reue keimte in mir, daß ich nichts unternommen hatte, um meiner Mutter und meinen

Schwestern nach dem Tod des Vaters wenigstens ein Lebenszeichen und Hoffnung auf Rückkehr zu senden.

Das Läuten der Glocken aller Kirchen Lübecks weckte mich aus meinen Tagträumen und versetzte mich in die Gegenwart. Jetzt marschierte Eric Banthien neben mir und verbreitete geschäftig Frohsinn, weil er trübe Gedanken hinter meiner gerunzelten Stirn ahnte. Da beschloß ich, diese Reise in die Vergangenheit nicht zu schwer zu nehmen. Seit fast zwanzig Jahren war ich nicht mehr Martin Damme und hatte mich auch gegenüber Kristine so in die erfundene Vergangenheit verstrickt, daß ich sie bald selbst glaubte. Wie konnte ich da denjenigen etwas vorwerfen, die jetzt vielleicht in dem Haus meiner Kindheit wohnten? Ich nahm mir fest vor, nach so langer Zeit niemanden für den Tod meines Vaters und den Zerfall meiner Familie verantwortlich zu machen. Es war mehr die Neugier, selbst die eigenen Erinnerungen zu überprüfen. Die Mühlenbrücke, über die wir von Süden auf der Hauptstraße nach Lübeck in die Stadt hineinzogen, hatte ich als noch breiter und länger im Gedächtnis gehabt, als sie jetzt auf mich wirkte. Doch die meisten Häuser standen noch so da, wie ich sie kannte. Da und dort mochte eine Bude angebaut sein, an anderer Stelle war ein Gang zwischen den Häusern inzwischen gepflastert, der in meiner Kindheit noch Sand gewesen und nach jedem Regen von der Dachtraufe in Schlamm verwandelt worden war. Viel vermochte ich nicht zu sehen, weil Schaulustige die Straßen säumten. Die Rückkehr des Heeres war von schnellen Vorausreitern angekündigt und vorbereitet worden. Feierlich wurden wir auf dem von Marktbuden geräumten und blitzsauber gefegten Rathausplatz vom Rat der Stadt begrüßt. Ehrwürdig wirkten die hohen Giebel des Rathauses, schön die Verzierungen, die glasierten Klinker, die bunten Scheiben, die Windlöcher in den Mauern, die Wappen der Ratsherren. Kurze Ansprachen wurden gehalten und schließlich ein Dankesgebet gesprochen, wonach der Priester alle Soldaten aufforderte, in die Marienkirche zum Dankesgottesdienst zu kommen und auch zu beichten.

Der Bürgermeister hatte öffentlich versprochen, daß die Auszahlung eines Soldes und geringen Gewinnanteils an die Hauptleute nach zwei oder drei Tagen erfolgen solle. Bis dahin sei für die nichtlübschen Kämpfer Quartier im Heiligen-Geist-Hospital freigeräumt. Müde vom Marsch trat ich mit Eric Banthien an der Seite sogleich den Weg zum Hospital an, um mir einen Schlafplatz zu sichern. Zwar war ich versucht, einen Umweg durch die Alfstraße an meinem Vaterhaus vorbei zu machen, aber Banthien kannte sich aus und schob mich von Sankt Marien in die Mengstraße Richtung Breite Straße. »Warst du schon einmal in Lübeck?« fragte er mich.

»Vor langer Zeit als Kaufmannslehrling habe ich einmal Waren von Neustadt nach Lübeck begleitet«, antwortete ich und spielte damit meine Rolle als Hannes Maiboom.

»Sieh nur die hohen, vornehmen Häuser«, lobte Banthien die Fassaden der Mengstraße. Hier, fast an der Ecke zur Breiten Straße, hatte sich ein Handwerksmeister zwischen die Kaufmannsfamilien gemischt und ein neues Haus errichten lassen. Ein großes Schöpfsieb hing als Erkennungszeichen über dem Eingang. Ich kannte den Meister noch von früher, denn er stellte neben Pergament auch neues, gutes Papier her und handelte mit Griffeln und Schiefertafeln, edlen Federn und Tinte, alles feine Waren, die für die Kaufleute und ihre Verträge, Bücher und Listen von immer größerer Bedeutung wurden. Diese Familie hatte stets Anlaß für Gerüchte gegeben, denn dieses Handwerk erschien vielen, wie die Alchimie, als eine Art Geheimkunst. Jetzt fiel mir der Name wieder ein: Buddemann hieß der Meister, der einst sein Handwerk in Venedig gelernt hatte und dort fast an einer geheimnisvollen Krankheit gestorben war. Sein Bruder Heinrich hatte den jungen Kranken damals nach seiner Genesung in einem Berghospital nach Lübeck zurückgeholt.

Nun bogen wir in die Breite Straße ein und folgten ihr bis Sankt Jakobi am Koberg. Die ganze Zeit plauderte Eric Banthien munter, erzählte mir von seinen lübschen Konkurrenten im Schonenhandel und tat auch den einen oder anderen Seitenhieb auf die Familie Tannweiler, die die Geschäfte in Falsterbo anscheinend maßgeblich beeinflußte. Banthien deutete an, daß die Tannweilersippe bei der Ernennung der Vittenvögte und Äldermänner ihre Hände im Spiel habe, sogar mit Gift nachhelfe. »Mein Vater sagte mir, daß ich mich vor ihnen hüten sollte, denn sie hätten auch schon mit den dänischen Vögten und deren Hauptleuten gemeinsame Sache gemacht oder sie bestochen. Den Tannweilers mißliebige Kaufleute wurden von den Dänen plötzlich großer Verbrechen beschuldigt, die die an die Hansen abgetretene Vittengerichtsbarkeit in Schonen außer Kraft setzte. ›Waffenschmuggel für die Gegner der dänischen Krone‹ heißt zum Beispiel ein solcher gekaufter Vorwurf, der zur Beschlagnahmung von Waren führen kann. Beweisstücke werden dann unter die Waren gemischt und so der Verdacht erhärtet. Flüchtet der Beschuldigte dann, sieht man dies als Beweis seiner Schuld an. So spricht man in Hamburg hinter vorgehaltener Hand, und ich vertraue auf dich, daß du nichts weitererzählst, denn beweisen läßt sich derartiges Tun wohl nur schwerlich.«

»Und das lassen die hamburgischen Schonenfahrer geschehen?« fragte ich entsetzt.

Eric Banthien zuckte mit den Achseln und spottete: »Du hast ja recht, aber die Hamburger werden von der Tannweilerfamilie in Ruhe gelassen, und jetzt, da die Tannweiler in hohen Positionen in Lübeck sitzen, läutert sie vielleicht die Würde der Ämter.« Ich sah vielleicht zu blaß und ernst aus, denn Banthien wechselte das Thema: »Laß uns uns im Hospital anmelden, und dann kenne ich ein gutes Badehaus, oder noch besser: Wir unterstützen den lübschen Rat und kehren noch in sein Haus an der Untertrave bei der Alten Fähre ein.«

Ich wußte, welches Haus Eric Banthien meinte, es war das Stadtbordell.

Ein paar Mitstreiter aus Hamburg und Lüneburg waren uns schon zuvorgekommen und standen bei einem Torwächter und einem Schreiber an, um ein Hospitalbett zugewiesen zu bekommen. Die beiden waren unwirsch und schimpften, als wir an der Reihe waren, daß sie auf Geheiß des Rates arme Witwen in die Stallungen und Speicher des Hospitals hatten umquartieren müssen. Da erinnerte ich mich an das, was meine Schwester mir bei den Beginen erzählt hatte, und ich fragte, ob hier im Heiligen-Geist-Hospital eine Witwe namens Gertrud Damme bekannt sei, ob sie noch lebe oder hier gelebt habe. Ich sei der Sohn eines Freundes der Familie und beauftragt, mich nach der alten Dame zu erkundigen. Erst wollte der Mann keine Antwort geben und schob vor, erst fragen zu müssen, ob er diese Geheimnisse verraten dürfe.

Dann reichte ich dem Schreiber unauffällig eine Münze, und der nahm sie sogleich an. »Ja, die Alte lebt noch«, lautete nun die Auskunft, nachdem er in einem Buch nachgeschaut hatte, »aber falls Ihr sie besuchen wollt, so erschreckt nicht, denn sie ist sehr schwach, blind und geistig umnachtet. Wir verwahren sie bei ihresgleichen im Hofhaus.«

Ich zahlte dafür, sie sehen zu dürfen, gab Eric meinen Schultersack, bat ihn, bei unseren Betten auf mich zu warten, und folgte einem Hofgehilfen des Schreibers. Der führte mich durch verschiedene Gänge in den Hof, wo direkt neben Aborthaus und Abfallhaufen ein kleineres Gebäude aus Fachwerk errichtet war. Wie in Stallungen war der große Innenraum dieses Hauses durch Sprossengatter unterteilt, und auf Bretterböden mit geschüttetem Stroh lagen dort bedauernswerte Gestalten in graue Kittel gehüllt, mit kurzgeschorenem Haar, manche mit Leinentüchern an Armen und Beinen an die Gatter gefesselt. Kupferbecken hingen an den Pfeilern, Wasserkrüge standen in Reihen, und Handtücher waren zum Trocknen aufgehängt. Eine Magd mühte sich bei einem alten Menschen, Mann oder Frau, die vom steten Liegen wund gescheuerten Hacken neu zu verbinden. Es roch trotz der glaslosen Fensterhöhlen nach Urin und fauligem Stroh.

»Täglich kommt der Armenarzt und kontrolliert die Gesundheit«, sagte der Gehilfe erläuternd, als mein Blick verwundert auf die Glaskolben fiel, die mit gelblichen Flüssigkeiten gefüllt auf einem Tisch am Fenster standen. »Hier lagert die Gesuchte«, raunte mir der Gehilfe zu und wandte sich dann an die Frau. »Ein Herr ist zu Besuch gekommen. Komm, setz dich, äh, setzt Euch auf.«

Er zog die alte Frau an den Armen hoch, entriegelte eine Pforte im Gatter und entschuldigte sich bei mir: »Sie läuft uns sonst fort.« Dann half er der schwächlichen Person, ihre mageren, wadenlosen Beine von der hölzernen Strohschütte baumeln zu lassen. Nun saß dieses Gerippe von einem Menschen, die knotigen Hände um die Sprossen der Pfortenpfosten gekrallt, mit rundem Rücken und zwischen die Schultern gezogenem Hals vor mir. Die braunen Knopfaugen, von tiefgrauen Falten umrandet, lagen tief in den Höhlen. Den Wangen fehlte jegliches Fettpolster, die pergamentene Haut spannte sich über Schläfen und Stirn und gab den

Blick ungehindert auf die vielen Äderchen darunter frei. Das graue, glanzlose Haar war kurzgeschoren, wodurch die Ohren riesig wirkten, die vom Kopf abstanden und als einzige Teile des Körpers fleischfarben bis in die schlaffen Läppchen leuchteten. Auch die Nase wirkte unverhältnismäßig groß, stand gerade aus dem Gesicht und bog sich traurig nach unten, als wollte sich die Nase den saftlosen Lippen ohne Rot annähern. Die Haut war übersät mit braunen Flecken.

Das sollte meine Mutter sein? Ich war erschüttert, suchte meine Erinnerung an eine wohlgestaltete, lebendige, üppige Frau in irgendeine Übereinstimmung mit diesem Rest eines Menschen zu bringen. Ich fühlte diesen bekannten salzigen Geschmack von überschüssigem Speichel in meinem Mund und fürchtete den einsetzenden Schwindel, der sich prompt mit Sternen und Blitzen vor meinen Augen ankündigte. Ich fühlte ein Zittern in den Knien, das mich zwang, mich neben diese Frau in die Pforte zu setzen. Ich dachte zugleich tausend Gedanken und Selbstvorwürfe, zweifelte daran, daß dies meine Mutter war, aber verwarf diese Zweifel, um das Nagen des Gewissens schmerzhaft zu spüren. Tränen traten mir in die Augen, die Stimme wurde mir in der Kehle abgewürgt, und ich leistete keine Gegenwehr, als die Blinde mich mit den knotigen Fingern abtastete, mir über Hände und Arme zum Gesicht fuhr, die Nase befühlte und die Narbe über der Augenbraue suchte. Da lächelte sie und sagte mit zittriger Stimme: »Mein Sohn, endlich bist du gekommen.« Und dann stolzer und lauter an die Umgebung gewandt: »Mein Sohn, ja, mein Sohn ist da, hört ihr es alle?«

»Herr, Ihr seht, die Alte ist verwirrt, verzeiht ihr, sie weiß nicht, was sie spricht, denn ihr Sohn ist sicher längst als Pirat der gerechten Strafe Gottes erlegen, enthauptet, erstochen oder in den Grund der Ostsee gebohrt. Nie hat er sich um sie gekümmert, und wenn, dann hätte man ihn auch gleich gefangen und abgeurteilt, den Lumpen.« So sprach dieser Gehilfe des Schreibers, und ich fand meine Worte wieder, steckte ihm ein Geldstück zu, schickte ihn fort, damit er der Magd behilflich sei, und er entfernte sich dankend, um mit der Magd zu schwatzen.

Am Lächeln hatte ich meine Mutter wiedererkannt, dieses ungleiche Verziehen der Mundwinkel, das eine Grübchen in der

Wange. Und jetzt, als sie sprach, sah ich noch eine unverkennbare Besonderheit: ihre Zähne. Die waren zwar vom Alter gezeichnet, braun verfärbt, von Sprüngen überzogen, die Kanten abgenagt, die Lücken zwischen den Zähnen größer, das Zahnfleisch geschwunden. Aber oben, zwischen den großen, mittleren Schneidezähnen, stand unverwechselbar, als markiere er die Mittellinie des Gesichtes, ein überzähliger Zahn, schlank wie ein Tannenzapfen. Ich nahm ihre Hände in meine und sprach leise zu ihr, vergewisserte mich, daß sie mich verstand und bat um Verzeihung und versprach so viel, zuviel, um es hier aufzuzählen. Ich wollte sie nach Hamburg holen, ihr Genugtuung verschaffen, fühlte Rachegefühle gegen alle, die ihr Böses angetan hatten, die mitverantwortlich waren, und sah ihr Kopfschütteln, ihr Lächeln und hörte nur von ihr: »Jetzt kann ich sterben, ich muß nicht länger warten, ich fühle die Ruhe einkehren. Gott sei gelobt, er hat meine Gebete endlich erhört.«

Ich weiß nicht, wie lange ich dort gehockt hatte, der Gehilfe mahnte mich schließlich zum Aufbruch, und ich faßte mich und versprach meiner Mutter wiederzukommen, sobald ich bestimmte Dinge geregelt hätte. Ich steckte auch der Magd Geld zu, damit sie der Frau besondere Hilfe angedeihen lasse, etwas gutes zu Essen beschaffe und auch für neue Kleider sorge. Dies alles erklärte ich damit, daß ich den Auftrag von einem Freund der Familie aus Neustadt hätte. So suchte ich etwaige Neugierige von mir abzulenken, denn ich war von Rachegelüsten getrieben.

Ich betrat den großen Schlafsaal des Hospitales, der durch mannshohe Bretterwände ohne Decke in ein Gewirr von Zellen unterteilt war. Je zwei Betten standen in einer solchen Zelle, dazu zwei Stühle und ein kleiner Tisch. Eric Banthien sprang vom Lager auf, als ich die Zelle betrat. »Das hat aber lange gedauert«, sprach er vorwurfsvoll. »Wir versäumen noch die Abendmahlzeit.« Er zog mich hinüber in den Speisesaal, wo an langen Tischen die Hospitalinsassen abgefüttert wurden. Einer dieser Tische war für uns Kämpfer reserviert, und ein paar bekannte Gesichter drehten sich nach uns um. Da Starkbier zur Linsensuppe ausgeschenkt wurde, gerieten die Soldaten in vortreffliche Stimmung und berieten, was noch mit dem Rest des Tages anzufangen sei. Trotz des letzten ermüdenden Marsches wollten sie unbedingt durch die Kneipen und Wirtshäuser ziehen, und Eric Banthien schien nicht abgeneigt, sich ihnen anzuschließen.

Ich zermarterte mir mein Hirn, was ich als nächstes tun sollte. Irgendwie war ich davon getrieben, herauszubekommen, wer jetzt in meinem Vaterhaus lebte. Dann wollte ich meinen Sold und Kriegsgewinn abholen und danach einen Wagen mieten, der mich und meine Mutter nach Hamburg bringen würde. Sicher war es gut, sie zunächst zu befragen, was aus ihrem Witwenerbe geworden und wer für die damaligen Ereignisse verantwortlich war. Außerdem war zu überlegen, was davon noch zu retten wäre, und ob ich meinen alten Namen wieder annehmen könnte. Mir schwirrten viele Ideen im Kopf umher, die sich mit dem Starkbier und den Reden und Prahlereien der am Tisch sitzenden Kriegskameraden vermischten, bis ich keinen klaren Gedanken mehr fassen konnte. »Auf, auf, laßt uns losgehen, zahlt dem Torwächter ein gutes Trinkgeld, damit er uns heute nacht wieder einläßt«, so tönten die Stimmen. Ich ließ mich im Strom mittreiben, durch die Engelsgrube mit ihren billigen Schenken hin zum Hafenviertel an der Untertrave, wo man sich mit allerlei fremdem Volk treffen konnte. Als das Gegröle immer besoffener klang und sich schon ein paar Soldaten der Stadtwache und Nachtwächter abwartend in der Nähe postierten, nutzte ich einen unbeobachteten Moment, um im Schatten eines Hauseingangs zurückzubleiben.

Der Mond war aufgegangen, eine riesige weiße Scheibe dicht am Horizont, und ein steter Zug von Schäfchenwolken zog an ihm vorüber, ohne daß ein Windhauch hier am Erdboden spürbar gewesen wäre. Es war lau und hell vom Mondschein, als ich in die Alfstraße einbog. Unser Haus hatte sich von außen kaum verändert, kein Schriftzug oder Innungszeichen verriet, wer darin wohnte. Das Dielentor war kupferrot gestrichen, neue Fensterläden versperrten die Sicht ins Innere. Da erinnerte ich mich an einen schmalen Stieg zwei Häuser weiter Richtung Schlüsselbuden. Dieser Stieg führte hinter die Häuserreihe in die Höfe, die durch Bretterzäune voneinander getrennt waren. Ich wollte versuchen, in den Hof zu gelangen, um von dort mein Vaterhaus zu betrachten. Ich trat nach einer kläffenden Töle, daß sie sich winselnd verzog, und stieg über einen verschlossenen Hühnerstall in den ersten Garten und Hof. Ich wand mich durch aufgehängte Wäsche wie ein Mondgespenst weiter und fand einen alten Schlupf, den ich als Junge schon benutzt hatte, um in den nächsten Garten zu gelangen. Ein paar Schweine wurden durch mich aufgeschreckt, als ich über ihren Koben stieg, um schließlich den Hof unseres alten Hauses zu erreichen.

In der stehenden Abendluft dieses Hofes hielt sich ein betörender Rosenduft. Die Rosenstöcke, die meine Mutter gepflanzt und liebevoll gepflegt hatte, waren zu einem wuchernden Dickicht gewachsen, das sich über eine kleine Laube direkt neben dem Hinterausgang der Küche wölbte. Das Haus war nicht erleuchtet, und auch von hier war nicht zu erkennen, wer darin wohnte. An der Laube lehnten ein Spaten und eine Heckenschere, lagen ein paar leere Säcke. Da beschloß ich, mit einem Tribut diesen Ort zu verlassen. Ich wollte einen kleinen Rosenstock ausgraben, meiner Mutter zur Ehre und als Erinnerung, und wollte dieses Gewächs bei uns in Hamburg weiterhegen. Erst schnitt ich die Ranken mit den weißrosa Blüten kurz, ließ nur ein paar Knospen stehen, und um mich herum regnete es Blütenblätter. Dann machte ich mich daran, die Wurzel auszugraben. Wie konnte ich nur so besessen sein, war ich nicht alt genug für einen klaren Plan? Natürlich weckten die Geräusche den Hausherren, und, bewaffnet mit einem Säbel, trat er aus der sich knarrend öffnenden Küchentür.

»Zum Teufel, was macht Ihr in meinem Garten?« Es war Sebastian Tannweiler, der mich so anzischte, im Nachthemd und in Stiefeln, einen breiten Gürtel mit der Schwertscheide um die Hüften gezogen.

»In Eurem Garten?« höhnte ich und legte all die Wut über das verquere Leben in meine Worte. »Ihr meint in dem Garten, den Ihr der Witwe Damme weggenommen habt.«

»Wer seid Ihr? Ich kenne Euch, Ihr seid ein hamburgischer Hauptmann. Was geht Euch an, wie und von wem ich den Garten bekam? Was habt Ihr mit der Witwe Damme zu tun? Was gibt Euch das Recht, in meinen Hof einzudringen? Ich werde Euch lehren, meine Rosen zu stehlen. Ab mit der Diebeshand, heraus mit der vorlauten Zunge«, und er hieb mit seinem Schwert zu.

Ich parierte den Schlag mit dem Spaten, wich zurück und schleuderte ihm neue Vorwürfe an den Kopf. »Ich weiß, mit welchem geheimen Ränkespiel Euer Vater sich das Gut der Dammes erschlichen hat. Das wird bald in der ganzen Stadt als Kunde von Mund zu Mund getragen. Glaubt nur nicht, daß Ihr nur Freunde in der Stadt habt.«

Wütend hieb und stach Tannweiler wieder nach mir, aber ich schleuderte die Heckenschere nach ihm, daß er ausweichen mußte und seinen Angriff abbrach. Da brüllte ich in die Nacht: »Eine saubere Familie ist das, die ihre Widersacher mit Mitteln aus der Ratsapotheke vergiftet, sich Vorteile aus den Arztgeheimnissen verschafft und mit den Dänen in Schonen gemeinsame Sache macht, um Hansen zu schaden.«

Tannweiler keuchte vor Erregung. Er sah gespenstisch bleich im Mondlicht aus, ließ sein Schwert erneut durch die Luft sausen, aber traf mich wieder nicht und mußte statt dessen einen Schlag mit dem Spaten auf seine Rippen verkraften.

»He, was ist das für ein Lärm?« fragte nun eine Stimme hinter dem Bretterzaun des Nachbarhofes.

»Das ist die Stimme der Wahrheit im Kampf mit dem Bösen«, schrie ich, während Tannweiler mich arg bedrängte und ich im Kreise zurückweichend floh. Der Nachbar rüttelte an der Verbindungstür, die schließlich nachgab, gerade als Tannweiler auf mich zustürzte und ich ihm den Spaten gegen die Knie schleuderte. Der Wüterich fiel hin, riß mich um, und wir wälzten uns engumschlungen auf dem Boden. Ich glaube, ich entwand ihm das Schwert. Aber auf so engem Raum, im Nahkampf, läßt sich ein Schwert nur schwer dirigieren. Bestimmt war es nicht meine Absicht. – Glaube mir, mein Enkel, auch wenn ich von Haß beseelt war, wollte ich gewiß nicht gegen Gottes Gebot verstoßen, aber irgendwie durchstieß die Waffe mit der Spitze Tannweilers Mundboden, daß das Schwertblatt an der Seite durch die Wange wieder austrat. Das Schicksal hatte die Waffe geführt. Tannweiler richtete sich wieder auf und gurgelnd suchte er zu schreien. Mit äußerster Anstrengung und Qual zog er das Schwert aus der Wunde, ließ es fallen und griff mit beiden Händen nach seiner Kehle. Er rang nach Atem, während der Hals von Blut innerlich anschwoll und die Zunge, auf einer Seite ihres Haltes beraubt, nach innen in den Schlund fiel.

Es war nicht zu verstehen, was die letzten Worte des Sebastian Tannweiler waren. Dann raubte mir ein Schlag auf den Schädel die Besinnung.

38. Gott hatte einen anderen Plan

Als ich wieder zu mir kam, konnte ich nicht mehr sehen. Die geschwollenen Augen schmerzten, und auf der Stirn und dem Hinterkopf fühlte ich Beulen von beachtlicher Größe. So sehr ich mich auch bemühte, alles blieb schwarz vor meinen Augen. Mit den Händen fühlte ich, daß ich auf einigen Holzbrettern lag. Der Boden darunter bestand aus Steinpflaster, ebenso wie die Wände, die aus Steinquadern und Feldsteinen gefügt waren. Es war feucht und kalt, roch muffig, und in einer Ecke des Raumes tastete ich übelriechenden Unrat und Schmiere. Mein Gefängnis war durch eine schwere, eisenbeschlagene Holztür verschlossen. War ich blind geworden durch den Schlag, den ich auf den Schädel erhalten hatte? Ich weiß nicht, wie lange es dauerte, aber ich hatte schon so oft und laut gerufen, daß meine Stimme heiser klang, als ich schlurfende Schritte hörte. Plötzlich durchfuhr mich mein schlechtes Gewissen, und ich meinte, vielleicht in der Hölle eingesperrt zu sein und fürchtete, daß man mich jetzt zum Quälen holen würde. So fuhr ich, der sich noch eben nach Gesellschaft gesehnt hatte, zurück in die hinterste Ecke, als die Tür geöffnet wurde. Und die Tortur begann mit strahlendstem Licht, das mich schmerzhaft blendete.

»Der Kerl ist zu sich gekommen. Schade, eigentlich hatten wir nicht mehr viel Federlesens zu treiben gehabt. Jetzt heißt es, den Schuft zu füttern und zu tränken, ihn zu bewachen, zum Koberg zu treiben, um ihn den Richtern vorzuführen, und schließlich müssen wir ihn auch noch aufknüpfen. Ach, hätten wir ihm doch gleich bei der Einlieferung noch einen Schlag mehr auf die Rübe gehauen. Oder wollen wir uns jetzt noch die Arbeit ersparen, gib mal den Prügel herüber.« So und so ähnlich hörte ich die Wächter der Fronerei am Schrangen reden, und sie ergötzten sich an meiner Angst, daß ich mir in die Hosen machte, mich zusammenkrümmte und die Arme jämmerlich schützend über dem Kopf verschränkte. »Steh auf, los, du sollst vorgeführt werden.«

Ganz allmählich gewöhnte ich mich an das Licht, gottlob, ich war doch nicht blind. Mit Gertenschlägen trieben sie mich endlich hoch, lachten, als ich mir, von der Lampe geblendet, den Kopf an der Mauer stieß, und schubsten mich einen engen Gang entlang und eine Wendeltreppe hinauf bis zu einem Raum, in dem ein Ratsherr und ein Schreiber am Tisch auf hohen Stühlen saßen, während ich auf einem niedrigen Schemel kauern mußte. »Wie bei Holtermann damals«, dachte ich plötzlich in Erinnerung an meine erste Unterredung mit Kristines Vater in Stade. Man fragte mich, wer ich sei, wer dies bezeugen könne, was ich im Garten des Herrn Tannweiler zu suchen gehabt habe, warum ich mich an seinen Rosen vergriffen und weshalb ich Tannweiler in sein Schwert gestürzt habe. Nun, ich gab an, Hannes Maiboom aus Hamburg zu sein, mich im Heiligen-Geist-Hospital als Hauptmann der hansischen Streitmacht gegen die Herzöge gemeldet zu haben, daß man dort Gefährten von mir finde und daß ich die Bitte der Frau Damme, die früher das Haus des Herrn Tannweiler bewohnt und bewirtschaftet habe, erfüllen wollte, ihr von ihren alten Rosenstöcken Ableger zu beschaffen. Der Ratsherr und der Schreiber tauschten verwunderte Blicke aus.

»Und wie kam es zu dem Mord?«

Ich bestritt, daß dies ein Mord gewesen sei, und erklärte, daß Tannweiler auf mich zugekommen und sofort mit dem Schwertschlagen begonnen habe, ich aber unbewaffnet gewesen sei und mich nur mit dem Spaten verteidigt habe. Tannweiler sei dann unglücklicherweise gestolpert, in sein eigenes Schwert gefallen und habe sich tödlich verletzt. Da schnitt man mir das Wort mit »Der Mann stinkt, führt ihn zurück in die Zelle« ab, und ich verlor mich erneut in dem zeitlosen Verlies. Immer wieder erschien das Bild des erstickenden Tannweiler vor meinen Augen. Ich haderte sehr mit meinem Schicksal, verfluchte mein Verlangen, das Vaterhaus wiederzusehen, und fragte mich, warum sich ein zweites Mal so etwas ereignen mußte wie damals in Falsterbo, als meine alte Existenz als Kaufmannssohn endete. »Gott im Himmel, warum ließest du mich damals fliehen, wie soll es denn jetzt enden?«

Ich war verzweifelt, aber nach allem Heulen wurde ich müde, und die Tränen versiegten. Eine große Leere erfüllte mich, und ich beruhigte mich wieder, daß ich schlafen konnte. Als ich wieder aufwachte, redete ich mir Zuversicht ein. Nach langen Stunden oder Tagen holten mich die Wächter wieder aus der Zelle und warfen mich in einen anderen beleuchteten und vergitterten Raum. Hinter dem Gitter standen der Ratsherr, der Schreiber, einige Wächter und, das war eigentlich ein Fehler meiner Widersacher, Eric Banthien. Hätte man mich einfach im Verlies verfaulen lassen, niemand hätte dort nach mir gefragt. Ich wäre einfach verschollen gewesen. Eric Banthien aber bestätigte, daß ich Hannes Maiboom sei, ein Hauptmann und siegreicher Kämpfer der hansischen Streitmacht, Hamburger und offenbar bekannt mit der Frau Damme im Hospital. Man ließ mich nicht mit Eric Banthien sprechen und sperrte mich dann wieder in das dunkle Loch. Doch nun wußte Banthien, wo ich war, und ich muß ihm für seinen Scharfsinn dankbar sein: Er wartete nicht auf die Auszahlung seines Ehrensoldes, befürchtete vielmehr, selbst noch aus irgendwelchen Gründen verhaftet zu werden und zu Schaden zu kommen, nachdem er vernommen hatte, daß ich des Mordes an Tannweiler beschuldigt sei. Er mietete ein Pferd und ritt, ohne noch in das Hospital zurückzukehren, sofort nach Hamburg zurück. Dort benachrichtigte er Kristine, und sie konnte ihn dazu bewegen, mit ihr und dem angesehenen Hamburger Rechtsgelehrten und Advokaten Sven Hennings nach Lübeck zurückzukehren.

In Lübeck hatten die Ratsherren und Bürger ihren Sieg gegen die Herzöge und den Gewinn der neuen Ländereien ausgiebig gefeiert. Eine Bursprak war abgehalten worden, und im Anschluß daran sollten Gerichtstage im Gericht am Koberg stattfinden. Der Ratsherr und Anwärter auf das Prokuratorenamt, Andreas Hartleb, war mit der Untersuchung der Todesumstände Tannweilers betreut worden. Er sollte dem Procurator fiscalis, dem Ratsherren und ältesten Prokuratoren Wolfgang Klenke zuarbeiten, der für seine geschliffenen Reden vor dem Blutgericht berühmt war. Doch dieser Ratsherr machte sich selbst nicht die Hände mit der Ermittlung schmutzig, verabscheute die peinlichen Befragungen und begann sich erst dann auf die öffentliche Verhandlung vor dem Blutgericht vorzubereiten, wenn die Umstände klar und die Ratsherren sich über das Urteil einig waren.

Hartleb war nur wenig älter als ich und nicht eben glücklich über den Auftrag, denn Tannweiler hatte sich Freunde und Feinde geschaffen, und wie immer Hartleb es auch anfangen würde, er hatte das Gefühl, daß er es keinem würde recht machen können und niemand gern mit ihm über Tannweiler sprechen würde. Auch hatte Hartleb festgestellt, daß die Nachbarn zum Teil meine Version vom Hergang der Auseinandersetzung bestätigten, auch wenn keiner in der Dunkelheit gesehen hatte, wie der tödliche Schwertstich sich genau ereignete. In dieser Lage schien Hartleb empfänglich für Kristines Schmeicheleien, denn sie erreichte schon nach kurzer Zeit, daß sie selbst, Sven Hennings und Eric Banthien bei mir vorgelassen wurden, ich in eine bessere Zelle verlegt wurde und wir unbeaufsichtigt miteinander sprechen konnten. Auch fand sich bereits ein Ratsherr namens Rolf Atzeroth ein, der als Prokurator der Stadt für mich Partei ergreifen sollte, sobald ein Prozeß eröffnet würde. Es war ein hagerer Mann mit kurzem, grauem Bart, der mich aufmerksam anhörte. Ich fragte ihn, was er für mich tun könne, wie die Sache für mich stünde, und er antwortete ausweichend, wobei er sich häufig räusperte. Sven Hennings versuchte, ihn von meiner Unschuld zu überzeugen, denn dieser Atzeroth war für mich der wichtigste Mann vor dem Blutgericht. Es war noch nicht klar, ob Sven Hennings als Hamburger Advokat überhaupt Rederecht vor den lübschen Richtern erhielt. Atzeroth drückte mir die Hand und verzog sich unter aufmunternd gemeintem Murmeln. Als ich mit Hennings und Kristine allein war, erklärte ich erneut, daß ich Frau Damme durch meinen Vater aus meiner Neustädter Kindheit kannte, sie besucht habe und sie mich gebeten hatte, ihr den Duft ihrer alten Rosen aus ihrem Garten zu bringen. Ich wisse nicht, wie das Haus in den Besitz der Tannweilers gekommen sei. Ich bat darum, daß man die alte Dame besuchen möge. Doch man ließ weder Kristine noch Sven Hennings bei ihr vor. Wenn Kristine mich allein besuchte, machte sie mir verzweifelt Vorhaltungen, daß ich in diese Geschichte hineingeraten war. Sie fragte mich auch, ob ich zugestochen hätte, aber ich antwortete nur, daß ich gar keine Waffe bei mir getragen hätte. Das beruhigte sie, und je häufiger ich es ihr sagte, desto eher glaubte ich selbst daran. Ich bin jetzt fest davon überzeugt, daß das Schicksal mir die Hand führte und ich nicht selbst zustach.

In der Verhörzelle konnten wir uns nur durch das Gitter berühren. Wenn ich sie dann so sah, sie mich nach diesem und jenem fragte, um einen Ausweg, eine Verteidigung für mich zu suchen, dann hörte ich sie manchmal nur wie durch einen dicken Vorhang gedämpft, und trotz meiner ernsten Situation regten sich die Säfte in meinen Lenden, und wollüstiges Verlangen stieg in mir auf. Führte mich die Wache dann zurück in meine dunkle Zelle, erinnerte ich mich nur an zärtliches und wildes Zusammensein mit Kristine, strich ihr in Gedanken über die Haut und fühlte ihre weichen Brüste, ihre Himbeerzunge, die heißen Lippen. Doch wenn ich mir dann Erleichterung verschaffte, fand ich mich danach besonders schal und verzweifelt in der Zelle wieder und begann aufs neue mit dem Grübeln, warum Gott mich so bestrafte. Im Traum begegneten mir auch Störtebeker, Godeke Michels und Magister Wigbold in einem wirren Durcheinander von alten und unwirklich neuen Erlebnissen, lachten über mich und spotteten, daß ich selbst schuld hätte, weil ich mich zu sehr nach einem Leben als Bürger gesehnt hätte. Mit blitzenden Augen sprach der Magister im Traum zu mir: »Nach Freiheit und Sicherheit in städtischen Mauern sehntest du dich, jetzt bist du in diesen Mauern gefangen. Statt Gerechtigkeit findest du Lug und Trug, käufliche Seelen, Gier nach Macht, Eitelkeit, heimliche und offene Gewalt, Willkür und selbstsüchtiges Trachten nach Vorteilen. Die Gemeinschaft der Ratsherren und mächtigen reichen Bürger regiert dich als wertlosen Wurm. Du bist nur ein Bauer im Schachspiel der Hansen und Pfeffersäcke. Wärest du mir doch treu geblieben, statt dich von Bord zu schleichen. Ich hätte dich nach Westen geführt in ein neues Land der weisen Magister. Du huldigst dem Roland, diesem falschen Heiligen.«

Und Störtebeker raunte mir zu: »Vertraut habe ich dir, und du sahst zu, wie ich starb, ohne eine Hand zu regen. Jetzt sehe ich dir zu, wenn der Henker dich auf den Weg bringt. Du hast auf geraubte Schätze gesetzt, die dir nicht gehören. Denk daran, du warst ein Likedeeler. Statt nach alten, überlebenden Gefährten zu suchen, hast du auf die Pfeffersäcke gesetzt. Einmal Likedeeler, immer Likedeeler, jetzt teilst du unser Ende zu gleichem Teil.«

Godeke Michels kam drohend auf mich zu, schwergewichtig, mit Brustharnisch und Helm wie zum Kampf gerüstet, und spie mir ins Gesicht: »Deinesgleichen Schreiberlinge, verschlagen und diebisch, habe ich nie gemocht. Du bist nur abwartender Zuschauer, kein Kämpfer. Du hättest die Finger von den Karten lassen sollen. Sie haben dir kein Glück gebracht. Bald wirst du sehen, wie das Schicksal sich wiederholt. Deine Witwe wird enden wie deine Mutter, deine Kinder verspielen ihr jämmerliches Erbe, den Rest, den die lübschen Pfeffersäcke übriglassen. Alles, was du in Hamburg auf Lügen aufgebaut hast, bricht zusammen, muß als Blutgeld nach Lübeck fließen.«

So raubten die Dämonen der Nacht mir den Schlaf und bescherten mir ein unruhiges Fieber.

Sven Hennings hatte unter Vorbehalt und nur gegen ein gutes Honorar eingewilligt, mir zu helfen. Natürlich kannte er durch seine Beziehungen zu den Hamburger Schonenfahrern und anderen Kaufleuten, die mit Lübeck verkehrten, die Gerüchte über die Familie Tannweiler. Irgendwie schien es ihn zu reizen, mir bei Gericht zur Seite zu stehen, allerdings nur, wenn es Aussicht auf einen Erfolg gab. So beschäftigte sich Hennings nun damit, herauszubekommen, welche Ratsherren als Richter eingesetzt würden. Kristine stachelte Hennings dazu an, nachzuforschen, unter welchen Umständen Frau Damme in das Hospital gekommen und wie Tannweiler in den Besitz ihres Hauses gelangt war. Von mir hatte sie diese Ideen nicht eingegeben bekommen. Ich wußte noch nicht einmal jetzt, ob ich ihr die ganze Wahrheit über meine Vergangenheit sagen sollte. Würde sie mich dann nicht als jemanden erleben, der ihr nicht vertraut hatte? Falls man mich schuldig spräche und hinrichten würde, sollte ich dann nicht lieber als ein Hamburger sterben statt als ein lügender Lübecker? Wie Kristine es vollbrachte, weiß ich nicht, denn ich saß ja hinter Gittern in der Fronerei. Sie forschte aber in der Nachbarschaft meines Vaterhauses nach, wie es sich zugetragen hatte, daß die Tannweilers das Haus bezogen.

Ein paar alte Mägde und ärmere Nachbarn in Gottesbuden erzählten Kristine Gerüchte und Geschichten. Der Tod des Kaufmanns Damme schien nicht ganz natürlich gewesen zu sein. Es wurde gemunkelt, er sei vergiftet worden. Weiter sei der alten Frau Damme nach dem Tod ihres Mannes kaum etwas von ihrem Reichtum geblieben. Die Gläubiger hätten allen Besitz an sich genommen, und die Ratsherren hätten dabei kräftig mitgespielt, die üblichen Rückzahlungsfristen nicht verlängert und vor dem Niedergericht den Klagen der Gläubiger sofort zugestimmt, den Umstand beeinflußt und parteiisch geurteilt. Nur das Haus habe der Alten noch gehört, doch ein Auskommen oder eine Rente sei ihr nicht geblieben. Nachdem der Sohn verschollen war und die Töchter keine Aussicht auf Mitgift mehr hatten, da habe sie ihre Töchter noch recht und schlecht verheiratet, eine ins Kloster gesteckt und sei dann allein im Haus geblieben und geistig verfallen. Ihr Gesicht sei versteinert gewesen, ohne Antrieb wäre sie fast verhungert, hätten die Nachbarn sie nicht mühselig zum Essen überredet. Als sie dann immer wunderlicher geworden sei, habe ihr der Rat unter dem Vorwand, sie würde das Haus aus Unachtsamkeit möglicherweise in Brand stecken, einen Vormund verordnet. Der Ratsapotheker sei ihr Vormund geworden und habe sie in das Hospital verfügt, welches er selbst kontrollierte. Sein Sohn sei dann mit seiner jungen Frau in das Haus eingezogen, aber ob es ihm jetzt gehöre, wisse man nicht.

Ich hörte mir die Ergebnisse ihrer Nachforschungen stumm an, betroffen und voller Schuldgefühl, weil ich meiner Mutter damals nicht geholfen hatte und mich statt dessen von dem wilden Piratenleben hatte gefangennehmen lassen.

»Ja, Hannes, siehst du denn nicht, daß wir dies vor Gericht geltend machen können? Es war vielleicht gar nicht Tannweilers Haus, sondern es ist das Haus der Witwe Damme, und du solltest ihr die Rosen doch holen, wie du sagtest. Tannweiler hatte nicht das Recht, dir dies zu verweigern. Wir müssen die Witwe Damme als Zeugin vor Gericht bekommen.«

Sven Hennings dämpfte Kristines Hoffnungen: »Ihr kennt die Tannweilers nicht. Zwar lebt der Vater nicht mehr, aber der Bruder. Er wird dafür sorgen, daß die Witwe für geistig umnachtet erklärt wird und ihre Aussage vor Gericht kein Gewicht erlangt. Die einzige Möglichkeit besteht darin, nach einer Besitzurkunde zu forschen, die einwandfrei beweist, daß das Haus noch heute der Witwe gehört. Aber wie sollen wir die erlangen? Und wenn Tannweiler als Vormund eingesetzt war, dann hatte er sogar das Recht, das Haus zu verkaufen.«

Doch Kristine wandte ein: »Vielleicht hatte er das Recht, das Haus zu verkaufen, aber nicht, ohne es öffentlich anzubieten. Sicher hat er es an seinen Sohn verschachert, und die Ratsherren haben weggeschaut dafür, daß der alte Apotheker ihnen einen lästigen Konkurrenten aus dem Weg geräumt hat. Trotzdem wird es Neider geben, die meinen, selbst nicht genug von diesen geheimen Geschäften profitiert zu haben. Diese gilt es zu suchen, alte Ratsprotokolle zu sichten, Einsicht in die Bücher zu erlangen, auf daß deutlich werde, wer hier wen betrog, was hier verschleiert werden sollte. Es riecht nach faulen Geschäften, glaubt der Tochter des Stader Kaufmanns Holtermann.«

Eric Banthien wollte diesen Verdächtigungen kaum folgen, glaubte nicht an soviel Unlauterkeit unter Hansen. Und doch waren Zweifel gesät. Er erinnerte sich an eigene Erfahrungen im Schonenhandel und an Händel zwischen den Schwesterstädten Hamburg und Lübeck, wo die große Schwester Lübeck ihre kleine Schwester Hamburg übervorteilte. Geheime Absprachen hatte es dabei immer gegeben. So machte sich Eric Banthien unter dem Vorwand auf, im Hospital nach zurückgelassenen Habseligkeiten zu suchen. Dabei fand er heraus, daß die alte Frau Damme kurz nach meinem Besuch verstorben war. Verwundert sah Kristine mich schluchzen, als ich diese Nachricht erfuhr. Sie versuchte, mich zu trösten, daß diese Zeugin vielleicht gar nicht so wichtig war, sondern die Verstrickungen der Familie Tannweiler und der Witwe Damme schon bei der Verhandlung ausreichten, um die Rechtmäßigkeit des Angriffs Tannweilers auf mich in Zweifel zu ziehen.

Sven Hennings sorgte inzwischen auf seine Weise dafür, daß ich den Kopf aus der Schlinge ziehen konnte. Er hatte den Rechtsgelehrten und Justitiar des Rates, Johannes Satorius, aufgesucht. Satorius besaß großen Einfluß, obwohl er nie in der Öffentlichkeit des Rates oder der Burspraken in Erscheinung trat. Die beiden kannten sich jedoch von Hansetagen, auf denen Satorius die wendischen Hansen gegen die Kölner vertreten hatte. Satorius hatte die Gabe, die wesentlichen Auswirkungen bestimmter Gegebenheiten schnell zu erfassen und dann die Betroffenen schonend auf zwangsläufige Folgen vorzubereiten, eine schriftliche Form für Vereinbarungen zu finden, die nicht zuviel verrieten und doch genügend Bindung versprachen. Sven Hennings hatte sich etwas zusammengereimt aus den Bruchstücken von Wahrheit, die er von mir, Kristine, Eric Banthien, seinen Bekannten und Satorius erfahren hatte. Darauf gründete sich ein Vorschlag, den er Satorius unterbreitete und dem Satorius vorbehaltlich zustimmte. Nie werde ich erfahren, wieviel diese beiden Rechtsgelehrten wirklich wissen, ob sie sich in ihren Kammergesprächen nicht über ihre Klienten lustig machen, ob sie nicht genauso Schach mit uns spielen, wie ihre Klienten meinen, sich ihrer zu bedienen.

Der Gerichtstag rückte näher. Bald sollte auf dem Koberg verkündet werden, welche Streitigkeiten vor dem hohen Gericht vorgetragen würden, welche Verbrechen von Hand und Haupt dort zu untersuchen seien. Die Bürger der Stadt wollten Anteil daran nehmen, schaudernd den Lauf der Gerechtigkeit verfolgen und letztlich den Vollzug der Strafen genießen, auch als Rache für ungesühnte eigene Schmach. Sven Hennings hatte hin und her überlegt, in welcher Rolle er eine bessere Figur machen würde, als Verteidiger an meiner Seite im Gericht oder als stiller Mittler einer außergerichtlichen Einigung. Schließlich hatte er sich für das zweite entschieden. Gott allein in seiner Güte weiß, welches der rechte Weg ist.

Allein, ich lebe, um Dir, Enkel, in diesen Zeilen das Ergebnis der Bemühungen Hennings' mitzuteilen. Zieh Deine Schlüsse daraus, suche Gerechtigkeit nur bei Gott und füge Dich in die irdischen Verabredungen der Rechtsgelehrten, auch wenn Du anders empfinden solltest.

Hartleb, der mit der Untersuchung beauftragte Ratsherr, hatte mich schon seit Tagen nicht mehr aufgesucht, sein Urteil konnte ich nicht einschätzen. Glaubte er an meine alleinige Schuld, ober sah er in dem tödlichen Schwertstich ein Gottesurteil? Da suchte mich Hennings spätabends auf. »Ihr habt die Wahl, Hannes Maiboom. Die Vertreter des Rates entscheiden morgen, welche Fälle vor dem Gericht auf dem Koberg verhandelt werden sollen. Die Ratsherren, die als Richter eingesetzt sind, gehören in der Mehrheit zu den Gefolgsleuten Tannweilers oder sind in anderer Weise verstrickt in die geheimen Verabredungen, wie die Pfründe Lübecks verteilt werden. Vor Gericht wird untersucht werden, welche Gründe Ihr gehabt haben mögt, in den Garten des Hauses einzudringen, das der Witwe Damme gehörte und in dem der Ratsherr Tannweiler wohnte. Es wird Eure Ehrenhaftigkeit und die Abstammung untersucht und verglichen werden mit der des

Ratsherren. Dafür werden Zeugen verlangt, genauso wie die Zeugen gehört werden, die die Auseinandersetzung in der Nacht mit ansahen. Nun gebt acht, was ich mit dem Justitiar des Rates besprach. Er plädiert für die Einstellung der Untersuchung des Todes des Ratsherren Tannweiler. Er kann sich vorstellen, daß der Ratsherr Tannweiler versehentlich in sein eigenes Schwert stürzte und Ihr nichts mit dem Unglück zu tun habt, obwohl Ihr zugegen wart. Allerdings müßtet Ihr eine Erklärung unterschreiben, die folgendermaßen lautet: Ich, der hamburgische Kaufmann Hannes Maiboom, war zugegen, als der lübsche Kaufmann und Ratsbeauftragte Sebastian Tannweiler vom Leben zum Tode kam. Ich werde die Stadt Lübeck verlassen, nicht mehr hierherreisen, niemanden zu Nachforschungen über die Besitztümer und Eigentumsrechte der Familie Tannweiler anhalten, noch mich selbst dafür interessieren. Desgleichen gilt für Nachforschungen bezüglich der kürzlich verstorbenen Witwe Damme und ihrer möglicherweise noch lebenden Erben. Ebenso verzichte ich auf die Erlangung von Kenntnissen aus den Urkunden und Schriften des Rates der Stadt Lübeck, die diese beiden Familien betreffen. Sollte ich dieser Erklärung zuwiderhandeln, gebe ich mich in die Hände des Rates der Stadt Lübeck und bin gewillt, für diese Störung ein Bußgeld in noch zu bestimmender Höhe zu bezahlen.« Hennings ließ seine Worte wirken und schwieg. Dann setzte er hinzu: »Wenn Ihr sogleich unterschreibt, werdet Ihr noch heute nacht aus der Haft entlassen und erhaltet einen Wagen, der Euch, Eure Frau, Eric Banthien und mich aus der Stadt nach Hamburg zurückbringt. Weiter erhaltet Ihr Euren Ehrensold als Hauptmann und einen Anteil aus den Kriegsgewinnen.«

Ich konnte es kaum glauben, der Kopf schwirrte mir, als wenn er ein Bienenstock wäre. Da ritt mich der Teufel, und ich erwiderte: »Ich unterschreibe unter einer Bedingung: Ich möchte den ausgegrabenen Rosenstock, der mich in diese Lage brachte, mitnehmen. Beschafft ihn mir.«

Hennings zog seine Kappe ab und raufte sich die Haare. »Ihr verkennt die Lage, Ihr könnt keine Bedingungen stellen, es geht um Euren Hals. Bedenkt, daß der Rat Euch vor das Blutgericht bringen will und es dort fast nie einen Freispruch gibt. Seien wir ehrlich, das Urteil ist dann längst gefällt, es ist mehr ein Schauprozeß für die Öffentlichkeit, wenn die Vorermittlungen zu einer Anklage des Procurator fiscalis führen.«

Sven Hennings wußte nicht, daß ich mit diesem Schreiben auf mein Erbe und die Gerechtigkeit verzichten sollte, nie herausfinden würde, unter welchen Umständen mein Vater und meine Mutter tatsächlich starben und mein Elternhaus und meine Vergangenheit endgültig aufgegeben schien. Störrisch blieb ich Tor bei meiner Bedingung.

Bleich und mich verfluchend verließ Hennings die Fronerei. Schlafen konnte ich nicht in jener Nacht. In der Frühe dieses Septembermorgens hörte ich eine Schar Krähen auf einem alten Baum im Hofe der Fronerei krächzen, und Zweifel beschlichen mich bei diesem Gesang der Totenvögel. Doch noch bevor sich die Bürger in der Stadt regten, kam Hennings mit einem Dienstboten des Justitiars Satorius. In einem Sack trugen sie einen Rosenstock mit einigen welken Blüten aus dem Garten meines Elternhauses. Der Duft war mir vertraut und verbreitete sich süßlich in der Zelle. Mürrisch erschien auch der Ratsherr Hartleb und bezeugte meine Unterschrift unter der ausgehandelten Erklärung. Einerseits war er froh, diese unangenehme Untersuchung beenden zu können, andererseits widerstrebte es ihm, sich einer zwischen Rechtsgelehrten ausgehandelten Vereinbarung fügen zu sollen. Ohne Gruß verließ er den unwirtlichen Ort, nachdem er den Wachen die Anweisungen erteilt hatte, mich freizulassen. Der Dienstbote des Satorius nahm die versiegelte Erklärung an sich und verschwand. Draußen auf der Breiten Straße, gegenüber der mächtigen und ehrwürdigen Marienkirche, stand das Fuhrwerk, in dem Eric Banthien und Kristine schon mit den wenigen Habseligkeiten von Reisenden warteten. Stumm umarmten wir uns, und nachdem Hennings zugestiegen war, setzte der Fuhrknecht das Gefährt in Bewegung. Drei Tage brauchten wir mit dem leicht beladenen Gespann für die Strecke, drei Tage, in denen ich mich liebevoll und dankbar um Kristine und auch um den Rosenstock kümmerte. Doch der Rosenstock sollte uns Unglück bringen.

Mit Achtung begegnete mir mein Sohn zu Hause, der die Geschäfte des Kaufmannshauses in meiner Abwesenheit geführt hatte. Ich konnte mich nicht beklagen, unser Wohlstand wuchs, und so konnte ich Sven Hennings angemessen honorieren. Jedoch hatten mir der Feldzug und die anschließende Haft arg zugesetzt, meine Haare waren grauer geworden, die Kappe auf dem Haupt bedeckte und wärmte lichte Stellen. Ich fühlte mich müde und abgespannt. Da bat ich Kristine, sich um den Rosenstock in unserem Garten zu kümmern. Ich setzte mich in einen Lehnstuhl und sah ihr zu, wie sie die Wurzeln zurückschnitt und die Pflanze in eine kleine Grube an der Mauer zum Nachbarn pflanzte, etwas Pferdemist hinzugab und die Rose wässerte. Du kennst diesen Strauch, er gedeiht, treibt seine Ranken über die ganze Mauer und verschwendet seine Pracht und den Duft in jedem Jahr vom Juni bis in den Spätherbst. Die Blüten erinnern mich an meine Kindheit, und ihre Schönheit gleicht der meiner geliebten Kristine. Doch ich glaube, daß dieser Strauch schuld an dem Tod Deiner Großmutter trägt.

Gottes Wege sind unergründlich. Kristine verletzte sich an den Dornen, ich selbst zog ihr die Splitter aus der rechten Hand. Die kleinen Schrammen wollten erst nicht heilen, entzündeten sich, doch dann schlossen sich die Wunden, und Kristine klagte nicht mehr. Vier Tage später befiel sie jedoch ein Kopfschmerz, der rasch ihre schönen Gesichtszüge entstellte. Ein sardonisches Lachen wurde in ihr Gesicht geschrieben, der Krampf befiel auch die Zunge, und sie konnte nur noch stöhnen. Sie legte sich in das Prunkbett, und ich verhängte auf ihren Wunsch die Fenster, doch bald konnte sie nichts mehr andeuten, weder den Kopf schütteln noch nicken, denn die Nackenmuskeln verkrampften sich ebenfalls grausam. Die Ärzte ließen sie zur Ader, da wurde sie nur noch bleicher. Sie schnüffelten an ihrem Urin, hielten ihn in den Gläsern ans Licht und widersprachen sich in den Diagnosen. Keiner mochte mir sagen, daß es der Wundstarrkrampf war, der meine Herzallerliebste befallen hatte. Als ein Arzt einen Löffel fallen ließ, bäumte sich Kristines Leib ob des Geräusches auf, der Rücken bog sich durch, daß sie nur auf dem Hinterhaupt und dem Becken ruhte und wie ein zum Zerreißen gespannter Bogen voll des Schmerzes dalag. Der Anblick war kaum zu ertragen, keine Liebkosung vermochte lindernd zu wirken, eher trat das Gegenteil ein. Sie hatte das Bewußtsein verloren. Ich ließ niemanden mehr vor, auch keinen Priester, und nach zwei weiteren, grauenvollen Tagen wurde sie vom Tod erlöst. Du selbst entsinnst Dich an die Trauer und den Schmerz in unserem Haus, auch wenn Du erst ein kleiner Junge warst. Nachdem ich Kristine begraben hatte, verlor ich das Interesse an der Führung des Kaufmannshauses, übertrug alle Vollmachten auf Deinen Vater, regelte die Auszahlung eines Teils des Erbes an seinen Bruder Albrecht und die Schwester Selma und vergrub mich in meiner Trauer.

Lange Jahre hat es gedauert, bis ich den Verlust verwunden hatte. Hilfreich waren der Trost und die Ablenkung, die ich in Gesellschaft von Eric Banthien und Thomas Lindemann fand. Auch diese mußten sich damit abfinden, nun zu den Alten zu gehören. Dein Onkel Albrecht, der Maler, schaffte auf unseren Wunsch das Bildnis des Totentanzes, das noch heute im Seitenflügel von Sankt Nikolai hängt und von uns gestiftet wurde.

Verzeih, lieber Enkel, wenn Du jetzt die letzten Zeilen in schwer entzifferbarer Schrift vorfindest. An dem Morgen, an dem ich mich eigentlich auf die Suche nach einem Baumeister für ein kleines Haus am Hochufer von Blankenese begeben wollte, denn dorthin wollte ich ziehen, mir eine hübsche Magd zur Pflege meiner alten Tage anstellen und die auslaufenden und heimkehrenden Segelschiffe beobachten, an jenem Tag wurde mir beim Rasieren übel. Als ich in den Spiegel blickte, sah ich plötzlich statt des einen alten Sackes zwei herausschauen. Alles erschien doppelt vor meinen Augen, ein heftiger Schmerz stach in mein Hinterhaupt, und ein Teil meiner Stirnglatze schien blutleer. Dann mußte ich mich erbrechen, machte unter mich und konnte mich gerade noch in meinen Alkoven zurückschleppen. Du weißt selbst, wie Deine Mutter und Dein Vater mich besorgt gepflegt haben, wobei ich Deinem Vater eine gewisse Häme unterstelle, daß ich, der ich auf meine Körperkraft stets eingebildet war und ihn immer für einen Schwächling gehalten hatte, nun plötzlich wie ein Säugling lallte und mir meine rechte Körperhälfte nicht mehr gehorchen wollte. Mir fielen kaum eure Namen ein, noch wußte ich, wo ich war. Gottlob, ich habe diesen halben Tod noch überwunden. Er war mir eine Mahnung, mich mit dem Ende meiner Geschichte zu sputen. Jetzt schreibe ich mit links, zwar ungenau, jedoch gelassen. Gespannt bin ich auf das Leben nach dem Tod. Traurig bin ich nur, daß ich meinem eigenen Fleisch und Blut nicht die Liebe habe zukommen lassen, die ihr alle verdient habt.

Wenn Du Steffen Meiners oder Ole Hilken aufsuchen und befragen willst, dann mußt Du sie in Tönning und Stade suchen. Steffen Meiners zog es zurück in seine Heimat, und er fand dort eine liebe Frau und Erbin eines Bauernhofes. Ole Hilken leitet jetzt die Geschicke des Kaufmannshauses Holtermann, dem Erbe Kristines nach dem Tod ihres Vaters, als unser Handelspartner in Stade. Vielleicht schickt Dein Vater Dich dorthin, damit Du Dich dort auf den Beruf des Kaufmannes vorbereiten kannst.

Einen letzten Rat will ich Dir geben. Wenn Du die nachfolgenden Karten anschaust, dann regle danach Deinen Nachlaß. Denn, wie Du aus meiner Lebensgeschichte entnehmen kannst, ist das Heben von Schätzen eine gefährliche und aufregende Sache. Ich empfehle Dir, mit dem Schatz in der Neustädter Bucht zu beginnen. Viel Glück.

Ach, könnte ich doch dabeisein. Gott hatte einen anderen Plan mit mir.

Glossar

Äldermann: Ältester, Sprecher, Führer einer Gruppe
Arkebuse: »Hakenbüchse«, Gewehr im 15./16. Jahrhundert

balbieren: rasieren
Belagerungsmaschine: Kräne und Flaschenzüge zum Umreißen von Palisaden und Mauern
Bilge: tiefster Punkt im Schiff, wo sich Wasser und Öl sammeln
Bombarden: Geschütze mit Steinkugelmunition
Bursprak: Bürgerversammlung
Burstah: Straße in Hamburg, wörtlich: Bauer steh!

deutsche Meile: 10 km
Ducht: Sitzbank im Boot

Feldscher: Wundarzt
Fredeschep: »Friedensschiff« = Kriegsschiff

Giersch: Geißfuß (Pflanze)
Gottesbuden: kleine mietfreie Wohnung für Bedürftige, Hausanbau
Grätings: Bodenbretter z. B. über der Bilge

Haff: durch Nehrung vom Meer abgetrennte Küstenbucht
Helge/Helling: Schiffsbauplatz
Holk: Schiffstyp mit zwei oder drei Masten; Nachfolger der Kogge

Jolle: offenes Beiboot zum Rudern oder Segeln

kalfatern: hölzerne Schiffswände in den Fugen abdichten
Kennung: charakteristische Horizontlinie, auch: Signalabfolge eines Leuchtfeuers
Kiepe: Rückentragkorb
killen: flattern
Kimm: Horizontlinie über dem Meer
Knaster: Hanftabak
Knick: norddeutsche Wallhecke zwischen Weiden und Feldern

Kogge: dickbauchiges Hanseschiff
Komtur: Leiter eines Ordens
kreuzen: schräg gegen den Wind segeln
Kumme: Schüssel

lenzen: ausschöpfen, pumpen
Likedeeler: niederdt.: like Deele = gleiche Teile; die Likedeeler teilten die Beute zu gleichen Teilen
Lotbussen: kleines Feldgeschütz auf Lafette
Lüneburger Last: ca. 6 Tonnen

Martinstag: 11. November

Nehrung: Landzunge

ösen: schöpfen

peinliche Befragung: Folter
Persenning: Segelgewebe
Petritag: 22. Februar
Pinne: hebelartiger Teil des Steuerruders
Plicht: Vertiefung im Deck, wo der Steuermann sitzt
Prahm: flaches Boot für Arbeitszwecke
Priemgeld: Prämie
Prokurator: Anwalt
Procurator fiscalis: Oberstaatsanwalt

raumschots: Wind von schräg hinten
Reede: Ankerplatz vor dem Hafen

Schalme: Seeräuber in der Nordsee
Schapp: Schrank
Schoß: Abgabe, Steuer
Schot: Leine zum Regulieren der Segelstellung
Senatsgehege: besonderer Raum im Hamburger Rathaus
Slip: schiefe Ebene für den Stapellauf eines Schiffes
Slipstek: leicht zu öffnender Seemannsknoten
Snigge: kleinerer Schiffstyp als die Kogge, teilweise offen, ohne Aufbauten und Kajüte
Spezerei: Gewürzware
Spiere: Stange
spleißen: Tauenden miteinander verflechten
Stag: Stütz- / Haltetau auf Schiffen

stalen: verplomben von Tuchen (Stalhof)
Stübchen: Holmaß für ca. 3,22 Liter

Takelage / Takelung: Segelausrüstung eines Schiffes
Talje: Flaschenzug

Umlandfahrer: diejenigen, die um Skagen von der Nord- in die Ostsee oder zurück fahren
Umstand: diejenigen, die am Gerichtstag den Gerichtsort und den Richter »umstehen«

Viktualien: Lebensmittel

Want: starkes Tau zum Verspannen des Mastes
Werg: Flachs- / Hanfabfall
Wiek: kleine Bucht an der Ostsee

Zampel: Rucksack des Seemannes

Konrad Hansen

Die Männer vom Meer

Wikinger-Saga. Roman.
528 Seiten. SP 1727

»Die Männer vom Meer« sind weit mehr als eine Chronik von den wilden Horden der Wikinger, die auf Eroberungen aus waren. Konrad Hansen läßt die gefahrenreiche und abenteuerliche, die gewalttätige und sinnliche Welt des alten Nordlandes neu erstehen.

»Im Mittelpunkt steht Björn Hasencharte, ein Bauernsohn mit Geburtsfehler, aber mit wachem Geist. Er wird als Sklave gefangengenommen und mißhandelt, kommt in die Lehre bei einem Kammacher, geht auf eine große Seereise und zehrt fortan von seiner Begabung, seine Erlebnisse spannend erzählen zu können. Damit fasziniert er sogar König Harald Blauzahn, er wird zu einem seiner Gefolgsleute. Doch da der König in ständigem Konflikt mit seinem mickrigen Sohn Sven Gabelbart liegt, wird auch Björn alsbald in Machenschaften, blutige Auseinandersetzungen und Intrigen hineingezogen.«

Hamburger Abendblatt

Simons Bericht

Eine nordische Odyssee. Lebensbericht des Simon Gronewech aus Lübeck, von ihm selbst erzählt im Jahre seines Todes 1402. 558 Seiten. SP 2845

Simon Gronewech, Sohn eines Kaufmanns und Ratsherrn in der spätmittelalterlichen Hansestadt Lübeck, wird in einen Mord verwickelt und muß fliehen. Vergeblich versucht er, wieder ein ehrbarer Sohn und erfolgreicher Kaufmann zu werden, aber die Mächte des Schicksals sind stärker. So irrt Simon über die Meere des Nordens und erhandelt auf Island Gold. In einem englischen Kerker wird er gefangengehalten, in Tunis schließt er Freundschaft mit einem arabischen Fürsten. Wieder in heimatlichen Gefilden, wird er der Narr des berüchtigten Seeräubers Klaus Störtebeker und gerät schließlich in seiner Heimatstadt in Gefangenschaft. Ein opulentes Sittengemälde aus der Frühzeit der Hanse und zugleich eine große Allegorie auf das Leben.

Sujata Massey

Die Tote im Badehaus

Roman. 464 Seiten. Geb. Aus dem Amerikanischen von Elke Link.

Shiroyama, ein kleiner charmanter Ort in den japanischen Bergen: Seine reiche Geschichte verheißt eine faszinierende Neujahrszeremonie, und das einladende Badehaus der kleinen Familienpension verspricht wohltuende Stunden. Die junge Englischlehrerin Rei Shimura fühlt sich wie im Paradies, als sie für ein paar Urlaubstage aus Tokio anreist. Und daß ihr gleich am ersten Abend der reizende Hugh Glendinning über den Weg läuft, betrachtet sie als gutes Omen. Am nächsten Morgen jedoch findet man die Frau des einflußreichen Geschäftsmannes Nakamura tot unter dem Fenster des Badehauses. Glendinning scheint mehr zu wissen, als er preisgibt, und zu viele Details des Falles wollen nicht so recht zusammenpassen. Reis detektivischer Spürsinn ist geweckt, doch sie ahnt nicht, daß der Täter ganz in ihrer Nähe ist ...

Sujata Masseys attraktive und überaus sympathische Heldin Rei Shimura kann es mit den Besten ihres Fachs aufnehmen. Und vor dem Hintergrund der faszinierenden japanischen Kultur sieht sie sich mit einem mysteriösen Mordfall konfrontiert, der uns von der ersten bis zur letzten Seite in Atem hält.